SIMONE NEUMANN

Die Schlüsselträgerin

Buch

Sachsen 825: Die Familien von Hilger und Meinrad sind seit Jahrzehnten verfeindet. Hilgers Söhne führen die Sippe nach dem Tod des Vaters weiter. Rothger, der Älteste, hat sich Inga, die Tochter des Erzfeindes Meinrad, zur Frau genommen – daraufhin wurde Inga von ihrer eigenen Familie verstoßen. Eines Abends kommt Rothger nach einem Saufgelage nicht nach Hause. Als Inga sich auf die Suche nach ihm macht, findet sie ihn mit gebrochenem Genick im Wald. Rothgers Brüder beschließen, dass Inga trotzdem auf dem Hof bleiben darf, nur die Schlüssel zum Hof und zu den Vorratsräumen muss sie an ihre Schwägerin Ada abtreten. Für Inga beginnt nun ein schwieriges Leben, da sie zwar geduldet wird, aber deutlich zu spüren bekommt, dass sie eigentlich nicht auf den Hof gehört.

Zur gleichen Zeit beginnen die beiden Mönche Melchior und Agius in der Nähe des Hilger- und des Meinrad-Hofs eine Kirche zu bauen. Mit wenig Erfolg versuchen sie, die Einheimischen zum christlichen Glauben zu bekehren. Dann wird auch Uta, die Zweitfrau von Ingas Mann, tot aufgefunden – ertrunken im Brunnen des Hilgerhofs. Inga beschleicht ein ungutes Gefühl. In Gedanken hat sie beiden, Uta und Rothger, den Tod gewünscht, weshalb sie nun glaubt, unbewusst zu beiden Unglücken beigetragen zu haben. In ihrer Sorge begibt sie sich zu Bruder Agius, um zu beichten. Schon bei der ersten Begegnung fühlt Inga sich sehr wohl in Agius' Nähe. Und bald entwickelt sich zwischen dem Mönch und der jungen Frau eine besondere Beziehung, die beide natürlich verheimlichen müssen …

Autorin

Simone Neumann wurde 1977 in Höxter geboren. Nach ihrem Studium der Geschichte und Slavistik arbeitete sie in einem Münchner Verlag als Lektorin. Seit der Geburt ihrer beiden Kinder ist sie freie Redakteurin und Autorin und kann sich endlich einen Jugendtraum erfüllen – das Schreiben historischer Romane. Simone Neumann lebt in München.

Von Simone Neumann außerdem bei Goldmann lieferbar:

Des Teufels Sanduhr. Roman (46971)

Simone Neumann

Die Schlüssel-trägerin

Roman

GOLDMANN

FSC
Mix
Produktgruppe aus vorbildlich
bewirtschafteten Wäldern und
anderen kontrollierten Herkünften

Zert.-Nr. SGS-COC-001940
www.fsc.org
© 1996 Forest Stewardship Council

Verlagsgruppe Random House FSC-DEU-0100
Das FSC-zertifizierte Papier *München Super* für dieses Buch
liefert Arctic Paper Mochenwangen GmbH.

1. Auflage
Originalausgabe Juli 2010

Umschlaggestaltung: UNO Werbeagentur München
Umschlagfoto: Die heilige Maria Magdalena beim Schreiben,
Gemälde, ca. 1500–50,
vom Meister der weiblichen Halbfiguren
© Czartoryski Museum, Krakau / Bridgemanart.com
BH · Herstellung: Str.
Redaktion: Eva Wagner
Satz: Buch-Werkstatt GmbH, Bad Aibling
Druck und Bindung: GGP Media GmbH, Pößneck
Printed in Germany
ISBN: 978-3-442-47291-8

www.goldmann-verlag.de

Meinen lieben Eltern,
Rita und Dietmar Bahmann

Irren wir? Vielleicht; was atmet,
Irrt und tappt in Finsternissen
Blöden Auges; die Lebend'gen
Glauben – und die Toten wissen.

Friedrich Wilhelm Weber, aus: Dreizehnlinden

PROLOG

Land der Sachsen im Jahre 782,
nahe dem Süntelgebirge

Es war eine grausame Schlacht, ein Gemetzel, ein blutiges Niederhauen und Niederstechen. Und zum ersten Male in diesem nun schon seit zehn Jahren währenden Krieg war es den Sachsen unter der Führung ihres Herzogs Widukind gelungen, die fränkischen Eindringlinge vernichtend zu schlagen.

Deren König, der Franke Karl, hatte nicht gekämpft. Er weilte im Süden, machte Eroberungen in Spanien, doch zahlreiche Edle und Vornehme der Franken waren getötet worden; zwei von ihnen durch das Schwert des Hilger, eines Frilingssohns aus dem Augau in der Herrschaft der Engern.

An der Seite seiner Freunde Bero und Hatho war er in den Kampf gezogen, um die verhassten fränkischen Eroberer zu vertreiben, die von ihnen errichteten Kirchen zu zerstören und die von ihnen gesandten Gottesmänner zu meucheln. Freiheit und Ehre galt es zu verteidigen, und deshalb hatte sich Hilger auf die Seite Widukinds gestellt, des Rebellen gegen den christlichen König, den großen Karl.

Der Schmied Hatho sowie Bero, ebenfalls Freier und Herr über den Meinradschen Hof, sahen es ebenso. Tapfer hatte auch Hatho am Süntelgebirge gekämpft und schon bald einen Berg an feindlichen Schilden angehäuft. Bero hingegen war plötzlich verschwunden, inmitten des blutigen Treibens hatte sich seine Spur verloren.

Zunächst hatte Hilger geglaubt, der Freund sei gefallen. Doch wenige Tage nach dem Gefecht hatte er ihn erblickt, zufällig, aus einem Versteck heraus. Zusammen mit Edlen aus dem Engernland war er geritten, Edlen von der Sorte, die es schon lange vorgezogen hatten, sich auf die Seite der feindlichen Eroberer zu schlagen.

Und diese sächsischen Edlen waren nun unterwegs, um ihre eigenen, siegreichen Leute einzufangen und auszuliefern. Sie fürchteten sich vor der Rache des mächtigen Karl, den man jeden Moment zurückerwartete und der rasend über den Verlust seiner Mannen sein würde. Besser war es, ihm die Aufständischen zu präsentieren, damit er seine Wut nicht am gesamten Sachsenvolk ausließe.

Aus diesem Grund hielt auch Hilger sich versteckt. Anstatt triumphierend in die Heimat zu ziehen, sich von seiner Sippe und den Nachbarn feiern zu lassen, musste er in einem Erdloch sitzen, sich verbergen wie ein Strauchdieb. Und mit ihm all die anderen tapferen Burschen, die vor wenigen Tagen einen unglaublichen Sieg errungen hatten.

Hilger war wütend, diese Lage kratzte empfindlich am Ehrgefühl des bulligen jungen Mannes. Am liebsten wäre er aus dem Loch gesprungen und hätte sie allesamt angefallen, diese Edlen der Engern, West- und Ostfalen, die dort ihr verräterisches Unwesen trieben. Zahlreiche sächsische Krieger hatten sie bereits eingefangen, und Hilger konnte nur hoffen, dass sie das Versteck, in dem er sich zusammen mit einem Dutzend weiterer freier Bauern aus dem Augau und dessen Umgebung verbarg, nicht fanden.

Es wurde bereits Nacht, aber die Luft war noch immer nicht rein. Die Bäume des kleinen Hains, in dem sich die Mulde befand, rauschten, und mit jedem herbstlichen Windstoß verloren sie mehr Blätter, sodass ihr Zufluchtsort bei Sonnenaufgang sehr viel nackter daliegen würde als noch am Vortag. Hilger hatte die Männer in diesen Hain geführt. Er kannte das Versteck, hatte es zusammen mit Bero und Hatho schon Tage vor der Schlacht entdeckt. Es hatte den Freunden als verborgener Lagerplatz gedient, bevor sie zu den Männern des Widukind gestoßen waren. Doch nun fühlte Hilger sich nicht mehr sicher, denn Bero war bei den Verrätern, und Bero kannte diesen Unterschlupf.

Und tatsächlich: Da kam jemand.

Alle griffen sie gleichzeitig und möglichst lautlos zu ihren Waffen.

In der Dunkelheit schlich ein Schatten zwischen den Bäumen entlang. Groß, ja hünenhaft mit breiten Schultern, aber dennoch wieselflink.

»Haltet ein!«, zischte Hilger den anderen zu, denn er hatte ihn erkannt, den Schmied Hatho. Ehe sie sich's versahen, sprang Hatho auch schon in die Grube, und ohne Rast scheuchte er die Männer hinaus.

»Flieht! Flieht, so schnell euch eure Beine tragen können. Sie kommen, sie werden jeden Augenblick hier sein«, vernahm man seine dunkle, energische, aber dennoch möglichst leise gehaltene Stimme.

Hatho und Hilger kletterten gemeinsam aus der Mulde und rannten davon, doch es war zu spät. Ein Pfeil sauste bereits herbei und bohrte sich in Hilgers Schulter. Ein zweiter schoss heran und traf ihn in der Kniekehle. Hilger brach zusammen.

Obwohl Hilger dem Hatho an Größe und Gewicht kaum nachstand, schulterte dieser den verwundeten Freund und lief mit ihm davon. Wenige Schritte vom Hain entfernt warf er Hilger hinter einen mannshohen Felsbrocken, hinter welchem auch er sich sogleich verbarg. In der Dunkelheit konnte Hatho verfolgen, wie die Häscher alle Männer einfingen. Alle außer Hilger und ihn.

Erst im Morgengrauen war die Luft rein, um die Flucht fortzusetzen. Vier Tage benötigte Hatho, um seinen verwundeten Freund zurück ins heimatliche Augau an der Weser zu bringen.

Und es vergingen noch Wochen, bis sich Hilger von seiner Verwundung erholt hatte. Er sprach nur wenig. Seine Frau, seine Mutter und seine Schwestern wachten Tag und Nacht an seinem Lager, und hin und wieder kam Hatho herbei, der junge Schmied aus dem Tal am südlichen Rande des heiligen Berges, um nach dem Freund zu sehen.

»Ich habe Kunde davon, was mit ihnen allen geschehen ist«, berichtete Hatho eines Tages.

»Auch an mich ist es bereits herangetragen worden«, erwiderte Hilger ruhig, aber mit eiskalter Stimme. »Die Seherin Wanda hatte es schon vor der Schlacht vorausgesagt. Wir haben ihr nicht geglaubt.«

Hatho nickte, dann murmelte er folgende Worte vor sich hin: »Siegreich werden sie sein und dennoch nicht siegen. Wiederkehren werden drei, aber dennoch nicht bleiben. Einer jedoch wird Rache üben.«

Mit leerem Blick starrte Hilger an die rußgeschwärzte Wand. »Es heißt, man habe die Gefangenen wie Vieh zusammengetrieben. Die Waffen hat man ihnen genommen. Und dann hat man ihnen die Köpfe abgeschlagen.«

»Was für ein Sieg«, fügte Hatho hinzu.

»Ja, was für ein Sieg. Verrat im Moment des Triumphes. Und das von den eigenen Leuten.«

Hilger zog sein verletztes Bein zu sich heran und ließ es mit schmerzverzerrtem Gesicht sinken. Dann drehte er sich zur Wand und sprach drei Tage lang kein Wort mehr.

Am vierten Tage erhob er sich plötzlich und humpelte davon.

Sein Weg führte ihn durch den Wald seiner Väter in Richtung Süden, er durchquerte das Tal, ignorierte die große Siedlung zu seiner Linken und hinkte den nächsten Berg hinauf – den, welchen man schon seit Urzeiten den heiligen Berg hieß. Das Haus des Schmieds ließ er hinter sich, ohne dort vorbeizuschauen, und schleppte sich weiter fort, in den Wald, der schon bald am Hang des Berges begann und Meinradscher Wald genannt wurde. Bald hatte er eine große Lichtung erreicht, und in dieser Lichtung lag der Meinradsche Hof.

Der alte Meinrad war seit wenigen Jahren tot, und sein Sohn Bero war nun Herr im Hause. Hilger blieb vor dem dichten, aus Weidenruten geflochtenen Zaun stehen, der das Gehöft umgab. Das Tor war geöffnet, doch den Grund des Bero wollte er nicht betreten. Stattdessen starrte er von außerhalb auf das Langhaus. Nach wenigen Augenblicken kam ein kleiner Junge zu ihm gelaufen, vier oder fünf Jahre mochte er zählen.

»Wohin willst du? Willst du zu meinem Vater?«

»Ja«, sagte Hilger nur.

»Da hast du Glück. Alle anderen sind fort. Nur Vater und ich nicht. Ich gehe ihn gleich holen.« Im Nu war der Kleine im Stall verschwunden und kam sogleich mit seinem Vater an der Hand wieder heraus.

Bero stutzte zunächst, als er Hilger sah. Doch dann ging er lachend auf ihn zu.

»Es freut mich, dass du genesen bist. Ich hoffe, du bist stark genug, ein Bier mit mir zu trinken. Es können auch zwei oder drei sein. Komm nur herbei.«

Hilger schwieg. Als Bero schließlich vor ihm stand, um ihm den Arm auf die Schulter zu legen und ihn zum Haus zu führen, bückte sich Hilger. Ganz langsam bückte er sich und griff nach einem Stock, einem mittelgroßen, schweren Ast, der dort auf dem Boden lag. Bero lachte noch immer freundlich und hub gerade an, etwas zu sagen, als Hilger zuschlug.

Er traf den um mehr als einen Kopf kleineren Bero an der Schläfe, und dieser ging sofort zu Boden. Verwundert schaute er Hilger an, als dieser erneut ausholte und auf den im Staub Liegenden einschlug. Der kleine Meinrad lief herbei, zog Hilger am Hosenbein, weinte und schrie, aber dieser störte sich nicht an dem Kind.

Wie ein Wahnsinniger prügelte er auf Bero ein, ohne Unterlass. Schon lange regte dieser sich nicht mehr, lag verkrümmt und mit gebrochenen Knochen in seinem eigenen Blut.

Endlich hielt Hilger inne, warf den Stock beiseite, drehte sich um und humpelte davon, das weinende Kind und den toten Bero zurücklassend.

1

Auf dem Hofe der Söhne des Hilger im Jahre 825

Stocksteif und schweißgebadet saß Inga auf ihrem Lager.

War alles ein Traum?

Oder war die Erscheinung wahrhaftig gewesen?

Die weiße Frau war durch die Stalltür gekommen, langsam, leise, fast schwebend. Und dann war sie vor ihr, der schlafenden Inga, stehengeblieben und hatte sie lange angeschaut, um schließlich in der Dunkelheit des Raumes zu verschwinden.

Inga atmete schwer, zitternd fuhren ihre Hände über die Schlafstelle an ihrer Seite. Sie war leer. Er war noch nicht zurück. Oder er lag bei der anderen.

Wer war diese weiße Gestalt?

Es musste eine Fylgje gewesen sein, ein Schutzgeist, ein Geist, der vor Bösem warnte. Ihre Großmutter hatte eine solche gesehen, in der Nacht, bevor der Großvater getötet worden war. Und jetzt war auch Inga eine begegnet. Irgendetwas war geschehen, das spürte Inga. Mit *ihm* war etwas geschehen.

Vorsichtig verließ sie ihr Lager. Mit nackten Füßen, bloß in ihren wollenen Umhang gehüllt, schlich sie hinüber zu der anderen. Inga konnte nur erahnen, wo das verhasste Weib lag, doch den Umrissen nach zu urteilen, die in der Dunkelheit des einzigen Raumes dieses riesigen Langhauses schwer auszumachen waren, lag sie allein. Allein mit ihrem dicken Bauch, in dem sie *sein* Kind trug.

Auch alle Übrigen schliefen tief und fest. Weit mehr als ein

Dutzend Leute, Männer, Frauen, Kinder, alt oder jung, frei oder unfrei. Alle in diesem einen Raum, in diesem einen Haus, unter dem schützenden Dach der noch jungen Hilgerschen Sippe.

Aber er war nicht da, war nicht zurückgekehrt.

Inga ging, sich behutsam vortastend, in Richtung des Stalles, dorthin, wo die vierzehn Rinder und drei Pferde standen. Doch auch Bless war nicht da. Ihr Platz war leer, ihr Heu lag unangerührt dort, verströmte einen verführerischen Duft und ließ die beiden anderen Pferde nervös an den Hanfseilen zerren, die sie davon abhielten, an das begehrte Futter zu gelangen.

Inga entriegelte die Tür und ging hinaus. Die Nacht war sternenklar, der Mond schien voll vom Himmel, und es herrschte absolute Stille. Der Herbstwind hatte sich gelegt, und auch die Stimmen des nahen Waldes waren verstummt. Ohne den kalten und nassen Boden unter ihren Füßen zu bemerken, ging Inga auf den Wald zu. Sie verließ das umfriedete Grundstück und stapfte vorsichtig hinunter in den Hohlweg, den natürlichen, meist matschigen Pfad, der, von Schmelz- und Quellwasser gegraben, direkt ins Tal zum einst riesigen Gehöft des Freien Liudolf führte.

Dorthin wollte er an diesem Abend reiten, dort wollte er im Hause des Liudolf sitzen und mit diesem und weiteren Freien aus der Gegend Unmengen an Bier trinken.

Das musste sie nicht verwundern, denn es kam häufig vor. Und ebenso wenig ungewöhnlich war, dass er die ganze Nacht fortblieb.

Von einem dieser Trinkgelage hatte er vor wenigen Monaten dieses Weib mit nach Hause gebracht. Hatte sie seiner Familie als sein »Friedelweib«, seine Nebenfrau, vorgestellt. Hatte sich nicht darum gekümmert, dass die Kirche diese Unsitte verbot. Denn, so hatte er gelacht, deren Kaiser Karl habe es mit den Weibern nicht anders getrieben.

Grundsätzlich kümmerte er sich nicht um das, was der neue Glaube den Menschen vorschrieb, er hielt sich lieber an die Traditionen seiner Vorväter. Und eine dieser Traditionen war es, sich allmonatlich im Hause des Liudolf bis zur Besinnungslosigkeit zu besaufen.

Doch heute war etwas anders als sonst, Inga spürte es. Er war alleine fortgeritten, ohne seine Brüder, die ihn sonst begleiteten. Und dann war ihr im Schlaf der warnende Geist der weißen Frau erschienen. Es musste etwas passiert sein.

Schwarz erhob sich der bewaldete Berg zu ihrer rechten Seite. Inga vermied es, ihren Blick in Richtung dieses dunklen Lochs zu wenden. Lieber schaute sie auf den Weg, der sich im Schein des Mondes vor ihren Füßen durch eine tiefe, aber breite Mulde dahingrub. Am meisten fürchtete sie die Wölfe. Es hatte in diesem Herbst bereits zwei Übergriffe gegeben. Sehr früh für die Jahreszeit, denn eigentlich kamen sie erst mit dem Schnee in die Dörfer und auf die Höfe, um das Vieh zu stehlen. Drei Hühner und ihren geliebten Hofhund hatten sie einbüßen müssen. Ihr wurde mulmig, wenn sie daran dachte, wie viele gelbe Augen wohl nun im Schutze des Waldes ihren Blick auf sie richteten und nur den günstigsten Moment abwarteten. Über all die anderen Unholde, die des Nachts ihr Unwesen im Walde trieben, wollte sie besser gar nicht nachdenken. Unwillkürlich griff sie nach dem Holzkreuz, das sie an einem Band um den Hals trug und in welches sie vorsichtshalber, natürlich auf der Rückseite, eine Schutzrune hineingeritzt hatte.

Da! An der Stelle, wo der Hohlweg sich unter der Obhut dreier Linden scharf in Richtung der Siedlung wand, stand etwas. Ein heller Schatten, ein Tier. Es bewegte sich nicht. Inga blieb stehen und versuchte ihren Blick zu schärfen. Es war ein weißes Pferd – ein weißes, reiterloses Pferd.

»Bless!«, rief sie mit gedämpfter Stimme, und es dauerte nicht lang, da trottete das Tier ängstlich wiehernd auf sie zu.

»Bless, wo ist er? Hast du ihn abgeworfen?« Inga war erleichtert. Wahrscheinlich lag er betrunken im Gebüsch. So kalt, dass er dabei erfrieren könnte, war es glücklicherweise in dieser Nacht noch nicht.

»Komm, mein Mädchen, bring mich zu ihm.« Inga streichelte die Nüstern des Pferdes und schwang sich dann etwas umständlich auf seinen Rücken. Ohne ihr Zutun machte das zottelige, kleine Tier sofort kehrt und trottete mit seiner Reiterin den dunklen, holprigen Weg entlang. Inga war nicht geübt auf dem Rücken von Pferden, sie hatte genug damit zu tun, sich festzuhalten, und sicherlich wäre sie jäh hinuntergestürzt, wenn Bless nicht selbstständig vor Erreichen der Blitzeiche, von der ein dicker Ast bedrohlich tief über den Weg ragte, zum Stehen gekommen wäre.

»Komm weiter, Bless, ich ziehe den Kopf ein. Das geht schon.«

Doch das Pferd wehrte sich, es riss an den Zügeln und warf den Kopf immer wieder so hart von oben nach unten, dass Inga nichts anderes übrigblieb, als abzusteigen.

Und dann erblickte sie ihn.

Er lag unmittelbar vor den Hufen des Pferdes im schwarzen Schatten eines Dornbusches. Schnell beugte sie sich zu ihm herab und versuchte in der Dunkelheit seinen Zustand zu erkunden.

Er hatte eine Platzwunde auf der Stirn und rührte sich nicht.

»Aufwachen, du Trunkenbold!«, rief Inga barsch. »Aufwachen!«

Keine Reaktion.

Sie fasste ihn bei den Schultern und versuchte ihn ein wenig aufzurichten. Es war unglaublich schwierig für eine zierliche Frau wie sie, diesen riesigen Mann zu bewegen. Doch als sie endlich seinen Oberkörper ein kleines Stück zu sich gezogen hatte, fiel es ihr auf: Sein Kopf war unnatürlich verdreht und schien nur noch von der Haut und den Sehnen am Körper gehalten zu werden. Das Genick war gebrochen.

Inga war starr vor Schreck. Sie ließ seinen toten Körper langsam zu Boden sinken, richtete sich auf und ging, stumm und mit kleinen Schritten, zurück zum Hof.

Als sie das Haus betrat, brannte bereits ein Feuer. Ada saß an der wärmenden Ofenstelle und stillte ihr jüngstes Kind. Sie war einige Jahre älter als Inga, jedoch die Frau des Zweitgeborenen, des jüngeren Bruders – nunmehr neuer Herr des Hilgerschen Hofes.

Inga ging wie betäubt auf sie zu. Regungslos schaute sie auf das Kind, den kleinen Jungen, der rosig und gesund an der Brust seiner Mutter lag.

Stumm nickte Inga, und Ada blickte sie lange an. Sie sagten beide nichts, aber in Adas Augen war die Angst zu erkennen, die die Schwägerin ihr mit ihrem merkwürdigen Verhalten einflößte.

Inga senkte den Blick, dann atmete sie tief ein und ging zu der Stelle, an der Adas Mann, Ansgar, noch immer friedlich schlief. Mit schnellen Bewegungen klopfte sie ihm mit ihren Fingerspitzen auf die Schulter. Als er sich rührte, sprang sie einen Schritt zurück.

»Lass mich in Frieden, Weib«, brummte er nur und drehte sich wieder um, ohne die Augen zu öffnen. Inga klopfte erneut.

»Verschwinde«, rief er nun wütend und richtete sich auf. Erst jetzt erkannte er, dass es nicht Ada, sondern die Frau seines Bruders war, die vor seiner Schlafstatt stand. Mit einem Blick, der offen ließ, was er von dieser ungewöhnlichen Situation erwartete, schaute er Inga an. Erst als er bemerkt hatte, dass auch Ada bereits erwacht war, fragte er grimmig: »Was willst du?«

»Rothger ist tot. Du musst ihn holen gehen.«

»Du hast ihn umgebracht. Du warst es. Du warst es, du Unholdin. Du Hexenbrut! Du warst es!«

In dem Moment, in dem Ansgar und der junge Gernot ihren toten Bruder auf den Hof gebracht hatten, hatten das schrille Gebrüll und die üblen Beschimpfungen des losen Weibes begonnen. Sie galten Inga. Diese saß nur stumm auf der langen Bank, hielt sich die Ohren zu und blickte ihre vor Trauer rasende Rivalin stumpf an.

Es war schließlich Ada, die sich erhob, ihren Säugling dem alten Ulrich in die Arme drückte und der kreischenden Schwangeren eine schallende Ohrfeige gab.

»Verschwinde aus diesem Haus«, sagte sie ruhig, aber laut. »Du hast hier nichts mehr verloren. Du nicht, und dein Bastard erst recht nicht.«

Der alte Ulrich nickte zustimmend. Die Schwestern Berta und Gisela, bis dahin stumm vor Schreck, kicherten leise. Gernot sah beschämt zu Boden, und Ansgar blickte seine Frau streng an. Inga nahm langsam ihre Hände von den Ohren, stand auf und ging hinaus.

Sie steuerte auf die Stelle zu, in der sich der Hohlweg zu einer breiten Quellmulde formte. Die Stelle, die den jungen Hilger ermutigt hatte, als Erbe eines nur kleinen Familienzweiges seinen Sippenverband im Tal zu verlassen und sich hier, am Hang eines finster bewaldeten Berges, auf steinigem und zugleich sumpfigem Grund einen eigenen Hof zu errichten. Einen mittlerweile enormen Hof, ertragreicher noch als das Stammgehöft, welches sich seit der Frankenherrschaft aufzulösen begann und mit Liudolf einen zwar starken, aber bei weitem nicht so eigenwilligen und freiheitsliebenden Herrn hatte, wie es einst Hilger gewesen war.

Der Herbstmorgen war sonnig und überraschend warm. Inga ging bis zu der Stelle, wo sich jetzt, zu dieser Jahreszeit, wieder reichlich Wasser in einer von Menschenhand erschaffenen Grube sammelte. Dort setzte sie sich auf einen Baumstamm, den Blick nicht nach hinten, zum Grund der Hilgerschen Sippe, gerichtet, sondern nach vorn, in den Herbstwald, der sein Laub zu verlieren begann.

Wäre sie ein Vogel, so dachte sie, könnte sie sich nun erheben und einfach geradeaus davonfliegen. Über den bewaldeten Berg, durch das Tal, über den sprudelnden Bach und hinauf auf den nächsten, größeren Berg, den Berg, auf dem sie ihre Kindheit verbracht hatte.

Sie würde direkt auf dem Dach ihres Elternhauses landen, würde ihre Mutter beobachten, wie sie mittlerweile alt und grau vor dem Haus in der Sonne saß und ein Huhn rupfte. Sie könnte ihren Bruder wiedersehen, der das Heu wendete. Und ihren Vater, der mürrisch und griesgrämig in Richtung Norden schaute – dorthin, wo die verhassten Hilgerschen lebten. Die, die ihm den Vater ermordet hatten, als er noch ein Kind war, und ihm später seine älteste Tochter geraubt hatten.

Wie gerne wäre Inga nun zurück zu ihrer Familie gegangen. Doch sie konnte nicht. Niemals würden sie sie wieder aufnehmen, nicht nach alldem, was vorgefallen war. Vorgefallen in so vielen Jahren, ja Jahrzehnten des Hasses zwischen diesen beiden freien Bauernsippen.

Sie hatten sich gegenseitig die Felder verwüstet, einander das Vieh vergiftet, Flüche waren ausgesprochen, Schadenszauber ausgeführt worden. Ja, es hieß sogar, Ingas Großmutter habe den Stier behext, der den Mörder ihres Mannes letztendlich totgetreten hatte. Und dann war Inga gekommen und hatte erneut Schmach über ihre Familie gebracht.

Sie hatte die Familie entehrt, hatte sich einfach entführen lassen von diesem lauten und groben Rothger, Sohn des Totschlägers Hilger. Eine trächtige Sau hatte Rothger den Meinradschen an den Zaun gebunden. Das sollte der Preis für die verlorene Tochter sein. Eine Beleidigung, eine Beleidigung auch für Inga. Doch damals war sie blind und dumm gewesen.

Nie würde es für eine wie sie einen Weg zurück geben.

Sie hatte Rothger anfangs geliebt. Doch mit den Jahren war diese Liebe zunächst in Gleichmut und dann in Hass umgeschlagen.

Er wollte ihr nicht verzeihen, dass es ihr nicht gelang, ihm einen gesunden Erben zu schenken. Nicht einmal ein Mädchen hatte sie lebendig zur Welt bringen können. Vier Mal waren ihre Schwangerschaften vor der Zeit zum Ende gekommen, vier Mal hatte sie viel zu kleine, nicht lebensfähige Kinder geboren.

Das war Rothger zu viel. Ganz gleich, wie jung, schön und begehrenswert seine Frau auch war – sie war unfruchtbar und damit für ihn nahezu wertlos. Doch gehasst hatte Inga ihn erst ab dem Moment, als er die Zweite mit ins Haus brachte – die feile Dirne.

Immerhin – und da musste sie ihm bei all der Demütigung dankbar sein – hatte er sie nicht verstoßen. Und das lag nicht daran, das Rothger, Sohn des Hilger, etwa ein anständiger Mann war oder sich gar nach den Regeln des christlichen Glaubens richtete, wonach der Stand der Ehe unauflöslich war. Nein, vielmehr brauchte er Inga. Er brauchte sie, weil nur sie genau wusste, wie hoch der verfluchte Zehnte veranschlagt war, den sie mehrmals im Jahr an die Kirche abliefern mussten, weil sie es war, die den Überblick über all ihre Vorräte, ihr Saatgut hatte, die es verstand, mit den ihnen zur Verfügung stehenden

Mitteln bestmöglich zu haushalten, ja teilweise sogar eigene Gewinne durch das Herstellen gefärbter Tuche einfuhr. Inga war eine viel zu kluge Frau, als dass Rothger auf sie als Verwalterin, als Inhaberin der Schlüsselgewalt in seinem Hause, hätte verzichten wollen.

Nun war er tot, und Inga saß, mit den Füßen im Schlamm, auf einem moosbedeckten Baumstamm und dachte darüber nach, wie wenig er ihr leidtat. Ja, fast hatte er es verdient, sich an diesem Eichenast den Schädel zerschmettert und den Hals gebrochen zu haben, an einem Ast, den er genau kannte, unter dem er schon so häufig heil hindurchgeritten war und den er bislang nur deshalb nicht abgesägt hatte, weil der Baum schon seit ewigen Zeiten als heilig galt.

Er tat ihr wahrlich nur ein wenig leid. Anders jedoch dachte sie über sich selbst: Was würde nun aus ihr werden? Aus Inga, verstoßene Tochter des Meinrad, kinderlose Witwe, Frau ohne Recht und ohne Bleibe. Sie würde fortan unter der Munt ihres Schwagers Ansgar stehen, und dieser würde entscheiden, ob sie bleiben dürfte oder gehen müsste. Gehen wohin?

Etwa mit einem der vielen friesischen Schiffer die Weser hinauf zu einem der großen Handelsplätze – dorthin, wo viele Kaufleute und Seefahrer ohne ihre Ehefrauen hinkamen, wo sie ihre Geschäfte abwickelten und sich nach einem harten Arbeitstag gerne in den Armen der zahllosen an diesen Orten lebenden Huren entspannten?

Oder sollte sie in der Gegend bleiben, zum Flecken Huxori ziehen und sich in der Nähe des neuen Klosters herumtreiben, in der Hoffnung, von den Mönchen Almosen zu empfangen?

Bis vor wenigen Stunden war sie die Herrin eines Hofes, einer riesigen, freien Bauernstelle gewesen. Nun war sie ein Nichts, abhängig von der Gunst derer, die noch gestern unter ihr standen.

Wenn sie doch nur vernünftig gewesen wäre. Wenn sie sich

damals, auf dem Frühlingsfest, nicht von Rothger hätte beeindrucken lassen. Wenn sie sich nicht heimlich mit ihm getroffen und sich schließlich von ihm hätte entführen lassen. Warum nur hatte sie das getan? Welche bösen Geister hatten Besitz von ihr ergriffen, als sie solch eine Schande über ihre Familie brachte?

Jetzt stand sie da, nicht einmal fünfundzwanzig Jahre alt, allein und ohne Ausweg – und wahrscheinlich, so würde der Priester im fernen Huxori sprechen, bei dem sie erst zweimal in ihrem Leben zur Beichte war, wahrscheinlich war das die gerechte Strafe des neuen Gottes für all ihre schweren Verfehlungen und schamlosen Sünden.

»Es gilt den Toten vorzubereiten, Inga. Beklagen wir ihn lieber gemeinsam, als dass du hier allein im Wald sitzt.«

Es war Gernot, der jüngste Bruder Rothgers, der plötzlich hinter ihr stand. Er war bereits in Ingas Alter, aber trotzdem wirkte er unglaublich jung, fast noch wie ein Kind. Keiner der drei Brüder glich dem anderen. Im Gegensatz zu den älteren beiden war Gernot zwar ebenfalls groß gewachsen, aber sehr schmächtig, fast dürr. Ihm fehlte das herrisch Bedrohliche eines Rothger und eines Ansgar – vielmehr war er ein fröhlicher, gutmütiger, fast weicher junger Mann. Im Gegensatz zu Ansgar mochte Inga Gernot sehr gern.

Traurig lächelte sie ihm zu, stand auf und ging mit ihm schweigend zurück zum Haus. Drinnen war ein lautes Wehklagen zu hören. Alle Frauen der Familie samt der Mägde standen bei dem auf einer Bank liegenden Toten, weinten, schrien und verfielen immer wieder in altbekannte Totengesänge.

Es war schon lange verboten, diese heidnischen Rituale zur Beschwichtigung der verstorbenen Seele zu vollziehen. Aber nach wie vor gab es niemanden – keinen Bauern, keinen Hörigen und auch kaum einen Edlen in der nahen Umgebung –, für den nach seinem Ableben keine Totentänze, Totengesänge, Totenklagen und Totenmahle abgehalten wurden.

Niemand mehr war ungetauft in diesen Tagen, jeder war Christ. Doch die nächste Kirche lag fast einen Tagesmarsch entfernt, und sie an einem jeden Sonntag zu besuchen, war den Menschen fast unmöglich. Auch Geistliche verirrten sich nur selten in diese Gegend, und so gab es neben dem Wenigen, was man vom neuen Glauben wusste, vor allem das Viele, was vom alten Glauben geblieben war.

So war es auch Ingas Aufgabe, ihrem verstorbenen Mann eine Münze unter die Zunge zu legen, den Lohn für den Fährmann, der ihn über den Fluss Styx in die Unterwelt bringen sollte. Und dort sollte er auch bleiben. Selbst diejenigen, die ihn geliebt hatten, wünschten sich das. Denn nichts war grauenhafter, als wenn die Seelen der Toten weiterhin im Diesseits wandelten und die Lebenden in Angst versetzten.

Natürlich wurde auch des neuen Gottes und seines Sohnes Jesus Christus gedacht. Man betete – so gut man konnte – für den Toten, hoffte auf sein Seelenheil und legte ihm ein Holzkreuz auf die Brust.

Danach begannen die Frauen mit der Totenwache, während sich Ansgar und Gernot auf den Weg machten – der eine, um den Grafen Bernhard aufzusuchen, diesem vom Tode des Bruders zu berichten und sich selbst vom Heerdienst freistellen zu lassen, der andere, um die Mitglieder der Großsippe sowie alle freien Nachbarn im Umkreis zum Totenmahl für den verstorbenen Rothger zu bitten.

Alle, bis auf die Familie des Meinrad.

»Ja, er war sehr trunken, als er von meinem Hof aufbrach. Die Nacht war schon zur Hälfte vorüber, und wir hatten bereits seit dem frühen Abend zusammengesessen und gezecht.«

Es war Liudolf, der da sprach, Oberhaupt der Stammsippe der Hilgerschen und Gastgeber des Gelages, von dem Rothger nicht lebendig heimgekehrt war.

Das Totenmahl war schon seit einiger Zeit beendet, aber die Männer saßen noch immer um den großen Tisch im Hause der Hilgerschen zusammen, leerten wiederholt ihre Trinkgefäße und sprachen über all die wichtigen Begebenheiten, die sich in der letzten Zeit zugetragen hatten.

Ihre Frauen und Kinder waren bereits in die Siedlung und in ihre umliegenden Höfe zurückgekehrt, und die Frauen der Hilgerschen Sippe hatten bereits Ordnung gemacht und sich dann in die andere Hälfte des großen Raumes zurückgezogen. Einige verrichteten noch Handarbeiten, andere, wie die Schwestern Berta und Gisela, hatten sich bereits schlafen gelegt. Inga saß da und entwirrte eine alte Spindel, um sie wieder brauchbar zu machen. Aufmerksam lauschte sie dabei den lallenden Worten der Gäste und Ansgars, des neuen Hausherrn.

»Er lag unmittelbar unter der Blitzeiche. Muss wohl im vollen Galopp mit dem Kopf gegen den Ast gestoßen sein. Anders kann ich es mir nicht erklären.« Ansgar sprach noch immer ruhig, er wirkte fast nüchtern.

»Ein böser Unfall. Man sollte den Baum endlich fällen«, riet einer der Gäste, und dann fragte er: »Was wirst du jetzt tun, Ansgar? Hast du darüber nachgedacht, Vasall des neuen Klosters zu werden? Sei nicht so starrköpfig wie dein Bruder. Auch ich werde es machen. Es ist zu unserem Nutzen, lasst es euch gesagt sein. Was bringt es uns, auf unsere Freiheit zu pochen, wenn sie sie uns früher oder später ohnehin nehmen? Lieber gehe ich aus freien Stücken und unter guten Bedingungen, als dass ich eines Tages mit leeren Händen und als Höriger dastehe.«

»Als Vasall bist du nicht besser als ein Höriger«, antwortete Ansgar.

»Das ist nicht wahr. Selbst der Graf und alle Edelinge im alten Augau sind Vasallen des Königs. Die sind doch nicht hörig.«

»Du aber bist kein Edler, du bist ein Friling. Und ein Friling zählt bei den Franken nicht mehr als ein Unfreier. Die kennen keine Freien, da gibt es nur Edle und Hörige. Lieber lass ich mich von denen erschlagen, als dass ich ihre Lockspeisen annehme und ihnen mir nichts, dir nichts das Land meiner Väter zur Verfügung stelle, um mich selbst zum Knecht herabzuwürdigen.«

»Das mag alles wahr sein, Ansgar«, warf Liudolf ein. »Aber mit dem neuen Kloster sind auch neue Herren in die Gegend gekommen. In den zwei Jahren, in denen es nun da unten an der Weser erbaut wird, hat es schon so viele Schenkungen an die Mönche gegeben, dass sie bereits über mehr Land verfügen als die edle Sippe der Billinge. Ganz zu schweigen von dem Königsgut, das sie vom Kaiser als Lehen erhalten haben. Ja, geschenkt hat er es ihnen gar, heißt es. Und dass sie sogar den Grafen gezwungen haben, Ländereien an sie zu verkaufen, ist euch allen bekannt. Wenn die einen Grafen zwingen können, dann werden sie vor einem Freien keinen Halt machen. Es gibt kaum einen Freien, der nicht überlegt, ihnen seine Dienste anzubieten. Sie umzingeln uns, quetschen uns ein wie die Midgardschlange die Welt, und irgendwann bekommen wir keine Luft mehr. Lass dir das gesagt sein, Ansgar.«

»Der freie Meinrad ist da nicht besser, will auch nicht nachgeben«, meinte Wulf, ein dicker, rotgesichtiger Vetter Liudolfs, und warf Inga dabei einen geringschätzigen und gleichzeitig lüsternen Blick zu. »Wo wir schon über den sprechen, Ansgar«, fuhr er fort, »was machst du denn jetzt mit dieser da, Meinrads Tochter? Willst du sie weiterhin durchfüttern?«

Inga schoss das Blut ins Gesicht. Sie versuchte sich nichts anmerken zu lassen und konzentrierte sich weiterhin darauf, die verknoteten Fäden von der Spindel zu lösen. Dabei lauschte sie angestrengt.

»Ich denke nicht, dass sie auf dem Hof ihres Vaters willkommen geheißen wird. Sie ist die Frau meines Bruders, also darf sie in unserer Familie bleiben.«

Mit diesen Worten Ansgars hätte Inga ganz und gar nicht gerechnet. Dennoch war ihr äußerst unwohl zumute.

»Na, die würde ich auch behalten«, lachte der Dicke laut und erhob sein Trinkhorn in Richtung Inga. Und auch die anderen Männer, außer Ansgar und Gernot, fingen an zu lachen.

»Wenn du nicht genug Arbeit für sie findest – ich kann immer eine willige Magd gebrauchen«, rief einer.

»Die muss dir aber schöne Dienste leisten, Ansgar, wenn du die Tochter eures Todfeindes einfach bei dir behältst. Was kann sie denn besonders gut? Erzähl schon, wir sind ganz Ohr«, wollte ein anderer wissen.

»Wenn sie will, bleibe ich heute Nacht. Ich bin gut darin, Witwen zu trösten. Und die da wollte ich schon immer mal trösten«, lallte der rotgesichtige Wulf wieder.

»Haltet eure Schandmäuler, allesamt, wenn ihr weiter mit mir trinken wollt«, sagte Ansgar ruhig, aber entschieden. Alle verstummten, indem sie ein »Schon gut« oder »Hab dich nicht so« vor sich hinmurmelten.

»Aber eine Frage hätte ich da schon noch«, warf noch einmal der Dicke ein. »Was geschieht mit Uta, dem Friedel Rothgers? Darf auch sie bleiben?«

»Sie muss gehen, sobald das Kind da ist. So habe ich entschieden. Und jetzt wird kein weiteres Wort mehr darüber verloren.« Ansgar verging die Lust am Beisammensein mit den anderen Männern. Mit dem ihm eigenen düsteren Blick sah er zu Inga herüber.

Wäre er nicht so griesgrämig, so hätte man ihn einen schönen Mann nennen können. Das hatte Inga schon früher gedacht. Besonders seine hellen Augen mit den geraden rotblonden Brauen, die er jedoch meist finster zusammenzog, seine ebenmäßige Nase und der schöne volle Mund ließen ihn weitaus ansehnlicher erscheinen als seinen bärenhaften Bruder Rothger. Doch anders als diesen, hatte Inga Ansgar noch niemals lachen sehen. Er war meist ruhig und beherrscht, doch wenn man ihn zu sehr reizte, dann wurde er rasend. Das wusste Inga, das wusste das ganze Haus, und das wussten auch die Gäste, die nun rasch nach einem neuen Gesprächsthema suchten.

»Ihr habt sicherlich schon alle von den beiden Mönchen gehört, die seit einigen Tagen auf dem heiligen Berg leben«, warf schließlich einer der Männer in den Raum.

»Natürlich haben wir das gehört«, antwortete Liudolf. »Und das bestätigt doch nur, was ich eben schon sagte. Sie kreisen uns ein. Wir sind nicht mehr so stark wie zu Zeiten Widukinds. Gegen die haben wir keine Macht. Es gilt den Schild sinken zu lassen und sich zu ergeben. So schmerzhaft das sein mag.«

»Was wollen die da?«, fragte Ansgar fast gelangweilt.

»Eine Kirche wollen sie bauen, auf dem heiligen Platz zwischen den alten Linden. Dort, wo unsere Väter ihr Thing abhielten und wir seit der Christenzeit unsere Toten begraben müssen.«

»Dort stand bereits eine Kirche«, warf der uralte Ulrich, einziger noch lebender Bruder des Hilger, ein. »Der Frankenkönig Karl, dieser Unhold, hat sie errichtet und von seinem Römer, dem Papst, weihen lassen. Mehr als dreißig Sommer und Winter sind seither vergangen, aber das Gotteshaus hat es nur wenige Wochen gegeben.«

»Vom Blitz wurde es getroffen und ist verbrannt. Nicht einmal die Erinnerung ist geblieben«, setzte Liudolf die Worte des Alten fort.

»Die Rache der Götter«, murmelte dieser.

»Die Rache der Götter«, wiederholten viele Stimmen am Tisch.

»Doch jetzt versuchen sie es wieder«, sprach Liudolf weiter. »Sind nicht zufrieden damit, dass uns ihr Christengott nicht behagen will.«

»Den gibt es gar nicht«, schimpfte der alte Ulrich. »Sollen sie es erst einmal beweisen. Wodan und Thor, sie schicken uns ständig Zeichen ihrer schrecklichen Macht. Aber dieser, der Mildtätige? Wo ist er, wenn man seine Güte und Gnade braucht? Weibergewäsch ist es, mehr nicht. Wer will einen solchen Gott? Einen, der Gutes verspricht und es nicht bringt, einen ohne Waffen, ohne Kraft.«

»Sie glauben selbst nicht daran, benutzen die Märchen über ihren Gott und seinen Sohn, um uns einzulullen wie die kleinen Kinder. Versprechen uns ein Leben nach dem Tod, wenn wir ihnen in diesem Leben all unser Land vermachen«, fügte Ansgar nüchtern hinzu.

»So ist es«, bestätigte Anselm, ein ruhiger Mann, der bislang fast gar nicht gesprochen hatte. »Als der Gebhard – ihr wisst schon, der aus dem Wiesengrund – als der letzten Sommer im Sterben lag, da kam doch tatsächlich einer der Mönche aus dem fernen Weserkloster über die Berge bis zu Gebhards Sterbebett. Und dann hat er ihm von der Hölle und den Qualen berichtet, die ihn dort erwarten, es sei denn, er vollbringe vor seinem Tod noch eine christliche Tat. Und diese christliche Tat bestand darin, sein gesamtes Land dem Kloster zu vermachen. Und seine Kinder wurden somit zu Hörigen.«

»Das stimmt nicht, Anselm«, ging ein anderer Gast dazwischen. »Gebhard hat es aus freien Stücken gemacht. Sein Sohn war noch zu jung, um einen eigenen Hof zu übernehmen. Ihnen ergeht es als Vasallen nun besser als zu Lebzeiten des Vaters.«

»Wie auch immer«, ergriff wieder Liudolf das Wort, »die Mönche sind da und wollen aus uns bessere Menschen machen. Warten wir ab, wie ihnen das gelingen wird. Fest steht, dass hinter ihnen eine Macht steht, die stärker ist als wir. Das gilt es ein für allemal hinzunehmen. Aus anderen Gauen vernahm ich, wie die Franken die letzten Freien zu drangsalieren verstehen. Immer wieder werden die Männer zum Kriegsdienst gerufen. Selbst gegen die kleinsten Räuberbanden müssen sie in die entferntesten Gegenden ziehen. Ihre Länder veröden, während diejenigen, die sich unter die Herrschaft eines Klosters oder eines Edlen begeben haben, nicht in den Kampf zu ziehen brauchen.«

»Solchen werden ihre Waffen genommen. Sie sind ehrlos«, murmelte Ansgar, vor sich hinstarrend.

»Bin ich etwa ehrlos? Trage ich etwa keine Waffen? Auch ich bin zu einem Teil Vasall des Klosters.« Liudolfs Stimme wurde lauter und klang gereizt.

»Noch, Liudolf, noch lassen sie dich deine Waffen tragen«, lächelte Ansgar bitter.

»Besser ist es, wir verabschieden uns für heute«, sagte Liudolf schließlich, stand schwankend auf und klopfte Ansgar auf die Schulter. »Morgen sind wir dabei, wenn ihr Rothger zu seiner Grabstatt bringt.«

»Nun ist er also unter der Erde.«

»Bereits im Morgengrauen sind sie losgezogen.«

»Und sie alle glauben an einen Unglücksfall?«

»So ist es.«

»Sollen sie. Irgendwann werden sie es schon noch mit der Angst zu tun bekommen. Du weißt, was als Nächstes zu tun ist.«

»Ich weiß, und ich weiß auch bereits, wie es geschehen wird.«

»Ich verlasse mich ganz auf dich. Bei dieser Aufgabe bedarfst du meiner Hilfe nicht.«

»Dennoch wird es nicht einfach sein.«

»Du wirst es schon schaffen. Es wäre zu gefährlich für uns, es nicht zu tun.«

»Ich weiß.«

»Es wird langsam kalt. Du solltest mir bald einen neuen Mantel bringen.«

»Ich bringe dir einen aus Schafsfell, der hält dich warm.«

»Pah. Aus Schafsfell? Soll ich herumlaufen wie ein Bettler?«

»Es sieht dich ohnehin niemand. Ich muss jetzt gehen. Werde wiederkehren, wenn der nächste Schritt vollbracht ist.«

»Lass dir nur Zeit. Trödle herum und warte, bis ich erfroren bin in dieser Wildnis.«

»Schimpf nicht. Du weißt, dass du dich auf mich verlassen kannst. Ich stehe zu meinem Wort.«

Den Abend nach der Beisetzung Rothgers verbrachte Inga in der Spinnstube. Diese befand sich in einem der Grubenhäuser, kleine, zu einem Drittel in den Boden eingegrabene und mit einem Strohdach versehene Hütten, in denen es in den kalten Jahreszeiten erstaunlich warm und gemütlich war. Inga saß gerne dort am Spinnrad, am liebsten allein oder zusammen mit den Mägden; nicht so gern mit Berta und Gisela, den neugierigen Jungfern.

An diesem Abend jedoch waren es eben diese beiden jüngsten Schwestern ihres verstorbenen Mannes, die an den zwei anderen Rädern sponnen, Inga immer wieder verstohlen ansahen und ständig miteinander flüsterten.

Inga hatte sie noch nie ausstehen können. Die Zwillinge hatten bereits ihr zwanzigstes Lebensjahr überschritten, aber noch immer keinen Mann gefunden. Das heißt, keinen, der ihnen gut genug gewesen wäre. Dabei, so dachte Inga, hatten sie ihr eigenes Spiegelbild doch stets vor Augen und müssten nur zu gut wissen, dass es um ihre Schönheit nicht gerade zum Günstigsten bestellt war. Doch selbst zu dieser Erkenntnis waren sie offensichtlich zu dumm. Und ihre Dummheit sowie ihr boshaftes Wesen zeigten sich an diesem Abend nur allzu deutlich, indem sie nämlich keine Hemmungen hatten, ihr bisheriges Verhalten Inga gegenüber grundlegend zu ändern. Noch gestern katzenfreundlich und nahezu unangenehm anschmiegsam, begegneten sie nun der verwitweten Schwägerin mit Verachtung, tuschelten halblaut und merklich über sie, gaben einsilbige Antworten auf höfliche Fragen Ingas und sahen sie immer wieder abschätzig von oben bis unten an.

Es war schon unangenehm gewesen, mit ihnen zusammenzusitzen, als sie sich noch darin überschlagen hatten, Inga Komplimente zu machen und ihre falsche Zuneigung zum Ausdruck zu bringen, indem sie schlecht über Ada und das Friedel Uta sprachen. Nun aber war es nicht nur unangenehm, sondern unerträglich, auf so engem Raum mit zwei solch missgünstigen Weibern zu sitzen.

Inga war froh, als die Tür aufging und Ansgar hereinkam. Im Vergleich zu seinen Schwestern war er das geringere Übel und sein Anblick regelrecht eine Erleichterung.

»Inga, komm ins Haus. Es wird Zeit, dass du Ada die Schlüssel überreichst«, sprach er düster, ohne ihr dabei in die Augen zu blicken.

Diese Worte waren zu erwarten gewesen, dennoch waren sie für Inga wie ein herber Schlag. Das hämische Gackern der Zwillinge im Ohr, folgte sie ihrem Schwager über den Hof ins Haupthaus.

11

Zwei Wochen waren nun seit dem Tod Rothgers vergangen, und für die kinderlose Witwe Inga hatte ein neues Leben begonnen. Sie wurde weiterhin auf dem Hof geduldet, ihre Aufgaben waren fest umrissen, und auch wenn die Arbeit im Grunde die gleiche blieb, so war es vornehmlich ihr Status, ihr Ansehen, welches sie mit einem Male eingebüßt hatte. Sie war nicht mehr Herrin des Hauses, ihr oblag nicht mehr die Ordnung der Hofführung, sie war nicht mehr weisungsbefugt, sondern musste nun Anweisungen annehmen. Unter anderem die, sich allein um die Schafe, die Ziegen und den alten Ulrich zu kümmern.

Ulrich war der ältere Bruder des alten, längst verstorbenen Hilger und somit der eigentliche Erbe des kleinen Anwesens im Tal gewesen, welches die Familie über mehr als hundert Jahre bewirtschaftet hatte. Aber Ulrich war von Geburt an verkrüppelt, und somit war das Erbe auf den verwegenen Hilger übergegangen, der dieses alsbald gegen das unwirtliche, sumpfige Waldgebiet eintauschte, auf dem sich nun der Hilgerhof mitsamt seinen urbar gemachten Feldern und Wiesen erstreckte.

Ulrich hatte das Unglück erfahren, dass an ihm bei der Geburt so unglücklich gerissen und gezerrt worden war, dass er zeit seines Lebens lahmte und unter einem krummen Rücken litt. Diese Behinderung war schon früh erkennbar gewesen, sodass sich sein Vater, Rothger der Alte, geweigert hatte, dem Erstgeborenen den ihm gebührenden Großvaternamen zu geben. So wurde er Ulrich genannt, und man hoffte inständig auf die Gnade der Götter, dass der Familie zu einem zweiten, gesunden Sohn verholfen wurde. Dieser Wunsch ging schließlich mit der Geburt von Hilger wenige Jahre später in Erfüllung.

Doch während dieser bereits unter der Erde ruhte, erfreute sich der ältere Bruder Ulrich nach wie vor des Lebens. Zwar brachte er die meiste Zeit im Hause zu und war deshalb auch als »Ulrich der Aschensitzer« bekannt, doch noch nie hatte er ernsthafte Zipperlein oder Gebrechen gehabt, geschweige denn eine schwerwiegende Krankheit. Dennoch musste er versorgt werden, selber konnte er sich nicht aufrichten und sich nur mühselig fortbewegen. Um sein Geschäft zu verrichten, sich zu waschen oder sein Schlaflager aufzusuchen, benötigte er Hilfe, und diese Hilfe sollte ihm fortan nicht mehr Ada, sondern Inga leisten.

Inga mochte den Alten. Auch als Herrin des Frilingshofes hatte sie hart arbeiten und unangenehme Aufgaben erledigen müssen. Einem Greis bei seinen alltäglichen Verrichtungen zur Seite zu stehen, war ihr kein Graus. Aber die Demütigung, die sie empfunden hatte, Ada im Beisein Ansgars die Schlüssel auszuhändigen, diese Demütigung lastete schwer auf ihrer Seele – schwerer noch als die Schmach, welche sie seit dem Tage hatte ertragen müssen, als Rothger die andere Frau nach Hause gebracht hatte.

Mit den Schlüsseln hatte sie nun alles gegeben, ihr ganzes Dasein, ihre Freiheit, ihr Leben. Nie wieder würde sie sein können, was sie einst war. Sie war die Schlüsselträgerin gewesen. Sie hatte über den Schatz der Familie geherrscht, hatte ihn bewahrt und mit dieser Funktion den Fortbestand des Stolzes und des Selbstbewusstseins einer noch jungen, aber erfolgreichen sächsischen Frilingssippe gesichert.

Das waren die Schlüssel zu dem Speicher und den beiden

Truhen, in denen alle Dinge von Wert verstaut waren: Darin lagen goldene und silberne Gürtelschnallen und Fibeln; darin lag ein Säckchen mit Silberdenaren, das gesamte Münzgeld der Familie; darin lag auch das abgebrochene Schwert des alten Hilger, mit dem er am Süntelgebirge so tapfer, aber dennoch vergeblich gegen die Franken gekämpft hatte. Darin lagen die Runenstäbe, die sie schon längst hätten verbrennen sollen, die aber dennoch immer wieder nützlich waren, um mit ihnen das Schicksal zu befragen. Darin lagen die vielen, vielen Holzfiguren, Abbilder ihrer Ahnen, die für Fruchtbarkeit, Gesundheit, Glück und Wohlstand sorgen sollten – und darin lag auch die Holztafel, welche Inga selbst angefertigt und auf der sie mit Hilfe von Runen und Strichen die genaue Anzahl der Abgaben geritzt hatte, welche die Familie als Zehnten der Kirche zu entrichten hatte.

Es war die einzige Steuer für die Freien, aber dennoch schmerzte es sie sehr. Und obwohl sie sie nun seit mehr als dreißig Jahren zahlten, war es gegen die Ehre eines jeden der Hilgerschen Hausherren gewesen, sich um diese verfluchte Abgabe im Einzelnen zu kümmern. Immer stand es der Frau zu, die vielen Zahlen und Waren im Kopf zu behalten, die es jedes Jahr zu bestimmten, vom Grafen und jüngst vom Kloster festgesetzten Terminen zur Zehntscheune in den nahen Ort zu bringen galt. Und oft hatte es Ärger gegeben, denn die Meier, die Eintreiber der Steuer, wussten genau, wie viel ein jeder Freie und Höriger abzuliefern hatte, sie hatten Listen, auf denen alles akribisch verzeichnet war. Die Bauern selbst mussten sich auf ihr Gedächtnis verlassen, und weil stets neue Prüfungen anstanden, Abgesandte des Bistums oder der Klöster an die Tür klopften und Fragen zu den neuen Erträgen stellten, die Vorräte, das Vieh und die Felder in Augenschein nahmen, um den Zehnten neu festzusetzen – weil dies so war, war es kaum jemandem möglich, gerade bei einer Größe des Hilgerschen Hofes, alle Abgaben genau im Gedächtnis zu behalten. Denn schreiben konnte niemand von ihnen.

Und in drei Tagen war es wieder so weit: Der gesamte Getreidezehnte, Federvieh und Eier mussten verladen und fortgefahren werden. Inga wusste das, und auch Ansgar war darüber von seinen Nachbarn in Kenntnis gesetzt worden. Doch so sehr er sich auch bemühte, ihm wollte nicht mehr in den Kopf, wie viel des Hafers, wie viel der Gerste, wie viele Gänse sie abzugeben hatten.

Mussten auch Federn abgeliefert werden oder Fett?

Was war mit Brennholz?

Zu stolz war er, Liudolf um Rat zu fragen, zu stolz aber auch, Inga zu bitten.

Krieger war er bislang gewesen, Ansgar, zweiter Sohn des Hilger. Die meiste Zeit hatte er auf Feldzügen verbracht, dem Grafen war er ins Heer gefolgt, und mit diesem auch manches Mal dem Kaiser. Als Freier war dies seine Pflicht, er war Waffenträger und die Gefolgschaft eine Frage der Ehre. Und da Hilger drei gesunde Söhne großgezogen hatte und zudem über genügend Land verfügte, um sie alle ein Leben lang zu versorgen, waren Rothger und Ansgar mit dem Grafen übereingekommen, dass nur einer aus der Sippe Kriegsdienste ableisten musste – nur einer, aber dafür jedes Mal, wenn der Graf Fehden im Umland bekämpfen, einfallende Räuberbanden vertreiben oder dem Kaiser Krieger stellen musste. Der Graf, ein durchaus ehrenhafter, aber wenig ehrgeiziger Mann, dem der Weg des geringsten Widerstandes lieber war als der Kampf, war auf dieses Angebot eingegangen. Ein edles Fohlen aus dem Stall des Hilger hatte es gekostet, mehr nicht. Und damit hatte man ohne Worte auch Gernot, den jüngsten Bruder, ausgelöst.

Ansgar hatte der Heeresdienst behagt. Er hatte nie nach dem

Warum, Wohin und Für-wen gefragt. Die Freiheit, da machte er sich keinerlei Illusionen, hatte sein Volk schon längst eingebüßt, hehre Ziele gab es nicht mehr zu verfolgen. Er kämpfte nun für den Frankenkaiser, und diesen liebte er nicht, aber solange er dem Grafen, dem Edlen aus dem Augau, folgte, blieb seine Ehre unangetastet. Aus diesem Grunde dachte er nur wenig darüber nach, ob es dieser Graf wert war, ihn als Heerführer anzuerkennen. Stark war er nicht, viel zu nachgiebig, hatte sich von den Franken zum Grafen machen und sich nach wenigen Jahren diese Macht wieder nehmen lassen – dann nämlich, als es dem Kaiser beliebte, anstelle der Grafschaftsverwaltung die Mönche zu setzen. Doch das hatte den Grafen nicht bekümmert. Land hatte er dem Kloster sogar zur Verfügung gestellt, seine Ruhe wollte er haben, und er schien sogar erleichtert, großer Teile seiner Verantwortung verlustig gegangen zu sein.

Hätte er alle Edlen und Freien der Gegend aufgerufen, den fremden Eindringlingen Widerstand zu leisten, die Mönche zu lynchen, ihre Klostermauern zu schleifen – Ansgar wäre erwacht und mit Freude in den Kampf gezogen. Doch solche Kämpfe wie zu Zeiten des Hilger gab es nicht mehr, nicht, seitdem Widukind zu Kreuze gekrochen war und sich von den Franken in ein Kloster hatte sperren lassen. Nun war die Freiheit, die es zu verteidigen galt, nicht mehr die Freiheit eines Stammes, sondern die Freiheit einer Familie, seiner Familie. Und aus diesem Grund musste nun auch Ansgar für immer zurück auf den Hof, zurück zu seiner Frau, seinen Kindern, seiner Sippe. Nun konnte er nicht mehr in den Kampf fliehen, mit den anderen Kriegern durch die Lande streifen, sich an den Waffen üben. Seine Waffen waren nun Pflug und Sichel, er war jetzt Herr im Hause, Oberhaupt des Hofes seines Vaters, Nachfolger des geliebten und gleichzeitig verhassten Bruders. Doch von der Landarbeit verstand er nur wenig.

Und aus Ingas Holztafel, von der er wusste und die er sich lange angeschaut hatte, wurde er nicht schlau, und auch die stille Ada konnte sich keinen Reim darauf machen.

»Ich werde Inga fragen«, schlug sie vor.

»Das wirst du nicht«, fuhr er sie barsch an. »Wir kommen ohne sie zurecht. Wenn ich nur wüsste, was das für verfluchte Zeichen sind.«

»J ist die Rune für gute Ernte, dahinter hat sie zwei Striche gemacht«, versuchte Ada ihren immer aufbrausender werdenden Mann zu beruhigen.

»Dumm bin ich nicht. Aber was heißt schon ›gute Ernte‹? Hafer, Roggen, Gerste? Und die Striche? Zwei sind es, natürlich. Gut, dass du es mir sagst, Weib, glaubst wohl, einen Hohlkopf vor dir zu haben. Aber zwei was? Zwei Säcke, zwei Fuder, zwei Hände voll?«

»Du weißt selbst, dass wir in Säcken abliefern.« Noch immer blieb Ada gelassen.

»Getreide in Säcken, das mag sein. Aber Honig oder Butter? In Töpfen, wirst du sagen. Ja, aber nenn mir bitte eines dieser blödsinnigen Zeichen, das für Honig oder Butter stehen könnte.«

Und ohne eine Antwort abzuwarten, schmetterte er die Tafel gegen die Hauswand.

Inga war im Ziegenstall, um zu melken. Belustigt verfolgte sie den Streit zwischen Schwager und Schwägerin, die nicht weit von ihr vor dem Haupthaus standen.

Obwohl sie noch nicht mit ihrer Arbeit fertig war, stand sie auf, nahm einen Eimer voller Milch und trug ihn, die beiden Streitenden nicht beachtend, ungerührt an diesen vorüber, in Richtung des Langhauses.

»Halt«, rief Ansgar.

Inga blieb stehen.

Ada sagte nichts. Nie sprach sie viel, aber auch niemals zeigte sie Scheu oder Schüchternheit. Mit festem Blick, ohne Worte, stand sie dabei, als Ansgar Inga befahl, ihm ihr Hexenrätsel zu entziffern.

»Es ist nicht schwierig«, sagte Inga mit fester Stimme, aber ohne in das wütende Gesicht des Mannes zu blicken.

Dann stellte sie den Eimer ab und hob die in drei Teile zerbrochene Tafel auf, sie hockte sich auf den Boden und legte die Stücke wieder zusammen. Ansgar stand über ihr.

»Von dort wirst du nicht viel erkennen können, Ansgar, und in einem Stück aufheben kann ich die Tafel nicht.«

»Ich will nichts erkennen, sondern wissen, was draufsteht. In den Staub hocken soll ich mich, das hättest du wohl gern.«

Inga hasste ihn.

Er war nicht besser als Rothger, nein, er war sogar schlimmer. Denn Rothger war bei all seiner lauten, ungehobelten und auffahrenden Art wenigstens noch lustig gewesen, immer zu einem Spaß bereit und damit einigermaßen erträglich.

»Nun denn«, antwortete sie, und dann trug sie vor: »Ein Sack Hafer, ein Sack Roggen, ein Sack Wolle, ein Sack Flachs, zwei Töpfe Honig, drei Stangen Wachs, ein Viertelfuder Brennholz, ein Viertelfuder Heu, ein Topf Butter, drei Töpfe Fett, drei Gänse, lebendig, ein Schwein, lebendig, Rauchfleisch von einer halben Kuh oder einem ganzen Schwein, zwei junge Schafe oder ein junges Schaf und eine junge Ziege, ein Bottich mit Bier und zwei Lagen gewobenes Tuch, ungefärbt.«

»Bier?«, fragte er nur.

»Ja, seit dem letzten Jahr auch Bier. Es hat sich herumgesprochen, dass Ada ausgezeichnet Bier zu machen versteht.«

»Ich hoffe, du hast ordentlich hineingespuckt, Frau«, sagte er zu Ada, ohne sie dabei anzuschauen, lediglich den Kopf drehte er leicht nach hinten.

»Alles zu diesem Zeitpunkt?«, fragte er dann kleinlaut.

»Nein«, antwortete Inga vorsichtig schmunzelnd. »Getreide, Gänse und Brennholz werden jetzt verlangt, hinzu kommen Eier, eine Verordnung des neuen Klosters.«

»Eier? Wie viele?«

»Nicht weniger als zwanzig. Diese Abgabe ist neu und deshalb auf meiner Tafel nicht verzeichnet. Die Eier sind für die Mönche gedacht. Stattdessen müssen wir weniger Honig geben. Sie erhalten ihn in besserer Qualität aus dem Frankenland.«

Ansgar brummte.

»Feiste Wohlleber sind das. Ruinieren wollen die uns. Niemals ist das alles nur ein Zehntel von dem, was wir einbringen. Niemals.«

»Du findest fast alles im Speicherhaus. Ich habe dafür gesorgt, dass es dort verstaut ist, den Schlüssel hat Ada ja bereits. Nur die Tiere müssen noch ausgesucht werden.«

»Die dünnsten und gebrechlichsten kriegen die feisten Mönche.« Und böse Beschimpfungen vor sich hinmurmelnd, machte er sich zusammen mit Ada auf zu demjenigen der fünf Grubenhäuser des Hofes, in dem der Speicher untergebracht war.

Inga nahm die drei Holzstücke und steckte sie sich in den Gürtel, dann fasste sie den Milcheimer wieder am Henkel und ging zurück in den Ziegenstall, um weiterzumelken.

Früh brach an diesem Abend die Dunkelheit herein, denn ein ungeheurer Herbststurm kam auf und brachte als Vorboten einen prasselnden Regen, der binnen kurzer Zeit den gesamten Hilgerschen Hof in eine Sumpflandschaft verwandelte. Inga war im Haus und bereitete zusammen mit einer der Mägde das Abendessen, der alte Ulrich schaute ihnen zu und unterhielt die Frauen mit einer seiner üblichen Göttererzählungen.

»Wo bleibt Uta? Sie sollte längst den Erbsenbrei gekocht haben.« Langsam hatte Inga sich an die Gegenwart der verhassten Geliebten ihres toten Mannes gewöhnt. Denn immerhin erging es ihr im Vergleich zu der schwangeren Uta prächtig. Ein Aufschub bis zur Niederkunft war dieser gewährt worden, mehr nicht. Das Kind würde sie in der Familie lassen dürfen, sie selber musste gehen, sobald sie nach der Geburt wieder auf den Beinen war. Jeden Moment konnte es so weit sein, und mit jeder Stunde wuchs Utas Angst. Mit niemandem sprach sie darüber, denn niemand, nicht einmal die Mägde, sprachen auch nur ein Wort mit ihr. Doch Inga konnte ihre Furcht sehen, sie konnte sie in ihren Augen sehen. Und so sehr sie sich auch dagegen wehrte, kam in ihr ein wenig Mitleid mit dieser Frau auf, die ihr einst den Rang im Hause streitig hatte machen wollen.

Mittlerweile waren alle Bewohner im Langhaus eingetroffen. Ada versorgte ihre jüngeren Kinder, Ansgar und Gernot sprachen über die Abgabe, die ihnen bevorstand, die Schwestern saßen in irgendeiner dunklen Ecke und tuschelten, der alte Ulrich erzählte, die älteren Kinder, unter ihnen die beiden Vollwaisen der Halbschwester Hilda, halfen den Knechten und Mägden im Kuh- und Pferdestall, der direkt mit dem Wohntrakt verbunden war.

Nur Uta fehlte.

»Sie wird doch nicht irgendwo da draußen liegen und ihr Kind bekommen?«, flüsterte die junge Magd Inga zu.

»Das wollen wir nicht hoffen. Es stürmt schlimmer als in den zwölf Raunächten. Jemand muss sie suchen gehen«, antwortete Inga, auch wenn es ihr widerstrebte, sich um den Verbleib dieses Weibes zu kümmern.

»Ulrich«, sagte sie weiter, sich an den Alten wendend. »Die Schwangere ist fort. Kannst du einen der Knechte schicken, sie zu suchen?«

Inga hatte absichtlich leise gesprochen, aber da Ulrich nicht besonders gut hörte, antwortete er umso lauter: »Was sagst du? Die Schwangere ist tot?«

»Sie ist fort, nicht da, weg-ge-lau-fen, ir-gend-wo draußen im Sturm.« Inga sprach langsam, laut und in abgehackten Silben.

»Und was kümmert das ausgerechnet dich?« Ansgar hatte ihr Gespräch belauscht.

»Ich frage mich nur, wo sie ist. Und ganz gleich, was sie auch für ein Weib sein mag: Dem Kind sollte man helfen, oder etwa nicht?« Inga war es unangenehm, dass nun alle die Ohren spitzten, zu ihr hersahen und neugierig darauf warteten, was sie nun unternehmen würde.

»Wir bleiben alle hier. Niemand geht in den Sturm hinaus und riskiert sein Leben für so eine«, befahl Ansgar und sah Inga grimmig an.

Dieses Mal senkte sie nicht den Blick, sondern schaute hasserfüllt zurück.

Wer war dieser Ansgar? Nichts konnte er, nichts verstand er, und plötzlich spielte er sich als der Herr im Hause auf. Inga verabscheute ihn, es widerte sie an, ihm gehorchen, ja ihm dankbar sein zu müssen.

Just in diesem Moment öffnete sich knarrend die Seitentür.

Die einen glaubten, der Wind habe sie aufgeweht, die anderen dachten, Uta käme nun doch noch verspätet ins Haus zurück. Doch stattdessen huschten eilig zwei in Sackleinen gehüllte Kapuzengestalten in die Stube und drückten, sobald sie die Schwelle übertreten hatten, gemeinsam mit aller Kraft die Türe gegen den Wind wieder zu, um sie dann von innen zu verriegeln.

Es dauerte eine Weile, bis sie sich den Schlamm von den durchnässten, ledernen Füßlingen abgetreten und schließlich die triefenden Kapuzen nach hinten geschlagen hatten. Solange ruhten ein Dutzend Augenpaare staunend auf ihnen.

Ansgar erhob sich und ging, seine Hand an dem im Gürtel steckenden Kurzschwert, langsam und entschlossenen Blickes auf die Eindringlinge zu.

»Seid gegrüßt, alle miteinander, und du insbesondere, Ansgar, Sohn des Hilger«, sprach einer der Männer, der größere von beiden.

»Wer seid ihr, und was treibt euch dazu, so mir nichts, dir nichts mein Haus zu betreten?«

»Wir klopften, aber leider war der Wind lauter, als es unsere Fäuste an der Holztüre zu sein vermochten.« Seine Worte waren freundlich, aber seine Stimme war sehr entschlossen, und es schien, als wüsste der Mann um die Gefahr, die ihm drohte, wenn man es wagte, ungebeten ins Haus eines freien Sachsen zu stürmen.

»Mein Name ist Agius, und das ist Bruder Melchior. Wir beide sind Mönche aus dem nahen Kloster Corbeia Nova.«

Mehr sagte er nicht, und der andere, Mönch Melchior, nickte nur immerzu begeistert bei den Worten seines Mitbruders.

»Und was wollt ihr hier?«

»Wir möchten uns bei dir vorstellen, Ansgar. Seit nunmehr drei Wochen leben wir auf dem heiligen Berg und wünschen dort ein Gotteshaus zu errichten. Es ist also an der Zeit, die Menschen kennenzulernen, die bald diese Kirche als Gläubige aufsuchen werden.«

»Sei dir da nicht so sicher, Mönch«, brummelte Ansgar leise, aber grob.

»Euer Bruder liegt bereits dort begraben, so hörten wir«, fuhr der Mönch, die Worte Ansgars absichtlich ignorierend, fort. »Leider waren wir am Tage der Beisetzung nicht zugegen, sonst hätten wir Euch gerne unseren Beistand angeboten und dem Verstorbenen eine kirchliche Grablegung bereiten können. Doch nun sind wir gekommen, um Euch zu bitten, mit uns eine nachträgliche Andacht für Rothger, Sohn des Hilger, zu feiern.«

»Brauchen wir nicht. Wir haben das Nötige getan und dabei auch geflissentlich zum Christengott und seinem Sohn gebetet.«

Der Mönch Agius musste ein wenig schmunzeln, und das nahm der Mönch Melchior zum Anlass, laut zu lachen, ohne selbst zu wissen, was denn nun eigentlich so komisch war. Sofort wurde Agius finster und schaute Melchior streng an, dieser verstummte und blickte zu Boden.

»Lacht ihr in meinem eigenen Hause über mich?« Ansgar wurde rot vor Wut.

Inga, die zusammen mit allen anderen stumm dem Schauspiel folgte, befürchtete, dass er nun die beiden Eindringlinge mit Hilfe seines Sax um einen Kopf kürzer machen würde. Zur Zeit ihrer Großväter hätte das niemanden bekümmert, da wäre es Ansgars Recht, ja geradezu seine Pflicht gewesen, denn immerhin hatte er die beiden noch nicht als Gäste angenommen, und dann hatten sie ihn zudem schimpflich beleidigt. Aber seit der große Karl mit dem Krieg auch das Christentum gebracht hatte, war des Todes, wer Hand an Geistliche legte. Und das wusste auch Ansgar.

»Bitte entschuldigt unser Verhalten. Es ist ein Missverständnis. Bruder Melchior sucht immer einen Anstoß zu lachen, und wenn es aus Verlegenheit ist. Ich hingegen schmunzelte nur, weil du Recht hast, Ansgar. Vollkommen Recht. Ihr habt den Verstorbenen so begraben, wie ihr alle Verstorbenen in den letzten Jahren begraben habt. Das ist gut so, aber nun wird sich das ändern, und damit steht uns, mir und meinem Mitbruder, eine schwierige Aufgabe bevor.«

Ansgar schaute ihn abschätzig an, er war noch immer wütend.

»Dürfen wir, solange das Unwetter tobt, deine Gäste sein?« Agius sprach noch immer mit fester Stimme. So gefährlich und ungünstig die Situation für ihn auch war, blieb er dennoch überlegen.

Inga hatte, während die Männer dastanden und miteinander sprachen, genügend Zeit gehabt, die Mönche näher zu betrachten. Der eine, Agius mit Namen, war nicht mehr jung, aber auch noch kein alter Mann, wahrscheinlich ein wenig älter als fünfunddreißig Jahre. An den Stellen, an denen die Tonsur seinem Haar erlaubte, frei zu wachsen, kringelten sich dunkle Locken. Und auch die Augen, soweit Inga das im Schein des Ofenfeuers erkennen konnte, waren dunkel. Er sprach ihre Sprache, dennoch mit einem Akzent, der verriet, dass er aus einem fernen Land kam. Er war ein schöner Mann, seine Nase war ein wenig zu groß, aber das stand ihm gut, er war hochgewachsen und begegnete Ansgar auf Augenhöhe. Auch wenn er nicht ganz so kraftstrotzend dastand wie sein Gegenüber, nahm er trotz seiner Mönchskutte eine stolze Haltung an.

Melchior, der andere Mönch, war geradezu das Gegenteil seines Mitbruders. War der eine streng, so war der andere lustig, war der eine schön, so konnte man das von dem anderen ganz und gar nicht behaupten. Spindeldürr, mit viel zu langen Armen und viel zu großen Händen stand er dort, krumm, schlaksig, mit dünnem, braunem Resthaar, ebenfalls einer enormen Nase und lustigen, niemals auf ein und denselben Punkt gerichteten Augen. Immerzu schweifte sein Blick hin und her, mal sah er hierhin, mal dorthin, und dabei besaß er die Gabe, mit dem einen Auge in eine vollkommen andere Richtung zu schauen als mit dem anderen. Ja, er schielte, und dabei grinste er ununterbrochen, wobei er stets versuchte, seine schiefen Zähne hinter den Lippen zu verbergen, was ihm jedoch nicht gelang.

Er war ein witziges Kerlchen, und Inga musste selber lachen, wenn sie ihn ansah. Nicht anders erging es den Kindern des Hauses, von denen die kleineren sich bald aufmachten, um die seltsamen Gäste von Nahem in Augenschein zu nehmen.

Auch darüber lachte Melchior wieder schallend, tanzte hin und her, wackelte mit den Fingern vor den kleinen Gesichtern herum und verzog das eigene Gesicht zu unglaublichen Fratzen. Damit war das Eis gebrochen. Ansgar nickte nur stumm, seinen Blick lange auf den lachenden Mönch gerichtet, und sagte dann, an Agius gewandt: »Also gut, ihr seid an diesem Abend unsere Gäste. Soeben wird das Abendessen bereitet, und auch wenn wir arme Leute sind, die das meiste, was sie haben, bereits als Zehnten auf die Wagen spannen mussten, werden wir die Abgabe freiwillig erhöhen, indem wir euch Mönche heute so festlich wie möglich bedienen.«

Wieder lächelte Agius und zog die Brauen hoch, einen erneuten Rüffel des Hausherrn erwartend, doch der war zu sehr mit den eigenen Worten zufrieden, als dass ihm der Sinn nach weiteren Drohungen gestanden hätte.

Schnell waren zwei weitere Plätze am langen Holztisch bereitet, die beiden Gäste durften direkt neben Ansgar Platz nehmen, ihnen gegenüber die übrigen freien Männer des Hauses; das waren – neben Ulrich und Gernot – Heinrich, der vierzehnjährige Sohn einer verstorbenen Tochter Hilgers aus erster Ehe, sowie Friedrich, ältester Sohn des Ansgar, ein Kind noch. Es folgten die freien Frauen, Ada, Berta, Gisela, sowie Almut, die zwölfjährige Schwester Heinrichs, und schließlich Inga, außerdem natürlich die kleineren Kinder Adas. Am Ende des Tisches durften die zwei Knechte Platz nehmen, die beiden Mägde mussten bedienen.

Für diesen Abend war kein Festmahl bereitet worden. Es gab altbackenes Brot, Dickmilch, Ziegenkäse, und eigentlich wäre auch ein Erbsenpüree aufgetischt worden, doch die verschollene Uta hatte es vergessen zuzubereiten. Stattdessen hatte Inga nach Absprache mit Ada zehn Eier aus dem Vorrat nehmen dürfen und diese mit Schnittlauch und Speck über dem Feuer verrührt.

»Bringt auch Schinken und Met«, rief Ansgar den Mägden zu, offensichtlich wollte er sich nicht lumpen lassen.

»Auf dem heiligen Berg wollt ihr also eine Kirche bauen?«, fragte der alte Ulrich, denn so viel hatte er trotz seiner schlechten Ohren schon mitbekommen.

»So ist es. Ihr nennt ihn schon seit Generationen den heiligen Berg, nicht wahr?«, antwortete Agius, ebenfalls lauter als gewöhnlich sprechend.

»Er ist heilig. Dort fließt eine heilende Quelle, dort steht ein heiliger Hain, dort ist unser Opferplatz, das Moor, und dort hatten die Edlen und Frilinge des Gaus einst ihre Thingstätte. Alles vereint sich auf diesem Berg, was uns heilig ist oder war. Und das schon seit den Zeiten unserer Vorväter. Mit eurem Gott hat dieser Berg rein gar nichts zu tun.«

»Aber unser Gott ist doch auch der eure, Ulrich«, antwortete Agius.

»Seit wann, Mönch? Ich für meinen Teil bin nicht aus freien Stücken zur Taufe gegangen. Gezwungen hat man uns, auf einem Karren mussten sie mich Krüppel an den Weserfluss fahren, wo wir allesamt, ungeachtet des Standes und ungeachtet ihres freien Willens, eure Taufe empfangen mussten. Mein Gott ist er nicht. Er hat mir noch nichts Gutes getan, ich habe ihn noch nie gesehen, nichts von ihm gehört. Wo soll der sein? Was treibt er den ganzen Tag?«

»Gott ist nicht fassbar, Ulrich. Er ist kein irdisch Ding, kein vergängliches Wesen. Du musst wissen, alles Wahre ist unsichtbar, ist immer und überall. Gott ist in dir, Ulrich«, antwortete Agius, unerschüttert von den ungläubigen Worten des Greises.

»In mir? Was hat er da zu suchen? Nein, das ist ein Hokuspokus, den ihr den jungen Leuten erzählen könnt. Ich bin zu alt, um daran zu glauben. In mir …«, und der Alte lachte. »Wie soll der denn da reingekommen sein? Und warum ausgerechnet in mir, und nicht in Ansgar oder Gernot?«

»Er ist in allen Menschen.«

»Dann ist er ja ein Zauberer, ein Hexenmeister.«

Jetzt wurde Agius ernst.

»Gott ist kein Hexenmeister, und ich würde euch raten, eure Gedanken nicht weiter an Hexenspuk und Weissagekunst zu vergeuden. Es gibt weder Hexen, noch gibt es solche Menschen, welche die Zukunft voraussehen können. Und jeder, der daran glaubt oder ein solches Treiben anderen Menschen nachsagt, ist auf dem falschen, gottlosen Weg.«

Agius blieb ruhig bei diesen Worten. Anders als der Priester mit Namen Johannes, der ab und zu aus dem fernen Huxori kam, um in der Talsiedlung zu den Menschen zu sprechen, die hier, weitab der nächsten Kirche, noch nicht viel vom neuen Gott wussten. Dieser Priester Johannes wurde regelrecht wild, laut und kreischend, wenn er von Gott und vor allem vom Teufel sprach. Es war fast unheimlich, ihm zuzuhören. Aber diesem Agius hörte Inga gerne zu. Wenn sie nur alles verstanden hätte, denn leider tuschelten die Zwillinge neben ihr immerzu miteinander.

»Wenn man ihm nicht die Haare geschoren hätte wie einem Sklaven, dann wäre er ein netter Mann«, flüsterte Gisela ihrer Schwester ins Ohr.

Diese kicherte nur und antwortete: »Das kann ihm gleich sein, die dürfen ohnehin keine Frauen haben.«

»Bist du dir da sicher?«, kicherte Gisela zurück.

»Schade ist das schon, eine Verschwendung«, gackerte Berta.

Und so ging es immerfort, sodass Inga dem Gespräch der Männer leider nicht mehr folgen konnte. Als die beiden Schwestern mit ihren albernen Tuscheleien endlich aufgehört hatten, war Ulrich dazu übergegangen, eine seiner alten Göttergeschichten zu erzählen:

»… und als Thor die Schlange schließlich ins Boot ziehen will, muss er seine ganze Kraft aufwenden, ja, so viel Kraft, dass er mit dem Fuß durch den Boden des Bootes bricht und schließlich auf dem Grund des Meeres steht. Doch das beirrt ihn nicht, er reißt und zerrt weiter an der Schnur, bis er das Untier schließlich nach oben gezogen hat. Doch was macht sein Gefährte, der Riese Hymir? Er bekommt es mit der Angst zu tun, zerschneidet die Leine, und die Midgardschlange entkommt. Und so umschlingt sie weiterhin die ganze Welt und wartet auf den Jüngsten Tag, an dem sie zusammen mit all den bösen Unholden und Ungeheuern zurückkehrt, um Götter und Menschen endgültig zu besiegen.«

»Wie schwach sind eure Götter, guter Ulrich«, antwortete mit einem Mal Bruder Melchior amüsiert. »Glaube mir, Jesus Christus hat eurem Thor schon längst die Arbeit abgenommen und die Schlange, die nichts weiter ist als der Teufel, besiegt. Sie ist besiegt, und ihr braucht euch nicht mehr vor dem Jüngsten Tag zu fürchten, solange ihr festen Glaubens seid und diesen Glauben auch lebt.«

»Seid ihr nur gekommen, um über den Christengott zu predigen, oder wollt ihr mich nicht endlich fragen, ob ich eurem Kloster mein Land vermache?« Ansgar unterbrach mit diesen Worten den Ausflug in die Mythologie der germanischen Vorväter.

Agius schaute ihn aufmerksam an, er schien nicht überrascht: »Viele Edle und Frilinge haben in den letzten zwei Jahren Teile ihres Landes der Kirche vermacht. Dies ist eine gute Tat, und sie wird ihnen gelohnt, sowohl im Leben wie nach dem Tode. Doch sollen diese Schenkungen nicht zu einem Zwang für all die anderen werden. Sie geschehen aus freien Stücken, und wir erwarten nichts von dir, Ansgar. Nichts, außer dass du bereit bist, den neuen Glauben anzunehmen. Nicht nur, indem du deine Kinder taufen lässt, was du ja bereits getan hast. Nicht nur, indem du für deinen toten Bruder ein christliches Gebet sprichst, ihn aber dennoch für seine Reise über den Styx vorbereitest. Wir wissen, dass dieser Glaube für euch neu ist, und die Art und Weise, wie er euch nahegebracht wurde, findet nicht bei allen meinen Brüdern Anklang. So auch nicht bei mir. Viele von uns halten Zwangstaufen für den falschen Weg, und auch über den Sinn des Kirchenzehnten streiten wir uns. Damit haben wir uns weit davon entfernt, euer Vertrauen zu gewinnen. Und mehr als das wollen wir nicht – nicht eure Freiheit, nicht euer Land, nur euer Vertrauen in die Richtigkeit dieses für euch neuen Glaubens.«

»Uns ging es vorher besser«, antwortete Ansgar nur, und Inga musste über seine Worte leise lachen, denn sie fand, dass er mit diesem schlichten Satz die reine Wahrheit sprach.

Agius sah sie verstohlen an. Es war das erste Mal an diesem Abend, dass sein Blick merklich auf Inga fiel. So selbstsicher und überlegen er auch den Männern entgegentrat, so sehr verunsicherte ihn offenbar das kaum hörbare Lachen dieser Frau. Gisela und Berta hatten bislang in einem fort gekichert, doch das schien er nicht wahrgenommen zu haben. In Ingas Fall war das anders.

Betrachtet hatte er sie bisher noch nicht. Und er vermied es, dies eingehender zu tun, aber er verfügte über die Gabe, sich auch in kurzer Zeit aus den Augenwinkeln einen Überblick über Anwesende zu verschaffen. Und so waren ihm weder Gisela und Berta noch Ada und Inga entgangen, obwohl er sie weder begrüßt noch jemals das Wort an sie gerichtet hatte.

Gisela und Berta – da fällte er sein Urteil schnell – waren nichts weiter als dumme und unschöne Hühner, Ada war eine traurige, in sich gekehrte, von vielen Geburten gezeichnete Frau. Sicherlich interessant, aber ohne diesen gefährlichen Reiz, den die blonde Frau, die Witwe, auf ihn ausübte.

Innerlich wünschte er sich, ihr nie wieder begegnen zu müssen, und als sie über die Worte des Schwagers lachte, musste er sie unwillkürlich anschauen, denn dieses Lachen hatte seine Befürchtungen bestätigt. Sie war gefährlich, diese Frau, ungläubig und viel zu gefährlich. Keine Frau durfte jemals wieder gefährlich für ihn werden.

Verstört blickte er zur Seite und richtete dann die Augen wieder auf Ansgar, um das Gespräch fortzusetzen.

»Nun gut, vielleicht ist das nicht der richtige Ort und heute nicht die richtige Zeit für solche Gespräche. Aber vielleicht sehen wir uns in nächster Zeit bei der Kirche. Um eure Hilfe wage ich nicht zu bitten, aber ein Besuch würde uns sehr freuen.«

»Dort drüben in der Halle steht ein Wagen, den fahren wir alsbald zur Zehntscheune«, brummte Ansgar. »Er ist mit vielem beladen, auch mit Holz. Sucht euch heraus, was ihr benötigt, tragt es auf euren Berg und baut eine Kirche oder einen Schweinestall daraus. Aber weiter verlangt nichts von uns, denn den Zehnten an euch abzugeben, ist mir entehrende Last genug.«

»Ich verstehe«, sagte Agius und erhob sich. »Der Sturm scheint sich gelegt zu haben. Wir gehen, sonst sind wir vor Mitternacht nicht zurück. Habt vielen Dank für eure Gastfreundschaft. Gott möge euch beschützen und auf den rechten Weg führen. Wir sehen uns gewiss bald wieder.«

Auch Melchior erhob sich, nickte allen Anwesenden eifrig zu

und grinste dabei. Inga lächelte zurück, dann stand auch sie auf und ging auf Melchior zu.

»Ich habe eine Frage, Herr Mönch«, wandte sie sich schüchtern an ihn.

»Ja, ja?«, antwortete Melchior und strahlte sie an.

»Auf eurem Weg hierher ist euch nicht etwa eine Frau begegnet? Dunkles Haar hat sie, etwas kleiner als ich mit einem kugelrunden Bauch. Sie erwartet ein Kind und ist heute nicht heimgekommen.«

»Nein, nein, haben wir nicht gesehen. Auf dem Weg von der Siedlung hierher war sie nicht, nein, nein. Nun gehen wir durch den Wald zurück zum Berg, dort werde ich Ausschau halten, so weit das im Dunkeln möglich ist.«

»Und nach ihr rufen, wenn auch das möglich ist. Uta heißt sie.«

»Warum sucht ihr sie nicht selber?«, fragte Agius, der das Gespräch belauscht hatte und Inga wenig freundlich ansah.

»Sie ist ein Friedel, wenn euch das etwas sagt«, antwortete Ansgar, packte Inga am Oberarm und stieß sie nach hinten fort. Inga zog sich nur wenige Schritte zurück.

»Eine zweite Ehefrau also. Wessen zweite Ehefrau?«, wollte Agius wissen.

»Die meines Bruders. Eine Hure, die hier im Grunde nichts verloren hat. Wir haben sie nicht verstoßen. Nun ist sie freiwillig gegangen, und ich werde mich hüten, ihr nachzulaufen und sie zu bitten zurückzukommen.«

»Wir werden Ausschau nach ihr halten«, antwortete Agius, und damit verschwand er in die Dunkelheit. Melchior jedoch drehte sich zuvor noch einmal um, suchte mit seinem scheelen Blick nach Inga, fand sie und nickte ihr freundlich zu. Dann ging auch er.

III

Der Herbst hatte mit der ihm eigenen Ungemütlichkeit auch Einzug hinter die Mauern des jüngst errichteten Klosters Corbeia Nova gehalten. Zugig war es in den hölzernen Bauten der Mönche, es pfiff durch sämtliche Ritzen, alles war klamm und feucht. Ausreichend beheizt und wohlig war es lediglich im Lesesaal, in welchem auch die vorläufige Bibliothek untergebracht war. Aus Sorge um die kostbaren Pergamente ließ der Prior wenigstens hier für ein angenehmes Klima sorgen.

Nicht lange, so war den Benediktinern versprochen worden, würde dieser hölzerne Zustand noch andauern. Sehr bald werde man ein prunkvolles Kloster aus Stein errichten. Zunächst jedoch, und das hatte den absoluten Vorrang gehabt, war es notwendig gewesen, sich von der Welt abzugrenzen – durch eine steinerne Mauer, verstand sich. Ein Holzzaun allein hätte zu diesem wichtigsten Zwecke nicht ausgereicht. Das nächste steinerne Projekt würde der Bau einer Klosterkirche sein, auch sie bestand vorläufig noch aus Holz und stellte ein wenig würdiges Aushängeschild dieses zu Großem berufenen Klosters dar.

Die Bruderschaft hatte sich bereits an ein entbehrungsreiches Leben gewöhnen können. War doch die erste Klostergründung bei dem zwei Tagesmärsche entfernten Hethis fehlgeschlagen. Und das, so war den Mönchen mitgeteilt worden, weil es dort in dieser ewig kalten, im Winter mannshoch verschneiten und im Sommer stets nebligen Hügellandschaft nahezu unmöglich war, den Grundsätzen des heiligen Benedikt Genüge zu tun, ohne dabei fast wöchentlich einen an den Folgen des unsäglichen Klimas verstorbenen Bruder zu Grabe zu tragen.

Tatsächlich hatte es noch weitere, wichtigere Gründe für den Umzug gegeben. Diese waren es nun auch, die den Kaplan Taddäus, Mitglied der Hofkapelle des Kaisers Ludwig, dazu bewogen hatten, dem neuen Kloster einen unangekündigten Besuch abzustatten. Am gestrigen Abend war er aus Paderborn angereist und führte nun in der zwar ebenfalls hölzernen, aber beheizten und geräumigen Kammer des Priors ein Gespräch mit ebendiesem.

Prior Wulfram war ein nach fränkischen Traditionen und im strengen christlichen Glauben erzogener Mann aus altem sächsischen Adel. Ein kleiner Knabe noch, war er als Oblate ins ferne Corbie geschickt worden, um dort die Laufbahn eines Geistlichen zu beschreiten. Weniger klug als mehr loyal wie er war, hatte er schnell die Aufmerksamkeit des Abtes, des großen Adalhard, erregt. Und auch in den Jahren der Verbannung des Adalhard, welcher zunächst kein Freund des jungen Kaisers Ludwig gewesen war, blieb Wulfram seinem Vater Abt treu.

Seit wenigen Jahren nun war Adalhard zurückgekehrt. Er und sein Bruder Wala, einst enge Vertraute des großen Kaisers Karl, hatten nach dem Tode des Benedikt von Aniane wieder Einfluss am Hofe gewonnen. Großen Einfluss sogar, denn Kaiser Ludwig war wankelmütigen Charakters, voller Selbstzweifel und entsetzlicher Ängste. In den letzten Jahren hatte er in sich einen großen Sünder entdeckt, alle Schandtaten seines Lebens, sämtliche Racheakte und von ihm begangene Ungerechtigkeiten waren ihm immer und immer wieder im Traume erschienen. Und Adalhard sowie auch Wala unterstützten ihn eifrig in seinem Bestreben, sich seiner Schlechtigkeit bewusst zu werden und Buße zu tun. Je mehr der Kaiser büßte, desto mehr Gelegenheit hatten die Brüder, den Glauben im riesigen Reiche zu stärken. Und wie ließe sich der christliche Glaube besser festigen als durch die Erweiterung der kirchlichen Macht?

Die Treue des Wulfram auch in den Zeiten, in denen die Brüder Adalhard und Wala beim neuen Kaiser in Ungnade gestanden hatten, hatte sich schließlich ausgezahlt. Er wurde vom fränkischen Corbie ins ferne Sachsen gesandt, wo er als Prior die Neugründung und Verlagerung des Klosters Corbeia Nova beaufsichtigen und betreuen sollte. Abt des jungen Klosters war Adalhard, der jedoch auch Abt im Mutterkloster blieb und zudem als Berater des Kaisers häufig an dessen Hofe weilte, sodass Wulfram in Corbeia Nova die Aufgaben eines Abtes übernahm, sich jedoch lediglich Prior nennen durfte.

Und Wulfram, mittleren Alters, hochgewachsen, schlank, aber dennoch mit dickem Bauch und natürlicher Glatze, die eine Tonsur überflüssig machte, kannte seine Aufgaben gut. Aus diesem Grund war es ihm suspekt, ja sogar sehr suspekt, dass ausgerechnet der Hofkaplan Taddäus hier im fernen Sachsen auftauchte, um sich über die Entwicklung des neuen und vielversprechenden Klosters zu erkundigen.

Doch leider besaß Wulfram weder die nötigen Anweisungen noch die nötige Intelligenz, um ergründen zu können, was dieser verschlagene Mönch wohl im Schilde führte und wer ihn tatsächlich gesandt hatte. Er begnügte sich damit, ihn höflich, ja äußerst höflich zu empfangen und mit ihm über wenig verfängliche Dinge zu reden.

Taddäus war ein sehr kleiner Mann. Sein Alter konnte man nur schätzen, denn seine Erscheinung wirkte alt und jung zugleich. Wahrscheinlich zählte er keine vierzig Jahre, auch wenn sein restliches, dünnes Haar grau, seine Augen von tiefen roten Ringen umfurcht und seine Haut fahl wie Asche war. Der Blick seiner hellblauen, winzigen Augen jedoch war wach, jung und stechend. Nichts entging ihm, und sah man in diese Augen, so konnte man sich des Gefühls nicht erwehren, dass in diesem Mann weniger der Heilige Geist als vielmehr ein böser Dämon zu wohnen schien. Alles in allem war Taddäus ein unangenehmer Zeitgenosse, der diese Ausstrahlung bereits als Kind besessen und es sich zu eigen gemacht hatte, nicht nur mit dieser Wirkung auf andere zu leben, sondern sie auch zu seinem Vorteil zu nutzen.

Taddäus verbreitete, sobald er einen Raum betrat, Kälte und Unbehagen – und das genoss er.

»Schlechte Kunde bringst du, Bruder Taddäus«, sagte Prior Wulfram sichtlich betrübt. Er saß auf einem kunstvoll geschnitzten Holzstuhl, der mehr einem Thron glich, während Taddäus sich entschieden hatte, stehenzubleiben. Er saß nur ungern, denn klein wie er war, verschwand er regelrecht in Stühlen wie jenen, die in diesem verhältnismäßig prächtig ausgestatteten Zimmer standen.

»Es geht ihm sichtlich schlecht. Als ich aus Aachen abreiste, plagte ihn ein hohes Fieber.«

»Ich werde Tag und Nacht für ihn beten lassen. Welch enormen Verlust würde es doch für uns in dieser noch jungen Gemeinschaft bedeuten, wenn wir unseren Vater Abt verlören.«

»Er ist ein alter Mann, guter Wulfram. Gott wird ihn ohnehin bald zu sich holen.« Taddäus' schmale Lippen formten sich bei diesen Worten zu einem unmerklichen Lächeln.

»Wie steht es um die Gesundheit seines Bruders Wala?«

»Gut. Ich sah ihn ebenfalls in Aachen. Er spricht viel mit dem Kaiser. Fast täglich war er bei ihm. Nun ist er nach Italien gereist.«

»Das freut mich zu hören. Es ist sehr beruhigend, wenn geistliche und weltliche Macht eine solch harmonische Einheit bilden.«

Taddäus atmete tief ein und zog die dünnen Augenbrauen hoch. »Ja, guter Wulfram, so ist es: die Einheit. Mein Freund Agobard sorgt sich sehr um sie, um die Einheit. Vor allem, nachdem die neue Kaisergattin einen Knaben geboren hat und mehr und mehr an Einfluss gewinnt. Die *Ordinatio imperii* ist in arger Gefahr. Und Ludwig sieht sich gerade weniger als Herrscher, sondern vielmehr als Sünder und Büßer.«

»Es ist gut, wenn er Buße tut. Fast zahllos sind seine Sünden. Denke nur an die Verbannung eines solch heiligen Mannes wie Adalhard. Das allein verlangt eine lebenslange Buße.«

»Darüber kann nur Gott richten, guter Wulfram. Außerdem besitzt Adalhard jetzt mehr Macht über Ludwig, als er jemals über Karl besessen hatte.«

»Was nützt ihm diese, wenn er krank darniederliegt?«

Wulfram war das Gespräch entglitten, zu gefährlich und für ihn zu unergründlich wurde sein Inhalt. Er wusste, dass Adalhard, Wala und Taddäus mit der unbedingten Einheit des Kaiserreiches das gleiche Ziel verfolgten und dass sie alle Gegner der neuen Kaisergattin Judith waren. Er wusste aber auch, dass dies die einzigen Gemeinsamkeiten der drei zu sein schienen, denn besonders Wala war zudem ein Gegner der Hofkapelle – der Institution, welcher Taddäus angehörte. Einen »Aussatz« hatte er diesen Verwaltungsapparat des Kaisers geschimpft, einen Aussatz, der sich *»sine capite«* dennoch von den Pfründen der Klöster ernährte, ohne sich deren Autorität zu unterstellen. Ein Freund des Abtes und dessen Bruders war Taddäus also keineswegs.

Besser war es für Prior Wulfram, das Thema zu wechseln, sich eventuell sogar Hilfe zu holen, um nicht allein mit diesem unergründlichen Gast zu sein.

»Du weißt, Taddäus, dass dein Freund Agius ebenfalls in diesem Kloster weilt.«

»Bruder Agius. Ja, das ist mir zu Ohren gekommen.«

»Ich habe ihn rufen lassen. Er ist momentan entsandt, um fernab des Klosters eine Kirche zu errichten.«

»Eine Kirche? Es beruhigt mich zu hören, dass ihr bereits jetzt, so kurz nach eurer Gründung, beginnt, das Eigenkirchenwesen zu bekämpfen.«

»Nun, Taddäus, wenn es wenigstens Eigenkirchen gäbe. Doch selbst von diesen fehlt in dieser gottlosen Gegend nahezu jede Spur.«

»Aber ein schönes und äußerst fruchtbares Land ist es. Ich bewunderte es bereits auf meiner Reise hierher. Viel davon ist in Königsbesitz.«

»Kaiser Ludwig besaß die Gnade, unserem noch mittellosen Kloster einen großen Teil seiner Besitzungen zu schenken.«

»So ist es, und ihr werdet sie mehren, wie ich annehme.«

»Zum Wohle der Menschen. Denn sie sind nicht nur unerfahren im Glauben, sondern auch wenig geschickt im ertragreichen Anbauen ihrer Felder. Um Hunger und Not zu vermeiden, sollten wir uns ihrer annehmen.«

»Und um der Einheit willen.«

»So ist es, Taddäus, und um der Einheit willen. Jetzt aber will ich Bruder Agius zu uns bitten.«

Erleichtert ging Wulfram zur Tür. Er verspürte weder Lust, über politische noch über wirtschaftliche Angelegenheiten mit diesem Manne zu reden, beides war ihm zu heikel. Sollte sich Agius seiner annehmen, der hochmütige, kluge Agius. Diesem war es gleich, wenn er sich die Finger verbrannte. Ihm jedoch, Prior Wulfram, stand schon jetzt der Schweiß auf der Stirne und rann ihm zudem merklich am Rücken herab.

Stunden schienen vergangen zu sein, die Agius nun wartend in dem ebenfalls hölzernen Kreuzgang des neuen Klosters

Corbeia Nova verbracht hatte. Hätte man ihm gesagt, dass es so lange dauern würde, bis der Kaplan Taddäus sein Zwiegespräch mit dem Prior beendete, so hätte er um Erlaubnis gebeten, die Bibliothek aufsuchen zu dürfen.

Doch so viel Gleichmut besaß er nicht, selbst wenn er ihn sich wünschte. Sobald er von der anstehenden Ankunft des Taddäus vernommen hatte, war er bemüht gewesen, ruhig und besonnen seinen Weg vom entlegenen heiligen Berg hinunter zum Kloster an der Weser zu finden – ja, er hatte versucht, sich über den Besuch des Gastes zu freuen.

Aber das konnte er nicht. Er war nervös. Fast acht Jahre waren seit dem Tode der ersten Kaisergattin Irmingard vergangen, fast acht Jahre lang hatten sich Taddäus und Agius nicht gesehen, aber der Eklat, den es gegeben hatte, stand Agius noch deutlich vor Augen. Ja, sämtliche Haare seines Körpers stellten sich allein bei dem kleinsten Gedanken an das Zurückliegende auf, eine Gänsehaut überlief ihn, wenn er sich die entscheidenden Momente in Erinnerung rief, und je näher er dem Kloster und dem darin weilenden Feind kam, desto unwohler wurde ihm. Und dafür verachtete er sich selbst.

Wie nur konnte es diesem unsäglichen Wicht immer wieder gelingen, ihn, den gefestigten und in sich ruhenden Agius, so sehr zu verwirren?

Wie nur schaffte es diese machthungrige Hofschranze, ihm tatsächlich Angst einzujagen?

Und wovor hatte er Angst?

Wovor, wenn nicht vor dem Gericht Gottes, musste Agius sich fürchten?

Was galt es geheim zu halten, von dem der Herrgott nicht schon längst wusste?

Agius hasste ihn, er hasste ihn aus tiefstem Herzen. Nie in seinem Leben hatte er jemanden so sehr verachtet wie diesen verschlagenen Taddäus. Und er verachtete ihn deshalb, weil sie so viel gemeinsam hatten. Ja, sie hatten tatsächlich viel gemeinsam, und es schmerzte einen stolzen Mann wie Agius, sich dessen bewusst zu sein, sich mit einem Schrat wie Taddäus vergleichen zu müssen und nichts dagegen ausrichten zu können.

Frostig fiel die Begrüßung aus. Mit seinen winzigen, rotunterlaufenen Augen blickte Taddäus zu Agius empor. Sein ganzes Mienenspiel verriet, wie sehr er diesem Mann, der da vor ihm stand, misstraute, ja ihn ebenfalls hasste.

Der Prior hingegen – er stand nun ein wenig im Hintergrund – schaute gutmütig nickend zu Agius herüber.

»Einen weiten Weg hast du hinter dir, Agius. Bist du die ganze Nacht über gelaufen?«

»Mein Weg war lange nicht so weit wie der deine, Bruder Taddäus, und die ganze Nacht benötigte ich keineswegs.«

»Zur Prim war Bruder Agius bereits bei uns«, unterbrach der Prior, dabei gutmütig nickend.

»Dann hattest du genügend Zeit, deinen Cicero zu lesen«, bemerkte Taddäus scharf.

»Cicero habe ich schon lange ausgelesen.«

»Womit beschäftigst du dich jetzt?«

»Mit den Schriften eines griechisch schreibenden Autors, Dionysius Areopagita ist sein Name.«

»Nie habe ich von ihm gehört. Wie gelangt man an solch unbekannte Schriften?«

»Bruder Anselm ist auf seiner Rückkehr aus Rom auf ihn gestoßen, in einem kleinen Kloster inmitten der Berge. Man mag es nicht meinen, sie gaben ihm ihr einziges Exemplar mit auf den Weg. Niemand von ihnen beherrscht das Griechische, und somit konnten sie der Schrift keinen Wert abgewinnen.«

»Welch ein Glück für dich, Bruder Agius, der du doch als

einer der wenigen dieser alten Sprache mächtig bist und zudem zwischen guten und schlechten Lehren unbekannter Autoren zweifelsohne zu unterscheiden weißt.«

»Seine Lehren sind unbedenklich, sei dir dessen gewiss, Bruder Taddäus.«

Dieser nickte nur stumm, dann fuhr er fort: »Nun jedoch sind deine Zeiten der Kontemplation und der stillen Gelehrsamkeit vorüber. Wie ich soeben erfahren habe, bist ausgerechnet du auserwählt worden, den wilden Germanen Gott näher zu bringen und das von den Fesseln der Dämonen umstrickte Volk unter das sanfte Joch Christi zu führen. Eine Aufgabe, die, bei allem Respekt, keine ist, die deinem Wesen angemessen zu sein scheint.«

»Wie, Bruder Taddäus, müsste mein Wesen sein, um als angemessen für diese Aufgabe zu gelten?«

Der Angesprochene lächelte nur wissend und kam dann auf ein anderes Thema zu sprechen.

»Was sind das für Leute, diese Sachsen, an denen das geplante Experiment vonstatten gehen soll?«

»Es handelt sich um die Bewohner von drei Siedlungen und nicht weniger als zehn Einzelgehöften. Allesamt sind sie getauft, sogar die ältesten unter ihnen. Aber dennoch würde ich sie als ungläubig bezeichnen. Doch das ist nicht ihre Schuld, Unwissen allein und mangelnde Seelsorge lassen sie immer wieder zu ihren heidnischen Gewohnheiten zurückfinden. Zu weit entfernt sind die nächsten Gotteshäuser, kaum zumutbar, auf unwegsamen Pfaden mit Kindern und Alten wöchentlich den weiten Weg bis ins entfernte Huxori zu bestreiten.«

»Und ihr Stand?«, wollte Taddäus wissen.

Agius fuhr fort: »In den drei Siedlungen gab es bereits seit vielen Jahren Königsgut, welches im letzten Jahr dem Kloster vermacht wurde. Hier leben bereits einige Vasallen des Klosters, die sich aber dennoch als Freie betrachten, da sie noch über zahlreiches Eigengut verfügen. Meines Erachtens sind sie zum großen Teil vernünftig, wissen um die Vorteile der Lehnshoheit und werden mit sich reden lassen. Andere hingegen – und das betrifft vor allem zwei bis drei der gesondert liegenden Gehöfte – sind stur. Sie beharren auf dem, was sie ihre Freiheit nennen, und sehen in jedem Kuttenträger einen Scharlatan und Dieb. Sie zu überzeugen, wird schwierig sein.«

»So, so. Ist das Land sehr fruchtbar?«

»Das Land in den Tälern ist sehr fruchtbar, wird jedoch schon seit Jahrhunderten bewirtschaftet. Sie verstehen nicht viel davon, dass Ackerbau eine Wissenschaft ist, wehren sich gegen neue Anbaumethoden und ernten weniger, als das Land hervorbringen könnte. Andere jedoch – meist die, deren Höfe jung sind, die Wald gerodet und ihre Felder erst jüngst erschlossen haben – scheinen mehr Erfolg zu haben. Ihre Wiesen und Äcker liegen an Hängen, sind voller Wurzeln und Steine, aber dennoch sind sie ertragreicher. Offenbar hängt das mit der Willenskraft und dem Geschick der einzelnen Bauern zusammen.«

»Aber stur sind sie allesamt.«

»So ist es. Die einen mehr, die anderen weniger.«

»Sind Aufstände zu befürchten?«, wollte Taddäus wissen.

»Ich glaube nicht. Mein Eindruck ist, dass sie untereinander so zahlreiche Fehden und Konflikte austragen, dass ihnen die Kraft zu einem gemeinschaftlichen Akt gänzlich fehlt. Mir ist niemand aufgefallen, den man als Anführer eines möglichen Aufstandes im Auge behalten müsste. Es ist wahrlich kein friedliches Volk. Sie schlagen sich gegenseitig tot, kennen keine Rechtsprechung, alles ist eine Frage der Ehre, Rache eine Pflicht. Ihnen Gott näher zu bringen wird ein steiniger Weg, aber Rebellen sind sie nicht.«

»Sie schlagen sich lieber gegenseitig tot«, sagte Taddäus leise, sich mit dem Zeigefinger der linken Hand an der Oberlippe reibend.

»Wollen wir ihnen das verbieten, Bruder Agius?«, fragte er dann, während seine kleinen Augen verächtlich funkelten.

Agius schwieg und schaute sein Gegenüber kühl an, dann wandte er seinen Blick zum Prior, welcher ihm nur stumm zunickte und sagte:

»Ich denke, lieber Taddäus, dass unser Bruder Agius seiner Aufgabe so hervorragend gewachsen ist, dass es ihm auch ohne Anweisungen gelingen wird, alles in unserem Interesse, aber vor allem im Sinne des Herrn zu lösen.«

»Darauf wollen wir hoffen«, fügte Taddäus hinzu, ohne seine kleinen, scharf blickenden Augen von Agius abzuwenden. »Bekehre sie, Agius, baue ihnen eine Kirche, bekehre sie, bekehre sie im Sinne deiner eigenen Interpretation des jungen Augustinus. Erzähle ihnen von dem großen Einen, der sich nur in seinen Ideen auf der Erde widerspiegelt. Erzähle ihnen von dem einzig Seienden und davon, dass nur er wirklich ist, wir alle aber unser Sein nur zum Lehen haben. Das ist das einzig Brauchbare an dieser deiner Philosophie: Alles auf Erden haben wir zum Lehen. So ist es doch, Agius, oder etwa nicht?«

»Du warst nie ein großer Freund der Kirchenlehren, Taddäus«, sagte Agius.

»Dafür weiß ich, wo meine beiden Füße stehen, und ich weiß auch, dass es nicht im Sinne des Herrn wäre, sich ausschließlich über gelehrte Gespinste den Kopf zu zerbrechen, wenn es darum geht, das einfache Volk zu bekehren.«

»Welchen Herrn meinst du, Taddäus? Ich hörte, dein neuer Herr heißt Lothar, ältester Sohn des Kaisers Ludwig.«

»Lothar hat sich einen anderen zum Berater erwählt. Er weilt mit Wala, Bruder eures Abtes, im fernen Italien und wirkt dort den Bestrebungen des Papstes entgegen. Hoffen wir, dass es ihnen gelingen mag, diese machthungrigen Römer im Zaume zu halten. Manch einer hegt da Bedenken.«

»Und manch einer bist du, Taddäus, nicht wahr?«

»Ich werde mich kurz zurückziehen. Ein Bedürfnis plagt mich, dem ich nicht gewachsen bin, länger standzuhalten. Ihr entschuldigt mich.« Schnell und erleichtert verließ der Prior den Raum, die beiden Streithähne allein zurücklassend.

»Was führst du im Schilde, Agius? Was treibst du hier in diesem Niemandsland? Warum bist du so wenig ehrgeizig? Das passt nicht zu dir. Und eine Holzkirche auf einem Berg inmitten von germanischen Heiden. Ist das deine Welt?«

»Du kennst mich schlecht, Taddäus, sehr schlecht.«

»Wirst du etwa zum Eremiten?«

»Vielleicht ist es das.«

»Eine eigens auferlegte Buße für eine Sünde, die du niemals gebeichtet hast?«

Agius wurde blass. Er hatte befürchtet, dass Taddäus davon zu reden begänne.

»Woher willst du wissen, dass ich es niemals gebeichtet habe?«

Taddäus wurde zum ersten Mal ernst: »Weil ich dich zu gut kenne.«

»Was trägst du mir nach, Taddäus? Was, nach all diesen Jahren? Ich habe mich zurückgezogen, während du weiterhin deinen Weg beschritten hast. Erfolgreich, wie ich vernahm.«

»Wenig erfolgreich, wenn man weiß, welches mein eigentliches Anliegen ist.«

»Du bist kein Arbeiter Gottes, sondern der Arbeiter einer toten Frau.«

»Einer Frau, für deren Tod du verantwortlich bist.«

»Das ist nicht wahr, und das weißt du. Was willst du nun hier?«

»Adalhard wird sterben.«

»Er ist alt.«

»So ist es. Dieses Kloster braucht einen mächtigen, fähigen Abt. Keinen Schwächling wie Wulfram. Du wärest der Richtige.«

»Ich kann kein Abt werden.«

»Warum nicht? Du bist alles in einem: Philosoph und Realist, weltentschwunden und dennoch machthungrig, klug, aber trotzdem sanft. Du weißt, was wir wollen, was gut für das Reich ist. Deine aus den Ideen Platons geborenen Gedanken führen doch in die gleiche Richtung wie die meinigen, nur auf komplizierterem Wege. Wir brauchen tatsächlich eine Einheit. Eine Einheit in allen Dingen. Und dieses Kloster kann zu einem wichtigen Zentrum im Osten werden: so viel Land, so wenig mächtiger Adel – gar kein mächtiger Adel, wie mir scheint.«

»Und warum ich? Ich ahne den Grund.«

»So?«

»Ich bin erpressbar für dich.«

In diesem Moment öffnete sich die Tür, und Prior Wulfram kam von seiner Sitzung hinter dem klostereigenen Hühnerstall zurück.

»So«, brach er gespielt fröhlich das Gespräch ab. »Ich denke, diese Unterhaltung hat nun lang genug gedauert, wir alle sind hungrig. Lieber Taddäus, wir können dir als unserem weitgereisten Gast nur eine bescheidene Unterkunft gewähren. Dafür aber soll dein Gastmahl weniger bescheiden ausfallen. Stelle dir vor, vor einer Woche kam eine Lieferung des besten Weines aus dem fernen Sizilien. Es dürfte längst aufgetischt sein. Kommt, meine Freunde, wollen wir Gott dafür danken, dass er, abgesehen vom Wein, auch in einer solch abgelegenen, kalten Gegend den Menschen reichlich Nahrung gewährt. Besonders das Wild ist hier von erlesener Würze, ganz eigen im Geschmack. Kommt, meine Freunde, begeben wir uns zu Tisch.«

IV

Bald schon hielt der Winter Einzug, und es war ein kalter, weißer Winter. Der Schnee bedeckte knietief Wiesen und Felder, und während der zwölf Raunächte, in denen Wodan auf wilder Jagd war und man als guter Christ die Geburt des Jesuskindes feierte, stürmte und schneite es ärger denn je.

Es war die Jahreszeit, in der man enger zusammenrückte, Tage und Nächte gemeinsam unter einem Dach verbrachte; eine Zeit, in der man sich mit geliebten Menschen wohl und geborgen gefühlt hätte. Mit Menschen jedoch, die einem mehr oder weniger zuwider waren, wurde die erzwungene Nähe fast unerträglich.

Ärger als je zuvor fühlte Inga sich eingepfercht, gefangen in diesem warmen, düsteren, verrauchten, stickigen Haus, wo sie ihre Zeit zusammen mit den böswilligen Zwillingen, der sturen Ada, den schreienden Kindern und, schlimmer noch, dem missmutigen Ansgar verbringen musste. Ihr Lichtblick war der alte Ulrich und manchmal auch der junge Gernot, mit dem sie jedoch nur wenig sprach, um keinen falschen Verdacht bei den stets aufmerksamen Schwestern zu erregen.

Sooft es die Hausarbeit zuließ, ging Ida hinaus in das Grubenhaus, um zu spinnen und zu weben. Sie liebte diese Arbeit, und meist schlich sie sich heimlich davon, um nicht von einer der anderen Frauen begleitet zu werden. Dort arbeitete sie dann stunden-, ja mitunter nächtelang, und nur wenige Tage nach der Wintersonnenwende hatte sie schon sämtliche Wolle sowie sämtlichen Flachs versponnen; und nicht nur das: Sie hatte auch alles zu Tuchen verwebt und teilweise bunt eingefärbt.

Blau mit Hilfe der Heidelbeere, gelb dank des Ginsters und rot durch die Malve. Man würde sie gewiss tadeln, dass sie es mit den Farben ein wenig übertrieben hatte, aber der weiße Winter und die Trostlosigkeit, die er mit sich brachte, zwangen sie regelrecht dazu, ihre Tuche so bunt wie nur irgend möglich zu gestalten.

Meistens konnte sie alleine arbeiten. Die Mägde hatten genug im Haus und mit den Tieren zu tun, Ada kümmerte sich um ihre Kinder, und die Schwestern waren zum Glück zu faul, um sich die Füße auf dem Weg zum Grubenhaus nass und kalt zu machen.

Und so hatte Inga sich in diesem Winter ihr eigenes kleines Reich geschaffen: ein Häuschen, in dem es trocken war, in dem es warm war und in dem sie allein sein konnte. Nur zum Essen, zum Versorgen der Ziegen und Schafe, zum Verrichten der ihr obliegenden Hausarbeiten und anfangs auch zum Schlafen verließ sie ihr Grubenhaus. Aber viele Nächte verbrachte sie auch dort, sich ein Lager aus Schaffellen und Wolldecken bereitend. In diesen Nächten schlief sie besser als jemals zuvor in ihrem Leben. Kein Schnarchen, kein Furzen, keine Liebesspiele, deren unfreiwilliger Zeuge man zwangsläufig wurde, wenn man zusammen mit den Mitgliedern einer ganzen Sippe in einem einzigen Raum auf den an den Wänden entlangführenden Holzbänken nächtigte.

Doch dank ihres unermüdlichen Fleißes waren in diesem Winter Wolle und Flachs alsbald ausgegangen, es gab nichts mehr zu tun, und Inga überlegte angestrengt, wie sie sich neue Rohstoffe für ihre geliebte Arbeit beschaffen sollte. Da fiel ihr Blick auf die hintere, dunkle Ecke des Häuschens. Eine kleine Ausbuchtung, die den Zweck erfüllte, dass man dort alles hineinwarf, was unbrauchbar geworden war. Inga hatte sich schon lange vorgenommen, diese Müllhöhle zu säubern, bislang aber nicht die rechte Lust dazu gefunden. Hier fanden sich zwischen Kehricht und kaputten Webgewichten sicherlich auch noch allerlei verfilzte, unbrauchbare Wollreste. Eine Spindel würde sie damit gewiss vollbekommen, und so wühlte sie in dem Haufen nach allem, was ihr nützlich erschien.

Was war das?

Zuerst dachte sie, es handele sich um Pferdehaar, doch dazu war das dunkle Büschel, das sie plötzlich in der Hand hielt, zu dünn. Ein ganzer Strang dunklen langen Haares war es, und dieses Haar war nicht abgeschnitten. Ausgerissen war es, das verriet die Blutkruste, die das Büschel an einem seiner Enden zusammenhielt. Und als Inga weiterwühlte, fand sie einen zweiten, etwas kleineren Zopf.

Der Länge nach zu urteilen, war es Frauenhaar. Keine der Frauen in ihrem Hause hatte jedoch so dunkles Haar, keine außer Uta. Und Uta, so hieß es, war fortgegangen, davongelaufen und wahrscheinlich mit irgendeinem Hausierer von dannen gezogen. Nun ja, aber einen großen Teil ihrer Haare schien sie hier gelassen zu haben. Und auch wenn sie sehr um Rothger getrauert und sich dabei auch sicherlich, wie es bei trauernden Frauen Sitte war, die Haare gerauft hatte, so würde sie es auch unter größtem Kummer nicht vollbracht haben können, sich zwei solche Stränge samt einem Teil der Kopfhaut auszureißen.

Und wie, in Dreiteufelsnamen, kamen ihre Haare in die Müllecke dieses Grubenhauses? Was war hier geschehen?

Zu weiteren Überlegungen blieb Inga keine Zeit, denn just in diesem Moment öffnete sich die Tür zum Grubenhaus, und mit der eisigen Kälte kamen ausgerechnet Gisela und Berta herein. Inga warf die Haarsträhnen zurück in die Ausbuchtung und bedeckte sie mit Kehricht.

Inständig hoffte sie, dass die beiden Nebelkrähen das nicht gesehen hatten.

Was würden sie sich dann nur in ihren neugierigen Köpfen ausdenken? *Inga hat Uta aus Eifersucht umgebracht, eine schwangere Frau ermordet. Welch unglaubliche Tat!*

Ja, und das wäre nicht einmal ein abwegiger Gedanke. Denn wer außer Inga hätte jemals mehr Grund gehabt, sich der verhassten Nebenfrau zu entledigen? Der Mord an einer Schwangeren wog schwerer als jede andere Untat.

Eine Unfruchtbare wie Inga zu beseitigen, das hätte kaum jemanden gekümmert, einen erwachsenen Mann zu töten kostete ein Wergeld, eine Schwangere jedoch war unantastbar. Hart, sehr hart wurde der feige Mörder einer solchen Frau vom Leben in den Tod befördert. Inga wollte besser keinen falschen Verdacht aufkommen lassen, aber Berta und Gisela schienen glücklicherweise nichts bemerkt zu haben.

»Wir kommen, dir zu helfen, Inga, bist ja immer so allein hier in dem dunklen Kämmerlein.«

Es war Gisela, die da mit verstellter Stimme sprach. Eigentlich waren sie nur schwer auseinanderzuhalten. Beide hatten sie dieses stets fettige, streng zurückgenommene, aschblonde Haar, beide diese dummen blauen, langbewimperten Augen, beide diese knollige Stupsnase, deren Spitze so sehr Richtung Himmel strebte, dass sie dabei sogar einen Teil der Oberlippe mitnahm und damit stets die großen Schneidezähne offenlegte. Ein Kinn besaßen alle beide nicht, unmittelbar unter der Unterlippe begann der Hals, so schien es zumindest. Sie waren sehr klein von Wuchs, Inga überragte sie um mehr als einen Kopf. Und dass sie immer gut zu essen bekamen und wenig körperliche Arbeit zu leisten hatten, sah man besonders ihren Hinterteilen an. In all diesen Dingen glichen sie sich wie ein Ei dem anderen, nur ein Merkmal unterschied sie voneinander: Berta war die mit der kleinen Warze unter dem rechten Auge, und Gisela war die mit der großen Warze am Hals.

»Nanu, wo ist denn all die Wolle und all das Flachs hin?«, fragte Berta, sich im ganzen Raum umblickend.

»Ich habe es versponnen und verwoben«, antwortete Inga.

»Dann hast du ja gar nichts mehr zu tun. Was machst du dann überhaupt noch hier?« Und dabei warf Berta ihrer Schwester einen Blick zu, der so viel bedeutete wie: *Hab ich es dir nicht gesagt?*

»Sie wartet hier sicherlich auf jemanden«, meinte Gisela, und nun sprachen die beiden nicht mehr mit, sondern nur noch über Inga – in deren Anwesenheit, verstand sich.

»Was macht auch eine einsame Frau im Winter allein in einem kleinen Häuschen?«

»Natürlich wartet sie. Nur auf wen?«

»Aber das weißt du doch.«

»Da bin ich mir nicht so sicher. Schöne Augen macht sie jedem. Sogar den Gottesmännern.«

»Da hast du Recht. Aber abgesehen hat sie es natürlich auf unseren Bruder.«

»Wie könnte es anders sein?«

»Herrin will sie wieder werden und die arme Ada ausstechen.«

»So ist es.«

»Sitzt hier herum und murmelt Zaubersprüche vor sich hin.«

»Aber er will nicht kommen.«

»Bislang noch nicht, aber warte erst einmal, bis sie einen Liebestrank gebraut hat.«

»Ja, das traue ich ihr zu.«

»Haltet eure Schandmäuler, ihr dummen, hässlichen Hühner, und jetzt raus hier! Raus mit euren fetten Ärschen.«

Inga hatte bis dahin ihren Ohren nicht getraut und nur

stumm dagestanden, aber schließlich platzte es aus ihr heraus. Ohne die möglichen Folgen ihres Verhaltens zu bedenken, beschimpfte sie die beiden Schwestern aufs Ärgste, und sie hätte sicherlich auch angefangen, auf sie einzuschlagen, wenn diese nicht eiligst die Flucht ergriffen hätten.

Erst gegen Abend wagte Inga sich hinaus aus ihrem Grubenhaus, in welchem sie Stunden mit Nichtstun verbracht hatte. Gegrübelt hatte sie, gegrübelt und ein wenig geträumt. Sie hatte sich wieder einmal in allzu schönen Hirngespinsten verloren, sich ein anderes, herrliches Leben voller Liebe und Wärme ausgemalt. Dann jedoch hatte sie auch wiederholt an die Begegnung mit den Zwillingen denken müssen und an Utas Haare.

Die Dunkelheit hatte sich bereits über den verschneiten Hof gelegt, und als Inga, nachdem sie Schafe und Ziegen versorgt hatte, das nur spärlich von Kienspänen und dem Ofenfeuer beleuchtete Langhaus betrat, schlug ihr außer der beißenden, rauchigen Luft nichts entgegen.

Keine Wut, keine bösen Blicke, keine argwöhnischen Worte. Alle wirkten gleichgültig, niemand kümmerte sich um Ingas Erscheinen, und das ließ sie erleichtert aufatmen. Als wäre nichts vorgefallen, saßen die Zwillinge in ihrer Ecke und gingen einer stummen Beschäftigung nach. Auch als die verhasste Witwe ihres ältesten Bruders an ihnen vorüberschritt, mit verstohlenem Blick nach einem Holzeimer griff und dann wieder in die dunkle Kälte des Winterabends verschwand, ließen sie keinerlei Regung erkennen.

Ungewöhnlich – verdächtig und sehr ungewöhnlich, dachte Inga bei sich, während sie, den leeren Eimer in der Hand, den schmalen, freigeschaufelten Pfad hin zur Quellmulde entlangging.

Dort angekommen, sprudelte unter dem knietiefen Schnee

das Quellwasser hell und klar. Ein schöner Anblick war das, sauber, frisch und rein. Der fast volle Mond warf sein Licht auf die weiße Erde, sodass alles funkelte und glitzerte, ganz wie in einer fernen, verwunschenen Zauberwelt.

Lange hockte Inga vor dem plätschernden, kristallbehangenen Loch und konnte sich nicht überwinden, den groben Holzkübel dort hineinzutauchen, um Wasser für die Linsensuppe zu gewinnen. Schließlich tat sie es doch, zerstörte damit das fast himmlische, kleine Reich und ging, den schweren Eimer schleppend, zum Haus zurück.

Dabei – und das hatte ihr gerade noch gefehlt – kam ihr ausgerechnet Ansgar auf dem schmalen, ja viel zu schmalen Pfad entgegen. Er war auf dem Weg zum Schweinestall, wo er nach einer kranken Sau schauen wollte.

Inga versuchte sich an ihm vorbeizuschlängeln, aber der ausgeschaufelte Pattweg, an dessen Rändern sich mehr als hüfthoch der Schnee türmte, ließ dies nicht zu.

So standen sie sich also in der vom weißen Schnee beleuchteten Dunkelheit dieses Januarabends gegenüber, und Inga fürchtete sich vor den Beschimpfungen, die sie nun über sich ergehen lassen müsste. Wahrscheinlich würde er sie sogar davonjagen, denn dass die Schwestern alles erzählt hatten, war nicht nur anzunehmen, sondern Gewissheit.

Er sagte jedoch gar nichts, ging aber auch nicht fort, machte ihr keinen Platz, damit sie sich an ihm hätte vorüberschleichen können. Sie wusste nicht, was sie tun sollte, und mit einem Mal begann ihr Herz wie wild zu klopfen.

»Ich weiß, was du mir sagen willst«, sagte sie schließlich leise, kaum hörbar. »Ich war wütend und bereue meine Worte.«

Aber er lachte nur äußerst merkwürdig.

Jetzt begriff Inga, was sie innerlich bereits geahnt, ja befürchtet hatte, und schaute ihn mit großen Augen an.

Langsam kam er ihr noch näher, und als sie instinktiv einen Schritt zurückweichen wollte, fasste er sie fest an beiden Oberarmen und zog sie zu sich heran. Er begann sie zu küssen, sehr stürmisch, so stürmisch, dass sie fast keine Luft bekam – und obwohl Inga bisher fest davon überzeugt war, ihn aus tiefster Seele zu hassen, gefiel es ihr. Ja, es gefiel ihr sogar ausgesprochen gut. Sie ließ den Eimer fallen und schlang ihrerseits die Arme um seinen Hals.

So standen sie da, mehrere Augenblicke, und wer weiß, was hier draußen in der eisigen Dunkelheit noch weiterhin geschehen wäre, wenn das plötzliche Heulen der Wölfe im nahen Wald nicht mit einem Mal die beiden hitzigen Gemüter abgekühlt hätte. Wie aus einem Traum erwacht, ließen sie voneinander ab, beide peinlich berührt.

»Hol neues Wasser und geh wieder rein«, befahl Ansgar im herkömmlichen Ton. Dann setzte er seinen Weg zum Schweinestall fort.

Anders als erwartet, verlief der restliche Abend wie jeder andere Winterabend zuvor.

Nachdem die Röte aus Ingas Gesicht gewichen, das Abendessen bereitet, der Tisch gedeckt und das Mahl schließlich beendet war, suchten alle ihre Schlafstatt auf. Ansgar hatte sie nicht einmal angeschaut, kein einziges Wort mit ihr gesprochen, und die Zwillinge hatten gut gelaunt an ihrem Platz gesessen und verhältnismäßig wenig miteinander geredet. Inga hatte immer wieder verstohlen zu Ada blicken müssen. Ein schlechtes Gewissen plagte sie, die unwissende Frau tat ihr leid, die arme Ada, die sich so rührend um ihre Kinder kümmerte.

Nachdem sie den alten Ulrich zu seinem Lager begleitet, ihm noch einen warmen Becher Brennnesselwein gereicht und sich von ihm eine Geschichte aus dem Leben der Götter hatte erzählen lassen, ging auch sie zu ihrem Teil der Schlafbank. Aber einschlafen konnte sie die ganze Nacht über nicht.

Doch nicht nur für Inga, für alle wurde es schließlich eine unerwartet kurze Nacht. Denn lange vor dem Morgengrauen erwachten sie durch ein entsetzliches Geschrei. Schlaftrunken, wie sie waren, konnten sie es sich zunächst nicht erklären. Ulrich rief, Unholde trieben ihr Unwesen auf dem Hofe, und alle seien nun des Todes. Die Zwillinge kreischten, eine Räuberbande sei aus dem Wald gekommen, um Jungfrauen zu stehlen. Inga war froh, dass sie in dieser Nacht nicht allein im Grubenhaus schlief. Es war entsetzlich, dieses Gebrüll, aber je länger sie lauschte, desto deutlicher konnte sie heraushören, dass es von Tieren herrührte: Schafe oder Ziegen im Todeskampf.

»Wölfe!«, schrie Ansgar, sprang auf, und in Windeseile waren er, Gernot und die beiden Knechte mit Fackeln und Speeren bewaffnet zur Tür hinaus. Ada lief ihnen bis zur Türe nach und verriegelte diese umgehend, damit die schrecklichen Untiere nicht noch den Weg ins Haus fanden, um sich die Kinder zu holen.

Es dauerte nicht lang, da waren die Männer zurück.

»Wir haben sie vertrieben. Ansgar hat gleich drei erlegt«, rief Gernot völlig außer Atem. »Es war ein ganzes Rudel, und sie haben eine Ziege und zwei Schafe gerissen. Zwei weitere Schafe sind so sehr verwundet, dass wir sie wahrscheinlich morgen notschlachten müssen.«

»Wer hat die Stalltür aufgelassen?«, sagte Ansgar grimmig.

Ein unglaublicher Schreck durchfuhr Inga, und alle Augen richteten sich mit einem Mal auf sie. Denn sie allein war für die Schafe und Ziegen zuständig. Inga dachte angestrengt nach. Sie hatte sie am Abend ganz gewiss gefüttert. Und sie war sich sicher, die Stalltür verriegelt zu haben. Sie machte das immer, es war ihr in Fleisch und Blut übergegangen.

Oder war sie an diesem Abend zu verwirrt gewesen?

Hatte sie das Gespött der Zwillinge zu sehr durcheinandergebracht?

Spukten Utas Haare zu sehr in ihrem Kopf herum?

Nein – sie hatte die Tür gewiss verriegelt.

Jetzt fiel es ihr wieder ein. Geflucht hatte sie, weil ihr der Holzriegel aus der zittrigen Hand in den tiefen Schnee gefallen war und sie in der Dunkelheit danach wühlen musste. Doch schließlich hatte sie ihn gefunden und durch die Ösen geschoben. Die Tür war sicher und fest verschlossen gewesen.

»Ich war am frühen Abend im Stall, habe die Tiere gefüttert und beim Hinausgehen den Riegel vorgeschoben«, sagte Inga mit bebender Stimme.

»Das kann jeder behaupten«, zischte eine der Zwillinge, und als sie dann beide anfingen, leise zu kichern, fiel es Inga wie Schuppen von den Augen.

»Ich war es nicht. *Ich* nicht«, sagte sie schließlich und schaute die Schwestern dabei giftig an.

»Wir werden morgen darüber sprechen«, brummelte Ansgar finster und gebot allen, sich wieder schlafen zu legen.

Inga war schon früh auf den Beinen und erwartete sehnsüchtig den Sonnenaufgang. Als es endlich hell war und sie die ihr am Morgen obliegende Hausarbeit verrichtet hatte, ging sie hinaus zum Schafstall. Die Männer waren schon dort, um die verwundeten Tiere zu versorgen.

»Was willst du hier?«, fragte Ansgar mürrisch. Nichts an ihm erinnerte sie noch an ihre gestrige Begegnung zwischen Quelle und Schweinestall.

»Ich möchte sehen, was passiert ist«, antwortete Inga und untersuchte den schneebedeckten Boden vor dem Schafstall.

Der Schnee war aufgewühlt von den vielen Spuren der Wölfe, Schafe und Männer, die dort in der letzten Nacht herumgelaufen waren. Blutige Schleifspuren führten aus dem Stall heraus bis hin zu einer Stelle unweit des Grubenhauses, wo drei tote Wölfe nebeneinander lagen. Die erlegten Schafe und die Ziege hingen bereits an der Außenwand des Holzschobers und wurden von einem der Knechte ausgenommen.

»Was starrst du so auf dem Boden herum? Hast du nichts Besseres zu tun?« Plötzlich stand er neben ihr.

»Ich war es nicht«, sagte Inga leise.

»Wer sonst?«

»Schau dort, da neben der Türe. Da sind noch Spuren im Schnee zu erkennen. Das da ist meine.« Und sie setzte ihren Fuß darauf, um ihm zu zeigen, dass er genau in die Spur passte.

»Und die da, sieh her, die sind frischer und an dieser Stelle sogar über meiner Spur. Schau. Sie stammen von vier Füßen und sind viel kleiner als meine.« Wieder setzte sie ihren Fuß auf die anderen Spuren, die tatsächlich um einiges kleiner waren.

»Hier unmittelbar am Stall kann man nichts mehr finden, es ist alles zu sehr durchwühlt. Aber komm einmal mit.«

Sie ging los und schaute sich nach wenigen Schritten um, um zu sehen, wo Ansgar bliebe. Dieser stand noch immer vor der Stalltür und sah Inga an. Dabei lächelte er.

»Es waren meine Schwestern, das weiß ich längst.« Und dann ging er zu ihr. »Die Wolle der toten Schafe gehört dir. Das bedeutet, dass du wieder Arbeit hast und nicht schon am helllichten Tage untätig und faulenzend im Grubenhaus sitzen musst, wie meine Schwestern mir gestern berichteten.«

Inga nickte erleichtert.

»Sicherlich wirst du bis tief in die Nacht dort arbeiten müssen, oder etwa nicht?«, fragte er leise.

Inga begriff.

»Ja, ich denke schon. Bis tief in die Nacht werde ich dort sein«, antwortete sie und ging mit bebenden Knien zurück ins Haus.

V

Der Winter war vorüber, der letzte Schnee getaut, und die ersten Blumen blühten. Das Leben kehrte zurück, endlich konnten die Tiere den Stall verlassen und die Menschen der bedrückenden Enge und Dunkelheit des Hauses entfliehen.

Inga zog es in den Wald. Zusammen mit den verbliebenen Schafen und Ziegen stapfte sie die Quellmulde entlang, die sich als baumlose Zunge in den Wald erstreckte.

Im Herbst und Winter finster und unheimlich, war der helle, noch immer blattlose Frühlingswald ein reines Paradies. Die Ziegen und Schafe labten sich an den zarten Knospen des Unterholzes, und Inga genoss die frische Luft. Eigentlich wäre es Aufgabe der beiden Halbwüchsigen, Heinrich und Friedrich, gewesen, als Hirtenkinder mit dem Vieh in den Wald zu ziehen, aber Inga hatte Ansgar davon überzeugt, dass sie die Zeit im Walde nutzen wolle, um nützliche Frühlingskräuter zu sammeln und die Orte auszukundschaften, wo die Bienen ihre Waben bauen würden. In diesen Dingen kannte sich Inga dank des Erbes ihrer kräuterkundigen Großmutter besser aus als sonst jemand im Hause, und nicht nur deshalb hatte Ansgar ihrem Wunsch zugestimmt.

Sie nahm sich in letzter Zeit viel heraus, das war nicht nur den Zwillingen aufgefallen. Und auch wenn er wenig mit Inga sprach, so hatten fast alle Bewohner des Hilgerschen Hauses den Eindruck, dass es Ansgar sehr schwer fiel, streng mit der

Witwe seines Bruders zu sein. Jeder, mit Ausnahme der kleinen Kinder, konnte sich seinen Reim darauf machen. Auch Ada.

Sie wusste, was ihr Mann trieb, sie wusste, wann dies geschah und an welchem Ort. Aber Ada scherte das nicht. Ob er sich Inga oder, wie früher, eine der Mägde zur Geliebten nahm, blieb für sie dasselbe. Froh war sie sogar, nach sieben Geburten, nun endlich einmal Ruhe vor ihm zu haben. Noch einmal wollte sie gewiss nicht schwanger werden, drei gesunde Buben hatte sie und ein gesundes Mädchen, das sollte reichen. Und solange Inga sich benahm, einigermaßen bescheiden blieb und nicht hochfahrend wurde, ja, solange es ihr unangenehm war, Ada in die Augen zu blicken, würde Ada diesen Zustand erdulden. Inga war keine Gefahr.

Schnell waren die ersten Sprosse im nahen Unterholz abgenagt, und Inga trieb die Tiere weiter, den Berg hinunter, in Richtung des Tales, durch das einer der beiden hiesigen Bäche hin zur Talsiedlung floss. Hier war der Hilgersche Wald längst durchschritten, und im Grunde war es nicht gestattet, Vieh – gar im Frühling durch fremde Wälder zu treiben und dort die jungen Triebe fressen zu lassen. Aber darüber dachte Inga nicht nach. Sie wollte hinauf auf den nächsten Berg, den Ausläufer des heiligen Berges – dorthin, wo ihre Familie wohnte. Nur einmal schauen wollte sie, sich hinter einem Baum verbergen und einen Blick auf ihr Geburtshaus werfen. Dieser Wunsch trieb sie an diesem herrlichen Frühlingstag, und die Schafe sowie die Ziegen mussten sie begleiten, denn sie konnte sie ja nicht alleine lassen.

Also ging es durch den Bach in Richtung des Bergtales, vorbei an der verfallenen Schmiede, an welcher der lange nicht genutzte und deshalb wild bewachsene Weg hinauf in den Wald und auf den Berg führte, wo irgendwo, mitten zwischen Buchen, Eichen und Tanngehölz, ihr elterlicher Hof lag.

An der Schmiede lief es Inga kalt den Rücken herunter, und sie beeilte sich, so schnell wie möglich an dem verlassenen Haus vorbeizukommen. Das Dach war teilweise eingestürzt, der Hof von Unkraut überwuchert, und die Türen hingen nur noch schief in den Angeln, den Blick freigebend auf eine gähnende Finsternis im Inneren des Hauses.

Inga fürchtete sich, sie fürchtete sich sogar sehr, denn gewiss waren die Ahnen der Schmiedfamilie aufgebracht, böse auf sie, Inga, Tochter des Meinrad, Enkelin des Bero. Bestimmt lauerten sie dort, im finsteren Inneren, und versuchten sie hineinzulocken und zu lynchen. Grund genug hatten sie dazu. Fürchterliches war der Familie des Hatho in den letzten Jahren widerfahren, so Fürchterliches, dass niemand, gar niemand mehr aus diesem Hause am Leben war, niemand außer Ada.

Und nun zog ausgerechnet sie, Inga, die Gespielin des Gatten der Ada, an diesem unglückseligen Gehöft vorbei. Schnell begann sie zu rennen, denn aus der Schmiede meinte sie plötzlich laut und deutlich vernommen zu haben, wie ein Hammer auf den rostigen Amboss fiel – zwei Mal.

Die Tiere eilten hinter Inga her, und erst am Waldesrand, als der Hatho-Hof außer Sichtweite war, hielt sie an, ging in die Hocke und verschnaufte kurz. Danach ging es weiter hinauf in den Bero-Wald, der genau an dieser Stelle begann.

Nach wenigen hundert Schritten erreichte Inga die Lichtung – *ihre* Lichtung, den Ort, an dem sie so gerne mit ihrer Schwester Hedda gespielt hatte, den Ort, von dem sie als Kinder glaubten, dass dort Alben, gute Waldgeister, lebten. Hedda hatte sie gesehen: helle, hohe Gestalten, die, ohne einen Zweig zu zertreten, ohne eine Spur zu hinterlassen, lautlos und leicht durch den Wald schritten.

Inga ließ die Tiere auf der Lichtung weiden, legte sich, so wie sie es als Kind getan hatte, auf den Rücken ins weiche Moos und betrachtete die Wolken. Sie fühlte sich wohl, der Frühling tat ihr gut. Er befreite den Kopf von unschönen Gedanken, von Gewissensbissen und Schuldgefühlen. Wie schön war es doch, an nichts zu denken – nicht an ihren verstorbenen Gemahl, nicht an ihre heimliche Liebschaft zu dessen Bruder, nicht an die betrogene Ada und erst recht nicht an Uta, über deren mutmaßliche Ermordung Inga zu ihrem eigenen Schutze schweigen musste. Ganz so, als sei sie die Mörderin gewesen, hatte sie die verdächtigen Haarbüschel verschwinden lassen, sie zusammen mit den unbrauchbaren Schlachtabfällen zweier Gänse verbrannt. Der widerliche Gestank dieses Feuers saß ihr noch immer in der Nase. Doch heute vertrieb sie ihn endlich. Sie atmete den frischen Duft des Frühlings ein und lauschte dem munteren Zwitschern der Vögel. Dabei summte sie leise. Und bald verschwammen die Wolken vor ihren Augen, sie vernahm ihr Summen immer dumpfer, immer weiter weg, bis es schließlich verstummte und Inga in einen angenehmen Schlaf sank.

»Nanu, nanu?«

Inga schreckte auf.

Wo war sie?

Wessen Stimme war das?

Es verstrichen einige Momente, ehe sie sich gefangen und die Situation begriffen hatte. Sie lag ausgestreckt auf der Waldlichtung, die Sonne schien ihr ins Gesicht, und über sie gebeugt stand Melchior, der Mönch.

»Das ist merkwürdig, dass du so einfach hier schläfst«, sagte er, wieder einmal amüsiert.

»Ich wollte das eigentlich nicht. Kräuter soll ich sammeln und nicht faul in der Sonne liegen.«

Inga war noch immer verwirrt.

»Sind alle Tiere da?«

Entsetzt schaute sie sich um und zählte nach. Alle waren noch da: fünf Schafe, drei Ziegen.

Melchior krümmte sich fast vor Lachen, und Inga stimmte mit ein. Sie wusste nicht, wieso, aber dieser Mensch war einfach mitreißend komisch. So einfach, so schlicht, so gutmütig, und alles von der munteren Seite betrachtend.

»Wenn ich mich recht entsinne, liegt euer Hof weiter im Norden. Ganz auf dem anderen Berg, an dessen nördlichem Ende gar.«

»Ja, so ist es. Und ich dürfte hier nicht sein. Diese Lichtung gehört zum Bero-Wald, der Familie des Meinrad. Es wäre nett, wenn du, Herr Mönch, niemandem davon erzählst, dass du mich hier gesehen hast.«

»Wen sollte das interessieren?«, lachte Melchior.

»Was treibst *du* hier, wenn ich fragen darf?«

»Ich beobachte die sogenannten Insekten. Kleine Krabbeltiere. Endlich sind sie wieder da. Sie sind einfach entzückend in ihrem Verhalten. Einfach entzückend.« Er strahlte übers ganze Gesicht.

Inga runzelte die Stirn, dann fragte sie: »Was ist mit eurem Gotteshaus? Wart ihr auch im Winter dort oben?«

»Die meiste Zeit des Winters weilten wir im Kloster. Seit dem Weihnachtsfeste, das wir dort verbrachten. Doch bereits seit vierzehn Tagen sind wir nun zurück. Die Kirche ist fast fertiggestellt. Man möchte kaum glauben, welche Kräfte und handfesten Fähigkeiten in Bruder Agius stecken. Gewiss hatten wir auch Hilfe, aber vieles hat er allein gemacht. Dabei habe ich ihn immer für einen Bücherwurm gehalten, einen gelehrten Bücherwurm, versteht sich. Weißt du, er hat sogar am *Liber glossarum* mitgearbeitet, der größten Enzyklopädie der Welt! Größer noch als die *Etymologiae* Isidors von Sevilla.«

Inga nickte nur. Sie verstand rein gar nichts von dem, was Melchior da sprach. »Dann ist er wohl ein kluger Mann. Von woher stammt ihr beiden?«

»Vom Kloster Corbeia Nova.«

»Das ist mir bekannt. Wo seid ihr geboren? Das möchte ich wissen.«

»Ah! Ja, wo wir geboren sind. Ich für meinen Teil bin aus der schönen Stadt Colonia Agrippinensium, so nannten sie die Römer. Die Familie meines Vaters, ein altes Patriziergeschlecht, ist sogar römischer Herkunft. Nur sind seither bereits Generationen vergangen. Ich sehe nur noch wenig römisch aus, nicht wahr?« Und dann lachte er wieder. »Agius ist Westfranke, ein Edler aus Avennio, ebenfalls eine alte Römerstadt auf ehemals keltischem Gebiet.«

Inga hatte niemals zuvor von Orten namens Colonia und Avennio gehört. Sie war sich aber sicher, dass beides sehr, sehr weit entfernt von hier lag.

»Und weshalb seid ihr nicht dort geblieben?«

Melchior lachte herzlich. »Die Wege des Herrn sind unergründlich. Wir beide waren Mönche im Kloster Corbie in Westfranken. Als unser Abt Adalhard und sein Bruder Wala schließlich ein neues Kloster im Sachsenlande gründeten, wurden Agius, ich und noch andere Mitbrüder hierher gesandt. Kalt ist es hier und nass.«

Dabei schlotterte er, kreuzte die Arme vor der Brust und rieb sich mit den Händen die Schultern – trotz des warmen Frühlingstages. »Zunächst versuchten wir es in Hethis, das ist zwei Tagesmärsche entfernt, jenseits des Weserflusses. Doch das Land erwies sich als wenig günstig, die Lage als schlecht. Deshalb sorgte kein Geringerer als der Kaiser Ludwig dafür, dass wir hier im schönen Wesertal einen zweiten Gründungsversuch unternehmen konnten. Und dieser ist geglückt.«

»Und nun baut ihr außerdem Kirchen in der Umgebung.«

»So ist es. Das heißt, diese hier ist die erste. Hier leben viele Menschen. Drei größere Siedlungen gibt es und zahlreiche einzelne Gehöfte. All diese Menschen müssen doch versorgt werden, in religiösen Dingen, meine ich. Wie oft warst du schon in der Kirche, Inga? Inga – so ist doch dein Name, oder?«

»Ja, so heiße ich. Nicht oft war ich in der Kirche, obwohl die in Huxori sehr schön ist. Ganz aus Stein. Nur zu Kindstaufen gehen wir dorthin. Sechs Mal war das in den letzten Jahren. Immer dann, wenn ein Neugeborenes in unserem Hause zur Welt gekommen war. Doch zweien von den Kleinen hat auch die Taufe nichts genützt.«

»Deine Kinder?«, fragte er traurig.

»Nein, ich habe keine Kinder. Schwanger war ich, doch lebendig ist mir keines geblieben, nicht einmal einen Tag lang.«

Melchior blickte betreten zu Boden, dann jedoch sah er wieder neugierig auf und berichtete: »Ich hörte, es gibt Heiden, die den verstorbenen Kindelein Holzpflöcke durchs Herz stoßen, damit sie nicht zurückkehren. Sie fürchten sich, dass sie die Lebenden aufsuchen, um unter diesen zu spuken, weil es ihnen nicht vergönnt gewesen ist, auf Erden zu bleiben.«

Inga verzog ihr Gesicht: »Das sind böse Geschichten. Davon weiß ich nichts. Ihr Kirchenleute haltet uns für schlimme Unholde.«

»Ich kann es mir selber nicht vorstellen«, sagte er wieder fröhlich. »Aber an Geister glaubt ihr schon, oder etwa nicht?«

»Es gibt Gutes und Böses in der Welt, nenn es Gott und Teufel oder guten Zauber und schlechten Zauber. Ich für meinen Teil habe schon viele Geister gesehen, und hier im Wald, da musst du bloß die Augen aufsperren, wimmelt es nur so von ihnen. Schau dort drüben, am Rande der Lichtung, siehst du den hohen Stein?«

»Ja, an ihm bin ich vorübergegangen, als ich hierher kam. Wunderte mich, dass er einfach so dort steht. Allein, ohne Mitsteine.«

»Das ist Thrasir, der Zwerg. Bis in die Zeiten meines Urgroßvaters wütete er in diesem Wald, schlug des Nachts alles nieder, was Menschenhand erschaffen hatte. Aber dann – er war so eifrig und zornig bei der Arbeit – wurde es Tag, und mit dem ersten Sonnenstrahl, der ihn traf, versteinerte Thrasir. Und da steht er noch immer. Geh hin und schau ihn dir genau an, du erkennst sogar noch die Axt, die er in Händen hält.«

Erschrocken blickte Melchior zu dem Stein und fing entsetzlich an zu schreien, als sich hinter diesem plötzlich etwas bewegte. Auch Inga bekam große Augen, doch dann erkannte sie den anderen Mönch, Bruder Agius. Schnellen Schrittes kam er auf die beiden zu.

»Melchior, ein Bote des Klosters war soeben bei mir. Der Vater Prior hochselbst wird uns gleich morgen besuchen kommen und die Kirche in Augenschein nehmen. Es gilt noch einiges vorzubereiten, komm und trödle nicht.«

Er schaute Inga nur kurz an, und warum auch immer: Sie errötete dabei und senkte den Blick.

»Was ist das hier für eine seltsame Zusammenkunft?«, wollte Agius wissen.

»Inga erzählte mir vom Zwerg Thrasir. Du bist soeben an ihm vorübergeschritten.«

»Der Zwerg Thrasir also«, seufzte Agius und hob die Augenbrauen. »Es gibt noch viel zu tun, sehr viel zu tun …«, sagte er dann und ging davon, »der Zwerg Thrasir« vor sich hinmurmelnd und den Kopf schüttelnd.

Die Sonne stand bereits im Westen, Inga hatte den ganzen Tag verschlafen und verplaudert. Das schlechte Gewissen plagte sie, von einem heimlichen Besuch des Hofes ihres Vaters würde sie nun absehen müssen. Es galt, sich nun ebenfalls zu beeilen. Schnell verabschiedete sie sich von Melchior, der sich gleichsam sputete und seinem Mitbruder folgte.

»Wo warst du, Inga? Ich habe schon lange nach dir gerufen.«

Der alte Ulrich war ungeduldig, er saß draußen neben dem Brunnen und versuchte verzweifelt, aus eigener Kraft einen Eimer Wasser nach oben zu befördern.

»Warum nimmst du nicht das Wasser aus der Quelle? Das ist frischer«, rief Inga, schnell herbeieilend.

»Ich will aber dieses.« Der Alte war stur.

Niemand benutzte den Brunnen, außer im Hochsommer, denn da versiegte die Quelle oft. Der Brunnen war ein Denkmal, das sich der alte Hilger selbst gesetzt hatte, ein Sinnbild für seinen Starrsinn und seine Willenskraft. Niemand in der Umgebung, nicht einmal der Graf, verfügte über einen Brunnen, alle schöpften sie ihr Wasser aus Quellen, Flüssen und Bächen. Und auch auf dem Hilgerschen Hof gab es eine wunderbare, reiche Quelle, die nur leider in heißen Sommern austrocknete.

Doch anstatt die Wassermassen des Frühjahrs in einem Teich für den Sommer aufzustauen, hatte Hilger einen Brunnen gewollt, und diesen unmittelbar neben dem Haus. Eigenhändig hatte er mit dem Ausheben begonnen, und obwohl die Quelle ganz in der Nähe war, war er auf keine Wasserader gestoßen, dennoch grub und grub er weiter. Nach zwei Tagen konnte man ihn nicht einmal mehr sehen in dem tiefen Loch, aber dennoch ließ er nicht ab. Irgendwann, am Ende des dritten Tages, nach ununterbrochener Arbeit, hatte er die Ader gefunden. Schnell hatten ihn seine Söhne aus dem Loch ziehen müssen, das sich bald mit Wasser füllte. Der Brunnen war tiefer, als das Haus lang war – und das Haus war unglaublich lang –, und wollte man aus ihm Wasser schöpfen, so dauerte es ewig, bis der Eimer endlich den Wasserspiegel erreicht hatte, und noch länger, bis man ihn wieder nach oben gezogen hatte. In dieser Zeit war man schon fünf Mal zur Quelle und wieder zurück gelaufen. Im Sommer jedoch – nicht in jedem, aber in vielen – leistete er gute Dienste. Und darum, und natürlich im Gedenken an die Mühen des alten Hilger, hatte man ihn noch nicht wieder zugeschüttet.

»Hier hast du dein Wasser. Gib den Becher her, ich fülle ihn dir.«

Inga tauchte den Holzbecher des Alten in den Eimer, den sie aus dem finsteren Schlund hinaufbefördert hatte. Gierig nahm Ulrich das Trinkgefäß und führte es an seine faltigen Lippen.

»Pah«, schrie er im nächsten Moment und spie den Schluck, den er genommen hatte, wieder aus. Danach spuckte er noch vier Mal auf den Boden.

»Nach Aas schmeckt das. Widerlich!«

Gernot und einer der Knechte kamen hinzu.

»Da ist wieder ein Vieh hineingefallen«, schimpfte der Alte die beiden Männer an, als ob sie Schuld daran trügen.

Nachdem sie lange in die tiefe Dunkelheit gestarrt hatten, kletterte der Knecht widerwillig hinunter in den Schlund, Gernot und ein zweiter Knecht hielten das Seil. Mit einer Mistgabel bewaffnet stocherte der Mann, von oben kaum mehr erkennbar, im Nass herum.

»Da ist tatsächlich etwas. Es liegt auf dem Grund. Das Wasser ist nicht tief, ich könnte sogar mit meinem Arm heranreichen.«

»Dann tu das«, rief Ansgar hinunter, der inzwischen ebenfalls hinzugekommen war.

Mit missmutigem Murren gehorchte der Knecht, man vernahm ein Plätschern und dann einen Laut entsetzlicher Abscheu. Schließlich brüllte er nach oben:

»Da fass ich nicht mehr rein. Den Kopf kannst du mir abhauen, Friling Ansgar, aber da hinein fass ich nicht mehr. Das hat kein Fell, das Viech.«

Alle wichen sie einen Schritt zurück, auch Ansgar lief es kalt den Rücken hinunter.

»Zieht mich endlich raus aus der Hexengrube!«, schrie der Knecht.

Als er oben war, stieß Ansgar ihn grob beiseite und gebot den anderen, nun ihn hinabzulassen. Zögernd gehorchten die Männer.

Seinen unglaublichen Ekel überwindend, griff Ansgar – unten angekommen – seinerseits ins Wasser. Inga konnte nur seinen blonden Kopf in der Dunkelheit erkennen, und dann hörte sie auch ihn schreien. Es war kein Schmerzensschrei, sondern ebenfalls ein Laut des Entsetzens.

»Hoch, hoch, hoch!«, rief er.

Und die Männer zogen mit ganzer Kraft. Es war Schwerstarbeit, denn erstens wog allein Ansgar einiges mehr als der Knecht, und zum anderen hatte er noch eine Last dabei, von der niemand so ganz genau wissen wollte, was es war.

Inga stieg sofort der Geruch in die Nase, als Ansgar sich näherte. Doch sehen konnte sie noch immer nicht viel. Angewidert wandte sie sich ab. Erst als alle anderen die unterschiedlichsten Laute von sich gaben, welche allesamt Ekel und Abscheu zum Ausdruck brachten, drehte sie sich wieder vorsichtig um. Sie warf einen kurzen Blick auf das, was sie aus dem Brunnen gezogen hatten und was nun tropfnass auf dem Hof lag.

Dann lief sie eilig hinters Haus, um auf den Misthaufen zu speien.

VI

Gebt endlich Ruhe, ihr dummen Weiber«, herrschte Ansgar entnervt und setzte damit den lautstarken Bekundungen des Grausens ein Ende, die kurz nach dem entsetzlichen Fund den gesamten Hof erfüllten. Vornehmlich kam das Klagen von Seiten der Zwillinge, die, ohne den Blick von der Leiche zu nehmen, nichts weiter taten, als laut zu kreischen.

»Sie wird uns verfolgen! Über unseren eigenen Tod hinaus wird sie uns verfolgen!«, rief Berta und lief zu ihrem Bruder, der, die Arme in die Hüften gestemmt, mit einem entschlossenen, aber noch immer angewiderten Gesicht vor dem Brunnen stand.

»Sie wird noch deinen Kindeskindern erscheinen und deren Kindern und deren Kindern und deren Kindern …« Mit diesen Worten kam auch Gisela hinzu.

»Und sie wird sicherlich nichts Gutes im Schilde führen, ein böser Hausgeist wird sie sein, ein Fluch, oh nein, oh nein! Was sollen wir nur tun?« Das riefen die Zwillinge fast gleichzeitig und schlugen ihre kurz befingerten Hände vors Gesicht.

»Wie auch immer, eines steht fest: Die bleibt keine weitere Nacht auf meinem Grund«, sagte Ansgar. »Knecht, hol Sackleinen aus dem Schweinestall, so viel wir entbehren können. Schnell.« Und an seinen Bruder gewandt: »Gernot, wir bringen sie noch heute fort.«

»Wohin wollen wir sie bringen?«, fragte dieser.

Ansgar schaute düster in die Runde. Am liebsten hätte er sie irgendwo im Wald verbrannt oder tief vergraben. Aber das durfte er nicht wagen. Seiner Familie war zu trauen, aber auf die Verschwiegenheit des Gesindes konnte er nicht hoffen.

»Wir fahren sie ins Tal zu ihren Eltern. Die können für ein Grab sorgen«, antwortete er schließlich.

»Die werden denken, dass wir sie getötet haben«, erwiderte Gernot.

»Hat etwa einer von uns sie getötet?« Ansgar schaute in die Runde, und ohne eine Antwort abzuwarten, sagte er: »Sie ist selbst gesprungen. Grund genug dazu hatte sie. Und dass sie hier, auf unserem Hofe, in unserem Brunnen, ihrem Leben ein Ende gesetzt hat, zeigt einmal mehr, was für ein niederträchtiges Weib sie war.«

»Sie werden dennoch Wiedergutmachung fordern, der Töpfer und seine Frau«, meinte Gernot.

»Blutrache ist von solchen nicht zu befürchten. Die bekommen überhaupt nichts. Nicht eine Rübe. Soll ich etwa den Eindruck erwecken, dass ich mich schuldig fühle? Schimpfen werde ich sie, schimpfen, dass sie ihrer Tochter nicht mehr Anstand beigebracht haben.«

In diesem Moment kam der Knecht mit den Säcken zurück. Ansgar wies ihn und den zweiten Knecht an, sie zu zerreißen und die Tote darin einzuwickeln. Wenige Augenblicke später fuhren Ansgar und Gernot mit dem Pferdegespann davon, auf der Ladefläche die tote Uta.

Inga hatte die ganze Zeit nur still und kreidebleich neben Ada auf der Bank vor der Hauswand gesessen und zugehört. Uta war nicht selbst gesprungen, das wusste sie. Uta war an den Haaren zum Brunnen geschleift und dort hineingeworfen worden. Da war sich Inga sicher. Aber sie war sich auch sicher, dass sie über diese Befürchtung weiterhin Stillschweigen bewahren würde. Kein Wort, zu niemandem, auch nicht zu Ansgar, wenn er in einer der nächsten Nächte wieder zu ihr kam und sie aufforderte, mit ihm ins Grubenhaus zu gehen.

Wer hatte Uta getötet? Wer hatte Grund dazu? Wer, außer ihr selbst? Inga fürchtete sich – sie fürchtete sich davor, falschen Verdacht zu erwecken, und sie fürchtete sich auch vor sich selbst. War sie vielleicht doch nicht so unschuldig am Ableben ihres Mannes und dessen Gespielin? Waren ihr die kleinen Schadenszauber, die sie gewirkt hatte, entglitten? Hatte sie womöglich Geister gerufen, die nun jenseits ihrer Kontrolle, aber ganz in ihrem stillsten und verborgensten Sinne handelten?

Nein, einen solch schrecklichen Zauber hatte sie damals nicht versucht. Es war nur ein Brot gewesen, ein Honigbrot, wie es so viele Frauen buken, um die Manneskraft ihres Gatten zu beeinflussen. Sie hatte das Getreide rechtsherum gemahlen, die Mühle also in die entgegengesetzte Richtung gedreht, um den Zauber umzukehren. Nicht gestärkt werden durfte er in seiner Männlichkeit, nein, verlieren sollte er sie. Ein unbedeutender Schadenszauber, mehr nicht.

Und Uta? Ihr hatte sie die Milch einer kranken Kuh zu trinken gegeben, in der Hoffnung, dass die Krankheit – eine hässliche, juckende Flechte – auf die Rivalin überginge. Doch das war vor langer, langer Zeit gewesen. Noch bevor sie wusste, dass Uta ein Kind erwartete.

Inga war damals wütend gewesen, wütend, enttäuscht und vor allem gedemütigt. Doch den Tod der beiden hatte sie sich nicht gewünscht. Aber ob sie mit ihren harmlosen Handlungen womöglich Schlimmeres heraufbeschworen hatte, das konnte sie nicht mit Gewissheit ausschließen. Fest stand, dass Taten vollbracht wurden, die Inga sich vielleicht manches Mal in ihren unglücklichsten Träumen herbeigesehnt hatte. Aber wer kannte diese Träume? Wer fühlte sich durch sie beauftragt? War sie, ohne es selbst zu wissen, gar eine Hexe, eine Unholdin?

Inga fühlte sich schuldig.

»Wer besucht mich da?«

Es hatte sie einige Überwindung gekostet, sich dem neuen, hölzernen Gotteshaus zu nähern. Doch dann, nachdem Inga fast den ganzen Morgen hinter einer der großen Linden, die den Kirchplatz umgaben, gesessen und vergeblich auf ein zufälliges Erscheinen des Mönches Melchior gewartet hatte, war sie nun doch zur Kirche gegangen und hatte an die Tür geklopft. Es war ein kleines Gotteshaus – kleiner, als sie es sich vorgestellt hatte, nicht zu vergleichen mit der herrlichen, steinernen Kirche des heiligen Kilian im fernen Huxori. Ganz aus Holz hatten die Mönche ihre Kapelle errichtet. Aus zwei Teilen bestand sie: ein größerer, vorderer Bereich mit Kreuz, Altar und einem winzigen, noch glockenlosen Turm; und ein hinterer, kleinerer, fast stallähnlicher Anbau, in dem die Mönche lebten. Die Tür zu diesem Wohntrakt stand ein wenig offen, und Inga lugte schüchtern um die Ecke. Ihr Herz pochte, denn sie befürchtete, dass es nicht Melchiors Stimme war, die da gerufen hatte.

Zu Recht, denn in dem dunklen Räumchen stand Bruder Agius an einem mächtigen Schreibpult, unmittelbar unter dem einzigen Fensterchen des Anbaus. Er war vertieft und schaute angestrengt auf ein großes vor ihm liegendes Pergament, welches er mit einer weißen Feder beschrieb.

Offenbar hielt er es nicht für nötig, sich zur Tür zu drehen, sondern arbeitete ungerührt weiter, sodass Inga sich scheu in dem kleinen Zimmer umschauen konnte. Melchior war nirgends zu sehen. Außer dem einen Pult hatten in dem Raum nur noch zwei schmale Liegen und ein winziger Tisch mit zwei

Hockern Platz. Alles war sehr einfach, aber sauber, es roch nach frischem Harz.

»Wie komme ich zu dieser Ehre?«

Inzwischen hatte sich Agius umgedreht und blickte Inga verwundert an.

»Eigentlich will ich zu Bruder Melchior«, sagte sie leise.

Er kam zwei Schritte auf sie zu und versuchte zu lächeln, blieb dann aber dennoch in sicherer Entfernung stehen.

»Womit kann Bruder Melchior dir besser dienen als ich?«

Seine Worte klangen freundlich, aber Inga spürte, dass ihm ihre Gegenwart unangenehm war. Und auch ihr erging es nicht anders mit ihm.

»Ich will nicht stören. Besser ist es, wenn ich ein andermal zurückkomme.«

Sie drehte sich schnell um und wollte gerade möglichst rasch verschwinden, als er sie zurückrief.

»Aber du gehst doch nicht ohne Grund den weiten Weg hierher. Was willst du von Bruder Melchior?«

Mittlerweile standen sie beide draußen vor der Tür, die Sonne warf ihr warmes Licht durch die sprießenden Knospen der Bäume auf das viel zu schöne Gesicht des Mönches Agius.

»Um einen Rat bitten wollte ich ihn.«

»Nun, gestern war der Prior mit einigen Mitbrüdern hier. Melchior ist zusammen mit ihnen zum Kloster gegangen. Er hat dort einiges zu besorgen. Ich erwarte ihn erst am Abend zurück. Aber vielleicht kann *ich* dir behilflich sein, gute Frau.«

Er gab sich Mühe, freundlich zu sein, aber an seinen Augen erkannte Inga, dass ihm die Situation ganz und gar nicht gefiel.

»Wie soll ich es sagen?«, stammelte Inga. »Ich wollte den Mönch Melchior bitten, mir die Beichte abzunehmen.«

Agius nickte stumm und sagte: »Bruder Melchior – das muss ich neidlos anerkennen – versteht es besser als ich, die Herzen der Menschen zu gewinnen. Dennoch ist leider nur meine Wenigkeit befugt, die Beichte abzunehmen, denn Bruder Melchior hat keine Priesterweihe empfangen. Würdest du also auch mit mir als Beichtvater vorliebnehmen?«

Bei diesen Worten wurde er plötzlich rot, und Inga schaute rasch zu Boden, damit er nicht sah, dass sie seine Verlegenheit bemerkt hatte. Eine Zeitlang herrschte eine unangenehme Stille zwischen den beiden, die nur durch das Zwitschern der Vögel, das Rauschen der blühenden Bäume und das laute, unangenehme Pochen in Ingas Ohren unterbrochen wurde.

»Komm, wir gehen in die Kirche. Sie ist noch nicht geweiht, aber dennoch glaube ich, dass Gott hier bereits seinen Platz gefunden hat.« Agius schritt vor, und Inga folgte ihm zögerlich.

Sie ließen sich auf einer der beiden Bänke nieder, die seitlich des Altars standen, und wieder herrschte betretene Stille.

»Sprich einfach. Ich höre dir zu«, sagte er schließlich, ohne sie dabei anzuschauen.

»Es geht um den Tod meines Mannes«, begann Inga vorsichtig. »Und um den Tod von Uta, seiner Nebenfrau.«

»Was hast du damit zu tun?«, fragte Agius streng, seinen rechten Ellbogen auf den Oberschenkel stützend und die zu Inga gerichtete Gesichtshälfte mit der Hand verbergend.

»Ich habe nichts damit zu tun, aber dennoch bedrückt es mich sehr. Es ist nämlich so: Ich glaube, ich habe mir ihren Tod gewünscht.«

»Und nun, da er eingetreten ist, meinst du, dein Wunsch sei in Erfüllung gegangen. Wer bist du, dass du glaubst, Gott sei dein Sklave und erhöre deine boshaften Gedanken?«

Inga wurde es sehr unwohl in ihrer Haut.

»Vielleicht weiß Gott gar nichts davon. Vielleicht waren es böse Dämonen oder der Teufel«, korrigierte sie sich, »die meine Gedanken erhört haben. Aber ich wollte es nicht.«

»Hast du denn etwas dafür getan?«

»Das, was ich getan habe, ist in euren Augen eine große Sünde, denke ich. Ich wage es gar nicht zu sagen.«

»Du beichtest, mein Kind. Ganz gleich, wie groß deine Sünde sein mag, ich werde dich dafür nicht bestrafen und auch nicht veranlassen, dass andere es tun. Allein Gott ist dein Richter.«

»Den Tod habe ich ihnen nicht gewünscht, aber ich habe einen Schadenszauber gewirkt. Keinen großen.«

»Eines eurer unsäglichen, lächerlichen Rituale? Ein Maleficium? Wie sah es aus?«

Inga errötete.

»Es ist ein umgekehrter Liebeszauber. Ich habe meinem Mann ein Brot gebacken, das ihm die Manneskraft rauben sollte.«

Agius nahm die Hand von seinem Gesicht und schaute Inga mit zusammengezogenen Brauen von der Seite an, diese senkte den Blick, fast musste sie ein wenig lachen.

»Wie backt man ein Brot, das so etwas bewirken soll?«, fragte er schließlich.

Inga blickte ihn erstaunt an. *Das* wollte er wissen? Sie konnte doch unmöglich einem Mann, der geschworen hatte, der fleischlichen Lust auf ewig zu entsagen, erzählen, wie man ein solches Brot buk.

»Das kann ich nicht sagen.«

»Du hast es getan, also kannst du auch davon berichten.«

»Es ist nicht sehr sittsam.«

»Wir Geistliche hören in der Beichte viele Dinge, die nicht sittsam sind. Also erzähle, denn nur so kann ich die Größe deiner Schuld ermessen.«

»Um ein solches Brot zu backen, muss man sich zunächst entkleiden«, begann sie, entschlossen, ihm alles zu sagen, was er hören wollte. »Völlig entkleiden.« Vorsichtig schielte sie zur Seite, um zu sehen, wie er reagierte. Er versuchte, sich nichts anmerken zu lassen. Also fuhr Inga fort: »Dann reibt man den nackten Körper mit Honig ein. Vollkommen. Überall.« Inga musste wieder ein wenig lachen. Er räusperte sich nur streng. »So klebrig, wie man ist, wälzt man sich im Korn. Dann liest man alle Körner vom Körper ab und mahlt sie in einer Handmühle. Dreht man links herum, so erhält man ein Mehl für einen Liebeszauber, dreht man rechts herum, so erhält man Mehl für einen Schadenszauber. Das Brot aus dem einen bewirkt, dass der Mann ... nun ja, dass ihm bestimmte Dinge besser gelingen. Das Brot aus dem anderen bewirkt, dass ihm in diesen Dingen gar nichts mehr gelingt.«

»Ich verstehe.«

»Mein Mann war ein Ehebrecher, und ich wollte dem Einhalt gebieten.«

»Und dabei hast du dich dieser schwarzen Magie hingegeben. Glaubst du, dass ein solches Zaubertreiben von Wirkung ist?«

»Ich hätte es sonst nicht getan. Immerhin kostet es einige Mühe.«

»War es von Wirkung?«

»Nun, er hat das Brot gegessen, und tatsächlich gab es in den folgenden Tagen häufig Streit zwischen ihm und dem Friedel. Aber dennoch hat sie bald ein Kind erwartet.«

»Und welchen Zauber hast du an ihr versucht?«

»Keinen Zauber. Verdorbene Milch habe ich ihr gegeben und gehofft, dass die bösen Würmer aus dem Körper der Kuh in den ihren übergehen.«

»Und nun fürchtest du, damit den Tod der beiden herbeigeführt zu haben?«

»Nicht unmittelbar. Aber vielleicht haben die Geister mein Handeln und meine Absichten falsch verstanden. Ich befürchte, einen schlimmeren Zauber bewirkt zu haben, ohne dass ich das wollte.«

»Wenn ich mich recht entsinne, hat sich dein Mann betrunken an einem Ast den Kopf zerschmettert. Und das Mädchen Uta ist in einen Brunnen gesprungen, unglücklich, wie sie über den Tod des geliebten Mannes und ihre verfahrene eigene Lage war.«

»So hat es den Anschein, ja.«

»Hat es nur den Anschein? Oder hattest du deine Finger im Spiel?«

»Ich habe nichts getan. Aber ich glaube nicht, dass Uta selbst den Tod gesucht hat.«

»Was lässt dich das vermuten?«

»Ich habe ihr ausgerissenes Haar gefunden. Bereits vor Monaten. Es muss einen Kampf gegeben haben. Zwischen ihr und … ich weiß nicht wem.«

»Und dein Mann? Hat ihm auch ein Troll oder ein Riesenzwerg den Kopf zertrümmert?«

»Wenn Uta getötet wurde, warum dann nicht auch er?«

»Das sind Hirngespinste einer einsamen Frau. Es war nicht recht von deinem Mann, sich eine weitere Frau zu nehmen. Und es wäre verzeihlich, hättest du einfach nur Groll gegen ihn gehegt. Doch diese verfluchten Zaubereien, dieser gefährliche Wunderglaube, die haben dich zu einer schweren, gottlosen Sünderin gemacht. Sei getrost, dass dieser dumme Wahnwitz nichts, rein gar nichts mit dem Tod der beiden Menschen zu tun hat. Aber dennoch musst du dafür büßen, einem solchen Irrglauben anzuhängen. Vor wenigen Jahren noch wärest du des Todes gewesen, hätte jemand von deinem Treiben erfahren. Und jetzt sprich mir nach: Ich widersage allen Werken und Worten des Teufels …«

Inga sah ihn staunend an. Er schien wütend zu sein, aber

dennoch blieb er vollkommen ruhig. Er schrie sie nicht an, beschimpfte sie nicht, aber machte ihr dennoch Angst. Und was sollte sie ihm da nachsprechen?

»Nun sprich schon: *Ich widersage allen Werken und Worten des Teufels …*«

»Ich widersage allen Werken und Worten des Teufels …«

» … *Thor, Wodan, Saxnot und allen Dämonen, die ihre Begleiter sind.*«

» … Thor, Wodan, Saxnot und allen Dämonen, die ihre Begleiter sind.«

»Einem gottlosen Weib wie dir ein Gebet beizubringen, dazu ist es noch zu früh. Abschwören musst du zunächst einmal. Fortan wirst du ein Jahr lang nichts weiter als Wasser und Brot zu dir nehmen. Und Schlaf sollst du nur noch in der Hälfte der Nacht finden, die andere Hälfte wirst du damit verbringen, diesen Satz, den ich dich habe wiederholen lassen, immer und immer wieder aufzusagen. Ein Jahr lang. Damit bist du entlassen. Danke dem Herrn, denn er ist gütig, und sein Erbarmen währt ewig.«

Er blieb sitzen, und Inga verließ die Kirche. Draußen, im Freien, ging sie, wohin ihre Füße sie trugen. Ihr Geist war entrückt, und als sie wieder zu sich kam, stand sie vor einer krummen Birke, direkt am alten Opfermoor. Zwischen dem mannshohen Schilf ragten noch immer die Ruten und Stöcke heraus, die den alten Opferbereich absteckten. Und auch wenn es schon lange Jahre verboten war, in diesem Sumpf Gegenstände, Lebensmittel oder geschlachtete Tiere zu versenken, kamen die Menschen nach wie vor hierher, um die Götter um Hilfe zu bitten. Inga hatte dieser Platz nie viel bedeutet, aber dennoch hatte es sie nun unwillkürlich hierhergezogen. Ohne nachzudenken nahm sie ihr Kreuzamulett vom Hals, küsste es, murmelte mit geschlossenen Augen einige Worte und warf es dann im hohen Bogen ins Moor. Es versank nicht sofort, sondern trieb noch eine ganze Weile auf der trüben Oberfläche. Inga schaute zu, wie es langsam unterging, und sie hoffte, nun auch die alten Götter beschwichtigt zu haben.

Nachdenklich machte sie sich auf den Heimweg. Eine Abschwörungsformel sollte sie aufsagen, die Hälfte der Nacht. Von Brot und Wasser sich ernähren. Wie sollte sie dann arbeiten, ohne richtig zu essen, ohne genügend Schlaf? Außerdem hatte sie sich die Worte gar nicht merken können und auch gar nicht merken wollen.

Aber geholfen hatte er ihr dennoch. Er hatte ihr gesagt, dass sie nichts mit dem Tod der beiden Menschen zu tun habe, und das wollte sie ihm gerne glauben.

»Einen offenen Fuß habe ich. Sieh nur, die Verletzung will und will nicht heilen.«

»Wie ist das passiert?«

»Nichts weiter als ein spitzer Stein. Auf einen spitzen Stein bin ich getreten, und nun schau dir das an. Schwarz wird es schon.«

»Ich werde dir morgen eine Kräuterpaste bringen.«

»Morgen? Dass ich nicht lache! Seit mehr als einen Monat hast du dich nicht blicken lassen. Wieso sollte ich darauf hoffen, dass du gleich morgen wiederkommst? Was führt dich denn eigentlich heute hierher? Nun sag schon.«

»Man hat sie erst jetzt gefunden.«

»Die Gewisse?«

»Ganz recht.«

»Erst jetzt? Das stimmt mich heiter. Das war sicher eine saubere Schweinerei.«

»Ein großer Schreck.«

»Was vermutet man über ihren Tod?«

»Dass sie es selbst gewesen sei.«

»Jeder glaubt das?«

»Sogar ihre Eltern.«

»Nun, langsam können wir deutlicher werden. Wie sieht es mit dem nächsten Schritt aus?«

»Ich bin noch nicht so weit.«

»Noch nicht so weit? Es sollte bereits im Winter geschehen.«

»Dazu bedarf es der richtigen Gelegenheit.«

»Dann führe sie herbei, die richtige Gelegenheit!«

»Das ist nicht so einfach.«

»Meine Geduld ist am Ende. Viel Zeit bleibt uns nicht mehr. Du musst dich beeilen. Sieh dir diesen Fuß an, das kann meinen Tod bedeuten. Und dann? Alles für die Katz.«

»Morgen bringe ich dir die Paste.«

»Die Paste … Verschwinde und komm erst wieder zurück, wenn du mir eine gute Nachricht überbringen kannst.«

VII

Wodan ließ es regnen am Tage, an dem die neue Kirche eingeweiht werden sollte, und obwohl der Himmel bis zum Horizont schwarz verhangen war, obsiegte schließlich der Christengott, denn mit einem Mal brachen die Wolken auf, und die Sonne bahnte sich hell und wärmend ihren Weg. Missmutig musste der alte Ulrich dieses Naturgeschehen als eine Niederlage der alten Götter gegen den neuen, den einen Gott, anerkennen. Inga half ihm gerade auf den Pferdekarren, auf dem er zusammen mit den Kleinkindern Platz nehmen durfte. Die anderen traten den weiten Weg zur neuen Kirche auf dem heiligen Berg zu Fuß an.

Alle waren an diesem frühsommerlichen Morgen auf dem altbekannten Platz vor dem Gotteshaus versammelt, Freie, Halbfreie, Hörige, Knechte, Mägde, Alte, Junge, Kinder, Säuglinge. Menschen aus drei großen, den Berg umgebenden Siedlungen und aus mehr als acht Einzelgehöften hatten den Weg hierher gefunden, und die Gründe für ihr Erscheinen waren genauso vielfältig wie die Himmelsrichtungen, aus denen sie anreisten. Die meisten trieb die Neugier, die anderen die Verpflichtung, die wenigsten der Glaube, und eine nicht geringe Zahl die Vorfreude auf das anschließende Fest.

Inga ging mit klopfendem Herzen, denn bestimmt würde sie an diesem Tag endlich einmal ihre eigene Familie wiedersehen. Gewiss käme es zu keinem Gespräch, man versuchte im günstigsten Falle, sich aus dem Wege zu gehen. Aber Blicke austauschen wäre vielleicht möglich, sie könnte ihre geliebte Mutter sehen und die eine noch lebende Schwester. Von Vater und Bruder erhoffte sie sich, dass sie sie nicht beschimpften. Aber bei einem solch heiligen Zusammentreffen würden sie sich gewiss im Zaume halten.

Und tatsächlich: Sie waren noch nicht ganz an dem von Linden umgebenen, festlich geschmückten Platz mit der schlichten Holzkapelle angekommen, als Inga auch schon ihre Eltern erblickte. Mit zitternden Händen half sie dem alten Ulrich vom Wagen. Dort, nur wenige Schritte entfernt, stand sie, ihre liebe Mutter. Inga wagte kaum, sie anzuschauen.

Als sich Ulrich schließlich, auf die beiden Knechte gestützt, seinen Weg in Richtung des Gotteshauses bahnte, gleich hinter Ansgar und Gernot, die als Herr und Erbe des Hofes vorausgingen, blieb Inga Zeit, einen vorsichtigen Blick auf ihre Mutter zu werfen.

Alt war sie geworden, aber obwohl ihr Gesicht von tiefen Sorgenfalten durchfurcht war, schauten ihre Augen noch immer so frisch, jung und herzlich. Inga wäre am liebsten zu ihr gelaufen und hätte sie umarmt, doch ihre Mutter erwiderte den Blick der Tochter nicht einmal. Der Vater jedoch schaute sie an, zornig, voller Hass und Abscheu. Und als er merkte, dass plötzlich auch seine Frau den Blick auf Inga richtete, zog er sie schnell am Arm davon. Weg von der verstoßenen Tochter, weg von der verhassten Sippe der Hilgerschen, die wie selbstverständlich als erste die Kirche betraten und sich direkt vor den Altar stellten, als seien sie Edelinge, ja die Herzöge dieser Gegend. Und Inga war bei ihnen, bescheiden zwar und an hinterster Stelle, aber sie war bei ihnen, und wie man munkelte, war sie, die Tochter des freien Meinard, längst zur Hure dieses hochnäsigen Ansgar geworden. Es war eine Schande, eine Schande, der man nur noch durch Ignorieren begegnen konnte. Inga wusste das Verhalten ihrer Familie richtig zu deuten, sie hatte nichts anderes erwartet. Dennoch schmerzte es sie sehr.

Während des Gottesdienstes, den der aus Huxori angereiste Prior des Klosters hielt, versuchte sie sich vorsichtig umzusehen. Es waren mehr als fünfzig Leute versammelt, und bei weitem passten sie, obwohl sie eng an eng standen, nicht alle in den kleinen Kirchraum. Die Türen waren weit geöffnet, und von draußen schauten die Köpfe der zahlreichen Unfreien herein. Der Prior war ein unscheinbarer Mann, der mit undeutlicher Stimme Dinge sagte, die Inga nicht verstand. Sie hörte auch nicht wirklich zu. Viel zu aufregend war die Situation, und sie hatte den Eindruck, dass es der Mehrheit der Versammelten nicht anders erging.

Wann traf man schon in solchen Massen zusammen?

Wann hatte man schon die Gelegenheit zu sehen, was aus dem alten Konrad geworden war, von dem es hieß, er habe bereits im Sterben gelegen? Oder der junge Bertold, der Erbe des Friedmarschen Hofes. Er war bereits zu einem stattlichen Mann herangewachsen. Die rote Tilde hingegen war unglaublich fett geworden, und die älteste Tochter des Liudolf hatte sich zu einer wahren Schönheit entwickelt. Was war nur mit dem langen Volkmar geschehen? Der hatte bloß noch einen Arm. Und erst die lispelnde Gerda! Wie dünn sie doch geworden war.

Und so fand man genügend Möglichkeiten, die Augen wandern zu lassen, mit dem Nachbarn zu tuscheln, zu lästern, zu lachen, sich zu wundern und Geschäfte abzuwickeln. Der eine hatte einen legendär prächtigen Bullen, den der andere gerne seinen Kühen zuführen wollte. Wieder einer schuldete seit mehr als zwei Wintern seinem fernen Nachbarn ein halbes Schwein, weil ihm dieser ein gutes Stück Wald zur Schweinemast zur Verfügung stellte. Daran musste erinnert werden. Erinnert werden musste auch daran, dass es in der Gegend noch immer eine Handvoll heiratsfähiger Frilingstöchter gab, für die es geeignete Freier zu finden galt.

Die Kirchweihe selbst war nebensächlich, und auch Inga blickte nur ungern nach vorn, um dem Prior zuzuhören, denn immer wenn sie dorthin sah, hatte sie zwangsläufig Bruder Agius im Blick, der direkt hinter dem Prior stand und aufmerksam dem Gottesdienst folgte. Ihn zu sehen, bereitete Inga großes Unbehagen. Es war ihr peinlich, daran denken zu müssen, was sie diesem fremden Mann erzählt hatte und was er nun alles über sie wusste. Nie wieder würde sie beichten, nie wieder.

Das Kirchweihfest fand in der Siedlung im Tal am Fuße des Berges statt. Man hatte es nicht wagen wollen, ein solches Spektakel in unmittelbarer Nähe des neuen Gotteshauses zu veranstalten. Und das mit gutem Recht, denn es wäre schon einem Wunder gleichgekommen, wenn es den sich zusammenfindenden Menschen gelungen wäre, wenig zu trinken, sich nicht zu streiten, sich nicht zu prügeln, keine unanständigen Lieder zu singen und nicht paarweise hinter dem nahen Gebüsch zu verschwinden. So weltfremd waren selbst die gottesfürchtigen Mönche nicht, dass sie sich zugetraut hätten, etwaige Entgleisungen trotz des heiligen Anlasses vermeiden zu können. Und deshalb nahmen sie sich vor, nur kurz den Festlichkeiten beizuwohnen, frühzeitig zu verschwinden und dabei Augen und Ohren geschlossen zu halten.

Auch Inga ging nicht lang zum Fest. Es gehörte sich nicht für eine junge Witwe, einem solchen Treiben beizuwohnen. Das war etwas für unverheiratete Burschen und Mädchen und natürlich für Männer, ob verheiratet, verwitwet oder ledig. Für die bereits vermählten und die verwitweten Frauen war es Zeit zu gehen, sobald die Kinder müde wurden.

Inga saß neben Ada, weit entfernt von ihren Eltern, nur das

Gesicht ihres Bruders konnte sie hin und wieder zwischen den anderen Köpfen erkennen. Manchmal schaute er sie mit einem Blick an, der mehr Enttäuschung als Wut ausdrückte. Ihr kleiner Bruder, mit dem sie ein Herz und eine Seele gewesen war.

»Ich gehe den Kindern eine Honigmilch holen«, sagte Inga nach einer Weile des Schweigens, an Ada gewandt. Diese nickte nur. Sie versuchte soeben ruhig, aber entschieden ihre beiden Mittleren davon abzuhalten, sich wegen eines Holzlöffels zu schlagen. Inga mochte Ada, und seitdem sie und Ansgar sich regelmäßig zu einem Stelldichein verabredeten, suchte sie immer häufiger die Nähe seiner Frau. Es war nicht nur das schlechte Gewissen, sondern auch ein seltsames Gefühl der Verbundenheit, das sie zu dieser Frau trieb. Ada, das ahnte Inga, wusste Bescheid, aber sie veränderte ihr Verhalten nicht, sie wurde nicht böser, aber auch nicht freundlicher als zuvor.

Vier Becher mit Milch standen vor Inga auf einem Holztisch, und in ihrer Hand hielt sie einen Topf Honig, aus dem es dummerweise tropfte – genau auf ihr Kleid. Mit der anderen Hand gelang es Inga im letzten Moment, den nächsten zähen Tropfen aufzuhalten, dann stellte sie den Topf zur Seite und schleckte sich die Finger ab. Ein denkbar ungünstiger Moment, um von Bruder Agius angesprochen zu werden.

»Wasser und Brot«, so vernahm Inga das Flüstern des Mönches hinter sich, und als sie sich umdrehte, sah sie seinen gewohnt strengen Blick auf sich ruhen. Inga war sich nicht sicher, ob sie ihn anlächeln oder Angst vor ihm haben sollte. Und auch Bruder Agius war sich nicht sicher, und das ärgerte ihn.

Warum hatte er diese Frau angesprochen? Nicht beachten wollte er sie, so tun, als ob sie Luft sei. Doch dieses heidnische Met hatte es in sich. Nicht einmal einen halben Becher hatte er von dem Gebräu geleert, und schon war er nicht mehr Herr seiner selbst.

Da stand sie nun und schaute ihn mit ihren grünen Augen an. Sie versuchte verlegen zu wirken, aber die Art und Weise, wie sie ihren Mund verzog, verriet, dass sie sich innerlich über ihn lustig machte. Agius betrachtete sie lange, und unwillkürlich wanderten seine Augen über ihren Körper. Sie hatte sich tatsächlich von oben bis unten mit Honig betropft.

Mit Honig.

Schon seit Tagen versuchte er die Gedanken aus seinem Kopf zu vertreiben, versuchte sich nicht immer und immer wieder bildhaft vor Augen zu führen, was sie ihm in der Beichte in allen Einzelheiten anvertraut hatte. Zu verführerisch waren diese Bilder, zu gefährlich. Er verabscheute sie dafür, dass sie solche Bilder in ihm hervorrief. Ja, er wagte es kaum, sich des Nachts schlafen zu legen, aus Angst vor den Träumen, die ihn übermannten.

Schöne Träume waren das, aber gewiss nicht solche, die sich für einen keuschen Gottesmann geziemten. Zwei Nächte lang hatte er nun kein Auge zugetan, hatte stattdessen an seinem Pult gestanden, gelesen, geschrieben, war in die Kirche gegangen, hatte gebetet, alle Psalmen in nur zwei Nächten aufgesagt, um seinen verwirrten Geist zur Ruhe zu bringen.

Schon lange war ihm so etwas nicht mehr widerfahren. Seit Jahren nicht. Er war der festen Überzeugung gewesen, jeder erneuten Versuchung standhalten zu können und keiner von den Mönchen zu sein, die dem Wohlleben und anderen Sinnesfreuden erlagen. Er hatte sich gefestigt gefühlt, gefestigt genug, um wieder hinaus in die Welt zu gehen, die schützenden Klostermauern zu verlassen und unter den Menschen zu wirken.

Und nun kam dieses einfache, sächsische Weib, eine Frau ohne Bildung, ohne Erziehung, ja, eine Frau, die kaum je etwas von Gott erfahren hatte, geschweige denn, dass sie ernsthaft an ihn glaubte. Aber vielleicht machte gerade das ihren teuflischen

Reiz aus, machte sie mächtiger als selbst so edle Frauen, mit denen er schon als Beichtvater und Seelsorger zu tun gehabt hatte. Wahrlich, unter ihnen waren welche gewesen, die sich weitaus mehr bemüht hatten, dem Mönch zu gefallen. Doch das war ihnen nicht gelungen, keiner von ihnen. Ausgenommen dieser einen, dieser bestimmten, dieser so besonderen Frau. Und der jungen Sächsin hier sollte es nun gelingen, *sie* zu beerben? Hatte sie es tatsächlich vollbracht, in Agius dieselben Gedanken, Sehnsüchte, ja Gefühle heraufzubeschwören, deren er sich noch so gut erinnern konnte und für die er seit Jahren büßte? Offenbar hatte sie es vollbracht, und Agius befürchtete, dass ihr dieser Triumph nicht entgangen war.

Inga schaute an sich herunter, nachdem sie bemerkt hatte, dass der Blick des Mönches über gewisse Stellen ihres Körpers wanderte. Und tatsächlich, da war ein riesiger Fleck Honig auf ihrem schlichten Gewand, direkt zwischen ihren Brüsten.

»Die Milch ist für die Kinder«, sagte sie, leicht errötend. »Ich wollte sie nur ein wenig süßen, das mögen sie gern.«

»Für die Kinder? Die Kinder deiner Schwägerin, die soeben aufbricht, um zu gehen?«

Inga drehte sich um. Tatsächlich, Ada machte sich zusammen mit einer der Mägde und den Kindern auf den Heimweg, ohne ihr Bescheid zu sagen. Es war ihr nicht zu verdenken.

»Du weißt, was geschieht, wenn man seine Buße nicht tut. Ich erinnere dich hiermit daran und erwarte, dass du mir Bericht über den Fortgang deiner Bußübungen erstattest.« Er sagte dies leise, und ohne eine Antwort abzuwarten, drehte er sich um und ging.

Inga stand nun mutterseelenallein, mit vier Bechern Honigmilch, für die es keine Abnehmer mehr gab und die nicht einmal sie selbst trinken durfte – wenn sie das denn gewollt hätte.

Dachte er etwa, dass sie auf einem Fest wie diesem Milch zu sich nehmen würde?

Da kannte er sich schlecht mit den Sitten und Gebräuchen der Sachsen aus. Ja, viel lieber wäre Inga nun zu den jungen Leuten gegangen, die miteinander lachten, Bier oder Met tranken und tanzten. Doch das durfte sie nicht, und ein jeder hätte sie schief angeschaut, wenn sie es dennoch gewagt hätte. Ratlos verharrte sie eine Weile vor den Bechern, dann ging sie langsam zurück zu ihrem Platz, an dem noch immer der alte Ulrich saß. Sofort reichte er ihr sein Trinkgefäß, das eigens mitgebrachte Horn eines Auerochsen, damit sie ging, um es ihm mit Met zu füllen. Inga nahm das Horn und nickte dem Alten freundlich zu.

Wenn das nun wieder der Bruder Agius sieht, dann lässt er sogleich einen Scheiterhaufen für mich errichten, dachte sie, als sie für Ulrich holte, was er verlangte.

Sie blieb nicht mehr lang, nahm hin und wieder einen Schluck aus Ulrichs Trinkhorn, lauschte seinen Erzählungen, beobachtete heimlich ihre Eltern und ihren Bruder. Irgendwann aber stand sie auf und machte sich auf den Heimweg – niedergeschlagen und allein.

Der Festplatz lag am Rande der Ortschaft im Tal, nicht weit vom Beginn des Hohlweges, der zum Hilgerschen Hof führte. Es war nur eine kurze Strecke, aber da es bereits dämmerte, versuchte Inga sich zu beeilen. Im Dunkeln am Waldrand entlangzugehen, das ließ mitunter selbst den kühnsten Krieger erzittern. Zumal der Weg sie zunächst an einem besonderen Wald vorbeiführte – dem Kapenwald. Dieser war wilder, urwüchsiger und undurchdringlicher als alle übrigen Wälder der Gegend, und er erstreckte sich über einen großen Hügel, der das Siedlungstal nördlich einengte und sich in seinen Ausläufern fast bis zum Nordrand der Hilgerschen Felder erstreckte.

Ein rauschender Bach floss an seinem Rand vorbei und bildete hier und da tiefe Mulden, die zu dieser Jahreszeit fast zu kleinen Seen angeschwollen waren. Diesseits des Baches zu gehen war bedenkenlos, ihn zu übertreten, das wagten nur die Mutigsten. Denn der Kapenwald galt als verwunschen, und es wurde die Geschichte erzählt, dass diejenigen, die es gewagt hatten, dort zu roden und das Land urbar zu machen, allesamt eines grausigen Todes gestorben seien. Niemals, so hieß es, hätten sie den Wald wieder verlassen, und in stürmischen Nächten könne man ihr klägliches Jammern bis tief ins Tal hinein hören.

Zum Glück würde Inga nur wenige Schritte am Bach entlanggehen müssen, um dann gleich nach links, in Richtung ihres, des Hilgerschen Waldes, abzubiegen.

Noch in Hörweite des Festplatzes torkelten ihr vier Männer entgegen. Inga kannte sie kaum, sie waren noch sehr jung, gerade dass man sie Männer nennen konnte, ledige Buben von den umliegenden Höfen und so betrunken, dass sich einer von ihnen breitbeinig auf den Weg setzte und zwischen seine Beine spie. Schnell und möglichst unbemerkt versuchte Inga die Trunkenbolde zu passieren, doch einer hatte sie bereits am Arm gepackt.

»Willst du schon nach Hause?«, lallte er und kam Inga dabei so nahe, dass sie seinen üblen Atem riechen musste.

»Lass mich los. Sofort!«

»Was ist denn das für eine?«, fragte ein Zweiter.

»Das ist die vom Hilgerschen Hof. Der ihr Mann gestorben ist«, antwortete der Dritte.

Inzwischen standen drei der jungen Männer um Inga herum, der vierte saß noch immer still am Boden, den Kopf nach vorn, direkt in das gebeugt, was er soeben von sich gegeben hatte.

»Brauchst du einen neuen Mann?«, fragte der Erste und drückte sich unangenehm nah an Inga.

»Mein Alter erzählt, das sei ein loses Ding. Die treibt es mit dem Ansgar vor den Augen seiner Frau«, sagte der Dritte wieder, der offenbar einiges über Inga wusste. Sie selber kannte ihn nicht.

»Ihr lasst mich sofort gehen, ihr besoffenen Schweine. Ich schreie um Hilfe«, zischte sie.

»Wer soll dir schon helfen? Frisch ist die noch. Da kann man sich nicht beklagen.« Und indem er das sagte, ließ er Ingas Arm los und kniff ihr mit beiden Händen in den Hintern. Inga nutzte den Moment, um mit einem Ruck ihr rechtes Knie zu heben und es ihm mit aller Kraft zwischen die Beine zu stoßen. Diese Maßnahme verfehlte ihre Wirkung nicht. Im Nu konnte sie sich losreißen und lief davon, gefolgt allerdings von den beiden unversehrten Freunden.

Inga rannte, so schnell ihre Beine sie trugen, und dem Rufen und Fluchen der Verfolger konnte sie entnehmen, dass sie sehr wütend waren. Sie hatten sich sicherlich zunächst nur einen Spaß mit ihr erlauben wollen, aber nun waren sie in einen regelrechten Rausch verfallen, und Inga wusste, dass es ihr übel ergehen würde, wenn sie sie zu fassen bekämen.

Kopflos stürzte sie davon. Am besten wäre es gewesen, zum Festplatz zurückzulaufen oder aber in Richtung des Hilgerschen Hofes. In ihrer Panik jedoch lief Inga nach rechts, und schon bald stand sie vor einer der wassergefüllten Mulden, hinter der sich der dunkle Kapenwald erstreckte.

Sie hatte keine Zeit, zu verharren, denn schon hörte sie das wilde Schnaufen der Trunkenbolde hinter sich. Ohne nachzudenken stürmte sie durch den kleinen See, der zum Glück nur knietief voll Wasser war. Die jungen Männer folgten ihr, und sie folgten ihr auch, als sie sich durch das Dickicht in den Wald flüchtete. Beinahe hätten sie sie erwischt, als sie in einem dornigen Gestrüpp hängenblieb, aber ein Tritt nach hinten und ein

Schlag mit der Faust auf den Kopf hatten ausgereicht, um wieder einen kleinen Vorsprung zu gewinnen.

Im Wald herrschte trübes Licht, die Sonne war bereits untergegangen, und die Dunkelheit hielt langsam Einzug. Noch waren Bäume, Sträucher, Wurzeln und Steine zu erkennen, alles schien grünlich grau zu schimmern, die Kronen der uralten Bäume waren dicht miteinander verwachsen, und nasse Ranken und vertrocknete Lianen hingen überall herunter. Es war schwierig, einen Weg zu finden, doch zum Glück waren ihre Häscher so betrunken, dass sie immerzu stolperten, fielen und sich wieder mühsam aufrappeln mussten.

Inga war schneller.

So lange jedenfalls, bis sie urplötzlich in eine Grube fiel. Eine Fallgrube, mit Zweigen und Laub getarnt, eine solche, wie man sie anlegte, um Wildschweine oder auch Bären zu fangen. Eine Fallgrube in einem Wald, in den sich kein Mensch hineinwagte. Doch nun war nicht die richtige Zeit, um sich darüber Gedanken zu machen, wer dieses Loch gegraben hatte. Inga steckte fest, und gleich würden die beiden Kerle kommen, sie dort herausholen und wer weiß was mit ihr anstellen.

Da hörte sie sie schon keuchen und dabei gleichzeitig lachen. Es dauerte nicht lang, und ihre beiden Köpfe waren über Inga zu sehen.

»Da haben wir also unser kleines Häschen gefangen. War gar nicht so einfach.«

»Wie holen wir die da jetzt raus?«

»Da wird uns schon was einfallen, zur Not gehen wir einfach runter zu ihr.«

»Warum nicht? Ist ja ganz gemütlich da unten. Ich hole mal eben einen von diesen Baumstricken.«

»Beeil dich, wir wollen unser Häschen nicht zu lange warten lassen.«

Inga versuchte unterdessen verzweifelt, aus der Grube zu klettern, doch die Wände waren zu glatt, und die Wurzeln, an denen sie Halt suchen konnte, zu dünn. Immer wieder rutschte sie aus und fiel auf den Boden der Falle zurück. Sie steckte fest und konnte nur noch hoffen, wenigstens mit dem Leben davonzukommen.

In ihrer Verzweiflung fing sie schließlich an zu schreien. Und sie schrie nicht nach Hilfe, so wie jede andere Frau das in ihrer Lage getan hätte. Nein, Inga war schlauer. Sie wusste, dass Hilfe in diesem Wald nicht zu erwarten war. Sie wusste aber auch, dass diese beiden jungen Männer mit Sicherheit nicht weniger Angst vor dem Kapenwald hatten als andere. Sie mussten nur an diese Angst erinnert werden, denn für den Moment hatten sie sie offensichtlich, trunken wie sie waren, vergessen.

»Kommt, ihr Geister, kommt, ihr Wesen des Waldes, ich habe sie hergeführt«, rief Inga mit verstellter Stimme. »Sie sind hier, ihr könnt sie holen.«

Zunächst lachten die beiden jungen Männer.

»Will sie jetzt eine Helraunerin spielen?«

Aber schon bald wurde ihnen sichtlich mulmig zumute. Verängstigt blickten sie sich um, doch zu Ingas Unglück machten sie keine Anstalten zu verschwinden.

»Halt's Maul, du Unholdin«, riefen sie wütend in die Grube hinunter. »Sonst stopfen wir es dir.«

Und dann begannen sie mit Steinen nach ihr zu werfen. Inga schrie nun nicht mehr nach Geistern und Dämonen, sondern flehte die beiden an aufzuhören, denn bereits drei Steine hatten sie mit voller Wucht an Schulter und Rücken getroffen. Doch die Männer waren rasend, so rasend, wie es einigermaßen anständige Kerle wie sie nur sein konnten, wenn sie zu tief und zu oft in ihre Bierkrüge geschaut hatten.

Inga war fest davon überzeugt, dass ihre Zeit nun wohl gekommen war, als sie urplötzlich ein lautes Geräusch vernahm. Es war eine Stimme, eine tiefe Stimme, und sie rief: »Was macht ihr in meinem Wald?«

Mehr rief diese dunkle Stimme nicht. Aber es reichte vollkommen aus, dass die Verfolger ihre Steinwerferei einstellten und im Nu Fersengeld gaben. Jammernd und klagend hörte Inga sie davonlaufen. Selbst hätte sie es ihnen am liebsten gleichgetan, doch das war nicht möglich. Bibbernd vor Furcht saß sie in einer Ecke der Grube und verbarg ihren Kopf zwischen den Knien.

Was hatte sie da getan?

Sie hatte sich doch nur einen Scherz erlaubt, es war eine Verzweiflungstat gewesen, um die zwei Kerle zu schrecken. Niemals hatte sie damit gerechnet, tatsächlich die Geister des Waldes zu rufen. Doch nun war einer von ihnen da.

Sie war tatsächlich eine Zauberin – eine unfreiwillige zwar, aber dennoch eine Zauberin, daran bestand für Inga nun kein Zweifel mehr.

Plötzlich schreckte sie auf – etwas hatte sie berührt. Inga hob schnell den Kopf und mit vor Angst weit aufgerissenen Augen erkannte sie schließlich bald, dass es eine Liane war, die da vor ihrem Gesicht baumelte. Sie blickte nach oben, zum Rand der Grube: Und dort stand er.

Ein Waldgeist. Ein alter Mann mit langem weißen Haar und langem weißen Bart, in einen grauen Mantel gekleidet und mit einem großen Holzstab in der Hand. Stumm stand er da und blickte nur kurz auf Inga hinab, dann drehte er sich um und ging davon.

Inga beeilte sich, an dem Strick nach oben zu klettern. Völlig verdreckt und völlig verstört robbte sie sich schließlich auf den matschigen Waldboden. Und da erblickte sie ihn wieder. Er stand vor einem alten Baum, einer knorrigen Ulme, und er wirkte riesengroß. Er wartete, bis Inga aufgestanden war, dann lachte er laut, sodass es durch den ganzen Wald hallte, und humpelte, noch immer lachend, in die Dunkelheit davon.

Sie hatte gerade ihr Kleid ausgewaschen und es weit hinten auf dem Hof, noch hinter dem Holzschuppen – dort, wohin hoffentlich bis morgen früh niemand gehen und es sehen würde – zum Trocknen aufgehängt.

Was nur würden die Zwillinge sagen, wenn sie ihre verschmutzten Sachen fänden?

»Wo hat sie sich bloß herumgetrieben? Hinter welchem Busch die wohl gelegen haben mag? Und mit wem?«

Inga konnte sich die Lästereien lebhaft vorstellen, und deshalb versuchte sie so unbemerkt wie möglich ins Haus und zu ihrer Schlafstatt zu gelangen. Sie atmete auf, als sie sah, dass außer Ada, den Kindern, der jungen Nichte Almut sowie der einen Magd noch niemand vom Fest zurückgekehrt war. Erleichtert legte sie sich unter ihre Wolldecke, fand aber keinen Schlaf. Immer und immer wieder erschien er ihr, der Weiße, der Geist, den sie gerufen und der ihr geholfen hatte.

Nach und nach kamen alle zurück. Zunächst die Zwillinge, laut gackernd, torkelnd und vollkommen zerzaust – alle beide. Dann der alte Ulrich, zusammen mit den Knechten und dem schon fast erwachsenen Heinrich, dem verwaisten Neffen Ansgars. Auch sie waren allesamt nicht nüchtern, aber dabei sehr lustig.

Und dann verging eine lange Zeit, eine sehr lange Zeit. Es wurde fast schon hell, als sich schließlich wieder die Tür öffnete und Gernot und Ansgar hereinkamen. Inga stellte sich schlafend, öffnete dabei aber ein Auge leicht, um zu sehen, in welchem Zustand der Herr des Hauses, ihr Vormund und Geliebter, heimkam. Und dieser Zustand war äußerst schlecht.

Zunächst dachte Inga, er sei einfach nur volltrunken, doch dann bemerkte sie, dass er abgesehen davon auch verletzt war. Gernot zog ihn mehr, als dass er ihn stützte, und so laut, wie Ansgar stöhnte und fluchte, waren bald alle Bewohner des Hauses hellwach. Inga saß auf ihrem Lager und schaute zu, wie Ada ihm geduldig eine Platzwunde an der Schläfe auswusch, außerdem hatte er ein gefährlich angeschwollenes Auge und eine aufgeplatzte Unterlippe. Seinen Flüchen nach zu urteilen, war er verprügelt worden, das stand außer Zweifel.

»Dieses Schwein. Dieser verdammte Hundsfott. Das zahl ich ihm heim. Dieser hinterhältige, feige Mistkerl, dieser kleine, schmächtige Hungerhaken.«

»Von wem spricht er?«, wandte sich der alte Ulrich an Gernot, der einen noch einigermaßen vernünftigen Eindruck machte.

»Vom jungen Bero, Sohn des Meinrad.«

Inga durchfuhr ein Schreck. Bero, ihr jüngerer Bruder. *Er* hatte Ansgar so zugerichtet?

»*Der* kleine Wicht? Das ist doch noch ein halbes Kind und ein Schmächtling dazu?« Der alte Ulrich lachte, und Ansgar blickte ihn aus seinem einen, gesunden Auge wütend an.

»Ich war nicht dabei. Habe ihn nur gefunden, wie er dalag«, antwortete Gernot.

»Büßen wird er es mir. Und du! Du da hinten: Keinen Tag länger wirst du mehr in meinem Hause bleiben. Du Otterngezücht.« Diese Worte galten Inga, ließen sie aber seltsam unberührt. Langsam war sie es gewohnt, die mitleidigen oder auch böswilligen Blicke der Bewohner des Hilgerschen Hofes auf sich zu spüren. Und was Ansgar betraf: Der würde sich am nächsten Tag schon wieder beruhigt haben. Sie kannte ihn mittlerweile sehr gut, und sie wusste genau, wie er zu besänftigen war. So dachte sie jedenfalls.

VIII

Zwei Tage lang lag Ansgar auf seinem Lager. Sein Gesicht war am Morgen nach der Prügelei mit Bero kaum wiederzuerkennen. Inga musste sich das Lachen verkneifen, denn er glich mehr einem Bergtroll als dem schönen sächsischen Friling, für den man ihn allgemein hielt. Von seinem rechten Auge war nicht mehr zu sehen als ein Schlitz, der sich tief unter einem riesigen Wulst verbarg. Die Nase war feuerrot und dicker als ein Apfel. Am meisten amüsierte sich Inga jedoch über seinen Mund, der so angeschwollen war, dass seine Lippen an zwei enorme Würste erinnerten.

Es war bereits zur fünften Stunde am nächsten Tag, als Inga sich seiner Bettstatt näherte, um ihm kalte, mit einer Tinktur aus Sonnwend- und Isenkraut getränkte Tücher anzubieten, die er auf sein geschundenes Gesicht legen sollte. Sie hatte dieses Medikament selber hergestellt, ein altes Rezept ihrer Großmutter Tilda, das eine ausgezeichnete Heilwirkung bei nässenden und Schürfwunden besaß. Und ein kühles Tuch konnte gegen Prellungen, wie Ansgar sie zur Genüge im Gesicht trug, nicht schaden. Man hätte ihn schon in der Nacht damit versorgen sollen, um ihm ein solch grausiges Erscheinungsbild zu ersparen.

Doch in der Nacht hatte er Inga zu sehr beschimpft, als dass sie ihm eine Linderung seiner wahrscheinlich selbst verschuldeten Schmerzen gegönnt hätte. Und auch an diesem Vormittag hatte sie die Umschläge zunächst zu Ada gebracht, damit diese ihren Mann damit versorge.

»Das kannst auch du machen«, hatte diese nur gesagt und Inga dabei nicht einmal angeschaut. Die Worte hatten nicht böse, aber auch nicht freundlich geklungen, sondern einfach gleichgültig. Ganz nach Adas Art. Und so ging Inga also nun zum leidenden Ansgar ans Krankenlager und sagte vorsichtig:

»Hier sind kalte Umschläge zu deiner Linderung. Eine Salbe aus Schweineschmalz, Honig und Kamille wird ein wenig gegen die wunden Stellen helfen.«

Langsam drehte er seinen Kopf und schaute Inga mit seinem einen, gesunden Auge an.

»Hatte ich dir nicht gesagt, du sollst verschwinden?«, brummte er undeutlich durch seine geschwollenen Lippen.

»Ja, das hast du. Aber du warst sehr betrunken und außer dir. Ich denke, du würdest es heute sicherlich bereuen, mich fortgeschickt zu haben«, flüsterte sie und legte vorsichtig die getränkten Leinentücher auf sein Gesicht.

»Du bist dir deiner Sache nur allzu sicher«, brummte er weiter unter dem Tuch, und dabei schob sich seine Hand langsam zwischen ihre Beine.

Gelassen griff Inga danach und legte sie ihm zurück auf den Bauch. »Du brauchst jetzt Ruhe«, flüsterte sie weiter. »Wir sind nicht allein. Außerdem bist du krank und noch immer trunken. Ganz zu schweigen von deinem Gesicht. Dein Anblick ist nicht gerade ein Augenschmaus.«

»Du hast mein Gesicht doch unter einem Tuch versteckt. Brauchst dich also nicht mehr zu fürchten. Und der Rest von mir ist heil geblieben«, sprach er und suchte mit der Hand wieder nach Ingas Beinen.

Doch diese war bereits aufgestanden und sagte nur: »Du solltest dich schonen, Ansgar, Sohn des Hilger.«

»Und du wirst bald um deinen Bruder trauern dürfen, Inga, Tochter des Meinrad«, sagte er plötzlich mit veränderter Stimme.

Er hatte das Tuch so gelüftet, dass er sie mit seinem heilen Auge scharf ansehen konnte. Dann legte er es sich aufs Gesicht zurück, streckte sich und erweckte den Anschein, wieder einschlafen zu wollen.

Inga ging. Sie befürchtete, dass es ihm ernst war.

Ihr eigenes schauriges Abenteuer vergessend, sorgte Inga sich nun um ihren jüngeren Bruder. Ansgar war alles zuzutrauen, er war der Sohn seines Vaters. Und nach dem Überfall des jungen Bero auf das neue Oberhaupt des Hilgerhofes würden nun die Zeiten der harmlosen Heimzahlungen vorüber sein.

Nun würde es nicht mehr genügen, über die frisch bestellten Äcker des anderen zu galoppieren oder entlaufenes Federvieh der verfeindeten Sippe den Armen zu schenken, anstatt es zurückzubringen. Es würde nicht mehr genügen, schändliche Gerüchte zu verbreiten oder aus den eigenen Feldern aufgesammelte Steine des Nachts auf den Äckern des Nachbarn zu verteilen.

All diese heimtückischen Taten, derer sich die beiden Sippen seit Jahrzehnten bezichtigten und von denen einige böswilliger Tatsache entsprachen, das meiste jedoch heimlichen Dritten anzulasten war – all diese Taten würden nun nicht mehr ausreichen.

Ansgar musste, um seine Stellung als neues Oberhaupt einer solch mächtigen Familie zu verteidigen, handeln. Und er konnte nur rechtmäßig im Sinne der Stammestraditionen handeln, wenn er sich gebührend revanchierte. Das hieß, dass Blut fließen würde. Sich von einem Mann, der gerade einmal einundzwanzig Sommer zählte, verprügeln zu lassen, war ohne

Zweifel entehrend – das konnte er nicht lange ungestraft lassen. Er würde morgen oder übermorgen von seinem Lager aufstehen, durch den Wald ins Tal hinunterreiten, den Bach überqueren, an der alten Schmiede vorbei hoch auf den heiligen Berg, nicht den linken Weg zum Gotteshaus nehmend, sondern den rechten einschlagend, und schon bald würde er dann auf dem Meinradschen Hof ankommen. Dort würde er auf Bero warten, würde sich einen Stock nehmen und ihn erschlagen, so wie es sein Vater mit Ingas und Beros Großvater getan hatte.

Sie musste gehen und ihre Familie warnen, sofort.

Aber was sollte das nützen?

Sicherlich war sich Bero dieser drohenden Gefahr längst bewusst. Er kannte Ansgar, er kannte dessen Familie, und er musste sich sicher sein, dass die Blutrache in der Sippe der Hilgerschen sehr ernst genommen wurde.

Wen kümmerte schon das Verbot des Kaisers und seiner Kirche?

Ja, einer ihrer eigenen Prediger hatte vor Jahren im Tale gestanden und zu den Menschen gesprochen, ein kleiner, dicker Mann ohne Haare. Geschimpft hatte er über die gottlosen Streiche, mit denen die Heiden sich selbst auszulöschen gedächten.

»Ihr«, so hatte er gerufen, »solltet die Worte des Alten Testaments nicht missverstehen. So steht dort geschrieben: Auge um Auge. Zahn um Zahn. Aber wisset …«

Doch genau in diesem Moment war die Menge von einem Platzregen überrascht worden und hatte sich beeilt, in die trockenen Häuser zu gelangen. Die dröhnenden Worte des Geistlichen waren wegen des strömenden Himmelsgusses nicht mehr zu ihnen durchgedrungen, und so hatte niemand den Hinweis auf Jesus Christus vernommen, der geraten hatte, auch die andere Wange hinzuhalten.

In den Köpfen der Menschen blieb allein die Redewendung von Augen und Zähnen haften, und es gefiel ihnen, dass auch der neue Glaube offenbar diese einfache Form der Rechtsprechung kannte.

Gleiches mit Gleichem zu vergelten, war nicht nur Usus, sondern Pflicht, und die Meinradschen hatten es in all den Jahren nicht vollbracht, ihren großen Verlust gleichwertig zu rächen. Es stand noch immer ein entscheidender Schlag aus, einer, der jedoch nicht mit einer harmlosen Prügelei wie der des gestrigen Abends abgegolten sein könnte.

Der alte Bero war noch nicht gerächt, und auch die Entführung Ingas vor wenigen Jahren hatte keine weiteren Folgen nach sich gezogen. Meinrad, ihr Vater, war ein Kind gewesen, als er seinen Vater hatte sterben sehen, und als er schließlich erwachsen war, war sein brennender Hass vielleicht verraucht. Vielleicht war er auch zu schwach oder einfach zu vernünftig, um es gegen die mächtigen Freien vom Nachbarhof hinter dem nördlichen Hügel aufzunehmen.

Der junge Bero war nun zu einem Mann herangewachsen, und, obwohl nicht besonders groß und stark von Wuchs, so hatte Ingas kleiner Bruder schon immer einen unbändigen Willen, einen wilden Stolz besessen, der ihn mitunter zu kopflosen Taten trieb.

Inga konnte sich vorstellen, dass ihr Bruder die Hilgerschen glühend hasste und seine Attacke auf Ansgar nicht nur aus einem Bierrausch heraus zu erklären war. Er war nun gewiss vorbereitet auf den Besuch des Hilger-Sohnes, und eine verzweifelte, verstoßene Schwester, die zum Hof gelaufen käme, um ihn zu warnen, würde er nur wie eine streunende Katze verjagen. Aber dennoch musste sie es tun, musste mit ihm reden. Und während sie so dachte, hatte sie sich bereits unwillkürlich auf den Weg zum Hof ihrer Väter gemacht.

Sie musste nicht lange gehen, denn unweit der verlassenen Schmiede kam ihr Bero, auf einem Pferd reitend, entgegen. Er zügelte das Tier, als er die Schwester erkannte, und stand so fünfzig oder sechzig Schritte von Inga entfernt auf dem unwegsamen, wenig genutzten Pfad, ihr stumm entgegenblickend.

»Grüß dich, Bruder.« Ihre Stimme bebte, als sie bei ihm angekommen war und in das vertraute Gesicht blickte.

»Du kommst, um mich vor deinem Buhlen zu warnen, stimmt es?«

»Und du bist hoffentlich auf dem Weg zum Hof unseres Oheims, um dich dort zu verbergen.« Aus Inga war plötzlich wieder die große Schwester geworden, ganz so, als hätten sie sich erst vor einer Stunde zuletzt gesehen.

»Das werde ich dir nicht sagen, wohin ich gehe. Läufst du doch sicherlich sogleich zu ihm und berichtest ihm alles.« Beros Worte waren stolz, aber seine Stimme klang schüchtern.

»Er ist sehr wütend auf dich und sagt, er werde dich töten.«

»Das glaube ich ihm sogar.«

»Vater schickt dich fort, nicht wahr?«

»Wenn es nach mir ginge, würde ich bleiben und den riesigen Trottel erwarten. Ihn meinerseits totschlagen, so wie er es verdient hat und so, wie es seinem verkommenen Bruder bereits beschieden war.«

»Erwecke keinen falschen Verdacht, Bero«, sagte Inga streng. »Noch ist er zu schwach, um aufzustehen, aber morgen wird es anders aussehen. Beeil dich, hier fortzukommen, und kehre sobald nicht zurück. Du kommst nicht gegen ihn an, glaub es mir. Zu viele stehen hinter ihm.«

»Aber es werden weniger. Und von Gernot, dem Schwächling, habe ich nichts zu befürchten.«

»Er ist der einzig Vernünftige, scheint mir.«

»Nur schade, dass du dich nicht auch noch in sein Lager stehlen kannst, liebe Schwester, denn von Frauen hält er wenig.«

Inga warf ihm einen bitterbösen Blick zu, und Bero senkte unvermittelt den Kopf, er schämte sich seiner Worte.

»Reite fort, Bero, wenn dir dein Leben lieb ist. Mir ist dein Leben lieb, und ich werde alles tun, um ihn zu besänftigen. Doch es sieht nicht gut aus. In ihm fließt das Blut seiner Väter. Es war sehr dumm von dir, was du da getan hast.« Und Inga versetzte dem Pferd einen Klaps auf den Hintern, sodass es lostrabte.

»Ich habe es für dich getan, Schwester«, rief er beim Davonreiten, und Inga lächelte ihm traurig nach. Sie war froh, als sie sah, dass er seinen Weg durch das Tal nahm und sich offenbar tatsächlich zu ihrem Oheim aufmachte. Doch wenn Ansgars Wut groß genug war – wie sie befürchtete –, würde er ihn auch dort suchen.

Sie wechselte noch einmal die Umschläge, ohne jedoch mit ihm zu reden, und auch Ansgar sprach kein Wort. Dann ging sie hinaus, um Wasser zu holen. Es war in diesem Frühjahr so heiß, dass die sonst so frisch sprudelnden Quellen in der Mulde nahe des Waldes nur noch spärlich flossen, und den Brunnen gab es nicht mehr. Ansgar hatte ihn zuschütten lassen, nachdem die Leiche der schwangeren Uta herausgefischt worden war. Der alte Ulrich hatte protestiert und geschimpft, dass er mit dieser Tat den Unmut seines verstorbenen Vaters heraufbeschwöre. Doch Ansgar hatte nur erwidert, dass er lieber den Geist seines Vaters ein wenig gegen sich aufbringe, als über Jahrhunderte hinweg den Spuk der unglücklichen Uta zu ertragen. Und außerdem sei das Wasser über Jahre hinweg ungenießbar. Wer würde aus solch einem Brunnen trinken wollen?

Also ging Inga zur Quellmulde, und als sie zurückkam, sah

sie zwei alte Leute vor dem Flechtzaun stehen, der das gesamte Gehöft umgab und vor ungebetenen Gästen schützen sollte. Ungebeten waren solche Gäste wie diese zumeist, es handelte sich um Landstreicher, Bettler, die durch die Wälder zogen und an einem jeden Hof nach einer Unterkunft oder etwas zu essen fragten.

»Kommt nur herbei. Ich habe Käsewasser für euch aufbewahrt, und vielleicht können wir noch zwei, drei Stücke hartes Brot entbehren. Aber verhaltet euch ruhig und verschwindet gleich wieder. Eine Schlafstatt gibt es hier nicht für euch.«

Inga öffnete das Holzgatter und ließ die beiden auf den Hof. Es handelte sich um eine Frau mittleren Alters und einen Greis. Diese beiden waren schon häufig hier gewesen, doch wenn Rothger, Ansgar oder eine der Zwillinge sie sahen, wurden sie davongejagt. Nur Inga und auch Ada kümmerten sich um sie, gaben ihnen das wenig schmackhafte, aber gehaltvolle Wasser zu trinken, das beim Bereiten von Käse aus den Tüchern troff; verschenkten ab und an einen abgetragenen Umhang oder löchrige Lumpen. Aber nächtigen durften die Armen nicht auf dem Hof. Damit hätten sich die Wohltäterinnen großen Ärger eingehandelt, und Inga war sich auch gar nicht sicher, inwieweit diesen Leuten tatsächlich zu trauen war. Dennoch taten sie ihr leid, und seitdem der neue Glaube Fuß zu fassen begann, war es fast schon zu einer heiligen Pflicht geworden, den Armen zu helfen. Damit tat man angeblich etwas Gutes für das eigene Seelenheil und konnte manch schlimme Sünde ein wenig verblassen lassen.

Neben dieser Ablassmöglichkeit gab es noch einen weiteren Grund, weshalb Inga den Armen half: Sie kamen viel herum, sehr viel weiter als selbst der umtriebigste Bauer, und deshalb kannten sie so manche Neuigkeit, und für Neuigkeiten war Inga immer aufgeschlossen.

Sie führte die beiden hinter den Holzschuppen, dort, wo sie aus ähnlichem Grund in der Nacht ihr Kleid getrocknet hatte: Hierher verirrten sich die Bewohner des Hauses zu dieser Jahreszeit nicht so häufig. Brennholz wurde nur noch zum Kochen benötigt, und dazu reichte der Vorrat an Scheiten vor dem Haupthaus eine Weile aus.

Die beiden ließen sich ihre ledernen Schläuche mit Käsewasser füllen. Inga verzog ihr Gesicht, als sie die Molke aus einem Krug in die übelriechenden Behälter der Bettler goss. In diesen Schläuchen hatte sich schon alles an Flüssigkeiten vermischt, was die Menschen entbehren konnten: Reste von Suppen und Brühen, abgestandenes Bier, geronnene Milch und Käsewasser. Aber es schien den beiden nichts auszumachen. Gierig setzten sie das Behältnis an und tranken, so viel sie konnten, damit Inga ihnen eine möglichst große Menge als Wegzehrung nachschenken konnte.

»Nun, von wo seid ihr gekommen?«, fragte sie die Landstreicher und reichte jedem ein großes Stück alten Brotes.

»Von Huxori hat es uns herverschlagen. Über den heiligen Berg sind wir gewandert. Bei den Mönchen dort oben waren wir zuletzt«, antwortete die Frau kauend. Sie zählte wahrscheinlich erst dreißig bis fünfunddreißig Jahre, doch das Leben hatte ihr schon gehörig mitgespielt. In dem sehr runzeligen, wettergegerbten Gesicht fiel vor allem der eingefallene Mund auf. Sie hatte kaum noch Zähne, und die wenigen, die dunkel zwischen ihren schmalen Lippen hervorlukten, schienen so verfault zu sein, dass es erbärmlich aus ihrem Munde stank. Ihr Rücken war krumm, und ihre Hände verrieten, dass sie die meiste Zeit ihres Lebens viel gearbeitet hatte. Wahrscheinlich, so dachte sich Inga, war auch sie eine arme, kinderlose Witwe, nur mit dem Unterschied, dass sie keinen Schwager gehabt hatte, der sie zu sich ins Bett nahm.

Dem alten Mann, ihrem Begleiter, fehlte die rechte Hand, und quer durch sein Gesicht zog sich eine tiefe Narbe. Er war ein Kriegsversehrter; seinem Akzent nach zu urteilen, nicht aus dem Sachsenland. Für die Franken hatte er gekämpft, mehr als zehn Jahre, hatte mit dem König Karl das Osterfest auf der Eresburg verbracht. Doch dann war er im Kampf zum Krüppel geworden, und seitdem streifte er durch das alte Feindesland und lebte von den Almosen derer, die er damals zu erobern ausgezogen war.

Inga kannte seine Geschichte bereits, er wurde nicht müde, sie ein jedes Mal, wenn er herkam, zu erzählen.

»Bei den Mönchen wart ihr? Na, dann hat man euch sicherlich gut versorgt, wenn ihr sie denn angetroffen habt?«, wollte Inga wissen.

»Ha!«, lachte der Alte nur. »Mit den Klosterbrüdern ist es auch nicht mehr das, was es einmal war. Es gab Zeiten, da ist man mit Freuden aufgenommen worden als armer Pilger. Den Bruderkuss hat man erhalten, und wenn man Glück hatte, wurden einem sogar die Füße gewaschen. Ganz zu schweigen von dem Festmahl, dass es für die Armen gab. Auch in dem neuen Weserkloster war es anfangs so. Dreimal. Beim vierten Mal gab es einen Kanten trockenen Brotes. Nichts gegen trockenes Brot, aber ein Hühnerbein ist mir natürlich lieber. Und anstatt der Fußwaschung gab es einen Fußtritt. Wir sollten die Gutmütigkeit der Bruderschaft nicht ausnutzen, sagten sie. Es gäbe noch mehr Bedürftige. Seitdem machen sie nicht einmal die Pforten auf, wenn wir klopfen. Ihre Abfälle dürfen wir durchwühlen, einmal in der Woche. Das ist alles. Und die da auf dem Berg sind auch nicht besser.«

»Der eine schon«, entgegnete die Frau. »Es sind zwei verschiedene, die Brüder auf dem Berg. Der eine ist gutmütig und freigiebig, der andere verschlossen und stolz.«

»Wie wahr«, sagte Inga leise.

»Heute war nur der stolze da. Ein Säckchen Getreide hat er uns gegeben und gesagt: ›Nehmt das und bereitet euch selbst ein Mahl daraus. Gott will, dass die Menschen arbeiten, nicht, dass sie nutzlos durch die Lande ziehen.‹«

»Ja, das hat er gesagt«, schimpfte wieder der Alte. »Und alle sagen sie was anderes. Die einen meinen, es wäre unser Los, arm und bedürftig zu sein, und wir könnten nichts dafür. Die anderen sagen, es sei die Strafe Gottes, dass es uns so erginge. Und wieder andere behaupten – und dazu gehört der da auf dem Berg –, wir wären einfach faule Hunde.«

»Der hat noch nie Hunger leiden müssen«, kommentierte die Frau und versuchte weiter emsig das harte Brot mit ihren Zahnstummeln zu zerkauen.

»Und was gibt es Neues aus Huxori?«, wollte Inga wissen.

»Nicht viel. Die Edlen haben sich mittlerweile mit dem Bau des Klosters abgefunden. Spenden eifrig Land. Bald gehört ihnen hier gar nichts mehr. Aber das müssen sie selber wissen«, sagte der Alte und streckte seine einzige Hand aus, damit Inga ihm ein weiteres Stück Brot gab.

»Aber der Flecken wächst, seitdem die vielen Mönche da sind. Von überall strömen sie her und bauen ihre Häuser in der Nähe des Klosters. Die Mönche verteilen Arbeit, heißt es.« Und auch die Frau forderte wortlos ihr zweites Brotstück ein.

»Händler strömen auch mehr als sonst hierher. Gestern erst sind friesische Schiffe aus dem Norden gekommen, und über den Hellweg ist eine ganze Karawane an Eseln und Pferden gezogen. Frag mich nicht, welche Kostbarkeiten die transportieren. Ohnehin nur Tand, den ich nicht brauche.«

»Friesische Schiffe?« Inga wurde hellhörig. »Sind sie noch da?«

»In der Regel bleiben die zwei, drei Tage«, antwortete der Alte teilnahmslos.

»Das ist gut«, sprach Inga zu sich selbst. Vor wenigen Jahren hatte sie zusammen mit Rothger ein Dutzend Tuche an einen friesischen Händler verkauft. Zwar priesen die Friesen ihre eigenen Wolltuche an, doch gegen eine Aufstockung der Ware hatte er nichts einzuwenden gehabt. Nur gefeilscht hatte er, dass sich die Bäume bogen, aber letztendlich hatten sie beide ein gutes Geschäft gemacht – der friesische Kaufmann sowieso, und auch Inga, weil sie für diesen Preis ihre Tuche niemals an die Bäuerinnen der Umgebung hätte verkaufen können. »Nein, Inga, dafür web ich mir lieber selbst eins«, waren die üblichen Kommentare der Frauen.

Sie nahm sich vor, Ansgar zu fragen, ob er einverstanden war, dass sie in den nächsten Tagen, am besten gleich morgen, an die Weser ging, um dort ihre zahlreichen im letzten Winter angefertigten und für den Geschmack der hiesigen Frauen viel zu bunten Tuche zu verkaufen oder einzutauschen.

»Mach, was du willst. Aber nimm jemanden mit, ich trau dir nicht. Und diesen Kerlen, die monatelang von Haus und Weib getrennt sind, schon gar nicht«, sagte Ansgar nur müde und drehte sich dann mit dem noch immer entstellten Gesicht zur Wand, damit er nicht weiter Ingas äußerlich mitleidigen, aber innerlich belustigten Blick ertragen musste.

Inga war erleichtert. Nicht nur, weil sie die Erlaubnis hatte, nach Huxori zu ziehen, sondern auch, weil er offenbar doch viel zu träge war, um weiterhin einen solch enormen Groll gegen Bero zu hegen, dass er, zerschunden wie er war, die Schmerzen vergessend, zum sofortigen Rachefeldzug aufbräche.

»Wie steht es um deinen Fuß?«

»Besser.«

»Du solltest ruhen und nicht herumlaufen.«

»Ruhen soll ich. Und was soll ich fressen? Von dem, was du herbringst, kann nicht einmal eine Maus dauerhaft satt werden.«

»Es würde auffallen, wenn ich mehr brächte.«

»Was treibt dich her?«

»Der richtige Zeitpunkt ist gekommen. Für den nächsten Schritt.«

»Der richtige Zeitpunkt? Ich dachte, du hättest längst gehandelt.«

»Sei nicht wütend. Jetzt ist der beste Zeitpunkt. Es haben sich Dinge ergeben, die uns sehr entgegenkommen.«

»Was für Dinge?«

»Wunden von einst sind wieder aufgebrochen. Man hat Rachegelüste wiederentdeckt.«

»Ah, ich verstehe. Das ist vorerst gut. Dann beeile dich, die wilden Eber anzupieksen, solange sie noch Schaum vorm Maul haben.«

»Das werde ich tun. Auch wenn es mir dieses Mal sehr schwer fällt.«

»Kein unnötiges Mitleid. Haben wir *je ihr Mitgefühl erfahren?«*

»Nein, wahrlich nicht.«

IX

Inga und die zwölfjährige Waise Almut machten sich gleich am nächsten Tag nach Sonnenaufgang auf den Weg zum Flecken Huxori.

Es war ein Glück für Inga, dass dieses Mädchen sie begleiten durfte und nicht etwa die Zwillinge mitgingen, obwohl diese gerne einmal wieder die große Siedlung an der Weser besucht hätten. Neue Eindrücke, über die man noch Wochen später schwatzen konnte, kamen ihnen immer sehr gelegen, und dabei hätten sie sogar die unliebsame Gegenwart der verhassten Schwägerin ertragen. Doch Ansgar schickte ihr Almut mit, sie war ein für ihr Alter sehr reifes, vernünftiges und zurückhaltendes Mädchen.

Zusammen mit ihrem Bruder Heinrich lebte sie nun schon seit mehr als acht Jahren auf dem Hilgerschen Hof. Sie waren nach dem Tode des Vaters, eines Frilings aus der Sippe des Liudolf, der mehr als einen Tagesmarsch entfernt ein kleines Gehöft bewirtschaftet hatte, auf den Hilgerhof gezogen. Hilda, ihre Mutter, war die älteste Tochter des Hilger gewesen, aus dessen erster Ehe mit Waltraud. Mutter und Tochter hatte das gleiche Schicksal ereilt: Waltraud war noch während der Geburt ihrer jüngsten Tochter gestorben, und auch Hilda hatte die Niederkunft mit ihrem dritten Kind nur um wenige Tage überlebt. Nachdem auch der Säugling verstorben war, hatten die beiden ältesten Kinder zusammen mit dem Vater allein gelebt. Doch das Schicksal schlug ein weiteres Mal zu und raffte den Vater Golo gleich im folgenden Winter durch ein Fieber dahin. Der alte Hilger hatte daraufhin seine Enkelkinder zu sich geholt und von dem damals noch jungen Liudolf erwirkt, dass das Erbe des kleinen Golohofes von ihm, Hilger, verwaltet werde, bis sein Enkel Heinrich zu einem Mann herangereift sei. So lange wurde das kleine, inmitten eines tiefen Waldes verborgene Anwesen einem Laten, einem Halbfreien, zur Bewirtschaftung übergeben.

Dieser, ein lustiger Kerl aus einer dem Hilger ergebenen Familie, verrichtete seine Arbeit recht gut. Dennoch ritt in jedem Monat einer der Brüder des Hilgerschen Hofes hinaus, über den Kapenberg, hin zum Gehöft des verstorbenen Golo, um nach dem Rechten zu sehen. Es war nämlich im vorletzten Jahr geschehen, dass der Late zwei Kälber unterschlagen hatte. Eingegangen seien sie ihm, so hatte er behauptet. Doch das war gelogen. Verkauft hatte er sie, im nahen Abbenhusen. Ein Halbfreier aus der Siedlung des Liudolf hatte ihn dabei gesehen und Rothger davon erzählt. Dieser war stürmisch und wütend zum Hof seines toten Schwagers geritten und hatte den untreuen Verwalter verprügelt. Und nachdem dieser umgehend Besserung gelobt hatte, war seither tatsächlich nichts mehr vorgefallen, zumindest nichts, was den Hilgerschen zu Ohren gekommen wäre.

Am heutigen Tag ritt Gernot los, um seinen Kontrollbesuch zu tätigen. Ansgar lag noch immer darnieder und fühlte sich nicht imstande, auf ein Pferd zu steigen. Gemeinsam mit Inga und Almut machte sich der jüngste der Hilgerschen Brüder auf den Weg, die Frauen zogen einen Handkarren, der mit Tuchen gefüllt war, und Gernot ritt vor ihnen durch den in diesem Frühsommer nur wenig sumpfigen Hohlweg. Bald würden sich ihre Wege trennen. Die Frauen mussten weiter durch die Talsiedlung, Gernot hingegen über den Kapenberg – jedoch die als verwunschen geltenden Stellen des Waldes meidend.

»Gebt bloß acht, dass euch keiner der Gottesmänner sieht«, warnte er Inga.

»Ich weiß schon«, antwortete Inga vergnügt. »Du reitest zum armen Teck, um zu sehen, dass er bloß keine Rübe vor euch versteckt, und selbst wollt ihr Ware am Kirchenzehnt vorbeimogeln.«

»So ist es. Aber ihr könnt froh sein, euch erwartet das schönere Ziel. Viel lieber würde ich mit euch reiten, um die Friesen zu treffen.«

»Warum willst du sie treffen?«, wollte Inga wissen.

»Wenn ich ehrlich bin: Mich hält hier nichts mehr. Was habe ich hier verloren? Einen eigenen Hof werde ich nie besitzen, und das Kriegshandwerk, so wie Ansgar es als Nachgeborener gelernt hat, ist nichts für mich. Viel lieber würde ich ein richtiges Handwerk erlernen, Bronzegießer, Gold- oder Silberschmied. Doch solche werden hier nicht benötigt. In den Küstenorten – dort, wo die Friesen und Nordmänner ihre Waren lagern, in Haithabu zum Beispiel –, da werden solche Männer gebraucht. Ich habe mich schon schlau gemacht: Tatsächlich gibt es an diesen Orten zahlreiche Werkstätten, in denen edle Dinge hergestellt werden. Nicht etwa Sicheln, Wagenräder oder Äxte zum Holzfällen, sondern herrliche Gefäße, Spangen, Amulette und Gürtelschnallen.«

»Du bist ein Träumer, Gernot«, sagte Inga, aber ihr gefiel, was der junge Mann erzählte.

»Ja, ein Träumer. Zumal ich dergleichen noch nie gemacht habe. Erlernen müsste ich erst alles, und dazu bin ich bereits zu alt. Es wird wohl ein Hirngespinst bleiben, aber dennoch würde ich mich gern mit ihnen unterhalten – den friesischen Kaufleuten – und mehr erfahren über ihre Schiffe, ihre Waren und ihre Handelsniederlassungen dort oben am großen Meer.«

»Vielleicht sind sie ja noch länger hier. Ich werde sie fragen, und falls sie erst morgen aufbrechen, kannst du ihnen ja noch einen Besuch abstatten.«

»Das wird meinem Bruder gar nicht gefallen.«

»Er muss es ja nicht wissen«, zwinkerte ihm Inga zu.

»Es macht mir Freude, über meine Pläne zu reden, aber leider müssen sich jetzt unsere Wege trennen.«

»Kehr nicht im Dunkeln heim, Gernot. Der Wald ist verhext«, rief Inga ihm nach. Ihre Stimme war bei diesen Worten ernst geworden.

»Ich mache einen großen Bogen um ihn«, lachte er und galoppierte davon.

Inga und Almut zogen weiter. Ihr Weg war weniger düster, sondern führte zunächst durch die Siedlung des Liudolf und dann weiter das Tal entlang durch eine weitere Siedlung, die ebenfalls von der Sippe des Liudolf gegründet, aber schon lange in Königsbesitz – das hieß: nun in Klosterbesitz – übergegangen war. Sie begegneten vielen Menschen. Die meisten grüßten freundlich, schwatzten ein wenig mit den beiden vom Hilgerschen Hof, fragten nach dem Wohin und Weshalb und bewunderten die feinen Tuche, von denen sie behaupteten, dass sie eher einer Edeldame als einer einfachen Landfrau zu Gesicht stünden. Inga nahm dies als Kompliment.

Nur ein einziges Mal wurde ihr ein wenig flau im Magen: Gerade als sie die erste Talsiedlung verlassen hatten und dem Bachlauf, der sie unmittelbar zur Weser bringen würde, folgten, kam ihnen ein Ochsengespann entgegen. Inga erkannte sofort in dem Lenker des Wagens einen der zwei Buben, die sie noch kürzlich in bestimmter Absicht durch den Wald gejagt hatten. Sie schaute ihn nicht an. Almut jedoch grüßte ihn verlegen lächelnd, als er an ihnen vorüberfuhr, und auch er brummelte einen verlegenen Gruß zurück, gab dann seinen Ochsen die

Peitsche und versuchte möglichst schnell und möglichst unbefangen wirkend davonzukommen.

Inga war erleichtert. Sie hoffte, dass er und seine Freunde niemandem von dem Vorfall erzählten, dass es ihnen selbst zu peinlich sei. Denn wenn bekannt würde, dass die Witwe vom Hilgerschen Hof mit den Geistern des Kapenwaldes in Verbindung stand, könnte es mit ihr ein schreckliches Ende nehmen. Schon lange waren keine Unholdinnen mehr ertränkt worden, doch es war in dieser Gegend durchaus vorgekommen. Noch in Ingas Kindertagen hatte es einen Fall gegeben.

Am Mittag erreichten sie die Weser. Und tatsächlich, die Bettler hatten nicht übertrieben: In den zwei Jahren, in denen sich die Mönche aus dem entfernten Corbie an diesem Fluss im tiefsten Sachsen niedergelassen hatten, war der Flecken Huxori um einiges gewachsen. Inga traute ihren Augen kaum. Die große Kilianikirche kannte sie bereits, sie war schon vor Ankunft der Brüder errichtet worden. Aber die vielen neuen Häuser setzten sie in Erstaunen: Da waren zahlreiche große und kleine Hütten, Schmiedewerkstätten, Töpferbetriebe; ja, sogar einen eigenen Bäcker hatte der Ort und dazu ein Haus, das allein dem Zweck diente, dass Fremde darin unterkamen. Inga und Almut waren überwältigt. Mit großen Augen folgten sie der Reihe von aus Holz, Lehm und Stroh bestehenden Häusern, die sich auf der linken Seite des Flusses als eine schier endlose Schlange dahinzog. Bis hin – und das konnte Inga nur schemenhaft am Horizont erkennen – zu einem Gebiet, das von einer großen, steinernen Mauer umgeben war.

Dort leben die Mönche, dachte sie bei sich.

Inga und Almut jedoch trieb es nicht zum Kloster, sondern ans Ufer der Weser. Und hier lagen tatsächlich drei Frachtkähne. Es herrschte großer Trubel an dieser kleinen Anlegestelle, denn nicht nur die Schiffer aus dem Norden waren gekommen. Von Westen waren weitere Händler mit ihren Lasttieren und Gespannen angereist – über den Hellweg, die große Handelsstraße, die schon seit vielen Generationen fränkische und andere fremde Kaufleute ins Land der Sachsen führte. Und an dieser Stelle, im Flecken Huxori, lag die Furt, die es den Händlern ermöglichte, die Weser zu überqueren und auch Tauschgeschäfte mit den vom Meer angereisten Friesen oder gar mit Wikingern zu machen.

Wie sollte sich Inga jetzt nur in diesem ganzen Durcheinander von Menschen zurechtfinden und einen geeigneten Abnehmer für ihre Tuche auftreiben? Mühsam zogen sie den Handkarren zwischen Säcken, Kisten und Fässern hindurch, die überall am Ufer gestapelt waren.

»Vorsicht, das ist der Wein für den Prior, ihr dummen Weiber«, schrie ein dicker Mann und stieß Inga und Almut mit seinem enormen Unterarm zur Seite, weil sie zu nahe an seine wertvollen Fässer geraten waren.

Zwei Männer mit langen Bärten hingegen machten ihnen höflich Platz. Sehr fremdländisch sahen sie aus und verneigten sich sogar ein wenig, als die beiden an ihnen vorübergingen.

»Gewürze hätten wir für die Damen«, sagte einer von ihnen. Er sprach sehr gebrochen, aber dennoch deutlich.

»Aus dem Fernen Osten«, sagte der andere, jünger als der erste, aber mit einem ebenso langen Bart.

Inga schüttelte nur den Kopf und ging weiter, sie suchte den ihr vertrauten friesischen Händler. In der Nähe eines der Schiffe fand sie ihn. Er saß auf einem Fass und nagte, völlig unbekümmert von dem ihn umgebenden Geschrei, Gezerre und Geschiebe, an einem Hähnchenschenkel. »Das ist er. Der hat mir schon einmal die gesamte Ware abgenommen«, flüsterte Inga Almut zu. Dann zog sie den Karren direkt vor die Füße des Friesen. Der blickte kurz auf und sagte nur: »Erst wenn ich fertig bin.«

Inga wartete. Stumm stand sie da, blickte auf den Fluss, schaute zu, wie eines der anderen Schiffe entladen wurde und man Säcke und Kisten auf dem Karren eines fränkischen Händlers verstaute. Sie blickte auch manchmal zu Almut und zog dann einfach nur die Schultern hoch. Dann beobachtete sie den unfreundlichen Weinhändler, wie er schwitzend und schimpfend seine Fässer auf einen Ochsenkarren lud, der sich schließlich in Richtung des Klosters aufmachte. Danach schaute sie wieder zum Friesen, der noch immer genüsslich an dem mittlerweile kahlen Knochen lutschte.

»So, was wollt ihr?«, fragte er, sich erhebend und die fettigen Finger in seinem teuren, mit Fell besetzten Umhang abwischend.

»Ich habe wieder Woll- und Leinentuche dabei. Vielleicht erinnerst du dich, vor wenigen Jahren hast du mir bereits Ware abgenommen.« Inga blickte ihn fragend an. Es war ein mittelgroßer, wohlgenährter Mann von gewiss schon vierzig Jahren. Sein mit grauen Strähnen durchwirktes blondes Haar trug er schulterlang, und in seinem dichten Bart hingen noch immer Reste des Hähnchenfleisches. Seine Kleidung war wertvoll, aus edlen Stoffen, hervorragend verarbeitet, aber sie passte ganz und gar nicht zum Rest seines Erscheinungsbildes, denn dieser Mann war äußerst ungepflegt und ungeschlacht.

»Kann ich mich nicht erinnern. Aber Tuche nehme ich mitunter. Wenn sie gut und günstig sind. Zeig her, was du hast.« Daraufhin lachte er Inga ins Gesicht. Es war ein freundliches Lachen, und trotz seines Alters und ganz entgegen seinem sonstigen Zustand hatte er ausgesprochen gute Zähne.

Inga lüftete den Leinensack, der über ihren Tuchen lag, und sogleich langte er mit seinen schmutzigen Händen in den Wagen hinein und entfaltete eine der Wolltuchbahnen.

»Wie viel hast du davon?«

»Zehn Bahnen Wolltuch und acht Bahnen Leinentuch. Teilweise eingefärbt, mit Mustern in verschiedenen Farben.«

Er brummte nur und schaute sich noch fünf weitere Tuche kritisch an.

»Ein Sack Salz, und für jede von euch einen schönen Kamm«, sagte er wieder und warf einen durchaus charmanten Blick auf Inga und Almut.

»Zwei Säcke Salz und für jede von uns einen schönen Kamm«, antwortete Inga.

»Ha!«, rief er nur. »Na, dann zwei Säcke Salz, zwei Kämme, und zusätzlich lade ich euch noch auf ein Bier in die Taverne ein. Das müsst ihr mir gönnen. Nicht alle Tage trifft man auf solch schönes Weibsvolk.«

»Das können wir nicht machen«, antwortete Inga streng.

»Dann eben nur ein Sack, zwei Kämme und kein Bier.«

Inga dachte nach.

»Ein anderes Angebot bekommt ihr nicht«, sagte er, noch ehe sie wieder zu sprechen anfing.

»In Ordnung.« Sie war einverstanden, und da der Friese durch den erhaltenen Korb ein wenig in seiner männlichen Eitelkeit gekränkt war, war es besser für sie, in den Handel einzuwilligen, bevor er es sich vollkommen anders überlegte. Ein Sack Salz war fast mehr, als sie erwartet hatte, und in dieser Gegend war es schier unmöglich, an dieses wichtige und wertvolle Gut zu kommen, ohne dessen Hilfe man Fleisch und Fisch, wollte man es nicht räuchern, kaum länger als zwei Tage aufbewahren konnte.

»Ah, und noch etwas«, wandte sich Inga im Gehen noch einmal an den Kaufmann, »wann legt dein Schiff wieder ab?«

»Morgen, in der Früh. Warum willst du das wissen?«

»Nach Norden?«

»Es lohnt nicht, sich den Weserfluss weiter stromaufwärts zu quälen. Außerdem teilt er sich nach einiger Zeit in zwei enge

Arme auf, da ist kaum ein Weiterkommen. Deshalb geht es morgen, vollbeladen mit neuer Ware, wieder in den Norden. So ist es.«

»Dann wünsche ich eine gute Reise, Kaufmann.«

»Und euch einen sicheren Heimweg, gute Frauen.«

Mit dem erstandenen Sack, der mehr einem Säckchen gleichkam, und zwei wahrlich schönen Kämmen, aus Horn geschnitzt und mit bunten Steinen verziert, machten sie sich bereits zur achten Stunde auf den Rückweg. Noch vor dem Abendessen würden sie den Hilgerschen Hof wieder erreicht haben.

»Schau, Inga, hinter uns geht ein Mönch.«

Sie hatten gerade die letzte Hütte des Flecken Huxori hinter sich gelassen, als Almut Inga auf eine Gestalt aufmerksam machte, die nur wenige Schritte hinter ihnen den schmalen Weg entlangging.

Auch das noch, dachte Inga, und ihr Herz begann unvermittelt zu rasen. Unwillkürlich beschleunigte sie ihren Schritt.

»Ist er noch weit entfernt?«, fragte sie das Mädchen, denn selbst wollte sie sich nicht noch einmal umsehen.

»Er kommt immer näher, rennt sogar und winkt.« Almut war belustigt.

Dann kann es nicht Bruder Agius sein, vermutete Inga und drehte sich um. Und tatsächlich: Bruder Melchior kam mit langen Schritten auf sie zugelaufen und hatte sie bereits eingeholt. »Gott grüße euch, gute Frauen«, rief er fröhlich.

Und auch Inga und Almut begrüßten ihn freundlich, denn *diesen* Gottesmann als Wegbegleiter zu haben, war ein angenehmer Zeitvertreib. Seinem gestrengen Mitbruder jedoch wollte Inga lieber gar nicht mehr begegnen.

»Was hat euch nach Huxori verschlagen?«, wollte Melchior wissen.

»Die Friesen. Ich dürfte es dir nicht sagen, lieber Gottesmann, aber wir haben hier Tuche gegen Salz getauscht«, antwortete Inga heiter.

»So, so. Und warum dürfte ich das nicht wissen?«

»Na, damit ich dir nicht jedes zehnte Tuch schenken muss.« Melchior lachte laut auf.

»Nun, das ist wahrlich ein großer Verlust. Und ich wüsste da sogar den einen oder anderen Bruder unseres Klosters, der liebend gern bunte Tuche tragen würde. Wäre es ihm erlaubt.«

»Und was treibt dich immer wieder zurück ins Kloster? Es ist ein langer Weg, und du scheinst ihn häufig zu gehen, Bruder Melchior«, wollte Inga wissen.

»Bericht erstatten müssen wir. Wöchentlich, denn es ist ungewöhnlich für Mönche, die nach der Regel des heiligen Benedikt leben, die schützenden Mauern ihres Klosters zu verlassen. Zu viele Gefahren lauern in der Welt hier draußen.«

»Geht ihr denn bald zurück ins Kloster?«

»Sicherlich. Es muss zuvor noch ein Priester gefunden werden, der sich in einem der umliegenden Orte niederlässt. Doch bislang herrscht hier, im Lande der Sachsen, ein Mangel an guten Geistlichen. Die Ausbildung ist schwierig, und die Anforderungen an das Leben eines Seelsorgers sind groß. So lange muss Bruder Agius das Amt des Priesters bekleiden, auch wenn es ihm nicht behagt.«

»Wieso hat er dann diese Aufgabe übernommen, wenn sie ihm nicht behagt?«, forschte Inga weiter.

»Nun, das hat vielerlei Gründe«, antwortete Melchior und dachte angestrengt nach. »Zum einen ist Bruder Agius einer der wenigen gefestigten Mitbrüder, denen der Vater Prior zutraut, in der Welt ohne Straucheln zurechtzukommen. Zum anderen ist Bruder Agius ein Vertreter der Auffassung, dass es auch Pflicht der Mönche sei, den Menschen die Lehre Gottes näher zu bringen. Der Geist Gottes muss in die Welt hineinströmen, so sagt er immer und denkt dabei an die Lehren unseres heiligen Kirchenvaters Augustinus. Des jungen Augustinus, versteht sich. Wir Mönche sind bereits beseelt, ihr jedoch noch nicht, nicht vollkommen. Ihr lebt im Nichts, so meint Agius, denn er glaubt nicht an die Existenz des Bösen. Er glaubt, es gibt nur das Göttliche und das Nichtgöttliche, das Beseelte und das Nichts. Alles Böse ist nicht wirklich, es ist nur das Fehlen, das Fehlen des Lichtes. Ja, mein Bruder Agius glaubt nicht einmal an die Realität der Höllenqualen. Selbst diese Qualen, so meint er, sind nichts weiter als die Gewissensbisse des Sünders. Er will dem Bösen keine Macht zugestehen. Hätte das Böse Macht, so müsste man diese von der Macht Gottes subtrahieren, und das würde die Macht Gottes einschränken. Lieber ist ihm das Nichts!«

Inga versuchte zu verstehen: »Ist es üblich, dass ihr Mönche euch solch verwirrende Gedanken macht?«

»Wir lesen viele Stunden des Tages, hören Psalmen, kennen die Heilige Schrift, und die Klugen machen sich darüber ihre eigenen Gedanken. So wie Agius denken manche, viele jedoch sind anderer Meinung. Sie glauben fest an den Teufel und das Böse, weshalb er sie als Manichäer bezeichnet hat. Der Vater Prior ist in den meisten Dingen der gleichen Meinung wie Bruder Agius, in anderen Dingen nicht. Ihm ist wichtig, dass kein Zwiespalt unter den Brüdern entsteht, und deshalb war er froh, als Bruder Agius nichts dagegen hatte hinauszuziehen, um die Menschen der Umgebung zu beseelen. Aber ich rede wieder einmal zu viel. Gott und auch mein lieber Bruder Agius mögen mir verzeihen.«

Was Manichäer waren, wusste Inga natürlich ganz und gar nicht, aber sie verstand, dass die anderen Mönche diesen Ausdruck als Beleidigung aufgefasst hatten und dass es von Agius auch als solche gemeint gewesen war.

»Und du hast beschlossen, ihn zu begleiten?«

»Nun, ich wurde ausgewählt von der Bruderschaft. Zwar bin ich vornehmer Herkunft, aber dennoch liegt mir die Handarbeit mehr als die Studiererei. Es waren praktische Überlegungen, mich zum Begleiter zu wählen. Nichtsdestotrotz ermunterten mich auch die weisen Worte des großen Beda Venerabilis, der einst sagte: Draußen muss man wirken, weil Gott das Ziel aller Völker ist.« Und dann fügte er verstohlen hinzu: »Außerdem war der Vater Prior froh, dass er mein ungezügeltes Gelächter nicht mehr ertragen muss. Allzu oft wurde ich darob getadelt.«

Inga lachte, und dann sagte sie: »Bruder Agius wird sicherlich noch weniger vermisst als du.«

»Zu Unrecht gilt er den meisten Mitbrüdern als überheblich und stolz. Ihm fehle die nötige Demut. Sein Vorhaben, in die Welt zu ziehen und den Menschen den Glauben näher zu bringen, haben sie als Sarabaitentum bezeichnet, und hinter vorgehaltener Hand nannten manche ihn einen Ketzer. Doch diese Anschuldigungen sind haltlos. Viel beschäftigt er sich mit den Lehren der Kirchenväter und auch heidnischer Gelehrter, und viele eigene Schlüsse zieht er aus ihren Schriften. Doch keiner dieser Schlüsse ist gefährlich oder gar ketzerisch. Zum Glück weiß auch der ferne Vater Abt dieses und hat deshalb dem Vorhaben zugestimmt und dem Prior die Erlaubnis erteilt, uns hierher zu senden. Ausgeschlossene sind wir nun, wenn man so will«, sagte er dann munter.

»Aber sicherlich ist es schöner, in den Wäldern Krabbeltiere zu beobachten, als hinter den dicken Klostermauern zu sitzen, nicht wahr?«, fragte Inga.

»Darüber darf ich mir kein Urteil bilden. Aber Gott hat die Tierchen geschaffen, und wäre es nicht eine Missachtung seiner Schöpfung, würde ich sie ignorieren oder gar mit Füßen platttreten? Übrigens gibt es in dieser Gegend ganz besonders schöne Exemplare.«

»Tatsächlich?«

»Und ob. Neulich, auf dem dicht bewaldeten Berg, nördlich der Siedlung, habe ich doch tatsächlich einen Hirschkäfer von enormen Ausmaßen entdeckt.«

»Im Kapenwald?«, fragte Inga entsetzt, und auch Almut, die bisher nur still und schüchtern zugehört hatte, schrie fast auf vor Schreck.

»Wenn er so genannt wird, dieser Wald, dann wird es wohl der Kapenwald sein.«

»Er ist verwunschen. In ihm wandeln die Geister derjenigen, die in ihm gestorben sind. Außerdem gibt es dort Schrate, Trolle und böse Wichtel.« Almut war ganz aufgeregt und wollte gerade alle Schauergeschichten von sich geben, die der alte Ulrich des Abends am Feuer über den Zauberwald erzählt hatte.

»Nein, nein, davon will ich nichts hören. Erst kürzlich musste ich eine Rüge des Bruders Agius über mich ergehen lassen, weil ich mir von Inga vom Hilgerhof den versteinerten Zwerg habe zeigen lassen.«

Inga lachte laut, aber dann wurde sie wieder ernst: »Und dir ist nichts im Kapenwald begegnet?«

»Ein Pferdemensch vielleicht? Oder gar ein Mann mit dem Kopf eines Stieres? Nein, nichts dergleichen. Eine Höhle habe ich gefunden, eine bewohnte Höhle, mehr nicht.«

»Eine Höhle?« Das fragten beide Frauen fast gleichzeitig im selben erschütterten Ton.

»Nun ja, es war eine aus Zweigen und Blättern errichtete Unterkunft. Sehr tief und sehr dicht, sodass kaum Sonnenlicht hineinfiel und wohl auch kein Regentropfen seinen Weg durch das Blätterwerk finden würde. Herinnen gab es allerlei an Dingen, die ein Mensch zum Leben braucht. Ich habe mich nicht lange umgesehen, als Gottesmann dringt man nicht unaufgefordert in fremde Stuben ein. Außerdem war mir ein wenig schaurig zumute, denn ich könnte mir vorstellen, ein Räubernest ausfindig gemacht zu haben.«

»Räuber gab es schon lange nicht mehr in unseren Wäldern, und außerdem würden auch sie ihr Nest niemals im Kapenwald aufschlagen«, entgegnete Inga.

»Warum nicht? Wenn sie unwissend sind. Immerhin war auch ich unwissend und habe im Übrigen auch nichts Ungewöhnliches bemerkt. Nichts, was man nicht erklären könnte. Glaube mir, Inga vom Hilgerhof, Bruder Agius hat mir in dieser Hinsicht ordentlich den Kopf gewaschen: ›Falle nie noch einmal auf das Geschwätz der Ungläubigen herein‹, hat er mir gesagt, ›nicht sie sollen uns bekehren, sondern wir sie. Sie haben im Dunkeln gelebt und dort allerlei Gespenster gesehen, die es nicht gibt. Wir wollen Licht in ihr Leben bringen und nicht das unsere von ihnen verdüstern lassen.‹«

»Ich weiß, dass es im Kapenwald spukt. Das kann Bruder Agius tausend Mal als Geschwätz bezeichnen. Wenn er den weißen Mann mit eigenen Augen sehen würde, würde auch er Fersengeld bezahlen, da bin ich mir sicher.« Inga war gekränkt.

»Hast du etwa einen weißen Mann gesehen, Inga?«, fragte Almut mit großen Augen.

»Ja, das habe ich. In der Dämmerung, auf dem Rückweg von der Kirchweih, vor nur wenigen Nächten.«

»Nun, weiße Männer hin oder her – wahrscheinlich war es ein vom Mond beschienener Wanderer, so würde Bruder Agius vermuten. Ich für meinen Teil habe mich wieder einmal der Sünde der unnützen Geschwätzigkeit hingegeben. Glücklicherweise ist dort schon die Weggabelung, die mich linker und euch rechter Hand führen wird. Auf ein baldiges Wiedersehen, Inga vom Hilgerhof und junge Almut, ebenfalls vom Hilgerhof.«

Und schnellen Schrittes machte er sich davon, singend die Anhöhe zum heiligen Berg erklimmend.

X

Wo ist Ansgar?«

»Aufgestanden und fortgeritten.«

Der alte Ulrich hockte allein im dunklen Haus, das Krankenlager war leer. Lediglich einige Fliegen schwirrten um die noch warme, eingedrückte Stelle auf dem Schaffell, wo Ansgar bis vor wenigen Augenblicken gelegen haben musste. Er konnte nicht weit sein.

»Hat er gesagt, wohin er will?«

Der Alte schüttelte den Kopf.

»Mir sagt ohnehin niemand etwas. Hinaus in die Sonne sind sie allesamt. Doch denkt einmal einer daran, den alten Ulrich zu fragen? Der könnte wieder ein wenig Licht und übrigens durchaus etwas Brennnesselwein vertragen.«

Vielleicht war auch er hinaus auf die Felder gegangen. Die erste Heuernte stand an. Es war längst Zeit, zu den Sicheln zu greifen und das heiße Wetter auszunutzen. Nicht oft herrschten solch gute Bedingungen zum raschen Trocknen des frisch geschnittenen Grases.

Inga ging hinaus auf den Hof. Ada stand am Schweinestall, umringt von ihren jüngsten Kindern, und nahm gerade ein Kaninchen aus, das, bereits seines Felles entledigt, nackt und kopfüber an der Stallwand hing.

»Du bist schnell wieder zurück, Inga«, sagte sie beiläufig, ohne von ihrer Arbeit abzulassen.

»Ja, das Geschäft lief gut. Wir haben ein recht prall gefülltes Säckchen Salz erhalten.«

»Fein.«

»Will Ansgar nun doch mit der Heuernte beginnen? Es wird tatsächlich Zeit. Auf meinem Weg nach Huxori sah ich bereits alle Leute auf den Feldern. Das Gras ist hoch genug, besonders an den Südhängen.«

Ada hielt nun inne und blickte Inga ernst an.

»Er ist nicht zu den Wiesen geritten, Inga. Schneiden will er – aber erst morgen. Eine falsche Entscheidung, denn ich spüre, dass ein Unwetter naht. Das ganze Gras wird nass und platt sein.«

Dann drehte sie sich wieder um und fuhr damit fort, aus dem Kaninchen alle seine inneren Organe zu entfernen. Die Kinder spielten derweil mit dem blutigen Fell, stülpten es über einen Holzklotz und streichelten es.

Inga schaute ihnen eine Weile abwesend bei diesem Spiel zu, dann ging sie zunächst langsamen Schrittes, jedoch zunehmend schneller werdend davon, um Ansgar zu suchen.

Völlig außer Atem, mit schmerzender Lunge und einem bitteren, blutigen Geschmack im Mund fand sie sich schließlich hinter der alten Buche wieder, die schon seit hunderten von Jahren ihren Schatten auf den Hof der Meinradschen Sippe warf.

Dort war er. Direkt vor der Tür zum Langhaus ihrer Familie stand Ansgar, und vor ihm standen der alte Meinrad und Gerda, Ingas Eltern. Sie stritten laut, aber offensichtlich war noch nichts weiter geschehen. Niemand war verletzt, und niemand erweckte den Anschein, gleich handgreiflich zu werden. Inga war erleichtert und beschloss, sich verborgen zu halten und zu lauschen.

»Ein Hasenfuß ist er, euer Sohn«, hörte sie Ansgars laute Stimme. Im Vergleich zu Ingas Vater war Ansgar ein mächtiger Riese. Er würde ihn einfach zermalmen, mit einem Schlag umhauen, und Inga hoffte inständig, dass ihr Vater besonnen bliebe und sich nicht zu unbedachten Worten hinreißen ließe.

»Er ist fort, weil er fort musste. Mit dir hat das nichts zu tun, Ansgar, Sohn des Hilger.« Meinrads Stimme war ruhig, aber Inga hörte den bitteren Groll heraus, der seit Kindertagen in ihm wohnte.

Ansgar lachte nur laut.

»Ein Feigling ist er. Doch das wundert mich nicht. Ich erwarte ihn. Sobald er zurück ist, der Hosenschisser, soll er zu meinem Hof kommen. Kommt er nicht, werde ich euch einen Besuch abstatten, und dann, das versichere ich dir, Meinrad, Sohn des Bero, wird es nicht so friedlich vonstatten gehen wie heute.«

»Lass es gut sein, Ansgar«, flehte Gerda und griff nach Ansgars Hand, doch der stieß die Frau nur grob von sich. Inga schrie leise auf, es zerriss ihr fast das Herz, ihre Mutter so zu sehen.

»Ihr habt uns vieles genommen, ihr Hilgerschen, in den letzten Jahren. Und büßen musstet ihr bisher nicht dafür. Es wäre an uns, Rache zu üben, nicht an euch. Du bist mit einem blauen Auge davongekommen, Ansgar. Lass es dabei bewenden.« Meinrad wurde lauter.

»Willst du mir drohen? Dann bist du an den Falschen geraten. Meine Familie lässt nichts auf sich beruhen, keinen Kratzer, keine noch so harmlose Beleidigung. Das müsstet gerade ihr nur allzu gut wissen. Gegen dich, Meinrad, hege ich keinen Groll. Dein Sohn jedoch wird nicht ungeschoren davonkommen. Wenn ihm sein Leben lieb ist, holt er sich seine Strafe bald. Denn jeder Tag, der weiter ins Land zieht, lässt meine Wut größer werden, und das ist nicht gut für euren Bero.«

Damit drehte er sich um, schwang sich, noch recht angeschlagen, auf sein Pferd und ritt davon. Geradewegs auf Inga zu, die noch immer hinter dem Baum stand. Er sah sie nicht, und sie gab sich nicht zu erkennen. Einen letzten Blick auf ihre Eltern werfend, die gesenkten Kopfes ins Haus gingen, blieb Inga noch eine Weile stehen, mit dem Rücken an die Buche gelehnt. Sie war tieftraurig und erleichtert zugleich. Es hätte schlimmer ausgehen können.

Inga verharrte an ihrem Platz, bis das Hufgetrappel verklungen war, dann machte auch sie sich auf den Rückweg zum Hilgerhof. Doch mit einem Mal vernahm sie einen fürchterlichen Schlag. Wie von Geisterhand bogen sich die Kronen der Bäume zur Seite, und auch Inga wurde von dem urplötzlich aufkommenden Sturm, trotz des schützenden Waldes, unsanft zu Boden gewirbelt.

Das von Ada vorhergesehene Unwetter war da – ein Unwetter, so gewaltig und unverhofft, dass Inga es mit der Angst zu tun bekam.

Sturzbäche strömten aus dem schwarzen Himmel hernieder, Donner grollten, Blitze zuckten, und Inga beeilte sich, aus dem Wald herauszukommen.

Doch auf freiem Feld war es noch ungeheuerlicher. Vollkommen durchnässt lief Inga den Berg hinunter, rutschte immer wieder aus und fiel in den Bach, der sich auf dem schmalen Pfad gebildet hatte. Es war noch fast eine ganze Wegstunde zu bewältigen, und der Himmel erweckte nicht den Anschein, als würde er sich in nächster Zeit aufhellen.

Dann – unmittelbar vor der flüchtenden Inga – schlug mit einem unglaublichen Knall der Blitz direkt in eine alte Kastanie ein. Brennend fiel der Baum zu Boden. Auch Inga hatte es erneut zu Fall gebracht, in voller Länge war sie nach hinten umgekippt und lag nun flach auf dem Rücken in den Fluten des

Sturzbaches. Zunächst dachte sie, sie sei ebenfalls vom Blitz getroffen. Immer noch daliegend, betrachtete sie ihre Hände. Sie konnte sie bewegen, auch die Beine waren in Ordnung. Zitternd stand sie auf, stapfte an der zerrissenen und qualmenden Kastanie vorbei und setzte ihren Weg fort.

Wohin nur?

Bis nach Hause würde sie es nicht schaffen.

Überall wütete Donar und kämpfte in den Wolken mit dem neuen Gott, wehrte sich gegen dessen Machtergreifung, setzte sich mit all seiner verbliebenen Kraft zur Wehr. Längst geschlagen, aber noch nicht tödlich verwundet, bäumte er sich ein letztes Mal auf.

Durch das unglaubliche Getöse des Gewitters war von weit unten aus dem Tal, dort, wo die Siedlung des Liudolf lag, das laute Rufen von Menschen zu hören – kein Wehklagen, sondern ein tiefes Gebrüll, außerdem das dumpfe Geräusch von aneinanderschlagenden Hölzern. Sie versuchten das Unwetter zu vertreiben, ihm seinerseits Angst zu machen, ein uraltes, aber leider meist wirkungsloses Ritual, wie Inga aus eigenen bitteren Erfahrungen wusste.

Aus dem Hilgerschen Wald auf dem gegenüberliegenden Hügel stiegen an mehreren Stellen Flammen auf, die der dichte Regen jedoch bald erstickte. Inga war verzweifelt. Es war besser für die Menschen, in ihren halbwegs sicheren Häusern zu bleiben, bis das Wüten der Götter ein Ende fand. Aber für sie war ringsherum kein Haus zu finden. Der Hof ihrer Eltern kam als Zuflucht nicht in Frage, und er lag auch schon zu weit hinter ihr. Es blieb lediglich die Schmiede, die alte, verfluchte Schmiede.

Düster und abstoßend lag das verfallene Haus nur wenige Schritte vor ihr in der gewittrigen Dunkelheit, und es wirkte noch unheimlicher als sonst. Inga nahm all ihren Mut zusammen und ging vorsichtig darauf zu.

Ein wahrlich ungünstiger Zeitpunkt, um ein solches Haus zu betreten. Selbst bei Sonnenschein hätte sie es niemals gewagt.

Und da? Was war das?

Ein riesiger dunkler Schatten war im Stall zu sehen, und ein unruhiges Schnaufen drang von dort durch das Tösen des Unwetters. Als Inga schließlich ein leises Wiehern vernahm, atmete sie auf und trat erleichtert näher. Tatsächlich, dort im Stall stand die Braune, Ansgars Pferd.

Auch er hatte in der alten Schmiede vor dem Gewitter Schutz gesucht.

Mit erhobenem Sax und vor Schreck weit aufgerissenen Augen ragte er wie ein Baum vor ihr auf, als Inga vom Stall aus das Innere der Schmiede betrat.

»Ich bin es nur«, rief sie schnell und fragte dann belustigt: »Was dachtest du, wer dich hier in deinem Unterschlupf besuchen kommt? Eine böse Waldfee oder ein Gespenst?«

»Was treibst du hier?«, fuhr er sie finster an. »Bist du mir nachgeschlichen?«

Es war ihm sichtlich unangenehm, dass Inga ihn in diesem panischen Moment ertappt hatte. Er hatte sie nicht für einen Geist, sondern für gar Schlimmeres gehalten, und ihm war für einen Augenblick das Blut in den Adern gefroren.

»Ich hatte Angst. Angst, dass du etwas Unüberlegtes tust.«

»Eine Amme benötige ich nicht, und wenn du dich so sehr um die Deinen sorgst, warum gehst du dann nicht wieder zu ihnen?«

»Weil sie mich nicht wollen, und das weißt du ganz genau.«

»Na also, dann brauchst du dich auch nicht um ihr Wohl zu bekümmern.«

»Bero ist noch ein halbes Kind, und es wäre feige von dir, wenn du dich an ihm für einen dummen Streich rächen würdest.«

»Er ist ein erwachsener Mann, und der Streich, wie du es nennst, war ein handfester Überfall aus dem Hinterhalt.«

»Aus dem Hinterhalt, ach so.« Inga nickte. »Deshalb das blaue Auge, die zerdrückte Nase und die geplatzte Lippe. Das weist alles auf einen feigen Angriff aus dem *Hinterhalt* hin.«

»Sprich nicht von Dingen, die du nicht verstehst, Weib.«

»Lass ihn in Frieden und sei froh, dass sie euch in Frieden gelassen haben. Grund zur Fehde hatten sie allemal. Denk nur daran, was dein Vater meinem Großvater angetan hat.«

Ansgar blickte sie zunächst verächtlich an und sagte dann kühl: »Dein Großvater hat verdient, was er bekommen hat. Er war ein Verräter, ein gemeiner, hinterhältiger Verräter. Durch ihn haben zahlreiche ehrliche und tapfere Männer einen schmählichen Tod gefunden. Wie eine Schmeißfliege hat er sich an die frankentreuen Edlen gehängt, hat ihnen geholfen, dass die, die einen großen, ehrenhaften Sieg errungen hatten, dennoch eingefangen wurden wie entlaufenes Vieh. Er hätte auch meinen Vater und den Schmied Hatho zur Schlachtbank geführt, wenn sie nicht entkommen wären. Freundschaft galt ihm nichts, Treue ebenso wenig, er kannte nur den eigenen Vorteil, und statt des Schwertes wählte er die Heimtücke. So einer hat es verdient, wie ein tollwütiger Fuchs erschlagen zu werden.«

Inga blieb ruhig. Zu oft hatte sie diese Worte bereits aus Rothgers Mund vernommen, und zu oft hatte sie diesem darauf geantwortet, was sie nun auch Ansgar antwortete:

»Das ist eure Geschichte. Die Geschichte, wie sie in unserer Familie erzählt wurde, lautet ganz anders. Mein Großvater war kein Verräter, er war ein treuer Freund. Im Schlachtengetümmel hat er Hatho und Hilger aus den Augen verloren, sie später gesucht, aber niemals verraten. Welche Vorteile hätten wir von diesem Verrat gehabt? Meine Familie ist nicht besonders königstreu, und auch mit der Kirche halten sie es mehr schlecht als recht. Wir sind nicht reicher geworden durch den Krieg. Es gab keinen Verrat. Alles, was geschehen ist, geschah, weil dein Vater seinen ungestümen Willen nicht bändigen konnte. Es war ein teuer bezahltes Missverständnis.«

»Und warum habt ihr euch nie gerächt, wenn alles nur Schuld meines Vaters war?«

»Wer, Ansgar, würde es wagen, sich an euch zu rächen? Hundert-, ja tausendfach zahltet ihr es heim. Eure Sippe ist mächtig, und darum habt ihr es auch nicht nötig, euch über Bubenstreiche zu ärgern. Das ist unter eurer Würde, Ansgar, denn niemand zweifelt an der Stellung eures Hauses. Nicht einmal die Leute des Kaisers getrauen sich, euren Besitz anzutasten. Setz diese Macht nicht aufs Spiel, indem du dich über Nichtigkeiten aufregst. Das führt eher zu Gelächter als zur Befriedigung deines verletzten Ehrgefühls.«

»Schlangenzungen seid ihr, alle miteinander. Das ist die einzige Stärke derer aus dem Meinradschen Haus. Doch ich lasse mich von dir nicht bereden, Weib.«

Ansgar sah sie geringschätzig an, aber sein Blick verriet auch eine Spur von Unsicherheit. Ingas Strategie, dem Bären Honig ums Maul zu schmieren, schien Wirkung zu zeigen.

Derweil wütete das Unwetter ununterbrochen fort, Bäume knickten, Blitze zuckten, Donner grollten, und mit einem Mal sprang die lose Tür der Schmiede sperrangelweit auf. Inga schrie entsetzt auf, und Ansgar stürzte nach vorn, um sie wieder zu schließen. Es kostete ihn einige Kraft, die nur noch halb in den Angeln hängende Tür zu verriegeln, so stark stieß der Sturm dagegen.

»Es ist der Geist, der Geist des Hatho. Er will nicht, dass wir hier sind.« Inga zitterte vor Angst. Und auch Ansgar war mulmig zumute.

»Wir können nicht nach draußen. Sollte es sein Geist sein, dann muss er uns noch eine Weile erdulden. Doch viel eher war es der Wind«, murmelte er.

Inga kauerte sich in eine Ecke, in der noch stabile Reste einer Holzbank standen.

»Spricht Ada über das Schicksal ihrer Familie?«, fragte sie Ansgar.

Dieser schaute Inga fragend an, dann sagte er: »Nein, niemals.«

»Viele behaupten nun, man habe ihnen Unrecht getan.«

Ansgar schüttelte vehement den Kopf. »Nein, das hat man nicht. Dennoch waren sie Freunde meiner Familie, und deshalb nahmen wir sie in Schutz.«

»Du meinst, sie haben tatsächlich all die Gräber geöffnet?«

»Ja, das ist gewiss.«

»Aber wieso sollten sie das tun?«

»Wegen des Goldes.« Ansgars Ton wurde fast ein wenig angriffslustig. »Hatho und seine Söhne waren Schmiede. Das Anfertigen von Ackergerät reichte ihnen nicht. In anderen Schmiedekünsten wollten sie sich üben, doch dazu fehlte das Material. Ihr Frevel war keine Hexentat, es war pure Räuberei.«

»Die arme Ada. Und vor allem, die arme Mutter. An einem dieser Balken soll sie sich aufgehängt haben. Aus Schmach. Es heißt, bei Sturm höre man das Holz ächzen und das Seil knirschen.«

»Hörst du etwa das Holz ächzen und das Seil knirschen, Inga? Bei einem Sturm wie diesem müsste das einen mörderischen Lärm geben.«

»Nein, aber dennoch schaudert es mich. Sie waren Geächtete, und die Seelen der Geächteten finden keine Ruhe, niemals. Und wir, Ansgar, wir beiden haben die letzte Überlebende der Familie beleidigt. Wir haben Ada betrogen. Und nun sitzen wir hier. Es wäre ein Wunder, wenn sie nicht kämen, um uns zu erschrecken.«

Ansgar versuchte zu lachen und ruhig zu wirken, aber ein wenig lasteten Ingas Worte doch auf seinem Gewissen. Er sah zu dem besagten Balken hoch und dann noch einmal zur Tür. Alles war unverdächtig und verlassen. Nichts in diesem modrigen, verfallenen Gebäude erweckte den Eindruck, dass Geister oder sonstige Gestalten hier ihr Unwesen trieben. Bemüht gleichgültig ging Ansgar umher und klopfte an jede Wand, schaute in alte Truhen, trat mit den Füßen Berge von letzten Lumpen beiseite. Nichts – keine aufgeschreckten Seelen, keine gruseligen Funde.

»Es ist einfach nur ein altes Haus, das uns Schutz bietet. Und außerdem«, er setzte sich dicht neben Inga, »wann hatten wir jemals die Gelegenheit, so ungestört allein zu sein?«

Am späten Abend kamen sie heim. Inga betrat das Haus als Erste und erntete sofort argwöhnische Blicke seitens der Zwillinge.

»Wo sie wohl so lange gewesen ist?«, fragte Berta ihre Schwester.

»Wer weiß, wer weiß«, antwortete Gisela.

»Kräuter sammeln war ich. Und dann hat mich das Gewitter überrascht«, antwortete Inga schroff.

Ada räumte gerade den Tisch ab und schaute sie nur kurz mit leerem Blick an. Inga sah zu Boden.

»Kräuter sammeln nennt man das jetzt«, sagte Gisela hämisch.

»Ja, Kräuter sammeln. Und wir alle wissen ja, dass du vom *Kräutersammeln* noch mehr Ahnung hast als ich. Recht vielseitig soll sie sogar sein, deine *Kräutersammlung*«, zischte Inga zurück und biss sich sofort auf die Lippen.

Der alte Ulrich lachte laut, er hatte verstanden.

In diesem Moment kam auch Ansgar ins Haus, und alle verstummten. Ihn fragte niemand, wo er gewesen sei, und er hielt es auch nicht für nötig, sich zu rechtfertigen.

»Sind alle heil davongekommen? Niemand von Donars Hammer getroffen? Keine Schäden auf den Feldern? Bei den Tieren?«

Die Knechte erstatteten ihm sogleich Bericht. Kein nennenswertes Unheil war geschehen, alle Tiere waren wohlauf, die Menschen hatten das Gewitter zum Glück rechtzeitig kommen sehen und alles Vieh sicher in den Stall gebracht. Einige Bäume schienen im Wald umgestürzt zu sein. Doch das Ausmaß des Schadens war noch nicht sicher, mehr als ein halbes Dutzend dürften es jedoch nicht gewesen sein.

»Dumm nur, dass auch das Gras darniederliegt. Dieser verfluchte Bero, von der Heuernte hat er mich abgehalten. Und ihr seid allesamt ein nutzloser Haufen. Anstatt allein auf die Felder zu gehen, wartet ihr lieber faul und tatenlos, bis euer Herr wieder von seinem Krankenlager aufsteht. Prügeln sollte man euch, allesamt.«

»Es kann sein, dass es sich sehr bald wieder aufrichtet, Herr. So wie es aussieht, kehrt der Sonnenschein zurück. Keine zwei Tage haben wir verloren.«

Der junge Knecht versuchte zu beschwichtigen, doch Ansgar schüttelte den Kopf. Er ärgerte sich vielmehr über sich selbst. Unerfahren war er, aber nicht nur das, auch dumm. Alle würden reden und sagen: »Der neue Herr vom Hilgerhof, der Ansgar, ruiniert das Erbe seines Vaters. Abgeben wird er es noch müssen, dem Kloster überschreiben, weil er selbst nicht einmal einen Fuder Heu aus seinen reichen Landen einzufahren vermag.«

Erneut schüttelte er den Kopf, um diese unangenehmen Gedanken zu vertreiben, dann fragte er im strengen Ton:

»Wo steckt mein Bruder?«

»Der ist noch nicht zurück«, antwortete der alte Ulrich. »Wird wohl gleich beim Teck geblieben sein, als das Unwetter losging.«

»Na, hoffentlich.«

Und mit diesen Worten begaben sie sich allesamt zur Nachtruhe.

Tatsächlich schien die Sonne schon ab dem frühen Morgen heiß vom Himmel, und das Gras hatte sich wie von Geisterhand noch am selben Tag einigermaßen aufgerichtet. Und so ging es nun auf die Wiesen.

Ansgar hatte schon im Morgengrauen den Wald in Augenschein genommen. Sieben Bäume waren gefallen, davon drei vom Blitz getroffen. Alle jedoch in brauchbarem Zustand.

»Gernot soll sich darum kümmern, wenn er zurück ist«, befahl Ansgar während ihres einfachen Mittagsmahls, welches sie allesamt unter einer verwachsenen Eiche auf dem Feld einnahmen.

Doch Gernot kam an diesem Tage nicht zurück.

Sichtlich besorgt machten sich Ansgar und der junge Heinrich am frühen Abend auf die Suche. Sie ritten bis zum Hof des Halbfreien Teck, doch dort war Gernot niemals angekommen.

Auf dem Rückweg sahen sie – es dämmerte bereits – in jeden Graben und riefen seinen Namen. Sie befürchteten, er sei vom Blitz erschlagen worden. Sie ritten in die Talsiedlung, fragten Liudolf, doch auch er hatte Gernot nicht gesehen.

Mit versteinerter Miene kehrte Ansgar am Abend heim.

»Ich weiß, wo er ist«, sagte Inga schließlich laut.

»So, wo steckt er?« Ansgar sah sie überrascht an. Die Zwillinge schauten boshaft und nickten wissend.

»Er wünschte sich, mit den Friesen in den Norden zu fahren,

auf der Weser. Es ist sein großer Traum. Noch gestern hat er davon gesprochen. Er wollte euch nicht enttäuschen, deshalb hat er sich nicht verabschiedet.«

»Und warum weißt ausgerechnet *du* das?«, fuhr Ansgar sie barsch an.

Die Zwillinge kicherten. »Warum wohl?«, zischelten sie leise.

»Almut weiß es auch. Nicht wahr?«, wandte sich Inga mit fragendem Blick an die Nichte.

»Ja«, antwortete diese scheu. »Er wollte ans Meer, ein Handwerk erlernen.«

Ansgar schlug mit der Faust auf den Tisch, dass der Brei spritzte und fast sämtliche Trinkbecher umkippten.

»Und warum sagt ihr das erst jetzt? Den ganzen Tag habt ihr uns suchen lassen!«, schrie er.

»Es hätte ja sein können, dass ihr ihn findet, und dann hätten wir sein Geheimnis verraten«, antwortete Inga. Ihre Stimme blieb ungerührt.

»So, Geheimnisse habt ihr also. Eine feine Dirne bist du.«

Und dann verließ er das Haus und kehrte erst am Morgen wieder – vollkommen betrunken.

XI

Höchst interessante, merkwürdige kleine Tierchen waren das, die Bruder Melchior vor einiger Zeit durch Zufall ausfindig gemacht hatte. Gefräßig und haarig waren sie und sehr eigen in ihrem Verhalten. Wie in Ketten aneinandergereiht zogen sie des Abends los und entlaubten binnen Kurzem ganze Bäume. Das hatte Melchior bereits beobachtet, und beobachtet hatte er auch, dass sich auf seiner Haut seit zwei Tagen hässliche, entsetzlich juckende Pusteln bildeten. Doch damit brachte er seine possierlichen »Gänsemarschraupen«, wie er sie nannte, nicht in Verbindung. Und selbst wenn er gewusst hätte, dass deren Härchen für seinen Hautausschlag verantwortlich waren, so hätte auch das ihn nicht davon abgehalten, diesen faszinierenden Tierchen regelmäßig Besuch abzustatten.

Eine besonders große Kolonie hatte der Mönch an den Stämmen dreier alter Eichen entdeckt, welche auf der Kuppe des berüchtigten Kapenwaldes standen. Im Vergleich zum übrigen Berg war die Kuppe weniger baumbewachsen, hier wucherten Dornen- und Holunderbüsche zwischen moosigem Geröll und dünnen Birken. Die einzigen großen Bäume waren die drei besagten Eichen, welche nun tausenden von Raupen eine willkommene Heimat boten.

Für Melchior stellten die haarigen Zerstörer keine Plage dar, der man beikommen musste – nein, er freute sich über die Entdeckung, die er an einem sonnigen Maiabend bei einem seiner zahlreichen Streifzüge durch die Wälder dieser Gegend gemacht hatte. Und sooft es ihm seine geistlichen Pflichten erlaubten, fand er, ohne Wissen seines Mitbruders Agius, den weiten Weg zu seinen »Gänsemarschraupen«, um sie in ihrer Entwicklung, ihrem geselligen Treiben und in ihrer unglaublichen Fresswut zu beobachten.

Auch an diesem Abend zog es den lustigen Mönch auf den Kapenberg.

Er hatte zuvor eine Gruppe Witwen in der nahen Siedlung besucht, alte Frauen, die sehr interessiert daran waren, Geschichten aus der Bibel zu erfahren. Häufig ging er des Nachmittags zu ihnen, saß mit ihnen in einem kleinen Grubenhaus, wo sie, soweit ihre Augen noch scharf und ihre Finger noch geschickt genug dazu waren, spannen und woben, während Melchior aus dem Gedächtnis und in Volkssprache Stellen aus der Bibel vortrug.

Am besten gefielen ihnen die Gleichnisse Jesu und natürlich dessen große Wunderheilungen. Agius und Melchior waren froh, dass wenigstens einige Frauen ernsthaftes Interesse am neuen Glauben zeigten. Von einer allgemeinen Begeisterung konnte hingegen nicht die Rede sein, denn schon am ersten Sonntag nach der Kirchweih hatte sich nur eine spärliche Anzahl an Gläubigen zum Gottesdienst auf dem heiligen Berg eingefunden – das waren zumeist Knechte, Mägde sowie andere Unfreie von den umliegenden Höfen gewesen, für die der Kirchgang eine Möglichkeit des Müßiggangs und der Ruhe vor den alltäglichen Pflichten im fremden Hause bedeutete. Alle Übrigen – so auch die Bewohner des Hilgerschen Hofes – dachten nicht im Traum daran, den Messbesuch zur Routine werden und sich von dahergelaufenen Gottesmännern aus dem gewohnten Tagesablauf bringen zu lassen.

Agius wusste, dass noch viel Feinarbeit in missionarischen Dingen zu leisten war, und deshalb befürwortete er die Ausflüge seines Mitbruders in die Häuser der Freien, der Laten, der Witwen und Waisen. Melchior war zugänglich und fröhlich und verstand es, die tiefgreifenden Aussagen der Heiligen Schrift in einfache, unterhaltsame Worte zu kleiden. Eine Gabe, die Agius nicht zu eigen war, zu der er sich auch niemals herabgelassen hätte, die jedoch – und das sah er ein – notwendig war, um das anvisierte Ziel zu erreichen: die Menschen bereit zu machen, sich vollkommen in all ihrem Tun, Denken und Sein dem einen wahren Glauben an den einen wahren Gott zu verschreiben. Und wenn die alten Weiber gern vom guten Samariter, von der wundersamen Brotvermehrung und der Auferstehung des Lazarus hörten, dann sollte man ihnen diese Geschichten erzählen, allemal besser als Heidensagen vom Fenriswolf und der Midgardschlange.

An diesem Abend hatte Melchior von dem Hirten und dem verlorenen Schaf erzählt, außerdem, auf ausdrücklichen Wunsch, die Weihnachtsgeschichte wiederholt und versprochen, beim nächsten Male Interessantes aus dem Alten Testament zu berichten. Und zu seiner großen Zufriedenheit scharten sich mittlerweile zahlreiche Kinder um die alten Frauen, hängten sich an seine Lippen und liebten es, wenn der Mann mit dem langen Umhang und den lustigen Augen Märchen aus einer fremden Welt erzählte.

Doch diese Aufgabe war nun erledigt, und so marschierte er jetzt glücklich und forsch von der östlichen Seite kommend den Kapenberg hinauf, hoffend, sich in der urwüchsigen Wildnis nicht zu verirren, denn diesen Weg hatte er bislang nicht genommen.

»Immer bergan, immerzu bergan, dem Gipfel entgegen auf

steinigen Wegen«, sang er in einer leisen, gerade selbst ausgedachten Melodie vor sich hin und stapfte völlig angstfrei durch den verwunschenen Wald.

Wahrscheinlich, so dachte er bei sich, würden sie noch einige Wochen fressen, bevor sie sich verpuppten. Hoffentlich reichten die Blätter der Eichen aus? Nicht dass sie verhungerten, die possierlichen Tiere.

So sehr in Gedanken an seine »Gänsemarschraupen« versunken, bemerkte er erst im letzten Moment zwei gewaltige Eichenböcke mit unglaublich langen Fühlern, die flink über den Waldboden krochen.

Seinen Blick nicht von den Käfern lassend, verfolgte Melchior die Krabbeltiere, den Kopf gesenkt, die Augen vor Begeisterung weit geöffnet. Erst als sie am Stamm einer Erle emporeilten, hob sich auch Melchiors Blick ein wenig, und im nächsten Moment wich er entsetzt zurück.

»Gott steh ihm bei«, murmelte er nur, machte kehrt und beeilte sich, zum heiligen Berg zurückzukommen.

»Und er ist gewiss tot?«, fragte Agius.

»Kein Zweifel, gar kein Zweifel.« Melchior war noch immer vollkommen außer Atem. »Sein Gesicht ist tiefblau, nein, pechschwarz ist es.«

»Dennoch hast du ihn erkennen können?« Agius zog die Brauen zusammen.

»Die Haare, die Kleidung, die Statur, daran habe ich ihn erkannt. Und das Gesicht ist lediglich verfärbt, die Züge hingegen deutlich zu erkennen.«

»Und er sitzt einfach dort? Am Baum?«

»An einer Erle. Gefesselt sitzt er dort. Und um den Hals hat er diesen Strick, diesen zugezogenen Strick. Großer Gott im Himmel, eine Mordtat war das, Bruder Agius.«

Agius nickte.

»Wenn es stimmt, Bruder Melchior, was du berichtest – und ich glaube nicht, dass du die Unwahrheit sagst –, dann kann es sich tatsächlich nur um eine Mordtat handeln.«

Agius wurde sehr nachdenklich.

»Wir müssen seine Familie benachrichtigen«, sagte Melchior, den schweigenden Bruder nur ungern unterbrechend.

»Zuerst will ich mir selbst ein Bild machen«, antwortete Agius. »Ich möchte ihnen nicht unwissend begegnen. Wir werden noch heute gehen und den Toten aus seiner misslichen Lage befreien.«

»Aber die Wölfe, Bruder Agius.«

»Gerade wegen der Wölfe. Oder möchtest du ihnen den Leichnam eines Christenmenschen zum Fraß vorwerfen?«

In der nahenden Dunkelheit machten sich die beiden Mönche, mit Fackeln und einem großen Leinentuch ausgerüstet, auf den Weg in den düsteren Kapenwald, um den toten Gernot, Sohn des Hilger, zu bergen.

»Wer könnte Grund haben, ihn so heimtückisch zu ermorden?«, fragte sich Agius laut.

Melchior, der nicht bemerkte, dass sein Mitbruder zu sich selbst sprach, antwortete: »Niemand. Er war ein freundlicher, junger Mann. Ich hörte nie, dass man einen Groll gegen ihn hegte. Nicht gegen ihn, jedoch gegen seine Brüder.«

Agius blieb in seine eigenen Gedanken versunken.

»Sollen wir sie daran hindern?«

Das waren die Worte des Hofkaplans Taddäus gewesen, als Agius von den Fehden zwischen den einzelnen Frilingsfamilien in diesem Teil des Sachsenlandes berichtet hatte.

Warum sich einmischen in den Kampf zweier gottloser Teufel? Warum vergeblich versuchen, diese starrköpfigen Raubeine nicht nur von ihrem heidnischen Aberglauben, sondern auch von ihrem veralteten Begriff von Freiheit und Ehre abzubringen?

Der sächsische Adel stellte schon lange kein Problem mehr dar, er war klug genug und hatte längst begriffen; auch die Unfreien und Halbfreien erkannten in dem neuen Glauben mit allem, was er mit sich brachte, eher Segen als Fluch. Doch diese elenden Frilinge, dieser Stand, den es im Frankenreich schon seit Ewigkeiten nicht mehr gab, diese Menschen, die nicht Bauer und nicht Edelmänner waren – Zwitterwesen, nicht einzuordnen in die anzustrebende gesellschaftliche Einheit des neuen, stets wachsenden Reiches –, sie galt es zu überwinden.

Am besten, indem man sie von der Wahrheit des christlichen Glaubens überzeugte.

Am einfachsten, indem man sie sich selbst überließ.

Das hatte Taddäus mit seiner Frage ausdrücken wollen, und Agius hatte durchaus verstanden.

Die Sippe des Hilger und des Meinrad waren ein wahres Muster solcher sächsischer, freier Dickschädel. Reich an Land, aber auch reich an verbohrten Traditionen wie Ehre, Freiheit und der Tatsache, dass ein sächsischer Friling sich in Friedenszeiten von niemandem etwas sagen lassen musste. Gefährlich waren sie nicht, dazu waren sie zu wenige, aber lästig waren sie. Das wusste Agius, denn sein politischer Verstand war zu ausgeprägt, um hinter den Absichten der Mächtigen ausschließlich die reine Sorge um die Seelen der neuen Schützlinge zu vermuten.

Dennoch hatte er gehofft, dass er verschont bliebe, dass er keine Entscheidungen treffen musste, dass Rothger gegen einen Ast geprallt war und Uta sich das Leben genommen hatte.

Doch so war es offenbar nicht, und *sie* hatte es schon länger vermutet. *Sie* war zu ihm gekommen, hatte gebeichtet, hatte wirres Zeug von Geistern und Zaubertränken gefaselt. Doch hinter ihren Worten war mehr verborgen. Das ahnte er nun.

Inga war eine Tochter des Meinrad, erklärter Feind der Hilgerschen, auf deren Hof sie nun lebte. Und diese Hilgerschen schwanden nun einer nach dem anderen dahin. Und sie wusste, warum, da war sich Agius nun sicher.

Sie wusste es, und sie versuchte es den Geistern anzuhängen, eine Ausflucht zu finden, die Sünde von sich auf Kreaturen zu lenken, die allein ihrem Geiste entsprungen sind. Ihre Beichte war ein Hilferuf gewesen, und er hatte ihn gründlich missverstanden. Hätte er ihre Worte richtig zu deuten gewusst, könnte Gernot noch leben. Dies wurde Agius, der noch immer stumm neben Melchior durch die warme Mainacht schritt, langsam zur traurigen Gewissheit.

Es lag nun an ihm, zu entscheiden, was mit dem toten Gernot anzustellen sei.

Die Wahrheit?

Was würde die Wahrheit nach sich ziehen?

Noch mehr Tote. Die Kette der Blutrache würde sich weiterdrehen, und da konnte das Pochen auf den christlichen Glauben, auf Mildtätigkeit, Gnade und Einsicht wenig, nein, gar nichts bewirken. Hier herrschte nach wie vor das Recht des Stärkeren, hier galten Zorn und Wut nicht als sündhaft, sondern als Ausdruck von Willenskraft, und wer Rache übte, handelte nicht kopflos, sondern nach dem Gesetz der Notwendigkeit. All dies steckte noch tief in den Menschen, viel zu tief. Der Geist des neuen Glaubens hatte allemal an ihnen gekratzt, doch in Fleisch und Blut übergegangen war er ihnen noch keineswegs, und Agius zweifelte daran, dass dies jemals so sein würde.

Zumal – und dieser Gedanke ließ ihn bitter auflachen – es gar nicht gewollt war. Totschlagen sollten sie sich, und er solle zuschauen – so lautete der unausgesprochene Auftrag. Und wenn es nach diesem Auftrag ginge, müsste er nun laut lamentierend in die Siedlung zurückrennen, wehklagen, alle Leute aus dem

Schlaf reißen und ihnen mitteilen, dass Gernot, Sohn des Hilger, ebenfalls heimtückisch ermordet worden war.

Doch das würde er gewiss nicht tun.

Ernsthaft spielte er mit dem Gedanken, die Leiche zu verbergen, den toten Gernot christlich zu bestatten, seiner Familie jedoch nichts davon zu sagen. Doch das könnte er niemals mit seinem Gewissen vereinbaren. Nein, es ging nicht. Er saß in der Falle.

Agius haderte mit sich. Und während er versuchte, all seine wirren Gedanken zu sortieren, waren sie bereits in den finsteren Kapenwald eingedrungen, hatten schon ein gutes Stück des Weges hinter sich gebracht und standen plötzlich vor der Erle, an die der arme Gernot gebunden war.

Melchior hatte nicht übertrieben, nichts hinzugefügt, die reine Wahrheit berichtet. Gernot saß dort genau so, wie Agius es sich vorgestellt hatte. Mit der Fackel leuchteten die Mönche in sein Gesicht. Es war tatsächlich schwarz angelaufen, die Luft war ihm abgedrückt worden. Ein Strick war um den Hals gebunden, mit diesem hatte man ihn erdrosselt, ein zweiter schlang sich unter seiner Brust um Körper und Baumstamm. Mit diesem hatte man ihn an die Erle gefesselt. Hände und Füße jedoch – und das verwunderte Agius – waren frei.

Agius beleuchtete den Waldboden. Das dichte Gestrüpp war plattgetreten, ja plattgewälzt. Hatte man Gernot hierhergezogen? Wieder beleuchtete er den Toten. Er wies tatsächlich Wunden auf, die von Dornen und spitzen Ästen stammen mochten. Außerdem hatte er eine Beule am Hinterkopf. Eine große, eiförmige Beule.

»Es waren mit Sicherheit keine Räuber, die ihn ermordet haben«, sagte er leise zu Melchior.

»Warum nicht?«

»Sie hätten keinen Grund, ihn mit einem Steinwurf zu betäuben, ihn dann tief in den Wald zu schleppen, an einen Baum zu binden und erst dort zu erdrosseln. Räuber hätten ihm vor Ort die Kehle durchschnitten.«

»Vielleicht haben sie ihn gefesselt und abgewartet, bis er wieder zu sich kommt, um ihn zu befragen. In etwa so: Wo hast du Schurke deinen Geldbeutel versteckt? Wo, zum wütenden Donar, hat deine Familie ihren Schatz vergraben? Oder wo, verdammt noch einmal …«

»Schon gut, Bruder Melchior, schon gut. Ich verstehe. Das ist ein guter Einwand, aber dann hätten sie ihm gewiss auch Hände und Füße gebunden. Gernot wurde erdrosselt, als er bewusstlos war. Man hat sich nur die Mühe gemacht, ihn mit einem leichten Knoten um den Bauch am Baum zu fixieren, falls er aufwacht und sich wehren würde. Die Absicht war allein, ihn zu töten, nicht, ihn zu befragen. Die Erle, guter Bruder Melchior, ist für die Heiden ein Symbol des Todes. Keines rühmlichen Todes, sondern eines unglücklichen, plötzlichen, gewaltsamen. Sie bringt Unglück, meist wächst sie an trügerischen Gewässern. Hier kann ich keines erkennen, aber auch ein weiterer Erlenbaum fällt mir nicht ins Auge, zumindest nicht, so weit der Lichtschein meiner Fackel reicht. Man hat ihn bewusst an diesen Baum gebunden.«

»Was du alles weißt, Bruder«, staunte Melchior.

»Man muss den Feind, den man bekämpfen will, studieren, selbst wenn einem missfällt, was man dabei lernt.«

»Ich für meinen Teil finde es sehr spannend.«

»Traurig ist es, sehr traurig, denn dieser Aberglauben bringt den Tod, wie du siehst.«

Und Agius beleuchtete den Baum von oben bis unten. Unmittelbar über dem Kopf des Gernot machte er eine Entdeckung.

»Sieh an, Melchior, eine Rune. Sie benutzen diese Zeichen oft, glauben, dass ihnen Zauberkräfte innewohnen – zum Guten und zum Bösen. Leider reicht mein Wissen nicht aus, um dir zu sagen, wofür diese Rune steht. Solch eine habe ich noch nie zuvor gesehen. Wahrscheinlich ein geheimes Zeichen. Was es bloß bedeuten mag?«

»Nichts Gutes, möchte ich meinen«, antwortete Melchior und kam näher, um die frisch in die Rinde eingekerbten Striche und Querstriche zu begutachten.

»Ist dir nicht unheimlich an diesem Ort?«, fragte er sodann Agius und schaute sich, plötzlich ängstlich werdend, mit großen Augen um.

»Nein«, antwortete Agius fest, aber im selben Moment drehte er sich ruckartig um und hielt seine Fackel mit ausgestrecktem Arm nach vorn, in die Dunkelheit des tiefen Waldes hinein.

Da war jemand.

Melchior schrie leise auf und bekreuzigte sich. Aber Agius rief: »Komm her und berichte uns, was du des Nachts in diesem Walde treibst. Komm her, ich habe dich gesehen.«

Niemand antwortete, und niemand kam.

»Sie haben Recht, die Menschen. Es gibt sie, die Geister«, bibberte Melchior.

»Unfug«, fuhr Agius ihn an.

»Bruder Agius, was sollte dieser weiße Mann gewesen sein, wenn nicht ein Geist? Frau Inga vom Hilgerhof hat ihn auch schon gesehen und mich vor ihm gewarnt.«

Agius blickte Melchior scharf an. »Frau Inga vom Hilgerhof? Sei kein Narr, Bruder Melchior.«

Dann nickte er nur stumm mit finsterem Gesicht.

»Wir binden ihn los und nehmen ihn mit«, sagte er schließlich entschlossen.

»Wie sollen wir ihn tragen?«

»In dem Tuch, das ich mitgenommen habe. Mit Gottes Hilfe wird es möglich sein.«

»Wir werden die ganze Nacht brauchen.«

»Und darum müssen wir uns beeilen, denn niemand darf uns sehen.«

»Was hast du vor, Bruder Agius?«

»Schweige über alles, Melchior. Kein Wort, zu niemandem. Ich muss einige wirre Gedanken zur Sammlung bringen, erst dann will ich entscheiden, wie wir fortfahren.«

Und so gingen die beiden Mönche, heimlich des Nachts, eine in ein Tuch gewickelte Leiche tragend, durch den verwunschenen Wald hinunter ins Tal, an der schlafenden Siedlung vorbei, hinauf auf ihren Berg, zu ihrer Kirche.

Inga erschrak, als sie zur Quellmulde ging, um Wasser zu holen, und plötzlich Bruder Agius vor ihr stand.

»Ich habe hier auf dich gewartet«, sagte er streng.

»Ich wollte zur Messe kommen und auch zur Beichte, doch leider war zu viel zu tun in den letzten Tagen …«

»Wo findet sich ein Ort, an dem wir in Ruhe reden können? Noch heute«, unterbrach Agius die Ausflüchte Ingas.

Diese blickte ihn verwundert an. Dann zuckte sie mit den Achseln. Was wollte er von ihr?

»Treffen wir uns in dem verfallenen Haus. Auf halbem Wege zwischen eurem Hof und der Kirche.«

»In der alten Schmiede?«

»Genau dort. Nach der sechsten Stunde.« Dann drehte er sich um und ging.

In der alten Schmiede? Was sollte diese Heimlichtuerei? Inga verspürte wenig Lust, sich zu diesem höchst merkwürdigen Stelldichein zu begeben. Ihr schwante nichts Gutes.

Der Mönch Agius stand bereits vor dem Amboss des Schmieds Hatho, als Inga den unheimlichen, aber dennoch mittlerweile vertrauten Ort betrat, an welchem sie noch vor wenigen Tagen an äußerst sündhaften Dingen beteiligt war. Und das unmittelbar an der Stelle, wo nun der Mönch stand. Beschämt blickte sie zu Boden und musste dennoch schmunzeln. Sie wollte es gar nicht, und sie wusste nicht einmal, wieso sie es tat.

»Es gibt keinerlei Grund zum Lachen. Mir ist es sehr ernst.«

Inga schaute entsetzt in das Gesicht des Mönches. Streng war er immer, aber laut hatte sie ihn noch nie erlebt. Es stand ihm nicht, passte ganz und gar nicht zu ihm.

»Was ist geschehen?«, fragte sie schüchtern.

»Gernot, Bruder des Ansgar und Bruder deines verstorbenen Mannes, ist tot. Mein Mitbruder Melchior fand ihn gestern erdrosselt im Wald.«

Ingas Gesicht wurde plötzlich aschfahl. Sie schwankte, hätte sich gern gesetzt, fand aber keine Möglichkeit dazu und fasste nur mit ihrer rechten Hand blind nach hinten, um sich an etwas festzuhalten. Da war jedoch nichts. Hilflos stand sie da, und ihre Lippen begannen zu zittern.

Ruhig schaute Agius sie an, er verfolgte jede ihrer Reaktionen, studierte genau ihr Mienenspiel, ihr Verhalten. Sie war eine gute Verstellungskünstlerin, wenn sie tatsächlich bereits vom Tode des Gernot wusste, wie er vermutete.

»Er ist doch zu den Friesen«, stammelte sie nur.

Agius schüttelte den Kopf.

»Erdrosselt? Wer sollte das tun?«

»Das frage ich dich. Und warum vermutest du, er sei bei den Friesen?«

»Dorthin wollte er, zumindest träumte er davon. Als er verschwand, war ich fest davon überzeugt, dass er zur Weser geritten ist, um mit ihnen zu fahren.«

Wieder schüttelte Agius nur den Kopf und beobachtete sie scharf, darauf wartend, dass sie sich verriet.

»Ansgar wird glauben, mein Bruder habe ihn erdrosselt. Aber das hat er nicht, sicher hat er das nicht.« Ihr Stimme wurde flehentlich.

»Wer dann?«

»Räuber?«, fragte sie.

»Geister?«, fragte er.

Inga stutzte.

»Du glaubst nicht an Geister, Bruder Agius.«

Agius reagierte nicht, sein rechter Mundwinkel zuckte nur leicht.

»Ich weiß, dass ich in der Beichte von Geistern sprach und davon, dass ich fürchtete, sie gerufen zu haben, um Rache an Rothger und Uta zu üben. Aber das hat mit Gernot nichts zu tun.« Inga war verzweifelt. Sie fühlte sich angeklagt, und ihr Gefühl täuschte sie nicht.

»Wer ist der weiße Mann im Kapenwald?«, fragte Agius plötzlich.

»Der weiße Mann?« Inga erschrak.

»Bruder Melchior berichtete mir, dass du ihn kennst. Auch ich habe ihn gestern gesehen, unweit der Fundstelle des Toten.«

»Gernot ist im Kapenwald gestorben?« Inga schrie fast.

»Also doch Geister«, sagte Agius bitter lächelnd. »Mach es dir nicht zu leicht, Witwe Inga. Wer ist der weiße Mann?«

»Ich weiß es nicht. Ein Unhold, ein Hexenmeister, ein Alb? Ich weiß es wirklich nicht. Ein einziges Mal bin ich ihm begegnet. Gefürchtet habe ich mich und bin fortgelaufen. Hat er ihn getötet, weil er in sein Reich eingedrungen ist?«

Agius lachte wieder hämisch. »Man hat ihn auf dem Weg mit einem großen Stein am Kopf getroffen, ihn dann weit in den Wald geschleift, an einen Erlenbaum gebunden, erdrosselt und schließlich diese Rune in den Stamm geritzt. Es muss eine Geheimrune sein, denn ich habe sie noch nie zuvor gesehen.«

Agius zeichnete die Rune in den Staub auf den Amboss. Inga sah ihn staunend an.

»Du weißt, was dieses sonderbare Zeichen bedeutet. Sag es mir«, forderte Agius sie auf.

»Rache«, flüsterte Inga fast unhörbar. Und dann fügte sie lauter hinzu: »Ansgar darf es nicht wissen. Niemals. Er bringt uns alle um.«

»Also war es dein Bruder«, stellte er kühl fest.

Inga schüttelte verzweifelt den Kopf.

»Weißt du, wer es war?«

»Nein.«

»Ich würde dir gerne glauben, aber ich kann es nicht. Mit einem jedoch hast du Recht: Wenn Friling Ansgar davon erfährt, wird er ebenfalls Rache im Sinn haben. Und Rache, ob sie den Schuldigen trifft oder nicht, ist immer ein schändliches Verlangen. Eine große Sünde.«

»Er muss es doch gar nicht erfahren. Lassen wir ihn im Glauben, dass Gernot in den Norden gegangen ist«, flehte Inga.

»Wie soll ich das machen? Sein toter Körper liegt in unserer Kapelle. Und außerdem, wer sagt mir, dass in der nächsten Woche nicht Ansgar, seine Frau Ada oder eine der Zwillingsschwestern ermordet aufgefunden werden?«

»Ich würde gerne helfen, aber ich weiß nichts. Und meinen Bruder beschuldigen, das kann ich nicht.«

»Schwörst du, bei allem, was dir heilig ist, dass du mir die Wahrheit gesagt hast?«

»Ja.«

»Dann will ich dir glauben, auch wenn ihr Germanen und ihr Frauen insbesondere als meineidig geltet. Gernot wird christlich bestattet, heimlich.«

Und dann verließ er die Schmiede. Inga blieb zurück, starr vor Schreck.

XII

Gernot, jüngster Sohn des Hilger, verstorben im Alter von nur vierundzwanzig Jahren, erhielt das christlichste Begräbnis, das jemals einem Toten der Hilgerschen Sippe zuteil wurde. Keinerlei heidnische Handlungen wurden an seinem Leichnam vollzogen, keine Totenwache zur Kontrolle über den Verbleib seines gefürchteten Geistes, kein Totenmahl zur Beschwichtigung seiner ermordeten Seele. Nicht einmal bei der Bestattung des von einem wilden Stier zertrampelten alten Hatho war ein christlicher Priester anwesend gewesen. Nicht, dass man gesteigerten Wert darauf gelegt hätte, aber eine gewisse Ehre war es schon, und zudem eine zusätzliche Sicherheit für das Heil des Verstorbenen. Denn ob die Toten nun ins Reich der Hel oder ins Reich des Christengottes gingen, das konnte kein Lebender mit Gewissheit sagen, und so war es sinnvoll, sich für beide Möglichkeiten gründlich zu wappnen.

Doch bei Gernots Begräbnis war niemand zugegen, der der germanischen Götter und Geister gedachte. Seine Familie sollte nichts von seinem Tod erfahren, und es war keine leichte Aufgabe für Agius gewesen, seinen Mitbruder Melchior von dieser heimlichen Handlung zu überzeugen. Eine große Sünde sei das, dafür müssten sie sich geißeln, nächtelang durchbeten, ein Jahr lang fasten, und dennoch würde der Herrgott eine solche Tat nicht bedingungslos verzeihen. So glaubte Melchior.

Agius war in dieser Hinsicht anderer Meinung. Auch wenn

er Melchior nicht überzeugen konnte, rang er ihm dennoch das Versprechen ab, Stillschweigen über den Vorfall zu bewahren – selbst in der Beichte.

So begruben sie den Toten also allein, nach christlichem Ritual, direkt neben seinem jüngst verstorbenen Bruder Rothger.

»Wir hätten dem Vater Prior zuvor darüber Bericht erstatten müssen, Bruder Agius.« Melchior zweifelte noch immer. »Wie steht es doch in unserer heiligen Regel: Tu alles mit Rat, dann brauchst du nach der Tat nichts zu bereuen.«

»Es steht aber auch geschrieben: Auch nehme sich keiner heraus, einem anderen alles zu erzählen, was er außerhalb des Klosters gesehen und gehört hat, denn das richtet großen Schaden an«, antwortete Agius.

»Aber damit ist doch nicht der Vater Prior gemeint«, empörte sich Melchior über den Hochmut seines Mitbruders.

Agius blickte ihn stumm und ernst an, dann sagte er:

»Wir sind Verstoßene, Bruder Melchior. Befleckt vom Treiben der Welt. Sie wollen uns gar nicht mehr in ihren Mauern, und erst recht wollen sie nicht wissen, was uns hier widerfährt. Wir sind hier allein auf uns gestellt, und es liegt an uns, den Willen des Herrn zu erkennen und danach zu handeln. Die Regeln des Klosters sind nicht für diese Welt geschaffen. Verwirren wir sie nicht, nicht einmal den Vater Prior.«

»Wenn du so sprichst, Bruder Agius, fürchte ich mich vor dir. Mangel an Demut findet sich in deinen Worten. Tatsächlich möchte man meinen, dass Bruder Johannes nicht gänzlich falsch dachte, als er dich als Sarabaiten bezeichnete. Wie heißt es doch von dieser dritten und widerlichen Art von Mönchen: Was sie meinen und wünschen, das nennen sie heilig, was sie nicht wollen, das halten sie für unerlaubt.«

»Wenn du so denkst, Bruder Melchior, dann geh wieder zurück zu den anderen und berichte von meinem Ungehorsam. Ich kenne unseren Vater Prior nur zu gut, und ich weiß, welchen Rat er uns geben würde, wenn wir ihn in dieser Sache um Rat fragten.«

»Ganz gleich, wie dieser Rat auch sei, wir müssten uns ihm beugen.«

»So ist es, und deshalb hole ich ihn nicht ein.«

»Das grenzt an Ketzerei, Bruder Agius.«

»Nein. Überheblichkeit mag es sein, aber keine Ketzerei. Hier, guter Melchior, geht es um die Welt und um ihre Belange. Davon, Gott möge mir verzeihen, weiß der Vater Prior nur wenig. Auch ich wüsste lieber weniger von ihr, und manches Mal bereue ich den Schritt, den wir getan haben. Nicht besser als keltische Wanderprediger sind wir. Aber wir haben sie verlassen, die schützenden Mauern, und hier in dieser Wildnis herrschen andere Gesetze. Durch unser Stillschweigen können wir unnötiges Blutvergießen vermeiden. Das ist eine gottgefällige Tat, und der Herr wird uns vergeben, wenn wir auch unseren Mitbrüdern nicht einmal in der Beichte davon erzählen. Denn ich für meinen Teil – und das sage ich nur dir, weil ich dir vertraue – kann mir vorstellen, dass es für manchen eine willkommene Nachricht wäre, zu hören, dass die letzten freien und unverbesserlich heidnischen Bauern beginnen, sich selbst zu zerfleischen, und ihr Land somit herrenlos machen.«

»Ich will nicht hören, was du da sagst, Bruder Agius. Dafür könnten wir brennen.«

Agius lachte und klopfte dem anderen auf die Schulter.

»Und nun, lieber Melchior, zeigst du mir die Stelle im Kapenwald, an der du die eigentümliche Behausung gefunden hast.«

Und wieder zog es die beiden Mönche in den verwunschenen Kapenwald, dieses Mal bei helllichtem Tage. Auf ihrem Weg durch das Tal begegneten sie mehreren Menschen. Kinder liefen hinter ihnen her, alte Frauen begrüßten sie freundlich, und ein junger Mann fragte sie, wohin sie des Weges wollten.

»In den Zauberwald gehen wir«, antwortete Agius. »Die Geister bestaunen.«

»Tut das nicht.« Der junge Mann war entsetzt. »Dort wimmelt es nur von bösen Gestalten, selbst bei Tage. Denn der Wald ist so dunkel, dass er an manchen Stellen nicht einmal einen Funken Sonnenlicht hereinlassen will.«

»Aberglaube ist das. Heidnischer Aberglaube. Dieser Wald ist nichts anderes als ein Teil der göttlichen Welt. Erschaffen, um Tieren Nahrung und Obdach, euch Menschen Holz, Honig, Kräuter und Jagdbeute zu geben. Ihr aber erspinnt nichts weiter als unsinnige Geschichten und lasst dieses wertvolle Stück Land verderben. Das ist nicht Gottes Wille.«

Agius schritt weiter, und Melchior folgte ihm, dem zurückbleibenden jungen Mann zum Abschied versöhnlich winkend. Es hatte seinen guten Grund, dass man in den umliegenden Siedlungen und Höfen lieber den lustigen, guten als den hochmütigen, strengen Mönch empfing und es Agius in den vielen Wochen nicht gelungen war, auch nur annähernd so viel Vertrauen zu gewinnen wie Melchior.

Der Wald war tatsächlich finster. Wie eine riesige Mauer türmte er sich direkt am nördlichen Ufer des kleinen, freundlich plätschernden Baches auf. In der letzten Nacht hatte Agius wenig auf den Weg geachtet, zu sehr war er in Gedanken versunken gewesen. Nun aber erkannte er, dass es nahezu kein Hineinkommen gab.

»Mehrere kleine und größere Schneisen habe ich gefunden«, sagte Melchior und schritt emsig voran. Sein sonniges Gemüt brachte ihm den Vorteil, schnell über Unstimmigkeiten hinwegsehen zu können und sich gleich wieder den angenehmen Seiten des Lebens zu widmen. Und die angenehmste Seite war für den in engen Klostermauern aufgewachsenen Mönch der Wald mit all seinen Pflanzen und vor allem mit all seinen Tieren, vornehmlich Krabbeltieren.

»Schneisen?«, fragte Agius, der soeben, wenig gekonnt, mit einem Satz über das Bächlein gesprungen war und sich nun mitten im Dickicht am Rande des Kapenwaldes wiederfand. »Sind wir auch gestern Nacht hier entlanggekommen? Ich kann mich nicht mehr erinnern.«

»Nein, da haben wir einen anderen Weg genommen. Du willst zu der Höhle, da ist es am besten, an dieser Stelle in den Wald zu gehen.«

Agius ließ sich führen. Er wunderte sich ein wenig, wie Bruder Melchior bei all seinen geistlichen Pflichten, bei dem streng geregelten Tagesablauf auch eines Mönchs, der sich außerhalb des Klosters aufhielt, so viel Zeit fand, diesen Wald derartig ausgezeichnet zu studieren. Nun, jeder hatte seine kleinen Laster.

Tatsächlich führte ein breiter Weg ein Stück weit in den Wald hinein. Er war bewachsen mit verschiedenen Sträuchern, Hasel, Holunder, Hagebutte. Offensichtlich hatte es sich um eine einst sogar mit Pferdekarren befahrbare Straße gehandelt, doch darüber mussten bereits hunderte von Jahren vergangen sein. Der alte Tacitus kam Agius in den Sinn, die Schlacht des Varus. Die grausame Niederlage der stolzen Römer, niedergemetzelt von heimtückischen, barbarischen Germanen. Doch zu solchen Ausflüchten des Geistes war nun keine Zeit.

Nach weniger als einer halben Stunde endete der breite Weg, und sie mussten tief in das Dunkel des Waldes vordringen, sich ihre Bahn durch Dickicht, umgestürzte Bäume, Dornen, Wurzeln und Steine schlagen.

Immer wieder blieb Agius staunend stehen. Sie befanden sich tatsächlich in einer anderen Welt. Dieser Urwald war mit keinem Wald der Gegend zu vergleichen. Sein Unterholz war nicht von Schweine- und Ziegenherden abgeweidet, herabgefallene Äste nicht sämtlich als Brennholz aufgesammelt, sein Baumbestand nicht durch Fällarbeiten gelichtet. Vor ihm ragte ein enormer toter Baumriese kahl und aschfahl in die Höhe. Und wenige Schritte weiter erblickte Agius einen haushohen Baumstumpf von einem Umfang, dass ihn nicht einmal drei Männer mit ausgebreiteten Armen gemeinsam hätten umfassen können. Das Blätterwerk war durch die miteinander verwachsenen Kronen der hier vorherrschenden Eichen und Buchen so dicht, dass man tatsächlich kaum die Freundlichkeit des warmen, hellen Tages wahrnahm. Es roch modrig und alt. Dennoch gab es hier Leben. Vögel zwitscherten, und durch das Dickicht huschten für die Männer unsichtbare Tiere: Mäuse, Eichhörnchen, Kaninchen.

Vielleicht auch Kobolde und Zwerge. Und diese mannshohen Baumstümpfe konnte man in der Dunkelheit tatsächlich für verwunschene Krieger halten. Überhaupt wimmelte es hier in dieser fremden Welt nur so von unerklärlichen Erscheinungen. Unerklärlich für solche, die sich gegen jegliche Erklärungen wehrten.

Agius war fasziniert. Ihm gefiel, was er sah, dieses ursprüngliche, unversehrte Chaos.

War hier bereits die Weltseele des Göttlichen eingedrungen? Oder herrschte an diesem Ort noch immer das Nichts, die nackte Materie?

Nein, diese Welt war voll von Gott, sie war seine Schöpfung, ein Abbild des Paradieses. Gott war schon immer an diesem Ort gewesen, in diesem Land, bei diesen Menschen, doch sie wollten es noch nicht ganz glauben. Sie konnten ihn nicht begreifen und suchten deshalb andere Lösungen. Man durfte es ihnen nicht verdenken, sie waren wie Kinder, die niemand erzogen hatte.

So dachte Agius und vergaß ganz und gar, weshalb sie hierher gekommen waren.

»Wann bist du bereit, weiterzugehen, Bruder Agius?«, fragte Melchior, den schon seit geraumer Zeit auf ein und demselben Fleck verharrenden, verklärt um sich blickenden Mitbruder betrachtend. »Schön ist es hier, ich weiß. Darum bin ich so oft hier.« Und grinsend forderte er Agius auf, ihm weiter zu folgen.

»Niemand wagt sich hier herein?«, fragte Agius.

»So ganz scheint das nicht zu stimmen. Ich habe außer der Höhle auch einige andere Spuren von Menschen gefunden«, erzählte Melchior, sich seinen Weg durchs Unterholz bahnend.

»Was für Spuren?«

»Nun, in dem hohlen Baum, dort hinter uns, da steht ein Topf. Vor einiger Zeit noch war er mit Schlachtabfällen gefüllt. Eine Opfergabe für die Geister, denke ich.«

»Für Wölfe und Füchse wohl eher«, vermutete Agius.

»So wird es dann auch sein. Die freuen sich«, stimmte Melchior ihm zu. »Außerdem gibt es hier zwei Fallgruben. In einer davon lag vor wenigen Wochen ein Wildschwein. Zwei Tage später war es fort. Also wird sich hier wohl auch der eine oder andere Jäger aufhalten.«

»Wem gehört der Wald?«

»Allmende sei es, sagen die Leute in der Siedlung.«

»Und sie nutzen sie nicht?«

»Nein, seit Generationen nicht. Eine unerschrockene Familie habe vor mehr als sechs Jahrzehnten versucht, einen Teil zu roden und sich hier anzusiedeln. Angeblich seien die Männer, vier an der Zahl, niemals von ihren Fällarbeiten zurückgekehrt. Ihre Geister sollen noch immer herumspuken. Außerdem gibt es hier grauselige Wichtel, die Säuglinge aus den

Wiegen stehlen, aber unglaublich gutes Bier brauen. Und eben den weißen Mann.«

»Haben ihn schon viele gesehen?«, wollte Agius wissen.

»Inga vom Hilgerhof, du und meine Wenigkeit haben ihn gesehen.«

»Sonst hast du noch niemanden über ihn sprechen hören?«

»Nein. Von ihm nicht. Nur von den Holzfällergeistern und den besagten Wichteln.«

»Eigenartig, denn *ihn* haben wir tatsächlich gesehen.«

»Das ist wahr. Und du glaubst nicht, dass er ein Geist ist?«

Agius schüttelte den Kopf.

»Ich glaube, er ist aus Fleisch und Blut, und er weiß, wer Gernot getötet hat. Deshalb will ich zu der Höhle, denn dort ist gewiss seine Wohnstatt.«

»Das könnte sein«, antwortete Melchior und zeigte nach vorn. »Dort hinten ist sie bereits. Gut versteckt, man erkennt sie kaum mit bloßem Auge. Es war reines Glück, dass ich sie gefunden habe.«

Inmitten des Dickichts war der Eingang zur Höhle tatsächlich kaum auszumachen. Eine winzige Holzluke öffnete den Weg in einen aus Zweigen und Laub gebauten Tunnel. Agius und Melchior schauten vorsichtig hinein.

»Ist hier jemand?«, rief Agius in die Dunkelheit. »Wir sind Männer Gottes und gekommen, um dem Bewohner dieser Hütte einen höflichen Besuch abzustatten.«

Totenstille.

»Da ist niemand«, flüsterte Melchior hinter ihm. »Auch beim letzten Mal war niemand da.«

»Wenn ich nur etwas sehen könnte«, schimpfte Agius. Und dann schlüpfte er durch die Luke ins finstere Loch. Melchior folgte ihm.

An beiden Seiten des Laubtunnels führte eine schmale Holzbank entlang, auf der Töpfe und Körbe standen. In der Dunkelheit konnten die Mönche nicht erkennen, was sich in diesen Behältnissen befand. Es roch jedoch im gesamten Raum nach frisch Geschlachtetem. Am Ende des schmalen Ganges erreichten die beiden schließlich die Höhle. Ein kleiner, auf natürliche Weise in den Fels eingelassener Raum, mehr als mannshoch, sehr breit, aber nicht besonders tief. Ein schwaches Feuer brannte auf dem Boden der Höhle. Niemand war da.

»Ein Pferd hat er geschlachtet«, sagte Agius, das blutige, an die Höhlenwand gespannte Fell betrachtend.

»Hier ist der Kopf.« Melchior deutete auf einen geflochtenen Korb in einer Ecke. Darin lag tatsächlich der abgetrennte Kopf eines weißen Pferdes.

»Dort oben über dem Feuer hängen die Schenkel, und der Rest befindet sich wahrscheinlich eingepökelt in den Töpfen, die wir im Gang gesehen haben«, fügte Agius hinzu. »Hier lebt also jemand. Wahrscheinlich hat er uns kommen hören und ist rechtzeitig geflüchtet.«

In der linken Ecke konnte man ein Lager erkennen, bestehend aus einem Schaffell und mehreren zerschlissenen Wolldecken. Daneben standen einige Werkzeuge an der Felswand: eine Axt, ein Hammer, ein Sax sowie drei Speere.

»Ein weißes Pferd im dunklen Wald«, brummte Agius vor sich hin.

»Ein heidnisches Ritual?«, fragte Melchior.

»Möglich. Aber vielleicht will er es auch einfach nur essen. Ich glaube, das ist eines der Pferde vom Hilgerschen Hof. Das Reitpferd, mit dem Gernot unterwegs war, als er starb.«

»Dann ... dann ... oh Bruder Agius, dann stehen wir in der Höhle eines Mörders!« Melchior begann zu zittern.

»Nicht unbedingt. Aber erklären kann ich mir all das nicht.

Ich fürchte nur, Bruder Melchior, wenn wir länger hier bleiben, so bestünde die Gefahr, dass wir als Märtyrer in die Geschichte der heiligen Kirche eingehen.«

Als sie endlich bei ihrer Kirche ankamen, erkannten sie sogleich, dass jemand am frischen Grab des Gernot gewesen war.

Ähnlich wie auf der ewigen Ruhestatt des Rothger waren auch hier kleine Dornensträucher gepflanzt worden, und Agius wollte gar nicht darüber nachdenken, welche übrigen heidnischen Amulette und Beigaben nachträglich während ihrer Abwesenheit in der Erde, unter der Gernot ruhte, verbuddelt worden waren.

»Wer war das?«, fragte Melchior erstaunt. »Es weiß doch niemand.«

»Doch. Die Witwe des Rothger weiß davon. Ich habe sie zu alldem befragt. Sie wird niemandem davon erzählen, in ihrem eigenen Interesse«, antwortete Agius, dabei noch immer kopfschüttelnd das veränderte Grab betrachtend.

»Warum nur stets diese hässlichen Dornen, Bruder Agius?«

»Damit sie sich darin verfangen, wenn sie versuchen wiederzukehren. Sie sollen bleiben, wo sie sind, sollen nicht auferstehen.«

»Wieso sollen sie nicht auferstehen? Stelle dir nur vor, jemand hätte unseren Herrn Jesus Christus an seiner Auferstehung hindern wollen?« Melchior war empört.

Agius antwortete: »Sie wissen es nicht besser. Für sie gibt es keine guten Seelen. Der Tod ist schrecklich und macht selbst diejenigen zu bösen Geistern, die zeit ihres Lebens gute Menschen waren. So glauben sie und sie versuchen alles, damit ihre Toten tot bleiben.«

»Erschreckend. So hoffnungslos.«

»Ja, hoffnungslos.«

»Mönche?«

»Wenn ich es dir doch sage.«

»Sie haben ihn fortgeholt?«

»Das haben sie. In der Nacht. Und sie waren auch hier. Herumgeschnüffelt haben sie.«

»Das kann gefährlich werden.«

»Was du nicht sagst.«

»Was sollen wir tun?«

»Finde heraus, was sie mit ihm angestellt haben.«

»Es gab noch keine Kunde von seinem Tod. Wieso sagen sie es niemandem?«

»Woher soll ich das wissen? Ich lebe nicht mehr in eurer Welt.«

»Es ist doch gleich, ob man von seinem Tod erfährt oder nicht. Wichtig ist nur, dass er nicht mehr ist.«

»Da bin ich anderer Meinung.«

»Ich kann doch schlecht zu ihnen gehen und sie fragen, warum sie den Leichnam verstecken.«

»Lass das getrost meine Sorge sein, ich habe da einen Einfall. Erst einmal solltest du mir helfen, eine neue Bleibe zu finden.«

»Das stimmt. Sie werden sicherlich zurückkehren.«

»Einer von ihnen streift schon seit Monaten durch den Wald. Fast täglich. Lästig ist das.«

»Willst du den Wald ganz verlassen?«

»Vielleicht.«

XIII

Am folgenden Tag stieg gegen Mittag Rauch aus dem dichten Wald des Kapenberges auf. Es dauerte nicht lange, und nahezu sämtliche Bewohner der Dorfsiedlung hatten sich auf dem Hofe des Liudolf versammelt und blickten teils verwirrt, teils verängstigt auf den brennenden Wald.

»Wie kann das sein?«

»Ein Blitz?«

»Viel zu feucht ist es dort, als dass das Feuer eines Blitzschlags von vor zwei Tagen noch immer brennt.«

»Die Sonne?«

»Sie dringt dort nicht durch.«

»Da muss einer einen Brand gelegt haben.«

»Tief im Wald? Wer sollte das wagen?«

»Die Mönche waren gestern im Wald. Ich habe mit eigenen Augen gesehen, wie sie hineingegangen sind.«

Der junge Mann, dem Agius und Melchior am vorigen Tage begegnet waren, war es, der das Stimmengewirr der verwunderten Menge unterbrach.

»So? Was wollten die dort?«, fragte Liudolf.

»Sich gruseln oder so ähnlich.«

»Sich gruseln?«

»Das sagte der eine, der Hochmütige, und dann schimpfte er mit mir. Wir seien dumm, dass wir an Schauermärchen glaubten. Besser wäre es, wir nutzten den Wald.«

»So, so. Wahrscheinlich wollen sie ihn sich einverleiben für ihr Kloster. Aber weshalb sollten sie ihn anzünden? Sind sie denn wieder zurückgekommen?«

»Das sind sie, Liudolf, das sind sie«, mischte sich ein flinkes, altes Weib ins Gespräch – die krumme Gunda, eine bucklige Alte von mehr als sechzig Sommern, die hier und da auf den Höfen aushalf und die fast hellseherische Gabe besaß, über alles und jeden immerzu bestens informiert zu sein. »Verschreckt sahen sie aus. Mit großen Augen liefen sie durchs Tal. So, als sei ihnen ein garstiger Unhold begegnet. Nicht einmal gegrüßt haben sie mich.«

»Dort gibt es fürwahr Unholde. Mir selbst ist einer begegnet.« Einer der Verfolger Ingas meldete sich linkisch und leise zu Wort.

»Wann?« Liudolf drehte sich zu ihm um.

»Nach der Kirchweih. Unweit des Waldrandes, nahe der Kohlenfurt. Ein weißer Mann war es, mit langem Bart. Der Gunter vom Rabenhof war auch dabei, ihr könnt ihn fragen. Und die Inga, die Witwe vom Rothger, die hat ihn gerufen, den Waldmann.«

»Was redest du da? Und was habt ihr mit der an der Kohlenfurt zu suchen gehabt?«, keifte die Mutter des Jungen. Dieser schaute nur zu Boden und ging zwei Schritte zurück.

»Seltsame Geschichten sind das«, meinte Liudolf nur, während hinter ihm ein wildes Gerede und Geschwätz ausbrach.

»Ich habe das schon immer gewusst.«

»Eine feile Dirne ist das. Kein Wunder, dass der Meinrad sie verstoßen hat.«

»Geister rufen, das sieht ihr gleich.«

»Die Gänsefrieda hat auch eine solch weiße Gestalt gesehen. Ebenfalls in der Nähe der Kohlenfurt. Am Waldrand habe er gestanden, und als sie ihn erblickte, habe er schallend gelacht.

So schrecklich, dass ihr, obwohl es Sommer war, die gesammelten Beeren in den Händen zu Eis gefroren sind und zersplitterten.«

»Ja, die Geschichte kenne ich auch. Und dann ist sie gestorben, die Frieda, nur wenige Tage später. Einfach so, wie vom Schlag getroffen.«

»Da geht was um, das wussten doch schon unsere Urahnen.«

»Und die Inga hat sich ihnen verschrieben? Seid ihr euch sicher?«

»Denken kann ich es mir schon. Soll ein faules Weib sein. Nicht viel tun auf dem Hof. Treibt sich nur in den Wäldern herum.«

»Ja, das erzählen die vom Hilgerhof. Froh sind sie, wenn sie nicht da ist. Stiftet nur Unruhe, wenn sie wieder heimkommt. Dem Ansgar hat sie doch völlig den Kopf verdreht.«

»Verzaubert hat sie ihn, da bin ich mir sicher.«

»Und den Rothger, wenn ihr mich fragt, hat sie den auch auf dem Gewissen. Sie war es, die ihn gefunden hat, oder etwa nicht?«

»Und dann springt die Uta in den Brunnen.«

»Wenn die mal nicht gestoßen wurde.«

»Ruhe jetzt«, rief Liudolf. »Hört auf mit dem Geschwätz. Ewald und Rupert, ihr kommt mit mir. Wir wollen uns das Ganze näher anschauen. Nicht, dass das Feuer sich bis in die Siedlung ausbreitet.«

»Das wird es nicht, der Bach ist dazwischen. Es ist nur ein kleiner Brand, Liudolf, das Laub und der Boden sind viel zu feucht. Sechs oder sieben Bäume sind es, die da brennen, mehr nicht«, entgegnete der angesprochene Rupert.

»Wenn du dich nicht getraust, mich zu begleiten, dann bleib hier. Ewald, trägst du deine Waffen bei dir?«

»Ich trage sie immer bei mir.«

»Dann komm.«

»Ich gehe auch mit«, rief Rupert kleinlaut, und so zogen die drei Männer los, hinauf zum breiten Weg am Tannengrund.

Agius war bereits im Morgengrauen aufgebrochen, um zu dem geheimnisvollen Unterschlupf im Kapenwald zurückzukehren. Melchior erzählte er nichts von seinem Vorhaben, und er vermied es auch, den kürzeren Weg durchs besiedelte Tal zu nehmen. Erst als die Sonne schon hoch am Himmel stand und er sich heillos im unwegsamen Waldgelände verlaufen hatte, erreichte er sein Ziel.

Wahrscheinlich hätte er die Höhle niemals gefunden, doch plötzlich war ihm der Geruch von brennendem, feuchtem Holz in die Nase gestiegen. Nicht weit von ihm musste ein Feuer ausgebrochen sein. Kein Lagerfeuer, sondern ein einigermaßen großer Brand, denn die Rauchschwaden kamen ihm wie graue Nebelwolken entgegen.

»Ich bin zu spät«, schimpfte Agius und stapfte weiter voran. Tatsächlich: Sieben große Bäume, Eichen und Buchen, die in unmittelbarer Nähe der Höhle standen, brannten lichterloh. Man hatte einen regelrechten Scheiterhaufen um ihre Stämme herum errichtet, um den Brand zu beschleunigen. Die Laubhütte vor der Höhle war bereits vollkommen in Flammen aufgegangen.

Agius wunderte sich, wie das möglich war, so modrig und nass wie sie war. Die in den steinernen Felsen eingelassene Höhle lag nun frei. Er konnte nicht zu ihr vordringen, erkannte aber aus der Ferne, trotz des schwarzen Rauches, dass sie leer war.

Er war also geflohen.

Agius hätte es wissen müssen. Er ärgerte sich. Wie dumm, ihm noch eine weitere Nacht zu lassen. Es hatte keinen Sinn, ihn in diesem wirren Urwald aufzuspüren – man konnte nur hoffen, dass er sich ertappt gefühlt und für immer das Weite gesucht hatte.

Wer war nur dieser Mann?

Was trieb ihn in diese menschenfeindliche Umgebung?

Ein Eremit war er sicherlich nicht. Nichts in dieser bestialischen Höhle hatte darauf hingewiesen, dass hier ein gottesfürchtiger Einsiedler lebte.

Ein Räuber? Vielleicht.

Noch immer konnte sich Agius keinen Reim aus alldem machen. Und je mehr er darüber nachdachte, desto verwirrender wurde die Geschichte für ihn.

Er hatte Gernots Pferd geschlachtet, das war sicher.

Hatte er auch Gernot getötet?

Räuber mordeten aus Habgier, nicht aus Rache. Wahrscheinlich hatte dieser arme Irre nichts mit dem Tode des jungen Hilgersohnes zu tun. Er hatte dessen Pferd gefunden, vielleicht war es verwundet. Dann hatte er es geschlachtet, aus Hunger. Und als die Mönche in seine Behausung eindrangen, hatte er es mit der Angst zu tun bekommen und sich davongemacht.

Gernot war ein Opfer der Fehde zwischen den Hilgerschen und den Meinradschen, das stand für Agius fest.

Der Waldmann hatte damit sicher nichts zu tun. Vielmehr vermutete Agius, dass Gernot dem flüchtigen Bero begegnet war, dem Bruder Ingas. Zufällig hatten sich ihre Wege gekreuzt, und auch wenn Gernot ein friedliebender junger Mann gewesen war, war er dem anderen wegen der Attacke auf seinen Bruder Ansgar nicht wohlgesonnen. Es war zum Streit gekommen, in dem Bero Gernot tötete.

Aber das ergab keinen Sinn.

So, wie Melchior und Agius den Toten aufgefunden hatten, sah alles nach einer geplanten Tat aus. Gernot war aus dem

Hinterhalt überwältigt, bewusstlos in den Wald geschleift und dann an einen Baum gebunden worden.

Eine Erle, Symbol für einen gewaltsamen Tod. Dort hatte man den Ohnmächtigen heimtückisch erdrosselt und eine Racherune in den Stamm geritzt.

Warum hatte Bero so hinterhältig getötet? Das war für einen Mann von Ehre eine mehr als feige Tat. Doch nichts war unmöglich.

Wieso sollten diese wilden, ungebändigten Menschen nicht ebenso heimtückisch sein wie all die edlen, gebildeten Christen seiner Heimat?

Agius musste sich die Schandtaten nicht erst in Erinnerung rufen, welche in seiner eigenen Familie oder in seinem späteren, monastischen Wirkungsfeld vorgefallen waren. Grausamkeit standen auch bei den schon lange gottesfürchtigen Franken auf der Tagesordnung. Seinem Großvater hatte man zeit seines Lebens nachgesagt, er habe seinem älteren Bruder auf der Jagd nicht versehentlich einen Pfeil ins Auge geschossen, sodass das Erbe an den jüngeren ging. Und der plötzliche Gifttod gleich zweier Tanten des Agius hatte dazu geführt, dass deren Witwer wenige Wochen später die hohe Mitgift von zwei schönen, jungen Römerinnen einstreichen konnten. Selbst die Klostermauern schützten vor gewaltsamen Untaten nicht. Agius dachte an einen besonders grausamen Fall, als der Abt eines südfränkischen Klosters vier Mönche wegen Untreue entmannen ließ. Einer war an den Folgen dieser blutigen und wenig christlichen Strafe verstorben.

In einer Welt, in der der Tod allgegenwärtig war, zählte ein Menschenleben nichts. Und es stand auch einem Gottesmann nicht zu, dem unnötigen Sterben Einhalt zu gebieten. Er konnte für das Seelenheil der Verstorbenen beten und den Lebenden die Lehre Christi nahebringen, sodass zu hoffen war, dass sie eines Tages zur Vernunft kamen. Doch wenn dies nicht einmal den Edelsten, den Königen, ja den Kaisern und selbst Vertretern der hohen Geistlichkeit gelang, dann durfte man sich über das barbarische Treiben dieser Sachsen nicht wundern. Dennoch war es Agius ein Anliegen, gerade in diesem Falle Klarheit zu gewinnen.

Warum?

Das konnte er sich selbst kaum erklären.

War es der Gerechtigkeit wegen?

Gerechtigkeit war ein zu großes Wort, als dass ein einziger, bedeutungsloser Mönch wie er sich hätte anmaßen können, ihr den Weg zu bahnen.

Nein, der Wunsch nach Gerechtigkeit war es nicht.

Neugierde?

Darüber wagte Agius nicht nachzudenken, denn ein solch unnützer, zeitraubender Wesenszug wäre nicht nur eine große Sünde, sondern auch ein unangenehmes Eingeständnis gegenüber seinem eigenen Stolz gewesen.

War es der Mangel an Demut, den man ihm nachsagte?

Sein Hang, stets nach eigenen Wegen zu suchen?

Trotz gegen die Ziele des Taddäus?

Doch das Ziel des Taddäus war auch das Ziel des Agius, und dieses Ziel hieß schlicht und einfach: Einheit.

Ja, die vielbeschworene Einheit, die Einheit in allem, im Glauben, im Leben. Ein Gott, eine Kirche, ein Kaiser, ein Reich und ein Volk. Keine Unterschiede, keine komplizierten Ausnahmen. Und erst recht keine eigenwilligen, freien Heiden, die auf ihren riesigen Ländereien festsaßen wie bockige Esel.

Nein, der Trotz gegen Taddäus war es keineswegs.

Der Grund, so fürchtete Agius, lag in ihm selbst verborgen. Allein in ihm und in dem, was die Welt, wenn er sich in ihr bewegte, aus ihm machte. Sie faszinierte ihn, diese Welt, sie nahm ihn ein, sie umschloss ihn. Sie und alles, was sie verkörperte, ihre Geheimnisse, ihre Grausamkeiten, ihre Menschen.

Vielleicht war es doch Neugierde, die ihn trieb – Neugierde und das Verlangen herauszufinden, was *sie* mit alldem zu tun hatte.

Erneut würde er sie befragen müssen, das stand fest. Denn er wollte den jungen Bero finden und mit ihm sprechen. Dessen Schwester konnte ihm gewiss Auskunft über Beros Verbleib geben. Ob er wollte oder nicht, so redete er sich ein, er musste sie wieder treffen. Noch heute.

Die Axt flog direkt am Kopfe des Agius vorbei und bohrte sich tief in das tote Holz eines abgestorbenen Eichenbaumes. Erschrocken fasste der Mönch sich an die unversehrte Stirn, und im nächsten Moment sah er drei Männer hinter der Wurzel eines umgestürzten Waldriesen hervorlugen.

»Seid ihr des Wahnsinns?«, fuhr er sie an und erkannte bald, dass es sich um Liudolf und zwei Gefolgsleute aus der Talsiedlung handelte.

»Verzeih, Herr Mönch, wir dachten, du seist ein Räuber oder sonst ein Unhold.«

»Das bin ich wahrlich nicht. Was wäre geschehen, wenn ihr mich getroffen hättet? Liegen gelassen hättet ihr mich, das ist gewiss. Und euren Enkeln und Urenkeln könntet ihr dann die Geschichten vom Geistermönch im Kapenwald erzählen.« Agius war außer sich.

»Der Wald brennt«, sagte Liudolf nur.

»Ich weiß, und ich habe mir den Brand angesehen.« Agius überlegte kurz, wie viel er diesen Männern sagen konnte. Dann fuhr er mit ruhiger Stimme fort: »Gestern fanden Bruder Melchior und ich eine Behausung in diesem Walde. Ich kehrte heute in der Früh zurück, um den Bewohner aufzusuchen, da wir ihn am Vortag nicht angetroffen hatten. Mich interessierte, was einen einsamen Menschen fern von der Gemeinschaft in einen solchen Wald treibt. Als ich kam, war die Hütte verbrannt, und mit ihr die Bäume ringsherum.«

Die Männer schauten ihn entsetzt an.

»Könnt ihr mir nicht sagen, wer dieser Mann ist?«

»Es heißt, dass hier ein weißer Mann sein Unwesen treibt«, antwortete Liudolf.

»Und was soll das für ein Mann sein?«

»Man weiß es nicht. Nur wenige haben ihn gesehen. Eine Geistergestalt, wird behauptet. Wir können uns nicht erklären, wer sonst in einem solch verwunschenen Wald leben sollte. Nicht einmal Räuber würden es wagen.«

»Dummes Zeug. Gerade dich, Liudolf, habe ich immer für einen klugen und verständigen Mann gehalten. Ihr wisst also nichts von diesem Einsiedler?«

Die Männer schüttelten den Kopf.

»Doch«, sagte schließlich Ewald. »Die Witwe des Rothger kennt ihn. Wenn sie ihn ruft, dann kommt er.«

»Wer behauptet das?«, fuhr Agius ihn an.

»Die Leute in der Siedlung haben soeben davon gesprochen.«

Agius brummte nur missmutig.

»Und was treibt euch nun hierher, wenn ihr euch doch so sehr fürchtet?«

»Der Brand natürlich«, antwortete Liudolf.

»Geht und schaut selbst. Das Feuer wird sich nicht weiter ausbreiten. Es besteht keine Gefahr für eure Häuser. Bald werden die Flammen erstickt sein.«

»Wenn du das sagst, Herr Mönch, dann wollen wir dir glauben.«

»Also gehen wir gemeinsam zurück«, forderte Agius, nun versöhnlicher im Ton, die Männer auf.

Inga staunte, als sie zusammen mit einer der Mägde von den Feldern zurück auf den Hof kam und dort Ansgar und Bruder Agius miteinander sprechen sah. Verschämt grüßend ging sie zunächst an den beiden vorüber, kehrte dann aber umgehend zu einem Platz hinter der Hauswand zurück, der außer Sicht-, dafür aber in exzellenter Hörweite lag. Es galt zwei soeben geschlachtete Hühner zu rupfen, eine Arbeit, die sie wunderbar und von den beiden ungesehen auf der Holzbank vor der schmalen Ostseite des Langhauses verrichten konnte.

»Ich vernahm in der Siedlung des Liudolf von dem Überfall«, hörte sie die Stimme des Mönches.

»Ist schon wieder gut. Alles so weit verheilt.«

»Es tut mir leid, dass ausgerechnet auf einem Fest zu Ehren unserer neuen Kirche ein solches Unglück geschehen musste.«

»Du musst noch einiges lernen, Mönch Agius. Ein Unglück ist es, wenn dir im Winter vier Stück Vieh verhungern oder von Wölfen gerissen werden. Ein Unglück ist es, wenn dir im heißen Sommer die kleinen Kinder am Fieber sterben. Ein Unglück ist es, wenn der Hagel dir die Ernte zerschlägt. Aber wenn sich zwei Betrunkene prügeln, dann ist das bei Weitem kein Unglücksfall. Es wäre ein Wunder, wenn es nicht geschehen würde.«

Inga freute sich über diese Worte, während sie die Federn aus dem schlaffen, dürren Körper des Huhnes riss. Sie hoffte, dass Ansgar tatsächlich so beschwichtigt war, wie er nun sprach.

»Es ist gut zu hören, dass du darüber so großmütig denkst, Friling Ansgar. Allerdings ist mir auch zu Ohren gekommen, dass der junge Bero die Flucht ergriffen hat.«

»Wenn er ein Schisser ist, dann ist er ein Schisser. Soll er fliehen, mir ist das recht.«

»Hat er etwa deine Rache zu befürchten?«

»Ungeschoren kommt der nicht davon. Das sage ich auch dir als Gottesmann ganz offen. Aber das ist doch wohl nicht der Grund dafür, dass du den weiten Weg hierher gemacht hast?«

»Doch, das ist der Grund. Ich weiß um die Historie eurer beider Familien. Und es ist mir ein Anliegen, dass diese traurige Vergangenheit nicht wieder zum Leben erweckt wird. Ich bitte dich, Ansgar, dem jungen Bero zu verzeihen. Lass nicht eines zum anderen kommen.«

»Ich glaube, das geht dich nichts an, Mönch. Und nun muss ich an die Arbeit. Eine Familie lässt sich nicht von Geschwätz und Beterei ernähren.«

Inga hörte, wie sich die schweren Schritte des Ansgar entfernten, und es dauerte nur einen Augenblick, da schaute bereits Agius um die Ecke. Inga hielt mit ihrer Arbeit inne. Groß und schlank stand er vor ihr, die Abendsonne schien ihm ins außergewöhnlich braune Gesicht.

»Ich bin tatsächlich nicht seinetwegen gekommen«, sagte er leise.

Inga schaute beschämt auf das tote Huhn in ihrem Schoß.

»Ich muss wissen, wo dein Bruder ist«, fuhr er fort.

»Mein Bruder? Wieso? Ansgar wird ihm nichts tun. Ich weiß es.«

»Ansgar wird nichts tun. Aber dein Bruder, über ihn bin ich noch im Zweifel. Ich muss mit ihm sprechen.«

»Er war es nicht.« Inga wurde ein wenig zornig. Was nahm sich dieser Mönch eigentlich heraus? Wieso schnüffelte er in den Angelegenheiten freier Familien herum?

»Wo ist er?«, forschte er unermüdlich weiter.

»Bei unserem Oheim, nahe der Böker-Siedlung.«

»Wie finde ich dorthin?«

»Der Weg führt am östlichen Rande des Kapenberges entlang.«

»Dort, wo auch Gernot hatte entlangreiten müssen?«, fragte Agius.

Inga warf ihm einen bösen Blick zu. Sie wusste, was er sagen wollte.

»Mein Bruder ist bereits zwei Tage zuvor geritten.«

»Vielleicht ist er zurückgekehrt.«

»Sollte sich ein Mönch nicht besser um seine Kirche kümmern?«

Agius schwieg und schaute sie dabei lange mit leicht zugekniffenen Augen an. Dann drehte er sich um und ging. Nach wenigen Schritten kehrte er jedoch zurück, beugte sich zu ihr und sagte leise, ihr direkt in die Augen schauend: »In der Siedlung werden ungute Dinge über dich erzählt. Hüte dich, Inga, Witwe des Rothger.«

Dann verschwand er.

Zwillingsgeburten waren immer ein mit Schrecken erwartetes Ereignis. Das hatte auch Irmgard, zweite Frau des Hilger, älteste Schwester des Liudolf, Mutter des Rothger, des Ansgar und des Gernot, leidvoll erfahren müssen. Bei der Niederkunft mit ihren beiden jüngsten Töchtern wurde sie so sehr zerrissen, dass sie monatelang darniederlag. Einen ganzen Winter und auch einen ganzen Frühling litt sie, konnte sich nicht erheben, nicht gehen, nicht einmal sitzen. Erst im Sommer, als sich die Wunde von innen heraus erneut entzündete, wurde sie nach schrecklichen Fieberkrämpfen von ihrem Leid erlöst.

Auch bei Huftieren erfüllte die nahende Geburt von gleich zwei Kälbern, Fohlen, Zicklein oder Lämmern den Bauern nicht mit Freude. Zu dünn und zu klein waren sie. Meist starb mindestens eines, und oft auch das Muttervieh. Kein Segen war eine doppelte Geburt, sondern vielmehr ein Fluch.

Aus diesem Grund bereitete Inga in dieser Nacht ihr Lager

im Schafstall, denn eine ihrer liebsten und besten Ziegen zeigte bereits am Abend an, dass ihre beiden Geißlein bald auf die Welt kommen würden.

Die Nacht war soeben hereingebrochen und Inga noch nicht lange in einen tiefen, ruhigen Schlaf gefallen, da nahm es seinen Lauf: Es dauerte nicht lang, und zwei entzückende Böckchen standen auf wackeligen Beinen im Stroh, auch die Mutter war wohlauf. Alles war erstaunlich gutgegangen, sodass Inga erleichtert ihre Decken zusammenraffte, um sich zurück ins Haus zu begeben.

Sie war soeben aus der Stalltür herausgetreten und ging den schmalen, von Haselnusssträuchern gesäumten Weg entlang, der zum Hauptgebäude führte, da erblickte sie sie. Die Fylgje, die verschleierte, schöne Frau in Geistergestalt, welche ihr bereits in der Nacht von Rothgers Tod erschienen war. Sie verließ soeben den Hof, wandelte durch das Tor zum Hohlweg, in dessen von Büschen gesäumten Tiefen sie verschwand, bis nur noch ihr weiß verschleierter, im Mondlicht dahinschwebender Kopf zu sehen war.

Inga folgte ihr. Sie fürchtete sich nicht, ging wie im Traum. Erst als aus dem Wald der Schrei eines Uhus erklang und im nächsten Moment das riesige Tier von einem Baum unmittelbar vor Ingas Fuße schoss, um sich dort eine Maus zu greifen, erschrak sie und lief eiligen Schrittes zurück zum Haus, während die Frauengestalt im Dunkel verschwand.

Wieder war sie dagewesen.

Inga starrte an die Decke, als sie fröstelnd auf ihrer Bettstatt lag. Wen würde es nun treffen?

Aus den Erzählungen ihrer Großmutter Tilda wusste sie, dass Fylgjen keine bösen Geister waren – nein, sie waren lediglich die Überbringer einer schlimmen Nachricht. Erblickte man sie, konnte man sicher sein, dass etwas Furchtbares geschehen würde, und sich darauf vorbereiten – zu verhindern jedoch war es nur in seltenen Fällen.

Bero?

Würde ihrem Bruder etwas zustoßen?

Wo war er?

Saß auch er erdrosselt im Wald, so wie Gernot?

Inga sorgte sich. Nur mit Mühe gelang es ihr, nicht aufzuspringen und hinaus in die Nacht zu laufen. Erst gegen Morgen fiel sie in einen unruhigen Schlaf.

Der Entsetzensschrei einer der Mägde weckte sie auf, und mit ihr die gesamte Familie. Mit vor Schreck erhobenen Armen stürzte das Mädchen ins Haus. Sie war hinausgegangen, um Wasser zu holen, als sie das Unding entdeckt hatte.

Schlaftrunken und dennoch Grausiges ahnend, folgten ihr alle auf den Hof.

Da stand es, direkt vor der Eingangstür.

Inga erkannte es sofort – es war der Kopf von Bless, der weißen Stute. Abgetrennt, mit heraushängender Zunge, verdrehten Augen und von Maden zerfressen, steckte der Pferdekopf auf einem Pfahl. Und auf die Stirn war in das verwesende Fleisch die Rune geritzt worden, die Bruder Agius erst kürzlich in den Staub der alten Schmiede gezeichnet hatte.

Alle schwiegen, als sie dieses Schreckensbild sahen. Sogar die Zwillinge.

Nach einer Weile ging Ansgar ins Haus, zog sich an, nahm seine Waffen, zäumte eigenhändig seine braune Stute und stürmte davon.

XIV

Am Nachmittag kam die krumme Gunda auf den Hilgerschen Hof gelaufen. Aufgeregt war sie und wieder einmal über alles Geschehene bestens unterrichtet.

Es hatte bis dahin eine eigentümliche Ruhe im Hause geherrscht. Ansgar war fortgeritten und noch nicht zurückgekehrt. Alle anderen Familienmitglieder, auch Inga, waren stumm ihrer Arbeit nachgegangen. Niemand hatte ein Wort an einen anderen gerichtet, aber dennoch war eine schreckliche Anspannung zu spüren, eine Stimmung des bangen Abwartens und der Angst vor ungeheuerlichen Nachrichten.

Jedem war durch den grausigen Fund am Morgen deutlich geworden, dass Gernot mit großer Wahrscheinlichkeit nicht mit den Friesen die Weser hinaufgefahren war. Und jedem war ebenfalls deutlich geworden, dass nur wenige in Frage kamen, die ein solches Zeichen des Hasses und der Rache hinterlassen haben konnten. Niemand zweifelte im Stillen daran, wohin Ansgar aufgebrochen war.

Inga litt am meisten von allen. Stumpf und weggetreten ging sie ihrem gewohnten Tagwerk nach. Sie machte sich keine Vorwürfe, dass sie tatenlos abwartete. Sie hatte resigniert. Es war nicht aufzuhalten, und zu hoffen war auch nichts mehr. Einer musste an diesem Tage sein Leben lassen. So viel war gewiss, nachdem sie in der Nacht die prophetische Erscheinung der Fylgje gesehen hatte.

Schon bald wurde die krumme Gunda von allen umringt. Ada, Inga, die Zwillinge, sogar der alte Ulrich, der auf einer Bank in der Sonne saß, sowie die Kinder, Knechte und Mägde waren mit einem Mal aus ihrer Lethargie erwacht und erwarteten mit Bangen die Neuigkeiten, welche die Alte zu berichten hatte.

Gunda erging sich zunächst in Wehklagen, schlug die Hände vors Gesicht, raufte sich die Haare. Dann schaute sie wirr im Kreis herum und schrie nur:

»Ihr Armen, ihr Armen, ihr seid verloren!«

»Sprich endlich und sag uns, was geschehen ist«, fuhr die sonst so ruhige Ada die Frau an.

»Heute früh«, so begann sie, »kam eine der Mägde vom Meinradschen Hof klagend in unsere Siedlung gelaufen. *Er bringt sie alle um, er bringt sie alle um!*, schrie sie.«

Inga ging bei diesen Worten vier Schritte zurück, ließ sich neben den alten Ulrich auf die Bank fallen und verbarg ihr Gesicht in den Händen.

»Dann haben sich sofort Liudolf und drei weitere Männer, der Konrad, der Ewald und der Walther, auf den Weg gemacht. Soeben sind sie zurückgekommen und haben berichtet: Euer Ansgar soll wie ein Wilder auf dem Hofe des Meinrad gewütet haben. Im Schlafe habe er sie überfallen, den Meinrad und die Gerda gepackt und an einen Holzpfahl im Hause gebunden. Beide Knechte hat er erschlagen, heißt es, als sie ihrem Herrn zu Hilfe eilen wollten. Die Mägde sind geflohen. Eine in die Siedlung, die andere zu den Mönchen. Dann hat er vor den Augen der Gebundenen alles Vieh im Stall erstochen. Dabei soll er geschrien haben: Sagt mir, wo euer verfluchter Sohn steckt. Doch sie sagten es ihm nicht. Wie ein Rasender ist er dann hinaus und wollte das Haus in Brand stecken, doch in diesem Moment kamen die Mönche herbei. Ihr glaubt es nicht, aber ihnen gelang es, den Hünen zu überwältigen, das Feuer zu löschen und die beiden Meinradschen zu befreien. Doch Ansgar ist verloren, er soll dem Grafen vorgeführt werden. Man wird Gericht über ihn halten.«

»Er ist frei, niemand darf ihn richten«, meinte Ada ruhig.

»Dem ist nicht so. Die Zeiten haben sich geändert. Zu schwer wiegt seine Tat, und die Mönche haben alles gesehen.«

»Wo ist er jetzt?«, fragte Ada.

»Sie haben ihn mit sich genommen, zu ihrer Kirche.«

»Inga, komm mit mir. Wir werden mit ihnen sprechen. Du musst ein gutes Wort für ihn einlegen. Immerhin hat er deine Leute am Leben gelassen, wenn es stimmt, was die Alte berichtet.«

Inga blieb starr sitzen, als habe sie die Worte der Schwägerin gar nicht vernommen. Dann sagte sie, dumpf vor sich hinblickend:

»Er wollte sie alle töten, und er wird es vollenden, wenn er freikommt.«

»Komm jetzt. Das bist du uns schuldig.«

Ada fasste Inga an der Hand, zog sie von der Bank hoch und schleifte die Willenlose hinter sich her.

Ansgar saß zusammen mit Agius und Melchior auf einem Baumstamm inmitten des alten Lindenhains, den die Mönche genutzt hatten, um in seinem Schatten ihr Gotteshaus zu errichten. Er war nicht gefesselt und wirkte sehr ruhig.

Die beiden Frauen gingen auf die drei Männer zu. Niemand war überrascht, sie zu sehen.

»Gebt mir meinen Mann zurück, Bruder Agius und Bruder Melchior«, flehte Ada. »Wir werden für den Schaden, den er in seiner unbändigen Wut angerichtet hat, aufkommen. Das ist seit Urzeiten Sitte in diesem Land. Kein Gericht darf über ihn urteilen, nicht, wenn es nur um die Tötung von Unfreien geht.«

»Menschenleben ist Menschenleben. Gott unterscheidet nicht zwischen frei und unfrei«, antwortete Agius. Seine Stimme klang mild.

»Inga wird zu ihrer Familie gehen und mit ihnen sprechen. Sie wird ihnen sagen, dass wir ihnen gleich drei neue Knechte bringen und für deren Verpflegung ein ganzes Jahr aufkommen. Alles Vieh wird ersetzt. Aus unserem Bestand, denn wir haben das beste Vieh im ganzen Umkreis. Die Schäden am Haus lassen wir gleich morgen richten, und Ansgar gibt das Versprechen ab, dem jungen Bero kein Haar zu krümmen. Dieser darf umgehend heim auf den Hof seiner Väter kommen.«

Ansgar blickte seine Frau ungläubig an. Was redete sie da? Hatte sie den Verstand verloren? Dennoch fiel er ihr nicht ins Wort.

»Ihr könnt Ansgar nicht ausliefern, ohne auch den Mörder seines Bruders Rothger auszuliefern. Denn dessen Tat wiegt schwerer«, fuhr Ada fort. »Meinrad wird auf unser Angebot eingehen, um seinen Sohn zu schützen. Das ist gewiss.«

»Du sprichst weise und gemäß den Traditionen eures Stammesrechtes. Dennoch leben wir nach den Geboten des Herrn, unseres Gottes, und nach diesen gilt Mord als eine der größten Sünden. Ansgar wird Buße tun. Ein Jahr muss er fort von hier und als büßender Pilger durch die Lande ziehen. Sein Ziel werde ich noch bestimmen.«

Melchior blickte Agius bei diesen Worten erstaunt von der Seite an.

Was führte er im Schilde?

Wollte er sich selbst zum Richter über diese schreckliche Untat ernennen?

Stand das ihm, dem Mönch aus dem Kloster Corbeia Nova, zu?

Galt es nicht vielmehr, den Mörder dem hiesigen Grafen vorzuführen und nach dem üblichen Recht zu bestrafen?

Er, Melchior, kannte sich nicht aus mit den sächsischen Stammesrechten. Aber zu schwerwiegend war dieses Vergehen, als dass Agius nicht einmal die Bußbücher zu Rate zog.

Alles war ihm, dem armen Melchior, ein großes Rätsel.

Dann ergriff Ada wieder das Wort:

»Er ist unser einziger Ernährer, Bruder Agius. Lasst Gnade vor Recht ergehen, denn sonst sind wir verloren. Alle drei Brüder in nur einem Jahr, denkt nur, wie gestraft wir bereits mit dem Verlust von Rothger und Gernot sind.«

Ada ging vor dem Mönch auf die Knie. Agius stand sofort auf und zog sie an den Händen wieder nach oben.

»Du bist eine sehr kluge Frau, Ada, Tochter des Hatho«, sagte er. »Geht nun alle zurück in euer Haus. Ich werde Meinrad aufsuchen und mit ihm sprechen. Von euch allen erwarte ich jedoch, dass ihr wöchentlich in dieser Kirche zum Gottesdienst erscheint. Und du, Ansgar, wirst Buße tun. Täglich, vor Aufgang der Sonne, wirst du hierher kommen, sommers wie winters, und wir werden zusammen beten und Gott um Vergebung für deine schrecklichen Sünden bitten. Keine Untat soll mir über dich zu Ohren kommen. Du wirst fortan ein gütiges Familienoberhaupt sein, deiner Frau ein treuer Ehemann und deinen Kindern ein fürsorglicher Vater. Weder Mensch noch Tier sollst du unnötig ein Haar krümmen. Und der Familie des Meinrad gehst du aus dem Wege. Das ist meine Bedingung, und nur, wenn du das befolgst, werde ich Stillschweigen bewahren. Es ist nicht meine Art zu drohen, aber so viel sei dir gesagt: Es werden in den nächsten Wochen zwei Königsboten unseres Kaisers Ludwig in dieser Gegend erwartet. Lass sie nicht Gericht über dich halten müssen, Ansgar, Sohn des Hilger. Denn dann würdest nicht nur du deines Lebens, sondern auch deine

Familie all ihres kostbaren Landes verlustig gehen. Das willst du nicht, das ist gewiss.«

Ansgar nickte stumm, ohne dem Mönch ins Gesicht zu schauen, stand auf und trat zusammen mit Ada langsam den Heimweg an. Inga folgte ihnen, das Pferd am Zügel führend.

Als sie an der Wegbiegung angekommen waren, die zur Linken entlang des Opfermoores zum Hofe des Meinrad führte und zur Rechten hinab ins Tal, blieb Ansgar stehen und drehte sich nach Inga um:

»Nimm das Pferd als erstes Zeichen der Wiedergutmachung und bring es deinem Vater. Ein zweites erhalten sie nicht, denn sie haben uns auch eines genommen. Du selbst wirst nie wieder einen Fuß auf unseren Grund setzen. Das sage ich dir im Guten.«

Und damit ging er weiter seines Weges, Inga zurücklassend. Ada blieb kurz bei der Schwägerin stehen und nickte Inga stumm zu.

Da stand sie nun. Allein an der Wegbiegung. Sie war nicht traurig, nicht besorgt – nein, sie war erleichtert. Es war ihr, als sei eine enorme Last von ihr gefallen. Sie fühlte sich mit einem Mal seltsam frei und konnte sich nicht erklären, warum. Ihr Leben war ein völliger Scherbenhaufen. Sie hatte nichts, keine Habe, keine Bleibe, keine Zukunft. Aber dieses Nichts war allemal besser als der riesige, bedrückende Felsen, den sie bislang glaubte mit sich herumtragen zu müssen.

Sie würde nun zu ihrer Familie zurückkehren. Ihnen das Pferd bringen. Und wenn sie sie nicht aufforderten, bei ihnen zu bleiben, würde sie nicht weinen, nicht flehen. Sie würde einfach gehen. In die alte Schmiede würde sie gehen, um dort zu leben. Allein leben, bis aus ihr ein betagtes, dürres Kräuterweib geworden war, von denen es in diesem Lande so viele gab.

Der Hof des Meinrad bot bei weitem nicht das Schreckensbild, welches die krumme Gunda gezeichnet hatte. Aber dennoch entsprach der Wahrheit, dass wenigstens ein Knecht, der junge Heimerich, vom wütenden Ansgar erschlagen worden war. Ivo der Alte hatte jedoch verletzt überlebt. Zwei Pferde und eine Kuh hatte Ansgar außerdem getötet. Alles andere Vieh war mit dem Schrecken davongekommen, und auch das Haus nur an ein, zwei Stellen leicht angekokelt, nicht aber stark beschädigt. Inga ging nur zögerlich auf den Hof.

Beide Mägde waren bereits weinend dabei, die getötete Kuh auszunehmen. Und auch einige Leute aus der nahen Bergsiedlung, dem Sippenverband der Meinradschen, waren herbeigekommen und halfen nun bei der Beseitigung der Schäden. Alle hielten in ihrer Arbeit inne, als Inga mit der braunen Stute am Zügel den Hof betrat.

Vater und Mutter standen zusammen mit einem entfernten Verwandten, dem roten Gerald, vor dem Speicherhaus. Auch sie hatten ihr Gespräch unterbrochen und ihren Blick auf die verlorene Tochter gerichtet.

Gerda, die Mutter, fasste sich ein Herz und lief auf Inga zu. Weinend lagen sich die Frauen in den Armen. Es war ein rührender Augenblick und ganz anders, als Inga sich den Empfang vorgestellt hatte. Vorerst – denn bald schritt auch der Vater ihr entgegen. Doch seine Reaktion war weniger herzlich und warm.

»Du hast hier nichts zu suchen. Verschwinde und kehre zurück, woher du gekommen bist.« Seine Worte waren hart, aber seine Stimme bebte. Inga sah ihn verzweifelt an.

»Ich will gar nicht bleiben, Vater. Weder hier noch dort. Nirgendwo bin ich mehr willkommen. Das Pferd bringe ich euch. Ansgar ist geläutert, die Mönche haben ihn beschwichtigt. Er wird euch nicht mehr aufsuchen, aller Schaden wird beseitigt, das Vieh und der tote Knecht ersetzt. Auch Bero hat nichts zu befürchten.«

»Wer will mir das garantieren?«, fragte Meinrad bitter.

»Gernot ist tot, wahrscheinlich. Jemand hat ihn ermordet. Denn heute Morgen fanden wir den Kopf seines Pferdes, aufgespießt auf einen Pfahl, direkt vor der Türe des Hilgerschen Hauses. Eine Racherune auf der toten Stirn.«

Meinrad blickte seine Tochter mit ausdruckslosem Gesicht an.

»Das hat er uns nicht gesagt«, sagte er schließlich mit erstickter Stimme.

»Er vermutete Bero hinter dieser Tat.«

»Viele andere hätten Grund, sich an den Hilgerschen zu rächen. Habgier, Hochmut und sinnlose Gewalt sind ihr Erbe. Es war nicht Beros Tat, und das weißt du auch.«

Inga sah ihm an, dass er selbst an seinen Worten zweifelte. Er traute es seinem Sohn durchaus zu, und auch sie war sich nicht mehr sicher, ob der Bruder tatsächlich unschuldig an dem ganzen Geschehen war. Eines jedoch war gewiss: Meinrad selbst schien nichts mit alldem zu tun zu haben.

»Nimm das Pferd, Vater. Und bitte, sprich mit Bero. Was immer er getan hat: Niemand wird es je mit Sicherheit herausfinden. Jeder Mensch weiß, dass der Tod des Großvaters noch nicht gesühnt war. Nun haben sie genug bezahlt. Bero wird nichts geschehen, wenn er zurückkehrt. Und auch er soll sich zu keiner weiteren Tat hinreißen lassen.«

»Geh nun, und komm nicht wieder.«

Das Pferd zurücklassend und unter Tränen von der Mutter Abschied nehmend, verließ Inga den Hof ihrer Familie.

XV

Das Flechtwerk der Wände war gänzlich vermodert und zur Heimat zahllosen Ungeziefers geworden. Das Dach bot nur noch an wenigen Stellen Schutz vor Regen und Nässe. Die große Pforte hingegen, der Eingang zur Schmiede, war noch vollkommen intakt. Zwei oder drei Holzbretter würden genügen, um die Tür zu reparieren. Der Boden stak vor Schmutz und Unkraut, und in den Ecken huschten sogar bei helllichtem Tag die Ratten und Mäuse herum. Doch auch dieses Problem ließ sich bewältigen.

Sorge bereitete Inga lediglich, wie die Menschen in ihrer Umgebung darauf reagieren würden, dass sie sich einfach in dem verfallenen Haus des geächteten Schmiedes Hatho einnistete. Sie, eine junge Witwe von zweifelhaftem Ruf.

Sie wagte es nicht, Ada, die letzte Hinterbliebene der sonst sämtlich verstorbenen Schmiedfamilie, zu fragen. Aber selbst diese hätte der Schwägerin keine Erlaubnis geben können, denn Haus und Hof des Hatho waren nach dessen Ächtung in die Hände einer der beiden großen hiesigen Adelsfamilien gefallen, welche sich mittlerweile aufzulösen drohte und nahezu sämtliche Ländereien der Kirche vermacht hatte. Also gehörte die alte Schmiede sehr wahrscheinlich dem neuen Kloster. Nur war sie für dieses wertlos, da nämlich die dazugehörigen Felder – das wusste Inga nur zu gut – vom alten Hilger gekauft worden waren. Ein Freundschaftsdienst, den er dem geächteten Hatho erwiesen hatte, als bereits feststand, dass dieser aufgrund seiner ungeheuerlichen Tat Standes und Besitzes verlustig gehen würde. Was Hatho mit dem Geld des Hilger angefangen hatte – denn es hieß, er habe ihn tatsächlich mit Silbermünzen bezahlt –, darüber waren alsbald die verschiedensten Erzählungen im Umlauf gewesen.

Wie auch immer, die Denare hatten ihm nichts genützt, denn sowohl er als auch seine Söhne wurden nicht lang nach ihrer Ächtung und Vertreibung tot im Walde aufgefunden. Seine Frau hatte sich bereits zuvor im eigenen Hause erhängt, während die einzige Tochter Ada die Gnade erfuhr, als Frau des zweiten Hilgersohnes auf dessen Hofe bleiben zu dürfen.

Acht Jahre waren seither vergangen, und die Erinnerung an die Familie des Hatho begann zu verblassen. Sein Haus hingegen hatte Wind und Wetter getrotzt, und so war Inga froh, es sich hier heimisch machen zu können, wenn sie denn durfte.

Sei es drum, dachte sie bei sich und begann in dem verdreckten, einzigen Raum des Hauses aufzuräumen. Eine mehr als große, steinerne Feuerstelle bildete den Mittelpunkt der Schmiede. Hier war Hatho wie schon seine Vorfahren seiner Arbeit nachgegangen, unbescholten bis zu dem Tage, als man ihn beschuldigte, die Gräber der Adelssippe der Billinge geschändet und geplündert zu haben.

Ein enormer Amboss zeugte von ihrer vergangenen Arbeitswut. Voller Rost war er, aber so schwer, dass Inga erst gar nicht versuchte, das unbrauchbare Ding hinauszubefördern. Alles andere fand aber noch am gleichen Tag seinen Weg an die frische Luft. Inga war vorerst zufrieden. Nassgeschwitzt und durch die willkommene Arbeit von allen bösen und unguten Gedanken befreit, saß sie am Abend auf dem Amboss, dem einzig verbliebenen Möbelstück im Raume, und betrachtete ihr neues Heim.

Erst jetzt wandelte sich ihre Zuversicht in ein leichtes Unbehagen. Die Nacht würde kommen, und mit ihr die Spukgestalten. Schlimm genug, wenn sie einem an einem neutralen Ort begegneten, aber hier, in dieser Hütte, waren sie zu Hause. Auch die Erinnerungen an den gemeinsam mit Ansgar verbrachten Abend hinter diesen Wänden ließ sie nicht ruhiger werden. Jeder, der sich allein im Dunkeln an einem solchen Ort aufhielt – zudem mit dem Gefühl von Schuld belastet –, musste in panische Furcht verfallen. Und eine solche begann sich langsam Ingas zu bemächtigen.

Es war eine milde Nacht gewesen, sodass Inga sie einigermaßen gut im Schutze einer der großen Kastanien am Bachufer hatte verbringen können. Kalt war ihr kaum gewesen, aber der Hunger beschlich sie nun empfindlich. Einige Beeren waren zu dieser Jahreszeit bereits zu finden; ein Getreidebrei, mit Milch zubereitet und mit Honig gewürzt, das wäre jedoch eher nach Ingas Geschmack gewesen. Doch diese Zeiten waren vorüber, und sie würde lieber verhungern, als an den Türen der Menschen zu kratzen und um Almosen zu bitten. Einige Schlucke des frischen, kalten Bachwassers füllten aufs Erste den leeren Magen und mussten genügen, bis ihr ein Einfall käme, wie sie am besten an nahrhafte Kost kommen konnte.

An diesem freundlichen Morgen war es in der Schmiedehütte nur wenig unheimlich, und so machte sich Inga wieder an die Arbeit. Mit Mühe und Not, da war sie sich sicher, konnte es ihr gelingen, die Hütte wieder einigermaßen auf Vordermann zu bringen. Und Rüstzeug gab es hier genug. Sie hatte eine solche Tätigkeit noch nie verrichtet, aber schon als Kind gerne dabei zugesehen.

Inga nahm sich eine Menge vor: Das Flechtwerk der Wände wollte sie mit Hilfe trockenen Grases flicken. Und auch Lehm ließe sich zur Not selber herstellen. Wichtig aber war vor allem, das Dach wieder dicht zu machen. Die Balken mussten stabilisiert und neues Stroh darübergelegt werden. Keine leichte Aufgabe, aber helfen – das wusste sie – würde ihr niemand. Deshalb versuchte sie es allein. Weit kam sie jedoch nicht.

Und so beließ sie es dabei, die Schmiede zu lassen, wie sie war, auf gutes Wetter zu hoffen und sich aus den Gegenständen, die sie am Vortag meist unsanft nach draußen befördert hatte, brauchbare Möbel zu basteln.

Am Nachmittag verfügte sie bereits über ein Strohlager, abgedeckt mit alten Säcken. Die Feuerstelle war gereinigt, Brennholz zur Genüge vorhanden. Einen Tisch bildete der enorme Baumstumpf, den Hatho zum Holzhacken benutzt hatte und von dem Inga noch immer nicht wusste, wie sie es geschafft hatte, dieses riesige Gebilde ins Haus zu rollen. Einen Hocker fand sie im Amboss. Darüber hinaus gab es noch eine wacklige, aber dennoch funktionstüchtige Holzbank. Des Weiteren reparierte und reinigte sie verschiedene Kübel, Holzschalen und sogar einen Tonkrug.

Jetzt galt es nur noch etwas Essbares zu finden. Ein Problem zwar, aber zu dieser Jahreszeit lösbar.

Erst am Abend des übernächsten Tages bemerkten die Leute, dass jemand ins Geisterhaus eingezogen war. Die meiste Zeit hatte man zuvor damit verbracht, sich Gedanken über die Vorfälle auf dem Meinradschen Hof zu machen.

Wie kam es, dass Ansgar wieder zum Hilgerhof zurückkehren durfte?

Würde Meinrad Rache üben?

Was war tatsächlich mit Gernot geschehen?

Und Bero – war auch dieser längst tot?

Welche Rolle spielten die Mönche?

Handelte es sich letztendlich um einen fürchterlichen Fluch, der seit den Tagen ihrer Väter auf diesen beiden Familien lastete?

Über Inga verlor niemand ein Wort. Und niemandem, außer den Bewohnern des Hilgerhofes selbst, war aufgefallen, dass sie dort nicht mehr lebte.

Die krumme Gunda war es – wie konnte es anders sein –, die an dem zweiten Abend, den Inga in der alten Schmiede verbrachte, Rauch aus dem Dach des Hathohauses aufsteigen sah. Nahezu todesmutig – so war Gunda, wenn es um das Erlangen neuer Informationen ging – machte sich die Alte allein auf den Weg in Richtung Bergtal, ein Weg, den die Menschen aus der Siedlung des Liudolf nur selten gingen, führte er doch im Grunde ins Nichts.

Den Meinradschen Hof und auch die neue Kapelle konnte man von hier aus erreichen, aber dorthin gelangte man viel besser über einen kürzeren, wegsameren Pfad auf der östlichen Seite der Siedlung. Die Hilgerschen allein nutzten ihn manchmal, diesen Weg an der Schmiede vorüber, denn nur für sie stellte er tatsächlich die kürzeste Strecke zum heiligen Berg dar.

Nun näherte sich die krumme Gunda, und sie hätte sich nicht noch näher herangewagt, wenn Inga nicht in dem Moment aus dem Haus getreten wäre, als das alte Schwätzweib sich gerade hinter einer dürren Birke verbergen wollte. Inga winkte ihr freundlich zu. Und es dauerte nicht lang, da stand Gunda tatsächlich vor ihr, auf dem sicheren Wege bleibend und tunlichst das Betreten des verfluchten Grundes meidend.

»Was machst du hier, Inga vom Meinradhof?«, fragte sie, verwundert und misstrauisch zugleich.

»Nach dem, was sich zugetragen hat, bin ich nun heimatlos«, antwortete Inga ehrlich.

Was blieb ihr auch anderes übrig? Ehrlichkeit war die einzige Waffe gegen geschwätzige Neugierde.

»Wovon willst du nur leben, gutes Kind?«

»Das weiß ich noch nicht. Spinnen und weben würde ich gerne.«

»Ha«, lachte Gunda auf. »Wer soll dich spinnen und weben lassen? Und woher Wolle und Flachs nehmen?«

»Ich weiß, dass es schwierig wird. Aber was soll ich tun?«

»Böse hat es euch erwischt. Böse, sehr böse. Das hat er nicht verdient, der gute Hilger. Treu und großherzig war er zeit seines Lebens. Alles nur wegen euch und eurer hinterlistigen Familie.«

»Warum beschimpfst du mich, Gunda?«

»Warum? Du hast ihnen doch allen den Verstand geraubt. Du warst es. Denn eines ist sicher: So gut und fest die Hilgerschen Männer auch immer waren, schönen Weibern haben sie nie widerstehen können. Auch mir ist der alte Hilger nachgestiegen. Ich habe mich jedoch immer zu wehren gewusst.«

Inga musste trotz der Beleidigungen, die ihr die Alte entgegenbrachte, lachen. Denn das konnte sie sich nun wahrlich nicht vorstellen.

»Sei nicht so eitel, Inga. Das könnte dir zum Verhängnis werden.«

»So boshaft habe ich dich noch nie erlebt, Gunda«, antwortete Inga ruhig.

»Und außerdem: Wer gestattet dir, dich hier so mir nichts, dir nichts niederzulassen? Gefragt hast du sicherlich niemanden«, zischte das alte Weib.

»Ich weiß gar nicht, wen ich fragen sollte. Und im Übrigen hat sich jahrelang niemand für dieses Haus interessiert. Alle haben einen Bogen darum gemacht.«

»Mit gutem Grund, mit gutem Grund«, sagte Gunda mit gedämpfter Stimme und einem Gesicht, das kaltes Entsetzen zum Ausdruck bringen sollte, in Inga aber wiederum nur ein Schmunzeln hervorrief.

»An wen muss ich mich denn wenden, um hier leben zu dürfen?«, unterbrach sie die Alte.

»An den Kaiser persönlich«, antwortete Gunda und wandte sich zum Gehen, doch bereits im Umdrehen überlegte sie es sich anders. Denn warum so schnell von dannen ziehen, wenn man noch bleiben und weitere Neuigkeiten über diese unglaublich spannenden Vorfälle der letzten Tage erfahren konnte?

»Kann ich dir mit etwas dienlich sein, Inga?«, fragte sie plötzlich katzenfreundlich. »Schließlich weiß ich selbst nur zu gut, wie es ist, als Frau einsam und allein zurechtzukommen. Nicht einfach ist das, denn immer muss man auf der Hut vor dem lüsternen Mannsvolk sein. Belagern werden sie dich wie die Wölfe.«

»Das glaube ich nicht. Und helfen kannst du mir leider nicht. Sicher mangelt es an vielem, aber du bist selbst arm und kannst mir nicht geben, was ich brauche.«

»Sei nur froh, dass du keine Kinderlein hast. Sei froh. Warum«, und damit wechselte sie abrupt das Thema, »warum nur ist der Ansgar wieder bei den Seinen? Sollten ihn die Mönche nicht besser dem Grafen vorführen?«

Was sollte Inga nun antworten? Selbst *nichts* zu sagen, wäre in diesem Fall zu viel gewesen. Diese alte Schlange konnte einem jedes Wort im Munde herumdrehen und auch aus einem Stillschweigen eine böse Geschichte erdichten.

»Man hat sich geeinigt. Das ist alles, was ich weiß.«

»Aber dann hat ja dein Bruder tatsächlich den armen Gernot auf dem Gewissen.«

»Niemand weiß, ob Gernot tot ist.«

»Sein Pferd ist tot.«

»Wenn jemand auf Schiffsreise geht, dann braucht er kein Pferd.«

»Auf Schiffsreise? Die Weser entlang oder wohin?«

»Genau. Die Weser entlang zum Meer. Dorthin zog es ihn.«

»Und der Pferdekopf? Warum hat man ihn aufgespießt?«
»Ein übler Scherz.«
»Etwa von deinem Bruder?«
»Das weiß ich nicht. Und sollte es so gewesen sein, dann hat Ansgar es meiner Familie mehr als genug heimgezahlt. Wenn du mich fragst, ist das die gesamte Geschichte.«

Inga log, aber ihr schien, dass mit dieser Erklärung, die plausibel klang, am wenigsten Schaden angerichtet werden konnte. Gunda war fürs Erste zufrieden und zog mit einem selbstgefälligen Grinsen auf dem Gesicht wieder davon.

Inga ging zurück ins Haus. Die Taube, die sie mehr durch Zufall als durch Geschick an diesem Tage gefangen hatte, war schon fast verbrannt. Dennoch schmeckte sie köstlich. Einigermaßen gesättigt begab sich Inga auf ihrem einfachen Lager zur Ruhe. Die Angst vor dem unheimlichen Heim begann zu verfliegen. Fürchten musste Inga sich nur vor den unvorhersehbaren Gefahren, die von außen drohten und die Gunda nun zu schüren in die enge, ihr bekannte Welt auszog.

Wie erwartet, hatte sich noch am gleichen Tage in allen umliegenden Siedlungen und Gehöften herumgesprochen, dass die junge Witwe vom Hilgerhof verstoßen und allein in die Geisterschmiede eingezogen war, um hier fortan zu leben. Und obwohl sich jeder für diese Nachricht brennend interessierte, erhielt Inga dennoch in den folgenden Tagen kaum Besuch.

Zweimal kamen Mägde zu ihr, zunächst ein junges Ding vom Meinradschen Hof. Sie brachte zwei lebendige Hühner und ein winziges Säckchen Getreide. Ein Geschenk von der Mutter, der Vater solle jedoch nichts davon wissen. Auf die Fragen Ingas, wie es auf dem Hofe der Eltern bestellt sei, antwortete das Mädchen nur einsilbig:

»Die Frau weint viel, und der Herr spricht kein Wort.«

Dann eilte sie schnellen Schrittes davon, das Haus des Hatho so bald wie möglich hinter sich lassend. Inga konnte ihr nur noch hinterherrufen: »Richte der Mutter meinen Dank aus!«

Ganz ähnlich verlief der Besuch der Magd vom Hilgerhof am Tag darauf. Sie betrat nicht einmal den Hof der Schmiede, sondern blieb in einiger Entfernung schüchtern mit einer Ziege am Seil stehen, wohl hoffend, dass Inga sie irgendwann erblickte und zu sich rief.

»Vala, warum kommst du nicht näher?«

»Das wage ich nicht, Frau Inga. Die Frau Ada schickt mich. Die Ziege soll ich dir bringen und ein Säckchen Gerste.«

Inga schritt zu ihr.

»Was sagt der Herr dazu, dass sie einfach eine der Ziegen verschenkt?«

»Der Herr sagt im Moment gar nichts. Aber wenn er wieder der Alte ist, dann darf er es nicht wissen. Das hat mir Frau Ada strengstens aufgetragen. Jeder Witwe stehe ihre Morgengabe zu, sagt sie.«

»Nun, bei mir gab es gar keine Morgengabe. Aber dennoch ist es eine freundliche Geste von Frau Ada. Sprich ihr meinen Dank aus.«

»Das werde ich tun. Außerdem sagt sie, dass sie nichts dagegen hat, wenn du im Hause ihrer Väter lebst, Frau Inga.«

»Auch das freut mich. Wie wird es weitergehen auf dem Hofe, Vala, was meinst du?«

»Nun«, sagte die junge Magd traurig und blickte zu Boden. »Viel muss der Herr an die Meinradschen zahlen. Er will es aber erst tun, wenn sie ihm seinen Bruder bringen, tot oder lebendig. Wir wissen ja noch immer nicht, wo der Herr Gernot verblieben ist.«

»Aber sie wissen es auch nicht. Er wollte zu den Friesen, das hat er mir gesagt. Dass sein Pferd tot ist, heißt doch nicht, dass es ihm ebenso ergangen ist«, beschwichtigte Inga, obwohl sie es besser wusste.

»Davon will der Herr Ansgar nichts hören. Tot sei sein Bruder, sagt er. Aber sonst spricht er nicht viel. Die Frau Ada hat den Hof übernommen. Sie kümmert sich um alle Arbeiten. Der Herr sitzt nur herum. Ein finsteres Gesicht hat er. Und des Morgens geht er schon in aller Frühe davon. Erst nach dem Morgenmahl kehrt er zurück, will nichts essen, legt sich auf sein Lager und starrt die Decke an.«

Inga nickte. Sie hatte ihn am heutigen Morgen gesehen, wie er leise den Weg vom heiligen Berg heruntergestapft kam. Er war in der Kirche gewesen, um zu büßen, das wusste sie. Sie hatte nur einen kurzen Blick aus dem Windauge auf ihn geworfen. Er jedoch hatte nicht hergeschaut, wollte es gar nicht, und auch Inga zog sich bald von dem kleinen Fenster zurück. Er tat ihr leid, aber dennoch war sie froh, nichts mehr mit ihm zu tun zu haben.

Nachdem sich Vala verabschiedet hatte, verstrichen Tage und Nächte, in denen Inga keine Menschenseele zu Gesicht bekam. Jeden Morgen schlich Ansgar an ihrer neuen Unterkunft vorüber, zunächst bergan und wenige Stunden später wieder bergab. Doch das bemerkte sie mitunter gar nicht, weil sie meistens noch selig schlief. Nahrung hatte sie durch die Milch der Ziege, die Eier der Hühner und die beiden Getreidesäckchen vorerst genug. Außerdem war es ihr gelungen, zwei wilde Kaninchen zu fangen, von denen sie hoffte, dass sie sich zahlreich vermehrten und ihr hin und wieder einen guten Braten lieferten.

Zur Kirche ging sie nicht, auch wenn der Mönch Agius das von ihr verlangt hatte. Sie wollte es nicht, wagte es nicht, mit den Menschen, die sich ebenfalls dort einfinden könnten, zusammenzutreffen. Sie hatte sich daran gewöhnt, alleine zu sein, und es gefiel ihr gut.

Der Sommer brachte in den nahen Wäldern und an den Rändern der Felder die herrlichsten Kräuter hervor. Und da sie in ihrer Unterkunft über genügend Platz zum Trocknen verfügte und nun auch die Zeit hatte, um sich ausgiebig dem Sammeln und Verarbeiten der Heilpflanzen zu widmen, zog es Inga oft den ganzen Tag hinaus. Körbeweise brachte sie die verschiedensten Gewächse nach Hause, und je mehr sie sich damit beschäftigte, desto mehr kam die Erinnerung an die Weisheiten ihrer Großmutter zurück, welche sich hervorragend in der wundersamen Kräuterkunde ausgekannt hatte.

So kam es, dass Inga eines Tages wieder einmal dem Mönch Melchior begegnete. Es war unweit des Opfermoores, wo zahlreiche Weiden wuchsen, deren Rinde einen Saft abgab, den, so war Inga wieder eingefallen, die Großmutter häufig erfolgreich gegen Fieber verabreicht hatte. Melchior hingegen beobachtete den Tanz der Libellen.

»Ein wunderschöner Tag, Inga von der alten Schmiede, nicht wahr?«

Offensichtlich hatte sich ihr Aufenthaltsort auch bei den Mönchen herumgesprochen.

»Wie geht es dir, Bruder Melchior?«

»Nun, die Kirche wird besucht. Nicht zahlreich strömen sie herbei, doch einige Witwen, Mägde und Kinder sind des Sonntags bei uns. Bruder Agius sieht das anders, aber meine Wenigkeit ist hoffnungsvoll, dass ihrer mehr werden.«

»Das ist gut zu hören!« Inga vermied es aus gutem Grund, weiter über den mehr oder weniger regelmäßigen Kirchgang der Umwohner zu reden, und wechselte das Thema: »Hat Ansgar sich auf alles eingelassen?«

»Er ist jeden Morgen bei uns. Mürrisch zwar und etwas teilnahmslos, aber man kann sich auf sein Kommen verlassen. Den angerichteten Schaden hingegen will er erst wieder voll und ganz gutmachen, wenn er weiß, was mit dem armen Gernot geschehen ist. Und diese Forderung nagt sehr an unserem Gewissen, dem meinen und dem des Bruders Agius.«

»Wollt ihr es ihm sagen?«

»Darüber beratschlagen wir noch.«

Nun war es an ihm, ein unangenehmes Gesprächsthema zu wechseln: »Schau, Inga von der alten Schmiede, wie sie tanzen. Und diese enorme Größe. Größer als meine Hand. Und ich habe riesige Hände. Ist das nicht eine hinreißende Anmut?«

Er erging sich einige Momente in fast andächtigem Staunen beim Anblick der Libellen, wobei seine schielenden Augen von innen heraus so sehr strahlten, dass Inga nicht anders konnte, als sich mit ihm zu freuen. Schließlich fragte er fast beiläufig:

»Was machst *du* eigentlich hier?«

»Ich sammle den Saft der Weiden. Zu spät in diesem Jahr, aber mir ist erst gestern die Erinnerung an seine Heilkraft bei Fieber gekommen.«

»Willst du dich in der Kräuterkunde üben, Inga?«

»So ist es. Es hat mir schon immer viel Freude bereitet. Doch leider fehlte die Zeit. Nun habe ich keine Äcker mehr zu bestellen, kaum noch Tiere zu versorgen, und da ich gerade nicht Hunger leiden muss, nutze ich die Gelegenheit, unnütze, aber schöne Dinge zu tun.«

»Die Lehre von der Heilkraft der Kräuter ist kein unnützes Ding, gute Inga. Mein Mitbruder Gregorius, der Herbarius aus dem nahen Kloster Corbeia Nova, ist ein wahrer Genius in der *Materia medica*. Wichtig ist allerdings zu wissen, dass man den engen Pfad der Heilkunst nicht verlässt, um in die Gefilde der schwarzen Magie abzudriften. Denn das kann gefährlich sein.«

»Was verstehst du unter schwarzer Magie, Bruder Melchior?«

»Nun, auch Bruder Gregorius ist sich sicher, dass manche Kräuter besser bei Mondenschein, andere im Morgentau und wieder andere in der Abenddämmerung gepflückt werden sollten. Dabei darf man Gebete murmeln, jedoch niemals heidnische Beschwörungsformeln, so wie es, unter uns gesagt, sogar einige meiner Brüder mitunter tun. Aus Unwissen, nicht aus Teufelei, versteht sich.«

Inga zog bei diesen Worten nur die Stirn kraus.

»Gleich morgen muss ich mich wieder zum Kloster aufmachen, und wenn ich schon einmal dort bin, werde ich den Bruder Gregorius bitten, mir seine eigenhändig verfasste kleine Schrift über die Heilkräuter zu borgen. Sie beruht auf den Lehren des Dioscurides und ist zudem angelehnt an das Lorscher Arzneibuch. Sorgsam werde ich sie lesen und dir in allen Einzelheiten davon berichten, gute Inga. Denn so bleibt ausgeschlossen, dass du bei deiner Arbeit vom rechten Wege abkommst.«

»Vielen Dank, Bruder Melchior.«

»Ach, und außerdem: Wir, der Bruder Agius und meine Wenigkeit, würden uns freuen, auch dich beim sonntäglichen Gottesdienst auf dem heiligen Berg begrüßen zu dürfen.«

Inga wurde rot. »Ich werde kommen.«

»Wunderbar. Zeit für die Vesper. Ich muss gehen. Gott segne dich, Inga von der alten Schmiede.«

Damit verabschiedete er sich und schlenderte leichtfüßig zurück zur Kapelle.

Und tatsächlich: Mit Hilfe des Mönches Melchior, der sein Versprechen gehalten und sich bei seinem Mitbruder Gregorius schlau gemacht hatte, verfügte Inga nach nur wenigen Wochen über einen solch ausgiebigen Schatz an Tinkturen, Salben, Pasten, Säften und getrockneten Kräutern, dass sie damit das gesamte Heer der Sachsen im Kampfe hätte versorgen können.

Doch so sehr sie sich auch bemühte, die Menschen blieben misstrauisch. Bei den Kirchgängen, die sie nun wieder aufnahm, sprach sie Mägde und junge Frauen an, bat die krumme Gunda, für ihre Arzneien in der Umgebung zu werben und eine Auswahl ihrer Kräuter auf dem Sonnenwendfest anzubieten, da sie selbst es noch nicht wagte, auf dieser Feier zu erscheinen.

Und die Alte, die seltsam gewandelt schien und sich plötzlich mit der jungen Frau durch ein geteiltes Schicksal verbunden fühlte, gab sich tatsächlich sichtlich Mühe, den Menschen von Ingas Kunst zu berichten. Doch niemand verschwendete auch nur einen Gedanken daran, der Frau, die im Hause der Geächteten lebte, in Fragen einer solch wichtigen Angelegenheit wie der Heilkunst zu vertrauen.

Dabei gab es weit und breit schon seit vielen Jahren niemanden mehr, der sich – abgesehen von den wenigen Hausmittelchen, die sich auf jedem Hofe fanden – ausschließlich mit der Kräuterkunde beschäftigte.

»Schadenszauber will die betreiben.«

»Soll ich etwa meine Kinder vergiften?«

»Wer weiß, was solch ein Trank mit meinem Manne anstellt.«

So und ähnlich waren die Antworten der Leute, wenn Gunda bei ihnen vorsprach. Und deshalb stand Inga auch noch am Ende des Sommers allein und isoliert da, angewiesen auf Spenden des Mönches Melchior, der ihr hin und wieder Brot vor die Tür legte, was sie nur widerwillig annahm.

Inga war noch weit davon entfernt zu verzweifeln. Immerhin hatte sie ein Dach über dem Kopf und wenigstens einige Happen zu essen. In den Wäldern wuchsen Beeren, erste Pilze zeigten sich, und mit wenig Mehl und frischen Kräutern ließen sich schmackhafte Suppen kochen. Außerdem hatte Inga noch immer ihre Tiere, die Eier, Milch und manchmal auch Fleisch lieferten. Doch bis zum Winter musste sich etwas ändern.

Tatsächlich änderte sich alles, denn eines Tages tauchte ein Hund auf dem Grundstück der alten Schmiede auf.

XVI

Es war gegen die fünfte Stunde. Inga versuchte gerade, in Ermangelung einer Handmühle mühselig das letzte ihr verbliebene Getreide mit Hilfe eines Steines auf dem Amboss zu zerdrücken, als sie von draußen ein seltsames Schnaufen vernahm.

Sie öffnete nicht die Tür, sondern blickte vorsichtig durch das Windauge. Dort wühlte ein struppiger, grauer Hund auf dem Vorhof und fraß – Inga wollte es kaum für möglich halten – Steine. Wankend, ganz so, als habe er Bier gesoffen, bewegte er sich kreuz und quer auf dem Hofe herum, und als er die beiden Hühner erblickte, die friedlich im Staub herumpickten, fletschte er die Zähne und stürmte auf das arme Federvieh los.

Im Nu war Inga aus dem Haus. Mit einem Stock bewaffnet, drohte sie dem räudigen Eindringling, der jedoch bereits eine der Hennen totgebissen hatte. Wütend versetzte sie ihm einen Schlag auf den Rücken. Doch anstatt den Schwanz einzuziehen und winselnd davonzulaufen, kam er nun auf Inga zu, sabbernd und seine gelben Zähne fletschend.

So etwas hatte sie noch nie erlebt. Dieses Tier war vollkommen von Sinnen. Schnell ergriff sie die Flucht und lief eilig ins sichere Haus zurück. Wie ein Werwolf führte sich der Hund auf, sprang von außen an der Holztüre hoch, knurrte und bellte wie wild. Inga saß in der Falle, denn er wollte nicht verschwinden. Stattdessen wütete er weiter auf dem Hofe.

Die Ziege war das einzige Tier, welches verschont blieb. Sie stand zum Glück in dem Verschlag neben Ingas Wohnraum. Aber sowohl das zweite Huhn als auch die Kaninchen, obwohl in einen Holzkäfig gesperrt, fielen der Beißwut des verrückten Tiers zum Opfer.

Inga war hilflos. Ein weiteres Mal versuchte sie, nach draußen zu gelangen, um den Wüterich zu vertreiben, doch wieder fiel er sie an, und beinahe hätte er sie in den Arm gebissen. Erst nach mehr als drei Stunden wankte er davon. Am nächsten Tag fand sie ihn tot und mit Schaum vor dem Maul nicht weit von ihrem Hause direkt am Wegesrand liegend.

In den folgenden Tagen wurde Ingas böse Ahnung zur Gewissheit, denn auf der Suche nach Kräutern stieß sie im Wald gleich auf zwei tote Füchse, ebenfalls mit schäumender Schnauze.

Die Tollwut war ausgebrochen.

Schon lange hatte sie diese Gegend nicht mehr heimgesucht. Zuletzt in Ingas Kindheit, als alle Männer auszogen, um sämtliche Wölfe und Füchse in den Wäldern zu jagen. Damals waren nur wenige Hunde verendet, nachdem sie jedoch zahlreiche Schafe, Ziegen und Rinder gebissen hatten, welche ihrerseits notgeschlachtet werden mussten. Menschen hatten zum Glück keinen Schaden genommen. Dennoch wusste man um die Gefahr, die auch für sie bestand.

Selbst wenn sich die Krankheit erst Wochen später zeigte, war jedem deutlich, dass die Wasserscheu, wie man sie nannte, von dem Biss eines tollwütigen Tieres ausgelöst wurde. Die Betroffenen litten unter enormem Durst, wollten aber niemals trinken. Nein, sie schrien, kratzten und bissen, wenn man ihnen auch nur einen Becher Wasser reichte. Allein der Anblick von Wasser genügte, um sie wahnsinnig vor Angst zu machen. Böse Geister hatten sie befallen, so sagte man, und am besten trieb man sie aus, indem man die Wasserscheuen einfach in einen See warf. Tauchten sie wieder auf, wurden sie erneut nach unten gedrückt, so lange, bis sie fast ertranken und man sicher war, dass sie tatsächlich und wider ihren Willen ihren schrecklichen Durst gestillt hatten.

Ingas Großmutter hatte diese grausigen Geschichten erzählt, denn die Alten konnten sich noch gut an furchtbare Ausbrüche der Tollwut erinnern, in denen vor allem die von ihr befallenen Wölfe als menschenmordende Bestien aufgetreten waren.

Inga beeilte sich, aus dem Wald in ihr Heim zurückzukehren und alles zu verriegeln. Stimmten die Geschichten ihrer Großmutter, so würden bald die Wölfe, all ihre natürliche Scheu verlierend, selbst am Tage aus den Wäldern kommen.

Und schon in der kommenden Nacht geschah es, dass Inga ein verdächtig nahes Heulen vernahm. Das Blut gefror ihr in den Adern. Noch hatte sie mit niemandem über ihre Entdeckung gesprochen. Wussten die Menschen von der drohenden Gefahr? Die krumme Gunda war seit Tagen nicht mehr aufgetaucht, und auch Melchior schien sich wieder einmal für längere Zeit ins Kloster begeben zu haben. Inga durchstand die Nacht hellwach und in großer Sorge. Am Morgen blickte sie durchs Windauge, Ansgar erwartend, der kurz nach Sonnenaufgang den Weg entlangkommen musste. Aber an diesem Tag kam er nicht.

Am Mittag stand jedoch die krumme Gunda vor der Tür.

»Lass mich herein, Inga. Schnell. Mach die Türe auf«, schrie sie in panischer Angst. Bisher hatte sie es tunlichst vermieden, das »Schreckensnest«, wie sie es nannte, zu betreten. Doch heute hatte sie es sich offenbar anders überlegt.

»Die Wölfe sind in die Siedlung gekommen«, rief sie. »Welch ein Fluch. Gebissen haben sie alles, was sich ihnen in den Weg stellte. Oh nein, oh nein, die arme Heide, Weib des Liudolf, hat einen Biss im Bein! Noch lebt sie, aber die Wasserscheu wird kommen und sie dahinraffen.«

»Wie konntest du es dann wagen, hierher zu laufen?«, fragte Inga entsetzt.

»Sie kommen doch nur des Nachts. Und ich wollte dich bitten, ob du für mich ein Heilmittel hast. Eine Paste, die mich fest machen kann gegen den Biss eines tollwütigen Untieres.«

»Um ehrlich zu sein, Gunda, kenne ich gar kein Heilmittel gegen die Tollwut. Und außerdem scheuen hundswütige Tiere die Sonne nicht. Es war dumm von dir, einen solch weiten Weg zu machen.«

»Oh nein, wo soll uns das noch hinführen? Hätten wir nur nicht zugelassen, dass sie diese Kirche errichten. Der Tag, an dem der Fenriswolf den Mond verschlingen wird, ist nicht mehr fern. Das Ende des goldenen Zeitalters der Götter ist gekommen. Die Nornen haben unser aller Lebensfaden abgerissen. Wir sind verloren.«

»Vielleicht haben die Mönche eine Lösung. Sie besitzen sehr kluge Schriften. Darin steht alles über Kräuterkunde geschrieben, viel mehr, als selbst meine Großmutter wusste. Es würde mich wundern, wenn nicht auch die Tollwut darin beschrieben wird.«

»Aber Inga, wie willst du nur durch den Wald bis zur Kapelle gelangen, wenn sie nun auch bei Tage herumstreunern, die Werwölfe?«

»Du begleitest mich. Jede von uns nimmt einen langen, dicken Stock. Außerdem habe ich ein Messer dabei.«

»Nein, nein, das mache ich nicht. Was, wenn uns ein ganzes Rudel geifernder Untiere anfällt oder gar ein Bär?«

»Wann hat man hier zuletzt einen Bären gesehen, Gunda?«

»Warten wir doch besser, bis die Mönche den Weg hierher finden.«

»Dann gehe ich alleine. Du darfst hier bleiben. Aber nimm dich in Acht, das Flechtwerk dort drüben ist äußerst morsch. Ein kurzer Stoß gegen die Außenwand, und du hast gleich zehn tolle Wölfe vor dir stehen.«

Inga hatte dies kaum ausgesprochen, da stand die krumme Gunda auch schon neben ihr, bereit, um sich zu den Mönchen in den Wald aufzumachen.

Bruder Melchior betrachtete es als eine Fügung des Herrn, dass vor nur wenigen Tagen einer seiner Mitbrüder von einer Reise aus dem westfränkischen Kloster Andagium heimgekehrt war und die Kunde vom heiligen Hubertus mitgebracht hatte. Die Gebeine dieses Heiligen waren erst jüngst dem besagten Kloster zur Verehrung übergeben worden, aber dennoch wusste man dort bereits Bescheid, wie genau man den Schutzpatron um Ausübung seiner Wunderkraft bitten konnte.

Hubertus nämlich hatte zu seinen Lebzeiten vom heiligen Petrus höchstpersönlich einen eigenen Schlüssel für die Himmelspforte erhalten, und dieser Schlüssel war ebenfalls in Besitz des Klosters Andagium übergegangen. Hielt man diese kostbare Gabe nun ins Feuer und danach auf die frische, von einem tollwütigen Tier verursachte Bisswunde, so wurde der Teufel, der mit dem Biss in den Körper des Opfers gelangt war, ausgebrannt.

Ganze neun Tage sollte die Wunde verbunden bleiben, täglich neun Vaterunser mussten von dem zu Heilenden gesprochen werden, er musste regelmäßig beichten und zur Kommunion gehen, außerdem sollte er unbedingt sein Spiegelbild meiden, also nicht in stille Wasser schauen. So war die Regel. Befolgte man sie, so hieß es, erkrankte man auch nach dem Überfall eines rasenden Tieres nicht an der Tollwut.

Erst wenige Tage waren vergangen, nachdem Inga und Gunda die Mönche auf dem heiligen Berg aufgesucht und ihnen von der grassierenden Tollwut berichtet hatten. Und schon war es Melchior gelungen, diese frohe Kunde über die von einem Heiligen unterstützte Bekämpfung der Raserei aus dem Kloster zurück zum Berg zu bringen.

Er hatte nicht wenig Furcht durchstehen müssen, als er so allein den weiten Weg an die Weser und wieder zurück gelaufen war. Denn überall schienen sich die Menschen vor dem tollwütigen Treiben zu verbarrikadieren. Kaum eine Seele war im Freien anzutreffen, und begegnete der Mönch dennoch jemandem, dann erfuhr er schreckliche Dinge. Die Arbeit lag darnieder, erschlagene Hunde säumten den Wegesrand, aber angegriffen wurde Melchior nicht. Er hatte ununterbrochen zu seinem Schutze das Vaterunser gebetet und mit Gottes Hilfe das Glück besessen, auf dem gesamten Hin- und Rückweg nur auf einen einzigen, tatsächlich an der Tollwut verendeten, da schäumenden Dachs zu stoßen.

Nun würde er die neuen, von dem frisch heimgekehrten Bruder Thomasius eingeholten Informationen über den heiligen Hubertus zu den Menschen seiner Gemeinde tragen.

Leider plagten ihn in seiner Hoffnung nicht unerhebliche Bedenken. Zum einen: Melchior verfügte nicht über den himmlischen Schlüssel wie seine Mitbrüder aus dem Kloster Andagium. Zum anderen: Die Bisswunden der Menschen in den umliegenden Siedlungen – von vieren hatte er auf dem Rückweg bereits erfahren – waren nicht mehr allesamt frisch. Zum dritten: Bruder Agius würde das Wirken der Mönche im Hubertus-Kloster als neuen und zudem unbewiesenen Aberglauben bezeichnen. Er hielt nichts davon, solche Methoden in eine ganz andere, vom wahren Glauben noch nicht entflammte Welt zu tragen.

Leider hatte Melchior – ob absichtlich oder versehentlich, darüber wollte er selbst nicht so genau nachdenken – es im Kloster verpasst, den Vater Prior von seinem Vorhaben in Kenntnis zu setzen, mit den Mitteln des heiligen Hubertus auch in dieser Gegend der Tollwut entgegenzuwirken. Doch diese Verzögerung war kein Vorteil, denn nun wäre es Agius, an den er sich als nächste Autorität wenden musste, um ihn um Erlaubnis zu bitten. Und diese Instanz – darüber bestand für Melchior kein Zweifel – war schwieriger zu nehmen als der Vater Prior selbst.

Tatsächlich untersagte Agius es dem Mitbruder ausdrücklich, selbst Hand an die ohnehin unglücklichen Menschen zu legen und sie unnötigerweise mit einem heißen Schlüssel zu versengen.

So beschloss der Mönch Melchior schweren Herzens, die Sünde des Ungehorsams zu begehen, und machte sich auf den Weg zur alten Schmiede, um Inga über das Ergebnis seiner Erkundigungen zu unterrichten.

»Und ich habe sogar einen Schlüssel mitgebracht«, sagte er stolz.

»Tatsächlich? *Den* Schlüssel?«, fragte Inga erstaunt. Melchior hatte inzwischen alles freudig erregt berichtet. Auch Inga und die krumme Gunda, inzwischen Dauergast in der alten Schmiede, waren froh, dass der Mönch ein Mittel gegen die Raserei gefunden hatte. Denn inzwischen kamen die Wölfe tatsächlich selbst am Tage aus ihren Verstecken, irrten auf den Höfen herum, bissen Vieh und mitunter auch Menschen und verreckten, wenn sie nicht erschlagen wurden, bald elendig inmitten der Siedlungen.

»Nein, Gott bewahre! Natürlich ist es nicht der Schlüssel des heiligen Hubertus. Dieses hier ist ein alter Schlüssel aus unserer Gründung in Hethis. Das Kloster wurde aufgegeben, ist längst verfallen. Doch den Schlüssel zum Vorratsraum, den hatte unser Cellerar noch verwahrt. Bruder Antonius, ein feiner Mensch, fast ein Freund, möchte ich sagen. Ich erzählte ihm von eurem Unglück und von den Erkenntnissen über die Tollwut aus dem Kloster des heiligen Hubertus. ›Weißt du was, Bruder Melchior‹, sagte er, ›nimm doch einfach diesen hier. Es ist zwar nicht der Schlüssel zum Himmelsreich, aber immerhin zur Vorratskammer unseres alten Klosters. Und wer wüsste nicht, dass eben dieser Raum für die meisten unserer Mitbrüder dem Himmelreich sehr nahekommt?‹«

Und mit diesen Worten reichte nun Bruder Melchior Inga einen riesigen rostigen Schlüssel.

»Was soll *ich* damit?« Inga schaute ihren geistlichen Besucher fragend an.

»Ich darf es nicht tun«, antwortete Melchior scharf und kurz, ganz so, als befürchte er, Agius stehe gleich hinter der Türe und lausche, um ihn unverzüglich wegen seines Ungehorsams zur Rede zu stellen.

»Das heißt, *ich* soll zu den Menschen gehen und ihnen die Wunden ausbrennen? Mit diesem Ding hier? Und dann?«

»Wie ich schon sagte: Verband, Vaterunser, Beichte und Kommunion. Nicht in den Spiegel schauen. Das ist ganz wichtig.«

»Niemand hier besitzt einen Spiegel. Und warum dürfte man das nicht?«, fragte Inga.

»Da bin ich überfragt. So besagen es die Regeln der Brüder aus dem Hubertus-Kloster. Bruder Thomasius hat sie mir nur mündlich überliefert. Ich vergaß ihn nach den Gründen für jede einzelne Handlung zu fragen.«

»Weil sie sich nicht selbst sehen können, die Werwölfe. Sie besitzen kein Spiegelbild«, flüsterte Gunda geheimnisvoll. Sie hatte die ganze Zeit krumm und unscheinbar dabeigestanden und angestrengt zugehört. Kein Wort, nicht das geringste, durfte ihr entgehen.

»Wie dem auch sei. Ihr Schaden wird es nicht sein, darauf zu verzichten, sich ein eigenes Bild von sich zu machen«, sagte Melchior.

»Aber sie werden mir nicht vertrauen«, zweifelte Inga.

»Nimm Gunda mit. Jeder kennt sie und wird sie auf seinen Hof lassen. Sie wird ein gutes Wort für dich einlegen, nicht wahr, gute Gunda?«

Er lachte die Alte mit seinen schiefen Zähnen an. Die murrte nur leise.

»Und du kannst mich nicht begleiten, Mönch Melchior?«, fragte Inga.

»Auf gar keinen Fall. Bruder Agius hält das Ganze für Scharlatanerie. ›Wie sollen wir ihnen ihr falsches Zauberwerk austreiben, wenn wir selbst nicht besser sind als die Heiden?‹, sagte er. Er darf nichts von alldem erfahren.«

Inga nickte und schaute stumm auf den rostigen Schlüssel, der schwer in ihrer Hand lag.

»Was mache ich nur, wenn es nicht gelingt? Sie werden mich binden und ertränken.«

»Sollte das eintreffen, so werde ich es zu verhindern wissen. So wahr mir Gott helfe und so wahr mich Bruder Agius dafür schimpflich schelten wird. Nun muss ich wieder gehen. Gott segne euch, ihr mutigen Frauen.«

Und damit verließ er eiligen Schrittes die Hütte.

Gunda, die viel zu neugierig war, um sich vor den »Werwölfen«, wie sie die Gebissenen nach wie vor bezeichnete, zu fürchten, hatte bald ausgekundschaftet, wo überall Menschen von Hunden, Wölfen, Füchsen oder Mardern angefallen und verletzt worden waren.

Ihr erster Weg führte sie zum Hofe des Liudolf. Wie bei allen Häusern in der nahen Umgebung waren auch hier sämtliche

Türen verriegelt. Trotz des herrlichen Sonnenscheins ließen die Menschen ihre Arbeit ruhen, ließen die Felder und Gärten verdorren und verbargen sich im Dunkel ihrer Hütten. Inga und Gunda mussten ununterbrochen klopfen, rufen und ihr Anliegen laut und wiederholt kundtun, bevor ihnen unter großem Vorbehalt die Tür geöffnet wurde.

»Welch ein Angang«, begrüßte Liudolf die beiden unfreundlich. »Erst kommt mir die Hundswut ins Haus, und dann ist das Erste, was ich am heutigen Tage erblicke, das alte Weib Gunda. Schlimmer als eine Krähe. Wie viel Unglück soll mich noch ereilen? Was wollt ihr?«

Inga erklärte mit gesenktem Blick, aber fester Stimme ihr Anliegen.

»Brennen wollt ihr sie?«, fragte Liudolf, Inga abschätzig betrachtend.

»So ist es Brauch bei den Mönchen. Lass es uns versuchen, denn schaden kann es nicht«, antwortete Inga rasch. Ihr war nicht wohl in ihrer Haut.

»Ihr fehlt nichts. Die Wunde verheilt.«

»Das stimmt nicht«, meldete sich eine Stimme aus dem Hintergrund zu Wort. Es war Heide, die Frau des Liudolf, ein bereits graues, fast zahnloses Weib von weit über vierzig Sommern.

Anders als bei ihrem Mann, der gleichen Alters war, hatte das Kommen und Gehen der Jahreszeiten es nicht gut mit ihr gemeint, und nun war sie auch noch einem tollwütigen Wolf zum Opfer gefallen.

»Du hast kein Fieber, keine Schmerzen mehr. Also, was beschwerst du dich, Frau?«, fuhr Liudolf sie barsch an.

»Jucken und brennen tut es. Heute Morgen hat es angefangen«, beklagte diese sich leise.

»Wenn Wunden heilen, dann jucken sie. Das weiß jedes Kind. Ihr könnt gehen. Hier wird nicht gebrannt.«

»Doch, sie sollen mich brennen. Wenn die Mönche es sagen, dann wird es richtig sein.«

»Ach, mach doch, was du willst. Lass dich nur verunstalten, viel Schaden kann man da eh nicht mehr anrichten.«

Inga schluckte. Vorsichtig drängte sie sich an dem breiten, bedrohlichen Liudolf vorüber und bahnte sich den Weg zu Heide, die auf der Bank saß, welche sich, wie in einem jeden Langhaus dieser Gegend, rundherum um die Wände des großen Wohnraumes erstreckte.

Bereitwillig zeigte Heide ihr Bein. Die Wunde war nicht groß, denn der Wolf war sofort nach dem Angriff in die Flucht geschlagen worden, und tatsächlich schien sie auch nicht entzündet zu sein. Inga führte die Verletzte zur Feuerstelle in der Mitte des Raumes. Dann nahm sie den Schlüssel aus einem Beutel, den sie um den Hals trug, hielt ihn ins Feuer, bis sein Bart glühte, und presste ihn schließlich zitternd und widerwillig auf das Bein der Frau. Diese schrie erbärmlich, und der ekelerregende Geruch verbrannter Haut breitete sich im Nu im Hause aus.

Alle starrten voll stummen Entsetzens auf die Szene und beobachteten, wie Inga die fast ohnmächtige Heide zu ihrem Lager zurückführte, sie verband und ihr die heiligen Pflichten auftrug, die es laut Melchior zum Zwecke einer erfolgreichen Heilung zusätzlich zu erfüllen galt.

Ohne ein Wort des Dankes, aber auch ohne Schimpf und Schande durften die Frauen den Hof des Liudolf wieder verlassen.

Und so brannte Inga noch am gleichen Tag die Wunde im Oberschenkel des zehnjährigen Sohnes eines Hörigen, ein tapferes Kind, dessen Unglück Inga sehr zu Herzen ging, des Weiteren brannte sie die linke Hand eines Knechtes aus der Siedlung am östlichen Ausläufer des heiligen Berges, und im selben Ort musste sie den glühenden Schlüssel in das Gesicht eines ehemals bildschönen Mädchens von nur fünfzehn Jahren halten.

Als sie tief in der Nacht erschöpft auf ihr Lager sank, war Inga sich unsicher, ob ihre Handlung richtig war. Was nur hatte sie da getan? Verunstaltet hatte sie die Menschen, ihnen die Haut verbrannt, ihnen schreckliche Schmerzen zugefügt. Und das sollte tatsächlich helfen? Leicht war es ihr nicht gefallen, und sie wollte sich gar nicht erst vor Augen führen, was geschah, wenn einer ihrer Patienten dennoch starb.

Doch Inga kam nicht dazu, die ihr aufgetragene göttliche Mission aufzugeben, denn schon am nächsten Tage wurde sie zu zwei weiteren Menschen gerufen. Einer dieser Menschen war Heinrich, der Neffe Rothgers und Ansgars.

Almut, seine jüngere Schwester, hatte den jungen Mann in den Hilgerschen Wald geführt, fort von dem Haus, dessen Bewohner nicht wissen durften, dass sie die verstoßene Inga um Hilfe bat. Dort, inmitten der Eichen und Buchen, hatte sie bereits ein Feuer gemacht, als Inga kam.

Dem Buben ging es nicht schlecht. Am Tag zuvor war er auf dem eigenen Hof von einem Fuchs angefallen und in die Wade gebissen worden. Er hatte das Tier eigenhändig erwürgen können, doch die Wunde war sehr tief.

»Ich will nicht, dass er stirbt. Er ist der einzige Mensch, der mir noch geblieben ist«, weinte Almut. »Auch wenn Ansgar tobt und mich verprügelt, sobald er herausfindet, dass ich dich um Hilfe gebeten habe – ich kann nicht anders.«

»Schon gut, beruhige dich, Almut. Ich weiß selber nicht, ob es tatsächlich hilft, aber ich tue mein Bestes.«

Und somit wurde auch der junge Heinrich nach Art der Hubertus-Mönche versorgt. Ein Aberglaube, wie Agius nüchtern dachte, ein Aberglaube, der jedoch in diesem Falle eine durchaus wirkungsvolle und tatsächliche Heilkraft besaß.

Die Tollwut grassierte in mehr als zehn Siedlungen dieser Gegend. Nahezu alle Füchse, Wölfe und Marder der Wälder erlagen ihr, zahlreiche Hofhunde erkrankten oder wurden im Vorhinein erschlagen. Unzähliges Vieh musste notgeschlachtet werden, und immerhin dreiundzwanzig Menschen waren gebissen worden.

Zehn von diesen hatte Inga versorgt, und acht von ihnen hatten überlebt. Die restlichen fünfzehn waren eines qualvollen Todes gestorben. Bei ihnen hatte Wochen nach dem Biss die Wassersucht eingesetzt, grausame Krämpfe plagten sie, bis schließlich ihr ganzer Körper gelähmt war und sie dem Tod als Gnade ins Auge blickten. Heide, die Frau des Liudolf, und ein alter Mann von einem Gehöft jenseits des umhügelten Tales hatten es nicht geschafft. Sie waren die einzigen, denen Inga den Schlüssel vergeblich aufgedrückt hatte.

Als der Sommer vorüber war und sämtliche Raubtiere der Wälder eingegangen oder erlegt worden waren, kehrte die Ruhe zurück. Man zählte die Toten, holte von überall Informationen ein. Und schon bald stellte sich heraus – auch wenn Liudolf anders darüber sprach –, dass Inga, Witwe des Rothger, tatsächlich die Kräfte einer Wunderheilerin besaß.

Und wie es bei Wunderheilungen üblich ist, so rankte sich bald eine bunte Geschichte um den Schlüssel, den Inga bei sich trug. Vom heiligen Hubertus war dabei keine Rede, den kannte man nicht, und außerdem hatte Inga es versäumt, Melchior im Hinblick auf die Heiligenlegende dieses Schutzpatrons genauer zuzuhören, um sie dann an die Patienten weiterzugeben.

Vielmehr gehörte der Schlüssel, so erzählte man sich, einem sächsischen Jäger. Dieser habe ihn bei der Wildhatz in einem dichten Urwald im Laub gefunden. Zwerge hatten ihn verloren. Sie hatten von Hel persönlich den Auftrag erhalten, eine Pforte zu ihrer Unterwelt zu bauen. Den Auftrag hatten sie erfüllt, doch den Schlüssel konnten sie der Totengöttin nicht überreichen, da der Jäger ihn bereits an sich genommen hatte.

Und was fiel diesem schlauen Burschen ein?

Mir nichts, dir nichts machte er sich auf zum Totenreich und schloss die neue Pforte mit dem ihm nun eigenen, einzigen Schlüssel ab. Das Reich der Hel war zugesperrt.

Jenes waren glückliche Tage, denn solange die Zwerge brauchten, um ihre selbstgefertigte, eiserne, baumdicke Türe zu zerstören, so lange starb kein Mensch auf Erden. Und selbst als das Reich der Toten wieder offen stand, verlor der Schlüssel seine Wirkungskraft nicht, denn noch immer konnte er nicht alle, aber dennoch einige Menschen vor dem Tode bewahren.

Unglücklicherweise ging er bald wieder verloren.

Inga, die Witwe des Rothger, soll ihn in der Esse der alten Schmiede erneut gefunden haben. Hatho, der verfluchte Schmied, hatte ihn aus einem der geschändeten Gräber entwendet und war gerade dabei gewesen, ihn einzuschmelzen, als die Mannen des Grafen ihn gefangen genommen hatten. So hatte der wundersame Schlüssel all die Jahre in der Schmiede gelegen, bis Inga es wagte, das verwunschene Haus zu betreten und sich der ursprünglichen, weißen Zauberkraft dieses Schlüssels zu bedienen.

So ähnlich klang das Märchen, welches sich in diesem Sommer um Inga rankte. Niemand Geringeres als die krumme Gunda war für diese fantasievolle Geschichte verantwortlich, und weil sie so schön war, wollte sie auch jeder gerne glauben.

Inga war es zunächst recht, stieg ihr Ansehen doch enorm. Bald standen täglich Menschen vor ihrer Türe, baten um Rat bei Gelenkschmerzen, wollten Säfte gegen Würmer. Frauen fragten nach Fruchtbarkeitstränken, Männer hatten ähnliche Wünsche. Manche kamen mit nässenden Flechten, andere mit Warzen, wieder andere klagten über Schlaflosigkeit, ständigen Schnupfen, triefende Augen, über Mundgeruch, Verstopfung, Zahnfäule. Es gab schier nichts, was Inga an Menschlichem nicht zu Ohren kam, und in vielen Fällen konnte sie tatsächlich Hilfe leisten.

Sie fühlte sich großartig. Und in Gunda hatte sie eine wahre und treue Freundin gefunden. Niemals hätte sie all das für möglich gehalten.

Doch leider gab es zwei Menschen, die mit dem, was Inga in diesen Wochen widerfuhr, ganz und gar nicht einverstanden waren. Bei dem einen handelte es sich um den Benediktinermönch Agius von Avennio, bei dem anderen um Ansgar, Sohn des Hilger.

XVII

Vergeblich war Inga auf der Suche nach dem beruhigenden Katzenkraut gewesen. Normalerweise wuchs es zu Beginn des Herbstes überall dort, wo es feucht und steinig war, doch in diesem Jahr war an den üblichen Plätzen nichts zu finden gewesen. Inga beschloss, am nächsten Tag noch einmal ihr Glück zu versuchen.

Auf dem steinigen Eschenberg, einer der sieben das enge Tal umgebenden Hügel, würde sie gewiss fündig werden. Hier gab es nahezu nichts als Steine, undurchdringliches Dornengebüsch und einige wenige Eschen. An diesem Ort, so hatte Ulrich einmal erzählt, seien einst Ask und Umbla, die beiden ersten Menschen, aus den Bäumen Esche und Ulme erschaffen worden. Eine unwirtliche, wüste Gegend, in welcher bisher nicht ein einziges Mal der Versuch unternommen worden war, das karge Land urbar zu machen. Dort wuchsen gewiss allerlei Kräuter. Inga war sich dessen sicher, doch sie hatte es bislang vermieden, dorthin zu gehen, obwohl er ganz nah lag, dieser im Gegensatz zu seinen dicht bewaldeten Nachbarn so nackte Hügel. Aber der Weg dorthin würde sie unweigerlich durch die Wälder und über die Felder der Hilgerschen führen. Und diesen Weg wagte Inga noch immer nur unter äußerster Dringlichkeit.

Diese war nun eingetreten: Am morgigen Tag *musste* sie unweigerlich ihren Radius erweitern, denn die brachliegenden

Felder, Wegesränder und Wälder in der Nähe ihrer Hütte waren bereits sämtlich leergesucht. Nicht einmal mehr ein einziger Pilz war zu finden, geschweige denn ein solch kostbares Gewächs wie das Katzenkraut, welches Inga unbedingt benötigte, denn schon jetzt fragten die Leute immer wieder danach. Sie liebten den intensiven Geruch, den seine Wurzeln beim Trocknen verströmten, und die Wirkung des aus ihm gewonnenen Saftes war berühmt, versetzte doch sein Genuss jeden in einen seligen Zustand angenehmer Ruhe. Ein wunderbares Heilmittel bei Schlafstörungen, angewandt auch bei Trauernden oder bei Frauen, die eine Totgeburt verkraften mussten. Darüber hinaus wirkte das Kraut krampflindernd, besonders dann – und das kam in den warmen Jahreszeiten häufig vor –, wenn Magen und Darm empfindlich geschwächt waren.

Während Inga auf dem Heimweg zu ihrer Schmiede darüber nachdachte, wie sie dieses Kraut, wenn sie es denn fand, möglichst schnell trocknen würde, um all denjenigen helfen zu können, die bereits dringlich danach gefragt hatten, bemerkte sie, dass auf der Bank vor ihrer windschiefen Hütte ein Mann saß und wartete.

Es war Bruder Agius – müde und entkräftet sah er aus. Offensichtlich hatte er die herannahende Inga noch nicht bemerkt. Traurig und eingesunken hockte er mit aschfahlem Gesicht dort und starrte trüb vor sich hin, die Augen auf den Boden gerichtet. Inga kannte ihn nur wenig und war sich nicht sicher, ob sie ihn besser kennenlernen wollte, aber sie konnte sich denken, was ihn so bedrückte.

Sie kamen nicht mehr. Die Menschen kamen nicht mehr zu seiner Kirche. Und das musste einen solch heiligen oder vielmehr ehrgeizigen Mann wie Bruder Agius sehr betrüben.

Während der Zeit der Tollwut war niemand, keine Menschenseele, den weiten, bewaldeten Weg zur Kirche emporgestiegen. Und nachdem die letzten Füchse und Wölfe verendet waren, schienen die Menschen ganz und gar vergessen zu haben, dass es dort oben auf dem heiligen Berg ein Gotteshaus gab. Ja, sie fanden durchaus wieder den Weg dorthin, auf den Berg. Jedoch nicht, um dem Christengott zu huldigen. Sondern um zum alten Opfermoor zu gehen, wo sie zwar schweigend und ohne Aufsehen zu erregen, aber dennoch in großen Massen, allerlei Gut hineinwarfen: vorwiegend Schnitzereien, welche Schutzgottheiten oder Tiere – besonders Wölfe – darstellten. Man wollte sie nicht wieder gegen sich aufbringen, die Götter und Geister; und was den Christengott betraf, so gab es ja noch immer die beiden Mönche, die Tag und Nacht zu ihm beteten. Das dürfte ausreichen, um ihn milde zu stimmen.

Agius war dieses Verhalten nicht entgangen, und langsam begann er tatsächlich, alle Hoffnungen zu verlieren. Diese Heiden waren unbelehrbar. Und er, Agius, war nicht der richtige Hirte, um die Geduld aufzubringen, die störrische Herde auf den rechten Pfad zu lenken. Er hatte es zunächst mit Verständnis versucht, dann mit Strenge – vergeblich.

Möglichst bild- und ereignisreiche Geschichten aus der Bibel ließen sie sich erzählen, blutige Heiligenlegenden vortragen, aber sonst blieben diese Leute uninteressiert. Man konnte ihnen auch keine Angst machen, ihnen nicht drohen, denn Angst hatten sie weiterhin nur vor ihren alten, hergebrachten Gottheiten. Den neuen, milden Gott akzeptierten sie, doch wenn es ernst wurde, Katastrophen zu bewältigen oder schwere Hürden zu nehmen waren, dann dachten sie zuallererst an sie: an Wodan, Thor, Saxnot und wie sie alle heißen mochten.

Es war ein Fass ohne Boden, und Agius war müde, er hatte keine Kraft mehr. Wochenlang hatte er sich ins Kloster zurückgezogen, hatte Zwiesprache mit Gott gehalten, Gespräche mit dem Prior geführt. Am liebsten hätte er seine Mission als gescheitert angesehen, sein Amt als Verkünder der frohen Botschaft an die Heidenmenschen niedergelegt, denn er war nicht der Richtige für diese Aufgabe. Damit hatte der verhasste Taddäus Recht behalten.

Er war zu wenig von dieser Welt. Er versuchte die Menschen zu verstehen, ihr heidnisches Verhalten als Unwissenheit abzutun und sie somit vor anderen zu verteidigen: Ja, das konnte er. Aber selbst in dieser Welt zurechtzukommen, gelang ihm nicht. Er war wahrlich kein Menschenfischer, hatte keinen Zugang zu ihren Seelen. Er war nicht wie sie, und das blieb ihnen nicht verborgen. Sie begegneten ihm höflich, aber mieden ihn, wo sie nur konnten. Niemand suchte ihn, niemand fragte ihn um Rat.

Melchior hingegen, dem einfältigen Melchior, war es gelungen, einige von ihnen für sich zu gewinnen. Doch das war kein Erfolg für die Christenheit, keine tiefgreifende theologische Belehrung – Erzählungen waren es, möglichst blutiger Art, die sie hören wollten und die er ihnen gerne gab. Doch nach dem Sinn dieser wahllos dahingeplapperten Bibelstellen fragten sie nicht, niemals. Und Melchior, so gut er war, vermochte es ihnen auch nicht zu erklären.

Alles kehrten sie um, alles neue Wissen vermischten sie mit ihren alten Traditionen. Bruder Melchior, so naiv und gutgläubig, unterstützte dieses Treiben. Aus der leider viel zu schönen Witwe Inga hatte er mit Hilfe des klösterlichen Wissens eine Hexenmeisterin gemacht. Eine heilkundige Kräuterfrau, über die man wundertätige, ja zauberhafte Geschichten erzählte. Und in keiner dieser Geschichten war auch nur einmal, ein einziges Mal die Rede vom Glauben und der Berufung auf Gott und seinen Sohn Jesus Christus. Ja, Melchior war es gelungen, eine regelrechte Wiedergeburt des heidnischen Glaubens heraufzubeschwören.

So sah sich Agius nun, nachdem er aus seiner Klausur zurückgekehrt war, vor einem einzigen Trümmerhaufen stehen. Und diese Frau, die er soeben erblickte, die dort den Weg hinaufkam, diese Frau mit ihrem glatten blonden Haar, den grünen Augen und den tausenden von Sommersprossen in ihrem nur leicht von der Sonne gebräunten Gesicht, sie war der Schlüssel zu all diesem Niedergang.

»Ist etwas passiert, Bruder Agius?«, fragte Inga den Mönch, nachdem sie nähergekommen war.

»Viel ist passiert in der letzten Zeit, zu viel«, antwortete er bitter und erhob sich dabei nicht von seinem Platz.

Inga wusste nicht, wie sie seine Antwort deuten sollte. Sie befürchtete, Ansgar habe nun tatsächlich ihren vor wenigen Tagen endlich heimgekehrten Bruder aufgesucht und erschlagen.

»Ist etwas mit meinem Bruder Bero?«

»Nein. Es geht um dich und das, was du hier treibst.«

Inga war erstaunt. Mit gerunzelter Stirn ging sie einen Schritt zurück, den Mönch erwartungsvoll betrachtend.

»Was mache ich falsch in deinen Augen, Bruder Agius?«

»Es ist nicht verwerflich, wenn eine Frau, die gezwungen ist, allein zu leben, einer ehrlichen Arbeit nachgeht. Wahrlich, dies ist auch in Gottes Sinne. Und selbst das Handwerk der Heilkunst ist ein Gebiet, gegen das nichts einzuwenden ist. Es sei denn, man betreibt es mit Unwissen, mit abergläubischem Unwissen.«

»Ich weiß nicht, wovon du sprichst, Herr Mönch.« Inga fühlte sich beleidigt.

»Es war dumm von Bruder Melchior, dir eine solch zweifelhafte Geschichte über die Wunderheilungen durch den Schlüssel des heiligen Hubertus zu erzählen. Sehr dumm. Er hätte bedenken müssen, dass du sie nicht verstehst.«

»Ich wüsste nicht, was ich nicht verstanden habe. Viele Menschen sind gesund geworden.«

»Das war reines Glück.«

»Glück? Gottes Beistand war es, so sagt zumindest Bruder Melchior.«

»So? Und mit Gottes Beistand erfindet ihr Schauermärchen über Zwerge, Zauberschlüssel und über die Pforte zum teuflischen Reich eurer Totengöttin?«

»Damit habe ich nichts zu tun.«

Agius lachte wieder bitter.

»Aber unternommen hast du auch nichts dagegen. Stattdessen treibst du nun als Wunderheilerin dein Unwesen. Verteilst Amulette mit Zauberrunen, braust unter heidnischem Gemurmel Tränke jeglicher Art und gibst diesen armen Unwissenden Ratschläge, die so gottlos sind, dass ich sie mir nicht einmal mehr in Erinnerung rufen möchte. Noch geht das gut, Frau Inga. Doch schon sehr bald wird sich dir die Kehrseite der Medaille offenbaren. Das ist die Gefahr, wenn man mit dem Feuer spielt.«

»Wie soll ich deine Worte verstehen?«

»Was, wenn ein Trank nicht bewirkt, was er bewirken soll? Ja, wenn sogar das Gegenteil eintrifft? Was, wenn Menschen sterben, die du heilen wolltest? Dann wird aus der weißen Magierin eine schwarze Hexe.«

»Und du, Bruder Agius, willst diesen Wandel heraufbeschwören.«

Agius schüttete den Kopf. »Du musst wissen, Witwe Inga, der Glaube an schwarze Magierinnen ist allein eine Unsitte *deines* Volkes. Kaiser Karl sprach weise, als er verordnete, dass die Todesstrafe erleide, wer nach Sitte der Heiden glaubt, irgendeine Frau oder ein Mann sei eine Hexe oder ein Menschenfresser, und sie darum tötet. Doch diese Drohung kümmert euch Barbaren nur wenig. Und nicht nur euch Barbaren. Auch unter meinen Kirchenbrüdern bemerke ich eine bedrohliche Wandlung in ihren einst so weisen und vernünftigen Ansichten. Allein bin ich machtlos, ich bin ein einfacher Diener Gottes, mir bleibt nur das Gebet. Und davon wisst ihr hier in dieser Gegend nach wie vor nicht das Geringste. Wunder gibt es nicht. Es gibt nur die Hoffnung. Versteht das endlich.«

»Bruder Melchior hat von Wundern erzählt, die Jesus Christus vollbracht hat.«

»Du wirst es nicht wagen, dich mit unserem Herrn zu vergleichen.« Agius war plötzlich aufgestanden und schrie Inga an.

»Ich bewirke keine Wunder. Ich helfe, und damit verdiene ich mein Brot.«

»Mit welchen Mitteln hilfst du?« Er hatte sich etwas beruhigt, stand aber weiterhin dicht vor Inga, die nun zu ihm aufschauen musste.

»Bruder Melchior hat mir von der Kräuterkunde der Mönche berichtet.«

»Und dagegen ist nichts einzuwenden. Ein Mischwerk jedoch aus dieser gelehrten Wissenschaft und euren überlieferten Scharlatanerien, das ist es, was du nun betreibst. Damit stellst du dich gegen uns, gegen unsere Absichten. Du zerstörst, Inga. Du zerstörst die Kirche, die wir zu errichten versuchen.«

»Aber sie ist doch schon längst errichtet.«

Agius verdrehte die Augen und schaute lange in den Himmel, dann wandte er sich wieder an sie, seine Stimme klang besänftigter.

»Ich will nicht, dass du dir aus Unwissenheit selbst ein Leid zufügst. Das ist alles, was ich zu sagen gekommen bin. Nicht umsonst sind es die Mönche, die sich auf die Heilkunst und die Kräuterlehre zu spezialisieren versuchen, und selbst sie unterliegen oft genug dem abergläubischen Einfluss. Ich nenne es nicht teuflisch, was du da treibst. Ich nicht. Andere hingegen könnten es so deuten.«

Wieder senkte Inga den Blick. Erst als sie spürte, wie er seine Hände auf ihre Schultern legte, schaute sie wieder vorsichtig nach oben. Er fuhr mit dem Handrücken leicht über ihre Wange, sein Gesicht jedoch blieb ausdruckslos, ja beherrscht. Inga wurde mulmig, ihr Herz raste, und am liebsten hätte sie sich auf die Zehenspitzen gestellt und ihn geküsst, doch das wagte sie nicht.

In diesem Moment schaute er auf und blickte in die Richtung, aus der vor wenigen Momenten Inga zurück zur Schmiede gekommen war. Ruckartig ließ er sie los, verabschiedete sich linkisch und eilte davon, den Berg hinauf.

Es war Ada, die den Weg entlangkam. In ihren Armen hielt sie ein kleines, eingewickeltes Bündel. Sie ging schnell, ihr Gesicht verriet Verzweiflung.

Die kleine Rike, ihre einzige Tochter, hustete schon seit zwei Wochen. Das Kind – es zählte gerade zwei Sommer – war nun schon den dritten Tag heiß wie glühende Kohlen. Es aß und trank nichts, war vollkommen erschöpft, konnte aber keinen Schlaf finden. Und immer wieder, nahezu nach jedem dritten Atemzug, wurde sie von einem bellenden, fast schellenartigen Hustenkrampf geschüttelt.

»Schafhusten« hatte es der alte Ulrich genannt, und die Zwillinge Berta und Gisela meinten genau zu wissen, was zu tun war, um dem Kind die bösen Geister auszutreiben. In ein Erdloch hatten sie das fiebrige kleine Mädchen gesetzt und den Ausgang mit Dornenzweigen versperrt. Man wollte auf die heilende Kraft der Mutter Erde hoffen. Hörte das Kind auf zu weinen, hatte die Erde es gesund gemacht. Doch Rike hatte nicht aufgehört zu weinen, immer lauter hatte sie geschrien und schließlich so schrecklich zu husten angefangen, dass Ada meinte, es gehe mit der Kleinen zu Ende.

Ansgar hatte schließlich, die Frauen wegstoßend, seine Tochter aus dem Loch herausgeholt und wieder ins Haus zurückgetragen.

Das war am gestrigen Tage gewesen.

Heute hatte sich der Zustand des Kindes noch weiter verschlechtert. Doch es war Erntezeit. Man war in Eile, die lange Zeit der Tollwut hatte die Arbeiten um Wochen aufgehalten, der Herbst war bereits gekommen. Jede Arbeitskraft wurde gebraucht, auch Adas. Sie hatte das sterbende Kind wohl oder übel allein beim alten Ulrich lassen müssen. Während alle anderen auf den Feldern arbeiteten, war sie kurz zum Haus zurückgekehrt, um nach dem Kinde zu sehen. Der Zustand der Kleinen hatte sich weiter verschlechtert, das Fieber war noch mehr gestiegen, und sie begann blutigen Schleim zu husten. In ihrer Verzweiflung hatte sich Ada das kleine Bündel geschnappt und war heimlich zu Inga gelaufen. Es kostete sie sehr viel Überwindung, aber ihre Schwägerin war ihre letzte Hoffnung.

Als Inga erkannte, was Ada im Arm trug, eilte sie auf sie los und nahm ihr das Kind ab. Ohne Worte liefen sie ins Haus.

»Wir müssen das Fieber bekämpfen. Zieh sie aus!«, befahl Inga ihrer Schwägerin.

»Ich kann nicht bleiben, Inga. Wenn Ansgar bemerkt, dass ich das Kind zu dir gebracht habe, wird er kommen und es holen. Ich muss zurück aufs Feld.«

»Dann geh, Ada, und lass sie bei mir. Ich will dir nichts versprechen, denn es sieht nicht gut aus. Gib mir keine Schuld, wenn sie stirbt.«

»Die Schuld gebe ich mir, weil ich zu lange gewartet habe.«

»Geh nun!«

Inga zog das kleine Mädchen aus und legte es an die frische Luft, nachdem sie es in ein Schaffell eingewickelt hatte. Dann setzte sie im Kessel Wasser auf, schnappte sich einen Eimer und rannte in Windeseile zum nahen Bach. Wieder zurück im Haus, beschmierte sie zwei Leinentücher mit einer Paste aus Birkenwurzel und tauchte sie dann in das kalte Wasser. Diese Tücher wickelte sie der kleine Rike um die dünnen Beinchen. In der Zwischenzeit kochte das Wasser im Kessel. Einen Teil füllte sie in einen Holzbecher, in den sie zuvor ein Säckchen mit getrocknetem Wegerich gelegt hatte, den anderen Teil füllte sie in eine große Schale und warf ein ganzes Büschel »Albenarme« hinein. So hatte ihre Großmutter dieses seltene, aber hochwirksame Kraut genannt, welches die Luft in die Lunge zurückströmen ließ und sich außerdem als köstliches Gewürz für Fleisch eignete.

Mit der dampfenden Schüssel ging sie hinaus zu Rike. Sie lag dort, vollkommen erschöpft und nur durch den bellenden Husten, der sie ständig schüttelte, bei Bewusstsein gehalten. Inga nahm das Kind auf den Schoß und ließ es den Thymiandampf einatmen. Immer wieder fächerte sie ihr die feuchte, angenehm duftende Luft zu.

In diesem Moment – welch ein Glück – kam die alte Gunda aus der Siedlung zurück. Sie hatte bei der Ernte helfen wollen, war aber bald vom Liudolf wegen ihres krummen Rückens, der ihr nur langsam zu verrichtende Arbeit möglich machte, fortgeschickt worden. In der alten Schmiede hatte sie mittlerweile ein eigenes Lager und wohnte zum Teil hier, zum Teil in ihrer schäbigen Hütte im Tal.

»Gunda, gut, dass du da bist! Hol bitte zwei Leinentücher, reibe sie mit der Paste ein, die drinnen auf dem Tisch steht, und tauche sie dann in den Eimer mit kaltem Wasser. Schnell, beeile dich.«

Den ganzen restlichen Tag über kümmerten sich die beiden Frauen ohne Unterlass um das kranke Mädchen. Sie machten

Wadenwickel, Aufgüsse, verabreichten ihr einen Sirup aus getrocknetem Klatschmohn und einen Tee aus Wegerichblättern.

»Sie muss viel trinken, und wir müssen es ihr mit Gewalt einflößen. Auf keinen Fall darf sie in die Nähe von Feuer. Der Qualm würde sie töten.«

»In einen hohlen Baumstamm musst du sie setzen, dann vergeht der Husten, Inga.«

»Lass das nicht Bruder Agius hören, Gunda, er nennt so etwas schwarze Magie. Aber du hast Recht, auch meine Großmutter hat gesagt: Hustende Kinder sollen in den Wald. Ich werde die Nacht mit ihr im Freien verbringen.«

Und so trug sie die ganze folgende Nacht das Kind am Waldesrand herum, ging mit ihr zum plätschernden Bach, tauchte die heißen Füßchen ins kalte Wasser, sang ihr Lieder, versuchte sie in den Schlaf zu wiegen. Gegen Mitternacht stieg das Fieber erneut an, der Husten jedoch wurde weniger. Bald darauf schlief Rike ein.

Inga saß mit ihr an einen Baum gelehnt und betrachtete im Schein des Vollmondes das hübsche, fiebrige Gesichtchen. Ganz friedlich war sie. Der Atem ging noch immer rasselnd, hatte sich aber etwas beruhigt. Liebevoll küsste Inga die heiße Stirn, kleine Schweißperlen begannen sich darauf zu bilden – ein gutes Zeichen, denn es hieß, dass das Fieber zu sinken begann.

Die Sonne schien bereits hell vom Himmel, als Inga erwachte. Ein kalter Schreck durchfuhr sie. Sie war eingeschlafen, obwohl sie sich vorgenommen hatte, die ganze Nacht über wach zu bleiben.

Wo war das Kind?

Rike war fort.

Verzweifelt schaute sie sich um, rief nach dem kleinen Mädchen, schrie seinen Namen. Wild vor Angst, raste sie zunächst hierhin, dann dorthin. Ihr Herz überschlug sich fast.

»Schon gut, schon gut, sie ist hier bei mir«, hörte sie eine wohlbekannte Stimme. Die krumme Gunda kam mühselig mit dem Kind auf dem Arm zu Inga gegangen.

»Sie hustet noch immer, ist auch noch ein wenig heiß. Hat aber selbst getrunken, ganz alleine. Und sogar ein Stückchen Brot wollte sie zum Frühstück essen.«

Erleichtert nahm Inga der Buckligen das Kind ab. Vollkommen nassgeschwitzt war es, die Äuglein ganz rot und die Haut blass. Aber sie lächelte und zeigte dabei ihre vielen kleinen, weißen Zähnchen.

»Dich bekommen wir wieder ganz gesund, das verspreche ich dir«, sagte Inga und strich Rike die nassen, blonden Löckchen aus dem Gesicht.

Aber bei diesen Worten wurde ihr Blick traurig. Schon die ganze Zeit über, seit die kleine Rike bei ihr war, musste sie an ihr Söhnchen denken. Genauso alt wie dieses Mädchen wäre nun auch er. Ein hübscher kleiner Bub mit einem strammen Schopf war er gewesen, doch viel zu früh war er auf die Welt gekommen. Nichts hatte auf eine Frühgeburt hingedeutet, die ganze Schwangerschaft über hatte Inga keine Schmerzen, kein Unwohlsein verspürt. Sie hatte sich bewegen können wie eh und je, und das Kind in ihrem Bauch hatte stets vergnügt und munter gestrampelt.

Dann jedoch waren diese Krämpfe gekommen, die gleichen wie in den ersten drei Schwangerschaften. Und selbst Ursel, eine patente Witwe und Geburtshelferin aus dem Tal, hatte sich das nicht erklären können. Wehen, so meinte sie, seien das nicht. Zwei Tage lag Inga da, hatte Fieber und Durchfall, dann kam das Kind – tot. Zum vierten Male in Folge ein totes Kind.

Ada kehrte erst am späten Abend zurück. Sie hatte sich hinausgeschlichen, als alle schliefen. Ansgar und dem Rest der Familie hatte sie erzählt, sie habe die Hebamme Ursel getroffen, deren Sohn ebenfalls am Schafhusten leide. Für einen Topf Honig habe diese auch die kleine Rike zu sich genommen, um beide Kinder zu pflegen. Eine bessere Lüge war ihr nicht eingefallen. Doch Ansgar sagte nichts dazu und fragte nicht weiter nach. Ihm war es lieber, das Kind weit fort zu wissen, denn der Tod eines solch kleinen Menschen war selbst ihm ein unerträgliches Erlebnis. Ja, die Jüngsten ereilte es weit häufiger als selbst die ganz Alten, das war eine schmerzhafte Erfahrung, von der niemand, nicht einmal die Mächtigsten, verschont blieben. Dennoch war der Anblick eines solch winzigen, verstorbenen Wurmes keiner, an den man sich gewöhnen konnte oder wollte.

Im Stillen nahmen sie alle an, dass die einzige Tochter des Ansgar ihren dritten Sommer nicht überleben werde.

Wie staunte Ada und wie überglücklich war sie, als sie die Kleine lebend und zufrieden schlafend auffand. Inga hatte sich und der kleinen Rike ein Zelt aus Fellen und Tuchen gemacht und im Hofe der Schmiede aufgestellt.

»Bei dem Husten ist es besser, wenn sie im Freien schläft. Der Ruß und der Rauch in den Häusern würde es nur schlimmer machen«, flüsterte Inga, nachdem sie sich mit der erleichterten Schwägerin auf die Bank vor dem Haus gesetzt hatte.

»Wird sie überleben?«

»Ich glaube schon. Doch lass sie noch hier bei mir, denn dieser Husten kann auch auf die anderen Kinder übergehen. Erst wenn sie vollkommen genesen ist, sollte sie wieder zurück.«

»Was sage ich dann Ansgar? Er glaubt, sie sei bei Ursel, und außerdem denkt er, sie sei dort längst gestorben.«

Inga musste lachen. »Dann wirst du ihm die Wahrheit sagen müssen.«

»Das geht nicht, Inga. Du und deine Familie, eure Namen werden in unserem Hause nicht mehr erwähnt. Nicht im Guten, nicht im Bösen. Es gibt euch einfach nicht mehr. Von deiner Wirkung als Kräuterfrau ist Ansgar nicht angetan. Er spricht kein Wort darüber, aber wenn Besucher aus dem Tal kommen und dich loben, haut er nur auf den Tisch und schreit ›Ruhe‹.«

»Ich sehe ihn gar nicht mehr den Berg hinaufkommen und zur Kirche gehen.«

»Seine Beichtübungen hat er eingestellt. Auch mit den Mönchen will er nichts mehr zu tun haben. Und selbst mit dem Liudolf gibt es nur Streit.«

»Was sagen die Mönche zu alldem?«, wollte Inga wissen.

»Bruder Agius war bei uns, um mit ihm zu reden. Ansgar hat ihn vertrieben und ihm hinterhergerufen, er solle ruhig die Mannen des Kaisers holen, von denen ließe er sich gern einen Kopf kürzer machen, aber zu Kreuze kriechen werde er nicht mehr.«

Inga nickte stumm.

»Und noch immer versucht er Gernot zu finden«, fuhr Ada nach einer Pause fort. »Er streift frühmorgens durch die Wälder und sucht nach seiner Leiche. Er glaubt nicht, dass er fort ist. Er ist sich sicher, dass er ermordet wurde.«

»Was würde er tun, wenn er seine Leiche findet?«

»Euch umbringen. Allesamt.«

Wieder nickte Inga. Ada schaute sie nur stumm von der Seite an.

»Ich danke dir, Inga. Das war sehr großherzig von dir. Du hast mein Kind gerettet. Du wärest eine gute Mutter geworden, eine bessere als ich.«

Ada nahm Ingas Hände in die ihren und schaute ihr lange in die Augen. Sie blickte nicht mehr kühl und ungerührt wie sonst, sondern traurig. Das war die erste Gefühlsregung, die Inga jemals an dieser Frau erlebt hatte.

»Du weißt, dass mir bekannt ist, was du und Ansgar miteinander getrieben haben. Ich hege deswegen keinen Groll gegen dich. Zuvor war es die Magd, und jetzt ist sie es wieder. Das ist mein Los. Nur eines will ich wissen: Hast du ihn geliebt?«

Inga wurde ein wenig rot. Sie genoss es, so vertraut mit ihrer Schwägerin zu sein; schon immer hatte sie gespürt, dass es eine Verbindung zwischen ihr und dieser ruhigen Frau gegeben hatte. Deshalb wollte sie nun auch ganz ehrlich antworten, aber diese Ehrlichkeit bereitete ihr Schwierigkeiten.

»Ich glaube nicht«, antwortete sie nur knapp.

»Ich liebe ihn nicht«, erwiderte Ada genauso kurz.

»Wie kam es, dass ihr geheiratet habt?«, wollte Inga nun wissen.

»Unsere Väter hatten sich das so ausgedacht. Eigentlich war Rothger, dein Mann, für mich bestimmt. Doch ich habe ihm nicht gefallen. Ansgar ging es da nicht anders, aber Hilger hat ihm Versprechungen gemacht. Er bekäme einen eigenen Hof, so hieß es. Doch dieses Versprechen hat er nie gehalten. So war er nun einmal, der alte Hilger.«

Und nach einer Weile sagte sie dann: »Ich beneide dich ein wenig, Inga. Du darfst allein sein. Kein grober Mann, keine stets schreienden oder kranken Kinder, keine neugierige und verschlagene Sippe am selben Tisch, kein faules Gesinde.«

»Dafür eine neugierige Gunda, die mit Sicherheit jedes Wort belauscht, das wir hier sprechen«, sagte Inga absichtlich laut.

»Ich gehe jetzt und werde mir überlegen, was ich ihm über den Verbleib unserer Tochter sage. Es wird mir etwas einfallen. Vielen Dank, Inga. Vielen Dank. Morgen komme ich wieder, wenn du erlaubst.«

»Komm, wann immer du willst«, sagte Inga zum Abschied

und schaute Ada noch lange hinterher, wie sie schließlich, den schmalen Steg überquerend, auf der anderen Seite des Baches in der Dunkelheit verschwand.

Wutschnaubend wie ein wilder Stier stand er schon im Morgengrauen des nächsten Tages vor der Türe. Inga lag noch immer im Zelt, das er offenbar nicht bemerkt hatte, und hörte, wie er die arme Gunda aus vollem Halse anschrie.

»Wo ist mein Kind, du alte Vettel?«

Inga blieb ruhig. Sie nahm die verschlafene Rike auf den Arm, stieg aus dem Zelt heraus und brachte sie ihm.

»Du willst sie sicher mit nach Hause nehmen. Sie ist auf dem Weg der Besserung, aber noch immer sehr schwach. Der Husten ist noch nicht überwunden.«

Er riss ihr das weinende Kind aus den Armen. Blass sah er aus und dünn war er geworden, weit entfernt von dem kraftstrotzenden Mann, den sie bis vor wenigen Monaten noch so gut kannte.

»Wage es nicht noch einmal, mir unter die Augen zu treten«, fuhr er sie durch zusammengebissene Zähne scharf an. Inga hatte schon Sorge, dass er jeden Moment ausholen und sie schlagen würde, dennoch ließ sie sich nicht beirren.

»*Du* bist *mir* unter die Augen getreten, Ansgar«, antwortete sie kühl. »Bevor du gehst, solltest du einen Klatschmohnsirup gegen den Husten mitnehmen.«

Doch während sie das sagte, war er bereits aufgebrochen.

Im Gehen wandte er sich noch einmal um und schrie: »Verschwinde von hier, Inga. Verding dich in der Ferne als Hure, aber verschwinde. Das ist ein gut gemeinter Rat, wenn dir dein Leben lieb ist.«

XVIII

Nie zuvor hatte Inga eine solche Fülle an duftenden Kräutern gefunden. Auf dem von Menschenhand fast unberührten Eschenberg, wohin sich höchstens einmal die Ziegen- und Schweinehirten mit ihren Herden verirrten, gediehen auf dem steinigen Untergrund die herrlichsten und nützlichsten Gewächse. Dort gab es nicht nur das begehrte Katzenkraut, nein, Inga fand Körbe voll von Augentrost gegen Sehschwäche, Sonnenwendgürtel gegen Verdauungsprobleme, Brustwurz gegen Atemnot, Goldrute gegen Blasenleiden, den giftigen Wurmfarn gegen Würmerbefall und viele andere mehr.

Auf allen vieren kroch sie zwischen Dornbüschen herum, kletterte die von braunem Gras und Geröll bedeckten Hänge hinauf, erklomm den Hügel, so weit es eben ging, denn kurz vor seiner Spitze wurde das Dickicht undurchdringlich und erweckte nicht mehr den Anschein, dass dort wertvolle Gewächse zu finden seien. Sie sammelte den ganzen Morgen. Immer wieder warf sie einen Blick ins Tal, dorthin, wo sämtliche Bewohner auf ihren Feldern waren, wo Getreide und Rüben geerntet wurden, wo sie schwitzten und arbeiteten. Welch eine Mühe, welch eine Plage war diese Arbeit Jahr für Jahr gewesen, und besonders zur Erntezeit, wo so viel zu tun war, dass nicht einmal die zahlreichen Hände, welche der Hilgerschen Sippe tatkräftig zur Verfügung standen, ausreichten. Alle mussten helfen, alt und jung, hochschwanger oder krank, selbst die krumme Gunda war doch wieder angeheuert worden, um Liudolf und seiner Sippe zur Hand zu gehen.

Inga hatte niemand gefragt.

Sie war zwar als Heilerin akzeptiert und als solche begehrt, doch Umgang wollte man nach wie vor nicht mit ihr pflegen. Dies war ihr Los. Keiner wäre auf den Gedanken gekommen, diese Frau zu sich auf die Felder zu holen. Nun saß sie da, auf diesem Hügel, von dem sie einen einzigartigen Blick über das ganze ihr bekannte Land hatte, und fühlte sich einsam.

Der Herbst war die Zeit des Überflusses, des Sammelns und Bewahrens, des Vorbereitens auf den bitterkalten Winter. Man verabschiedete den Sommer, traf sich mit der ganzen Sippe, von nah und fern reisten sie an, die Brüder und Schwestern, Vettern und Basen, die Oheime und Tanten. Alle kamen sie zurück zum Hofe ihrer Väter, um dort zu schwelgen und den Göttern oder besser dem einen Gott für den reichen Segen zu danken.

Inga hatte stets großes Gefallen an diesen Feiern gefunden.

Im letzten Jahr allerdings hatte sie sich nicht besonders freuen können, hatte sie doch mit ansehen müssen, wie der betrunkene Rothger am späten Abend mit seiner Dirne auf dem Tisch zu tanzen begann. Dennoch vermisste sie es, sich in der Gemeinschaft über die vollbrachte Arbeit zu freuen, die gefüllten Vorratskammern zu begutachten und dem Winter sowie der Abgabe des Kirchenzehnts ohne Bangen entgegenzusehen.

Sie hatte bisher immer Glück gehabt. Sowohl die Familie des Meinrad als auch die des Hilger hatten niemals darben müssen. Der lange Krieg, der in den Zeiten ihrer Großväter zwischen Sachsen und Franken geherrscht hatte, hatte den Höfen dieser freien Engern nicht langfristig schaden können. Das war dem Edlen Brun zu danken, dem späteren Grafen. Er hatte es verstanden, sich mit den Franken gutzustellen und bald den christlichen Glauben anzunehmen.

Auch wenn die freien Bauern stets auf die verräterischen Edlen schimpften, so war es auf eben diese zurückzuführen, dass fast jedem alles geblieben war. In anderen Gebieten – davon hatte Inga schon als Kind immer wieder gehört – war es anders gewesen, denn die Franken waren nicht zimperlich. Hunderte von aufrührerischen Sachsen wurden mitsamt ihrer ganzen Sippschaft vertrieben, mussten das Land verlassen, weit fort ziehen bis tief in den Süden, dorthin, wo die Franken schon seit langer Zeit alles unter ihrer Herrschaft vereinten.

Inga verstand, dass die freien Sachsen die fränkischen Eroberer noch immer hassten, sie verstand sogar, dass der alte Hilger ihren Großvater als Verräter bezeichnet hatte, obwohl dieser nichts anderes als weitsichtig gewesen war. Denn mit den Franken hatte sich vieles verändert, und der Wandel war noch längst nicht vollzogen. Sie hatten nicht nur die alten Götter vertrieben, deren Heiligtümer zerstört und den Engern ihre Zusammenkünfte auf dem Thing von Markloh verboten, nein, sie machten sich langsam, aber sicher daran, auch in die Geschlossenheit der einzelnen Sippenverbände vorzudringen.

Familiengottheiten, persönliche Schutzgeister gab es nicht mehr, stattdessen sollte man nur noch zu diesem Einzigen beten. Und dieser hatte Diener in Menschengestalt. Man musste ihnen alles berichten, alles, selbst Dinge, die sich nur zwischen Mann und Frau zutrugen und allein deren Geheimnis sein sollten. Dieser neue Gott war überall, nichts blieb ihm verborgen, und viele behaupteten steif und fest, dass er nun auch das ganze Land in Besitz nehmen wolle. Alles müsse man ihm schenken – nicht ihm, natürlich, sondern denen, die ihn auf Erden vertraten.

Vielleicht war es eine der letzten Erntefeste, welche im Kreise dieser riesigen Sippschaften begangen wurden, denn auch Inga war nicht verborgen geblieben, dass sie sich aufzulösen begannen. Die Zahl der Hörigen wuchs, viele Freie gaben sich freiwillig in die Abhängigkeit zu einem Grundherrn. Die Verlockung dazu war groß: Man versprach ihnen Schutz bei Missernten oder Kriegen, man lockte sie mit zusätzlichem Land, das sie bewirtschaften und von dem sie profitieren konnten. Und kaum einer, nicht einmal der freie Liudolf, konnte solchen Angeboten widerstehen.

In letzter Zeit hieß es, er habe beschlossen, dem neuen Kloster einen weiteren großen Teil seines Landes zu schenken. Er durfte es weiterhin selber bebauen, und zusätzlich fast die gesamten Felder eines im letzten Jahr verstorbenen Vasallen des Klosters aus der Nachbarsiedlung im Grubetal.

Alles wandelt sich, so dachte Inga, als sie dasaß, alles wandelt sich, und nichts kehrt wieder. Nicht nur die Zeiten der Alten waren vorüber, auch ihr eigenes, ihr ganz persönliches Leben hatte sich in den letzten Monaten vollkommen verändert. Sie war nun eine allein lebende Witwe, behaust zwar, aber abhängig vom Wohlwollen der Gesellschaft. Im Grunde nichts Ungewöhnliches, gab es von diesen Frauen doch zahlreiche. Sich der Heilkunde zu verschreiben, war ebenfalls kein zweifelhaftes Gewerbe, selbst dann nicht, wenn man sich auf Wahrsagerei oder auf die Herstellung von Zaubertränken verstand. Genügend Waldfrauen hatten sich dieser Kunst hingegeben. Bis vor wenigen Jahren noch hatte hier, auf diesem Eschenberg, die alte Wanda gelebt. Sie hatte gewusst, wie man in die Zukunft blickt, die Sterne deutet, sie soll Runenstäbe auf ein weißes Tuch geworfen haben und darin zukünftige Missernten oder den Zeitpunkt des Todes eines Menschen erkannt haben. All das galt den Leuten als weiße Magie, denn sie bewirkte nichts Böses.

Der Mönch Agius hingegen – und mit ihm der gesamte neue

Glaube – verbot ein solches Handeln. Mehr als deutlich war er geworden, als er Inga gesagt hatte, dass sie ein gefährliches Gewerbe betreibe. Unchristlich sei dieses Tun, abergläubisch, tief heidnisch. Inga verstand nicht, was so schlecht an dem war, was sie tat, aber dennoch beunruhigten sie die Worte des Mönches.

Beunruhigend waren auch Ansgars Drohungen gewesen. Sie solle verschwinden, wenn ihr ihr Leben lieb sei, hatte er gesagt.

Was führte er im Schilde?

Welcher Dämon trieb ihn?

Wollte er sie alle auslöschen?

Allesamt?

Die ganze Familie des Meinrad?

Bruder Agius hatte nach dem Vorfall mit dem Pferdekopf angedeutet, dass es Mächtige gab, denen es recht sein könnte, wenn sich die verbliebenen freien Sachsen gegenseitig die Köpfe einschlugen. Und Inga hatte verstanden, warum. Niemand würde also zu Hilfe eilen, wenn Ansgar seinen angekündigten Rachefeldzug begann.

Inga spürte, dass sich etwas Bedrohliches zusammenbraute. Es war noch lange nicht zu Ende. Und so zufrieden sie eigentlich mit ihrer neuen Lage auch sein konnte, war sie dennoch bedrückt und traurig. Denn sie verstand noch immer nicht, was sie mit alldem zu tun hatte. Warum ließ man sie nicht einfach so leben, wie sie leben wollte? Warum belästigte man sie, drohte ihr, prophezeite ihr missliche Zeiten? Warum gönnte man ihr keine Ruhe?

Dabei wirkte doch alles so ruhig und friedlich an diesem herrlich warmen Frühherbsttag. Die Menschen arbeiteten wie kleine, fleißige Ameisen auf den Feldern, Inga saß mit einem Korb duftender Kräuter auf weichem Moos, war frei und ungebunden, aber dennoch wollten diese trüben Gedanken und dieses mulmige Gefühl sie nicht loslassen.

Es würde noch mehr geschehen – da war sie sich sicher.

Es würde noch mehr geschehen – das wusste auch derjenige, der nicht weit von ihr im Schatten eines großen Felsbrockens saß.

»Das ist kein sicherer Ort hier für dich.«

»Das musst du mir nicht sagen. Weißt du ein besseres Versteck?«

»Vielleicht ist es besser, wenn du ganz fortgehst von hier.«

»Willst du mich etwa loswerden? Das würde dir so passen.«

»Und wenn man dich findet?«

»Niemand erkennt mich, niemand vermutet mich hier. Und wenn sich hier einer herumschleicht, erblicke ich ihn eher als er mich.«

»Verbirg dich gut.«

»Ich will mich nicht mehr verbergen. Wir müssen weitere Zeichen setzen. Die Dinge haben sich nicht so entwickelt, wie ich es mir gewünscht habe.«

»Du wirst dich immer verbergen müssen, selbst dann, wenn eines Tages alles vorüber ist.«

»Wenn du dich nicht beeilst, werde ich das Ende nicht einmal mehr erleben. Warum zögerst du so lange?«

»Wir müssen ohnehin warten. Er ist noch zu jung, viel zu jung.«

»Der vorletzte Schritt kann dennoch getan werden.«

»Das mache ich nicht. Dieser hat wahrlich überhaupt gar nichts damit zu tun.«

»Dennoch stellt er eine Gefahr dar.«

»Er hat keine Rechte.«

»Er könnte sie einfordern.«

»Das wird er nicht.«

»Ich will nicht mit dir streiten. Tu, was ich dir sage.«

»Lass uns warten. Vielleicht hilft uns Mutter Natur. Vor wenigen Wochen wäre es beinahe so weit gewesen.«

»Darauf ist kein Verlass. Und denke immer daran, dass andere nehmen, was uns zusteht.«

»Sie scheinen aufzugeben.«

»Tatsächlich?«

»Der Strenge ist mittlerweile vollkommen verbittert. Er lässt sich kaum noch blicken.«

»Das ist gut zu hören. Dennoch verschenken die im Tal immer mehr von ihrem Land.«

»So ist es.«

»Greift diese Sitte um sich?«

»Für unsere Sache besteht in dieser Hinsicht keine Gefahr. Wenn wir warten, wird alles gutgehen. Handeln wir zu früh, könnte es einen lachenden Dritten geben.«

»Diesmal hast du sogar Recht.«

»Ich habe dir ein Huhn gebracht. Frische Milch und Käse außerdem.«

»Bier?«

»Hier, einen ganzen Krug voll.«

»Gut. Ich hasse es, mich von gepökeltem Pferdefleisch zu ernähren. Und hier gibt es nicht einmal mehr Wölfe, denen man es zum Fraß vorwerfen könnte.«

»Salziges Fleisch fressen sie ohnehin nicht. Ich gehe jetzt.«

»Geh ruhig, verschwinde und lass mich allein. Aber eines will ich dir noch sagen: Ich habe mir eine kleine Überraschung ausgedacht. Einen Zeitvertreib. Ein Rätsel will ich ihm auftragen, dem Verbliebenen. Mal sehen, ob er klug genug ist, es zu entschlüsseln.«

»Sei vorsichtig und verrate dich nicht.«

»Solange du tust, was ich dir auftrage, wird es keinen Verrat geben.«

Am unteren Hang des Eschenbergs, dort, wohin bereits die Felder der Bauern reichten, gab es einen kleinen Tannenhain. Nicht mehr als ein Dutzend hoher alter Nadelbäume standen dort inmitten von seltsamem Gestein. Oft kamen Kinder hierher, um sich die Felsen anzuschauen, auf denen schneckenartige Wesen und Muscheln eingraviert zu sein schienen: Meeresgetier in einer Gegend, die weit, weit entfernt vom Ozean lag.

Viele Sagen und Mythen rankten sich um diesen eigentümlichen Gesteinshaufen. Am ehesten konnten sich die Menschen die merkwürdigen Funde so erklären, dass es sich dabei um den Tischabfall der Götter handelte, die ihre Essensreste achtlos vom Himmel geworfen hatten.

Am Rande dieses Haines befand sich eines der weit gestreuten Felder der Hilgerschen. In diesem Jahr lag es brach und einsam, kaum jemand der Familie verirrte sich hierher.

Anders sah das mit Bruder Melchior aus. Ihn zog es auch in den entlegendsten Winkel dieses für ihn so spannenden Gebietes, und gerade der Tannenhain hatte es ihm momentan besonders angetan. Nicht etwa der Versteinerungen wegen, für die er kein Auge hatte, sondern aufgrund eines enormen Ameisenhügels, der sich in der Mitte des Wäldchens befand und den zu beobachten des Mönches neueste Leidenschaft war.

Und weil Melchior – neben der krummen Gunda – einer der Menschen dieser Gegend war, die am weitesten herumkamen, war es auch wieder einmal ihm beschieden, eine mysteriöse Entdeckung zu machen.

Da hatte doch tatsächlich jemand den vom Sturm auf Mannshöhe abgebrochenen Stamm eines Nadelbaumes auf äußerst kunstfertige Weise bearbeitet. Neu war diese Schnitzerei, denn wenige Tage zuvor, als Melchior das letzte Mal den Hain betreten hatte, war sie noch nicht zu sehen gewesen.

Höchst merkwürdige Fratzen schauten ihn da an. Sicherlich ein heidnischer Brauch, zu welchem Zwecke auch immer. Die Züge der Holzmänner waren sehr eigenwillig gestaltet, fast mochte man meinen, es handele sich um die Darstellung ganz bestimmter Personen. Der eine, der weiter oben aus dem Stamm herausblickte, hatte ein entschlossenes, grimmiges Gesicht, mit einer enormen Nase und einem energischen Kinn. Der andere, der unten aus dem Stamm herausblickte, hatte einen großen, runden Kopf, dicke Lippen und eine riesige Narbe, die sich von der Stirn über die Nase bis zur rechten Wange zog. Er schaute von unten nach oben zu dem Ersteren. Der Blick seiner rollenden Augen und das Mienenspiel um seinen Mund verrieten, dass er etwas wusste, von dem der andere keine Ahnung zu haben schien. Und das konnte nichts Gutes sein. Überhaupt wirkte dieses ganze Kunstwerk sehr bedrohlich. Weit entfernt von den lustigen Holzfratzen, die Melchior schon häufiger vor den Hütten und Häusern so manches Heiden auffinden musste.

Sicherlich, so dachte Melchior, war dem Künstler nicht gelungen, was er auszudrücken versucht hatte. So erging es Bruder Valenz, Meister der Schnitzkunst, bei der Fertigung eindrucksvoller Holztruhen oder Türen ständig. Hatte er sich nicht demletzt erlaubt, ein Bildnis der Jungfrau Maria zu fertigen? Schielend, mit dicker Säufernase und einem Ausdruck im Gesicht, der manchen Mitbruder an bestimmte Frauen erinnerte, von denen man nicht einmal ahnen durfte, dass es sie gab. Selbst der Vater Prior war sich nicht schlüssig gewesen, ob er beim Anblick dieses Kunstwerkes weinen oder lachen sollte. Für Melchior hingegen hatte sich diese Frage nicht gestellt, er lachte auch jetzt noch in Erinnerung an Valenz' misslungene Gottesmutter und machte sich dann weiter an seine eigentliche Aufgabe, der Beobachtung des emsigen Ameisentreibens.

XIX

Kurz vor Beginn der Erntearbeiten war er zurückgekehrt, heimlich des Nachts. Beim Schneiden auf den Feldern hatte man ihn zum ersten Mal gesehen und sogleich den Hilgerschen Bericht erstattet.

Im Tal und auf allen Höfen ringsherum warteten die Menschen voller Spannung auf das, was nun geschehen würde.

Wie mochte Ansgar handeln? War er noch immer rasend? Würde er ihn zur Rede stellen oder ihm gar den Hals umdrehen?

Das Recht dazu besaß er, so dachten viele. Hatte doch der junge Bero – daran bestand kaum mehr Zweifel – den jüngsten Hilgersohn Gernot auf dem Gewissen. Und wer weiß, so munkelte man, ob nicht auch Rothger weniger an den Folgen eines Unfalls als mehr durch die Hand des Bero gestorben war.

Man hatte in diesen arbeitsreichen Tagen nur wenig Möglichkeit, sich zusammenzufinden und über die neuesten Vorkommnisse zu reden. Dennoch nutzte man die kurzen Schnittpausen oder zufällige Begegnungen, wenn man die beladenen Fuhrwerke zurück zu den Höfen wuchtete, um über die Rückkehr des roten Bero und deren wahrscheinliche Folgen zu spekulieren.

Arglistig und verschlagen war er, so hieß es, der rothaarige Sohn des Freien Meinrad. Was ihm an Kraft und Körpergröße fehlte, machte er durch Schlauheit und Tücke wieder wett. In dieser Hinsicht glich er seinem Großvater, Bero dem Alten – ein ungewöhnlicher Beiname, da dieser bekanntlich nicht alt geworden war.

Und auch sein Enkelsohn, das war für viele zur Gewissheit geworden, würde seinen Großvater an Lebensjahren nicht übertrumpfen. Dafür werde Ansgar sorgen. Das musste er, das gebot ihm die Ehre, und das gebot ihm der Verstand, denn einer wie der junge Bero war nicht im Zaume zu halten. Die ganze Familie der Hilgerschen würde er nach und nach auslöschen, da waren sich einige sicher, wenn Ansgar ihm nicht zuvorkam.

Doch wann würde er endlich zuschlagen?

Zu den Mönchen ging er nicht mehr. Verwunderlich genug, dass er es überhaupt getan hatte. Sein Vater Hilger hätte den Gottesmännern einen empfindlichen Tritt in den heiligen Hintern verpasst, hätten sie eine solch entwürdigende Handlung von ihm verlangt.

Doch die Zeiten hatten sich geändert. Denn tatsächlich besaßen diese Mönche Macht. Hinter ihnen stand das Kloster, und hinter diesem niemand Geringeres als der fränkische Kaiser, Sohn des Mannes, der vor Jahren in einem mehr als dreißigjährigen Krieg die bis dahin freien Lande der Sachsen brutal unterjocht hatte. Und nun gab es neue Gesetze, an die man sich zu halten hatte. Gesetze, die nicht mehr viel mit den alten Stammesrechten zu tun hatten. Bislang fehlte es jedoch an solchen Leuten, die nicht nur befugt, sondern auch fähig waren, die neuen Grundsätze zu vertreten und durchzusetzen.

Alles, was alt war, war verboten, alles, was neu war, noch niemandem ausreichend bekanntgemacht. Früher war in solch heiklen Fällen ein Rat der Ältesten zusammengekommen, man hatte gemeinsam beratschlagt und sich in Angelegenheiten wie dem Fehdestreit zwischen zwei freien Sippen meist auf einen klärenden Zweikampf geeinigt. Doch sämtliche Thing-Zusammenkünfte, ob im großen oder auch nur im kleineren Rahmen, waren seit den Tagen des Kaisers Karl gar tödlich unter Strafe gestellt. Nicht, dass man sich stets daran gehalten hätte. Aber die Ältesten starben langsam aus, und ersetzt wurden sie von solchen, die seit Kindertagen nichts anderes erlebt hatten als die Herrschaft der Franken und in Dingen des überlieferten und des neuen Rechts noch verwirrter waren als selbst ihre besiegten Vorväter.

Wie also sollte man sich verhalten? Welche Strafe drohte einem Mann, der seinen Nachbarn erschlug, weil er ihm das Korn gestohlen hatte? Was machte man mit einer Frau, die ihr Neugeborenes erstickte? Nach den alten Rechten handelten beide im eigenen Ermessen und durften lediglich von denen gerichtet werden, die unmittelbar Schaden durch die Tat erlitten hatten. Und nach den neuen Gesetzen? Man wusste es nicht.

Selbst der Graf, oder besser der sächsische Edle, der vom Kaiser für diese Gegend zum Grafen ernannt worden war, wusste es nicht. Und er war heilfroh, wenn man ihn mit solcherlei Dingen nicht belästigte.

Also verhängte die Kirche die Strafen. Buße nannte man sie. Und eine solche Buße hatte Ansgar leisten sollen. Was aber, wenn man ihr nicht nachkam? Dann drohte dem Sünder die Strafe Gottes, und sein Seelenheil war in höchster Gefahr.

Nun, wer konnte es einem erdverbundenen, freien Mann wie Ansgar verdenken, wenn er sich nach mehr als einem Dutzend verbüßter Tage dachte: »Soll er mich doch richten, der Christengott. Soll er einen Blitz vom Himmel schicken und mich erschlagen. Tut er es nicht, hat er nichts gegen mich. Doch zu den Mönchlein wandere ich nicht mehr.«

So ähnlich redeten die Leute, und so hatte Ansgar tatsächlich gedacht, als er nach nur wenigen Besuchen auf dem heiligen Berg seine ihm verhängten Bußübungen eingestellt hatte. Lieber fürchtete er die Strafe Gottes, die ihn nun ereilen könnte, als dass er sich weiterhin zum Gespött machte, wenn er, der stolze Ansgar, gebeugten Hauptes allmorgendlich in die Kirche stapfte und dort das Vaterunser betete. Worte, die er nicht einmal verstand und auch nicht zu verstehen versuchte. Der Mönch hatte ihm bloß Angst machen wollen, als er drohte, ihn vor das kaiserliche Gericht zu bringen. Doch einem Ansgar, Sohn des Hilger, konnte man keine Angst machen, und schon gar nicht mit Dingen, von denen er noch niemals zuvor gehört hatte.

Der Graf hielt manches Mal Gericht, das war bekannt, doch lediglich über Unfreie oder aber über solche Freveltaten, die nichts, aber auch rein gar nichts mit Ehre zu tun hatten. Einen Freien konnte man nicht belangen – nicht, wenn er sich auf sein eigenes Hofrecht berufen konnte. Und das konnte Ansgar, denn er war der festen Meinung, dass Bero der Mörder seines Bruders war. Und sein Bruder war ein Mitglied seines Hofes, eine teure Arbeitskraft, die ihnen in diesem Herbst bei der trotz der Verzögerung durch die Tollwut reichlich ausfallenden Ernte empfindlich fehlte. Deshalb war es Ansgars Recht, sich Genugtuung für diesen Verlust zu verschaffen, und das hatte er sich auch fest vorgenommen, nachdem er erfahren hatte, dass Bero zurückgekehrt war.

Seit wenigen Augenblicken jedoch hatten ihn mit einem Mal Zweifel beschlichen.

Allein war er zu dem brachliegenden, großen Feld am Eschenberg geritten. Die Umzäunung wollte er überprüfen und alles für die bevorstehende Aussaat des Wintergetreides – eine Neuerung, zu der er sich in diesem Jahre entschlossen hatte – vorbereiten.

Doch dann hatte er sie gesehen: die Schnitzerei. Und er hatte sogleich verstanden.

War es nur ein übler Scherz? Eine weitere Heimtücke des listigen Bero?

Nein.

Schon viele Jahre hatte er es geahnt. Auch Rothger hatte es vermutet. Nur zwei Mal hatten sie miteinander über diese Möglichkeit gesprochen und waren darüber so sehr in Streit geraten, dass sie sich beinahe geprügelt hätten.

Und nun das.

Ein Zeichen.

Ein Zeichen von ihm. Ganz eindeutig.

Er war es, und Ansgar wusste nur zu genau, warum er es tat.

Der rote Bero war also unschuldig, vollkommen unschuldig.

Doch was sollte er nun mit dieser Erkenntnis anfangen? Es anderen zu erzählen, war zu gefährlich. Nicht einmal seine Familie durfte davon erfahren.

Was aber war mit *ihr?* Was hatte *sie* damit zu tun?

Sie wusste es. Das war gewiss. Sie musste es wissen.

Ansgar wunderte sich über sich selbst. Wütend, ja rasend müsste er sein, zu ihr laufen müsste er, sie an den Haaren zum nächsten Weiher schleifen und sie dort ersäufen. Doch stattdessen fühlte er nichts als eine düstere, schwere Leere. Alles, ja alles, war vollkommen anders, als er jahrelang gedacht hatte. In allem hatte er sich geirrt. Nun stand er hier, vor dieser widerlichen Schnitzerei, und war allein.

Rothger, Uta, Gernot.

Ja, sogar der Tod Utas ergab nun einen Sinn. Für die Meinradschen war diese Nebenfrau des Hilgererben bedeutungslos.

Nicht aber für diesen. Und die Reihe ließe sich fortführen. Wenigstens zwei oder drei weitere Mitglieder der Sippe fielen ihm ein, die bald sterben könnten.

Und *sie* hatte von alldem gewusst?

Nein, das durfte nicht sein. Niemals. Das traute er ihr nicht zu.

Ohne zu wissen, was er tat, noch immer in einem Zustand sich dumpf und zäh ausbreitender Gewissheit, nahm er die Axt, die er bei sich hatte, um den Zaun zu reparieren, und hieb stattdessen schweigend, aber kraftvoll auf den Holzstamm ein.

Es war nur eine der beiden geschnitzten Fratzen, die er traf, die er mit aller Wut zerschlug und somit bis zur Unkenntlichkeit verunstaltete.

Dann schwang er sich auf sein Pferd und ritt weiter den Berg hinauf. Er lenkte das Tier durch Dornen und Sträucher, über Steine und Wurzeln, über enge, nur von Schweineherden ausgetretene Pfade. Sein Weg führte ihn in nahezu jeden Winkel des Eschenberges, er schaute hinter jeden Busch, durchstreifte jeden Hain. Immer auf der Suche nach seinem neuen, gefährlichen Widersacher.

Und schließlich fand er sie – Inga.

Sie hockte am Boden, in welchen sie voller Inbrunst ein Loch grub. Das Herannahen Ansgars hatte sie nicht bemerkt.

»Oh Schreck!«, rief sie mit weit aufgerissenen Augen, aber im selben Moment verriet ihr Gesicht Erleichterung. Es war kein freudiger Anblick, aber auch kein Unhold, der sie so überrascht hatte.

Ansgar verhielt sich eigenartig. Er schaute verlegen zu Boden, als er sie sah, und wusste offensichtlich nicht, was er sagen sollte. Auf dieses Zusammentreffen waren beide nicht vorbereitet gewesen.

»Was treibt dich denn hierher?«, fragte Inga schließlich, die unangenehme Stille durchbrechend.

»Seit wann darf ich nicht mehr durch Wälder und über Berge reiten?«, fuhr er sie grimmig an. »Vielmehr frage ich dich, was du hier treibst?«

»Ich grabe nach der Wurzel der Bergdistel, ein Heilmittel gegen Beschwerden beim Wasserlassen.«

Er schaute sie lange mit leerem Blick an, offenbar interessierte ihn ihre Antwort in keiner Weise. Inga war verwirrt. Was war mit ihm geschehen? Er war gar nicht bei sich.

»Hast du getrunken?«, fragte sie schließlich.

»Was?«, gab er verwirrt zurück.

»Du verhältst dich sonderbar, Ansgar. Sehr sonderbar. Geht es dir nicht gut?«

»Das soll nicht deine Sorge sein. Stell nicht so dumme Fragen, Weib.«

Und mit einem Mal wurde sein Blick wieder klarer.

»Was hat es mit der Schnitzkunst deines Bruders auf sich?«

Inga schaute ihn erstaunt an.

»Glotz nicht so blöd, sondern antworte: Kann dein Bruder schnitzen?«

»Das weiß ich nicht. Dazu habe ich ihn in den letzten Jahren zu wenig gesehen. Aber erinnern kann ich mich nicht daran, dass er es als Kind mit Leidenschaft getan hätte.«

Inga war noch immer äußerst verdutzt.

Ansgar schüttelte nur leicht den Kopf, während er wieder mit verklärtem Blick zu Boden sah.

»Warum willst du das wissen?«

»Das geht dich nichts an, Weib.«

»Du hegst doch etwa keinen Groll mehr gegen ihn, oder?«

Ansgar brummte nur grimmig. Dann griff er, noch immer auf dem Pferd sitzend, blitzschnell nach Ingas Zopf, zog sie an den Haaren zu sich heran, schaute der Schreckensstarren lange suchend in die Augen und stieß sie schließlich so unsanft von sich, dass sie auf den Waldboden fiel. Im gleichen Moment trieb er sein Pferd an, machte kehrt und galoppierte davon.

Zurück in der Schmiede, wartete die nächste unangenehme Überraschung auf Inga: die Zwillinge.

Berta und Gisela, wie immer in trauter Zweisamkeit, hockten draußen vor der verschlossenen Eingangstüre. Und so, wie sie stets dieselben, meist heimtückischen oder dümmlichen Gemütsregungen zeigten, waren sie sich auch jetzt offenbar in ihren Gefühlen einig, denn beide heulten bitterlich.

Der Tag neigte sich noch lange nicht dem Ende zu, und an einem dieser frühen Herbsttage, an denen das Wetter gut und die Ernte gerade eingefahren war, gab es auf dem Hofe sicherlich eine Menge zu tun. So viel, dass man nicht einmal auf die Arbeitskraft zweier solcher Faulenzerinnen wie Gisela und Berta verzichten konnte. Unglaublich genug, dass Ansgar offenbar Zeit genug hatte, einen Ausflug über die Berge dieser Gegend zu machen. Es musste also einen wichtigen Grund für ihr Erscheinen geben.

Nur widerwillig näherte sich Inga ihrem eigenen Heim. Und erst jetzt sahen die beiden Weinenden die verhasste Schwägerin kommen. Gisela war es, die sich erhob und tränenüberströmt auf Inga zulief. Ganz entgegen dem noch jüngst gezeigten Verhalten ergriff sie Ingas Hände und flehte sie mit kehliger, verschleimter Stimme an: »Du musst uns helfen, Inga. Hilf uns, bitte.«

»Was ist denn geschehen?«

»Es geht um Berta.«

»Was ist mit ihr?«

»Sie erwartet ein Kind.«

Das war wirklich eine Neuigkeit. Inga musste fast lachen, denn sie konnte sich des Anflugs einer gewissen Schadenfreude nicht erwehren.

»Wie ist das denn passiert?«, war auch schließlich das Erste, was ihr zu dem Ganzen einfiel.

Laut schreiend brach daraufhin die noch immer auf der Bank hockende Berta zusammen.

»Hat ihr etwa jemand Gewalt angetan?«

»Nein«, antwortete Gisela verschämt. »Es war Arnulf, unser Knecht.«

»Der pockige Arnulf? Wieso denn der?« Inga machte unwillkürlich ein angewidertes Gesicht. Auf dem Hofe der Hilgerschen lebten zwei Knechte: der besagte pockige Arnulf, ein zwar starker, drahtiger Mann von nicht ganz dreißig Jahren, der jedoch übersät war von Warzen in allen nur vorstellbaren Größen und Formen. Allein in seinem Gesicht tummelten sich auf der Nase zwei, am Kinn gleich drei, an der linken Braue eine und auf dem rechten Lid eine solch riesige, dass es ihm nur mit Mühe gelang, das Auge zu öffnen. Von Händen und Armen ganz zu schweigen, und dass sich das Ganze am übrigen Körper fortsetzte, war stark anzunehmen, auch wenn Inga sich darüber gar keine Vorstellung machen wollte. Bertold hingegen, der zweite Knecht, war ein junger, hübscher Bursche. Wäre das Kind von ihm gewesen, dann hätte Inga noch verstehen können, dass eine Freigeborene sich mit Gesinde eingelassen hatte. Aber Arnulf?

»Und nun? Was wollt ihr von mir?«

»Mach es weg, Inga, bitte!«, bat Gisela anstelle der betroffenen Berta. »Ich habe sie schon über einem Wacholderfeuer sitzen lassen, doch das hat nichts genutzt.«

»Wie weit ist sie denn?«

»Noch nicht weit. Übel ist ihr, und sie hat nicht geblutet.«

»Ich habe nichts da, was eine Fehlgeburt bewirkt, und ich werde mich hüten, etwas anzumischen.«

»Du brauchst nichts zu mischen. Wir haben bereits etwas mitgebracht und an einer trächtigen Hündin ausprobiert. Es hilft.«

Und dann holte Gisela eine kleine, tönerne Amphore unter ihrem Rock hervor, öffnete sie und hielt sie Inga unter die Nase.

»Was mag das sein, Inga?«

»Woher habt ihr das?«

»Wir haben es in deinem Grubenhäuschen gefunden. Dort, wo du immer gesponnen und gewebt hast. Versteckt lag es in einem kleinen Erdloch. Es ist doch dein Mittelchen, oder etwa nicht?«

»Nein.« Inga schüttelte entschieden den Kopf. »Nein, ganz gewiss nicht.«

»Wie auch immer – schon vor längerer Zeit haben wir es entdeckt, aber nie gewusst, was es ist. Nun aber, wo Berta in eine solch missliche Lage gekommen ist, dachte ich ... Nun, ich dachte, dass du und Ansgar ... nun, ihr habt euch doch immer ebendort, in dem Grubenhäuschen, getroffen. Und niemals ist dir daraus ein Unglück entstanden. Sicherlich hast du etwas gebraut, was gegen das Kinderkriegen hilft. Deshalb habe ich mich an das Krüglein erinnert, es genommen und an unserer Hündin ausprobiert. Und siehe da, am nächsten Tag lagen sechs nackte, tote Welpen mitten auf dem Hofe. Wie viel, Inga, müssen wir Berta geben, damit sie das Kindlein loswird?«

Mit angewidertem Gesicht riss Inga der erstaunten Gisela das Tongefäß aus der Hand und schleuderte es gegen den vor dem Haus stehenden Schleifstein, sodass es in hundert Stücke zerbrach und sich sein giftiger Inhalt in den Staub ergoss.

»Wollt ihr mich etwa auf die Probe stellen, ihr Ratten? Mir erneut eine Falle bauen? Das hättet ihr euch so gedacht.« Inga war außer sich.

»Es ist uns ernst. Ganz wahrhaftig ernst, Inga. Glaube uns.« Beide gingen sie vor der Schwägerin auf die Knie und blickten sie flehentlich mit ihren dummen Augen an.

»Verschwindet, und seht alleine zu, wie ihr euch Abhilfe schafft. Schade nur um den armen Arnulf, wenn es tatsächlich stimmen sollte, was ihr sagt. Entmannen werden sie ihn, wie ein Ferkel, das ist gewiss. Doch auch das ist nicht meine Sache.«

»Du bist eine gnadenlose Unholdin, Inga. Es geht dich nichts an, sagst du? Aber dennoch hast du es eilig genug, das Zeug zu zerstören. Du hast es gebraut, und wir werden dich der Hexerei bezichtigen, wenn du uns nicht hilfst. Ja, das werden wir.«

»Dazu habt ihr keinen Grund.«

»Da irrst du dich. Totgeburten gibt es immer wieder. In zwei Tagen kommen wir zurück. Dann hast du einen neuen Trank bereitet. Falls nicht, erzählen wir allen, die es hören wollen, dass du den Schwangeren ihre Kindlein neidest und schon so manche behext hast, damit sie vor der Zeit niederkomme.«

»Oh ja!«, mischte sich nun auch Berta ein. »Sigrid, die Nichte des Liudolf, hat erst vor wenigen Tagen gleich zwei tote Kindlein geboren.«

Voll Abscheu und Hass schaute Inga die beiden Schwestern an. Dann ging sie ruhig ins Haus, verschloss die Tür und schob den Riegel von innen vor.

Einige Male noch pochte es gegen die Türe, dann hörte sie Giselas Stimme:

»Wir kommen wieder. In zwei Tagen kommen wir wieder.«

Sprachen sie die Wahrheit?

Im Grubenhaus hatten sie es gefunden. In der kleinen Nische war es versteckt. Eben jener mit Abfall gefüllten Nische, in der auch die ausgerissenen Haare Utas verborgen gewesen waren. Uta, das wusste Inga, war nicht aus freien Stücken in den Brunnen gesprungen. Und dieses Gebräu – konnte man den Zwillingen glauben – hatte bewirkt, dass die Hündin einen Tag nach Verabreichung des Getränks tote Welpen geworfen hatte.

War es Utas Zaubertrank? Hatte sie ihn entwickelt, um ihr

eigenes Kind zu töten? Nein, sie hatte das Kind gewollt, es war ihr wertvollstes Gut. Der einzige Erbe des Rothger.

Was, zum Teufel, hatte es nur mit diesem Gift auf sich? Ein Gift, das zu Totgeburten führte. Totgeburten, wie auch Inga selbst sie vier Mal hatte erleben müssen.

Sie traute es ihnen nicht zu, aber es schien so, als ob die Zwillinge einen teuflischen Plan schmiedeten. Sie wollten die Schwägerin erpressen, indem sie ihr unterstellten, eine Giftmischerin zu sein. Wahrscheinlich hatten sie damals doch bemerkt, dass Inga die schwarzen Haarbüschel der toten Uta gefunden hatte. Und nun hatten sie diesen Trank hinzuerfunden. Einen Trank, den es gar nicht gab, den zubereitet zu haben sie Inga jedoch böswillig unterstellten, weil sie ahnten, dass sie etwas verheimlichte. Ja, sie verheimlichte ihr Wissen über den Mord an Uta.

Und dieser Trank, so würden die Zwillinge behaupten, den hatte Inga nicht nur sich selbst ständig verabreicht, um keine Kinder großziehen zu müssen, nein, sie hatte ihn auch der Rivalin einflößen wollen. Diese jedoch hatte sich gewehrt und musste schließlich im Brunnen sterben. Und nicht nur das: Aus Gram darüber, dass Inga ihre eigenen Kinder getötet hatte, gönnte sie fortan auch anderen Frauen ihre Kindelein nicht.

Alle Totgeburten der letzten Jahre wollten sie ihr anlasten, das hatten sie bereits verkündet. Und wahrscheinlich auch den Tod zweier Säuglinge von Ada und Ansgar.

Je mehr Gedanken sie sich machte, je mehr sie sich ausmalte, welche Ränkespielchen hinter all dem stecken könnten, desto mehr wurde Inga bewusst, dass sie schon längst in der Falle saß.

Sie musste dieser dummen Gans Berta helfen und das noch unreife Kind entfernen. Das war nicht schwierig. Ein Aufguss aus Mutterkorn, Gartenraute, Rainfarn- und Petersilienöl, Wacholder, Mägdebaum sowie anderen Kräutern, und die Frucht würde, begleitet von Durchfall und Erbrechen, davongespült. Kein ungewöhnliches Vorgehen und sehr verbreitet. Die Zwillinge mussten wirklich äußerst dumm sein, dass sie sich nicht selbst zu helfen wussten.

Aber sollte sie sich tatsächlich erpressen lassen?

Und was würde geschehen, wenn sie ihr Versprechen nicht hielten?

Wenn sie sie danach doch nicht in Frieden ließen?

Sie konnte ihnen helfen – ja, das konnte sie.

Doch was, wenn Bruder Agius davon erfuhr?

Die Kirche sprach sich entschieden gegen derartige Praktiken aus, das wusste mittlerweile ein jeder. Ganz gleich, um welche Art Kind es sich handelte, ob vom eigenen Manne oder einem Dahergelaufenen, ob frei oder unfrei, Knabe oder Mädchen: war es erst empfangen, so sollte es auch leben. Zur Not durfte man es ihnen vor die Klostermauer legen, aber alle anderen, herkömmlichen Methoden waren verboten. Und nachdem Agius streng genug auf Ingas Treiben achtgab, würde er eine solche Mithilfe streng verurteilen. Im Übrigen hatte er nicht Unrecht mit seiner Befürchtung, dass eines Tages eine der vielen Hilfeleistungen Ingas ins Gegenteil umschlagen konnten. Was, wenn etwas nicht gutging? Wenn sie Schaden anrichtete?

Die halbe Nacht lag Inga nun wach und zermarterte sich den Kopf. Doch dann fasste sie einen Entschluss, mit dem sie sehr zufrieden war, je länger sie darüber nachdachte.

XX

Es war sehr töricht von dir.«

»Wie wagst du mit mir zu sprechen?«

»Verzeih, aber diese Tat ergibt keinen Sinn.«

»Keinen Sinn? Keinen Sinn ergibt, dass es nicht weitergeht. Soll ich längst verfault sein, wenn der Tag der Genugtuung kommt?«

»Ich bin mir sicher, dass er nun Bescheid weiß.«

»Möglich ist das. Und was soll er tun? Nichts. Hüten wird er sich.«

»Er ist nicht berechenbar. Und außerdem hegt er nun keinen Groll mehr gegen die anderen.«

»Lassen wir die in Frieden.«

»Woher plötzlich dieser milde Ton?«

»Unterlass es, dich über mich lustig zu machen. Wir müssen uns etwas überlegen.«

»Und das wäre?«

»Die Mönchlein. Mir schwebt da etwas vor, wozu wir sie gebrauchen könnten.«

»Die Mönche?«

»Ja, so ist es. Du musst einiges für mich herausfinden, Leute befragen, vielleicht sogar die Gottesmänner selbst. Sei vorsichtig dabei. Sie dürfen keinen Verdacht schöpfen. Wenn mein Vorhaben gelingt, dann können wir die beiden letzten Streiche noch in diesem Jahr vollziehen.«

»Aber er ist nun gewarnt. Ich bin mir gewiss, dass er dich suchen wird.«

»Soll er doch. Dann werde ich ihn mir eigenhändig vornehmen, den Teufelsbraten.«

Inga war unschlüssig. Sie hatte bereits den heiligen Hain betreten, in dessen Mitte, dem ehemaligen Thingplatz, nun das hölzerne Christengotteshaus stand. Mit einem äußerst eigentümlichen Gefühl in der Magengrube dachte sie an das letzte Zusammentreffen mit Bruder Agius zurück. Freundliche Worte hatte er nicht gefunden, aber dennoch hatte er sie berührt, war mit seiner Hand über ihre Wange gefahren. Noch immer brannte die besagte Stelle in Ingas Gesicht, wenn sie sich an diesen schaurig-schönen Moment erinnerte.

Sie war schon lange kein dummes Huhn mehr und wusste nur zu genau, was offenbar in diesem keuschen Gottesmann vor sich ging. Warum er streng zu ihr sprach, mit ihr schimpfte, sie aber dennoch immer wieder aufsuchte, um sie dann so seltsam anzusehen. Sie hätte sich geschmeichelt, ja mächtig fühlen können in Anbetracht dieser eindeutigen Erkenntnis, aber Inga beschlich vielmehr ein Gefühl des Unwohlseins, ja der Peinlichkeit.

Wäre sie doch jemand anders, wäre sie die krumme Gunda, die scheue Ada oder eine einfache Magd aus der Siedlung – dann würde sie ohne unangenehme Hintergedanken ihren Weg geradeaus zur Kapelle nehmen und Bruder Agius frank und frei ihr Anliegen vortragen.

Nach ihrer letzten Begegnung aber könnte er nun annehmen, sie wolle ihn zu sich einladen. Ihm einen Vorwand liefern, sie in ihrem Hause zu besuchen, um mit ihr allein zu sein.

Das sollte er bloß nicht denken. Obwohl – und Inga errötete bei dem Gedanken – sie sich eine solche Situation bereits mehrmals lebhaft vorgestellt hatte. Des Nachts, wenn sie allein in ihrer Kate lag, wenn sie das Schreien des Uhus hörte, das Rauschen des Waldes, wenn sie eine leise Furcht beschlich in diesem verwunschenen Hause und sich nichts sehnlicher wünschte als die Nähe und den Schutz eines anderen Menschen – in solchen Momenten träumte sie häufig von Bruder Agius, sehnte sich aber auch ein manches Mal den stürmischen Ansgar herbei.

Inga wusste nicht, was mit Frauen geschah, die einen christlichen Gottesmann von seinem Keuschheitsgelübde abbrachten, denn darüber waren noch keine alten Erzählungen in Umlauf. Aber verboten war es, das war gewiss. Und sicherlich war es nicht weniger schändlich, als mit einem verheirateten Manne die Ehe zu brechen.

Lebendig vergraben hatten sie vor mehr als zehn Sommern die Frau eines Laten und ihren Buhlen, das war in der letzten Siedlung auf dem Wege zum Flecken Huxori geschehen. Immer wieder hatte Inga davon erzählen hören. Aufeinander soll man sie gelegt haben, ganz so wie der gehörnte Gatte die beiden ertappt hatte. Dann wurde Erde auf sie geschüttet und gewartet. Die Frau konnte sich nach einer ganzen Weile befreien und entkommen, der Buhle hingegen soll sich gerade ausgegraben haben, als er von dem Betrogenen in ebendem Moment, wo er das Tageslicht wiedererblickte, mit der Schaufel erschlagen wurde.

Ähnlich schlimm war es dem Knecht des freien Konrad ergangen, einem Bauern, entfernt verwandt mit Ingas Sippe. Dieser Knecht hatte es gewagt, die jüngste, frei geborene Tochter des Konrad zu entjungfern. Und obwohl dies nicht gegen den Willen des Mädchens geschehen war, wurde ihm eine der übelsten Strafen zuteil: Entmannt hatten sie ihn. Einen harmlosen, trägen Ochsen aus ihm gemacht.

Und nun drohte ein ebensolches Schicksal auch dem Arnulf, Knecht auf dem Hofe des Ansgar. Eine der unverheirateten Schwestern des Frilings war von ihm schwanger gegangen. Und Inga hatte sich entschieden, diese Tat, welche ihr nun bekannt war, auf keinen Fall vertuschen zu helfen.

Sie wollte sich nicht erpressen lassen, und sie wollte sich vor allem nicht verdächtig machen, deshalb würde sie nun Bruder Agius aufsuchen und ihm von den Machenschaften der Hilgerschen Schwestern erzählen. Er sollte, so war ihr Plan, zugegen sein, wenn Berta und Gisela am morgigen Tage erneut zu Ingas Hütte kamen, um nach dem giftigen Trank zu fragen. Zunächst in einer dunklen Ecke verborgen, sollte er lauschen, was die Zwillinge Schändliches an Inga herantrugen, und dann sollte er sich zu erkennen geben. Das war Ingas Vorhaben, und dieses vorzubringen, war sie nun auf den heiligen Berg gekommen. Doch getrauen wollte sie sich noch immer nicht recht.

Denn – und das kam erschwerend hinzu – Bruder Agius war nicht allein. Ein weiterer Mönch, trotz des Sonnenscheins in seine Kapuze gehüllt, stand bei ihm. Es war nicht Melchior, denn er war von anderer Gestalt. Die beiden Gottesmänner hatten sich zunächst im Innern der Kapelle unterhalten, nun waren sie hinausgetreten, um sich höflich voneinander zu verabschieden, fanden dann aber offenbar erneut Dinge, über die zu sprechen ihnen wichtig erschien.

Inga verbarg sich. Sie versuchte zu verstehen, was die beiden redeten, doch sie benutzten eine eigentümliche, vollkommen fremde Sprache. Schön klangen die Worte dieser Sprache in Ingas Ohren, fast wie Musik, aber so gern sie auch gewusst hätte, was die beiden da miteinander ausfochten, sie konnte kein Wort entschlüsseln. Ingas Neugierde war geweckt, weil es, trotz der fremdländischen Klänge, eindeutig war, dass die beiden plötzlich stritten. Ja, sie stritten sogar so heftig, dass Inga kurz versucht war zu glauben, dass Bruder Agius den anderen im nächsten Moment zu Boden stoßen wollte. Er tat es nicht, aber die Hände hatte er bereits erhoben gehabt. Empört wandte sich der Kapuzenmann ab und schritt, noch immer Unverständliches vor sich hin murmelnd, davon.

Sein Weg führte ihn an Inga vorüber, die sich nur schlecht hinter einer der Linden verborgen hielt. Bei der tief ins Gesicht gezogenen Kapuze hätte Inga es niemals für möglich gehalten, dass der Mönch sie erblicken könnte, doch dem war nicht so. Ganz plötzlich hielt er genau an ihrem Baum inne, hob den Kopf und sah Inga aus winzigen, rotunterlaufenen Augen mitten ins Gesicht. Er war dünn und unansehnlich. Seine Züge verrieten, dass er in seinem Leben nur wenig gelacht hatte, aber dennoch umspielte mit einem Mal ein kleines Lächeln seine schmalen, faltigen Lippen.

»So, so«, sagte er plötzlich in ihrer Sprache. »Du wartest sicherlich auf Bruder Agius, Sachsenweib. Oder täusche ich mich da etwa?« Fast lüstern betrachtete er Inga noch eine Weile von oben bis unten und setzte dann seinen Weg fort.

Bruder Agius hatte sich in den Wald hinter der Lichtung zurückgezogen. Dort saß er auf einem Baumstumpf, mit gesenktem Kopf, das Gesicht in die Hände gelegt. Leise versuchte Inga kehrtzumachen. Besser war es, vielleicht doch Bruder Melchior mit ihrem Anliegen zu belästigen, auch wenn dieser nicht die notwendige Autorität besaß, um die bösen Zwillinge zu schrecken. Während sie so dachte, sich vorsichtig umdrehte und dabei peinlichst zu vermeiden versuchte, auf einen knackenden Ast zu treten, geschah ein Unglück ganz anderer Art. Denn unbemerkt hatte sich eine Wespe in Ingas Armbeuge gesetzt und zugestochen, als sie beim Gehen den Arm leicht anwinkelte.

Schmerzensschreie zu unterdrücken, darin war Inga geübt,

aber vor Schreck hatte sie bisher immer kreischen müssen, und so war es auch nun.

Natürlich war Agius von dem entsetzlichen Geräusch aus seiner Starre erwacht. Ungläubig blickte er Inga an, die gerade dabei war, das Gift aus ihrem Arm zu saugen.

»Nur ein Wespe, mehr nicht. Ich bin schon wieder weg.«

»Warum läufst du mir hinterher?«, fragte er streng.

»Ich bin gekommen, um … Es gibt Schwierigkeiten mit den beiden … Wie soll ich sagen? Hilfe benötige ich, deshalb bin ich da«, druckste Inga mit gesenktem Kopf herum.

»Zeig her.«

Er stand auf und kam auf sie zu. Noch immer war sein Gesicht wie versteinert. Langsam griff er nach Ingas Arm und strich mit den Fingern über die anschwellende Stelle. Doch die Finger blieben nicht dort. Inga bekam eine Gänsehaut. Starr und ohne sich zu bewegen schaute sie ihn unverwandt mit großen Augen an, während seine Hand bereits an ihrem Hals angekommen war.

Dann beugte er sich zu ihr. Sie glaubte, er wolle sie küssen, und so hob sie den Kopf, schloss die Augen und erwartete voller Spannung, dass sich ihre Lippen trafen. Doch stattdessen spürte sie seinen warmen Atem an ihrem Ohr. Seine Hände lagen bereits leicht auf ihren Hüften, und er flüsterte: »Ich habe gelobt, solche Dinge nicht zu tun.«

Sein Gesicht war nun ganz nah an dem ihren, er schaute ihr in die Augen, aber er berührte sie nicht. Auch seine Hände hatten sich wieder von ihren Hüften gelöst.

Inga war irritiert. So etwas hatte sie bisher nicht erlebt. Wenn sie mit Rothger oder Ansgar zusammengewesen war, so hatten beide kein Hehl aus dem gemacht, was sie beabsichtigten. Ihre Hände waren überall gewesen, hatten fest zugepackt und sich genommen, was sie wollten. Ingas einzige Aufgabe war es gewesen, zu alldem zur Verfügung zu stehen. Oft fand sie Gefallen daran, manches Mal nicht, aber auch das war zu ertragen gewesen.

Dieser nun, der berührte sie nicht einmal. Er stand einfach nur da, ganz nah bei ihr, und wartete.

Worauf wartete er?

Was sollte sie tun?

Sollte sie es wagen?

Sie wünschte es sich sehr, ja, in diesem Moment wünschte sie sich nichts mehr als das. Und auch ihm ging es nicht anders. Das spürte sie, das hörte sie an seinem schweren Atem, das sah sie im Ausdruck seiner Augen.

Und dann tat sie es. Sie schloss ihre Augen, stellte sich ein wenig auf die Zehenspitzen und beugte ihren Kopf dieses winzige Stück nach vorn, das nötig war, damit sich ihre Lippen trafen. Es war nur eine leichte Berührung, aber Inga kam es vor, als würden tausend grelle Blitze sie durchzucken.

Dann schlang sie ihre Arme um seinen Hals und küsste ihn leidenschaftlicher, inniger. Er schien überrascht, erwiderte ihre stürmische Attacke nur zurückhaltend, wehrte sich aber nicht. Inga nahm seine Hände und legte sie sich wieder auf die Hüften, führte sie weiter zu ihrem Hinterteil, drückte sie, ihn somit auffordernd, fester zuzugreifen.

Und nun schien auch ihn der Blitz getroffen zu haben. Vollkommen verändert, ja gar nicht einmal so anders als Rothger und Ansgar, zog er Inga herab, warf sich mit ihr auf den steinigen und von Wurzeln durchwachsenen Waldboden und begann sie überall zu berühren. Seine Lippen nach wie vor auf ihre pressend, wanderten seine Hände zunächst über ihr leichtes, leinenes Kleid, aber dann waren sie darunter verschwunden.

Die ganze Welt um sich herum vergessend, die zwitschernden Vögel, die Tiere des Waldes, den eventuell bald heimkehrenden Melchior und auch den merkwürdigen Besucher, der vor wenigen Momenten erst gegangen war – all dies nicht beachtend, waren sie allein mit sich beschäftigt und mit dem, was sie beide sich schon seit so vielen Monaten immer und immer wieder vorgestellt und verboten hatten.

Hemmungslos liebten sie sich auf dem Waldboden, unweit des geheiligten Ortes, und erst als sie beide schwer atmend nebeneinander lagen, vollkommen verschwitzt und unbekleidet, erkannten sie, was sie da getan hatten. So innig und leidenschaftlich sie im Moment zuvor noch gewesen waren, so bestürzt waren sie jetzt. Agius mehr noch als Inga.

Seine Kutte vom Boden aufklaubend, stand er auf und rannte zur Kirche – noch immer splitternackt. Inga blieb allein zurück. Sie fühlte sich miserabel. Schnell zog sie sich an, versuchte sich das Haar zu richten und stürzte orientierungslos durch den Wald davon.

Den Mann mit der Kapuze, der die ganze Zeit hinter einem Busch verborgen war, hatten beide nicht bemerkt.

Bereits am frühen Morgen – Inga war nach einer unruhigen Nacht gerade erst erwacht – standen Gisela und Berta vor der alten Schmiede des Hatho. Es war ein trüber, kalter und nebliger Morgen. Kaum vorstellbar, dass Inga sich noch gestern nackt im Wald gewälzt hatte, ohne zu frieren. Aber die vielen schmerzenden Stellen am Rücken, wo Wurzeln und Steine ihre Spuren hinterlassen hatten, zeugten davon, dass tatsächlich vorgefallen war, woran Inga seither ununterbrochen hatte denken müssen.

»Ihr seid es«, begrüßte sie die Schwestern fast gleichgültig.

Ganz entfallen war ihr der nahende Besuch, welcher das eigentliche Anliegen für das Aufsuchen des Mönches Agius gewesen war. Doch ihm dieses Anliegen vorzutragen, dazu war sie nicht gekommen, und sicherlich würde sie keinen zweiten Versuch dazu unternehmen.

»Wo also ist der Trank?«, zischte Gisela, ihre Schwester hinter sich an der Hand ins Haus zerrend.

Inga, mit schwerem Kopf und in einer Stimmung, in welcher es ihr sogar gleichgültig gewesen wäre, wenn der Teufel höchstpersönlich angeklopft hätte, um nach Quartier zu fragen, ging mit müden Augen zu dem mit Krügen, Töpfen und anderen Gefäßen gut gefüllten Holzregal, welches sich an der Rückwand der alten Schmiede befand.

»Nimm das«, sagte sie und reichte Berta ein tönernes Fläschchen, ähnlich dem, welches sie zwei Tage zuvor wütend zerbrochen hatte. »Nimm es drei Mal. Jeweils zwei Schlucke. Heute vor dem Schlafengehen, morgen nach dem Aufwachen und ein letztes Mal am Abend. Iss einen Tag lang nichts. Keinen Bissen. Trink nur Wasser, aber davon in großen Mengen. Du wirst dir die Seele aus dem Leibe spucken und ständig zum Misthaufen rennen. Irgendwann kommt es blutig heraus, wahrscheinlich morgen Abend. Dann ist es vorbei.«

»Was ist das?«, fragte Gisela anstelle ihrer Schwester und riss dieser das Behältnis unsanft aus den Händen.

»Das Gleiche, was ihr mir vorgestern gebracht habt«, log Inga.

»Es riecht aber ganz anders«, entgegnete Gisela, mit ihrer winzigen Nase an dem Saft schnuppernd.

»Es ist frisch, darum hat es einen anderen Geruch. Das ist alles.« Wieder log Inga.

»Woraus ist es gemacht?«, wollte Gisela wissen.

»Das verrate ich dir nicht. Aber sei gewiss, dass es wirkt.«

»Wir kommen wieder, wenn sich nichts getan hat«, antwortete Gisela.

»Tut das«, meinte Inga nur gleichgültig und wies den beiden mit einer eindeutigen Handbewegung die Tür.

Sie gingen, gingen mit dem einfachen Leinsamenöl, von dem sie vergeblich hofften, dass damit die Frucht in Bertas Schoß abgetötet würde.

Inga war nun allein, und es gab viel zu tun. Der Herbst würde bald in seine ungemütliche Phase übergehen. Kälte, Nässe und Stürme würden ins Land ziehen, und sie wusste nicht, ob ihre Herberge genügend Schutz vor dieser Witterung bot, geschweige denn vor den Unmengen an Schnee und Eis, die der Winter brachte. Vorräte mussten angelegt, Ausbesserungen an Haus und Hof vorgenommen werden, und zu alldem wäre es notwendig, sich aufzuraffen, die Menschen in den Siedlungen und auf den Höfen zu besuchen, ihnen Heilmittel gegen alle anfallenden Leiden der kalten Jahreszeiten anzupreisen und im Tausch dazu allerlei Nützliches zu ergattern. Doch Inga konnte sich nicht aufraffen. Selbst die Ziege und die drei neuen Hühner zu füttern, bereitete ihr Mühe. Ihr Geist war vollkommen verwirrt, ihre Gedanken schweiften hin und her und immer wieder zurück zu dem Vorfall im Wald.

Schön war es gewesen, sogar wunderschön. Aber ebenso unangenehm und schrecklich. Noch nie im Leben hatte sie sich im Nachhinein für eine Tat derartig geschämt. Nicht, als sie ihre Familie in Nacht und Nebel verlassen hatte, um dem wilden Rothger zu folgen, nicht, als sie sich zum ersten Male hinter dem Rücken seiner Frau mit Ansgar im Grubenhaus getroffen hatte. Denn all das hatte Inga mit Bedacht gemacht. Ja, sie hatte bei alldem immer gewusst, was sie tat und warum sie es tat.

Die Frau eines der reichsten Erben der Gegend zu werden, war für sie ein durchaus größerer Anreiz, als sich von ihrem Vater mit irgendeinem armen, aber freien Vetter verheiraten zu lassen. Und als Geliebte des Mannes, der nach dem Tode Rothgers zu ihrem Vormund geworden war, ließ es sich durchaus angenehmer leben, so war ihr Gedanke gewesen, als sich ständig gegen ihn behaupten zu müssen.

Doch was hatte sie nun davon, sich mit *diesem* Mann einzulassen?

Besitz, Macht, Schutz? Nein, all das konnte er ihr nicht bieten. Da wäre sie sogar noch besser bedient gewesen, wenn sie mit dem nächstbesten Landstreicher auf- und davongezogen wäre.

Es gab rein gar nichts, was den gestrigen Vorfall gerechtfertigt hätte. Nichts, was für einen von beiden nun, am Tage danach, von Vorteil wäre. Nicht einmal angenehme Erinnerungen, denn sobald diese auch nur im Anfluge auftauchten, wurden sie gleich von dem hereinbrechenden schlechten Gewissen vertrieben.

Was war es also gewesen, das sie getrieben hatte? Wollust, so würde die schlichte Antwort Gundas lauten, wenn sie ihr davon erzählte. Aber einen Teufel würde Inga tun.

Ja, Gunda – auf sie wartete Inga nun. Irgendwann musste sie doch zurückkehren.

Die Ernte war längst eingefahren, die Drescharbeiten hatten noch nicht begonnen. Außerdem herrschte an diesem Tag ein miserables Wetter, Zeit also für die krumme Gunda, ihrer Freundin Inga einmal wieder einen längeren Besuch abzustatten.

Untätig setzte Inga sich nach draußen auf die Bank vor dem Haus. Leichter Nieselregen ging auf sie nieder, und es verging fast der ganze Vormittag, als endlich, unten am klapprigen Steg, der aus nichts Weiterem als zwei morschen Holzbrettern bestand, die krumme Gestalt der alten Gunda im Nebel auftauchte.

XXI

»Was in Gottes Namen treibst du da, Bruder Agius?«

Der vertraute Kopf des Mönches Melchior war es, der sich plötzlich über Agius beugte und Schatten in sein Gesicht warf.

»Ich schaue in den Himmel.«

Melchiors Kopf drehte sich nach oben, ebenfalls in Richtung des unbewölkten Blaus.

»Nun, ein wahrlich schöner Himmel ist das, Bruder Agius. Mir jedoch ein wenig zu langweilig, ganz ohne Fliegendes und Summendes.«

»So ist es, Melchior, langweilig.«

»Wenn es dir doch langweilig ist, was starrst du dann die ganze Zeit hinein? Was siehst du dort, Agius?«

»Nichts.«

»Nichts?«

»Nichts.«

»Nichts ist es auch, wenn ich das mit Verlaub feststellen darf, was du am Leibe trägst, Bruder Agius. Wo ist deine Kutte?«

»Ich weiß es nicht.«

»Du bist ein Gottesmann. Es ziemt sich nicht, am helllichten Tage nahezu unbekleidet im Gras zu liegen und Löcher in die Luft zu starren. Man möchte meinen, du habest den Verstand verloren. Sei froh darüber, dass ich es bin, der dich hier in diesem Zustand vorfindet.«

»Glaube mir, Melchior, das ist mir vollkommen gleich.«

»Nun, dann wird es dich auch nicht bekümmern, wenn ich dir berichte, dass man im Kloster ob deiner Person ein wenig aufgebracht ist.«

»Demnach bist du dem heimtückischen Taddäus bereits begegnet?«

Agius stellte diese Frage gleichgültig. Noch immer regte er sich nicht und blickte weiterhin in den blauen Himmel.

»Selbst sah ich ihn nicht. Ich vernahm jedoch, dass er am gestrigen Abend ins Kloster zurückkehrte und bis tief in die Nacht eine Unterredung mit dem Prior geführt haben soll.«

»Er kam hierher und versuchte mich zu erpressen, dieser Skrupellose«, sagte Agius unbekümmert.

»Erpressen?«

»Ja.«

»Was will er, Agius? Auch ich empfinde ihn nicht als angenehmen Zeitgenossen.«

»Er will alles.«

»Lass mich zusammenfassen. Du und Taddäus, ihr seid zwei gänzlich verschiedene Leute. Du liegst hier und siehst nichts, und er kommt her und will alles. Mir scheint, dass ihr beiden so niemals zusammenfinden werdet.«

»So ist es, weiser Melchior, so ist es.«

»Womit vermag er dich zu erpressen, Bruder?«

»Das liegt Jahre zurück. Ein Fehler, den ich begangen und für den ich bereits sträflich habe büßen müssen. Er weiß davon, oder vielmehr, er ahnt es und will mich dafür weiterhin leiden sehen, indem er mich seinem Willen unterwirft. Dem Willen eines Menschen, den ich mehr verabscheue als selbst den widerwärtigsten Sünder.«

»All das ist und bleibt mir ein Rätsel, ein großes Rätsel, Bruder Agius. Darf ich dir nun deine Kutte bringen? Sie liegt dort drüben, über einem Busch.«

»Ich nehme sie mir selbst, guter Melchior. Hab vielen Dank«, sagte Agius und erhob sich.

»Ihr strittet also gestern?«, fuhr Melchior fort, während Agius sich ankleidete.

»Ja, wir stritten. Er will nicht, dass ich weiter mit dieser Aufgabe hier betraut bin.«

»Warum nicht?«

»Nun, das hat viele Gründe.«

»Ich mag dumm erscheinen, Agius, aber was die wahren Gründe dieses Mannes sind, weiß selbst ich. Er ist ein heimlicher Feind des Adalhard und des Wala, obwohl sie die gleichen Absichten verfolgen. Wahrscheinlich, gerade *weil* sie die gleichen Absichten verfolgen. Ist es nicht so? Er will spionieren, er will Einfluss gewinnen. Die Zeiten ändern sich schnell, der Kaiser ist wankelmütig, und Taddäus baut vor, er bahnt sich still und heimlich seinen eigenen Weg. Und dazu benötigt er dich, und weil er dich nicht überreden kann, will er dich erpressen. Ist es so?«

Agius blickte seinen Mitbruder verblüfft an und schmunzelte dann.

»Melchior, Melchior, du versetzt mich tatsächlich in Erstaunen. Wie und wann hast du dir all das zusammenreimen können?«

»Unterschätze mich nicht, lieber Bruder, unterschätze mich nur nicht. Ich besitze eine rege Fantasie. Was ich jedoch ganz und gar nicht weiß oder erahnen kann, ist der Inhalt des langen, nächtlichen Gespräches zwischen dem Vater Prior und besagtem Taddäus. Tatsache ist, dass ich nun den Auftrag habe, dir dieses versiegelte Schreiben auszuhändigen. Ich fürchte, damit keine gute Nachricht zu überbringen.«

Melchior reichte Agius ein eingerolltes Stück Pergament, welches bislang unter seiner Kutte verborgen gewesen war. Mit zusammengekniffenen Augen las Agius die wenigen Worte. Er schien dabei leicht zu erröten, so hatte Melchior den Eindruck.

»Unkeuschheit«, sagte Agius nur leise.

Melchior blickte ihn erstaunt an, dann begann er laut zu lachen.

»Hat der Hofkaplan Taddäus dich gestern etwa ebenfalls halbnackt den Himmel betrachtend vorgefunden? Das ist wahrlich unkeusch, Bruder Agius.«

»Schlimmer, Melchior, schlimmer. Ich fürchte, dir wird bereits morgen ein anderer Bruder zur Seite gestellt werden.«

XXII

Seit mehr als zwanzig Sommern weilte die Seherin Wanda nun nicht mehr unter den Lebenden. Ihren eigenen Tod hatte sie kommen sehen, als sie eines Nachts, wie so oft, an der Wegkreuzung zwischen dem Eschenberg und dem Hilgerschen Hof auf einer blutigen Rinderhaut gesessen hatte, um tief in sich gekehrt in die Zukunft zu blicken. In Anbetracht dieser zweifelsfreien Erkenntnis hatte sie damals beschlossen, diesen Ort nicht wieder zu verlassen. Drei Tage und Nächte weilte sie dort und dämmerte vor sich hin, nichts nahm sie zu sich, nichts außer hin und wieder einen kleinen Schluck aus dem Bocksbeutel, den sie stets bei sich führte. Das frische, unbehandelte Rinderfell, welches ihr als Unterlage diente, begann bereits übel zu riechen. Unmengen an Fliegen und anderes Getier fanden sich ein und belästigten auch die Alte, doch diese störte sich nicht daran. Geduldig erwartete sie den Tod.

Am vierten Tage endlich trat er ein, und niemand anders als der alte Hilger, damals noch im besten Mannesalter, fand ihre knochige Leiche. Unter Androhung des Todes hatte der damals jüngst zum Kaiser erhobene König Karl verboten, was nun geschah. Doch darum scherte sich niemand hier im Sachsenlande: Die tote Seherin wurde an Ort und Stelle verbrannt.

Schon seit vielen Generationen verbrannten die Sachsen ihre Toten nicht mehr, und deshalb war es ihnen auch ein Leichtes gewesen, das strikte Einäscherungsverbot der Kirche zu befolgen. Doch im Falle einer Frau, die zeit ihres Lebens zwischen der Welt der Menschen und der Welt der Götter hatte wandeln können, einer Frau, der man mit Abscheu und Bewunderung zugleich begegnet war, vor der man sich fürchtete, die man aber dennoch immer wieder aufsuchte – bei einer solchen Frau war ein Erdbegräbnis schier unmöglich.

Was, wenn sie wieder erwachte? Wenn sie als Tote umherging und die Kinder erschreckte?

Diese Gefahr hatte man nicht eingehen wollen und deshalb die schon als Lebende für unheimlich gehaltene tote Wanda besser in Staub und Asche verwandelt. Damit war sie dahin. Und woher sie gekommen war, ja, wo sie all die Jahre gelebt hatte, das wusste niemand ganz genau.

Auf dem Eschenberge habe sie gehaust, darin waren sich alle einig. In einer unterirdischen Höhle, zugänglich nur durch eine mit Moos bedeckte Holzluke, meinten die einen. In einer von Laub und Gras schier unsichtbar erscheinenden Hütte, meinten die anderen. Niemand hatte die Seherin jemals besucht. Die für sie bestimmten Gaben hatte man ihr stets in einen hohlen Baum gelegt, und wollte man sie über die Zukunft befragen, so wartete man, bis *sie* kam, denn sie war oft in die Häuser der Freien und Laten gekommen. Nach ihrem Tode war man froh, nichts mehr von ihr zu sehen und zu hören, und niemals suchte jemand nach ihrer verwaisten Behausung.

Mittlerweile war die Erinnerung an die alte Wanda verblasst, wenige Erzählungen rankten sich um sie, und diejenigen, die sie noch persönlich gekannt hatten, starben nach und nach aus.

Am heutigen Tage, einem Tage im Herbst des Jahres 826 der neuen Zeitrechnung, fand sich plötzlich jemand vor der besagten, nie zuvor gesehenen Behausung der Wanda wieder. Er selbst traute seinen Augen kaum, schon so oft war er an dieser Stelle vorübergegangen, aber niemals war es ihm aufgefallen, dieses Loch. Unter der weit ausgehöhlten Wurzel einer alten Esche befand sich augenscheinlich der Eingang zu einem Fuchsbau, doch schaute man genauer hin, so erkannte man, dass sich hinter dem Baum ein kleiner, mittlerweile sogar mit hohen Büschen bewachsener Hügel wölbte, der, stapfte man mit den Füßen darauf herum, merkwürdig hohl klang. Das war kein Fuchsbau. Das war ein von Menschenhand geschaffenes Erdloch.

Ansgar war zufrieden. Jetzt galt es nur noch zu warten.

Und tatsächlich, es dauerte nicht lange, da hörte er das fast unmenschlich leise Herannahen eines Lebewesens. Schnell verbarg sich Ansgar im Gebüsch.

Da kam er tatsächlich.

Uralt sah er aus. Die weißen, noch vollen Haare waren so lang, dass er sie oben auf dem Kopf zu einem Knoten gebunden hatte, der Bart reichte ihm bis zur Brust. Sein Gang war gebeugt, aber dennoch flink. Dünn war er, viel dünner als früher, doch machte er nicht den Eindruck, dass er schwächer geworden war.

Ansgar konnte seine Augen nicht erkennen, konnte nicht sehen, welche Gedanken, welche Absichten sich in seinem Gesicht widerspiegelten. Doch das musste er auch nicht sehen, um zu wissen, dass dieser es war, der alle Gründe dazu hatte, um zu tun, was in den letzten Monaten geschehen war.

»Wen hast du alles auf dem Gewissen, Alter?« Ansgar kam aus seinem Versteck hervor, sein Schwert hielt er bereits in der Hand.

»Weniger als du und deine Sippe, Ansgar, Sohn des Hilger«, antwortete der Greis. Er schien in keiner Weise überrascht zu sein über das Auftauchen des ungebetenen Gastes. »Du bist gekommen, um mich endgültig zu töten.«

»So ist es«, antwortete Ansgar ruhig.

»Hast du schon einmal darüber nachgedacht, dass du mir eine Menge zu verdanken hast?«

»So? Was soll das sein?«

»Nun, dein Bruder Rothger ist nicht mehr. Wäre er noch, wer wärest dann du? Nicht der Herr im Hause der Hilgerschen Sippe.«

»Und deshalb sollte ich dich verschonen, du Ungeheuer?«

»Nein. Ich weiß, dass du mich nicht verschonen würdest. Von solcher Art ist nicht dein Blut.«

»*Du* bist es, der Rache will.«

»So ist es. Ich habe dich gesehen, Ansgar. Auch du bist damals dabei gewesen, genau wie dein Vater und deine Brüder. Ein Kind der eine noch.«

»Es musste sein.«

»Und nun muss dieses sein.«

Kaum hatte er es gesagt, griff der Alte wieselflink unter seinen löchrigen Umhang und holte eine Streitaxt hervor. Ansgar konnte kaum so schnell sehen, was geschah, geschweige denn, dass er hätte ausweichen oder sich wehren können, denn schon hatte ihn die Axt in der rechten Schulter getroffen.

»Nein!«, hörte er noch eine Stimme aus dem Hintergrund, dann brach er blutend und besinnungslos zusammen.

Mitternacht war bereits vergangen, aber im Hause der Hilgerschen Familie brannte noch Licht. Die gesamte verbliebene Familie saß zusammen und wartete bereits seit Stunden auf die Heimkehr ihres Hausherrn.

Ada machte sich große Sorgen. Leise weinend streichelte sie immerzu den Kopf ihres ältesten, bereits dreizehnjährigen Sohnes. Diesem behagte das nicht, sodass er sich schließlich von der Mutter fort zu seinem Vetter Heinrich setzte. Der alte Ulrich schüttelte immerzu nur ungläubig den Kopf.

Die junge Almut und der Zwilling Gisela weinten ebenfalls, Berta hingegen lag schlafend auf ihrem Lager, sie schien sehr krank zu sein. Auch das Gesinde ruhte nicht. Es saß weiter fort von der Familie, nahe dem Stall, und versuchte im Schein der wenigen Kienspäne Handarbeiten zu verrichten.

»Kein gutes Zeichen, kein gutes Zeichen«, murmelte Ulrich vor sich hin.

»Er wird schon wiederkommen«, sagte der junge Heinrich.

»Das habt ihr bei Rothger und Gernot auch gedacht«, entgegnete der Alte bitter. »Und du, Heinrich, du wirst der Nächste sein.«

Mit großen, erschrockenen Augen schaute der Junge den Greis an.

»Du musst mich nicht so anstarren. Das ist der Fluch, den mein Bruder über euch gebracht hat.«

»Was sprichst du da, Alter?«, protestierte Gisela.

»Ja, verflucht hat er uns, der Hilger. Viel Gutes hat er uns gebracht, das will ich nicht bestreiten. Aber ebenso viel Schlechtes. Glaubt mir, sein Geist ruht nicht. Aber nicht nur der seine, noch weitere Geister gehen um, denn seine Schuld ist größer, als ihr denkt. Er und all seine Söhne sind nun tot. Manchmal wünschte ich mir, ich könnte auf den neuen Glauben vertrauen, dann wüsste ich, dass sie allesamt in der Hölle schmoren und niemals wiederkehrten. Allesamt.«

»Schweig jetzt, Alter!«, kreischte Gisela. »Du sitzt dein Lebtag am warmen Feuer, isst, was andere dir bringen. Und das Dach über deinem Kopf hat unser Vater, dein Bruder, errichtet und dich nutzlosen Krüppel hier aufgenommen. So sprichst du nicht von ihm und auch nicht von seinen Söhnen.«

Wissend schaute Ulrich seine aufgebrachte Nichte an und nickte ihr dreimal zu. Dann ergriff der junge Heinrich das Wort, stand auf und rief:

»Ich werde mit den Knechten hinausgehen und Ansgar suchen.«

»Ich begleite dich«, rief Friedrich, der älteste Sohn Ansgars.

»Nichts werdet ihr tun, ihr junges Gemüse. Sollen sie euch abschlachten wie die Lämmer, wenn ihr da hinauszieht?«, schrie der alte Ulrich. »Es sind nicht die Meinradschen, das sage ich euch. Sie sind es nicht!«

»Was, wenn er verletzt ist und irgendwo liegt? Mutter, wir müssen ihn finden. Was sind wir ohne ihn?«, wandte sich der Knabe, die Worte des Alten ignorierend, an Ada. Diese blickte ihn nur schweigend an.

Dann ergriff sie doch das Wort: »*Ich* werde gehen und ihn suchen.«

»Wir kommen mit«, rief Heinrich.

»Nein, Ulrich hat Recht. Wer weiß, wen es als Nächstes treffen soll. Abgesehen von dem Alten sind du und Friedrich die beiden einzigen verbliebenen Männer in diesem Hause. Ihr solltet auf euch aufpassen. Die Knechte werden mich begleiten. Auf geht's, ihr beiden, nehmt euch Fackeln und folgt mir.«

»Ansgar, Ansgar! Antworte, wenn du uns hörst.«

»Friling Ansgar, mein Herr, wo steckst du?«

In dieser Nacht war es erneut nicht möglich, Schlaf zu finden. Zunächst hatte Inga gedacht, sie träume schlecht. Doch dann war sie tatsächlich erwacht und hatte das Rufen deutlich vernommen. Die Stimmen einer Frau und zweier Männer durchbrachen brutal die Stille der pechschwarzen Dunkelheit.

Sie riefen offenbar nach Ansgar.

Inga stand auf und ging vor das Haus. Am gegenüberliegenden Hang, auf dessen anderer Seite sich der Hof der Hilgerschen befand, waren Lichter zu erkennen. Von dort, vom Rande des Waldes, fast schon auf dem Weg ins Tal, erschallten die Rufe.

Sie suchten ihn. Er war verschwunden. Ganz so wie Rothger und Gernot. Doch das ging sie nichts mehr an.

Dennoch blieb Inga stehen und folgte den Lichtern mit den Augen, wie sie weiter dahinzogen. Sie sah ihnen so lange nach, bis der Schein der Fackeln in der Ferne verblasste und das Rufen der Stimmen nach und nach verstummte. Aus der alten Schmiede war nur noch das regelmäßige, aber unglaublich laute Schnarchen der krummen Gunda zu hören, welche sich wieder bei Inga einquartiert hatte und offenbar über einen äußerst gesunden Tiefschlaf verfügte.

Inga hatte sich gerade wieder zur Tür gewandt, um sich ebenfalls auf ihr weiches Lager zurückzubegeben, als sie mit einem Mal nach hinten gerissen und dann auf den Boden geschleudert wurde. Sie wollte schreien, kam aber nicht dazu, denn schon legte sich die Hand des weißen Mannes fest auf ihren Mund.

Er war über sie gebeugt, und sein Bart sowie seine langen Haare fielen Inga übelriechend und kitzelnd ins Gesicht. Er sprach kein Wort, sondern holte flink ein Messer hervor, dessen Spitze er so nah an Ingas Hals hielt, dass sie bald spürte, wie ihr das Blut warm über die Brust lief. Jetzt löste er die Hand von ihrem Mund und begann zu sprechen. Seine Stimme war tief und unheimlich.

»Du wirst mir folgen und kein Wort sprechen. Höre ich auch nur einen Ton von dir, dann schneide ich dir die Kehle durch. Vorerst jedoch gehen wir hinein in *dein* Haus und holen alles heraus, was wir benötigen.«

Inga bibberte. Da war er wieder, und er war tatsächlich zu ihr gekommen, zu ihrer Unterkunft. Und nun wollte er sie holen.

Rasch zog er sie auf die Beine und stieß sie lautlos in die Schmiede, Inga spürte deutlich das Messer an ihrem Rücken.

»Alles, was zur Wundheilung nötig ist«, flüsterte er mit einem nach faulen Zähnen stinkenden Atem in ihr Ohr. »Verbandszeug, Salben, Tränke und dergleichen.«

Inga packte, was sie in der Dunkelheit finden konnte, in einen Sack. Dann wurde sie aus der Hütte hinausgestoßen und ihr wurden die Augen verbunden. Er drehte sie eine Weile im Kreis herum und zog sie dann am Arm hinter sich her.

Es ging auf den Eschenberg, das spürte Inga auch trotz des Schwindels und trotz der verbundenen Augen. Jeder Stein, jede Pfütze, jeder Steg und jeder Stock waren ihr bekannt. Doch das musste der Waldgeist, welcher nur allzu menschliche Züge aufzuweisen schien, ja nicht wissen. Denn ein Zauberwesen, das furzte, rülpste und drei Mal in einer Stunde, die sie unterwegs waren, mit einem lauten Strahl Wasser lassen musste, konnte es nicht geben. Vielleicht war er tatsächlich ein Mensch aus Fleisch und Blut, ganz so, wie auch Bruder Agius es vermutet hatte.

Irgendwann führte ihr Weg sie durch Dornen und Gestrüpp, über Baumwurzeln und Baumstämme, weg von den Pfaden und hinein in einen dichten Wald. Welcher Wald genau es war, vermochte sie nicht zu sagen. Doch sie hatten eindeutig den Grubebach überquert, waren den Hilgerschen Berg hinaufgegangen und über die Ebene hin zum Eschenberg geschritten. Diesen, höher gelegen als der Hilgersche Hügel, hatten sie ebenfalls erklommen und waren nun in eines der spärlichen, aber dichten Waldgebiete am Südrand des Berges eingedrungen. So vermutete sie jedenfalls.

Endlich nahm er ihr die Augenbinde ab. Aber das nützte Inga nur wenig, da es in dieser Nacht stockfinster war. Dichte Wolken verhingen Mond und Sterne, ein bereits frostiger Wind wehte. Doch ganz so, als handele es sich um die Behausung von Waldzwergen, schien tatsächlich aus einer kleinen Baumwurzelhöhle ein gelbes Licht zu leuchten. Es war nur schwach, aber in dieser absoluten Finsternis wirkte es wie der warme Sonnenstrahl nach einem düsteren Gewitter.

Gerade hatte sie diese Öffnung entdeckt, da wurde sie auch schon hineingestoßen. Ein übler Gestank kam ihr entgegen, und gleichzeitig vernahm sie das leise Stöhnen eines Mannes.

Auf allen vieren kroch sie voran, konnte sich aber alsbald aufrecht hinstellen. Es war ein Grubenhaus, das sich da hinter dem Wurzeleingang verbarg, und in diesem Grubenhaus lag Ansgar. Gefesselt und geknebelt.

»Schau nach ihm und sieh zu, dass er nicht stirbt.«

Der Weiße war ebenfalls in den Unterschlupf gekrochen und hockte sich nun in eine der hinteren Ecken, Inga die ganze Zeit scharf im Auge behaltend.

»Kein Wort redet ihr miteinander. Kein einziges Wort. Sonst töte ich dich, Weib. Auf der Stelle.«

Inga strich Ansgar das verschwitzte Haar aus dem Gesicht. Schön sah er aus, wie er so dalag, sein blasses Gesicht, der wohlgeformte Mund und die heute etwas trüben grauen Augen, mit denen er Inga nun so hilflos ansah. Von ihm hatte sie nichts zu befürchten, er würde seine Hände bei sich behalten, sie nicht packen, schlagen oder sonst etwas mit ihr anstellen. Er war harmlos, vollkommen harmlos, und sie sollte ihm helfen.

Warum nur?

Wieso durfte er nicht sterben?

Weshalb war er dennoch so schwer verwundet?

Die Wunde in Ansgars Schulter war tief, aber nicht tödlich. Der Knochen schien gesplittert, aber nicht durchtrennt worden zu sein. Einen Großteil des Schlages musste ein dicker Ledergurt abgefangen haben, der sich nun jedoch blutig in die Wunde bohrte und unbedingt entfernt werden musste.

»In allem, was nicht von uns selber kommt, stecken Würmer drin«, hatte Ingas Großmutter immer gesagt.

Inga wusste nicht, ob das stimmte, aber besser war es, diesen Lederriemen aus der Schnittwunde herauszuziehen, auch wenn das ein jämmerliches Geschrei nach sich ziehen würde.

»Hast du sauberes Wasser hier, alter Mann?«, fragte sie, ohne sich nach dem Angesprochenen umzudrehen.

»Du sollst nicht reden«, knurrte dieser. »Dort in dem Kübel, unmittelbar neben dir, du blindes Huhn.«

Inga zog mit einem Ruck das blutige Leder aus Ansgars offener Schulter. Zu ihrer Überraschung schrie er nicht, tapfer wollte er sein. So war er halt, der mutige Krieger Ansgar.

Sie nahm den Beutel, den sie mit sich genommen hatte. Darin befand sich ein Töpfchen mit dem Extrakt des Seifenkrautes. Inga löste ein wenig davon in Wasser auf und wusch mit einem sauberen Leinentuch, das sie ebenfalls bei sich führte, die Wunde sorgfältig aus. Wieder biss Ansgar auf den Knebel. Inga blickte ihn scharf an und rieb ein wenig fester in der Wunde herum. Endlich war ein Schmerzenston zu hören.

»Ruhe«, rief es von hinten.

»Nadel und Faden brauche ich«, antwortete sie scharf, den Kopf leicht nach hinten geneigt.

»Habe ich nicht.«

»Ohne geht es nicht.«

»Halt's Maul, sonst stopfe ich es dir.«

Inga griff in ihre Haare. Da war tatsächlich noch eine Nadel, die sie vor dem Schlafengehen nicht herausgenommen hatte. Sie holte ein weiteres sauberes Leinentuch aus dem Beutel und löste daraus einen möglichst langen Faden ab, den sie mühselig um die Haarnadel wand.

»Das wird nicht halten«, murmelte sie vor sich hin, und mit einem Mal stand er hinter ihr, das Messer an ihren Nacken gedrückt.

»Ich steche dich ab, wenn du noch ein einziges Wort sagst, du elende Schlange.«

Inga nickte stumm. Ansgar versuchte sich vergeblich aufzurichten, wand sich auf seinem unfreiwilligen Lager hin und her und blickte den Alten mit einem tödlichen Blitzen in den Augen an. Im Nu hatte *er* das Messer am Hals.

»Den Gnadenstoß sollte ich dir setzen, Hilgerschwein.«

Inga rührte sich nicht, sondern wartete nur bang ab. Dem Weißen war es ernst, und umso misslicher war ihre Lage, denn was nur würde mit ihr geschehen, wenn ihre Aufgabe vollendet war? Er ließe sie doch nicht so einfach gehen? Niemals.

Mit zitternder Hand setzte Inga an, die Wunde zu nähen. Es mussten höllische Schmerzen sein, denn die Nadel war stumpf, hölzern und dick. Doch Ansgar ertrug auch dieses mit einer Tapferkeit, die Inga nahezu erneut herausforderte, sie ihm endlich auszutreiben. Doch sie hielt sich zurück.

Sie hätte die Wunde ausbrennen können, so wie sie es mit den Tollwutbissen getan hatte. Aber diese Methode hatte ihr niemals gefallen. Lieber erinnerte sie sich daran, wie einst ihre Großmutter einem Knecht das Leben gerettet hatte, dem beim Sturz vom Dach die ganze Seite von einem spitzen Ast aufgeschlitzt worden war.

»Wie ein zerrissener Mehlsack sieht das aus«, hatte die Großmutter ruhig und gelassen in Anbetracht der schrecklichen Wunde gesagt. »Und wie einen zerrissenen Mehlsack werde ich das jetzt stopfen.«

Der Knecht hatte daraufhin noch drei Jahre gelebt, bis er im Vollrausch in dem nur knöcheltiefen Bach ersoffen war.

Inga bestaunte ihr eigenes Werk. Schön sah die Narbe aus. Nun noch eine Paste aus Blutkraut und Wegerich, dann einen Umschlag mit getrockneten Taubnesseln, und der verletzte Ansgar war versorgt.

Dürfte sie reden, würde sie eine Zauberformel gegen das Fieber murmeln, gegen welches sie leider kein Kraut bei sich trug. Doch sie durfte nicht reden. So sagte sie den Spruch in Gedanken auf und strich dabei dem Kranken sanft durchs Haar.

Unwillkürlich musste sie dabei lächeln, denn so lieb und friedlich, wie er nun dalag, gefiel er ihr ausgesprochen gut. Ja, sie dachte sogar bei sich, wie es gewesen wäre, wenn sie *seine* und nicht Rothgers Frau geworden wäre. Doch die Schicksalsgöttinnen hatten ihnen einen anderen Weg bestimmt. Und dieser hatte sie nun hierher geführt, wo sie sehr wahrscheinlich dennoch einen wichtigen Schritt gemeinsam beschreiten würden – den Schritt vom Leben in den Tod.

Inga drehte sich vorsichtig um und nickte dem Weißen zu.

Dieser erhob sich und zerrte sie am Arm in Richtung Ausgang.

»Was ist zu tun, damit er nicht krepiert?«, fragte er düster, als sie wieder draußen waren.

»Den Verband wechseln, dreimal am Tag. Die Wunde muss jedes Mal mit der Paste eingerieben werden, die ich neben dem Lager habe stehen lassen, auch Verbandszeug ist ausreichend da. In vier Tagen sollte alles besser sein. Was geschieht jetzt mit mir?«

»Erwürgen müsste ich dich. Nicht, weil ich etwas gegen dich habe. Allein, dass du zu viel weißt, ist Grund genug. Doch du hast Glück. Jemand meint es gut mit dir. Unterschätze jedoch nicht meine Macht. Sollte sich auch nur ein Mensch in die Nähe dieses Unterschlupfes begeben, dann werde ich den Hilgersohn töten. Und auch dich, Inga, Abkömmling des Bero, werde ich finden und auf grausame Weise aus diesem Leben befördern. Du bekommst eine Schonfrist. Setze sie nicht aufs Spiel. Meine Augen sind überall. Ich erfahre alles!«

Dann band er ihr wieder die Augen zu, drehte sie ein Dutzend Mal im Kreis und führte sie zurück, jedoch nicht bis zu ihrem Hause, sondern nur bis zu einer Wegkreuzung, derselben, an der einst die Seherin Wanda gestorben und verbrannt worden war. Dort ließ er sie allein stehen. Und als sie es schließlich wagte, sich selbst von der Augenbinde zu befreien, war er schon verschwunden.

Inga kam nicht dazu, lange über all das, was sie erlebt hatte, nachzudenken. Denn nur wenige Augenblicke später – sie war den Pfad in Richtung Hilgerhof abgebogen, um ihn bald, die abgeernteten Felder überquerend, nach Westen hin zu verlassen – begegneten ihr die drei Fackelträger.

Es dämmerte bereits, und von weitem konnte Inga in einer der drei Gestalten Ada erkennen.

»Inga!«, rief sie und lief zu ihr.

Diese lächelte verlegen und blickte zu Boden.

»Ansgar ist verschwunden. Sag mir, dass du dich mit ihm die ganze Nacht vergnügt hast und er bereits wieder daheim auf seinem Lager liegt. Sag mir das«, rief Ada laut und aufgeregt. Ganz entgegen ihrer Art. Sie war so außer sich, dass es ihr offenbar nichts ausmachte, dass die Knechte ihre Worte hörten.

»Ich weiß nicht, wovon du sprichst, Ada«, antwortete Inga gleichmütig.

»Was machst du dann hier, mitten in der Nacht?«

»Ich bin hinaus, um Kräuter zu sammeln. Manche von ihnen pflückt man nur im Mondenschein.«

»Es ist gar kein Mondenschein heute Nacht, Inga. Wo ist er?«

»Lasst mich doch endlich alle in Frieden!«, schrie Inga nur und rannte davon.

XXIII

Das Verschwinden des Frilings Ansgar, Herr des Hilgerhofes, sprach sich alsbald herum. Plötzlich meinten viele zu wissen, dass schon lange ein böser Fluch auf dieser Sippe lag, ein Fluch, den der alte Hilger damals von der schicksalshaften Schlacht am Süntelgebirge mit hierher in den Augau gebracht hatte.

Fast täglich kam die krumme Gunda den Bachlauf hinaufgeeilt, um Inga von den neuesten Geschichten zu berichten, die man sich nun über die Familie erzählte, die reich, aber eindeutig dahinschwindend, auf dem riesigen Hofe ihres mächtigen Gründers lebte und bald keinen Erben mehr finden würde, der in der Tradition der freien und stolzen Hilgerschen sein Hab und Gut verteidigte, seine Sippschaft beschützte und seinen Ertrag von Sommer zu Sommer mehrte.

»Vorgestern noch sprachen sie lang und breit vom Fluch des Hilger«, flüsterte die alte Gunda geheimnisvoll, als sie vier Tage nach dem Verschwinden des Ansgar einmal wieder die neuesten Informationen aus dem Tal mitbrachte. »Ja, sie sagten – und das habe ich sogar aus dem Munde des Liudolf gehört –, sie sagten sogar, der alte Hilger habe deinen Großvater ganz ohne Grund erschlagen. Ein Dämon habe sich seiner bemächtigt, und niemand anders als Wodan selbst, so erzählte Odo der Zahnlose, sei es schließlich gewesen, der sich in einen Stier verwandelt und den Unhold Hilger letztendlich totgetrampelt habe. Jetzt aber, Inga« – und dann machte sie eine längere Pause, in der sie Inga geheimnisvoll anblickte – »jetzt aber erzählen sie sich wieder ganz andere Dinge, ganz andere.«

Erneut formte Gunda ihre ohnehin schon kleinen, von tiefen, trockenen Furchen umgebenen Äuglein zu noch winzigeren Sehschlitzen und schaute Inga an, als wolle sie durch sie hindurchblicken und allein kraft ihres intensiven Blickes der jungen Frau all ihre Geheimnisse entlocken.

»Willst du wissen, was sie plötzlich reden? Ich sage es dir, weil ich dich wirklich liebgewonnen habe und nicht glauben mag, was da erzählt wird. Lass dich warnen.«

Inga durchfuhr es heiß und kalt. Nichts Gutes würde nun aus dem Munde der Alten kommen. Dennoch lauschte sie ihren Worten erwartungsvoll.

»Alle sollen sie gestern Abend zusammengesessen haben, alle, Freie und Unfreie, sämtliche Männer und sogar ein Teil der Frauen aus der Gegend. Beim Liudolf haben sie sich getroffen. Einzig die Hilgerschen und auch die Meinradschen waren nicht dabei. Keiner von ihnen.

Ein Knecht des freien Guntram vom Hofe jenseits des heiligen Berges unweit der Brunsburg war auch dort. Er ist der Bruder eures Bertold, Knecht vom Hilgerhof. Und dieser Bruder eures Knechtes war zusammen mit seinem Herrn ins Tal gekommen, um dem Liudolf und allen anderen Folgendes zu berichten: Man hätte dich, Inga, in der Nacht, in der Ansgar verschwand, gesehen. Verwirrt seiest du gewesen, dein Gewand voller Blut. Auf die Fragen der Ada habest du nicht antworten wollen, seist einfach kreischend und wie von Sinnen davongelaufen. Auch in der Nacht, als Rothger starb, seist du es gewesen, die den Toten gefunden habe. Auch in dieser Nacht seist du ähnlich verwirrt gewesen. Und den jungen Gernot hättest du ebenfalls als Letzte zu Gesicht bekommen, bevor er für immer verschwand. Ein Junge aus dem Tal, der Olaf, Sohn des dicken Wulf, konnte sich erinnern, dass er dich im Kapenwalde gesehen hatte, du habest mit einem weißen Mann gesprochen. Und der Vater der verstorbenen Uta, der Töpfer Gustaf, er soll aufgestanden sein und geschimpft haben, dass auch du es warst, die seine Tochter in den Brunnen geworfen hat. Die Tollwut, so ging es weiter, habest du heraufbeschworen, damit sie dich als Heilerin verehren. Und Liebestränke, so erzählte die Frau des dicken Wulf, könntest du brauen, um alle Männer zu verzaubern. Sogar die Mönche, alle beide, seien dir aufgrund deiner Zauberkünste verfallen. Sie habe das von niemand anders als von Gisela, eine der Jüngsten des Hilger, erfahren.

Diese habe auch behauptet, du hättest bereits im letzten Herbst einen Haselwurm gefunden, nicht weit vom Hofe des Hilger, unmittelbar unter den vielen Haselnusssträuchern, die den Hohlweg säumen. Sie will dich dabei beobachtet haben, wie du diesen Wurm gegessen hast. Seit dieser Zeit wurdest du urplötzlich kräuterkundig, kannst Geister in deine Gewalt bringen und dich gar unsichtbar machen.

So, meine gute Inga, reden sie über dich. Ich erfuhr es gleich heute in der Früh von Trude, der Magd des Liudolf. Sie hatte alles mitangehört.«

Stumm hatte Inga den Worten der Alten gelauscht.

»Glaubst du das, Gunda?«, fragte sie schließlich leise.

»Es muss da jemanden geben, der es bös mit dir meint, Inga. Anders kann ich es mir nicht erklären.«

»Ich fürchte, so ist es.«

»Du bist zu weit gegangen. Wir werden nicht mehr Herr der Lage.«

»Schweig still. Alles wird sich zum Guten wenden.«

»Was soll nun mit ihm geschehen?«

»Er wird genesen, und dann darf er wieder zurück.«

»Aber er weiß Bescheid.«

»Dann werde ich ihn jetzt töten. Willst du das?«

»Er wird noch benötigt. Sieh das doch ein.«

»Du wirst dich wundern, aber ich sehe es tatsächlich ein. Auf die Gottesmänner können wir nicht bauen.«

»Was du nicht sagst! Warst du bei ihnen?«

»So ist es.«

»Was sagten sie?«

»Sie sind nicht so dumm, wie ich gedacht hatte. Zu gefährlich wäre es, von ihnen Hilfe anzunehmen.«

»Wolltest du etwa Hilfe von ihnen annehmen?«

»Vorübergehend. Du weißt doch, wer sonst noch alles aus dem Weg zu schaffen wäre.«

»Ich habe eine Ahnung davon, auch wenn wir noch nie darüber gesprochen haben.«

»Wie dem auch sei. Räuberische Wespen sind diese Gottesmänner, die verkleidet in einen Bienenstock einfallen. Gäbe es hier noch richtige Männer, so würde man sich zusammentun und sie allesamt erschlagen. Nichts anderes haben sie verdient. Kein Blatt haben sie vor den Mund genommen, ganz offen all das besprochen, was sie beabsichtigen. Am liebsten hätte ich ihnen sofort den Hals umgedreht, vor allem diesem Kleinen mit der Fistelstimme.«

»Ein Kleiner mit Fistelstimme? Von dem habe ich noch gar nicht gehört.«

»Ist auch gleich. Wir müssen eine andere Lösung finden. Der Hilgersohn soll zurück auf seinen Hof. Kehrt er nicht zurück, kommen die Gottesmänner und reißen alles an sich.«

»All das hätte ich dir schon vorher sagen können. All das. Warum bist du nur so ein verbohrter alter Mann? Du wusstest doch auch, was sie im Schilde führen, und hast dich ihm dennoch zu erkennen gegeben.«

»Das musste sein. Ich werde das Ende unseres Vorhabens nicht

mehr erleben. Nein, so gut wird es das Schicksal nicht mit mir meinen. Lass mir doch wenigstens diese eine Freude, diese letzte Genugtuung.«

»Er kann aber nicht zurück.«

»Doch, das kann er. Dank der Hexe Wanda kann er es.«

»Was hat sie damit zu tun?«

»Du kanntest sie kaum, deshalb weißt du nicht, in welchem Zustand sie immerzu war, wenn sie zu den Menschen kam. Nicht von dieser Welt. Visionen umnebelten ihr Hirn. Alle glaubten, sie wandele in dem Raum zwischen dem Reich der Menschen und dem der Götter. Ich weiß nun jedoch, warum das so war. Schau her, in diese Kiste.«

»Was ist das?«

»Riech einmal daran.«

»Es stinkt erbärmlich.«

»Was immer es ist. Nahezu die ganze Höhle war voll mit diesen Krügen. Allesamt versiegelt. Zunächst wollte ich das Zeug fortschütten. Es muss mehr als zwanzig Jahre alt und längst faulig sein. Doch dann habe ich es probiert, und siehe da …«

»Was?«

»In eine andere Welt wurde ich geführt. Von nur einem Schluck. Nahezu den ganzen Tag habe ich Dinge gesehen, die jedem anderen Menschen verborgen bleiben. Erst am Abend kam ich wieder zu mir, einen stechenden Schmerz im Kopf. Es kostete mich viel Kraft, nicht erneut von dem Zeug zu nehmen. Denn nicht für mich ist es bestimmt.«

»Sondern für ihn.«

»So ist es. Sein Körper wird zurückkehren, aber sein Geist bleibt verschlossen.«

Die Zeit der Ernte war eine Zeit, in der dem Menschen in einer ohnehin entbehrungsvollen und arbeitsreichen Welt gar keine Ruhe vergönnt war. Immerzu mit der Furcht im Nacken, einem nahenden Unwetter und der Zerstörung des gesamten, mageren Ertrages zuvorzukommen, wurde Tag und Nacht gearbeitet. Mit krummem Rücken, die Sichel in der Hand, blutige Schwielen an den Fingern, schnitten die Männer das Getreide, die Frauen folgten ihnen, die Garben bindend und möglichst darauf bedacht, dass ja keines der Körner aus den reifen Ähren fiel.

Erst in der Dunkelheit kehrte man zurück zum Hof und verrichtete dort all die Arbeit, die nicht getan werden konnte. Die Tiere und Kinder mussten versorgt, das Essen bereitet, das Holz gehackt, das Wasser geholt, die Wäsche gewaschen, Reparaturen erledigt werden.

In diesen besonders harten Wochen fielen die gemeinsamen Abende, der einzige Zeitvertreib der Menschen, das Zusammensitzen aller in einem Raume und das Erzählen von Geschichten und Neuigkeiten, aus.

War jedoch die Ernte eingefahren, das Getreide trocken geblieben und gut in der Scheune verstaut, so setzte eine kurze Zeit der Ruhe ein. In dieser Zeit der Ruhe, nachdem alles Tageswerk verrichtet war, kam man endlich wieder zusammen, blieb des Abends länger sitzen, trank und erzählte sich wieder Wahres und Erfundenes. Denn was sonst erfreute das Herz eines Menschen, der nichts anderes kannte als die unermüdliche Wiederkehr der Jahreszeiten mit der unermüdlichen Wiederkehr der stets gleichen, harten, aber notwendigen Aufgaben – was erfreute das Herz eines solchen Menschen mehr, als von Dingen zu hören, die anders waren, die Leben und Abwechslung in den tristen Alltag brachten? Man gierte nach diesen Erzählungen. Und je grausamer, gruseliger und unanständiger sie waren, desto größer war das Interesse von Groß und von Klein.

Inga, Tochter des Meinrad, hatte das Unglück auf sich gezogen, in diesen besagten Runden, die nach Einfuhr der Ernte auch einmal in sippenübergreifendem Kreise stattfanden, als ständiges Thema auserwählt zu sein.

Nicht gut wurde über sie gesprochen. Wenige Wochen zuvor war sie die Heldin, die gute Fee, welche die Tollwut bekämpft und Leben gerettet hatte. Doch der Grat zwischen einem guten und einem schlechten Leumund war ein schmaler. Besser war es, wenn man es verstand, sich so zu verhalten, dass niemals jemand über einen sprach, dass man still und unscheinbar sein Dasein fristete und weder im Guten noch im Bösen auf sich aufmerksam machte.

Das war Inga noch nie gelungen, denn dazu war sie in die falsche Familie hineingeboren, hatte den falschen Mann geheiratet, war zu früh zur Witwe geworden und musste das nicht immer angenehme Schicksal erdulden, einem schönen Spiegelbild entgegenzublicken.

Die Ereignisse um die Meinradschen und die Hilgerschen hatten, bis auf wenige Harmlosigkeiten, jahrelang geruht. Nun war der Blutstreit seit einigen Monaten wieder ausgebrochen, es hatte Tote gegeben, Verschollene, Sachwerte waren zerstört worden – und an all dem gab man verschiedenen Verdächtigen die Schuld. Neben Geistern und Unholden war immer wieder der Name Inga ins Spiel gebracht worden. Jetzt jedoch häufiger denn je, und die Reime, die man sich aus den einzelnen Geschichten über sie machte, die ergaben durchaus ein zusammenpassendes Bild. Passend jedoch nur in dem Sinne, als dass alles sich zu einem reibungslosen Ganzen fügte, was am Ende nahezu unanfechtbar gegen die einsame, schöne Witwe sprach.

Nach drei gemeinsam verbrachten Abenden in der Siedlung im Tal, zu der mittlerweile auch Menschen aus einem Umkreis von einem halben Tagesmarsch kamen, war man davon überzeugt, dass Inga die alleinige Schuld an allem jüngst Geschehenen trage. Und ihr Motiv war Rache. Nicht nur Rache für den schmählichen Tod ihres Ahnen Bero, sondern auch ihre persönliche Rache an den Männern, die sie verführt hatte, von denen sie schlussendlich jedoch betrogen oder verschmäht worden war. Opfer waren die drei Hilgersöhne, und Opfer war auch die arme Uta, die, anders als Inga, fruchtbar war und dem Herrn des Hilgerhofes bald sein erstes, gesundes Kind geschenkt hätte.

Bei all diesen Schandtaten schien sich die zarte und schwache junge Frau dunkler Mächte zu bedienen. Zauberei betrieb sie, Teufelswerk, wenn man es in einem neuen Wort ausdrücken wollte. Man hatte sie mit diesem Unhold, diesem Teufel, sogar gesehen. Zusammen mit ihm hatte sie die Tollwut über das Land gebracht, und viele schienen bereits zu ahnen, ja zu wissen, was sie als Nächstes im Schilde führte.

Es wurde langsam gefährlich für Inga. Denn schon wurden Stimmen laut, welche die Wasserprobe forderten:

»Wir sollten sie binden und ins Moor schmeißen. Geht sie unter, ist sie unschuldig. Schwimmt sie oben, ist sie eine böse Zauberin.«

Es bereitete den Leuten große Freude, vertrieb ihnen die Eintönigkeit des Alltags, verschaffte ihnen eine willkommene Pause, wenn es neue Spekulationen, neue Erkenntnisse über die einsame Witwe gab. Doch bislang wagte niemand, ihr zu begegnen, sie aufzusuchen, sie zur Rede zu stellen, sie etwa zu binden und tatsächlich zum Moor zu schleifen.

Noch wagte man es nicht, hatte noch nicht Anlass gehabt, genügend zu trinken, um in diesen Rausch zu verfallen.

Kinder jedoch waren in solchen Dingen häufig unbefangener und mutiger als ihre Eltern. Sie, denen nichts von all den Erzählungen fern geblieben war, sie kamen an einem Nachmittag zur alten Schmiede. Fünf an der Zahl, vier Knaben und ein Mädchen, im Alter von etwa zehn bis zwölf Sommern. Die Steine, die sie nach Inga warfen, welche in ihrem Vorhof arbeitete, hatten sie im Bach gesammelt.

Am liebsten hätte sie sie allesamt gegriffen und ihnen die Ohren langgezogen, aber es blieb ihr nichts anderes übrig, als die Demütigung zu ertragen und sich in ihr Haus zurückzuziehen. Noch immer flogen die Steine gegen die Wände und auf das Dach. Den Grund zu betreten und noch mehr Schaden anzurichten, wagten die Kinder jedoch nicht.

Inga ärgerte sich, dass sie weinen musste, ja, sie weinte sogar bitterlich. Schluchzend saß sie auf dem Amboss des Schmiedes Hatho und vergrub ihr Gesicht in den Händen, doch dann hörte sie plötzlich eine weibliche Stimme rufen.

»Verschwindet, ihr Nichtsnutze. Macht, dass ihr fortkommt, sonst merke ich mir die Gesichter eines jeden von euch und werde es den Trollen erzählen, was ihr für Schelme seid. Holen werden sie euch.«

Im Nu hatte das Steinewerfen ein Ende. Aber Inga war nicht beruhigter als vorher, denn die Stimme, die sie da vernommen hatte, gehörte zweifelsohne einer der beiden Hilgerschwestern.

»Dein Öl hat nichts bewirkt. Gar nichts. Alles ist aus ihr herausgekommen, vorn wie hinten, aber nichts Blutiges. Hier hast du es zurück.«

Wütend warf Gisela Inga das Fläschchen vor die Füße, sodass der spärliche Rest seines öligen Inhalts in den Lehmboden der Hathohütte rann.

»Unser Bruder ist in dieser Nacht zurückgekehrt«, fuhr sie fort.

Inga, die bis dahin mit abwesendem Blick den öligen Fleck auf dem Boden betrachtet hatte, schaute erschrocken auf.

»Ja, das entsetzt dich«, fuhr Gisela fort. »Damit hast du nicht gerechnet, wo du ihm doch so einen gefährlichen Streich an der Schulter verpasst hast. Er lebt, Inga. Noch ist er nicht richtig bei sich, schläft die ganze Zeit, aber er lebt.«

»Du musst mir endlich helfen, dieses Kind loszuwerden«, mischte sich nun auch Berta ein. Inga bemerkte sie erst jetzt. Schweigend und blass hatte sie bislang hinter ihrer Schwester gestanden.

»Das werde ich nicht«, antwortete Inga leise.

»Das wirst du tun«, fauchte Gisela sie an. »Es wird bereits über dich geredet, und wir wissen noch vieles mehr, was die Leute interessieren könnte. Hilf ihr, und du erhältst mein Versprechen, dass dein Ruf wiederhergestellt wird.«

»Die Wasserprobe wollen sie mit dir machen«, fügte Berta schwach hinzu.

»Ja, das wollen sie«, bestätigte Gisela.

»Wenn sie erst wissen, dass Ansgar wohlauf und wieder daheim ist …«, antwortete Inga ruhig.

»Das entlastet dich nur wenig, denn er wurde verwundet. Von dir, so sagen die Knechte. Sein Blut haben sie an dir kleben sehen«, unterbrach sie Gisela zischend.

»Besser schweigen sollten die Knechte, denn wenn Ansgar herausfindet, was ihr mit ihnen treibt, wird er sie beide vierteilen.«

»Deshalb sind wir hier. Du hilfst uns, und wir helfen dir.«

»Wie wollt ihr das tun?«

»Wir werden Gutes über dich verbreiten. Uns Geschichten ausdenken, die beweisen, dass du mit alldem, was man dir anlastet, nichts zu tun hast.«

Inga stand auf.

»Wann hast du zuletzt geblutet?«, fragte sie Berta und fasste ohne Vorankündigung an ihren Bauch. »Er wölbt sich bereits.

Da ist nichts mehr zu machen. So, wie du aussiehst, kommt das Kind bereits im Frühjahr.«

»Dann nimm einen Schürhaken oder sonst etwas«, schrie Gisela sie an.

Berta wurde noch blasser.

»Mach du es doch! So etwas habe ich noch nie getan«, fauchte Inga zurück.

»Deine Großmutter, die hat es getan. So erzählt man sich.«

»Das ist nicht wahr.«

»Mach es, sonst sind wir alle verloren. Auch du.«

In den folgenden Tagen ereigneten sich erneut eigentümliche Dinge im Hause der Hilgerschen. Ansgar, wieder heimgekehrt, genas offenbar von seiner schweren Schulterverletzung, sein Verstand jedoch kam nicht wieder. Zunächst hatte man geglaubt, es sei der Schock, die Müdigkeit, die Schmerzen, die seinen Geist benebelten. Doch dann zeigte sich, dass er offenbar dauerhaft in einen Zustand vollkommener Umnachtung eingetreten war. Er aß, trank, verrichtete sein Geschäft, ja er lächelte immerzu, doch sprach er, wenn er sprach, wirres Zeug. Das anstehende Tagwerk interessierte ihn nicht, viel mehr kümmerte er sich plötzlich um seine Kinder, saß mit den Kleinsten auf dem Boden, baute Häuser aus Holzklötzen, ließ Kugeln rollen, tobte und raufte mit ihnen.

Ada sah all dies mit Schrecken, und auch die Übrigen waren entsetzt über das außergewöhnliche Verhalten.

»Den Verstand hat man ihm geraubt«, schüttelte Ulrich den Kopf.

Doch Ansgar war nicht der Einzige, um den man sich im Hause sorgte. Berta war schon seit vielen Tagen krank. Zunächst war sie nur blass gewesen, hatte weder gegessen noch getrunken, sich ständig übergeben und unter Durchfall gelitten. Dann war es besser geworden. Jetzt hingegen schien sie plötzlich ein schreckliches Fieber befallen zu haben.

Ihre Schwester Gisela kümmerte sich um sie, wechselte die Laken und ließ weder die Mägde noch Ada in die Nähe der Leidenden.

An einem Tag jedoch geschah es, dass die arme Berta in Starrkrämpfe verfiel. Mit einem Mal krümmte sie sich und schrie so markerschütternd, dass selbst das Vieh im Stall unruhig an seinen Stricken zog. Die Kühe muhten, die Pferde schnauften, und die beiden Hunde begannen entsetzlich zu jaulen.

Im nächsten Moment richtete sich Berta in ihrem Lager auf, das Gesicht, zuvor noch feuerrot vom Fieber, nun leichenblass; in ihrem Schoß bildete sich ein kleiner blutiger Fleck, zog sich langsam, aber deutlich durch den Leinenstoff, wurde größer und färbte diesen dunkel. Dann stöhnte sie noch einmal laut und tief, bevor sie wie ein Brett nach hinten umfiel und starb.

Kreischend sprang ihre Schwester Gisela auf, sich die Haare raufend stürzte sie nach draußen. Alle anderen waren still. Nur Ansgar stritt sich mit seinem kleinen Sohn um ein Holzpferdchen.

XXIV

Einen ganzen Korb voller duftender Pilze hatte sie gesammelt und freute sich nun, ihn nach Hause zu tragen, um sich ein herrliches Abendmahl zu bereiten, als Inga eine Schlange von Menschen den Bachlauf entlangziehen sah. Inga verharrte am Rande des Waldes, des Waldes ihrer Vorväter, und blickte gespannt hinunter ins Tal.

Die Schlange kam aus der Siedlung und bewegte sich eilig fort, gerade überquerte sie den kleinen Bach und strebte den Berg hinauf. Ein gutes Dutzend Menschen war es, Männer und Frauen. Aus der Ferne und in der Dämmerung konnte Inga ihre Gesichter jedoch nicht erkennen.

Vorsichtshalber blieb sie regungslos an der Stelle, an der sie stand. Wer weiß, wohin es die Leute zog, was sie im Schilde führten und ob sie nicht vielleicht ihr, Inga, einen wenig freundlichen Besuch abstatten wollten. Längst war ein solcher Besuch überfällig, nach allem, was in den Tälern und Bergen dieser Gegend von ihr gesprochen wurde.

Sie kamen näher, erreichten bald die Schmiede.

Ruhig waren sie, kein Gemurmel, kein Geschrei oder Gezeter. Still, aber entschieden stapften sie hintereinander den Weg hinauf. Zur Kapelle oder zum Opfermoor wollten sie sicherlich nicht, dann hätten sie den anderen, weniger beschwerlichen Weg gewählt.

Inga wurde plötzlich übel. Sie setzte den Korb mit den Pilzen ab, ihr Duft wirkte nun weniger verführerisch auf sie, vielmehr regte er sie fast zum Speien an.

Jetzt würden sie sie lynchen.

Ja, sie waren gekommen, um sie zu erschlagen. Das war gewiss.

Und Gisela war ihre Anführerin.

In diesem Moment hatten sie die Schmiede erreicht, und Inga konnte deutlich erkennen, dass es sich bei der Person in der ersten Reihe um eine der Hilgerschen Zwillingsschwestern handeln musste: klein, halslos, mit kurzen, schnellen Schritten und der ihr eigenen Körperhaltung, den Kopf entschieden in den Nacken geworfen und das nicht vorhandene Kinn nach vorne gestreckt.

Es war zweifelsohne Gisela, denn Berta dürfte nach dem blutigen Eingriff, den Inga an ihr hatte vornehmen müssen, noch nicht in der Lage gewesen sein, solch strammen Schrittes umherzuwandern.

Plötzlich wurde Inga noch übler. Sie merkte, wie die Kälte ihr ins Gesicht stieg und ihr dann eisig über den Rücken zog. In ihrem Magen jedoch begann es empfindlich zu brodeln, und sie musste sich die Hand vor den Mund halten und arg mit sich ringen, um nicht zusammenzubrechen.

Es war nicht gutgegangen.

Deshalb waren sie hier.

Es war nicht gutgegangen.

Inga hatte es befürchtet. Die Frucht war bereits zu groß gewesen, viel Blut hatte Berta bei dem Eingriff verloren, so viel Blut, dass die unwissende Gunda am Tage darauf, den Boden der Schmiede betrachtend, gefragt hatte, ob Inga ein Schwein geschlachtet habe.

Sie hatte so etwas noch nie getan, noch nie in ihrem Leben, und sie wollte sich gar nicht wieder vor Augen führen, auf welche Art und Weise sie die arme Berta von ihrem ungewollten Kinde hatte befreien müssen. Doch diese beiden furchtbaren Weiber hatten doch darauf bestanden, hatten Inga erpresst. Sie hatte nicht anders handeln können, und schließlich war sie so eingeschüchtert und wütend zugleich gewesen, dass es ihr kaum etwas ausgemacht hatte, eine rostige, schmale Eisenstange aus den Restbeständen des Schmiedes Hatho zu Hilfe zu nehmen.

Es wäre einem Wunder gleichgekommen, wenn Berta frei von Fieber geblieben wäre.

Einem Wunder.

Inga hatte in den letzten Tagen den Gedanken an diese Tat verdrängt. Was hätte sie auch anderes tun können? Ein Krankenbesuch bei Berta, das Betreten des Hilgerschen Hofes, nach allem, was in der letzten Zeit vorgefallen war, wäre ein Ding der Unmöglichkeit gewesen.

Doch jetzt war sie offenbar gestorben.

Gestorben oder dem Tode sehr nahe.

Anders konnte Inga sich das Herannahen des zwar übersichtlichen, aber dafür umso entschlossener auftretenden Mobs nicht erklären.

Zwei von ihnen, darunter Gisela und ein Mann, den Inga bislang aus der Ferne noch nicht hatte erkennen können, waren nun in die Schmiede eingedrungen, der Rest der Schlange hatte sich auf dem Hofe verteilt und wartete. Als die beiden Gestalten nach kurzer Zeit wieder aus dem Hause heraustraten, setzte ein erstes Gemurmel ein. Es wurde lauter, und schließlich drangen einzelne Worte bis zu Inga an den Waldrand durch.

»Geflohen ist sie, die Unholdin.«

»Gewiss zu einem ihrer vielen Buhlen.«

»Brennen wir alles nieder.«

»Nieder mit der Schmiede.«

»Zerstampft alles Hexengebräu und Hexenkraut!«

Und dann begann das Zerstörungswerk. Inga wandte ihren Blick ab. Eine nie dagewesene Leere machte sich in ihr breit, eine Hoffnungslosigkeit, die ihr nur einen einzigen Gedanken ließ: auf zum nahen Opfermoor, hineinsteigen und sterben, bevor der Mob dies für sie erledigte.

Und dass es so weit kommen würde, war gewiss. Sie waren aufgebracht und nicht zu halten. Es würde keine Verhandlungen geben, keinen Rat der Ältesten, kein Vorsprechen beim Grafen. Man würde sie einfach töten, denn Grund genug hatte man dazu.

»Da ist sie! Da, im Wald!«

Jetzt hatten sie sie entdeckt. Ein junger Kerl war bereits dabei, eiligen Schrittes den Berg hinauf auf sie zuzustürmen. Soweit Inga das auf die Schnelle erkennen konnte, handelte es sich um einen der Halbwüchsigen, die sie noch jüngst durch den Kapenwald verfolgt hatten.

Mit einem Mal verspürte Inga gar keine Lust mehr zu sterben. In Windeseile drehte sie sich um und stürmte in den Wald davon. Zur Kapelle, zur Kapelle.

Nicht lange war es her, da hatte Gunda davon erzählt, dass der neue Glaube auch gute Dinge mit sich brachte.

»Kirchena…, ach, ich weiß nicht, wie es heißt, auf jeden Fall kann sich jeder in die Kirche retten. Geschlagene Frauen genauso wie entflohene Knechte, selbst Räuber. Wer in einem Gotteshaus um Unterschlupf bittet, dem muss dieser gewährt werden. Und die Häscher, selbst wenn sie im Recht sind, müssen draußen warten. Doch wehe, der sich Verbergende setzt auch nur ein einziges Mal einen Fuß nach draußen …« Und dann hatte Gunda eine eindeutige Handbewegung an ihrem Hals gemacht.

Kirchenasyl – das war es, um was Inga nun bitten würde. Und sie hoffte inständig, dass dieser ungläubige Mob wusste, an welche neuen Regeln er sich zu halten hatte.

Mindestens fünf waren es, die ihr nun empfindlich nah auf den Fersen waren. Ingas Lunge schmerzte bereits. Über Stock und Stein stolperte sie durch den ihr zum Glück aus Kindheitstagen mehr als vertrauten Wald der Lichtung entgegen, wo ihre Rettung auf sie wartete.

Je näher sie dem Gotteshaus kam, desto größer wurde ihre Sorge, dort niemanden anzutreffen. Hoffentlich, und dabei betete sie zum ersten Male in ihrem Leben inständig zum neuen Gott, hoffentlich waren die Mönche dort.

Die Stimmen hinter ihr wurden lauter, Inga wagte es nicht, sich umzudrehen.

»Zu den Mönchen läuft sie«, vernahm sie die keuchenden Worte eines Mannes.

Und dann, gerade als Inga ihre letzte Kraft aus sich herauszuholen versuchte, merkte sie, dass sie nicht mehr verfolgt wurde. Sie waren stehengeblieben. Hastig drehte sie sich um, ohne ihre Schritte zu verlangsamen. Tatsächlich, sie standen, standen da wie vor einer unsichtbaren Mauer, fuchtelten wild mit den Armen, gestikulierten deutlich und obszön in Ingas Richtung, rührten sich jedoch nicht von der Stelle. Kein Wort, kein Rufen.

Inga lief weiter, lief die letzten Schritte bis zur Kirche und stürmte, ungebremst und ohne zuvor an die Türe zu pochen, in die Kammer der Mönche.

»Nun ja, es ist durchaus unsere Pflicht, Verfolgten Schutz zu gewähren. Die Kirche und der Grund, auf dem sie steht, ist Friedensbereich. Hier darf niemandem Gewalt angetan werden.«

Bruder Melchior war auch nach einer halben Stunde noch immer überrascht und sichtlich irritiert. Es war ihm deutlich anzumerken, dass er mit der ihm so urplötzlich anvertrauten Aufgabe sichtlich überfordert war.

»Jedoch bin ich mir nicht sicher«, fuhr er fort, »wie viele

Schritte du aus dem Gotteshaus herausmachen darfst. Ich hörte von dreißig, an anderer Stelle las ich von fünfzig. Besser ist es, ich bespreche diesen ungewöhnlichen Sachverhalt mit meinen Brüdern und vor allem mit dem Vater Prior. Du bist doch unbewaffnet, Inga von der alten Schmiede, oder etwa nicht?«

Inga nickte. Gerade erst war sie wieder zu Atem gekommen und hatte dem Mönch, den sie im Übrigen allein angetroffen hatte, von der Hetzjagd erzählt. Nach den Gründen für die Verfolgung hatte Melchior bislang nicht gefragt.

»Wie lange kann ich hierbleiben?«, fragte sie.

»Nun, das vermag ich gar nicht zu sagen. Jetzt, wo Bruder Agius nicht mehr hier ist, bin ich in vielen Dingen ein wenig ratlos.«

»Bruder Agius ist fort?« Inga war noch zu aufgewühlt, um ihre Überraschung oder vielmehr ihre Enttäuschung über diese Neuigkeit verbergen zu können.

»Nun ja. Er muss Buße tun. Gewaltige Buße tun.«

»Ist das wahr?«

Melchior nickte nur schnell mit seinem kleinen Kopf und schaute dabei verlegen zu Boden.

»Aber du bleibst weiterhin hier auf dem Berg, Bruder Melchior?«

»Durchaus. Es wird ein Bruder erwartet, der mir zur Seite steht. Oder besser, ein solcher, der mich führt. Denn nichts anderes hat Bruder Agius getan, und ich war ihm stets dankbar dafür.«

Sie schwiegen eine Weile, dann nahm Melchior das Gespräch wieder auf.

»Weshalb, Inga von der alten Schmiede, haben sie dich verfolgt? Ist es aus dem gleichen Grund, der Agius nun zwingt, Tag und Nacht ausgestreckt und bäuchlings auf dem kalten Kirchenboden zu liegen?«

»Was tut er?«

»Er büßt.«

»Nun, offenbar weißt du, wofür er büßt und wofür auch ich büßen müsste. Doch das ist für die Menschen hier kein Grund, mich derartig durch die Wälder zu hetzen.«

»Es gibt mehr Grund als das?« Melchior blickte entsetzt mit großen Augen, die in diesem Zustand noch stärker zu schielen schienen.

Inga atmete tief ein: »Darf ich beichten, Bruder Melchior?«

»Nun, ich bin nur ein einfacher Mönch. Die Beichte darf ich dir nicht abnehmen, aber zuhören kann ich dir, gute Inga, wenn es dir genehm ist.«

»Dann werde ich es dir erzählen.«

Und Inga erzählte dem Mönch alles. Sie erzählte von der Nacht, in der sie von dem weißen Mann entführt wurde. Sie erzählte von dem verletzten Ansgar in der Waldhöhle. Sie erzählte von dem Besuch der Zwillinge und wie sie sie zu erpressen versuchten. Sie erzählte, allerdings nur schemenhaft, von ihrem ungeplant innigen Zusammentreffen mit Agius. Sie erzählte von den Gerüchten, die man über sie in allen Siedlungen streute. Sie erzählte von dem brutalen Abbruch, den sie an Berta vorgenommen hatte. Und sie erzählte von dem ungewünschten Besuch der Meute, den sie sich nur mit dem Tode der tatsächlich stark verletzten Berta erklären konnte.

»Und das ist meine Schuld, Bruder Melchior. Tatsächlich meine Schuld. Der Tod des Rothger, der Uta und des Gernot – mit alldem habe ich nichts zu tun. Auch wenn ich eine Zeitlang befürchtete, böse Geister heraufbeschworen zu haben. Doch nun bin ich mir sicher, dass der Weiße hinter diesen Mordtaten steckt. Aber den Tod der Berta, den habe ich verschuldet. Sie haben mich gezwungen, aber Hand angelegt habe ich allein.«

»Das ist tatsächlich eine nahezu unverzeihliche Sünde, Inga«, sagte Melchior traurig. »Und ich vermag gar nicht zu sagen, wie schwer die Buße für eine solche Untat veranschlagt ist. Du musst es unbedingt einem Priester beichten, unbedingt.«

»Das weiß ich, aber wahrscheinlich werde ich gar nicht dazu kommen. Sie werden mich holen, das steht außer Frage.«

»Sie dürfen es nicht. Und das wissen sie. Wie anders kannst du dir erklären, dass sie dich nur bis in die Nähe der Kapelle verfolgt haben und es nicht einmal wagten, den Hain zu betreten?«

»Ach, Bruder Melchior, du kennst sie schlecht«, seufzte Inga. »Jetzt in diesem Moment sitzen sie unten im Tal beisammen, reden über mich und betrinken sich dabei. Mit jedem Schluck, mit jedem Wort wird ihre Wut größer, und noch in dieser Nacht werden sie vor der Kirche stehen, um mich zu holen.«

»Das dürfen sie nicht. Schon der große Karl hat die Sachsen in seiner *Capitulatio* eindringlich auf das Einhalten des Kirchenasyls hingewiesen. Es ist nicht nur ein Frevel gegen Gott, sondern auch gegen den Kaiser und den weltlichen Arm der Herrschaft, wenn sie es wagen, die Hand gegen ein Gotteshaus zu erheben.«

»Wissen sie das?«, fragte Inga nüchtern.

»Ich denke, dass sie es zumindest ahnen. Fürchte dich nicht. Gott wird dich schützen. Du bist eine große Sünderin, aber auch eine reuige Sünderin, und solche sind dem Herrn lieber als dieses heidnische, unverbesserliche Volk von Trunkenbolden.«

Inga musste nun doch ein wenig lächeln. So also war Bruder Melchiors Eindruck von den Bewohnern des Augaus im Lande der Engern, zugehörig zum Stamme der Sachsen.

Die Zeit verging. Der Herbst zog durch die Wälder, das Laub fiel, Stürme fegten über Hügel und Täler, die Tage wurden kürzer, die Nächte länger. Und dann kam der erste Schnee.

Inga lebte noch immer zusammen mit Bruder Melchior in der kleinen Kapelle, noch immer genoss sie das Kirchenasyl. Und langsam glaubte sie, dass es gar nicht mehr nötig war, es in Anspruch zu nehmen, denn sie wartete vergebens. Beide warteten sie vergebens.

Inga auf das Heranstürmen der mordenden Meute, Melchior auf das Eintreffen eines neuen Mitbruders. Beides blieb aus, und damit war Inga für ihren Teil sehr zufrieden. Sie wagte sich mitunter sogar hinaus in den Wald, vermied es, in die Nähe bewohnter Höfe oder gar ins Tal zu kommen, aber durchstreifte durchaus ihr bekannte Gegenden, um nicht den ganzen Tag in der kleinen, dunklen Kapelle sitzen zu müssen. Sie hatte sich in der Kirche eingerichtet, nicht etwa in dem winzigen Verschlag, der als Wohnstatt für die Geistlichen angebaut worden war. Denn dies war der Schlaf- und Aufenthaltsort des Mönches Melchior, und hier hatte eine Frau nichts zu suchen – das verbot ihm nicht nur sein Gelübde, sondern auch die Tatsache, dass ihm der Umstand, mit einem Weib zu leben, durchaus sehr unangenehm gewesen wäre. Ein Plausch hier und da, ein gemeinsames Abendessen, vielleicht auch ein Spaziergang – aber Tag und Nacht eine Frau um sich zu haben, war ihm kein Wunsch. Nicht umsonst fühlte er sich in seinem Leben als Mönch so wohl.

Dabei stellte Inga nicht einmal eine Versuchung für ihn dar. Sie war schön, das stand außer Zweifel, und von liebenswertem Gemüt war sie zudem, doch Melchior machte sich aus derlei Dingen nichts. Das hatte ihn noch nie bewegt, nicht die Frauen, und noch viel weniger die Männer und Buben. Er war in dieser Hinsicht gleichmütig. Ihm war es wichtig, seinen Aufgaben in vollem Umfange nachzugehen, und zu diesen Aufgaben gehörten nicht nur die Pflichten, die ihm die Regeln des heiligen Benedikt und der Glaube an den einen und allmächtigen Gott auferlegten. Zu diesen Aufgaben gehörte auch das innige Studium der Insekten, von denen er heimlich, ohne Wissen des Agius, ein ganze eigene Bibliothek angelegt hatte, eine Bibliothek, die weniger aus Geschriebenem denn mehr aus Getrocknetem bestand. Ja, Melchior besaß eine Bibliothek aus verstorbenen und getrockneten Schmetterlingen, Bienen, Fliegen, Wespen, Spinnen, Ameisen, Käfern, Schaben, Würmern und Larven.

Und dieser Sammlung widmete er sich ausgiebig. Mitunter präsentierte er sie Inga, meistens jedoch studierte er sie alleine, und zu diesem Zwecke war es wichtig, dass ihn die Frau nicht ablenkte. Sie musste also in der Kirche leben, in der sie ein Feuer machen durfte und die ohnehin fest und trocken genug war, um mehr Geborgenheit und Schutz zu spenden als ein jedes der umliegenden hölzernen und geflochtenen Lang- oder Grubenhäuser.

Während dieses Studiums war Melchior hin- und hergerissen. Einerseits wartete er auf das Erscheinen des neuen Mitbruders, anderseits war er um jeden Tag froh, den er in Ruhe und Abgeschiedenheit zu einem großen Teil seiner Leidenschaft für Krabbeltiere widmen durfte. Doch ohne Hilfe war es schwierig, der vor allem seelischen Bedrängnis standzuhalten. Denn Bruder Melchiors Seele war stark bedrückt, und in Momenten, in denen er sich nicht mit Unterhaltungen oder eben seinen geliebten Insekten ablenkte, quälte er sich sehr.

Wann endlich würde wieder eine Nachricht aus dem Kloster eintreffen?

Hatten sie ihn, den Mönch Melchior auf dem heiligen Berg, ganz vergessen?

Wäre es nicht an ihm, wieder einmal einen Besuch im Kloster zu machen?

Wann würde der neue Bruder kommen?

Wer wäre es?

Würde er ihn schelten, weil es ihm nicht gelungen war, die Menschen in die Kirche zu locken?

Aber was sollte er auch tun?

Die Messe lesen durfte er nicht, und zu den Menschen war er oft genug gegangen und tat es auch jetzt noch, um mit ihnen zu sprechen.

Viele jedoch waren argwöhnisch geworden, weil er Inga, die Geächtete, beherbergte.

Ja, die Frau Inga.

Er hatte ihr versprochen, niemandem im Kloster von ihrem Aufenthalt in der Kapelle zu erzählen.

Er hatte sich an dieses Versprechen gehalten.

War das richtig?

Sollte er nicht besser dem Prior berichten?

Sollte er nicht doch einmal wieder ins Kloster wandern und in Erfahrung bringen, wie es seinem Freunde Agius erging?

War der noch immer zur Buße verurteilt? Weilte er noch immer, verbannt vom Klosterleben, in einsamer und schweigsamer Klausur?

Diese und hunderte weiterer Fragen quälten den guten Melchior, und deshalb hatte er sich entschieden, Gott entscheiden zu lassen. Es galt abzuwarten, seine Pflichten zu erledigen, nichts Neues zu beginnen, nichts Altes von sich zu stoßen und zu sehen, was ein jeder weiterer Tag mit sich brachte. So lange galt ihm die Anwesenheit Ingas und der toten Insekten als willkommener Zeitvertreib.

Inga war ähnlich hin- und hergerissen. Zu Anfang ihres Aufenthaltes in dem Gotteshaus hatte sie von Melchior, der ins Tal zu den Leuten gegangen war, erfahren, dass Berta tatsächlich gestorben war.

Die bösartige Gisela hatte nicht etwa die Wahrheit über den

Tod der Schwester berichtet, sondern eine ganz und gar unglaubliche Geschichte erfunden. Berta, so hatte sie allen Menschen weisgemacht, habe an bestimmter Stelle an kleinen, knotigen Geschwüren gelitten. Im Vertrauen auf ihre in der Heilkunde bewanderten, verwitweten Schwägerin Inga habe sie ebendieser von ihrem Problem berichtet und gleichzeitig ihre Sorge kundgetan, wegen dieser Beulen niemals ein Kind empfangen zu können. Inga habe diese Sorge bestätigt und Berta geraten, die roten Gewächse zu entfernen. Doch nicht etwa ein Wässerchen oder eine Salbe habe sie zu diesem Zwecke angerührt, nein, mit einem rostigen Eisenstab sei sie der gutgläubigen Berta zu Leibe gerückt. Und damit sei diese nicht nur ihrer Jungfräulichkeit, sondern wenige Tage später auch ihres Lebens beraubt worden.

Inga war somit eine bösartige Unholdin, die im Übrigen auch den armen Ansgar aus Eifersucht zunächst an der Schulter verletzt und schließlich mit Hilfe eines Liebestranks in den Wahnsinn getrieben habe.

Dieser, so berichtete Melchior nach einem Besuch auf dem Hilgerhof, verhalte sich tatsächlich höchst merkwürdig, ja sogar mitunter possierlich und so lustig, dass selbst der Mönch manches Mal herzlich über ihn hatte lachen müssen.

All diese Begebenheiten sprachen nicht für Inga, und auch Melchior hatte bald eingesehen, dass es Inga nur noch mehr schaden würde, wenn sie den Menschen von ihrem Verdacht bezüglich des Waldmannes berichteten. Man würde ihnen nicht glauben. Und ihn eigenmächtig zu suchen und ausfindig zu machen, dazu fürchtete sich Melchior zu sehr vor ihm. Er riet auch Inga dringend davon ab.

Nach einigen Wochen, so stellte der Mönch jedoch beruhigt fest, schien sich die Wut der Menschen auf die böse Witwe einigermaßen gelegt zu haben. Zwar ging Melchior, je unbequemer das Wetter war und je sicherer er sein konnte, dass alsbald kein Gesandter des Klosters mehr auftauchen würde, um ihn zu kontrollieren, immer seltener hinunter ins Tal oder hinüber zu anderen Gehöften. Doch wenn er ging, um mit den Menschen über Gott und Jesus Christus zu reden, dann brachte er meist kaum mehr Neuigkeiten über Inga mit. Das lag zum einen daran, dass er nur noch solche Häuser aufsuchte, in denen er auch willkommen geheißen wurde, zum anderen jedoch auch an der Tatsache, dass viele zu zweifeln begannen, ob wirklich die Witwe Inga hinter all den Hilgerschen Todesfällen steckte.

Niemand anders als die alte Gunda hatte es sich zur Aufgabe gemacht, den Ruf der Freundin wiederherzustellen, indem sie Geschichten über den Fluch des Hilger wiederaufleben ließ, sie ausschmückte und einen weißen Geist als Drahtzieher in den Mittelpunkt des blutigen Rachegeschehens stellte. Manche glaubten ihr wirklich, und sie glaubten ihr erst recht, als erneut ein junges Mitglied der Hilgerfamilie starb, obwohl sich die Witwe Inga doch in der fernen Kapelle bei dem Mönch versteckt hielt.

Inga erfuhr erst Wochen später vom Tode des jungen Heinrich, des Waisen der ältesten Tochter des Hilger, und es schmerzte sie sehr, hatte sie den schönen und klugen Knaben doch wirklich ins Herz geschlossen.

Gunda war es, die ihr berichtete. Zum ersten Mal nach Ingas Flucht hatte die Alte den Weg zur Kapelle gewagt, trotz des Schneetreibens, welches zu Anfang Dezember in gewaltigem Maße einsetzte.

»Ich mag diesen Ort nicht. Komme nicht gern hierher«, sagte sie nur mürrisch bei der Begrüßung der Freundin.

»Weshalb?«, fragte Inga, die sich freute, endlich ein anderes vertrautes Gesicht zu sehen als stets das des Mönches Melchior.

»Die Toten, die hier liegen, sie behagen mir nicht.«

»Und wegen der Toten hast du mich nie besucht?«, lächelte Inga.

»Ach«, sagte Gunda bloß und machte eine abwertende Handbewegung. »Ich wusste erst selbst nicht, was ich von der Sache halten sollte. Habe mich rausgehalten. Das war nicht richtig. Dachte, du grollst mir deswegen, und habe mich nicht hergetraut.«

»Aber nein, Gunda! Bruder Melchior berichtete mir bereits, dass ich in dir eine erfolgreiche Fürsprecherin gefunden habe.«

»Ja, so ist es. Und vor allem nach dem Tode des jungen Heinrich glauben viele nicht mehr an deine Schuld.«

»Was sagst du da?«

»Weißt du es etwa noch nicht? Gib mir etwas von dem heißen Punsch, der da auf deinem Feuer kocht, und ich erzähle dir alles. Du scheinst ja hier oben in einer ganz anderen Welt zu leben, meine liebe Inga. Alles bleibt verborgen vor dir.« Und sich die knochigen Finger reibend, setzte sich die Alte ächzend und stöhnend auf eine der Holzbänke in der mittlerweile zum Wohnhaus umgestalteten Kirche.

»Hier war schon lange keiner mehr zum Beten, oder?«, fragte Gunda, sich in dem dunklen Raum umschauend. Dann schnüffelte sie laut, ihren Kopf zu allen Seiten drehend. »Und riechen tut es hier auch ganz anders. Nicht mehr nach ihrem heiligen Rauch. Davon wird mir immer übel. Lieber ist mir der Duft deines Süppchens. Ist da etwa Hühnerfleisch drin?« Und jetzt zog sie ihre Nase auf gleiche Weise über dem kleinen Kessel hoch, in dem Inga ein Allerlei aus Essensresten kochte.

»Erzähl mir von Heinrich«, sagte Inga aufgeregt, gleichzeitig eine Holzschale mit Suppe füllend.

»Die Kehle hat man ihm durchtrennt. Im Hilgerschen Wald, gar nicht weit von der Quellmulde, in Hörweite des Hauses.«

»Wann?«

»Schon vor Wochen.«

»Aber man hat ihn gar nicht hier heraufgebracht. Er hätte doch begraben werden müssen.«

»Er ist begraben. Auf dem Feld unter dem Eichelwald. Da liegt auch die alte Frieda aus dem Tal, die ist am gleichen Tag gestorben – hatte es mit der Lunge. Das Wetter war zu schlecht, um die Toten den ganzen Weg hier heraufzutragen. Das ist alles.« Gunda schlürfte laut aus der Schüssel.

»Wer war es?«, fragte Inga, durchaus ahnend, dass sie auf diese Frage eine bessere Antwort wusste als die alte Gunda.

»Das weiß man nicht. Dein Bruder steht nicht unter Verdacht. Die ganze Familie, davon weißt du sicher auch nichts, hatte zu der Zeit fiebrige Pocken. Allesamt, außer der Mutter. Doch keine Angst, sie haben es überstanden, aber raus aus ihrem Lager konnten sie nicht, nicht der Bero, nicht der Meinrad. Sie haben den Heinrich nicht abgestochen. Der Weiße war es.«

»Der Weiße?« Inga war erstaunt. Was wusste Gunda über den Weißen?

Sie hatte selbst keine Ahnung, was sie trieb, aber Inga konnte nicht anders. Gleich nach Sonnenaufgang verließ sie, ohne sich von Melchior zu verabschieden, die Kirche und stapfte über die leichte Schneedecke davon.

Noch wusste sie nicht, wohin. Hauptsache fort, fort von diesem Gefängnis, fort von der Untätigkeit, fort von der Ungeduld und Ungewissheit. Unwillkürlich fand sie den Weg den Berg hinab zur Schmiede. Es war ihr gleich, dass sie deutliche Spuren im Schnee hinterließ und dass es etwaigen Verfolgern ein Leichtes sein würde, sie aufzuspüren und endlich gefangenzunehmen. Aber wollten sie das noch?

Die Schmiede war kurz und klein gehauen, stellenweise verkokelt, das Dach vollständig eingerissen, die Wände zerschlagen. Einige der Krüge, Dosen und Körbe, in denen Inga ihre Kräuter und Essenzen aufbewahrt hatte, lagen in Scherben und Bruchstücken auf dem nassen und matschigen Boden verteilt. Hier war nichts mehr zu machen, alles war zerstört.

Doch Inga kümmerte es nicht, denn an eine Rückkehr war ohnehin nicht zu denken. Sie verließ den Ort der Verwüstung und ging weiter talwärts, überquerte den rutschigen Steg, der über den Bach führte, und machte sich auf, auf der anderen Seite des Tales den Hilgerschen Wald zu betreten.

Hier, in diesem Wald, unweit des Hofes, sollte der arme, junge Heinrich seinem Mörder begegnet sein. Es waren bereits Wochen vergangen, alles war vom restlichen Herbstlaub und schließlich vom Schnee bedeckt, aber dennoch zog es Inga zu der Stelle, von der es hieß, dass dort Heinrich gestorben war. Warum, das konnte sie sich selbst nicht erklären.

Bald hatte sie den Anfang der Quellmulde erreicht. Er lag noch im tiefen Wald, doch nicht weit davon hörte der Baumbestand auf, und man konnte bereits auf die Häuser und Stallungen des Hilgerschen Anwesens blicken. Alles war ruhig, Qualm stieg aus dem kleinen Loch im Dach des Langhauses, aber von einer Menschenseele war nichts zu sehen. Inga ging um den oberen Rand der Quellmulde herum. Nichts, nur Schnee und die Spuren von Mäusen und Kaninchen im frischen Weiß.

Was hatte sie anderes erwartet?

Inga richtete ihren Blick nach oben. Sie suchte in den Kronen der Bäume nach einem Zeichen. Was für ein Zeichen? Von wem? Sie wusste es nicht.

Lange stand sie so, den Kopf in den Nacken gelegt, sich immer auf der Stelle drehend und in die kahlen Äste blickend. Ein angenehmer Schwindel bemächtigte sich ihrer, und sie musste die Arme ausbreiten, um nicht umzukippen, dennoch drehte sie sich weiter.

»Was tust du da, Inga?«

Inga erschrak.

Es war Ada. Mit einem leeren Eimer in der Hand stand sie vor ihr und schüttelte stumm den Kopf.

Inga wusste nicht, was sie sagen sollte. Ihr war selbst nicht klar, was sie da tat.

»Es ist nicht ungefährlich für dich, dich hier aufzuhalten. Was, wenn nicht ich, sondern Gisela zum Wasserholen gegangen wäre?«

»Es tut mir leid, was mit Berta geschehen ist, Ada.«

Ada nickte. Dann sagte sie: »Ich kann mir denken, wie sie dich dazu gebracht haben. Sie sind hinterlistig und heimtückisch und tragen selber Schuld an dem Geschehen.«

»Sie hatte keine Geschwulste da unten, sie erwartete ein Kind.«

»Das weiß ich doch. Das ahnt im Grunde jeder. Und darum ist Gisela auch ganz stumm geworden, sie redet nicht mehr darüber. Aber sie zürnt dir noch.«

»Und du?«

»Ich? Wieso sollte ich dir böse sein? Du hast meinem Kind das Leben gerettet.«

»Wegen Ansgar. Ich habe ihm nichts getan, das schwöre ich dir.«

»Wer weiß, mit wem er wieder gerauft hat. Fest steht nur, dass er den Verstand verloren hat. Er benimmt sich schlimmer als ein Kind.«

»Es gibt einen weißen Mann, Ada. Es gibt ihn, auf dem Eschenberg. Er war es.«

Inga wusste, dass es gefährlich war, von dem Weißen zu sprechen. Sie fürchtete sich schrecklich vor ihm, mehr als vor dem Mob. Ständig sah sie ihn des Nachts vor ihrem Lager stehen, sah ihn, wenn sie durch die kleinen Luken der Kirche spähte, im Wald herumschleichen. Wahrscheinlich war es nur eine Traumgestalt, aber sie glaubte sich stets von ihm beobachtet. Sie hatte Melchior von ihm berichtet, und allein das bereitete ihr große Sorge, denn der Weiße hatte ihr gedroht, hatte gesagt, seine Augen seien überall. Wenn sie redete, würde er sie töten. Doch Inga konnte nicht anders, sie musste ihr Wissen erneut preisgeben, konnte es nicht länger mit sich herumtragen.

Ada verzog keine Miene, als Inga den Weißen erwähnte.

»Wie kommst du darauf, dass es ein weißer Mann war? Und wer soll das sein?«

»Ich habe ihn schon zwei Mal gesehen. Erst dachte ich, es sei ein Geist oder ein Zauberer. Aber nun denke ich, dass es sich bei ihm um einen Menschen aus Fleisch und Blut handelt. Vielleicht mit Zauberkräften, aber dennoch sterblich. Er lebt in der Höhle der Seherin Wanda, doch ich kann sie gewiss nicht wiederfinden, er hatte mir die Augen verbunden.«

»Du warst bei ihm?«

»Ja. Um Ansgar zu versorgen. Er hatte diesen Streich an der Schulter erhalten. Der Weiße hatte ihm die Verletzung beigebracht, wollte aber nicht, dass er stirbt. Sicherlich hat er ihm auch den Geist umnebelt.«

»Was sprichst du da für wirres Zeug, Inga? Lass das niemanden wissen, sie werden dich nur noch mehr für eine Unholdin halten und dir nach dem Leben trachten.«

»Ich hätte es niemandem gesagt, wenn nun nicht auch Heinrich tot wäre. Dass Ansgar nicht mehr ganz richtig im Kopf ist, das ist mir gleich, aber der Tod dieses Knaben erschüttert mich. Und ich glaube, sein Mörder will alle Hilgerschen töten. Denk nur an deine Kinder! An Friedrich! Er ist der einzige Erbe, der noch verblieben ist.«

»Warum sollte ein weißer Mann so etwas tun, Inga? Warum er und nicht deine Familie? Hat sie nicht viel mehr Grund?«

»Du weißt selbst, dass sie es nicht waren. Keine dieser Taten geht auf Bero oder meinen Vater zurück. Keine einzige.«

»Und wer soll dieser Weiße sein? Und warum hegt er einen solchen Groll?« In Adas Stimme klang deutlicher Zweifel mit.

»Ich weiß es nicht, Ada. Ich weiß es nicht. Hilf mir, ihn zu finden, und du wirst sehen, dass ich die Wahrheit spreche.«

»Warum ich? Warum erzählst du es nicht Liudolf und den anderen Leuten? Dann könntet ihr alle gemeinsam zum Eschenberg ziehen und den Unhold ausfindig machen.«

»Sie würden mir nicht glauben. Ich kann niemals zu ihnen. Du weißt, was dann geschieht.«

Ada nickte. »Aber die Mönche. Sie könnten dir helfen.«

Inga zuckte mit den Achseln. »Bruder Agius ist fort.«

»Ich hörte davon. Wie soll es nur mit dir weitergehen, Inga? Du kannst doch nicht ewig in der Kirche Obdach suchen? Wovon lebst du? Allein von den Almosen der Mönche? Verschwinde doch einfach von hier. Geh nach Huxori oder gar ins ferne Paderborn. Beide Orte sollen prächtig gedeihen, und vielleicht findet sich dort ein neuer Mann für dich.«

»Wer soll mich nehmen? Außer für eine Stunde vielleicht. Das ist doch das Einzige, was mir übrig bleibt. Doch so weit bin ich noch nicht gesunken, Ada. Noch lange nicht. Ich will, dass sie mir glauben. Dass sie wissen, dass nicht ich es war. Und dann will ich weiterleben – hier will ich leben, meine Kräuter sammeln, meine Salben und Tinkturen herstellen.«

»Und darum hast du diesen weißen Mann erfunden.«

»Was denkst *du,* wer es war, Ada? Wer hat Heinrich hier an dieser Stelle ermordet? Wer?« Inga blickte die andere ernst und entschieden an.

»Ich weiß es nicht«, sagte Ada leise, wandte sich um und ging zurück zur Quelle, um den Eimer zu füllen. Dann stapfte sie zum Haus. Inga blieb allein im Wald zurück.

XXV

Ein solcher Mensch ist dem Untergang des Fleisches ausgeliefert, damit der Geist gerettet wird für den Tag des Herrn.«

Agius lag bäuchlings auf dem eisig kalten Lehmboden der Klosterkirche. Es war die Zeit zwischen Vesper und Komplet, die Zeit, in der es ihm die Buße auferlegte, regungslos in der Kirche zu verweilen. Der Prior hatte von einer körperlichen Bestrafung des Agius abgesehen, aber er war ausgeschlossen worden. Den Regeln des heiligen Benedikt zufolge war er für seine schweren Verfehlungen von Oratorium und Tisch verbannt, durfte mit niemandem reden und auch nicht angesprochen werden. Nach jedem Gottesdienst musste er vor der Kirche warten und sich dann den Heraustretenden vor die Füße werfen, mit dem Gesicht im Staube. Erst wenn alle das Gotteshaus verlassen hatten, durfte er hinein, um zu beten, still und demütig.

So ging es schon seit Wochen, und so war es auch heute, an diesem besonders kalten Tag, an dem Agius die ihm wohlbekannte und gleichermaßen verachtete Stimme des Taddäus vernahm. Leicht hob er seinen Kopf und wandte ihn zur Seite. Da stand er, neben ihm, in seiner grauen Kutte, die winzigen Füße mit ledernen Riemen umwickelt.

»Erhebe dich, Agius, damit wir reden können.«

»Das darf ich nicht«, antwortete Agius, die Worte in Richtung Boden murmelnd.

»Ich sage dir, erhebe dich.«

Agius gehorchte widerwillig. Sein Blick voller Zorn, von Demut keine Spur.

»Was führt dich erneut hierher, Taddäus?«

»Die Neugierde, mein lieber Freund, nichts als die Neugierde.«

»Du willst mich büßen sehen?«

»So ist es. Ich bin enttäuscht von dir, Agius. Bitter enttäuscht. Ich hätte dich für ehrgeiziger gehalten. Ich hatte mir viel von dir erhofft. Du hättest den Abt Adalhard, Gott habe ihn selig, in seinem Amte beerben können. Du hättest der erste, ständig anwesende Abt dieses neuen Klosters werden können. Wala war einer deiner Fürsprecher. Im Gegensatz zu seinem verstorbenen Bruder hält er nicht viel von dem schwachen Wulfram. Doch leider, leider hast du es vorgezogen, in deiner Bergkapelle zu verweilen – und der Beweggrund für diese Entscheidung ist ein solch niedriger, dass es mich ekelt, wenn ich ihn mir in Erinnerung rufe.

Fragte mich einer, ob ich darüber verwundert bin, dass ein solch gefestigter Geist wie Agius der fleischlichen Sünde verfällt, so würde ich antworten: Nein. Denn anders als der darüber erschütterte Prior Wulfram kenne ich dich gut.«

»Es ist der Mangel an Gelegenheit, der dich nicht schon längst zu einem ebensolchen Sünder gemacht hat, Taddäus.«

Taddäus' Augen blitzten bei diesen Worten des Agius hasserfüllt auf.

»Du sprichst nicht wie ein reuiger Büßer, eher wie ein geiler Rüde, der alles bespringt, was ihm über den Weg läuft.«

»Das sind deine Worte, Taddäus.«

Agius blieb ruhig. Er schämte sich dessen, was er sagte, nicht. Er hatte in den letzten Wochen genügend Zeit gehabt, nachzudenken. Und er schämte sich nicht, er schämte sich keiner seiner vergangenen Handlungen, keiner einzigen – außer der, dass er gezwungen war, sich hier hinter diesen Klostermauern derartig demütigen zu lassen. Das war, im Grunde seines Herzens, das Einzige, was ihn bedrückte.

»Was wirst du tun, wenn deine Bußübungen vorüber sind, Agius?«

»Das werde ich dir nicht sagen.«

»Viel bleibt dir nicht.«

»Was würdest du dir wünschen, Taddäus?«

»Du weißt, was ich mir gewünscht hätte, Agius. Nun übernimmt Wala die Aufgaben seines Bruders, nichts wird sich verändern. Im Gegenteil, sein Einfluss auf den Kaiser ist sogar noch größer. Und dieser Einfluss ist nur dem Anschein nach dem Wohle der Einheit gewidmet.«

»Wala zäumt das Pferd von der anderen Seite auf. Das ist es, was dich stört. Er sieht die Kirche als leitende Macht, du den Hof. Aber wer soll den kaiserlichen Hof deiner Meinung nach anführen? Ludwig? Er scheint nicht zu wissen, was er will. Hört einmal auf diesen, dann auf jenen, meistens jedoch auf seine Frau. Sein Sohn Lothar? Ich kenne sein Wesen nicht, aber du sagtest selbst, dass sich Wala seiner angenommen hat. Mit Erfolg. Und das beweist, dass dessen Weg der vielversprechendere ist. Die Reichskirche, nicht die Hofkapelle, ist in der Lage, die gewünschte Einheit zu stiften. Ich für meinen Teil jedoch befürchte, dass letztendlich Dritte es sein werden, die den Sieg nach Hause tragen. Ja, es werden Dritte sein, und es ist nicht an mir, mich darum zu bekümmern.«

»Nein, das bekümmert dich nicht, denn was dich bekümmert, bist allein du selbst. Du bist es, der dir am nächsten steht. Du, dein eigenes Wohl und die Befriedigung deiner sündhaften Begierden. Ich hingegen strebe nach Höherem, ich habe eine Vision, und diese Vision gilt es zu vollbringen. Allein, es gibt zu viele mächtige Unfähige, die glauben, es besser zu wissen als ich.«

»Was geht das dich an, Taddäus? Du bist ein einfacher Mönch. Zieh dich zurück, gehe in ein Kloster und arbeite an Dingen, die du überschauen kannst. Du wirst sehen, der Erfolg im Kleinen ist gottgefälliger als das vergebliche Streben nach Großem.«

»Was soll das für eine Predigt sein, Agius? Hast du auch sie damals mit solchen sinnlosen Worten beeinflusst?«

»Ich habe sie nicht beeinflusst.«

»Oh doch, das hast du. Völlig verändert war sie ab dem Zeitpunkt, wo du am Hofe weiltest.«

»Das bildest du dir ein. Sie war bereits krank, als ich kam. Die Krankheit war es, die sie so veränderte.«

»Und trotz ihrer Krankheit hast du dich an ihr vergriffen.«

»Warum kannst du nicht vergessen, Taddäus? Und warum quälst du dich mit bösen Fantasien?«

Taddäus schwieg und schaute bitter zu Boden, dann sprach er: »Was hat sie dir anvertraut in ihren letzten Stunden?«

»Das darf ich dir nicht sagen. Sei gewiss, dass es nichts war, was sie nicht schon zuvor mit dir besprochen hatte.«

»Warum bist du dann damals so eilig vom Hofe geflohen?«

»Das weißt du so gut wie ich.«

»Du hast dich gefürchtet. Hast dich vor der Bestrafung gefürchtet und bist geflohen wie ein Strauchdieb. Der edle, hochmütige Agius – nichts mehr als ein verachtenswerter, feiger Beutelschneider.«

»Ja, ich hatte Angst, und ich habe gebüßt. Glaube mir, ich habe gebüßt und büße noch jetzt. Gewiss wäre mir ein anderer Weg beschieden gewesen in diesem Erdenleben, wenn ich standfester und demütiger hätte sein können. Doch ich war es nicht, und ich bin es nicht. Ich bin fehlbar, sehr fehlbar, zu fehlbar für ein gottgefälliges Leben.«

»Hast du sie wirklich angefasst oder dich von ihr berühren lassen?« Taddäus' Stimme klang plötzlich eigentümlich sanft, fast schüchtern.

»Was sollen diese Fragen, Taddäus? Solche Fragen passen ganz und gar nicht zu dir.«

»Du bist dazu in der Lage, das habe ich mit eigenen Augen gesehen.«

Agius schüttelte den Kopf. Dann sagte er:

»Und eben das hat dich rasend gemacht. Du hast in der einfachen Sächsin sie gesehen? Hast dir vorgestellt, dass ich ebenso mit ihr beisammen war? Und diese Eifersucht war es dir wert, mich anzuklagen und dir selbst den Plan zu rauben, in diesem Kloster einen dir ergebenen, weil erpressbaren Abt zu installieren. Solch niedere Beweggründe waren es. Eifersucht. Und worauf? Die Kaiserin lebt nicht mehr. Ihr Tod war schrecklich. Die Schmach, die sie als Sterbende erleben musste, furchtbar. Aber Jahre sind seitdem vergangen. Und selbst die, die sie innig geliebt haben, sind nicht mehr so voller Zorn wie du.«

»Du bist verloren, Agius.« Taddäus hatte sich wieder gefangen, seine Stimme hatte ihren unangenehmen, fistelnden Ton zurückgewonnen. »Du bist verloren, dein irdisches Leben ist verwirkt. Nichts bleibt dir, als dich für ewig hinter die Mauern eines Klosters zurückzuziehen und zu beten, zu büßen, zu schweigen.«

»Darüber habe ich bereits nachgedacht.«

»Es ist nicht an dir, darüber nachzudenken. Du bist nicht befugt, dir deine Buße selbst aufzuerlegen. Und du musst büßen, Agius. Weniger für die abscheuliche Tat, bei der ich dich jüngst im Wald ertappt habe, vielmehr für die noch abscheulicheren Taten, derer du vor Jahren in Aachen fähig warst. Und ganz gleich, was du mir darüber erzählst: Ich glaube dir nicht. Du bist erschienen, schön und groß, und sie ist dir verfallen. Ja, sie war bereits krank, die Schmerzen zerrissen sie förmlich von innen, und dann legte sich auch noch der Zorn des Volkes auf sie nieder. An allem sollte sie schuld sein, an allen Verfehlungen ihres Mannes, des Kaisers. Für den Tod des Bernhard, für die Verbannung der Halbbrüder und für so vieles mehr wurde sie verantwortlich gemacht. Das alles hat sie betrübt und verändert. Und du, Agius, hast ihre missliche Lage ausgenutzt, schamlos ausgenutzt. Und nie hast du dafür büßen müssen. Niemals. Jetzt jedoch ist es an der Zeit. Wie nur konnte ich dir wieder so sehr vertrauen und es in Erwägung ziehen, dich als neuen Abt in diesem Kloster vorzuschlagen? Du bist ein Sünder, ein abscheulicher Sünder und verdienst es, den Rest deines irdischen Daseins in einer verschlossenen Zelle zu fristen. Erkennst du deine Sünden?«

Agius schüttelte langsam den Kopf und blickte Taddäus finster an, dann sprach er leise, aber entschieden:

»Du bist der Sünder, Taddäus. Du hast sie in den Tod getrieben. Mit deinem an den Wahnsinn grenzenden Streben nach Einheit. Du hast sie beeinflusst, und sie hat ihren Mann beeinflusst. Sämtliche Männer, die der Macht des Kaisers hätten gefährlich werden können, wurden beseitigt. Das grausame Vorgehen gegen den armen Neffen Bernhard, seine Blendung und sein daraus resultierender Tod – das war ganz in deinem Sinne. Das Scheren und Fortschicken des Drogo, des Hugo und des Theuderich – auch das entsprach deinen Ideen. Der Zorn des Volkes, der sich ob dieser Untaten gegen Irmingard richtete, hätte gegen dich gerichtet sein müssen. Denn nicht sie war es, die ihrem Gatten aus freien Stücken zuflüsterte, diese gottlosen Sünden zu begehen. Du warst es – und hast dich ihrer bedient. Doch du wirkst im Verborgenen, düster und sicher, aber wirksam. Schlägt eine Maßnahme fehl, bist nicht du es, der dafür büßen muss. Es sind andere – es sind die, die im Lichte stehen.

Und sie musste für deinen übertriebenen Ehrgeiz büßen. Der Hass, der dir galt, schlug ihr entgegen, machte sie krank und brachte sie um. Du hast sie ins Grab gebracht, und ich war lediglich ihr Zuhörer in ihren schwersten Stunden.«

Taddäus bebte nach diesen leidenschaftlich vorgetragenen Worten des Agius vor Wut. Dennoch blieb er äußerlich ruhig und fragte nur: »Bereust du?«

»Was ich zu bereuen habe, bereue ich. Mehr nicht.«

»Ich werde dem Prior ausrichten, dass ein räudiges Schaf in seiner Herde weilt, und ihm raten, das Messer zum Abschneiden anzusetzen.«

Mit diesen Worten verließ Taddäus die Kirche.

XXVI

Ihr Weg führte sie an dem hohlen Baum der Wanda vorbei, hinauf auf den Eschenberg. Der Pfad war rutschig, und so wählte sie den bequemeren Weg über die Felder. Es waren Hilgersche Felder – noch immer lagen sie brach. Sie lagen brach, obwohl Ansgar in diesem Jahr tatsächlich den Rat der Mönche hatte befolgen wollen, Wintergetreide zu säen. Doch dazu war er nicht mehr gekommen. Er war wirr, und der Hof des Hilger war nun herrenlos, denn alle anderen erwachsenen und auch heranwachsenden Männer hatten in nur wenigen Monaten den Tod gefunden – sämtliche Erben und eine schwangere Frau. Nein, zwei schwangere Frauen, denn auch Berta war tot.

Es sollte nicht sein, dachte Inga. Die Hilgerschen durften offenbar nicht fortbestehen. Würde man die Reihe fortsetzen, müsste demnächst den Söhnen des Ansgar ein Leid geschehen. Sie und der alte Ulrich waren neben dem kindischen Ansgar nunmehr die einzigen lebenden männlichen Angehörigen der Sippe. Das musste Ada doch erkennen. Sie musste es doch erkennen und sich fürchten. Inga an ihrer Stelle hätte sich entsetzlich gefürchtet.

Der Weiße tötete alle Erben, sogar die ungeborenen.

Auch Ingas ungeborene?

Vier waren es gewesen, und sie alle hatten nicht leben dürfen.

Genauso wenig wie das Kind der Uta.

Die Zwillinge hatten dieses tückische Gift gefunden. Sie

hatten es in dem Grubenhaus entdeckt. Ein Gift, welches der Hofhündin die fast fertigen Welpen tot aus dem Bauch gespült hatte. Die Welpen genauso wie Ingas Kinder.

Der Weiße trieb sein Unwesen also schon lange, aber warum versteckte er seine bösen Zaubertränke dann auf dem Hilgerschen Hof? Wieso führte er sie nicht mit sich? Und woher nahm er sie?

Er war nicht heilkundig, das stand fest. Denn auch jemand, der sich ganz und gar der schwarzen Magie verschrieben hatte, hätte im Zweifelsfall eine Wunde wie die des Ansgar versorgen können. Doch um diesem, seinem Feind, das Leben zu retten, hatte er Inga zu Hilfe holen müssen.

Aber warum durfte Ansgar leben? Umnebelt zwar, aber noch immer auf Erden wandelnd, während Rothger, Gernot und Heinrich bereits in ihren kalten Gräbern lagen?

Er nutzte nichts auf dem Hofe, konnte nicht mehr arbeiten, nicht einmal die einfachsten Aufgaben verrichten, geschweige denn die Familie führen. Er war nur noch da. Und solange er da war, gab es einen Herrn. Solange es einen Herrn gab, würde niemand den Hilgerschen ihre Besitzungen streitig machen.

Aber warum das Ganze? Warum nicht alles zerstören, wenn man so sehr hasste, wie der Weiße zu hassen schien? Warum nicht auch Ansgar töten, die Familie herrenlos machen und die Besitzungen an die Kirche verschenken? Damit wären die Hilgerschen ruiniert, ihre Freiheit ausgelöscht und sie zu einfachen Lehnsleuten geworden. Nein, die Kirche sollte es offenbar nicht haben. Nicht sie, sondern jemand anders. Wer? Worauf wartete der Weiße?

Er musste auf jemanden warten, und wenn dieser Jemand kam, den Hof zu übernehmen, dann würde Ansgar gehen müssen.

Doch wer sollte kommen?

Der Weiße selbst?

Er war alt, steinalt.

Gisela!

Inga blieb reglos stehen, in dieses Wirrwarr von Gedanken verloren. Ein leichtes Lächeln umspielte ihre Mundwinkel, ihr Blick blieb starr und ungerührt.

Die heimtückische Gisela.

Sie war es. Sie war die weiße Frau.

Und sie wartete.

Sie wartete auf ihren Bräutigam, wer immer es war.

Sie wäre die Erbin des Hilgerhofes, wenn Ansgar stürbe.

Sie und der Mann, den sie dann heiraten würde. Denn Ansgars Kinder waren noch zu jung.

Hatte Gisela sich verzaubern lassen? War sie diesem greisen Waldschrat verfallen?

Zuzutrauen war es ihr.

Nein, das alles war zu verrückt, vollkommen abwegig.

Viel eher kamen ganz andere in Frage: Sie selbst, Inga, stand noch immer an erster Stelle. Rache wäre ihr Motiv. Doch wieso hätte sie den unschuldigen Heinrich töten sollen? Ingas Familie, die alte Fehde, die Rache für den totgeschlagenen Großvater. Doch wären die Meinradschen so weit gegangen, dann wären sie nicht davor zurückgeschreckt, auch Ansgar zu töten. Ja, gerade diesen, denn er hätte es neben Rothger sogar am meisten verdient gehabt.

Auch die Kirche hatte Interesse an den großen Ländereien der freien Sachsen. Der Kapuzenmann, dem sie auf dem heiligen Berg begegnet war und welcher sich mit Agius gestritten hatte; war dieser Kapuzenmann der Weiße? Aber warum sollten sie sich so viel Mühe machen, wenn sie es auf das Land der Hilgerschen abgesehen hätten? Nein, auch das war vollkommen unsinnig. Die Klostermänner hätten sicherlich einfachere Mittel und Wege gefunden, wenn es ihnen darum gegangen wäre, eine Sachsenfamilie zu enteignen.

Liudolf! Er, das Oberhaupt der Muttersippe, der Mann, der die gesamte Siedlung im Tal, einige Gehöfte im Umland und große Teile des Nachbarortes regierte, er hätte Grund genug, die Hilgerschen zu beneiden. Denn anders als diesen ging dem Liudolf nach und nach sein Besitz verloren. Er war nicht stark genug, alles zu halten. War er nicht bereits zur Hälfte Vasall des Klosters? Musste es ihn nicht ungemein ärgern, dass die Hilgerschen, dieser junge Zweig seiner eigenen Sippe, so sehr auf ihre Freiheit pochten und sie auch zu bewahren vermochten, während er, der Vater nahezu aller Freien dieser Gegend, mehr und mehr in Abhängigkeit der Franken und ihrer Kirche geriet? Aber warum würde er Ansgar am Leben lassen? Auch das ergab keinen Sinn. Es sei denn, er strebte an, einen seiner Söhne mit Gisela zu vermählen.

Inga dachte nach.

Die Söhne des Liudolf waren jung, denn Burkhard, der älteste, war vor zwei Sommern bei einem tragischen Jagdunfall ums Leben gekommen. Er war eine Böschung hinabgestürzt und hatte sich den Kopf aufgeschlagen. Sonst hatte Liudolf nur erwachsene Töchter, drei an der Zahl, und schließlich eben jene zwei jungen Söhne. Wenn Inga sich nicht täuschte, war der ältere der beiden namens Ingmar erst zwölf oder dreizehn Jahre alt.

Warteten sie auf diesen?

Sollte etwa er der Bräutigam Giselas werden?

Doch diese zählte bereits einundzwanzig oder sogar zweiundzwanzig Sommer. Dennoch, unüblich war solch eine Heirat nicht.

Würde der junge Ingmar als Gemahl der Gisela Erbe des Hilgerhofes und schließlich auch Erbe seines Vaters im Tal, so wäre die alte Sippe wieder vereint. So gäbe es keine erfolgreichen

Ausbrecher wie die Hilgerschen mehr, keine Emporkömmlinge, die auf eigene Faust in die Wälder zogen, diese rodeten und tatsächlich fruchtbares Land hervorbrachten.

Liudolf hätte demnach durchaus einen triftigen Grund.

Andererseits … Inga schlug sich mit der Hand vor den Kopf. Warum sollte Liudolf auf seinen Sohn warten? Er selbst war doch Witwer. Er selbst, dessen Frau an der Tollwut gestorben war, könnte doch Gisela heiraten. Er müsste nicht jahrelang ausharren und Ansgar unnötig am Leben lassen.

Und außerdem bliebe bei diesen Spekulationen noch immer offen, um wen es sich bei dem Weißen handelte. Wer war er?

Nichts ergab einen Sinn, und es war zwecklos, so viel darüber nachzudenken. Besser, man suchte und fand ihn, diesen Unhold. Ja, sie würde nun auf den Eschenberg gehen und ihn ausfindig machen. Vielleicht suchte er seinerseits nach ihr, weil sie ihr Versprechen gebrochen und über ihn geredet hatte. Doch offenbar redeten alle mittlerweile über ihn. Gunda kannte ihn, sie hatte ihn erwähnt, und die Leute in der Siedlung waren über seine Existenz informiert. Vielleicht war er gar nicht so gefährlich, wie er tat. Möglicherweise verfügte er über keinerlei überirdische Kräfte, sondern war schlicht ein alter Mann, der nun frierend in seiner Erdhöhle saß.

Auch Inga fror. Zu lange schon stand sie in Gedanken versunken auf ein und derselben Stelle. Sie wickelte sich ihr wollenes graues Tuch fester um den Leib und stapfte weiter. Vor ihr lag der Tannenhain, hinter welchem sie wieder auf den Pfad zurückkehren würde, der dann unterhalb der Kuppe des Berges hin zu dem Wald führte, in dem sie die Höhle der Seherin Wanda vermutete.

Aber was war *das?*

Inga fand sich plötzlich vor einer Schnitzerei wieder. Ein abgebrochener Tannenstamm war offenbar kunstvoll bearbeitet worden. So gekonnt, dass Inga erstaunt war, in der Holzfratze, die sie anschaute, niemand anderes als den alten Hilger zu erkennen. Das war ganz offensichtlich der alte Hilger, und unter dem seinen hatte sich einst ein anderes Gesicht befunden, nur war dieses zerschlagen worden. Der alte Hilger und die Racherune. Ja, da war sie wieder, die Racherune, die auch an den Stamm geritzt worden war, auf dem man den Kopf des Pferdes aufgespießt hatte.

Ein böser Bildzauber war das!

Diese ganze Geschichte war doch mysteriöser, unwirtlicher, grausiger, als Inga es sich noch vor wenigen Augenblicken hatte ausmalen wollen. Sämtliche vernünftigen, aber dennoch wirren Überlegungen und Mutmaßungen verschwanden plötzlich aus Ingas Kopf, und sie hatte nur noch einen einzigen Gedanken: Weg! Fort von hier! Fort von diesem verfluchten Ort, fort von dieser Geschichte, die sie nichts anging und mit der sie nichts zu tun haben wollte. Wegrennen. Ja, so weit wie möglich wegrennen.

Wie ein Reh, das beim Weiden vom Knacken im nahen Geäst aufgescheucht wird und im Nu auf und davon springt, so hastete auch Inga von dannen. Und mit dem hölzernen Bildnis des Hilger, welches ihr streng und herrisch hinterherblickte, ließ sie auch ihren Mut und die Entschlossenheit zurück, alles Geschehene ans Tageslicht zu bringen.

Lasst mich doch alle in Frieden! Das war ihr einziger Gedanke, als sie, allein von einer schrecklichen Vorstellung verfolgt, in Richtung Tal floh.

»Inga, Tochter des Meinrad und Witwe des Rothger.«

Es war niemand anders als Liudolf, der sich Inga in den Weg stellte, kurz nachdem sie den Pfad durch das Bergtal erreicht hatte, welcher sie an der Schmiede vorbei zurück zur Kapelle führen sollte. Sie hatte ihn nicht gesehen, verborgen musste er sich gehalten haben. Es dämmerte bereits, und hier unten am Bach gab es zahlreiche dicke Kastanien, hinter denen sich auch ein breiter, riesenhafter Mann wie das Sippenoberhaupt aus der Siedlung unsichtbar machen konnte.

»Lass mich vorbei, Liudolf, ich habe nichts Unrechtes getan. Lass mich zurück zur Kirche gehen.« Ingas Stimme klang flehentlich.

»Du hast nichts getan? Dass ich nicht lache. Allein mir hast du genügend angetan, dass ich dir hier auf der Stelle den Hals umdrehen könnte. Denk an meine Frau, sie ist tot. Du hast sie gebrannt mit deinem Schlüssel. Du.«

Inga schaute sich um. War er allein? Es hatte ganz den Anschein. Fast wäre es ihr lieber gewesen, er hätte Begleiter bei sich, denn sein Blick behagte ihr ganz und gar nicht.

War er betrunken? Wo war sein Pferd? Was hatte er zu dieser Tageszeit am Bach zu tun?

»Was starrst du in der Gegend herum? Glaubst du, dein Helfer wird kommen und dich retten?«

»Mein Helfer?«

»Der Dämon, den du behext hast oder der dich verzaubert hat. Wie immer es auch sei: Du wirst mit mir kommen, und wir werden dich deiner gerechten Strafe zuführen.«

Er hatte noch nicht zu Ende gesprochen, da hatte er sie auch schon am Arm gepackt. Inga wehrte sich, doch sein Griff war fest. Sie versuchte ihn zu treten und zu beißen, als er sie hinter sich den Bach entlangzerrte, doch sie kam nicht gegen ihn an. Sie erreichte mit ihren vergeblichen Bemühungen nur, dass er ungeduldiger und wütender wurde. Schließlich packte er sie von vorn an den Schultern und stieß sie mit aller Kraft an einen Baum. Ihr Kopf krachte mit einer solchen Wucht gegen das Holz, dass sie für kurze Zeit die Besinnung verlor.

Als sie wieder zu sich kam, hing sie über seiner Schulter, ihr Kopf baumelte dröhnend und schmerzend an seinem Rücken. Sie hatten die Siedlung noch nicht erreicht.

»Lass mich gehen, Liudolf. Bitte, lass mich gehen. Ich habe nichts getan.«

»Halt's Maul, sonst stopfe ich es dir für immer.«

»Dann lass mich wenigstens allein laufen. Du musst mich nicht tragen.«

»So ist es besser, da kannst du mir wenigstens nicht die Augen auskratzen, du böse Zaunreiterin.«

»Ich bin doch viel zu schwer«, versuchte sie das Gespräch aufrechtzuerhalten. Sie hatte das Gefühl, dass ihr das nützen könnte.

»Da habe ich schon andere Lasten getragen, das kannst du mir glauben. Du wiegst nicht einmal so viel wie ein Sack Getreide …«

Und dann war sie auch schon da, seine Hand, und knetete äußerst unsanft ihr Hinterteil. Er sagte nichts mehr, aber sein Atem ging vernehmlich schwerer, und das lag nicht an dem Gewicht, das er trug.

»Du hast mehr Freude mit mir, wenn du mich herunterlässt«, flüsterte Inga, konnte aber den Ekel, den sie empfand, nicht aus ihrer Stimme verbannen. Er jedoch schien das nicht zu bemerken. Wie ein wild gewordener Stier warf er sie auf den schneebedeckten Uferboden des Baches, und sich warf er sogleich obenauf. Inga spürte nun seine beiden, großen Hände an ihren Brüsten, wieder unsanft knetend, seinen Mund presste er auf den ihren, und schon bemerkte sie seine dicke, schleimige Zunge zwischen ihren Zähnen. Sein Atem war faulig, ein Gemisch aus Zwiebeln und verottenden Zahnresten. Es kostete sie ungeheure Überwindung, diesen Kuss zu erwidern, doch sie tat es – sie tat es so lange, bis der richtige Zeitpunkt gekommen war, um zuzubeißen. Sie biss, so fest sie konnte. Es war ein solch abstoßendes Gefühl, dass sie fast ohnmächtig wurde vor Ekel. Es war, als würde man mit aller Macht seine Zähne in ein altes, rohes Stück Fleisch schlagen. Und dann schoss ihr sein Blut in den Rachen. Inga musste würgen, und Liudolf schrie. Er schrie wie von Sinnen.

Inga übergab sich und spie den roten Fetzen und eine Menge fremden Blutes aus. Hustend kniete sie noch eine Weile da, um zu sich zu kommen, während Liudolf einen Veitstanz aufführte. Mal auf dem einen, dann auf dem anderen Bein hüpfend, lief er im Kreis und hielt sich dabei beide Hände vor den Mund.

Schließlich erhob sich Inga und wandte sich mit den Worten »Sei froh, dass du mir nicht etwas anderes in den Mund gesteckt hast« zum Gehen.

Er hatte es verdient. Eilig, aber nicht rennend, ging sie den Weg am Bachufer zurück, zurück zu der Stelle, an der Liudolf ihr aufgelauert hatte.

Ja, er hatte ihr aufgelauert. Hatte gewusst, dass sie kommen würde, hatte gewusst, dass sie ihr Kirchenasyl verlassen hatte und nun vogelfrei in den Wäldern der Gegend unterwegs war.

Nur: Woher hatte er es wissen können?

Niemand hatte sie gesehen, niemand, außer Ada.

Ada.

Hatte sie es ihm gesagt?

Was führten Ada und das Sippenoberhaupt miteinander im Schilde?

Was?

Inga kam zu der Stelle am Bach, wo die Kastanie stand, hinter der er sich verborgen hatte, zu der Stelle, wo der alte Steg hinüber zu der zerstörten Schmiede führte. Und dort entdeckte Inga nun die Fußspuren im Schnee, auf die sie zuvor nicht geachtet hatte. Da waren die des Liudolf, unverkennbar, riesig groß. Da waren auch ihre. Und da waren dritte – kleine, sehr kleine. So klein, dass sie auch hätten von einem Kinde stammen können. Doch sie stammten nicht von einem Kinde. Inga kannte diese winzigen Füße, sie hatten ihre Trägerin schon einmal überführt. Damals waren die Abdrücke jedoch noch zu viert gewesen, damals nach dem Wolfsangriff vor dem Ziegenstall. Heute waren es nur noch zwei Füße, denn es gab nur noch die eine Zwillingsschwester.

Inga hatte keine Zeit mehr, den Ort näher in Augenschein zu nehmen. Denn sie fürchtete, dass Liudolfs Geschrei, welches noch immer deutlich in der Ferne zu hören war, bald nicht nur Helfer, sondern auch Verfolger anlocken würde. Besser war es, sich zu sputen, um wieder den Schutz der Kirche aufzusuchen.

XXVII

Bruder Melchior war verschwunden und hatte Inga keine Nachricht, kein Zeichen hinterlassen. Sie wusste nicht, dass ein berittener Bote aus dem Kloster gekommen war, um den Mönch nach Corbeia Nova zurückzubringen. Alles hatte er offenbar liegen und stehen lassen. Auf dem Pult, welches ehedem von Agius genutzt worden war, befanden sich noch zahlreiche nicht fortgeräumte winzige Holzkisten, gefüllt mit getrockneten Krabbeltieren, und daneben stand ein Becher Ziegenmilch. Sie war warm.

Weit konnte Melchior nicht sein.

Vielleicht verrichtete er nur seine Notdurft.

Doch draußen vor der Tür fand Inga frische Pferdespuren im Schnee und zudem einen noch dampfenden Haufen, den das Tier hinterlassen hatte.

War Melchior mit jemandem davongeritten?

Inga wartete die Nacht ab. Doch es rührte sich nichts.

Kein Melchior, kein weißer Mann, kein Mob.

Inga lief es kalt den Rücken herunter, wenn sie darüber nachdachte, was sie dem mächtigen Liudolf angetan hatte. Sie konnte sich gut vorstellen, warum bislang noch keine wütende Meute hier vor dem Gotteshaus aufgetaucht war. Das lag weniger am Respekt vor dem geheiligten Schutzbereich der Kirche als vielmehr an der Tatsache, dass dem guten Liudolf ein großer Teil seiner Zunge abhandengekommen war.

Er würde schlicht nicht sprechen können, um seinen Freunden und Nachbarn mitzuteilen, wie ihm dieses Unheil zugefügt worden war. Inga sah ihn vor sich. Der verbliebene Teil seiner Zunge war nun gewiss mächtig angeschwollen und machte es ihm schier unmöglich, auch nur einen einigermaßen verständlichen Ton herauszubekommen. Abgesehen davon war es ihm gewiss auch unangenehm, berichten zu müssen, wie die Unholdin denn in die Lage geraten war, ihm tatsächlich die Zunge abbeißen zu können.

Doch dazu würde man zweifelsohne eine passende Geschichte erfinden. Wahrscheinlich würden sie ihr wieder einen schwarzen Zauber unterstellen, einen Liebestrank, den sie dem armen Liudolf verabreicht hatte, um ihn derartig toll werden zu lassen.

»Sie werden schon noch herausfinden, dass ich es war. Das ist gewiss. Und dann ist wahrlich alles verloren. Ich muss fort von hier«, flüsterte Inga vor sich hin, während sie an dem Pult lehnte und die Reste von Melchiors Ziegenmilch schlürfte. Ja, sie wollte fort. Sie musste fort. Jetzt erst recht. Nicht nur der Weiße und sein düsteres Machwerk zwangen sie dazu – nein: Auch der noch immer auf ihr lastende Tod Bertas und jetzt dieses unschöne Ereignis mit dem mächtigen Liudolf ließen ihr keine Wahl.

Was, wenn sich auch bei ihm infolge der großen Wunde in seinem Mund ein tödliches Fieber einstellte? Zudem war er das Oberhaupt der größten Frilingssippe des ganzen Augaus. Er würde die Tat nicht ungestraft lassen. Inga hatte den Bogen überspannt. Kein Ausweg blieb ihr, außer dem, sich davonzuschleichen. Und das besser gleich.

Sie erreichte den Flecken Huxori unbehelligt. Niemand hatte sie bemerkt, als sie im Morgengrauen ihres Weges ging, und kein Verfolger hatte sich ihr an die Fersen geheftet. Nun, in der ihr riesengroß erscheinenden Siedlung an der Weser mit ihrer beeindruckenden steinernen Kirche, fühlte sich Inga sicher. Niemand kannte sie, und sie kannte niemanden. Wie wohltuend dieses Gefühl doch war.

In den Gassen des Ortes herrschte bereits reges Treiben. Es war ein trockener, kühler, aber dennoch sonniger Morgen und somit wunderbar geeignet, um einem zu dieser Jahreszeit anstehenden blutigen Geschäft nachzugehen.

Hinter nahezu jedem Haus wurde geschlachtet. Die Bewohner der zahlreichen winzigen, in sich eingesunkenen Grubenhäuser nahmen Kaninchen aus oder rupften das Federvieh. Von den größeren Höfen konnte man hingegen das ohrenbetäubende Gekreisch von Schweinen und das verzweifelte Brüllen von Rindern vernehmen.

Inga bahnte sich ihren Weg – einen Weg, den der Zufall erschaffen hatte, denn er schlängelte sich zwischen den willkürlich errichteten Behausungen vorbei, führte mal hierhin, mal dorthin und bestand aus nichts weiter als aus plattgestampftem oder plattgefahrenem Erdreich, umgeben von Zäunen aus Holzgeflecht. Ja, überall waren Zäune, denn Umfriedungen waren den Menschen, ob arm oder reich, ein großes Bedürfnis.

Inga kannte sich aus. Sie wusste, wie sie am besten an die Weser gelangte, denn dorthin zog es sie. Hier an der Weser verlief ein neuer Pfad, breiter und nicht vom Zufall angelegt. Er führte auf direktem Wege an einer Schlange neu errichteter Lehmbauten vorbei zu dem Kloster, in dem sich nun offenbar nicht nur Agius, sondern auch Melchior aufhielt.

Doch Inga dachte im Traum nicht daran, zu den Mönchen zu gehen. Das war unmöglich, und das wusste sie. Ihr Weg führte sie zu dem neuen, großen Haus, welches sie zum ersten Male erblickt hatte, als sie kurz vor dem Tode des Gernot mit dem friesischen Kaufmann verhandelt hatte. Er hatte dieses Haus »Taverne« genannt, und Inga ahnte, dass es sich dabei um ein Gebäude handelte, in dem man gegen Geld oder andere Güter Essen, Trinken und eine vorübergehende Unterkunft erhalten konnte. Dies war ein Novum in der Gegend, eine absolute Ungewöhnlichkeit, und Inga wusste nicht, was sie in diesem Hause erwartete. Sie hoffte nur, dass man sie dort aufnahm.

Geld besaß sie nicht, auch keine weiteren Dinge von Wert, aber vielleicht ließe man sie arbeiten, ließe sie die Lager für die Gäste richten, ließe sie beim Bierbrauen helfen, den Boden fegen, die Tische säubern, die Krüge füllen, das Essen bereiten. Vielleicht gab es dort eine Tätigkeit für sie, vorübergehend – nur so lange, bis im Frühjahr die Händler wiederkamen und sie mitnahmen. Zu Fuß den Hellweg entlang bis ins ferne Aachen, von dem sie bereits gehört hatte, oder mit dem Schiff die Weser hinauf, hoch in den Norden zu den Handelsstützpunkten der Kaufleute.

Es war wahrlich ein großes Gebäude. Nicht so lang wie die Höfe der Freien und Edlen, dafür breiter. Es bestand, wie alle Häuser, aus mit Lehm beworfenem Flechtwerk und einem fast bis zum Boden reichenden strohgedeckten Dach. Vor dem Eingang standen mehrere Bänke und zwei lange Holztische, doch niemand hatte dort Platz genommen. Es war zu früh am Morgen, dachte Inga bei sich, und sie begann zu zweifeln, ob es in diesem Hause im Winter überhaupt Gäste gab.

Sie schritt vorsichtig zur Tür. Diese war nur angelehnt, aber als sie sie einen Spaltbreit aufstieß, strömte ihr bereits ein vertrautes Gemisch aus beißendem Qualm, dem Geruch von allerlei Gekochtem und ungewaschenen Menschenkörpern entgegen. Letzteres nahm sie besonders stark wahr, weil dieser Gestank nicht von dem Geruch der Tiere übertüncht wurde, welche im Regelfall zusätzlich in den Behausungen der Menschen untergebracht waren.

Inga betrat die leere, düstere Stube.

»Tür zu! Es wird kalt«, vernahm sie eine brummende Stimme aus dem Dunkeln. Schnell schloss sie die schwere Holztüre hinter sich und konnte kurzzeitig gar nichts erblicken.

Im mittleren Drittel der breiten Stube brannte ein Feuer, der einzige Lichtblick in diesem Raume. Und über dem Feuer hing ein enormer dampfender Kessel. Der Qualm stach Inga in den Augen und ließ diese zu tränen beginnen. Hier in diesem Hause gab es nicht einmal ein winziges Loch im Dach, durch das dieses stinkende Übel und dieser zugleich wärmende Segen hätte entweichen können. Es gab keine Kühe und Pferde, keine Ziegen und Schafe hier, die mit ihren dampfenden Körpern Wärme hätten spenden können, und so hatte man sich offenbar dazu entschieden, dem Qualm als einziger Heizquelle keine Möglichkeit zum Entweichen zu bieten.

Sobald ihre Augen sich an Dunkelheit und Rauch gewöhnt hatten, konnte Inga sich im Raume umschauen. Er war aufgeteilt in drei Bereiche. Vorne standen Bänke und schmale Holztische, in der Mitte war die Feuerstelle sowie Raum für zahlreiche Säcke, Kisten, Fässer und andere Vorräte, und im hinteren Bereich, soweit Inga das ausmachen konnte, waren Bänke und Nischen, in denen tatsächlich zahlreiche Leute eine Bettstatt finden konnten.

Doch offensichtlich war niemand da, nicht zum Trinken, nicht zum Essen und auch nicht zum Schlafen. Allein ein dicker Mann saß gleichgültig am Feuer, und bei ihm lag ein schlafender Hund. Anders als sein Herr war dieser spindeldürr.

»Was suchst du, Frau?«

»Mein Name ist Hilda. Ich bin Witwe von einem der entfernten Höfe. Mein Haus ist abgebrannt. Ich habe keine Familie mehr, die sich meiner annehmen könnte. Deshalb bin ich hierher nach Huxori gezogen und frage nun dich, guter Mann, ob du mich beschäftigen kannst. Ich bin kräftig und fleißig und erwarte für meine Arbeit lediglich Nahrung und einen warmen und trockenen Schlafplatz.«

»Du siehst doch, dass hier nichts zu tun ist. Im Winter kommt keiner. Keine Reisenden, keine Händler und auch keine Edlen, die das Kloster besuchen und ihre Gefolgschaft hier unterbringen. Niemand, niemand außer einer Handvoll Trunkenbolden, die am Abend erscheint und ihre Zeche nicht zahlt. Kein Geschäft im Winter, keine Arbeit für mich und erst recht keine für dich.«

Bei diesen Worten, die er eintönig vor sich hingebrummt hatte, hatte er Inga nicht ein einziges Mal angeschaut. Diese hingegen hatte ihren Blick schweifen lassen und eine Unmenge an Rauchfleisch, ganzen Schinken und mächtigen Würsten an der Decke hängen sehen.

»Ich sehe, du hast genug zu essen und auch leere Bettstätten. Warum darf ich nicht bleiben? Die Arbeit einer Frau wäre in diesem Hause vonnöten. Und wer weiß? Vielleicht belebt es auch das Geschäft.«

Jetzt erst blickte er sie an.

»Willst du dich etwa hergeben oder was? Huren haben wir hier genug. Auf einen Händler kommen gleich zwei, und dazu sind sie allesamt jünger als du.«

»Das meinte ich nicht.«

»Was dann? Soll ich dich zur Frau nehmen? Nein, Weiber hatte ich schon zwei. Beide sind sie mir zum Glück gestorben, denn eine war schlimmer als die andere. Drei garstige Dinge gibt es im Haus: Rauch, ein undichtes Dach und ein böses Weib. Rauch und Nässe sind bereits da, ein böses Weib sollte mir noch fehlen.«

»Und wenn tatsächlich eine ganze Gefolgschaft eines fränkischen Edlen hier Quartier bezieht, dann bewältigst du die Arbeit ganz alleine, guter Mann?« Inga wollte nicht aufgeben.

»Nein, es gibt genügend bettelarme Witwen in diesem Ort, die gerne helfen, wenn Hilfe benötigt wird und der eine oder andere Happen für sie und ihre ewig hungrige Bälgerschar dabei abfällt. Ich brauche dich nicht, und jetzt verschwinde.«

Bei diesen Worten griff er sich ans Bein, und Inga erkannte im flackernden Schein der nahen Flamme, dass der Leinenstoff seiner Hose am rechten Schienbein dunkel verfärbt war.

»Hast du dort etwa eine nässende Wunde?«, fragte sie, auf die Gefahr hin, ihm weiter auf die Nerven zu fallen.

»Was geht dich das an?«

»Ich könnte dir helfen. Darf ich einmal sehen?«

Er murrte nur kurz: »Du bist lästiger als eine Schmeißfliege. Na, dann komm und schau es dir an. Es will nicht heilen. Wird sogar schlimmer. Dabei war es nur ein kleiner Kratzer. Bin gegen eine der Bänke gelaufen, mehr nicht. Und jetzt das.«

Inga kniete sich vor dem Dicken nieder. Er roch nicht nur unangenehm, er stank erbärmlich.

XXVIII

Das Kloster Corbeia Nova am Weserufer erwartete seinen sechsten Winter. Noch mussten die mittlerweile mehr als fünfzig Brüder und ihr Prior mit Holz- und Lehmhütten sowie mit den Resten des verfallenen sächsischen Herrenhofes vorliebnehmen, der einst auf diesem Gelände gestanden hatte.

Eine einsame Kemenate, wie sie einem Büßer wie Agius von Avennio gebührt hätte, stand noch nicht zur Verfügung, und so wandelte der Sündige inmitten seiner unschuldigen Brüder – jedoch schweigend, so war es ihm auferlegt worden – umher. Nicht ein Wort durfte über seine Lippen kommen, nicht einmal beim gemeinsamen Gebet oder beim gemeinsamen Gesang. Seinen Kopf sollte er stets demütig neigen, niemandem in die Augen blicken und sich möglichst unauffällig gebärden. All dies war dem stolzen Agius ein einziger Graus, und er hoffte inständig auf die baldige Ankunft des Abtes Wala, damit der ihn von diesem Dasein erlöste und womöglich sogar mit sich nach Italien nahm. Doch vor dem Frühjahr war mit dem Besuch des neuen, jedoch allen wohlbekannten Abtes nicht zu rechnen. Solange hatte Prior Wulfram das Sagen, und dieser hatte sich aus Ermangelung an eigenem Durchsetzungsvermögen voll und ganz auf die Anweisungen des Hofcapellans Taddäus verlassen, welcher bezüglich des Bruders Agius nach strengster Klausur und dem unbedingten Einhalten des Schweigegelübdes verlangt hatte.

So war es zwischen Wulfram und Taddäus vereinbart, und so blieb es auch nach dessen Abreise, obwohl der Prior inständig hoffte, möglichst bald die Meinung des Abtes zu den Vorfällen zu vernehmen. Recht wohl war ihm nicht in seiner Haut, wenn er darüber nachdachte, einen verdienten und angesehenen Mann wie Agius von Avennio einer solch schmählichen Buße auszusetzen.

Wie nur würde der Vater Abt auf die Einflussnahme des ungeliebten Hofcapellans in Angelegenheiten seines Klosters reagieren?

Wala und Taddäus waren keine Freunde, aber beide waren sie mächtig und besaßen, jeder auf seine Art und Weise, großen Einfluss auf den Kaiser und dessen ältesten Sohn. Und er, der arme Wulfram, stand in ihrer Mitte, musste mit ansehen, wie sich der eine in den Machtbereich des anderen einmischte, und wusste beileibe nicht, was zu tun war.

Wie konnte er auch? Sollte er Boten schicken, bis ins ferne Aachen, ja über die Alpen gar nach Italien? Boten für eine solche Nichtigkeit, wie es das Vergehen des Agius im Grunde war? Welcher Mönch war frei von einer solchen Sünde?

Nicht einmal Wulfram selbst konnte dies reinen Gewissens von sich sagen, behagte es ihm doch sehr, sich immer und immer wieder den weichen, weißen, fleischigen Körper der Dirne vorzustellen, mit der er einst zufällig und vollkommen ungewollt in Reims Bekanntschaft gemacht hatte. Und wie viele Brüder gab es doch, das ahnte er durchaus, die selbst hier, innerhalb der eigenen Mauern, die noch größere Sünde der Sodomie betrieben. Dagegen war die Tatsache, dass Agius bei einem Heidenweib gelegen haben sollte, eine Belanglosigkeit.

Ja, Wala würde dem Prior gewiss zürnen, andererseits konnte man sich dem Willen eines solch entschieden auftretenden Mannes wie Taddäus ebenso wenig entziehen.

Und weil Wulfram von diesen Zweifeln zu lange gequält wurde, hatte er Agius schließlich doch wissen lassen, dass er sich in der Gegenwart gewisser undurchsichtiger Brüder reuig zu verhalten habe, nach eigenem Ermessen jedoch durchaus das Einzelgespräch mit aufrichtigen Freunden suchen dürfe.

So kam es eines Tages, nach der Rückkehr des Bruders Melchior von seiner Mission in den umliegenden Sachsensiedlungen, zu einem Gespräch der zwei Freunde. Zufällig trafen sie sich unweit des als Dormitorium dienenden alten und zugigen Herrenhofes. Es war schon spät am Tage und es dunkelte bereits, sodass die beiden Mönche die Gunst der Stunde nutzten, um unbeobachtet einige persönliche Worte zu wechseln.

»Es freut mich, dich zu sehen, Bruder Melchior.«

»Mich freut es ebenfalls. Sehr sogar. Aber darfst du reden? Ich hörte …«

Agius winkte ab.

»Solange uns niemand belauscht, darf ich reden, so viel ich will. Dieses Schweigegelübde ist nicht gottgewollt, sondern einzig die durch und durch menschliche Rache des Taddäus.«

»Noch immer habe ich keine Ahnung von dem, was ihn so rachsuchtig macht, Agius.«

»Das ist eine alte Geschichte, guter Melchior. Er ist von nachtragendem Gemüt und deshalb sehr gefährlich. Aber nun genug von diesem nichtigen Widerling. Erzähle mir, warum man dich wieder herbeordert hat. Was soll mit unserer Kapelle geschehen?«

»Das weiß auch ich nicht. Der Vater Prior sagte nur, die Schäflein seien offenbar noch nicht reif genug für dieses Experiment. Vielmehr, so hieß es, brächten wir durch die Nutzlosigkeit dieses Unterfangens den guten Ruf des Klosters in Gefahr. Wer ihm den Auftrag für den Rückzug erteilt hat, ob Wala, Taddäus oder der Herrgott selbst – ich weiß es nicht. Er sagte nur, man wolle noch warten, einige Jahre, Jahrzehnte, Jahrhunderte vielleicht.«

»Und dann wandern sie wieder in die Eigen- und Bistumskirchen. Das ist doch nicht, was unser Vater Prior beabsichtigen kann.«

»Es sind ja nicht so viele. Wichtiger ist der Bau der Klosterkirche. Hierher soll es die wachsende Zahl an Einwohnern des Fleckens Huxori treiben. Sie wünscht man sich fortan enger an Corbeia Nova gebunden«, berichtete Melchior weiter.

»Dabei haben sie bereits eine große, prächtige Kirche. Nun gut, ich verstehe dennoch, welche Überlegungen dem zugrunde liegen. Wie dem auch sei: Viel mehr interessiert mich, was die Menschen in unserem alten Wirkungsbereich machen.«

»Ach, Agius. Das seltsame Treiben nimmt seinen Lauf. Inga von der alten Schmiede stand eines Tages vor der Kirchentüre und verlangte nach Asyl. Man bezichtigte sie, ihre Schwägerin Berta getötet zu haben. Zudem, und das war die jüngste Nachricht, welche ich vernahm, ist nun ein weiteres Mitglied des Hilgerhofes gewaltsam verstorben: der junge Heinrich, ein Bub von nicht einmal sechzehn Jahren. Den Hals hat man ihm durchtrennt im Walde hinter seinem Heimathaus. Und dass der Ansgar Hilgersohn wirr im Kopf ist, weißt du sicherlich auch noch nicht?«

»Nein.« Agius war sprachlos.

»Ja, er ist wirr im Kopf. Man rief mich, um zu entscheiden, ob es Dämonen sind, die sich seiner bemächtigt haben. Ich kam zu keinem Ergebnis. Man darf nicht voreilig sein bei diesen Menschen. Wer weiß, sonst binden sie ihn noch und versenken ihn in ihren Mooren. Aber eines ist gewiss: Er ist nicht mehr derselbe. Redet unverständlich, schaut scheel und, glaube mir, wenn dies aus meinem Munde kommt, will es etwas heißen: Er lacht selbst über Dinge, die alles andere als komisch sind.«

»Was ist mit ihr? Ist sie noch immer in der Kirche?«

»Das weiß ich nicht. Die Wut der Leute hat sich ein wenig gelegt. Ich glaube nicht, dass man sie noch meuchelt, wenn man ihrer habhaft wird. Dennoch ist sie in Gefahr, zumal ich nicht sicher bin, wie groß ihre Schuld tatsächlich ist.«

»Ich glaube nicht an ihre Schuld. Hat man noch etwas von dem weißen Mann gehört?«

»Frau Inga erwähnte ihn erneut. Ich jedoch riet ihr davon ab, den Leuten von ihm zu erzählen. Sie würden ihr nicht glauben. Viele halten das Ganze nach wie vor für eine blutige Fehde zwischen den beiden Häusern des Hilger und des Bero. Allerdings sind ihre Meinungen schwankend, sie erzählen sich je nach Lust und Laune mal dieses und mal jenes.«

»Aber die Wut ihr gegenüber hat sich gelegt, sagst du.«

»Ja, etwas. Ich habe sie beschwichtigt. Und auch die alte Gunda, das geschwätzige Weib, hat auf die Menschen eingeredet. Vielleicht werden sie Inga eines Tages wieder dulden.«

»Hat sie denn tatsächlich etwas mit dem Tode der Berta zu tun?«

»Ich darf die Beichte nicht abnehmen, Bruder Agius, aber dennoch fühle ich mich zur Verschwiegenheit verpflichtet, wenn sich mir eine reuige Seele anvertraut. So viel sei gesagt: Unfälle können auch dem kundigsten Medicus geschehen.«

»Das ist alles sehr sonderbar, Melchior, sehr sonderbar.«

»So ist es. Doch wir sind des Auftrages entledigt, uns um das Seelenheil dieser Verirrten zu kümmern. Wir müssen sie ihrem Schicksal überlassen und auf bessere, gottgefälligere Zeiten hoffen.«

»Bist du etwa zum bösen Spötter geworden, Melchior?« Agius blickte den Freund verdutzt an.

»Ich bin ein wenig verbittert, ja.«

»Wir haben viele Fehler gemacht. Allen voran meine Wenigkeit. Dich trifft nur geringe Schuld an dem Unglück. Ich war es, der nicht zu ihren Herzen durchdringen konnte. Sie blieben verschlossen. Und uns fehlt nach wie vor der Schlüssel zu ihren Seelen. Es würde mich weniger bekümmern, Melchior, wenn ich mich nicht persönlich für sie verantwortlich fühlte.«

»Für sie? Für sie, die Heiden – oder etwa für sie, die eine?« Melchior blickte keck bei diesen Worten und zeigte dabei seine großen, schiefen Zähne.

Agius hingegen lief rot an. Er war heilfroh, dass die Dunkelheit diese Röte verbarg.

»Du hast mich ertappt«, murmelte er. »Aber das sei dir erlaubt, als meinem Freund.«

»Sie ist reizend, durchaus. Auch ich habe sie liebgewonnen – ihr Gemüt und ihr Wesen, versteht sich. Alles andere ist und bleibt mir, gottlob, unbekannt.«

Jetzt musste auch Agius ein wenig verlegen lächeln. »Melchior, mein Freund, darf ich dich um einen Gefallen bitten?«

»Nur zu, Bruder Agius.«

»Finde einen Vorwand und gehe zurück. Erkundige dich nach ihrem Verbleib. Sie kann doch nicht alleine dort in der Kirche leben. Erkundige dich auch in den Siedlungen nach den jüngsten Ereignissen. Frage, ob erneut seltsame Dinge vorgefallen sind. Gehe schließlich zu Ada, Frau des Ansgar, und rate ihr, gut auf ihre Söhne achtzugeben.«

»Hast du eine Vermutung, Agius?«

»Die habe ich. Ja, die habe ich. Und sie ist durchaus weltlicher Natur.«

»Könntest du meine Neugierde stillen und mir von deinen Gedanken berichten?«

»Noch nicht, Melchior. Niemand soll falsch verdächtigt werden, und mehr als ein Verdacht ist es nicht.« Dann hielt er inne und sprach mit leiser, fast schüchterner Stimme weiter: »Und

Melchior, falls du sie findest: Sag ihr, dass ich mit ihr sprechen muss, bevor ich das Kloster für immer verlasse.«

»Nun, auch ich habe Grund zurückzukehren«, sagte Melchior geheimnisvoll. Dann riss er urplötzlich seine schielenden Augen weit auf und schaute verschwörerisch hin und her, um mit vorgehaltener Hand hinzuzufügen: »Ich sagte dem Boten, der mich abholte, wir müssten uns beeilen, da tollwütige Wölfe ihr Unwesen in der Gegend trieben. Eine Notlüge, Gott möge mir vergeben. Denn, Agius, ich habe ein Geheimnis, von dem niemand wissen darf, erst recht niemand, der es dem Vater Prior oder gar dem Vater Abt mitteilen könnte.«

»So?« Agius schaute den Mitbruder fragend und ein wenig skeptisch an. Was konnte eine solch treue Seele wie der Mönch Melchior für ein Geheimnis haben?

»Ich habe sie alle gefangen, leider auch getötet und getrocknet.«

»Melchior! Was sprichst du da?«

»Hunderte sind es, und ich bewahre sie in unserer Kammer neben der Kapelle auf.«

»Getrocknete Tote? Hunderte? Dort?« Agius war sichtlich verwirrt.

»So ist es. Was, wenn der Bote sie gesehen hätte? Zweierlei Sünde wäre das: zum einen ein sinnloser Zeitvertreib, zum anderen ein Verstoß gegen das Gebot der persönlichen Besitzlosigkeit der Brüder unseres Ordens.«

»Die nicht gering einzuschätzende Sünde des Tötens hast du ausgelassen, lieber Melchior.«

»Nun, die mag der Herrgott mir vergeben, diente dieses doch allein dem hohen Zwecke der Wissenschaft.«

»Wissenschaft?«

»Nun, ich habe gleichsam ein Herbarium angelegt, ein Insektarium, wenn man so will.«

»Ich fürchtete Schlimmeres, Melchior.« Agius war erleichtert. »Und dieses Insektarium willst du nun abholen.«

»Verstecken will ich es. Verbergen.«

Agius lachte laut auf. »Nun denn, dann lass dir etwas einfallen, um zum heiligen Berg zurückzukehren. Ich frage mich nur, warum du es verstecken willst, wo es doch der Wissenschaft dient.«

»Nun, wie nur soll ich dem Vater Prior erklären, dass ich mich ohne Auftrag, eigenständig und von falschem Ehrgeiz getrieben an eine Arbeit machte, die mir viel zu viel Zeit abverlangte, um mich meiner eigentlichen Aufgabe, der Seelsorge, angemessen widmen zu können? Dir sage ich es nun, Bruder Agius, denn auch du bist ein Sünder und kannst mich nicht mehr schelten.«

»Fürwahr«, sagte Agius, noch immer amüsiert. »Fürwahr.«

»Nun, jetzt haben wir lange genug geplaudert. Ich werde mich denn bald auf den Weg machen, alleine, wenn es möglich ist. Und dir dann von den Ergebnissen meiner Erkundigungsreise berichten.«

»Das freut mich.«

»Zu guter Letzt gestatte mir noch eine Frage: Wie nur soll es mit *dir* weitergehen, Bruder Agius? Du empfindest die dir auferlegte Buße doch sicherlich als große Last. Eine begabte Seele wie du wird so etwas nicht lange über sich ergehen lassen können.«

»Demut will auch gelernt sein, lieber Freund. Doch leider empfinde ich mein Dasein momentan mehr als Demütigung. Es behagt mir nicht und stärkt, um ehrlich zu sprechen, eher meine Zweifel. Ich erwarte die Ankunft des Abtes. Im Frühjahr soll es so weit sein. Ihn werde ich bitten, mich mit ihm zu nehmen, zurück an den Kaiserhof oder an den des Königs von Italien. Hier jedenfalls werde ich nicht bleiben.«

»Aber dort könnte dich dein großer Feind erwarten – Taddäus.«

»Er wird sich sicherlich über mein Erscheinen freuen.«

»Nun gut, Agius. In dieser Sache werde ich wohl immer ein Unwissender bleiben. Und trotz deiner Abreisehoffnungen soll ich sie finden.«

»Ich will mich verabschieden und ihr raten, das Weite zu suchen. Geh jetzt, Bruder. Dort hinten sehe ich jemanden kommen. Der Statur nach handelt es sich zwar nur um den gutmütigen Bruder Andreas, aber auch er muss uns hier nicht miteinander reden sehen.«

Schweigend klopften sich die beiden Männer gegenseitig auf die Schultern und schritten, der eine langsam, der andere schnelleren Schrittes, nach verschiedenen Seiten auseinander.

XXIX

Ottmar, der einzige Betreiber einer Schank- und Gaststube weit und breit, war – ganz abgesehen von dem Mut, den er einst bewiesen hatte, ein solch neues und bisher nie dagewesenes Unternehmen zu betreiben – ein eher träger und missmutiger Mensch.

Er war der fettleibigste Mann, den Inga jemals zu Gesicht bekommen hatte. Nahezu ununterbrochen kaute er mit seinen verbliebenen schwarzen Zahnstummeln auf irgendetwas herum. Meist war es Schweinespeck, manchmal auch nur ein Stück Schwarte; wichtig blieb allein, dass es fettig und nahrhaft war.

Alles in allem konnte man Ottmar einen erträglichen Zeitgenossen nennen. Er schimpfte viel, aber daran brauchte man sich nicht zu stören, er rülpste und furzte viel, aber auch daran konnte man sich gewöhnen, er roch abstoßend, was Inga ebenfalls nach einiger Zeit nicht mehr auffiel, und er begnügte sich damit, ihr hin und wieder lediglich einen Klaps auf die Schenkel zu geben. Das konnte Inga erdulden. Bei jeglicher anderweitigen Annäherung hätte sie sich gezwungen gefühlt, das Weite zu suchen. Doch das stand nicht zu erwarten, denn Ottmar war ungeheuerlich bewegungsunfreundlich.

Ebenso bewegungsunfreundlich, aber dafür weniger gut erträglich war hingegen die Mutter des Wirtes. Inga hatte die alte Frau erst am Abend ihres ersten Tages in der Taverne entdeckt. Sie war in der hintersten Ecke des Hauses auf ein Lager gebettet und schlief tagsüber die meiste Zeit. Nicht aber in der Nacht. In der Nacht nämlich schrie die Alte immerzu entsetzlich. Inga versuchte sich an dieses markerschütternde Geräusch zu gewöhnen, doch anders als Ottmar gelang es ihr nicht, in Seelenruhe weiterzuschlafen, während die Alte im Abstand von nur wenigen Augenblicken immerzu ein lautes »Wawa« oder »Mama« ausstieß. Wie nur, dachte Inga in solchen Momenten der nächtlichen Wut bei sich, sollten erst Gäste ihre Ruhe finden, wenn dieses alte und dazu garstige Weib ständig schrie?

Sie hätte der Alten ihr Geschrei verziehen, wenn sie ansonsten lieb und freundlich zu Inga gewesen wäre. Doch das war sie nicht. Anders als ihr Sohn, war sie von zerbrechlicher, ja dürrer, knochenartiger Gestalt. Ihr ganzes Gesicht bestand nur noch aus Spitzen – spitze Wangen, spitze Nase, spitzes Kinn; und Inga war sich sicher, dass sie auch als junge Frau nicht viel anders ausgesehen hatte. Was immer Inga ihr Gutes tat – wenn sie ihr zu trinken, zu essen brachte, sie wusch, ihr bei der Verrichtung ihrer Notdurft half, sie neu bettete oder ihre Wäsche wechselte –, immerzu spuckte und kratzte sie. Ein Segen war nur, dass sie tatsächlich am Tage sehr viel schlief.

Alles in allem war es dennoch erträglich in der Taverne des Ottmar, und Inga lebte nun bereits seit mehr als einen Monat dort. Das Jahr neigte sich dem Ende zu, man sah dem Julfest entgegen oder besser dem Weihnachtsfest, denn Letzteres galt es nun zu feiern. Gäste kamen nur wenige in die Schankstube, da es im Winter an Händlern und Besuchern des Klosters fehlte. Hin und wieder fand der eine oder andere Bewohner des Fleckens Huxori seinen Weg hierher. Meist waren es Männer, Knechte, die des Sonntags frei für den Kirchgang bekommen hatten, jedoch lieber ihre Zeit bei Ottmar verbrachten; aber auch Freie, die sich des Abends hin und wieder hier trafen, um nicht bei ihren Familien sein zu müssen. Man zahlte in Naturalien, vorwiegend mit Speckschwarten, die Ottmar so gerne kaute. Und als Gegenleistung erhielten sie schales Bier oder einen Becher dünnen Mets, beides kein Genuss, wie Inga fand, aber offenbar war es eher die Gemeinschaft als die Qualität der Getränke, die man suchte.

Von all dem ließ sich natürlich nicht leben, und deshalb befand sich im Hinterhof der Taverne noch ein Stall, in welchem Kühe, Schweine und Ziegen ihre gemeinsame Wohnstatt hatten. Allesamt waren sie bei Ingas Ankunft sehr verwahrlost, und es war nicht einfach, im Winter genügend Futter zu finden, um die Tiere einigermaßen zu mästen.

»Das alles nur wegen meines verflixten Beins«, hatte Ottmar sich mürrisch entschuldigt. »Habe ich sonst alles alleine gemacht. Ganz allein. Schau nur, wie viel Fleisch und Schinken dort hängt. Selbst geschlachtet. Aber mit dem Bein …«

Und das Bein war es dann auch, welches Ottmar endgültig davon abhielt, nach Ingas Ankunft nur einen Finger krumm zu machen. Inga war es recht, denn so wurde sie unentbehrlich und konnte sicher sein, eine Zeitlang bleiben zu dürfen. Die Felder, Wiesen und Äcker, welche zu dem Anwesen des Ottmar gehörten, waren überschaubar, und laut dem Wirt gab es im Flecken Huxori genügend Helfer anzuheuern, die bei Bedarf für ihn pflügten, säten und einfuhren. Inga wollte das abwarten, denn zunächst stand der ruhige Winter bevor, und ob sie tatsächlich bis zum Frühjahr hier verharren würde, wusste sie noch nicht.

Bisher hatte niemand sie erkannt, niemand nach ihr gesucht, aber das hatte sie auch nicht befürchtet. Der Flecken Huxori formte sich zu einer immer größer werdenden Siedlung und bot Platz für zahlreiche Neuankömmlinge, die gewillt waren, sich als Unfreie zu verdingen. Arbeit gab es genug, denn das nahe Kloster wuchs und hatte seine Ansprüche.

Inga war sich über ihren eigenen Status noch nicht im Klaren, und wenn man sie fragte, gab sie sich einfach als verwitwete Base des Ottmar aus, die dem armen kranken Manne und dessen bettlägeriger Mutter zu Hilfe gekommen war. Ottmar war mit dieser Ausrede zufrieden.

Menschen aus der Talsiedlung des Liudolf hatte sie bisher nicht zu Gesicht bekommen. Es gab auch keinen Grund für diese, eine Reise ins entfernte Huxori anzutreten. Nicht im Winter.

Doch dann, eines Tages – die Raunächte waren vorüber, die Tage begannen wieder ein wenig länger zu werden –, öffnete sich bereits am Mittag die Tür zur Schankstube, und ein junger Mann kam herein.

Er war in Begleitung eines Mädchens, eines liederlichen Mädchens, denn Inga erkannte sie sofort an ihrem unangenehmen Kichern – es war Trudi, Tochter eines Unfreien und bekannte Ortsdirne. Und bei dem jungen Mann – Inga traute ihren Augen kaum – handelte es sich um Bero, ihren Bruder. Zunächst verbarg sie sich im hinteren, vollkommen düsteren Teil der Taverne und tat so, als wolle sie der schlafenden Mutter das Lager richten. Doch schon bald ertönte von vorne die dröhnende Stimme des Ottmar, der nach wie vor regungslos am Feuer saß:

»Weib, wo bleibst du? Da sind welche gekommen.«

Inga zögerte, aber dann trat sie doch an die beiden Turteltauben heran, welche sich ebenfalls nahe dem wärmenden Ofenfeuer ein Plätzchen gesucht hatten, wo sie, innig miteinander beschäftigt, gar nicht auf Inga zu achten schienen, als diese kam, um sie nach ihren Wünschen zu fragen.

»Einen Krug Bier«, antwortete Bero nur, ohne seinen Blick von der kichernden Trudi zu lassen.

Inga schritt zu einem der großen Fässer, die viel zu nah am Feuer direkt hinter dem dicken Ottmar standen, und füllte einen schmutzigen Holzkrug mit warmem Bier. Den Krug in der einen, zwei Becher in der anderen Hand, ging sie zurück zu den Gästen und setzte ihnen wortlos ihre Bestellung vor die Nase. Dabei schwappte das Bier über den Rand des Kruges und landete als große Pfütze mitten im Schoß des Bero. Eine willkommene Abkühlung an richtiger Stelle, dachte Inga bei sich, nur leider war das Bier nicht kühl.

»Bist du denn …«, doch Bero kam nicht dazu, seine Beschimpfung auszusprechen, da er im gleichen Moment seine Schwester erkannte.

Inga blickte ihn scharf an, und er verstand. Trudi und auch Ottmar hatten nicht bemerkt, dass die beiden gut miteinander bekannt waren. Bero jedoch verlor nach dieser Überraschung mit einem Mal die Lust an dem Stelldichein mit Trudi. Diese, ein in solchen Dingen erfahrenes Mädchen, bemerkte die plötzliche Unlust sogleich, und nach einigen vergeblichen Versuchen, den Liebsten wieder aufzumuntern, zog sie schließlich, mit dem Hintern wackelnd und böse Worte in Richtung Bero werfend, davon. Dieser saß nun ganz allein an seinem Platz und suchte immer wieder Ingas Blick.

»Wenn unser Gast nichts mehr trinken will, dann gehe ich in den Stall, das Vieh füttern«, rief Inga dem Wirt zu und verschwand aus dem Hinterausgang.

Bero wühlte in seiner Tasche und legte einige Kupfermünzen auf den Tisch, verabschiedete sich von dem murrenden Ottmar und ging aus der vorderen Türe hinaus, um sogleich um das Haus herum ebenfalls den Weg in den Stall der Taverne zu suchen.

»Was machst du hier?«

»Das frage ich dich.«

»Ich, ich … na ja, ich komme manchmal her. Die Mädchen

sind schöner hier, und man muss sie nicht gleich zur Frau nehmen, wenn man ein wenig Freude mit ihnen haben will.«

»So ist das also. Mein Bruder hat Angst vor dem Heiraten.«

Inga war froh, ihn wiederzusehen. Er lebte, und es ging ihm allem Anschein nach sogar so gut, dass er sich im dunklen Winter einen solchen Zeitvertreib wie den Besuch eines größeren Ortes nur der Frauen wegen erlauben konnte.

»Mutter macht sich große Sorgen um dich, Inga. Wir dachten bereits, du seist tot. Tot wie so viele aus dem Haus, in dem du einst gelebt hast.«

»Hat man etwa noch jemanden ermordet?«

»Nein. Die Restlichen leben noch. Mehr schlecht als recht, denn der große Krieger Ansgar hat den Verstand verloren.«

»Ich weiß.«

»Liudolf wollte sich der Familie annehmen, so lange, bis der nächste Erbe herangewachsen wäre. Aber es hat ihn in diesem Winter dahingerafft.«

»Liudolf ist tot?«

»Ja, eine seltsame Krankheit. Erst dachte man, er habe die Fallsucht. Immer wieder ist er umgekippt, einfach so. Hat sich sogar selbst die Zunge dabei abgebissen. Konnte nicht mehr reden. Dann ist er irgendwann gestorben.«

Inga wurde kreidebleich, aber gleichzeitig war sie unglaublich erleichtert. Liudolf war tot – wodurch auch immer sein Ableben verursacht worden war, sie wurde offenbar nicht verdächtigt.

»Wie geht es nun weiter mit den Hilgerschen?«, fragte sie.

»Das weiß ich nicht. Um ehrlich zu sein, sehen wir mit Genugtuung, wie schlecht es ihnen ergeht. Erst wird der Alte von einem Stier niedergetrampelt, dann der Rothger erschlagen, Gernot erdrosselt, Ansgar wirr im Kopf, die hässliche Berta verblutet und der arme Heinrich abgestochen. Man möchte meinen, da ist ein böser Fluch im Spiel, denn Vater und ich haben nichts damit zu tun.«

»Sehen das die Leute mittlerweile auch so?«

»Ich denke schon. Wir verkehren nicht mehr viel mit denen aus dem Tal. Haben nichts mit ihnen zu tun. Nur selten erfahren wir durch Hausierer oder die krumme Gunda die neuesten Begebenheiten.«

»Die gute Gunda, sie lebt also auch noch. Wie geht es Mutter und Vater?«

»Gut. Die Ernte war außerordentlich ertragreich in diesem Jahr. Wir haben gleich drei Schweine geschlachtet und sogar ein Rind. Auf einem meiner letzten Ausflüge in den Flecken Huxori habe ich einen gelehrten Mann kennengelernt. Er hat mir davon berichtet, wie die Westfranken ihre Erträge steigern. Sie lassen weniger brachliegen. Wechseln die Frucht. So werden wir es im kommenden Jahr auch machen. Dann werden die Meinradschen den besten Hof der Gegend haben, das sage ich dir.«

»Das freut mich. Du bist eifrig, Bero, sicherlich wirst du ein guter Hofherr. Aber ein anständiges Mädchen musst du noch finden.«

»Das ist nicht so leicht. Die Freien werden immer weniger. Einzig die garstige Gisela vom Hilgerhof ist noch zu haben. Da schüttelt es mich allein beim Gedanken daran.«

»Das muss auch nicht sein«, lachte Inga. Dann wurde sie ernst: »Was wird über mich geredet?«

»Nun, Verschiedenes.«

»Was?«

»Na ja, erst dachte man, du seiest eine Heilerin, damals, als du die Hundswut vertrieben hast. Dann warst du eine Unholdin, weil man sagt, du habest die Berta auf dem Gewissen. Manche behaupten sogar, du trügest Schuld an all dem Unheil, das den Hilgerschen in den letzten Jahren widerfahren ist. Doch mittlerweile ist immer wieder die Rede von diesem weißen Mann.«

»Der weiße Mann?«

»Ja. Die alte Gunda hat es erzählt, und einige Buben aus dem Tal wollen ihn gesehen haben. Er soll auf dem Kapenberge hausen, meinen die einen, die anderen vermuten ihn auf dem Eschenberge.«

»Und wer soll das sein?«

»Ein Rächer. Einer, der es auf die Hilgerschen abgesehen hat. Ein Zauberer. Manche meinen, es sei der alte Hilger selbst. Auferstanden aus dem Reich der Hel oder aus Walhall, wo er sich zu einsam gefühlt hat. Er kommt, um die Seinen zu sich zu holen.«

»Blödsinn.«

»Du weißt, was die Leute für dummes Zeug erzählen, wenn sie sich langweilen. Und im Moment langweilen sie sich sehr. Aber du hättest dich nicht bei den Mönchen verstecken müssen, sie hätten dir gewiss nichts getan. Und auch hierher hättest du nicht fliehen brauchen, Inga.«

»Wohin hätte ich denn gehen sollen?«

»Zurück zu uns. Vater ist milder geworden, und Mutter würde sich freuen.«

»Das kann ich nicht, Bero. Nicht ein einziges Mal ist einer von euch zu mir gekommen und hat mir dieses Angebot unterbreitet. Ihr wusstet doch, in welcher Bedrängnis ich bin.«

»Vater ist zu stolz, Mutter zu scheu, und ich, na ja, ich weiß nicht …« Er schaute verlegen zu Boden.

»Schon gut, Bero. Mir geht es hier nicht schlecht.«

»Bist du die Frau dieses Fettwansts?«

»Nein, auf keinen Fall. Er rührt mich nicht an, das versichere ich dir.«

»Das ist gut. Man erzählt sich auch, dass du, wie soll ich sagen … dass du die Mönche verzaubert hast.«

»So, das erzählt man sich.«

»Beide sind sie fort. Die Kirche verfällt. Die Türen stehen weit auf, die Tiere des Waldes haben sich dort bereits eine Winterbehausung eingerichtet. Niemand kümmert sich mehr darum. Die Leute bringen ihre Toten auf das Eichelfeld, beten wieder zu den alten Göttern. Und mit der Taufe der Neugeborenen will man warten, bis der Schnee geschmolzen ist.«

»Und man sagt, wegen mir seien sie gegangen?«

Bero zuckte nur mit den Schultern und sagte: »Ein Liebeszauber ist doch unterhaltsamer als eine schlichte Erklärung wie die, dass wir sie einfach nicht bei uns haben wollten. Niemand hat sie gebraucht, und deshalb sind sie wieder gegangen. Nicht einmal solche wie der Liudolf, die ihnen mittlerweile nahezu ihr gesamtes Land und ihre gesamte Freiheit vermacht haben, nicht einmal solche verspürten große Lust, immer und immer wieder auf den Berg zu steigen, um sich ihre Predigten anzuhören. Die versteht ohnehin niemand. Und übrigens werden die Hilgerschen bald auch Vasallen des Klosters.«

»Tatsächlich? Das war stets Rothgers und Ansgars größte Furcht.«

»Da ist nichts mehr zu machen.«

»Es sei denn, du heiratest Gisela doch.« Inga zog ihre Brauen hoch und schaute ihren Bruder ernst an. »Du bist der beste Fang in der ganzen Gegend. Einer der wenigen vollkommen freien Erben eines riesigen Anwesens. Ihr könntet euch zusammentun, die Meinradschen und die Hilgerschen.«

»Und dann kommt der weiße Mann und haut mir den Kopf ab«, lachte Bero.

»Er ist auch mir ein großes Rätsel, Bero. Ich habe ihn ebenfalls gesehen, mehrmals.« Inga wurde ernst.

Bero schwieg eine Weile, dann fragte er: »Hast du darüber mit jemandem gesprochen?«

»Kaum.«

»Du weißt, wer er ist?«

»Nein. Er lebte einst im Kapenwald, hat sich aber nun ein Versteck auf dem Eschenberg gesucht. Wahrscheinlich in der Höhle der Wanda. Er hat mich dorthin geschleppt, nachdem er Ansgar verwundet hatte. Ich sollte ihn heilen, damit er bloß nicht stürbe. Er hat alle Hilgerschen getötet, aber Ansgar sollte weiterleben. Doch den Verstand, den hat er ihm vernebelt.«

»Es hört sich äußerst wirr an, was du da sprichst, Schwester.«

»Es ist die Wahrheit. Er hat mir die Augen verbunden und mich wieder zurückgebracht. Ich dürfe niemandem von ihm erzählen, sonst käme er mich holen, so drohte er mir. Er muss einen Helfer haben, ich weiß aber nicht, wen. Ich dachte bereits an Liudolf oder auch an Gisela.«

»Oder beide?«

»Wieso beide?«

»Nun, er hat ihr manchmal beigelegen.«

»Was?«

»Ja, das ging schon länger so. Schon, als noch seine Frau lebte.«

»Bist du dir da sicher?«

»Ganz sicher. Das weiß jeder. Aber jetzt ist er im Jenseits.«

»Und Gisela braucht einen neuen Mann, der um sie freit«, sagte Inga, einen schelmischen Seitenblick auf ihren Bruder gerichtet.

»Wenn sie doch ein wenig schöner wäre. Außerdem hassen sie uns.«

»Und es wäre zudem sehr verdächtig. Man würde glauben, die Meinradschen hätten dies alles von langer Hand vorbereitet.«

»So ist es. Aber reizvoll ist dieser Gedanke trotz allem durchaus.« Bero kratzte sich nachdenklich am Hinterkopf. »Auf dem Eschenberg, sagst du, vermutest du diesen Weißen?«

»Ja.«

»Vielleicht ist es ein Räuber oder ein Geächteter. Einer, den man für seine Schandtaten entlohnt.«

»Das kann sein. Da ist eine Schnitzerei in dem Hain, wo man die vielen steinernen Meerestiere findet. Sie stellt den alten Hilger dar.«

»Na und?«

»Ich habe das Gefühl, dass der Weiße diese Schnitzerei gemacht hat. Er muss den Hilger gekannt haben, sonst hätte er ihn nicht so lebensnah fertigen können.«

»Ich werde ihn suchen. Und falls er wirklich aus Fleisch und Blut ist, werde ich ihn fangen und den Leuten vorführen. Erst dann können wir über unseren Plan nachdenken, die Meinradschen und die Hilgerschen zu vereinen. Ich könnte mich an diesen Gedanken gewöhnen.«

Inga musste ihrem Bruder zustimmen, denn eine Verbindung zwischen Gisela und Bero brächte bei allen Widrigkeiten auch Vorteile, selbst für sie: Denn dann würde sie sorglos in ihre Heimat zurückkehren können.

»Weib!«, dröhnte plötzlich eine wohlbekannte Stimme. »Weib, wo steckst du? Mutter ist wach geworden. Komm sofort her, du faules Stück.«

»Du hörst, Bero, ich muss gehen. Sei vorsichtig und nimm dich vor dem Weißen in Acht. Er ist alt und wirkt zerbrechlich, verfügt aber über Bärenkräfte. Sogar einen Hünen wie Ansgar hat er überwältigen können.«

»Das ist auch mir schon einmal gelungen.«

Inga umarmte Bero zum Abschied und machte sich auf den Weg zurück in die Taverne, wo die spuckende und keifende Alte bereits auf sie wartete.

XXX

Alles beginnt uns zu entgleiten.«

»Was ist geschehen?«

»Die Mönche sind nur dem Anschein nach fort. Sie wissen sehr wohl, was vorgeht. Sie wissen, dass der Hof keinen Herrn mehr hat. Wollen helfen.«

»Helfen wollen sie, so nennen sie das also. Gab es ein deutliches Angebot?«

»Durchaus.«

»Das ist nicht gut. Aber wer soll das entscheiden, jetzt, wo der aus dem Tal auch tot ist? Er war der Einzige, den sie als Vormund hätten annehmen können.«

»Das ist denen vom Kloster gleich, die verhandeln auch mit Geisteskranken. Es macht die Sache für sie nur leichter.«

»Das kann ich mir gut vorstellen.«

»Ich sehe dich sprachlos.«

»Was willst du damit sagen? Willst du hören, dass ich zugebe, einen Fehler gemacht zu haben?«

»Wir hätten ihn noch eine Weile schonen sollen. Außerdem weiß man mittlerweile von dir.«

»Was du nicht sagst. Hat das Vögelchen also doch gezwitschert.«

»Auch andere haben dich gesehen.«

»Sollen sie sich doch Geschichten zusammenreimen. Erkennen wird mich ohnehin niemand. Und was die Absichten der Klos-

termänner betrifft: Da hilft nur eines, was ihnen das Spiel verderben wird.«

»Du meinst, dass ich mich neu vermählen soll.«

»Ganz genau.«

»Du weißt, dass mir diese Lösung nicht behagt. Zu viel steht auch hier im Wege.«

»Es wird deine Aufgabe sein, all diese Hindernisse zu beseitigen, denn das Ende der Geschichte werde ich nicht mehr erleben.«

»Sag das nicht stets. Wir werden schon noch ein gutes Plätzchen für dich finden.«

Trotz des bitterkalten Winters hatte der Mönch Melchior ganze sechs Mal den Weg von der Weser bis hin zu der Kapelle auf dem heiligen Berg und in die Siedlungen der Umgebung gefunden. Nur zwei dieser Reisen hatte er allein unternommen, bei den übrigen vier Unternehmungen war er von Bruder Pius begleitet worden, einem Neuankömmling aus Aachen. Er war kein angenehmer Mensch, und Melchior hatte den Eindruck, dass es sich bei dem Mönch um einen guten Freund des heimtückischen Taddäus handelte. Bruder Pius war sehr darauf bedacht, die Erbschaftsangelegenheiten zu regeln, welche sich in der Talsiedlung nach dem plötzlichen Tode des Sippenoberhauptes Liudolf aufgetan hatten.

Liudolf hatte keine erwachsenen Söhne hinterlassen, dafür große Flächen fruchtbaren Landes, die es nun zu verwalten galt. Seine Kinder, allesamt Vollwaisen – da ja auch die Mutter im letzten Sommer an der Tollwut verstorben war –, mussten versorgt werden, und es war die Pflicht der Gottesmänner, sich dieser armen Hinterbliebenen anzunehmen.

Nicht nur das Erbe des Liudolf, der ohnehin zu einem guten Teil bereits unter der Lehnshoheit des Klosters gestanden hatte, galt es zu verwalten. Auch auf dem Hilgerhof – das war dem pfiffigen Pius nicht entgangen, als er die Menschen aus dem Tal ausgehorcht hatte – herrschte durch den Tod des Liudolf das vollkommene Chaos. Folgende Worte waren ihm zu Ohren gekommen:

»Da gibt es keinen Mann im Hause, denn der Ansgar ist wirr im Kopf.«

»Liudolf hat sich um die Belange gekümmert, ihnen zwei neue Knechte verschafft. Aber was hilft die zusätzliche Arbeitskraft, wenn niemand da ist, der den Hof führt?«

»Zwei Frauen sind es, die dort das Sagen haben. Das kann doch nicht gutgehen.«

»Und die Gisela kann man ja auch nicht verheiraten und damit einen neuen Herrn ins Haus holen, denn der Ansgar lebt ja noch. Er ist nicht bei Verstande, aber dennoch das Oberhaupt des Hilgerhofes.«

»Was will man da machen? Die wissen nicht ein noch aus. Denen wird im nächsten Jahr die ganze Ernte verderben, wenn das so weitergeht. Man sagt schon, dass ihnen zahlreiche Stück Vieh krepiert sind in diesem Winter. Das kommt nur daher, dass sich dort keiner kümmert. Verwahrlosen werden die noch.«

»Hunger sollen sie bereits leiden. Zum ersten Mal seit Gründung ihres Hofes! Es nähme nicht wunder, wenn sie dem verbliebenen Großvieh das Blut abzapfen, um es zu trinken, so schlecht ergeht es ihnen.«

»Das ist ein Fluch, liebe Gottesmänner, ein Fluch, der auf dieser Sippe lastet, und jetzt hat es auch noch den Liudolf getroffen.«

»Die Zunge hat er sich abgebissen. Rasend muss er gewesen sein, dass ihm so etwas gelungen ist. Ich vermute, die Fallsucht hat ihn gepackt. Schon als Kind soll er darunter gelitten haben.«

Diese und zahlreiche weitere Informationen erhielt Bruder

Pius, als er zusammen mit Bruder Melchior die dunklen, warmen, verrauchten Stuben der Menschen in den Tälern und Bergen rund um den heiligen Berg aufsuchte. Und was er da hörte, gefiel ihm. Denn er hatte von gewisser Seite den Auftrag erhalten, im Namen des Kaisers und natürlich auch der Reichskirche dafür zu sorgen, dass das bunte Durcheinander der Abhängigkeiten und Unabhängigkeiten der freien, halbfreien und unfreien Sachsen in einheitliche Bahnen gelenkt wurde.

Viele dieser Menschen schienen es nicht verstehen zu wollen, dass man ihnen mit dem Schutz und der Obhut, die ihnen das Lehnswesen bot, keineswegs die Freiheit rauben wollte, sondern ihnen eine Möglichkeit gab, ihre Erträge sogar zu steigern und ihr Leben gottgefälliger und einträchtiger zu gestalten. Aber langsam konnte man den Eindruck gewinnen, dass sich auf diesen Höfen alles in die richtigen Bahnen zu entwickeln begann. Kaum noch ein Sturkopf war in der Gegend zu finden – keiner außer dem Meinrad und dessen Sohn, die ein freies Anwesen auf eben dem Berge betrieben, auf dem die Kirche, welche der flatterhafte Agius errichtet hatte, langsam zu zerfallen begann.

Und während Bruder Pius seinen wichtigen Auftrag geflissentlich erfüllte, mit den Menschen sprach, ihnen Gottes Willen und die Pflichten der Erdenbürger näherbrachte, hatte Bruder Melchior versucht, weiter herauszufinden, wie es denn zu diesem Zustand hatte kommen können.

Wie denn der Liudolf gestorben war?

Warum denn der Hilgerhof ganz ohne Männer dastand?

Und was man Neues von der mysteriösen Erscheinung des weißen Mannes wusste?

Außerdem interessierte es ihn, wo sich Inga, Witwe des Rothger, aufhielt.

Lebte sie noch?

Eine sichere Quelle für all diese gewünschten Informationen stellte wie immer die krumme Gunda da. Gunda war keine Freundin des neuen Glaubens, sie war ein durch und durch heidnisches Weib, und Melchior gab den Gedanken auf, sie jemals eines Besseren belehren zu können. Sie war zu alt. Sollte man sie in Frieden lassen und nach ihrem Ableben für ihr Seelenheil beten. Vielleicht war ja auf die Gnade des Herrn zu hoffen, denn auch wenn sie ein neugieriges und geschwätziges Weiblein war, so steckte in ihr dennoch ein guter Kern. Das spürte Melchior, und deshalb war sie es, mit der er bei einem jeden seiner Besuche das Gespräch suchte. Ohne Beisein des Bruders Pius, verstand sich, denn diesem traute er nicht.

Und so schlich er sich, wenn Pius in den Stuben der Leute hockte, immer wieder unter einem Vorwand hinaus, um das kleine Häuschen der Gunda aufzusuchen. Es lag am Rande der Talsiedlung, ein Grubenhaus, das ebenso krumm war wie seine Bewohnerin. Es bestand nur aus einem moosbewachsenen, nun allerdings von Schnee bedeckten Strohdach, das bis zum Boden reichte. Die Eingangstüre war so klein, dass Melchior sich fast der Länge nach halbieren musste, um hineinzugelangen. Doch nachdem er eine kleine Holzstiege hinuntergeklettert war, konnte er in dem in den Boden eingelassenen Zimmerchen durchaus bequem stehen.

Gunda hatte in diesem winzigen Raum einen Wust an Behältern und Gefäßen angesammelt, Kräuterbüschel hingen an der Decke, und überhaupt sah es nicht viel anders aus als in der alten Schmiede, zu dem Zeitpunkt, als dort noch die Witwe Inga ihre Heilkunst betrieben hatte.

»Das habe ich gerettet, nachdem sie bei Inga alles niedergetrampelt und zerhauen haben«, hatte Gunda dem Mönch bei einem seiner ersten Besuche erzählt. »Jetzt kommen sie tatsächlich manchmal zu mir und wollen einen Trank gegen den Husten, ein Kraut gegen Kopfschmerz oder einen Sirup gegen Pusteln im Mund. Das habe ich alles da, denn ich habe der Inga stets gut zugehört.«

»Weiß man immer noch nicht, wo sie ist, die Inga von der alten Schmiede?«

»Nein, keiner weiß, wo sie ist. Man sucht auch nicht nach ihr. Doch ich glaube sicher, dass sie lebt. Sie ist fort, weil ihr fort seid, ihr beiden Mönche.«

»Aber wohin?«

»Wenn du mich fragst, Gottesmann, dann ist sie nicht weit von euch zu suchen. Im Flecken Huxori wird sie sein, und dann im Frühjahr wird sie mit den Kaufleuten die Weser hinauf in den Norden fahren. Davon hat sie manchmal geredet. Nur in der allergrößten Not würde sie das tun, hat sie gesagt. Und was anders ist eingetreten als die allergrößte Not? Die Wasserprobe wollten sie mit ihr machen. Ich habe ihr zwar gesagt, dass die Leute ihr nicht mehr arg zürnen, doch man weiß nie. Ein unerklärliches Ereignis, und schon hätten sie sie wieder unter Verdacht. Der Tod des Liudolf! Gut, dass Inga schon fort war, als er starb, sonst hätten sie ihr den auch noch angehängt.«

»Es ist aber doch vermehrt die Rede von dem weißen Mann.«

»Ja, den gibt es, den Weißen. Und glaube mir, Gottesmann, ich bin mir sicher, dass es einen gibt, der ihn kennt und dir sagen kann, wer es ist.«

»Und wer soll das sein?«

»Der alte Ulrich vom Hilgerhof.«

»Der kennt ihn?«

»Da bin ich mir sicher. Und der Ansgar, der würde ihn auch kennen, wenn er nicht benebelt wäre. Wie erklärst du dir das, Gottesmann, dass der so verrückt geworden ist?«

»Manche Brüder würden ihn als besessen bezeichnen. Ich halte mich mit solchen Äußerungen zurück.«

»Besessen von einem Dämon?«

»Ja, so in etwa.«

»Das glaube ich auch. Dem hat einer einen Dämon in den Kopf gesetzt. Manchmal, wenn ich bei den Hilgerschen bin – ich bin mitunter dort, um auszuhelfen, beim Schlachten zuletzt –, dann habe ich den Eindruck, dass er mich ein wenig an die Seherin Wanda erinnert. Ja, die Seherin hatte auch diesen trüben Blick. Man schaute ihr in die Augen, und da war nichts, rein gar nichts. Und sie hat sich ebenso bewegt wie der Ansgar.«

Und dann wippte Gunda mit ihrem krummen, knochigen Oberkörper, einen starren Blick imitierend, langsam vor und zurück und stieß dabei seltsame Gesänge aus, danach hielt sie wieder inne.

»So macht der Ansgar, so singt er, und so hat es auch die Wanda gemacht. Schon lange ist sie tot, aber ich kann mich gut an sie erinnern. Eine junge Frau war ich damals noch, eine schöne junge Frau. Aber davon darf ich euch Gottesmännern ja nichts erzählen.«

»Und diese Seherin war von einem Dämon besessen?«

Gunda winkte ab. »Quatsch. Gesoffen hat die. Aber nicht Met oder Bier, nein, ein eigenes Gebräu hat die sich gemacht. Kein Dämon. Ich meine, wer weiß, welche Dämonen in solchen Kräutertränken stecken. Aber eines ist gewiss: Die hat sie sich selber zugeführt.«

»Ein *Medicamentum* etwa, das zu mystischer Entrückung führt?«

»Wie auch immer ihr es in eurer Mönchssprache nennt. Aber vielleicht trinkt der Ansgar das.«

»Woher soll er so etwas nehmen?«

»Das weiß ich nicht, und ich hüte mich, jemandem etwas von

dieser Vermutung zu sagen, denn wen würden sie verdächtigen, wenn sie erführen, dass ein Zaubertrank im Spiele ist?«

»Frau Inga von der alten Schmiede.«

»Die ist fort. *Mich* würden sie verdächtigen. *Mich*. Schau dich hier um, Gottesmann. Alles ist voller Heilkräuter, Salben, Pasten und Tränke. *Ich* wäre die Unholdin. Ins Moor schmissen sie mich.«

»Das halte ich für übertrieben, gute Gunda«, lächelte Melchior ein wenig unsicher. »Aber dennoch ist dein Hinweis wertvoll und sollte tatsächlich nicht weitergetragen werden. Ich werde mit dem alten Ulrich reden, und ich werde bei der Gelegenheit den Ansgar Hilgersohn in Augenschein nehmen. Wenn stimmt, was du vermutest, muss ihm jemand diesen Trank verabreichen.«

»So ist es. Ulrich ist es, wenn du mich fragst.«

»Der alte, lahme Mann? Er kann nicht einmal aufstehen.«

»Wer weiß, wer weiß, was der alles kann.«

»Ich muss mich nun verabschieden, gute Frau Gunda. Mein Mitbruder Pius wird schon auf der Suche nach mir sein. Doch eine Bitte habe ich noch, jetzt, wo wir doch einigermaßen vertraut sind.« Und bei diesen Worten blickte sich Melchior aufmerksam in dem winzigen, vollgepfropften Raume um. »Könntest du eine Kiste für mich aufheben?«

»Eine Kiste? Was für eine Kiste?«

»Nun, sie befindet sich noch gut versteckt im Walde auf dem heiligen Berg. Ich fürchte nur, sie hält auf Dauer der Witterung nicht stand, denn in ihr ruhen sehr fragile Schätze, welche die Feuchtigkeit nicht vertragen.«

»Was für Schätze, Gottesmann?«

»Getrocknete Schmetterlinge, Ameisen, Spinnen, Raupen, Käfer und derlei Getier.«

»Pfui.«

»Durchaus nicht, gute Frau Gunda. Das ist durchaus nicht ekelerregend, sondern von außerordentlicher Schönheit und einem ebenso hohen wissenschaftlichen Wert. Allerdings ist es mein Geheimnis, und darum suche ich einen sicheren Ort, um dieses Geheimnis zu verbergen. Gebeichtet habe ich diese kleine Sünde übrigens schon. Gott hat mir vergeben.«

»Dann bring sie halt her.«

»Nur weiß ich nicht, wie ich es anstellen soll. Bruder Pius darf mich nicht dabei ertappen.«

»Ist sie schwer, die Kiste?«

»Gar nicht schwer.«

»Dann hole ich sie. Nehme meinen Handkarren und hole sie.«

»Danke, gute Gunda! Hab vielen Dank.«

XXXI

Der Schnee begann bereits zu schmelzen. Die Pfade und Wege im Flecken Huxori verwandelten sich in schlammige, braune Moraste, die teilweise so tief waren, dass sie mit Brettern überbrückt werden mussten, wollte man nicht knietief im Matsch versinken. Doch diese feuchtkalten Umstände störten die Menschen nicht, vielmehr erfreuten sie sich daran, dass man hier und da schon einzelne grüne Knospen zwischen dem schmutzigen Weiß in Gärten und Höfen hervorsprießen sah. Der Frühling kündigte sich an, eine Jahreszeit der Freude, der Hoffnung und des Aufatmens.

Auch Inga sah dem neuen Jahr mit großen Erwartungen entgegen. Fast täglich hoffte sie auf die Rückkehr ihres Bruders. Das unerwartete Zusammentreffen mit Bero hatte sie wieder zuversichtlich gestimmt.

Er war ein guter Junge und nach wie vor ebenso ehrgeizig wie schlau. Sein Plan, den Weißen zu finden, ihn als den wahren Übeltäter zu präsentieren, um dann auf den Hilgerhof einzuheiraten, gefiel Inga. Und sie war bescheiden genug, zu ignorieren, dass im Grunde sie es war, die ihm diesen Gedanken nahegebracht und schmackhaft gemacht hatte.

Ja, wenn ihm das gelänge, dann könnte sie zurückkehren. Sie könnte sogar auf den Hof ihres Vaters zurückkehren, bei ihren Eltern leben, sich weiterhin als Kräuterfrau verdingen und somit einen kleinen Zuerwerb verdienen. Ganz so, wie es ihre

Großmutter Tilda, die Witwe des alten, erschlagenen Bero, zeit ihres Lebens getan hatte. Und selbst wenn ihr Vater sie nicht wieder aufnahm, so könnte sie die alte Schmiede neu errichten und dort mit Gunda leben. Durch den Aufstieg des Bruders als Erbe des Meinradhofes und neuen Herrn des Hilgerhofes wäre ihr Ruf wiederhergestellt. Niemand in der Gegend wäre so mächtig wie Bero, niemand, denn Liudolf war tot. Und es gab offenbar nicht eine einzige Seele, die sie, Inga, Witwe des Rothger, mit dem Ableben des Sippenoberhauptes aus dem Tal in Verbindung brachte.

Wahrscheinlich, so hoffte sie annehmen zu können, war er nicht an den Folgen der abgebissenen Zunge verstorben. So etwas blutete stark, sehr stark sogar, aber ebenso gut heilten Wunden im Mund auch wieder. Sie heilten besser als Verletzungen an allen anderen Stellen des Körpers. Ihn musste ein zusätzliches Wehleiden gepackt haben, dem er dann erlegen war. Ingas Gewissen war rein.

Doch bei all den hoffnungsvollen Gedanken plagten sie dennoch auch Sorgen. Zum einen fragte sie sich, ob es Bero gelingen würde, den weißen Mann nicht nur aufzustöbern, sondern ihn auch zu überwältigen und den Leuten in den Tälern und Bergen vorzuführen. Er war gefährlich, und auch wenn es sich bei ihm tatsächlich um einen Menschen handelte, schloss das nicht aus, dass er über Zauberkräfte verfügte. Er musste gar über solche Fähigkeiten verfügen. Wie sonst wäre es ihm gelungen, all diese jungen, starken Leute in seine Gewalt zu bringen und zu töten?

Wochen waren bereits seit Beros Erscheinen in der Taverne vergangen. Warum war er noch nicht wieder zurückgekehrt? Hatte er doch selbst gesagt, möglichst oft, auch bei widrigstem Wetter, den Weg nach Huxori zu finden, um dort ein wenig Freude zu haben. Und jetzt? Trotz dieser wichtigen

Angelegenheit gab es bislang kein Lebenszeichen von ihrem Bruder.

Eine weitere Frage quälte Inga. Was würde mit Ansgar geschehen, wenn Bero tatsächlich Gisela zur Frau nahm? Diese Frage stellte sie sich immer wieder. Und immer wieder kam sie zu ein und demselben Ergebnis. Ansgar, selbst wenn er verrückt war, störte. Er störte ungemein, denn solange er da war, könnte Bero niemals der rechtmäßige, sondern nur der verwaltende Herr des Hofes sein.

Sicherlich würde sich seine Frau Ada darauf einlassen, einen Schwager Bero zu akzeptieren, denn immerhin konnte er sie vor der ebenso eigennützigen Hilfe des Klosters bewahren – aber er wäre nur ein Meier, mehr nicht, dürfte herrschen, so lange, bis der junge Friedrich alt genug war, um den verwirrten Vater zu beerben. Und Friedrich würde in nur wenigen Jahren ausreichend viele Sommer und Winter hinter sich haben.

Es war also nicht nur Ansgar, sondern auch das Kind Friedrich, die dem Ansinnen des Bero und der Rückkehr der Inga im Wege standen. Sie waren die beiden Letzten. Alle anderen waren bereits tot.

Welch seltsame Fügung, dachte Inga bei sich. Welch ungeheuerliches Schicksal. Wie nur konnte es sein, dass der Weiße tatsächlich all die Menschen aus dem Weg geräumt hatte, die auch ihnen, den Meinradschen, im Wege gestanden hätten? Alle, bis auf Ansgar, Friedrich und dessen beide kleinen Brüder, fünf- und einjährig. Bero musste diesen Schurken finden und fangen, bevor er sein eigentümliches Werk fortsetzte. Er musste ihn fangen und für die ausgebliebenen Mordtaten eine andere, friedlichere Lösung finden. Es ging nicht an, das blutige Spiel des Weißen zu vollenden, um von dessen wie auch immer gearteten Absichten zu profitieren.

Noch wusste sie nicht, ob dem Bruder gelungen war, was er anstrebte. Sollte es jedoch gelingen, sollte er den Mörder überführen und erfolgreich um die Hand der Gisela bitten, die ihm nur noch der alte Ulrich gewähren konnte, dann müsste man sich überlegen, was mit Ansgar und Friedrich zu tun sei. Zwei Möglichkeiten fielen Inga ein: Man könnte einerseits warten und der Zeit ihren Lauf lassen, da jeder Tag für jeden Menschen den Tod mit sich bringen könnte – einen ganz gewöhnlichen Tod durch Krankheiten oder Unglücksfälle. Es traf so viele, in jeder Familie mindestens einen im Jahr und bei Weitem nicht immer die Alten, und so war es nicht ausgeschlossen, dass auch Friedrich noch vor dem Erreichen des Erwachsenenalters dahingerafft wurde.

Doch auf diese Hoffnung konnte und wollte Inga sich nicht stützen. Da war nämlich noch eine zweite Möglichkeit – ein unblutiger Kompromiss, der Bero nicht ganz gefallen würde, der aber sehr viel mehr Sicherheit versprach. Diese Lösung würde Inga mehr behagen. Allerdings bedurfte es dazu ein wenig Verhandlungsgeschicks.

Sie musste mit den Mönchen reden.

Was für eine dumme Idee, bei diesem Tauwetter einen solch schiefen und wackeligen Schubkarren, dazu schwer beladen, über die schlammigen Wege zu schieben.

Warum nur hatte sie ein volles Fass mitgenommen?

Sie hatte doch gar nicht die Absicht, es tatsächlich abzuliefern.

Jetzt steckte sie wieder einmal fest und kam, trotz aller Mühe, nicht aus der Dreckpfütze heraus, in der das rechte Rad des Karrens mehr und mehr zu versinken schien.

Es half nichts. Das Fass musste herunter, und dann würde es schon irgendwie gelingen, den Karren aus dem Dreck zu ziehen. Mühselig knotete Inga die Stricke auf, mit denen das Transportgut befestigt war, leise schimpfte sie vor sich hin.

Die Tage wurden bereits länger, doch waren sie noch nicht lang genug, um sich solche ungeplanten Pausen leisten zu können. Eine Ewigkeit würde es dauern, das schwere Ding wieder auf den Karren zu hieven. Wenn es ihr denn überhaupt gelänge. Alle Mühe hatte es gekostet, das Fass in den Hof der Taverne zu rollen und dort mit Hilfe einer klapprigen Rampe aus Holzbrettern auf den ebenso klapprigen Schubwagen zu befördern. Und dazu heimlich, denn der dicke Ottmar durfte nichts davon erfahren. Sein Bein nässte wieder einmal, und er hatte seit zwei Tagen ein nicht hohes, aber ständiges Fieber, sodass er schläfriger war als sonst. Ein paar Tropfen von der Essenz des Katzenkrauts im warmen Bier hatten ihr Übriges getan, und nun würde er sicherlich den ganzen Tag auf seinem Hocker sitzend dahindösen – und seine Mutter schlief ohnehin, erst in der Nacht war ihr unerträgliches Krächzen wieder zu erwarten. Inga hatte Zeit genug, um den doch recht weiten, aber ebenen, an der Weser entlangführenden Weg zum Kloster zu nehmen. Doch dieser Weg hatte es tatsächlich in sich.

»Oh nein!«, schrie Inga auf.

In ihrem zornigen Eifer hatte sie zu sehr an den spröden Hanfseilen gezerrt, sodass sie plötzlich allesamt auf einmal rissen. Unaufhaltsam setzte sich das Fass in Bewegung und landete mit einem lauten Platschen mitten auf dem Weg – in einer zweiten, tiefen Pfütze, die das riesige Ungetüm nahezu ganz verschlang.

Inga war von oben bis unten mit kaltem Schlamm bespritzt, dennoch war ihr heiß. Sie schürzte ihr Kleid und watete in das fast knietiefe Nass, band sich dann ihr Kleid mit dem Gürtel hoch und versuchte – vergeblich – das Fass wieder hinauszurollen. Gerade jetzt war weit und breit keine Menschenseele in Sicht, die ihr bei dieser unsäglichen Arbeit hätte helfen können.

Doch dann entdeckte sie etwas.

Sie waren noch weit entfernt, aber der Weg verlief gerade, beschrieb keine Kurven, sodass Inga sie von Weitem erblicken konnte. Da kamen Reiter, zahlreiche Reiter. Nicht schnell waren sie unterwegs, aber dennoch wirkten sie bedrohlich. Fremd sahen sie aus, trugen Rüstungen. Es waren sicherlich Frankenkrieger, edle Frankenkrieger. Gar der Kaiser selbst?

Inga stand eine Weile da, nicht wissend, was zu tun war.

Da lag auf der einen Seite des Weges der Karren im Dreck und auf der anderen Seite das Fass. Hier war kein Durchkommen, erst recht nicht für ein solch riesiges Gefolge.

Inga wurde nervös. Und je nervöser sie wurde, desto weniger konnte sie sich durchringen zu handeln. So stand sie mit ihrem geschürzten Rock, schmutzigen blanken Knien und einem vor Dreck braunen Gesicht noch immer in der Pfütze, als die Reiter an der Unglücksstelle ankamen.

»Was ist das? Mach Platz, Weib!«, schrie gleich der erste sie an. Er sah aus wie ein mächtiger Krieger, hatte einen prächtigen Bart und trug glitzernde Waffen. Sein Pferd war hochgewachsen und wohlgenährt. Inga schaute ihn mit großen Augen stumm an.

»Mach Platz für den Abt des Klosters und sein Gefolge. Ich befehle es dir. Du hältst uns alle auf.«

Inga fand ihre Sprache wieder.

»Verrate mir, wie ich Platz machen soll, edler Herr, und ich bin im Nu verschwunden.«

Dann fiel es ihr ein. Sie schlug sich mit der dreckigen Hand vor die Stirn, stakste umständlich aus der Pfütze heraus und zog den nun seines Gewichtes entledigten Wagen aus dem Matschloch ans Weserufer.

Schallendes Gelächter ertönte.

Inga wurde unter der Schlammkruste in ihrem Gesicht ganz rot. Sie hatte vollkommen vergessen, dass ihre Beine nackt waren. Im Nu griff sie zu ihrem Gürtel, lockerte ihn und ließ ihr Kleid wieder auf die gewohnte Länge nach unten fallen. Sie schaute nicht mehr zu dem riesigen Gefolge, welches darauf wartete, dass sie endlich den Weg frei räumte.

Das Fass musste noch fort. Ungeachtet dessen, dass nun auch ihr Kleid gänzlich nass und schmutzig wurde, sprang Inga wieder in die Pfütze, nahm ihr Messer aus dem befestigten Gürtel und hieb damit erfolglos auf das Fass ein. Sie musste es öffnen, denn wenn es leer war, würde es sicher leichter zu rollen sein.

Wieder erschallte das Gelächter der Männer.

Inga warf ihnen einen verzweifelten Blick zu. Ein halbes Dutzend Reiter waren es. Dahinter Sänftenträger. Inga hatte noch nie zuvor eine Sänfte gesehen. Es folgten Pferdegespanne und wieder Reiter.

Und all diese wichtigen Leute hielt sie mit ihrem verzweifelten Schauspiel auf.

Inga konnte nicht anders, sie musste nun ebenfalls ein wenig lachen.

»Ich bekomme das Ding nicht auf«, rief sie dem Krieger entgegen, der ihr mittlerweile am vertrautesten war.

»Es muss weg. Die Gespanne passen nicht daran vorbei.« Und mit diesen Worten preschte er nach vorn, zog eine Streitaxt unter seinem Umhang hervor und hieb mit einem Schlag das ganze Fass entzwei. Schäumend ergoss sich das Bier in die Pfütze. Und wieder erschallte das Gelächter der Männer.

Inga zerrte nun die zerborstenen Stücke aus dem Loch heraus, stellte sich dann an den Rand des Weges und ließ den Abt und seine Gefolgschaft passieren.

Da – in einer dieser Sänften musste der mächtige Gottesmann wohl sitzen, und ebenso wie Inga war auch er offenbar auf dem Weg ins Kloster. Ob Agius bei ihm war?

Melchior hatte so etwas angedeutet, als sie bei ihm in der Kirche gehaust hatte. Er hatte gesagt, dass Agius sicher nicht in Corbeia Nova verbleiben werde, es zöge ihn gewiss zurück ins Mutterkloster. Monate waren vergangen, seit Agius den heiligen Berg hatte verlassen müssen, und Inga war fest davon überzeugt, dass er in der Zwischenzeit längst ins westliche Frankenland zurückgekehrt war.

Sie hatte ihn fast schon aus ihrer Gedankenwelt verdrängt, nie mehr damit gerechnet, ihn wiederzusehen, auch nicht heute, an dem Tag, an dem sie sich vorgenommen hatte, mit einem der Mönche des Klosters zu sprechen. Aber nun kam der Abt und mit ihm vielleicht auch Agius. Es war unwahrscheinlich, aber dennoch hatte diese Begegnung in Inga etwas Eigentümliches bewegt. Ein wohlig-mulmiges Gefühl bemächtigte sich ihrer, längst vergessene Erinnerungen schossen ihr in den Kopf, und ihr Herz klopfte noch schneller, als es ohnehin wegen der erfahrenen Anstrengung und der Peinlichkeit geklopft hatte. Vergeblich versuchte sie in die vorbeiziehenden Sänften zu blicken, die von je einem Pferd vorn und einem Pferd hinten getragen wurden. Doch durch die edlen, purpurnen Vorhänge war nichts zu erkennen. Kein Agius, nicht einmal der Abt.

Sollte sie nun hinterdreinstapfen? Ob jetzt überhaupt jemand Zeit für sie finden würde im Kloster? Jetzt, wo so hoher Besuch erwartet wurde? Sicher waren alle ganz aufgeregt, und ohnehin war Inga nicht nur vollkommen verschmutzt, nein, sie war auch ihres Vorwandes verlustig gegangen. Das Fass war hinüber, und somit auch der Grund, den sie gefunden hatte, um sich als Händlerin Zutritt hinter die Klostermauern zu verschaffen.

Sie würde es ein andermal probieren müssen.

Außerdem sollte er sie ganz und gar nicht in diesem verwahrlosten Zustand erblicken. Noch immer klopfenden Herzens stapfte Inga, den leeren Karren vor sich herschiebend, zurück zur Taverne. Sie musste sich eingestehen, dass sie sich sehr wünschte, ihn wiederzusehen. Ja, das wünschte sie sich, und sie hatte das Gefühl – aus welchem Grund auch immer –, dass ihr, der schmutzigen Sächsin Inga, die gerade zum Gespött einer ganzen Frankengesandtschaft geworden war, dieser Wunsch eines Tages erfüllt werden würde.

Und Inga begann zu träumen.

»Was? Bist du nun ein Gastwirt oder etwa nicht?«

»Ankündigen hättet ihr euch müssen. Wie soll ich das ganze Volk unterbringen und dazu die vielen Pferde?«

»Hast wohl keine Lust, ein gutes Geschäft zu machen. Was seid ihr Sachsen nur für ein stures Volk.«

Inga kam gerade zur Hintertür herein. Sie hatte soeben die Tiere versorgt und bereits vom Hinterhof aus wahrgenommen, dass eine große Gesellschaft von der Weser herkommend durch die Ortschaft gezogen war und nun unmittelbar vor der Taverne Halt gemacht hatte. Es wunderte sie nicht, als sie in dem dunklen, miefigen Haus eben den Reitersmann wiedererkannte, der sie noch vor wenigen Stunden so rabiat vom Wege vertrieben hatte. Er sprach mit dem dicken Ottmar, wollte offenbar seine Mannen bei dem Wirt unterbringen, stieß aber bei dem trägen Faulpelz auf taube Ohren.

Reine Taktik, dachte Inga bei sich. Ottmar wollte mit seinem gleichgültigen Verhalten den Preis nach oben treiben. Er war kein guter Geschäftsmann, kein guter Wirt, aber er war der einzige jenseits von Paderborn, und er wusste, dass die Gesandtschaft des Abtes keine andere Möglichkeit hatte, als in eben dieser Taverne zu nächtigen. All ihre geistlichen Vertreter fanden Unterkunft im Kloster, und mit ihnen ein Teil der persönlichen Leibgarde Walas, aber diese hier, immerhin ein Dutzend an der Zahl, mussten sich eine eigene Herberge suchen, denn das Kloster, welches sich noch immer in einem provisorischen Zustand befand, war überfüllt. Allein in den Viehställen hätten die Mannen nächtigen können, doch das war zu dieser Jahreszeit kein angenehmes Lager.

»Wie zahlst du, Franke?«, wollte Ottmar wissen. Er saß noch immer wie festgewachsen auf seinem Hocker an der Feuerstelle. Das Fett seines massigen Körpers quetschte sich weit über die Ränder des Schemels hinaus und hing fast hinunter bis auf dem mit Stroh, Essensresten, verschüttetem Bier und Erbrochenem bedeckten Lehmboden der Schänke. Inga hatte schon mehrmals angemerkt, das Stroh zu wechseln, doch es war ihr entschieden verboten worden. »Wieso wertvolles Stroh verschwenden, wenn die mir ohnehin jeden Abend wieder neu hineinspeien«, hatte der Dicke geschimpft.

»Wie ich zahle? Ist dies etwa kein Hospiz? Du lässt dich bezahlen?«

Ottmar antwortete nicht, und der Franke fuhr fort: »In Silberdenaren zahle ich, wenn es dem Herrn Wirt recht ist.«

»Je Mann mit Pferd einen Silberling die Nacht. Ihr bekommt des Morgens einen Brei und des Abends ebenfalls einen Brei. Außerdem ein trockenes Lager. Alles, was ihr verzecht, zahlt ihr drauf.«

»Von Brei des Morgens und des Abends können sich kräftige Krieger wie wir nicht lange auf den Beinen halten. Wir brauchen Fleisch.«

»Wollt ihr Fleisch, Kraut und Brot, Käse und Schinken, macht das das Doppelte. Und alles, was ihr verzecht, zahlt ihr dennoch drauf.«

»Das ist Wucher, Sachse. Du nimmst von der Gesandtschaft

des Abtes, des höchsten Gottesmannes in dieser verlassenen Gegend. Hast du keine Sorge um dein Seelenheil?«

»Pah«, rief Ottmar nur und spuckte einen schleimigen, grünen Auswurf in das Stroh auf dem Boden, welches somit durch eine weitere ekelhafte Zutat bereichert wurde. Dann schrie er in gewohnter Art nach Inga: »Weib, wo steckst du? Weib, wir haben Gäste.«

Inga trat aus dem tiefdunklen Hintergrund in den nur halbdunklen vorderen Teil der Schänke. Sie senkte leicht den Kopf, um den Gast zu begrüßen.

»Du bist doch die mit dem Schubkarren«, lachte der Mann.

Aber Inga schüttelte nur schnell den Kopf und schielte zu Ottmar hinüber, sodass der Franke verstand, schwieg und sie freundlich anlächelte.

»Wie viele seid ihr, mein Herr?«, fragte sie dann laut und unerschrocken.

»Vierzehn Männer und vierzehn Rösser. Wir werden nicht weniger als fünf Nächte an diesem Ort bleiben, vielleicht sogar länger.«

Ottmar starrte den Mann stumpf an, an seinem Gesicht konnte man ablesen, dass er damit beschäftigt war, die Summe zu addieren, die er in Silberdenaren einstreichen würde. Wenn er nur einmal im ganzen Jahr ein solches Geschäft machte, dachte Inga bei sich, so war es kein Wunder, dass er für den Rest des Jahres faul und immer fetter werdend auf seinem Hocker am Ofen saß.

»Ich werde tun, was ich kann, mein Herr. Für euch Mannen gibt es Platz genug im hinteren Bereich der Taverne. Für die Rösser jedoch werde ich mich im Ort umhören müssen, ob der ein oder andere Freie oder Late einen Platz in seinem Stall zur Verfügung stellen kann. Denn mehr als fünf Tiere bekommen wir nicht unter.«

»Ihr müsst ohnehin einige Ochsen schlachten, um uns die ganzen Tage durchzufüttern, gute Frau. Das schafft Platz für die Pferde.«

»Von wegen«, brummte Ottmar. »Habe genug Trockenfleisch und Rauchwurst da. Da wird nicht frisch geschlachtet.«

»Wir werden sicherlich nicht dein verdorbenes Trockenfleisch fressen, Sachse. Sei dir dessen gewiss.«

Der Reiter war kein schöner Mensch, dachte Inga bei sich, als er nun so vor ihr stand. Auf dem Ross hatte er groß und mächtig ausgesehen, tatsächlich jedoch war er nicht viel größer als sie. Sie war zwar keine kleine Frau, aber diesen da hatte sie doch etwas imposanter in Erinnerung. Doch was ihm an Körperlänge fehlte, machte er durch breite Schultern und einen mächtigen Nacken wieder wett. Sein braunes, dichtes Haar fiel ihm bis weit über die Schultern, und der gepflegte dichte Bart wies bereits graue Stellen auf. Das, was man von seinem Gesicht erkennen konnte, war mit Narben übersät. Selbst über sein rechtes Auge reichte eine lange, braune Narbe und ließ sein Lid etwas nach unten hängen. Die Nase war nicht groß, aber so klobig, dass sie einem runden, unebenen Kloß glich. Aber sein Mund war freundlich, und ebenso das eine Auge, mit dem er durchaus einnehmend schauen konnte. Inga beschloss, ihn als einen angenehmen Zeitgenossen anzusehen, als einen, der ihr das Leben in den nächsten Tagen nicht schwermachen würde. Sie hoffte nur, dass auch seine Mannen anständig waren und sie sich allesamt auch dann noch manierlich verhielten, wenn sie zu tief in ihre Becher geschaut hatten. All das galt es abzuwarten.

Gut war in jedem Fall, dass sie durch diese Gesandtschaft vielleicht die Möglichkeit besaß und wahrnehmen konnte, doch noch Kontakt zu den Mönchen aufzunehmen, ihr Anliegen vorzutragen und eventuell in Erfahrung zu bringen, was mit Bruder Agius geschehen war. Ja, vielleicht ließ sich sogar ein Zusammentreffen mit ihrem liebsten Mönch, mit dem guten Bruder Melchior, arrangieren.

Am dritten Abend nach der Ankunft der Franken war es dann so weit. Inga hatte den Mannen ein herrliches Mahl bereitet. Tatsächlich hatte sich Ottmar gegen Zahlung eines nicht geringen Aufpreises dazu überreden lassen, zwar keinen Ochsen, aber dafür eines seiner schmächtigen Schweine zu schlachten. Und dieses Schwein drehte sich nun, dünn und mickrig, aber dafür wohlduftend am Spieße in der Taverne und verbreitete zum ersten Male seit Ingas Ankunft einen angenehmen Duft im Hause. Inga hatte außerdem ein Püree aus getrockneten und wieder aufgeweichten Erbsen und Linsen gemacht und von der Witwe eines Freien namens Friedhelm sieben wahrlich köstliche, frische Zwiebelbrote backen lassen. Denn sie selbst verfügte in dieser nur schlecht ausgestatteten Schänke über kein Ofenrohr.

Die Herren schlugen sich allesamt genüsslich den Magen voll, tranken Met und Bier – frisch gekühlt, denn dazu musste man die Fässer nur in den Hof stellen – und waren alsbald in einer redseligen und dazu glücklicherweise friedlichen Stimmung.

Inga, die lose Trudi und eine nicht weniger zweifelhafte Freundin der jungen Dirne waren die einzigen Frauen an diesem Abend. Abgesehen natürlich von der alten Mutter des Ottmar, die immer wieder laut aufschreiend in ihrem dunklen Lager verharrte, aber von niemandem wahrgenommen wurde. Während die beiden jungen Mädchen von mindestens sieben Männern umringt waren und man sie inmitten dieser Traube von Franken kaum mehr ausmachen konnte, sorgte Inga sich ausschließlich um das leibliche Wohl der Herren im rein kulinarischen Sinne.

Die eine oder andere schlüpfrige Bemerkung musste sie sich gefallen lassen, auch hin und wieder auf dem Schoß eines der Gäste Platz nehmen, man tätschelte ihre Wangen oder legte die Hände um ihre Hüften, aber mehr wagten die Franken nicht, denn Inga stand unter der Protektion ihres Anführers – des besagten Reitermannes Karlmann. Und zu diesem setzte sie sich später am Abend, als alle Krüge frisch gefüllt, Ottmar auf seinem Hocker eingedöst und Trudi samt Freundin mit immer wechselnden Männern im hinteren Teil der Taverne verschwunden waren.

»Was, Reiter Karlmann, ist eigentlich euer Auftrag? Warum seid ihr hierher in den fernen Flecken Huxori gereist?«, fragte sie scheinbar beiläufig, mit freundlicher Stimme, den bereits angetrunkenen Mann.

»Wir haben den Abt hierher gebracht. Das weißt du doch. Hast uns doch gesehen, als du mit nackten Beinen in der Pfütze standest. Schöne Beine hast du übrigens, Mädchen.«

Und mit diesen Worten wanderten seine großen, klobigen Hände über Ingas Schenkel. Sie platzierte schnell ihre eigene Hände auf den seinen, damit sie nicht in ungeahnte Höhen strebten, und setzte, diese einigermaßen harmlose Berührung zulassend, das Gespräch fort:

»Ein Abt, das ist doch im Grunde der Anführer der Mönche. Er sollte doch besser bei ihnen bleiben. Warum wird dann dieser wieder abreisen?«

»Nun, weil Wala nicht nur Abt dieses Klosters ist. Er wird noch an anderer Stelle gebraucht. Unter uns, kleine Sächsin, wenn du mich fragst, dann ist er der eigentliche Herrscher des ganzen Reiches.«

»Tatsächlich?«

»So ist es. Er teilt sich seine Aufgabe jedoch mit seiner ärgsten Feindin: der schönen Judith.«

»Das ist die Frau des Kaisers, nicht wahr? Ist sie wirklich so schön?«

»Das ist sie. Aber du bist sogar noch schöner. Würde man dich in Samt und Seide hüllen, dir das Haar mit Edelsteinen schmücken: Du wärst die Schönste im ganzen Reich.«

Inga lachte kurz verlegen, fuhr dann aber unbeeindruckt fort: »Und der Kaiser? Hat er denn gar nichts mehr zu sagen?«

Karlmann schüttelte den Kopf, dann sagte er leise, Inga tief in die Augen blickend: »Unter uns gesagt: Ich glaube, der ist nicht mehr ganz richtig hier oben.« Und mit diesen Worten tippte er sich mit einer Hand an die Stirn, um sie sogleich wieder auf Ingas Knie zu platzieren.

»Dann ist es ja ein mächtiges Kloster, dieses Kloster Corbeia, wenn sein Abt derjenige Mann ist, den man den heimlichen Herrscher des ganzen Reiches nennen kann.«

»So ist es. Du bist ein kluges Mädchen.«

»Was sind denn seine Absichten? Ich meine, die des Wala?«

»Dazu bin ich ein zu einfacher Mann, um dir das genau beantworten zu können. Aber eines ist sicher, er will die Kirche mächtiger machen als den Kaiser. Und dazu versucht er sich schon mit dem baldigen Nachfolger, dem ältesten Sohn Ludwigs, gutzutun. Doch dieser Lothar wird nicht Kaiser werden, das sage ich dir. Denn die schöne und ebenso verschlagene Judith hat ebenfalls einen Sohn geboren.«

»Ist sie etwa ein Friedel?«

»Nein, Friedelehen hatte nur der große Karl. Ludwig ist in dieser Hinsicht brav. Seine erste Frau Irmingard ist vor wenigen Jahren gestorben. Man hat danach ein Fest veranstaltet und die schönsten Mädchen von weit her zu diesem Feste eingeladen. Aus diesen Schönsten aller Schönen hat sich der trauernde Kaiser dann seine Judith auserwählt. Irmingard war bereits klug und machtlüstern, doch gegen diese Zweite ist sie eine wahre

Heilige. Wenn du mich fragst, war es nicht richtig, dass man sie nach ihrem Tode so sehr verdammt hat. Sie hatte lediglich die falschen Berater. Umtriebige Mönche. Darunter einen widerlichen Hofcapellan und einen jungen, recht ansehnlichen Mönch mit braunen Locken. Habe den übrigens vor weniger als einer Stunde wiedererblickt. Hier, bei euch, in eurem Sachsenkloster. Hält sich versteckt, weil er sich am Hofe des Kaisers nicht mehr sehen lassen darf.«

Inga wurde stutzig. Eigentlich wollte sie Karlmann darüber befragen, wie und wem sie am besten ihren Vorschlag unterbreiten konnte, den Bero Meinradsohn zum Verwalter über die augenscheinlich öd liegenden, enormen Besitzungen der Hilgerschen zu ernennen, nachdem man Ansgar überredet hätte, den Hof der Kirche zu vermachen. Aber nun sprach er offensichtlich über Agius, und was er da andeutete, interessierte sie sehr viel mehr.

»Sprichst du etwa von einem Mönch namens Agius?«, fragte sie den Mann, und sie konnte nicht verhindern, dass ihre Stimme dabei verdächtig bebte.

»Ich glaube, so heißt er. Ein Südfranke ist das, adeliger Herkunft. Woher kennst du den?«

»Man hat in der Gegend, aus der ich stamme, versucht, eine kleine Kirche zu errichten. Zwei Brüder lebten eine Zeitlang auf einem Berg nahe dem Hof meiner Eltern. Einer von diesen beiden Brüdern war der Mönch Agius.«

Karlmann zuckte mit den Schultern: »Ja, vielleicht ist er das. Hat es gut getroffen. Andere hätte man für seine Tat entmannt. Da gibt es selbst für Mönche keine Ausnahme.« Und dann grunzte er laut. »Kann denen ja auch gleich sein. Brauchen das Ding ohnehin nur zum Pissen.«

Inga versuchte mitzulachen, doch es gelang ihr nicht.

»Er ist also wieder im Kloster, der Bruder Agius?«

»Ja, da habe ich ihn gesehen. Läuft da herum. Ist dünner und natürlich älter als früher, aber er war es. Ganz eindeutig war er es, denn Wala begrüßte ihn freundlich.«

Er war also noch hier. Hier in diesem Kloster. Und er würde auch bleiben, denn offenbar konnte er es nicht wagen, dem Kaiser unter die Augen zu treten. Was immer er auch mit der toten Gemahlin des Ludwig angestellt hatte, Inga war glücklich, ihn doch so nahe zu wissen. Aber dann fragte sie doch:

»Es würde mich brennend interessieren, was dieser Mönch und die edle Frau, was die miteinander hatten.«

»Na, da brauchst du es nur ein bisschen in deinem schönen Köpfchen spielen lassen. Wenn du magst, zeige ich dir heute Nacht, was die beiden so getrieben haben.«

Also war er kein Unschuldslamm, dieser Agius. Inga war ein wenig empört, hatte sie doch gedacht, die erste Frau für diesen keuschen Gottesmann gewesen zu sein. Und jetzt musste sie erfahren, dass sie ihn sich mit niemand Geringerem als der verstorbenen Frankenkönigin teilte. Sie war sich noch nicht sicher, ob diese Feststellung sie ärgerte oder gar mit Stolz erfüllte.

Wie dem auch sei, sie hatte noch andere Dinge auf dem Herzen. Schnell wechselte sie das Thema, auch deswegen, weil die eindeutige Botschaft des Karlmann ihr zu heikel wurde.

»Das Land, das die Leute dem Kloster geben, gehört das dann dem Kaiser oder der Kirche?«

»Früher war das anders, aber heute kann ich dir eindeutig antworten: der Kirche.«

»Und kann man es jemals zurückbekommen?«

»Besitzt du etwa Land, kleine Frau?«

»Nicht ich, aber mein Bruder.«

»Und er will es abgeben?«

»Man sagt, das bringe großen Vorteil.«

»Das mag sein. Aber es kostet ihn auch die Freiheit, und die wird er nicht wiedererlangen, das ist gewiss.«

»Wenn aber doch Kirche und Kaiser sich nicht in allem einig sind, wie du sagst, so könnte es doch sein, dass sich die Zeiten eines Tages wieder ändern.«

»So kann nur ein Mädchen aus der Hinterwelt denken«, lachte Karlmann. »Du hoffst also, dass dein Bruder der Kirche sein Land vermacht …«

»In Teilen, nicht alles«, unterbrach ihn Inga.

»… na gut, in Teilen. Dass er also Vasall des Klosters wird, zusätzliches Land zum Lehen erhält, trotzdem frei bleibt und irgendwann, wenn die mächtigen Parteien mal wieder aneinandergeraten, seinen Vorteil daraus ziehen und sich alles zurückerobern kann.«

»Es könnte doch so sein, oder?«

»Wenn er ein Edler wäre, dann könnte das durchaus so sein.« Karlmann lachte schallend, nahm seine Hände von Ingas Schenkeln und klatschte stattdessen auf die eigenen. »Du bist schlau, aber trotzdem dumm wie ein Kind, kleine Sächsin. Die Großen sind untereinander wahrlich zerstritten, aber in einem, da kannst du mir glauben, in einem sind und bleiben sie immer einig: Freie Bauern gehören nicht zu dem Bild eines einheitlichen Reiches. Sie passen da einfach nicht hinein. Ihr habt das Pech, reich, aber nicht edel zu sein. So was gibt es auch nur noch bei euch Sachsen. Und deinem Bruder lass gesagt sein: Sobald er ihnen auch nur einen winzigen Gemüsegarten vermacht, kann er damit rechnen, dass sie im folgenden Jahr über all seine Äcker und Wiesen verfügen. Da gibt es genügend Mittel und Wege.«

Inga begann an ihrer Idee zu zweifeln. Wenn es stimmte, was der betrunkene Franke da sagte, war auf die Hilfe der Mönche nicht zu hoffen. Sie hätten Bero sicherlich als Meier des Hilgerhofes angenommen. Das hätten sie gewiss getan, aber laut Karlmann wäre somit auch das Eigentum der Meinradschen und deren Freiheit in Gefahr geraten. Inga hatte es am Beispiel des Liudolf selbst erlebt: Er hatte ihnen Land geschenkt und im Gegenzug sogar noch mehr Land zur Verwaltung erhalten, aber letztendlich war nun seine gesamte Familie unfrei geworden.

Ein dummer Schicksalsschlag genügte, eine abgebissene Zunge, ein Anfall von Fallsucht, der unerwartete Tod des Familienoberhauptes – und schon standen neue Erben vor der Türe: die Kirche. Inga verstand durchaus, dass es von Vorteil war, sich der Lehnshoheit des Klosters zu unterstellen, aber für einen freien Sachsen bedeutete es einen enormen Verlust, den Verlust der Ehre, des Stolzes. War es nicht sogar so, dass er das Recht einbüßte, Waffen zu tragen und über seine eigene Sippe zu richten? Ja, man verlor die Freiheit und erhielt stattdessen den Schutz der Mächtigen, war abgesichert gegen Hungersnöte und Missernten und bekam sogar weiteres Land, für das man lediglich, zusätzlich zum Kirchenzehnt, eine geringe Abgabe als Lehen zahlen musste.

Das klang verlockend und vernünftig, aber Bero würde sich darauf niemals einlassen. Also war Ingas unblutiger Plan dahin.

Um ihn dennoch zum Herrn vom Hilgerhof zu machen, blieb lediglich noch eine Lösung bestehen: Ansgar musste sterben. Bero würde ihn nach seiner Vermählung mit Gisela umbringen müssen.

Und der junge Friedrich? Und Ada? Und die anderen Kinder?

Inga schwirrte der Kopf. So viele unlösbare Aufgaben. So viele Hürden. Doch was ging das sie eigentlich an?

Was hatte sie, Inga, damit zu tun?

Konnte es ihr nicht vollkommen gleich sein?

Musste sie denn zurück zu denen?

Ja, sie hatte Bero auf die Idee gebracht, aber nun lag es an ihm, diesen Einfall mit den ihm zur Verfügung stehenden Mitteln zu verwirklichen. Besser für Inga war es allemal, hier in dieser Taverne zu bleiben und eines Tages den dicken Ottmar zu ehelichen.

Wer wusste? Vielleicht gab es ja dabei sogar die eine oder andere Möglichkeit, Bierfässer ans Kloster zu liefern und dabei Agius zu begegnen.

Was dort auf den Höfen der Meinradschen und der Hilgerschen geschah, sollte sie nichts mehr angehen. Das war zu viel für sie. Sollten sie sich doch allein miteinander herumschlagen.

Inga stand auf und brachte Karlmann einen frischen Becher mit Met. Sie vergaß jedoch nicht, einige Tropfen ihrer geliebten Katzenkrautessenz unterzumischen – ein sicheres Mittel, den aufdringlichen Mann im Nu in einen wohligen und geruhsamen Schlaf zu versetzen.

XXXII

Der Vater Abt hatte eine lange und beschwerliche Reise hinter sich. Den Winter und das Weihnachtsfest hatte er zwar in der Kaiserpfalz in Paderborn verbringen können, wo es einigermaßen trocken und wohlig warm geheizt war, aber von Paderborn aus bis zum Flecken Huxori, in dessen Nähe sich das aufstrebende und vielversprechende neue Kloster Corbeia Nova befand, war es doch ein langer, nasskalter, rutschiger und vor allem holpriger Weg. Drei Tage hatte es gedauert, bis die Reiter, Sänften und Pferdekarren sich über schlammige, unwegsame Pfade bis hierher gekämpft hatten.

Doch die Mühen waren notwendig gewesen, denn bereits wenige Augenblicke nach seiner Ankunft hatte der Vater Abt sogleich feststellen können, dass in diesem für die Angelegenheiten des Reiches und vor allem der Reichskirche so wichtigen Hause vieles drunter- und drüberging. Prior Wulfram war mit den ihm anvertrauten Aufgaben sichtlich überfordert, es fehlte an Struktur, an Visionen, an Disziplin. Und der Einzige, dem er zugetraut hätte, in seiner Abwesenheit die Fäden erfolgreich in die Hand zu nehmen, dieser Einzige war laut Aussage einiger Mitbrüder zu einem sündhaften Hurenbock verkommen.

Ja, Wala war mehr enttäuscht über das Versagen des Agius als über die Unfähigkeit des Wulfram. Sicherlich hatte der Prior Recht, wenn er behauptete, dass es dem Kloster prächtig ging, dass es gedieh und nahezu täglich wuchs. Die Edlen und Freien verschenkten ihre Ländereien massenhaft, um sich in die aussichtsreichen Dienste des so mächtigen Klosters zu begeben. Es gab keinerlei Irrlehren in diesem Hause, keinerlei Verwirrte, die der Prädestination oder anderen weltabgeschiedenen, exklusiven Ideen anhingen. Zwar waren die Mönche in großem Maße dem Wohlleben verfallen, sahen feist und faul aus, aber besser, sie schlugen sich die Mägen voll, als dass sie die Leute mit Gedanken verunsicherten, die allem Ansinnen der Reichskirche zuwiderliefen.

Dennoch hätte Wala erwartet, dass wenigstens einige wenige sich tatsächlich um das Seelenheil der Menschen bemühten. Ihnen allein am Sterbebett Gesellschaft zu leisten und ihnen zu verdeutlichen, wie wichtig es für ihr persönliches Leben nach dem Tode wäre, wenn sie noch in ihrem letzten Stündlein eine gottgefällige Tat vollbrachten, reichte nicht aus. Nur Geschenke anzunehmen, Ländereien anzuhäufen und Lehen zu vergeben, war nicht die alleinige Sicherheit für dieses prosperierende Kloster und stellte nicht seine einzige Pflicht dar. Nein, man benötigte das Vertrauen der Menschen, musste sie überzeugen, ja sogar begeistern. Das Land der Sachsen war riesengroß und noch immer nicht ganz erschlossen, es war nicht nur Heimat fruchtbarer Felder und Wiesen, nein, es war auch Heimat unzähliger unwissender Seelen. Wala selbst entstammte einem sächsischen Adelsgeschlecht, er kannte seine Stammesbrüder gut. Sie waren stur und träge, liebten die Wärme ihres Eigenheims, ihren bescheidenen Besitz und ihre Freiheit. Mit Gewalt war ihnen nicht beizukommen, das hatte Karl versucht. Er hatte sie im Kampfe besiegt, hatte ihre Heiligtümer zerstört, ihnen selbst für geringe Vergehen mit der Todesstrafe gedroht, Geiseln genommen, ganze Siedlungen deportiert – und tatsächlich war es ihm zunächst gelungen, sie im Zaume zu halten, aber noch immer brodelte es in ihnen. Nein, Gewalt war keine Lösung, und ebenso wenig arrogantes Gebaren und das Einigeln hinter dicken Klostermauern. Man musste auf sie zugehen und sie mit Geduld zu überzeugen suchen. Denn so stur sie waren, so treu waren sie auch, wenn man sie erst einmal auf seiner Seite hatte.

Denn die Konkurrenz war groß.

Überall liefen sie herum. Auf dem Weg von Paderborn hatte er sie gesehen, die zerlumpten Gestalten. Wandermönche von den Inseln, auf die es vor hunderten von Jahren die Angeln und die Sachsen verschlagen hatte. Geistliche ohne Auftrag, ohne Führung, die sich allein auf Gott beriefen und nur Unheil mit ihren Irrlehren stifteten. Dann gab es die Eigenkirchen, errichtet von reichen, edlen Sachsen, teils prächtige Gotteshäuser, in welche die Gründer ihre eigenen Geistlichen einsetzten, somit auch die Seelen der Menschen kontrollierten und sich mehr und mehr unabhängig machten von Kaiser und Reichskirche. Nicht zu vergessen die Bistümer, die mit den Klöstern konkurrierten und ihrerseits Missionare losschickten, und nicht zu vergessen die anderen, verbrüderten Klöster, vor allem das in Fulda. Mächtige Häuser, die ebenfalls gewillt waren, ihren Einfluss zu erweitern.

Ja, jede einzelne Seele war wichtig. Jede einzelne – und das nicht nur jetzt, sondern über Generationen hinaus, bis weit in zukünftige Jahre, Jahrzehnte, Jahrhunderte hinein. Man musste die Menschen gewinnen, und nicht nur Teile ihres Landes. Deshalb war es außerordentlich gut, Leute wie Agius in seinen Reihen zu haben. Leute, die verstanden, worauf es ankam. Die einen Sinn dafür hatten, dass man das eine große Ziel auf Erden nur dann erreichte, wenn man seinen Kopf nicht nur zur Kontemplation gebrauchte, sondern erkannte, dass das, was in der Welt geschah, nicht allein von der Gnade des Herrn abhängig war.

Und darum war Wala wütend. Es war weniger die Unkeuschheit des Agius, die ihn rasend machte, sondern vielmehr die Arroganz der Mönche, mit der sie ein Experiment wie das des Kirchbaus unter Heidenbauern kläglich hatten scheitern lassen. Dieses Scheitern, davon war Wala überzeugt, hatte nicht daran gelegen, dass die Menschen so unnahbar, so vollkommen verdorben und dumm waren. Nein, es war allein Mangel an Organisation, an Willenskraft und Durchsetzungsvermögen gewesen. Allein die Schuld der Mönche und vor allem die des Agius. Denn dieser konnte sich nicht mit Unfähigkeit entschuldigen, nein, ihm konnte man Lustlosigkeit, ja nahezu Ungehorsam anlasten. Und genau das tat der aufgebrachte Wala, als er mit Agius im Kloster Corbeia Nova zusammentraf.

»Du wirst zurückkehren und alles zur rechten Ordnung bringen! Es ist ein Exempel, ein Zeichen, das wir setzen müssen. Dies ist eine Wildnis, Agius, eine verdammte Wildnis. Und wir haben den Auftrag, sie zu kultivieren, ihnen zu bringen, wovon sie noch nichts wissen. Es reicht nicht aus, uns selber einzusperren und uns beschenken zu lassen. Wir müssen auch geben, sonst werden sie sich zusammenrotten und uns über den Haufen rennen. Du hast doch deinen Tacitus gelesen, du kennst die Geschichte des Varus und Arminius, nicht wahr?«

»Heißt das, du entbindest mich von meiner Buße, Vater Abt?«

»Das werde ich wohl oder übel tun. All das war allein die Idee dieses unsäglichen Taddäus. Ein Sauhaufen ist das, diese faulen Hofschranzen. Scheffeln, wo sie nur können, bringen keinen Nutzen, ihre einzige Aufgabe scheint zu sein, von früh bis spät zu intrigieren und unsere Einkünfte zu verprassen. Was du mit Taddäus für quälende Erinnerungen teilst, musst du allein mit Gott und deinem Beichtvater ausmachen. Ich jedoch brauche dich hier, und ich sehe nicht ein, dass ein Kopf wie du im Büßerhemd hinter diesen Mauern umherwandert, nicht sprechen, nicht lesen darf, bis auf die Knochen abmagert und irgendwann tot umfällt. Vollende deine Aufgabe, bevor andere unser Scheitern erkennen und wir zum Gespött werden.

Es ist eine leichte Aufgabe, Agius. Eine sehr kleine, aber wichtige Aufgabe. Überwinde deinen Stolz, großer Agius, lass dich zu einer solch niederen Mission herab und bringe diesen Heiden endlich die Lehren des Herrn nahe. Und sei dabei nicht zu streng. Erzähle ihnen Geschichten. Erzähle von den Heiligen. Sie lieben sie und ihre Reliquien, deren Verehrung kommt ihrem Brauchtum sehr nahe. Überhaupt musst du Verbindungen schaffen. Nicht verteufeln, sondern verbinden und ergänzen. Überzeuge sie, dass das, was wir ihnen bringen, nicht besser, sondern mehr ist als das, was sie bislang hatten. Erzähle ihnen vom Leben nach dem Tod, sie hören das gern. Sie fürchten nichts mehr als den Tod, und sie fürchten die Toten. Mache ihnen Hoffnung. Höre ihnen zu, lass dir von ihnen ihre alten Geschichten erzählen und erkläre sie ihnen, erkläre sie ihnen in unserem Sinne. Mit ein wenig Fantasie lassen sie sich leicht verwandeln. Das mögen sie. Sie lieben Geschichten. Du musst deine *Ratio* überwinden, Agius. Werde volkstümlich, finde dich ein in ihre Seelen, in ihr Denken, in ihr Handeln, dann wird es dir gelingen. – Ich erfuhr, dass dein unscheinbarer Mitbruder … wie war gleich sein Name?«

»Bruder Melchior.«

»… Eben dieser Bruder Melchior soll ein solches Einfühlungsvermögen besitzen. Lass ihm freie Hand. Es muss nicht alles wortgenau den Lehren der Kirchenväter entsprechen, was er den Menschen erzählt. Von Wichtigkeit ist, dass sie ihm zuhören, dass sie begeistert sind und uns vertrauen. Sie sind ein wilder Haufen, und man kann sie nur zähmen, wenn man sie versteht, sie nicht überfordert, sie in ihrer Eigenart annimmt.«

»Ich begreife deine Worte durchaus, Vater Abt. Und ich bewundere deine Weltoffenheit. Ja, ich bewundere sie. Mir ist sie nicht beschieden. Es liegt mir nicht, diese einfachen Menschen zu gewinnen. Gott hat mir die Gabe nicht zuteil werden lassen. Vielmehr bin ich ein Mann der Theorie. Durchaus verstehe ich ihr Denken und Handeln. Soweit es mir möglich war, habe ich auch ihre Kultur, ihre alte Religion studiert und versucht, sie aus ihren eigenen Augen zu betrachten. Diese Abstraktion ist mir möglich, allein, ich kann sie im wahren Leben nicht nutzen. All das ist mir fremd. Vielmehr: Ich bin mir fremd, wenn ich ihnen gegenüberstehe.«

»Warst du dir auch fremd, als du diesem sächsischen Mädchen näherkamst?«

Wala schmunzelte leicht, und Agius wurde rot. Eine Hand beschwichtigend hebend, fuhr der Abt fort:

»Ich verurteile dich nicht, Agius. Es ist zweifelsohne eine Sünde. Doch wer ist von derlei Sünden frei? Wer weiß, ob es nicht sogar sein Gutes hat, dass du dich überwinden konntest, diesen Wilden doch ein wenig näherzutreten. Vielleicht war *sie* der Schlüssel zu den anderen. Das heißt beileibe nicht, dass du wiederholen darfst, was du mit diesem Weib angestellt hast. Aber betrachte dich nun als befreit, befreit von der Angst vor der Berührung mit den Heiden.«

»Als Lehrstück soll ich diese Verfehlung betrachten, Vater Abt?«

»Das Leben auf Erden steckt voller schwieriger Lehrstücke. Wären wir alle frei von Fehlern und Sünden, warum müssten wir dann auf Erden wandeln? Ich werde mit Prior Wulfram sprechen, damit du zusammen mit Bruder Melchior möglichst bald wieder aufbrechen kannst, um das begonnene Werk zu vollenden.«

»Vater Abt, ein Wort noch.«

»Ich höre, Bruder Agius.«

»Es war nicht allein meine Unfähigkeit, Arroganz oder gar die fleischliche Liebe, die mich abgehalten hat, der Seelsorgepflicht angemessen nachzugehen. Seltsame Dinge ereignen sich dort in dieser Gegend, die meine Gemeinde werden soll. Morde! Offenbar begangen von einem Waldmann.«

»Ach.«

»Diese Geschehnisse verunsichern die Menschen und stacheln sie an, noch mehr heidnische Märchen zu erfinden, sich in ihren Geistervorstellungen zu verirren und den Glauben an den einen, guten Gott zu vergessen.«

»In Krisenzeiten neigen sie dazu, das ist wahr. In Zeiten der Gefahr greift der Mensch auf das zurück, was tief in ihm schlummert, und bei diesen ist es nicht der christliche Glaube – noch nicht. Dennoch sehe ich in den Vorkommnissen eine Möglichkeit für dich, die Menschen auf deine, auf die Seite Gottes zu bringen. Finde diesen Mörder und stelle ihn vor das Gericht des Grafen. Ich werde mit dem Grafen reden, wie er zu urteilen hat, wenn es so weit ist. Sieh aber zu, dass sie keinerlei Anlass finden, in diesem Manne einen Zauberer oder Geist zu sehen. Zeige ihnen, dass es ein Mensch ist, ein von Gott verlassener Mensch.«

»Es ist ein Wunder, dass wir zurückdürfen, Agius, ein Wunder.«

Bereits den ganzen Weg über hatte Melchior nicht einen Moment lang geschwiegen. Ununterbrochen hatte er seiner Freude Ausdruck verliehen, hatte den Abt gepriesen und sich glückselig gen Himmel gewandt. Agius hingegen war schweigsam. Erst jetzt – sie hatten bereits die Ebene erreicht, die sie durch dichten Wald hin zu der verborgenen Kapelle führte – begann Agius zu reden.

»Kläre mich noch einmal auf über alles, was du in den letzten Wochen erfahren hast, Melchior. Wer ist der weiße Mann?«

»Nun, viel mehr kann ich dir nicht berichten als das, was ich dir bereits berichtet habe. Unglücklicherweise war mir Bruder Pius stets im Wege, hielt mich ab, eigene Gespräche zu führen, für Heimlichkeiten blieb kaum Zeit und Raum. Wie gut, dass der Vater Abt ihn mit sich genommen hat, diesen Spion, denn nichts anderes war er. Furchtbarer Mensch, fast so furchtbar wie der, in dessen Auftrag er gehandelt hat.«

»Nun fahre bitte fort, Melchior. Was hat die alte Gunda gesagt?«

»Sie sagte, ich solle den Ulrich fragen. Der wüsste mehr. Und außerdem sagte sie, der Ansgar sei nicht besessen, sondern vergiftet. Jemand flöße ihm einen Trank ein, und dieser beneble ihm das Hirn.«

»So etwas sagt die Alte? Man muss es ihr fast glauben, passt es doch so gar nicht zu den Schauergeschichten, die sie sonst erfindet. Wieso spricht sie plötzlich so abgeklärt?«

»Nun, sie hat nun andere Aufgaben. Sie ist Kräuterfrau.«

»Weil *sie* verschwunden ist.«

»Ich sagte dir bereits, Agius, dass auch die Gunda davon überzeugt ist, dass sie noch lebt und mit einem der Fernhändler gegangen ist.«

Agius nickte nur stumm, dann sagte er, das Thema wechselnd: »Also werden wir den Ulrich befragen. Grundsätzlich sollten wir nach der Inspektion der Kirche zunächst den Weg zum Hilgerhof suchen. Denn dort liegt ja wohl einiges im Argen.«

»So ist es, und es ärgert mich – Gott vergebe mir –, dass diese Schlange Pius mich davon abhalten konnte, meine Nachforschungen weiterzutreiben. Wie gerne hätte ich selbst die Hilgersippe aufgesucht und bereits im Vorhinein sämtliche Fragen geklärt. Man konnte ja nicht wissen, dass eines Tages du, lieber Agius, wieder an meiner Seite über diese Pfade streifen würdest. Oh, großer, gütiger Abt, würdest du doch stets in unserem Kloster weilen und derart weise Entscheidungen fällen.«

»Übertreibe nicht, Melchior. Der Vater Abt ist zweifelsfrei ein guter Mensch, aber niemand wird so mächtig wie er, wenn die Güte seine herausragendste Eigenschaft wäre. Bruder Pius war also ohne dich bei den Hilgerschen?«

»Ja, ganz allein, ohne mein Wissen.«

»Und ohne Erfolg, wie mir scheint, denn davon wäre uns sonst zu Ohren gekommen.«

»Ohne Erfolg. Ich hörte kurz vor Ankunft unseres Abtes zwei Brüder darüber lachen, dass Pius mit einem blauen Auge heimgekehrt sei. Man wird ihn wohl geschlagen haben.«

»Geschlagen? Wer sollte das tun? Ich dachte, Ansgar sei zahm wie ein Wickelkind?«

»Wer weiß? Garstige Weiber können auch viel anrichten, wenn sie rasend sind.«

»Wir werden sehen. Beten wir, dass wir körperlich unversehrt bleiben.«

»Da habe ich keine Sorge. Sorge mache ich mir um meinen Schatz, mein Insektarium. Frau Gunda wollte es für mich verstecken. Hoffentlich ist es ihr gelungen.«

»Ach, Melchior, wir haben beide in dieser Gegend die eine oder andere Sünde versteckt, ist es nicht so?«

»Wir sind und bleiben auch nur Menschen, Agius.«

Bruder Melchior hatte diese weisen Worte gerade ausgesprochen, als Agius wie angewurzelt stehenblieb und zu der kleinen Holzkirche starrte, die nun, leer und öd, vor ihnen lag.

»Melchior, hast du das gesehen?«

»Was soll ich gesehen haben, Bruder Agius?«

»Da sind zwei Gestalten aus der Türe herausgekommen und im Wald verschwunden.«

»Ich habe nichts dergleichen gesehen. Und wenn schon: Es

ist ein Gotteshaus. Vielleicht waren es Gläubige, die zum Beten hierher gekommen sind. Es mag unwahrscheinlich sein, aber die Wege des Herrn sind nun einmal unergründlich.«

»Sie hatten es sehr eilig, Melchior. Eher waren es Räuber. Mir schien, dass der eine, der kleinere, den größeren an der Hand hinter sich herzog. Ein seltsames Bild.«

»Nun, Bruder Agius, wie dem auch sei, gehen wir doch einfach hinein und schauen nach, ob tatsächlich etwas gestohlen wurde. Allein, dort herinnen ist rein gar nichts von materiellem Wert. Rein vollkommen gar nichts, außer vielleicht ein alter Kessel und verschiedene Holzkreuze.«

XXXIII

Wüst sah es aus auf dem Hofe des Hilger. Die gesamte Hofstelle lag voll modrigen Laubes aus dem vorigen Jahr, das Dach eines der vielen Grubenhäuser schien im Winter von den Schneemassen eingedrückt worden zu sein und fiel nun in sich zusammen, die Hühner und das übrige Federvieh, welches sich vor dem Hause herumtrieb, machte einen äußerst mageren und sehr zerrupften Eindruck. Hier fehlte es an einer starken Hand, das erblickten die Mönche sofort, als sie vor dem geschlossenen, geflochtenen Zauntor standen, welches den Rechts- und Friedensbereich des Anwesens von seiner unbewohnten Umgebung abgrenzte.

»Gott sei mit dir, Frau Ada«, rief Melchior, als er nach einigen Augenblicken die noch hagerer gewordene Herrin des Hofes aus der Vordertür des Haupthauses treten sah. Sie hielt einen kleinen Flechtkorb in Händen und wurde von ihren beiden jüngsten Kindern verfolgt. Ada sah erstaunt zu den Besuchern herüber und beeilte sich dann, zu ihnen zu gehen, um ihnen das Tor zu öffnen, welches sie mit Leichtigkeit auch selbst von außen hätten erledigen können. Doch eines hatten die beiden Franken gelernt: Sein eigener, privater Grund war dem Sachsen heilig. Er war ein famoser Gastgeber, aber nur dann, wenn er demjenigen, der zu ihm kam, auch ausdrücklich die Erlaubnis gegeben hatte, seinen Besitz zu betreten.

»Habt ihr eine Nachricht für mich?«, fragte Ada erschrocken.

Agius blickte sie irritiert an. Sie war ganz bleich und wahrlich furchtbar dünn geworden. Die ihr obliegenden Aufgaben und die Verantwortung sowie der Kummer, den sie in den letzten Monaten hatte ertragen müssen, lasteten offenbar schwer auf ihr. Nicht zu vergessen die Ungewissheit, welche mit Sicherheit die größte Sorge dieser bemitleidenswerten Frau darstellte.

»Welche Nachricht erwartest du von uns, Frau Ada?«, fragte Agius.

Sie gab keine Antwort, sondern schaute ihn nur aus ihren durchaus schönen, sehr großen, graubraunen Augen an. Hätte diese Frau ein anderes, weniger beschwerliches, sorgenfreies Leben führen dürfen, dann wäre sie sicherlich eine Schönheit gewesen. Jetzt aber war sie abgekämpft und frühzeitig gealtert, obwohl sie sicherlich nicht viel mehr als dreißig Jahre zählte.

»Mein Mann ist fort«, sagte sie schließlich leise.

»Wie kann das sein? Wir hörten, er sei ein wenig umnebelt, nicht mehr er selbst. Wird er sich etwa verlaufen haben?«, wollte Agius wissen.

»Wir wissen es nicht. Haben schon überall gesucht. Er ist fort. Und sicherlich seid ihr wieder einmal in der Absicht gekommen, den herrenlosen Hof für euer Kloster in Besitz zu nehmen, ist es nicht so?« Sie flüsterte diese deutlichen Worte in einem vollkommen gleichgültigen, abgeklärten Ton.

»Dazu besitzen wir kein Recht«, antwortete Agius ebenfalls leise und ungewohnt sanft. »Wir sind gekommen, um uns zu erkundigen, wie es um euch steht. Es tut mir leid, von einem erneuten Verlust in eurer Familie zu hören. Doch wollen wir die Hoffnung noch nicht aufgeben.«

Ada atmete schwer, die Ringe unter ihren Augen waren schwarz, im Kontrast zu ihrer weißen, trockenen Haut.

»Wir müssen ihn finden, Brüder Mönche. Wir müssen ihn finden«, sagte sie nun fast flehentlich.

»Dürfen wir eintreten, Frau Ada? Es beginnt erneut zu regnen, und wir hatten einen langen Weg hierher. Unsere Füße sind nass. Es wäre eine Wohltat, wenn wir sie uns an eurem Ofenfeuer trocknen könnten.«

»Aber sicher doch, tretet näher und kommt herein ins Haus. Entschuldigt meine Unachtsamkeit, ich bin im Moment ein wenig verwirrt.«

»Das ist durchaus verständlich.«

Auch im Inneren des Hilgerschen Langhauses, einst so prächtig und sauber, hatte der Verfall Einzug gehalten. Es roch nicht mehr nach frischem Holz, Wachs und Geräuchertem, nein, vielmehr stank es nach Moder, Schimmel und krankhaften Auswürfen. Die Tiere waren weniger geworden, das bemerkten die Mönche sogleich, da sie durch den Haupteingang, der zunächst durch den Stall führte, eingetreten waren. Die wenigen Rinder und Ochsen sowie das einzige Pferd schienen allesamt unter einem üblen Durchfall zu leiden, dessen Schwaden sogleich ihren Weg in die Nasen der Mönche fanden.

In dem großen Gemeinschaftsraum des Hauses konnten die beiden schemenhaft einige ihnen bekannte Gestalten erkennen. Da lag der alte Ulrich auf einer Bank, ganz in der Nähe des Feuers. Da saß die verbliebene Zwillingsschwester Gisela und flocht Körbe. Da saß auch die junge Almut, Schwester des erdolchten Heinrich, und versuchte sich ebenfalls im Körbeflechten. Knechte und Mägde – man zählte drei – waren teils im Stall beschäftigt, teils mit der Zubereitung von Essen. Die kleinen Kinder liefen sogleich in eine Ecke, wo allerlei Spielzeug herumlag, und ihr großer Bruder Friedrich saß gelangweilt auf der kahlen Längsseite der den ganzen Raum umgebenen Holzbank und schnitzte nahezu wütend an einem Holzklotz herum.

Alles in allem herrschte eine bedrückende Stimmung. Jeder tat irgendetwas, aber niemand schien sich mit wirklicher Hingabe dem zu widmen, was notwendig gewesen wäre: diesen brachliegenden Hof wieder auf Vordermann zu bringen. Entsprechend gleichgültig wurden die beiden Mönche empfangen, man blickte sie kurz an, nickte mit dem Kopf und fuhr mit dem fort, was man gerade tat. Ada jedoch schickte die einzige Magd, um für die Gäste zwei Becher Met aufzuwärmen, bot ihnen sodann einen Platz am Feuer an und wies sie an, ihre nassen Bandagen über ein Holzgestell zu hängen, welches direkt neben dem Suppenkessel über dem Ofen angebracht war.

»Was treibt euch hierher, Gottesmänner? Habt ihr Ansgar gefunden?«, fragte der alte Ulrich harsch.

»Nein, leider nicht. Wir haben soeben erst durch Frau Ada von seinem plötzlichen Verschwinden erfahren«, antwortete Agius, während er damit beschäftigt war, die sackleinenen, durchnässten Bandagen von seinen Füßen und Unterschenkeln zu lösen.

»Nun steht euch der Weg frei, Mönche. Jetzt könnt ihr alles haben. Es gibt nur noch mich und diesen unmündigen Jungen dort. Keinen Mann hat dieser reiche Hof mehr vorzuweisen.« Der Alte klang bitter.

»Wie nur kann das sein, Ulrich, dass eurer Familie so viel Unglück widerfährt?«, fragte Agius. Melchior schwieg indessen und hörte gespannt zu, vergaß dabei jedoch nicht, gleichzeitig im ganzen Raume umherzuschauen und die Gesichter der übrigen Anwesenden zu studieren. Sie wirkten allesamt gleichgültig.

»Sobald ich sage, woran es liegt, fängt diese dort sogleich an zu keifen. Wollte mir schon an die Gurgel gehen.« Er wies dabei mit einer abfälligen Handbewegung auf Gisela, welche deutlich nervöser wurde, aber dennoch, jetzt mit zittrigen Händen und immer mehr gesenktem Kopf, weiter ihrer Flechtarbeit nachging.

»Woran liegt es nun, guter Ulrich?«, bohrte Agius weiter.

»Warum wollt ihr das wissen? Es geht euch nichts an. Ihr seid Fremde hier, und eure Absichten sind mir durchaus bekannt. Das alles ist eine Angelegenheit, die sich zwischen den Familien dieser Gegend abspielt. Eine alte Angelegenheit. Ihr versteht sie ohnehin nicht, und zudem ist sie für eure Zwecke nicht von Belang.«

»Sprichst du von der Fehde zwischen eurer Familie und der des Meinrad?«

Der Alte schüttelte den Kopf und steckte sich dann ein paar getrocknete Blätter in den Mund, um mit seinem zahnlosen Gaumen darauf herumzukauen.

»Das sind nichts weiter als trockene Brennnesseln. Als die gute Inga noch hier war, hat sie mir immer ein herrliches Gebräu gemacht. Brennnesselwein hat sie es genannt, ein Aufguss aus Met und ebendiesem nur auf den ersten Eindruck garstigen Gewächs. Das hilft gegen Vergesslichkeit und gegen müde Knochen, sagte sie. Jetzt jedoch kümmert sich keiner mehr um mich. Ein Wunder, dass mir die faule Magd wenigstens im letzten Herbst ein paar dieser Kräuter gesammelt hat. Geschimpft hat sie, weil sie sich die Pfoten verbrannt hat. Dummes Weib.«

Und er spuckte einen Teil der zerkauten Kräuter in Richtung der angesprochenen Magd auf den Boden. Diese würdigte den Alten nur eines müden Blickes.

»Mit der Familie des Meinrad haben die Todesfälle also nichts zu tun, meinst du.« Agius blieb hartnäckig.

»Nein. Das mit Hilger und Bero war nur der Anfang, nur der Anfang. Der Meinrad ist ein Zauderer, von dem hatten wir nie etwas zu befürchten. Sein Sohn, der junge Bero, ist aus anderem Holz geschnitzt, aber auch er hat mit dieser Sache nichts zu tun. Obwohl er jetzt Nutzen daraus zieht …«

Und mit diesen Worten wandte er seinen alten Kopf der heute sehr schweigsamen Gisela zu und blickte sie aus kleinen, faltigen Sehschlitzen an. Diese tat, als habe sie nichts gehört.

Ada kam zurück zur Feuerstelle und beteiligte sich an dem Gespräch: »Ulrich, hör auf, dich zu beschweren, und erzähle keine Märchen. Niemand weiß, ob es überhaupt einen Schuldigen für all die bösen Schicksalsschläge gibt, die wir in den letzten Jahren haben erfahren müssen.«

»Mach mir einen Brennnesselwein, Ada, und ich verspreche dir, zu schweigen«, sagte der Alte finster.

Agius zog die Brauen zusammen.

»Was weißt du?«, fragte er den Alten erneut und beugte sich vor, dem Greis direkt in die Augen schauend.

»Ich weiß alles, und du weißt nichts. So soll es bleiben. Eines gebe ich dir noch mit auf den Weg, Mönch: Es wird nichts mehr geschehen. Alles, was geschehen sollte, ist eingetreten. Es sei denn …«, und wieder blickte er böse zu Gisela hinüber, »… Es sei denn, Gisela glaubt, wir würden uns erneut auf eine Verbindung mit den Meinradschen einlassen.«

Agius rieb sich mit beiden Händen das Gesicht, und Melchior blickte mit großen, schielenden Augen vor sich hin. Beide konnten sich nach diesen verwirrenden Worten nur noch weniger einen Reim auf die ganze Sache machen als zuvor.

»Guter Ulrich, du sprichst in Rätseln und machst dich dadurch verdächtig«, sagte Agius schließlich kühl. Er hatte seinen Blick mittlerweile starr auf die Flammen gerichtet. »Wer ist der Weiße, der Waldmann, dem auch wir bereits leibhaftig begegnet sind?«

Der Alte schüttelte nur stur den Kopf.

»Es gibt ihn also. Ist er der Mörder?«

»Brennnesselwein, Ada«, sagte der Greis nur, schloss die Augen, legte sich auf seinem Lager zurück und stellte sich schlafend.

XXXIV

Es war ein angenehmer Frühlingstag, an dem der Abt samt Gefolge wieder abreiste. Viele Menschen säumten den Weg, um einen Blick auf die Fremden, ihre glänzenden Rüstungen und Waffen, ihre prächtigen Pferde und die ungewöhnlichen Sänften zu werfen, von denen in einer, hinter Vorhängen verborgen, der Abt saß.

Auch Inga stand vor der Taverne und winkte den Männern zu, die mehr als eine Woche Gäste im Hause des Ottmar gewesen waren, welcher damit ein ausgezeichnetes Geschäft gemacht hatte. Doch dieser hatte sich zu keinem Dank, zu keinem freundlichen Wort verpflichtet gefühlt, als man ihm die zahlreichen Silberdenare ausgehändigt hatte. Und so saß er auch jetzt, wie immer, in seiner Gaststube, trank Bier und kaute auf einer alten Schweineschwarte herum.

Inga war nervös. Angestrengt versuchte sie einen Blick in eine der drei Sänften zu werfen. Sie wollte sehen, ob er mit ihnen reiste. Ob sie ihn abgeholt und mit sich genommen hatten. Doch es war ihr nicht möglich, die Sänften waren trotz des schönen Wetters und trotz der jubelnden Menschen verhangen. Doch dann, mit einem Mal, öffnete sich einer der Vorhänge, und Inga konnte das Gesicht eines alten Mannes erkennen. Er nickte freundlich, lächelte milde, winkte den Menschen würdevoll zu und schwankte dann, in seiner seltsamen Tragevorrichtung sitzend, davon.

Agius würde sicherlich nicht in einem solchen Ding sitzen, dachte sich Inga, die weiterhin versucht hatte herauszufinden, wer sich in den beiden übrigen, verschlossenen Sänften aufhielt. Er war doch jung, ein richtiger Mann, er konnte doch gewiss reiten und musste nicht wie ein siecher Greis an Stangen zwischen zwei Pferden geschleppt werden. Nein, er war noch im Kloster, denn auf einem der Rösser hatte sie ihn ebenfalls nicht erkennen können. Er musste im Kloster sein, denn das war Ingas Hoffnung.

Ja, Nacht für Nacht, während sie wachlag und dem eindringlichen Klagen der alten Wirtsmutter lauschte, dachte sie an diese Hoffnung. Es war eine verzweifelte Hoffnung, an die sie sich da klammerte, eine nie erfüllbare Sehnsucht. Aber immerhin durfte sie träumen, und immerhin machte das ihr Leben in dieser Taverne, mit dem mürrischen Ottmar und der schreienden und spuckenden Mutter, einigermaßen erträglich. An eine Rückkehr in ihre Heimatsiedlung, eine Rückkehr gar auf den Hof der Eltern wagte sie nicht mehr zu denken. Von Bero hatte sie nichts weiter vernommen. Wahrscheinlich war sein Vorhaben gescheitert, er hatte weder den Weißen finden noch die garstige Gisela für sich gewinnen können. Wäre es anders, hätte er seiner Schwester doch gewiss Bescheid gegeben. Hoffentlich war er wohlauf und nicht auch noch Opfer dieses Waldmannes geworden. Diesen Gedanken versuchte Inga schon eine ganze Weile zu verdrängen, denn unwahrscheinlich war dies nicht. Und sie verdrängte ebenso den Gedanken, dass der Bruder sie einfach hier in Huxori zurückließ, dass er bereits längst alles erfolgreich erledigt hatte, dass er längst Herr des Hilgerhofes war, reich und ehrhaft. Ein neues Sippenoberhaupt, das es nicht nötig hatte, sich seiner verlorenen und zweifelhaften Schwester zu erinnern.

Besser war es, sich darüber nicht weiter den Kopf zu zerbrechen, sondern sich zu überlegen, wie sie herausfinden konnte, ob *er* noch im Kloster war. Er, der Mönch Agius, den sie zuletzt im Wald auf dem heiligen Berg gesehen hatte. Ganz und gar hatte sie ihn dort gesehen, so wie Gott ihn erschaffen hatte. Es waren schöne Erinnerungen, und in ihren Träumen ließ Inga diese Erinnerungen nicht nur aufleben, sondern spann sie weiter, spann sie weiter zu einem Geflecht von Begegnungen und Ereignissen, an deren Ende die Erfüllung stand.

Und mit diesen schönen Gedanken schlief sie dann auch in der Nacht nach der Abreise des Abtes und trotz des sinnlosen Geschreis der alten Mutter wohlig ein.

Am nächsten Tag jedoch sollte sich alles verändern.

»Inga.«

Die vertraute Stimme kam aus dem Stall des Ottmar. Inga hielt sich gerade im Hinterhof auf, um den Topf zu leeren, der alles enthielt, was die Alte in den letzten zwei Tagen und Nächten so von sich gegeben hatte.

»Inga, ich bin hier im Stall«, vernahm sie die Stimme erneut.

Schnell warf sie den Topf samt Inhalt auf den Misthaufen und eilte zur Stalltüre. Da stand Bero schon vor ihr. Er sah nicht gerade fröhlich aus.

Inga blieb wie angewurzelt stehen. Entsetzt fragte sie den Bruder: »Was macht *der* denn hier?«

»Ich habe ihn hergebracht. Ursprünglich wollte ich … Aber ich kann es nicht, Inga. Wie soll ich das machen?«

»Was kannst du nicht?«, fuhr sie ihn an.

»Na, was schon?«, fauchte er wütend zurück.

»Du willst ihn umbringen?«

»Natürlich, das ist doch Teil des Plans. Er ist im Weg. Ich wollte ihn eigentlich erschlagen, ersticken oder ersäufen. Aber er ist so anders geworden. Versucht habe ich es, aber es gelingt mir nicht. Ich habe das Gefühl, ich müsste ein Kind meucheln.«

Inga warf einen Blick auf Ansgar. Er stand neben dem Esel des Ottmar, streichelte diesem das graue Fell und flüsterte ihm beständig etwas in die langen Ohren. Unwillkürlich musste Inga herzlich lachen.

»Warum bringst du ihn nicht einfach zurück?«, fragte sie dann.

»Zurückbringen? Sie denken doch schon längst, dass er tot ist. Mir steht der Weg frei. Ich muss nur noch diesen Weißen finden, dann kann ich Gisela ehelichen.«

»So?«

»Ja, ich war bereits erfolgreich …«, schmunzelte er mit einem dreckigen Grinsen im Gesicht.

»Pfui«, sagte Inga bloß.

»Wahrlich, da hast du Recht, Schwester. Sie ist ganz und gar nicht nach meinem Geschmack. Wenn sie wenigstens ein liebenswertes Wesen hätte …«

»Hast du sie bereits gebeten, deine Frau zu werden?«

»Nein.«

»Ich glaube nicht, dass du von Erfolg sprechen kannst, wenn es dir gelungen ist, bei ihr zu liegen, Bero. Das haben schon andere vor dir vollbracht.«

»Das musst du mir nicht sagen.«

»Ulrich wird ihr Vormund sein, nehme ich an, jetzt wo Liudolf tot ist.«

»Ja, aber mit dem Alten ist nicht zu reden.«

»Warst du bereits bei ihm?«

»Nein, aber Frau Ada hat es mir gesagt.«

»Ada? Sprichst du mit Ada?« Inga war erstaunt.

»Ja, ich habe sie getroffen. Rein zufällig. Unten am Bach, im Tal zwischen den Bergen unserer beiden Höfe.« Er sprach leise, fast unhörbar, und Inga hatte den Eindruck, dass ihm eine leichte Röte ins Gesicht stieg.

»Hat sie etwa Eindruck auf dich gemacht, kleiner Bruder?«

»Sie ist doch viel älter als ich. Außerdem ist sie verheiratet, mit dem da«, und er zeigte auf Ansgar, der mittlerweile seine hünenhafte Statur auf den armen, klapprigen Esel geschwungen hatte und versuchte, mit diesem in dem engen Verschlag herumzureiten.

»Du hast dich in Ada verliebt.« Inga lächelte. »Na ja, eigentlich hätte ich gedacht, dass sie keine von den Frauen ist, die Männer in ihren Bann ziehen …«

»Nein, so wie du ist sie nicht, liebe Schwester. Ganz sicher nicht. Und weißt du was? Genau das schätze ich an ihr.«

»Oh, oh, du bist wahrlich verliebt.«

»Das bin ich nicht. Wie soll ich das sein? Ich kenne sie kaum, sie hat einen Mann, einen Elbentrötsch zwar, aber er ist ihr Mann. Und außerdem hat sie doch gewiss schon acht oder neun Mal geboren.«

»Gegen die Liebe ist kein Kraut gewachsen. Ada ist eine gute Frau – auf ihre Art, versteht sich.« Inga schaute ihn schelmisch an, dann fuhr sie fort: »Und darum hast du ihn entführt?«

»Warum? Wegen Ada? Nein, gewiss nicht. Ich habe es getan, um Gisela zu heiraten. So, wie wir beide es geplant haben.«

»Dann müsstest du den Friedrich auch noch entführen.«

»Solange der ein Kind ist, ist er keine Gefahr. Warten wir es ab. Wichtiger ist es, den Weißen zu finden. Ich war oben auf dem Eschenberg, habe jeden Stein umgedreht, unter jeden Busch geschaut. Nichts, keine Spur. Wenn er tatsächlich dort oben irgendwo haust, dann scheint er über den Schnee schweben zu können und keinen Unrat zu hinterlassen.«

»Eigentümlich. Ich war mir sicher, dass er mich in jener Nacht dorthin geführt hatte. Aber wie dem auch sei, was machst du jetzt mit dem da?«

»Ich habe dir all mein Erspartes mitgebracht«, sagte er und

reichte ihr ein Säckchen mit Münzen. »Nimm ihn bei dir auf. Sage deinem Wirt, er sei ein Gast aus dem Gebiet der Ostfalen, ein Verwirrter, der bald von seinen Anverwandten hier abgeholt wird. Und dann, wenn es sich eines Tages ergeben sollte, ersäufst du ihn einfach in der Weser.«

»So einfach stellst du dir das also vor. Warum sollte ich das tun?«

»Weil du doch auch zurückkehren willst, oder etwa nicht? Wo wir beim Zurückkehren sind: Die Mönche sind ebenfalls wieder da.«

»Die Mönche?« Inga wurde blass.

»Ja, ich habe sie gesehen. Hatte mich für eine Nacht mit dem Elbentrötsch in deren Kirche versteckt, da tauchten sie dann am folgenden Morgen plötzlich auf.«

»Beide?«

»Ja, alle beide. Jetzt treiben sie sich wieder auf sämtlichen Höfen herum. Das ist nicht gut, sie werden mir noch zuvorkommen und den herrenlosen Hilgerhof an sich reißen.«

Inga schwieg eine Weile und schaute verklärt zu Boden.

»Was hast du gesagt?«, fragte sie verwirrt.

»Sie werden den Hilgerhof an sich reißen, diese Klosterbrüder«, wiederholte Bero lauter.

»Das ist doch gut so. Dann hast du ein Druckmittel gegen den alten Ulrich. Besser einen Meinradschen zum Herrn des Hilgerhofes haben, als dass alle zu Knechten der Kirche werden. Du musst dich also beeilen, Bero.«

»Also kann ich den Trötsch hierlassen.«

»Lass ihn hier, aber vergiss mich nicht, und such erneut auf dem Eschenberg. Dort muss doch eine Spur zu finden sein.«

»Reicht es nicht, dass ich die wirre Alte hier liegen habe? Da kommst du mir mit dem nächsten Bekloppten? Was soll das noch werden? Ein Siechenhaus?« Ottmar schimpfte, wie er es gewöhnlich tat.

»Er zahlt gut, und er wird sich nicht beschweren, so benebelt, wie er ist.«

Inga ignorierte den Wirt und führte Ansgar an der Hand in den hinteren Bereich der Taverne, wo sie ihm ein Lager machte und ihn anwies, sich hinzusetzen.

»Der frisst mir die Haare vom Kopf, der tumbe Riese«, schrie Ottmar von Weitem.

Doch auch das bekümmerte Inga nur wenig. Sie holte dem Gast ein Stück Brot und auch ein Ende Wurst, reichte es ihm und betrachtete ihn stillschweigend, während er alles in sich hineinschlang. Das war nicht Ansgar, dachte sie bei sich. Ihre anfängliche Belustigung war rasch verflogen und hatte einem Gefühl von Mitleid und auch leichtem Entsetzen Platz gemacht.

Dieser Mann, einst so stark, stolz und unnahbar, hatte nichts mehr von einem tapferen Krieger, sondern glich nun mehr einem gefräßigen Bergtroll. Ja, seine einst so schönen, ebenmäßigen Gesichtszüge waren völlig entgleist, die Augen glotzten blöd, die Nase lief beständig, und auch aus dem stets geöffneten Mund fand ein unerschöpfliches Rinnsal seinen Weg über das bärtige Kinn, den Hals hinunter, bis auf sein leinenes Gewand, welches demzufolge auf der Brust einen niemals trocknenden, großen, nassen Fleck aufwies.

Unwillkürlich streichelte Inga dem Mann über sein rotblondes, ungekämmtes, viel zu langes Haar. Das war also der Mann, dem sie eine Zeitlang so nahe gewesen war, der sie in kalten Nächten gewärmt, der sie begehrt und den auch sie – das musste sie sich eingestehen – begehrt hatte. Aber von ihm war nichts mehr übrig – nichts mehr, außer der Statur. Wobei – und das musste Inga mit Bedauern feststellen, nachdem sie ihn noch einmal genauer von oben bis unten gemustert hatte – auch die

Statur gelitten hatte. Feist und weich war er in kurzer Zeit geworden, hatte einen dicken Bauch bekommen und ein Doppelkinn. Hunger schienen sie winters wohl doch nicht gelitten zu haben, die Hilgerschen.

»Ach, Ansgar«, flüsterte sie. »Was ist nur mit dir geschehen?«

In diesem Moment blickte er sie an, und Inga hatte den Eindruck, dass seine Augen für kurze Zeit wieder klar geworden waren, ja, es war der alte Blick des Ansgar gewesen. Kalt, aber dennoch verletzlich, herrisch, aber trotzdem unsicher. War er etwa noch da, steckte er noch da irgendwo drinnen, in diesem Troll?

Inga überlegte angestrengt, ob es einen Trank gab, der einen Verwunschenen wieder zu Verstand bringen konnte. Da war etwas. Ihre Großmutter hatte einst einem Mann aus der Talsiedlung geholfen, daran konnte Inga sich erinnern, es war der hinkende Hein gewesen. Hein hatte behauptet, niemand anders als die krumme Gunda – damals noch jünger, aber dennoch krumm – habe ihm auf dem Sommersonnenwendfest heimlich einen Liebestrank verabreicht, und nun wolle er sich von diesem Wahnsinn lösen.

Inga hatte durch eine Spalte in das Grubenhaus geschaut, in dem Hein und ihre Großmutter saßen. Sie hatte alles belauscht und auch gehört, wie die Großmutter sagte, dass sie durchaus einen Gegentrank brauen könne, dass sie aber eigentlich der Überzeugung sei, der hinkende Hein und die krumme Gunda würden im Grunde ein schönes Paar abgeben. Hein hatte ihr nicht zustimmen können und sie gebeten, einen solchen Gegentrank für ihn herzustellen. Einen Trank gegen Liebeszauber.

Aber was hatte er enthalten? Und würde es auch gegen einen solchen Schadenszauber wirken, wie er sich über den armen Ansgar gelegt hatte? Und wenn ja, wollte Inga ihn denn tatsächlich von diesem Zauber befreien?

Nein. Besser war es, er blieb, wie er war, denn zu groß wäre die Gefahr für sie und vor allem für Bero, wenn er tatsächlich wieder zu Verstand kam. Sie gab ihm noch einen Becher heißer Ziegenmilch und bettete ihn dann in sein Lager, wo er nach wenigen Augenblicken selig wie ein Kindlein einschlummerte.

»Ich krieg dich, du Schuft. Ungeschoren kommst du mir nicht davon, Geächteter.«

Zunächst hatte Inga im Halbschlaf gedacht, es wäre die alte Mutter, die wieder einmal ihre unverständlichen Rufe von sich gab, und hatte sich murrend in ihrem Lager wieder umgedreht. Dann aber hatte sie die gleichen Worte ein zweites Mal vernommen, sofort die Augen geöffnet und sich aufgerichtet.

Da saß Ansgar. Stocksteif saß er auf seiner Bank und murmelte – ausgesprochen deutlich – verschiedene Flüche, Drohungen und Verwünschungen vor sich hin.

Inga näherte sich ihm vorsichtig. Die Mutter schlief, und auch von der Bettstatt des Ottmar war dessen eigentümliches lautes Schnarchen zu vernehmen. Das Ofenfeuer glimmte noch, sodass Inga das Gesicht Ansgars erkennen konnte. Seine Augen waren klar. Er war bei sich.

»Ansgar, ich bin es: Inga, die Witwe deines Bruders. Erkennst du mich?«, flüsterte sie mit sanfter Stimme.

»Was machst du hier? Bin ich in der verwunschenen Schmiede?« Und mit verängstigtem Blick sah er sich um.

»Nein, du bist in einer Taverne in Huxori. Dort lebe ich jetzt«, beruhigte ihn Inga und berührte dabei vorsichtig seine riesige, raue Hand.

»Nicht in der Schmiede? Nicht in der Höhle der Wanda?«

»Nein, auch nicht in der Höhle der Wanda«, sagte Inga. Jetzt wurde sie aufmerksam. »Aber wie, Ansgar, finde ich die Höhle der Wanda?«

»Geh nicht wieder dorthin. Nicht allein. Er wird dich töten, der Unhold.«

»Wirst du mich hinführen, Ansgar?«

»Erschlagen gehört er, erschlagen, so wie seine Söhne. Seine ganze Brut gehört erschlagen, die ganze, ohne Ausnahme.«

»Du weißt, wer er ist.«

Und dann erhob sich Ansgar, lief in Windeseile zur Ofenstelle, griff nach dem Schürhaken und fuchtelte wie wild damit in der Luft herum. Inga stürzte herbei, sie fürchtete, Ottmar könnte erwachen. Mit beruhigenden Worten gelang es ihr, den Koloss zu entwaffnen und ihn zu seinem Lager zurückzuführen.

»Wo ist die Höhle der Wanda?«, fragte sie erneut vorsichtig, ihn dabei immerfort am Oberarm streichelnd.

»Hinter dem Dornendickicht, hinter der Kuppe des Berges. Halte dich südlich, geh in den Wald. Dort steht eine Ulme, sie hat drei Arme. Hinter dieser Ulme ist ein Hügel. Unter diesem Hügel wohnte die Wanda, und dort haust nun er.«

»Hinter der Kuppe? Aber dort gelangt man nicht hin, das Dickicht ist viel zu dicht.«

»Man gelangt dorthin, wenn man nur will«, antwortete Ansgar schroff. Er war nicht mehr so benebelt wie am Tage zuvor, aber noch immer war er nicht bei Verstand, vielmehr hatte er sich von einem babbelnden, friedlichen Kleinkind in einen aggressiven Trunkenbold verwandelt. So hatte es für Inga zumindest den Anschein.

»Der Kopf, der Kopf«, schrie er mit einem Mal. »Der Kopf. Er will mir zerspringen.« Und dann erhob er sich wieder, brüllte herum und veranstaltete einen regelrechten Veitstanz. Es gelang Inga kaum, ihn zu beruhigen. Schnell schüttete sie aus verschiedenen Krüglein, von denen sie einen kleinen Vorrat angelegt hatte, nachdem auch Ottmar nun ihrer Heilkunst vertraute, einen Trank zusammen, der nicht nur beruhigen, sondern auch das Kopfweh lindern sollte, von dem Ansgar mit einem Male so schrecklich befallen worden war. Noch ein wenig Brennnesseln, Kamille und nicht zu wenig von dem Duftlabkraut, das würde helfen, dachte sie bei sich, immerzu mit einem Ohr auf die Schnarchgeräusche des Ottmar achtend, der zum Glück ungerührt dalag. Er war nächtlichen Tumult von seiner Mutter gewohnt und vermochte selbst bei größtem Lärm tief und fest zu schlafen. Ja, er hatte die Methode entwickelt, Lärm mit Lärm zu bekämpfen, denn niemand – da war sich Inga sicher – schnarchte so laut wie Ottmar.

Auch die Alte lag weiterhin still.

Als Inga dem mit schmerzverzerrtem Gesicht wieder auf seinem Lager liegenden Ansgar den Aufguss einflößen wollte, wurde dieser erneut rasend. Wild schlug er ihr den Becher aus der Hand, sodass dieser sich ins Stroh ergoss.

»Lass ab von mir, Weib. Ich trinke dieses Zeug nicht mehr. Verhext ist es, und du bist die Unholdin. Ich hätte es wissen müssen: Du bist es. Du bist die Unholdin! Du und dein Vater, ihr treibt ein mörderisches Spiel.«

»Ansgar, was redest du?« Inga wurde nervös. Sie hatte es sich einfacher vorgestellt, den verspielten Trottel zu betreuen. Dass er nächtlich zum Rasenden würde und sie laut der Hexerei und des Mordes beschuldigte, damit hatte sie nicht gerechnet, und es gefiel ihr ganz und gar nicht. Sie griff nach einer Pfanne und schlug sie dem schreienden Ansgar gekonnt über den Schädel. Für den Rest der Nacht würde er Ruhe geben, das war sicher.

»Keine Spur von ihm?«

»Nicht die geringste. Er wird doch nicht allein fortgegangen sein?«

»Dann wäre er kaum weit gekommen.«

»Wann wird er wieder zu sich kommen, wenn er nichts mehr von dem Zeug trinkt?«

»Das kann ich schlecht sagen. Es freut mich ohnehin, wie gut es gelungen ist. Wer hätte das gedacht, dass dieses Hexengebräu eine solch beständige Wirkung zeigt? Aber er wird sicherlich zu sich kommen. Es sei denn, das Zeug hat ihm den Geist schon endgültig umnebelt.«

»Er wird alles sagen. Alles. Er weiß ja nun alles.«

»Darum musst du ihn finden. Lebendig.«

»Wir müssen noch einmal zuschlagen.«

»Diese Worte von dir?«

»Es muss sein.«

»Ich kann mir denken, wer es ist, der dich in Schwierigkeiten bringt.«

»Kannst du es tun?«

»Wie soll ich das machen? Ich sitze hier oben fest. Den ganzen Winter über habe ich mich nicht hinausgewagt, weil sie mich alle suchen. Habe mich nur von verfaultem Pökelfleisch ernährt. Und auch jetzt stöbern sie hier herum. Vor wenigen Tagen noch wollte ich einen kleinen Spaziergang machen, ein paar Vögelchen fangen, da lief mir doch tatsächlich der junge Meinradsche über den Weg. Gerade noch, dass ich mich verbergen konnte.«

»Er sucht dich.«

»Will sich die Hände reinwaschen, nicht wahr?«

»Und der neue Herr vom Hilgerhof werden.«

»Sieh einer an! Es nimmt also Formen an. Du erstaunst mich.«

»Darum die letzte Tat.«

»Dennoch müssen wir ihn wiederfinden. Unter diesen Umständen dann doch besser tot als lebendig.«

XXXV

Die Menschen begannen bereits zu pflügen. Auf ihrem Weg zurück in die alte Heimat konnte Inga auf den Äckern viele bekannte Gesichter erkennen. Ihr eigenes Gesicht hingegen sollte unerkannt bleiben, deshalb hatte sie sich in einen sackleinenen Umhang mit Kapuze gehüllt und versuchte möglichst nicht aufzufallen. Das war keine große Kunst, denn im Frühjahr waren viele Bettelleute unterwegs, sie krochen aus ihren winterlichen Schlupfwinkeln in den größeren Orten und zogen wieder durch die Lande, streiften von Hof zu Hof, um die Bewohner um milde Gaben zu bitten. Man hielt Inga für eine von diesen Mittellosen und schenkte ihr – zu ihrer Erleichterung – keinerlei Aufmerksamkeit. Nein, man sah sogar absichtlich weg, wenn man sie erblickte, damit sie ja nicht in Versuchung geriet, die arbeitenden Menschen auf ihren Feldern um ein Almosen zu bitten.

Inga überlegte den ganzen Weg über, wohin sie nun gehen sollte.

War es besser, Bero zu finden und mit ihm zusammen auf den Eschenberg zu gehen? Gemeinsam würden sie dann das Versteck des Weißen aufsuchen, ihn fangen, fesseln und ins Tal führen.

Es war eine alte Sitte, dass einige junge Männer im Frühjahr auszogen, um Waldmänner zu jagen. Natürlich glaubte niemand daran, dass es sie tatsächlich gab, aber die Erzählungen der Alten besagten, dass solche Waldmänner, wenn man sie denn fand und fing, mit Wasser übergoss und dann den Leuten vorführte, dass solche Wilden Glück in Form von Fruchtbarkeit und Reichtum brachten. Niemals war es einem der jungen Kerle gelungen, tatsächlich einen Waldgeist zu packen, dennoch fanden sich in jedem Frühjahr einige Burschen zusammen, um auf die Jagd nach diesen finsteren Gestalten zu gehen. Das war ein willkommener Anlass, um der Arbeit zu entgehen, sich an einem lichten Ort ins Gras zu setzen und reichlich Met und Bier zu trinken. Manchmal fing man ein Wildschwein oder auch mal einen Dachs, um diese Tiere anstelle des Waldmannes in die Siedlungen zu treiben. Das war dann ein großer Spaß. Aber in diesem Jahr, so malte sich Inga aus, würden Bero und sie einen echten, wahrlich gefährlichen Wilden ins Tal bringen. Sie erfreute sich regelrecht an dem Gedanken, wie alle staunen, rufen, jubeln und feiern würden. Es war eine schöne Vorstellung.

Andererseits – das wäre eine weitere Möglichkeit – könnte sie auch die Mönche bitten, sie zu dem Unterschlupf des Weißen zu begleiten. Dann könnte sie endlich Agius wiedersehen. Es war eine aufregende Vorstellung, ihm nach so langer Zeit Aug in Aug gegenüberzustehen. Ja, diese Vorstellung war für Inga so aufregend, dass sie den Gedanken wieder verwarf. Sie traute sich nicht. Nein, sie war zu nervös. Und im Übrigen war es verboten. Agius war sicherlich hart für sein Vergehen bestraft worden. Er hatte für seine Sünde büßen müssen und war gewiss nicht gewillt, dem Quell dieser großen Verfehlung noch einmal gegenüberzutreten. Vielleicht, ja wahrscheinlich würde er sie davonjagen, wenn sie sich in der Nähe der Kapelle blicken ließ.

Es war besser, Bero aufzusuchen. Hoffentlich war er nicht wieder so ein Hosenschisser wie im Falle Ansgars. Hoffentlich war er mutig genug, dem Weißen ordentlich eins über die Mütze zu geben. Und wenn er es nicht tat, würde Inga es für ihn erledigen. Sie war schnell, und der Weiße war alt, im rechten Moment sollte es gelingen, ihn zu überwältigen.

Doch das Gelingen dieses Vorhabens war abhängig davon, dass sie nicht nur Bero auffand, sondern ebenso das von dem wirren Ansgar beschriebene Versteck des Waldmannes. Und dann blieb zu hoffen, dass sich dieser auch in seinem Schlupfloch aufhielt.

Inga schlich zum Meinradschen Hof. Sie war absichtlich quer durch den ihr seit Kindertagen vertrauten Wald gelaufen, der nun im Frühjahr einladend und hell war. Dies war nicht nur eine Abkürzung zum Meinradschen Hof – so konnte sie auch, wenn sie sich am Rande des Waldes aufhielt, aus dem Versteck heraus fast sämtliche Äcker ihres Vaters in Augenschein nehmen. Denn mit großer Sicherheit war auch Bero an diesem Tage mit Ochsen und Knechten ausgezogen, um zu pflügen.

Doch dem war nicht so. Denn dort auf dem Feld, welches sich, äußerst fruchtbar, gleich hinter dem Opfermoor erstreckte, erkannte sie den alten Knecht Ivo. Er, der schon auf dem Hofe des Meinrad gelebt und gearbeitet hatte, als Inga noch ein winziges Kind gewesen war, er, der dem Anschlag des Ansgar vor einigen Monaten mit gebrochenen Knochen, aber immerhin lebendig entgangen war, führte den Pflug. Und hinter dem schweren Gerät war ein zweiter, Inga unbekannter Knecht damit beschäftigt, all sein Gewicht auf den Karren zu stemmen. Von Bero keine Spur. Und so reich, dass sie sich zwei Pflüge und ein weiteres Ochsengespann hätten leisten können, waren selbst die Meinradschen nicht – noch nicht. Wo also war Bero?

Inga schlich weiter zum Hof und verbarg sich in der Nähe des Hoftores, um vorsichtig durch die Zaunspalten zu spähen. Dort tat sich nichts. Der Hof war ordentlich, alles war gefegt, Blumen und Bäume begannen bereits zu blühen, Katzen streiften herum, Hühner pickten nach Würmern, und ein offenbar neuer, sehr aufmerksamer Hofhund hatte zu Ingas Unglück beschlossen, seiner Pflicht nachzugehen und Fremde auf laute und bedrohliche Weise zu begrüßen. Wie ein wilder Werwolf, die Zähne fletschend und grauselig knurrend, sprang das riesige Biest am Zaun empor und teilte jedem mit, dass da jemand vor dem Grundstück stand, der nicht hierher gehörte. Ja, er war so wütend, dass es ihm nach einer Weile, trotz Ingas guten Zuredens, sogar gelang, über den mannshohen, aus dünnen, aber langen Weidenruten geflochtenen Zaun zu springen und der fliehenden Inga nachzueilen.

Zum Glück hatte Inga das Klettern nicht verlernt und konnte sich gut an eine knorrige Eiche erinnern, die, mittlerweile tot, aber darum um so besser erklimmbar, unweit des Hofes im Walde stand. Im Nu saß sie oben und wurde von unten böse angebellt. Niemand kam, um nach ihr zu schauen.

Offenbar war der Hund der einzige Aufpasser auf dem Hofe, ein gründlicher dazu, während alle anderen, auch die Eltern, auf den Äckern oder sonstwo zu sein schienen. So saß Inga eine halbe Ewigkeit auf dem Baum; alle Glieder waren bereits eingeschlafen, doch sie wagte sich nicht hinunter. Er würde sie sicherlich zerfleischen. Laut war er zudem, und das machte ihr ebenfalls Sorge, denn bald würde sicherlich jemand auf sie aufmerksam werden. Und es gab genügend Leute in dieser Gegend, von denen sie nicht gesehen werden wollte.

Plötzlich hielt der garstige Köter inne, schnüffelte in der Luft herum, verzog seine Schnauze wieder zu einer Grimasse, knurrte und sprang in den Wald davon. Was immer er auch gewittert hatte, Inga war es gleich. Sie sprang eilig vom Baum hinunter und hatte gerade erleichtert aufgeatmet, als sie eine Stimme vernahm.

»Verschwinde, du verfluchter Wüterich«, rief jemand. Eigentlich durften Gottesmänner solche Worte nicht in den Mund nehmen, aber dennoch war Inga sich sicher, dass ihr diese Stimme äußerst bekannt vorkam. Ein abwechselnd wohliger und wieder kalter Schauer lief ihr tief den Rücken herunter.

»Verschwinde, habe ich gesagt!«

Kein Zweifel, er war es.

Inga nahm sich ein Herz und ging vorsichtig, aber dennoch schnellen Schrittes in Richtung der Stimme, und dann musste sie herzlich lachen. Dort saß Agius. Er war auf einen Baumstumpf geklettert, der jedoch nicht ausreichend hoch war, um einen guten Schutz gegen das Untier zu bieten, welches unermüdlich an dem Stumpf emporsprang.

Auf einmal geschah es. Inga hielt sich die Hände vor die Augen, um nicht hinsehen zu müssen, aber schließlich konnte sie der Versuchung doch nicht widerstehen, blickte durch die gespreizten Finger hindurch und amüsierte sich köstlich.

Der Hund hatte einen Zipfel der Kutte des Mönches zu fassen bekommen und so wild daran gezerrt, dass der schöne Agius nun ganz so auf dem Baumstumpf stand, wie Inga ihn zuletzt gesehen und noch gut in Erinnerung hatte. Nackt.

Es war ein Bild für die Götter. Ja, man hätte fast glauben können, ein schöner Alb, ein Wesen aus der Feenwelt, sei ganz so, wie ihn Mutter Natur geschaffen hatte, auf einen Ausguck gestiegen, um sein Waldreich in Augenschein zu nehmen.

Der Hund war samt seiner Beute auf und davon, und nun kam Inga vorsichtig näher. Sie zitterte am ganzen Körper, zum einen vor zurückzuhaltender Belustigung, zum anderen vor Aufregung. Ja, vor allem vor Aufregung.

»Du?« Das war alles, was er sagte, während er sie staunend, mit beiden Händen seine Blöße bedeckend, anblickte.

Inga blieb nur stumm vor ihm stehen. Langsam, aber deutlich spürbar, stieg die Röte in ihr Gesicht. *Sie* wurde rot, dabei war doch *er* es, der sich schämen müsste.

Flink stieg Agius nun von seinem Zufluchtsort hinunter.

»Gib mir deinen Umhang, bitte. Du trägst darunter sicherlich noch ein Gewand, oder nicht?«

Sie sagte noch immer nichts, sondern zog sich einfach nur den Sack über den Kopf – er war einer Mönchskutte gar nicht so unähnlich – und reichte ihn dem Bedürftigen. Ihre Hände zitterten noch immer. Ja, sie war sehr nervös. Wie oft hatte sie diesen Moment herbeigesehnt? Und jetzt war er endlich da und gestaltete sich so außergewöhnlich, dass keine ihrer vielen Fantasievorstellungen ihm auch nur annähernd gleichgekommen wäre.

»Du lebst also«, sagte er fast schüchtern, nachdem er sich angekleidet hatte, und blickte sie dabei nur kurz an.

»Du auch.«

Er nickte nur. Nach einer viel zu langen, unangenehmen Pause fragte er schließlich: »Was tust du hier?«

»Ich wollte meine Familie besuchen.«

»Ich war ebenfalls auf dem Weg zu ihnen.«

»Warum?«

»Es wird Zeit, mit deinem Bruder zu reden. Wo bist du gewesen, Inga?«

»Im Flecken Huxori. Ich habe dort für den Wirt der Taverne gearbeitet. Das heißt, ich arbeite dort noch immer, er erwartet mich am Abend zurück. Warum willst du schon wieder mit meinem Bruder reden?«

»Ich vermute, dass er für das Verschwinden des Ansgar verantwortlich ist. Ich meine sie zusammen gesehen zu haben.«

»Ansgar lebt und ist in Sicherheit.«

»Ist das wahr?«

»Ja. Er ist bei mir untergekommen. Mitunter wird er licht,

und in einem solchen Moment hat er mir das Versteck des Weißen beschrieben. Ich bin gekommen, um mit meinem Bruder zusammen diesen Unhold zu finden, ihn ins Tal zu führen und allen Leuten zu zeigen, dass nicht wir, sondern allein dieser die Schandtaten an den Hilgerschen begangen hat.«

»Was du nicht sagst! Lass *uns* gehen, Inga.«

»Wohin?«

»Na, dorthin. Zeige *mir* den Weg.«

Ansgar hatte Recht gehabt. Dort war sie tatsächlich – die Höhle der Wanda. Inga hätte es nicht für möglich gehalten, dass sie sich damals, in der Nacht, in der der Weiße sie mitnahm, so sehr hatte irreführen lassen. An dieser Stelle des Berges hätte sie niemals gesucht.

Agius war bereits in die Höhle hineingeklettert, während Inga draußen Wache hielt. Es war still, sehr still, fast zu still in diesem Wald, der mehr einem Wäldchen gleichkam; klein, aber dennoch von Menschenhand unberührt – mit Ausnahme der Seherin Wanda und des Waldmannes, welche beide, davon ging Inga aus, durchaus Wesen von menschlicher Geburt waren.

Inga war noch immer aufgeregt. Den Weg über war sie aufgeregt gewesen, weil sich zwischen ihr und Agius kein Gespräch entwickeln wollte. Es war eine betretene, peinliche Stille eingekehrt, nachdem beide verzweifelt versucht hatten, einige Worte miteinander zu wechseln. Agius hatte wissen wollen, was Bero im Schilde führte. Warum er Ansgar entführt hatte. Inga hatte geantwortet, dass Bero seine Ehre, seinen Ruf und das Ansehen seiner Familie wiederherstellen wolle, indem er den wahren Mörder ausfindig mache. Das war nur die halbe Wahrheit, aber sie war plausibel. Ebenso plausibel war, dass er zu diesem Zwecke den Ansgar entführt hatte, weil er ahnte, dass dieser wusste, wo sich der Waldmann versteckt hielt. Agius hatte diese Erklärung hingenommen und nicht nach weiteren Absichten gebohrt. Er hatte dann kurz erzählt, dass auch er und Melchior vermuteten, dass Ansgar vergiftet worden sei, dass er regelmäßig einen Trank verabreicht bekommen habe, damit sein Verstand absichtlich im Nebel bliebe. Inga bestätigte diese Vermutung, indem sie berichtete, dass er, seitdem er bei ihr in der Taverne hause, immer wieder zu sich käme, aber unter schrecklichen Kopfschmerzen litte, ein Zeichen dafür, dass sein Körper mit sich selbst ringe. Der eine Teil schreie nach dem Gift, der andere sehne sich nach dem gesunden Geist zurück. Agius hatte diese Aussage unkommentiert gelassen. Seitdem hatten sie die meiste Zeit geschwiegen, obwohl noch ein weiter Weg vor ihnen gelegen hatte.

Jetzt jedoch war Inga aufgeregt, weil sie jederzeit damit rechnete, dass der Alte von irgendwoher angeschlichen kam. Von Waldmännern hieß es, laut dem alten Ulrich, dass sie sich unsichtbar machen konnten. Und wer konnte schon wissen, welche Zauberkräfte dieser Weiße, bei all seinen sonstigen durchaus menschlichen Eigenschaften, besaß? Er war ein solch eigentümliches Wesen, dass man ihm alles zutrauen konnte.

Inga drehte sich ständig im Kreis, ging herum, schaute hinter jeden Busch, hinter jeden Baum, schielte immer wieder zur Höhle, in welcher sich Agius nun schon eine ganze Weile aufzuhalten schien. Oder kam es ihr nur so lange vor?

Sie tänzelte von einem Bein aufs andere und hätte sich am liebsten hinter einen Strauch gesetzt, so sehr drückte sie ein plagendes Bedürfnis. Aber sie musste warten.

Unendlich lange Momente vergingen.

Warum kam er nicht zurück?

Sollte sie nachsehen?

Sollte sie rufen?

Es ging nicht mehr.

Schließlich lief sie doch eilig neben die Höhle, hockte sich nieder und ließ der Bedrängnis freien Lauf. Und während sie so am Waldboden hockte, sah sie etwas im Moos liegen. Ja, die Sonne fiel da auf etwas Metallenes. Inga raffte ihr Gewand wieder zusammen und ging auf das Fundstück zu.

Dort zwischen altem Laub und Zweigen lag es. Sie hob es auf und staunte.

Bekannt kam es ihr vor. Sehr bekannt. So bekannt, dass sie nicht anders konnte, als es stillschweigend unter ihrem Rock zu verbergen.

Die Schlüssel. Ihre Schlüssel. Die Schlüssel der Hilgersippe.

»Niemand da.«

Inga erschrak.

»Was?«, rief sie.

»Da ist niemand. Aber es ist eindeutig die Höhle dieses Mannes. In ihr fand ich die gleichen Gegenstände wie in dem Unterschlupf auf dem Kapenberg. Er haust hier noch immer. Aber wieder einmal ist er nicht zugegen, wenn ich ihn besuchen will.«

»Ich kann nicht mehr warten. Ich muss zurück in die Taverne.«

Agius blickte Inga verwundert an.

»Nun gut. Gehen wir. Ich werde ein andermal wiederkommen. Aber bitte erzähle niemandem davon. Auch nicht deinem Bruder. Besser ist es, ich gebe dem Grafen Bescheid, damit er einige Männer schickt, um den Verdächtigen zu fangen. Wir wollen kein unnötiges Blutvergießen riskieren. Dein Bruder ist mutig, aber nicht von kräftiger Statur.«

Inga nickte nur stumm, und wieder blickte Agius verwundert. Er kam auf sie zu, nahm ihr Gesicht in beide Hände, neigte seinen Kopf sehr nahe zu dem ihren hinunter und flüsterte: »Was weißt du, was ich nicht weiß?«

Inga wurde es warm, sehr warm, zu warm. Eine riesige Schar Ameisen schien über ihren ganzen Körper zu krabbeln.

»Ich habe dir alles gesagt«, flüsterte sie zurück.

»Er ist bei dir. Bei dir in der Taverne. Und er kommt zu Verstand.«

»Ja.«

»Hat er noch andere Kräfte wiedererlangt?«

»Nein, ganz gewiss nicht.«

»Ist das wahr?«

»Und wenn er sie wiedererlangen würde, verspreche ich dir, dass ich ihn abweise.«

»Was ist mit dem Wirt?«

»Keine Gefahr. Er ist fett und unbeweglich.«

»Ist auch das versprochen?«

»Ja.«

Dann küsste er sie sanft, und Inga war fast geneigt, ihm alles zu sagen, ihm von dem Fund zu berichten und von der Ahnung, die sie zu beschleichen begann. Aber sie sagte es ihm nicht.

»Werden wir uns wiedersehen?«, fragte sie nur.

»Du weißt, wo ich zu finden bin.«

Und dann gingen sie. Sie kämpften sich schweigend durchs Dornengebüsch, durchquerten die tiefe Schlucht, die den Eschenberg in zwei Hälften teilte, kletterten über Felsen und sprachen immer noch kein Wort, als sie ein Stück weit den engen, von Mensch und Tier ausgetretenen Pfad hinuntergingen, der vom Berg ins Tal hinabführte. Auf halbem Wege trennten sie sich, nicht mehr als Blicke und ein Lächeln austauschend.

XXXVI

Ich weiß nicht, Bruder Agius, ob es so klug ist, allein hierher zu gehen.«

»Wir dürfen keine Zeit verlieren, Melchior. Was nützt es uns, wenn der Graf in vier Tagen seine Leute schickt? Bis dahin ist der weiße Mann über alle Berge. Außerdem glaube ich, dass noch jemand anders hinter ihm her ist. Es gilt eine Bluttat zu verhindern.«

»Er wird sich aber kaum von uns binden lassen, Agius.«

»Gott wird mir vergeben, wenn ich mich gezwungen sehe, diese Keule hier einzusetzen.«

»Agius, Agius, du verwickelst mich armes Mönchlein in stets neue Ungeheuerlichkeiten.«

»Es tut mir leid, Melchior. Wenn du magst, darfst du zurückgehen. Ich werde es alleine versuchen.«

»Das wird dir kaum gelingen. Ich werde dich begleiten.«

Und wieder – es war noch am selben Tage, der Abend begann hereinzubrechen – begann der Mönch Agius, dieses Mal in Begleitung seines Mitbruders Melchior, sich durch das undurchdringlich erscheinende Gestrüpp zu kämpfen, um den Weg zur Höhle der Wanda zu finden.

»Da«, flüsterte Melchior erschrocken.

»Psst«, zischte Agius.

Da war er tatsächlich. Er hockte vor seinem Unterschlupf und säuberte mehrere hölzerne Schalen, indem er sie mit trockenem Laub ausrieb.

»Was nun?« Melchior formte diese Worte, ganz ohne Ton, nur mit seinen Lippen.

»Wir schleichen uns von hinten an. Ich haue ihm eins über den Kopf, und du ziehst ihm den Sack über. Dann binden wir ihn. Alles muss schnell gehen.«

Gesagt, getan.

Wie zwei graue Katzen schlichen sich die beiden Mönche fast lautlos durchs Unterholz, und es gelang ihnen – welch Wunder – tatsächlich, sich so weit anzupirschen, dass der zu Fangende nur wenige Schritte entfernt mit dem Rücken zu ihnen saß.

Er war noch immer beschäftigt und schien nichts gehört zu haben.

Vorsichtig, das keulenförmige, starke Wurzelholz in beiden Händen haltend, ging Agius auf sein anvisiertes Opfer zu. Melchior folgte ihm auf den Fersen. Er trug einen großen Sack, welchen er bereits weit geöffnet hatte, um bereit zu sein, ihn dem hoffentlich gleich Wehrlosen über den Kopf zu ziehen. Die zum Binden notwendigen Stricke hatte er sich in die Kordel geklemmt, die ihm als Gürtel diente. Auch sie waren griffbereit

Der Plan schien aufzugehen, denn schon ließ Agius die Keule schwungvoll sinken. Aber – wer hätte das gedacht? – der Weiße rollte sich wieselflink zur Seite, sodass der Mönch samt Schlaginstrument zu Boden fiel. Kaum lag er dort, stand der Angegriffene bereits über ihm, nun seinerseits die Keule in der Hand, mit der er Agius einen heftigen Hieb auf den Kopf versetzte. Der Mönch blieb blutend und regungslos liegen.

Melchior überlegte verzweifelt, wie er dem Bruder zu Hilfe eilen könnte. Selbst nur mit dem besagten Sack bewaffnet, hatte er auf dem Waldboden nach einem dicken Stock gesucht, aber lediglich einige Steine gefunden, mit denen er den Weißen nun bewarf, doch dieser ließ sich von dem Angriff des zweiten Mönches nicht beirren. Er griff unter sein schmutziges, löchriges Gewand und hatte im Nu einen Dolch in der Hand, mit dem er ausholte, um ihn nach dem verzweifelten Melchior zu werfen. In diesem Moment jedoch – Melchior hatte bereits mit seinem Leben abgeschlossen – flog eine andere Waffe durch die Luft. Sie kam wie aus dem Nichts und traf den Waldmann im Rücken. Den Dolch ließ er fallen, und dann fiel er selbst, mit dem Gesicht auf den Schoß des noch immer reglos daliegenden Agius.

Melchior konnte sein Glück kaum fassen. Wer war es, der ihm soeben das Leben gerettet hatte? Und auch das Leben des Agius – so hoffte er, denn er war sich nicht sicher, ob dieser nur die Besinnung verloren hatte oder gar erschlagen worden war.

Aus dem dichten Geäst kämpfte sich eine Gestalt nach vorn.

»Sei froh, Mönch, dass ich euch gefolgt bin.«

»Bero vom Meinradhof. Du bist unser Retter! Gott wird es dir lohnen.«

Bero antwortete nicht, sondern eilte zu den beiden Männern, die dort in ihrem Blut zwischen Laub und Zweigen lagen. Zunächst beugte er sich über den weißen Mann. Er regte sich noch ein wenig, schlug ein letztes Mal die Augen auf und fragte: »Wer hat mich getötet?«

»Bero, der Sohn des Meinrad.«

»Kein Hilgersohn.«

»Nein.«

»Das ist gut.«

»Wer bist du?«, fragte Bero noch, aber die Frage kam zu spät. Der Alte verdrehte die Augen und hauchte sein Leben aus.

Agius hingegen, um den sich Melchior bereits zu kümmern begonnen hatte, schien sein Leben noch ganz und gar nicht aushauchen zu wollen. Nachdem sein Mitbruder ihm immer wieder links und rechts mit der flachen Hand ins Gesicht geschlagen hatte, hatte er schließlich die Augen geöffnet, ein wenig gestöhnt und »Wo bin ich?« gestammelt. Ein gutes Zeichen, dachte sich Melchior und begann, dem Verletzten die blutende Stirn mit einem Stück Stoff zu verbinden, das er von seiner Kutte abriss.

»Wir werden sie kaum beide ins Tal bringen können«, meinte Bero. »Lassen wir den Waldmann erst einmal hier liegen. Wichtiger ist es, deinen Freund zu versorgen. Tragen wir ihn doch zur alten Gunda, sie versteht sich mittlerweile auf die Heilkunst. So tut sie jedenfalls kund.«

Und so brachten die beiden Männer den verletzten Agius zur krummen Gunda. Es war ein beschwerlicher Marsch, denn sowohl Bero als auch Melchior waren nicht von kräftiger Statur und Agius so schwach, dass er sich nicht einmal schleppend und gestützt fortbewegen konnte – er musste tatsächlich getragen werden.

Es war bereits dunkel, und Bero wusste, dass er nicht vor dem nächsten Morgen zurückkehren konnte, um den wahren Mörder der Hilgermänner abzuholen. Er würde zwei Knechte benötigen, die ihm halfen, denn der Alte war zwar dünn, aber dennoch riesengroß und dazu breit gebaut. Erst am morgigen Tag also würde er seinen Triumph im Tal feiern können. Erst am morgigen Tag würden endlich alle glauben müssen, dass seine Familie nicht nur unschuldig, sondern auch äußerst ehrenhaft war.

Aber eines fragte sich Bero noch immer: Wer war dieser Weiße? Und warum hatte er gegen die Hilgerschen größere Rachegelüste verspürt, als sie selbst in der Sippe des Bero jemals aufgekommen waren?

Ganz gleich, was den Alten getrieben hatte: Er musste ihm

dankbar sein. Denn dieser Alte hatte unwissentlich auch in Beros Namen gehandelt und mit seinen Taten den Weg dazu geebnet, dass auch Bero, Sohn des freien Meinrad, bald der mächtigste und reichste Friling des gesamten Augaus werden würde. Jetzt konnte er die reiche Gisela heiraten, denn niemand würde einem Helden wie ihm die Hand einer Jungfrau abschlagen. Auch nicht der Griesgram Ulrich, und erst recht nicht dann, wenn er erfahren hätte, dass die gute Gisela längst keine Jungfrau mehr war.

Es galt auch Inga zu informieren. Sie würde sich um Ansgar kümmern müssen. Wie auch immer sie es anstellte – er durfte nie wieder auf dem Hofe auftauchen, man musste ihn für tot halten. Am sichersten wäre es, wenn die Schwester den Verwirrten tatsächlich verschwinden ließ. Dann, das würde er ihr versprechen, dürfe sie zurückkehren auf den Hof der Eltern oder aber, wenn es ihr dort besser gefiel, auch auf den Hof der Hilgerschen.

Bero war zufrieden mit sich. Denn niemand konnte ihm nun noch die Suppe versalzen, niemand, nicht einmal diese landgierigen Mönche hier. Denen hatte er das Leben gerettet, und es würde ihnen und den Lehren von Milde, Güte und Dankbarkeit, die sie verbreiteten, zuwiderlaufen, wenn sie ihm nun bei seinen Plänen in die Quere kämen.

Morgen, ja, morgen würde er triumphieren. Jetzt jedoch galt es, den Angeschlagenen erst einmal bei der krummen Gunda unterzubringen.

Was war da geschehen?

Bero traute seinen Augen kaum, und auch die Knechte, die ihn am folgenden Tag auf den Eschenberg begleitet hatten, um den Toten zu bergen, waren entsetzt.

»Waren das wilde Tiere?«, fragte Bero erschüttert.

»Wohl kaum«, antwortete Ivo, der alte Knecht vom Meinradhof. »Das sieht nicht aus, als wäre daran herumgefressen worden. Er ist sauber abgetrennt.«

»Warum nur? Und wer war das?« Bero konnte es sich nicht erklären.

Den kopflosen Leichnam aufmerksam betrachtend, schritt er mehrere Male um ihn herum.

»Seht nur, man hat versucht, ihn fortzuschleifen. Dort lag er nicht am gestrigen Tage, sondern etwa zehn Schritte weiter oben. Es scheint nicht gelungen zu sein, er war zu schwer, und dann hat man seinen Kopf abgeschnitten und mitgenommen.«

»Weshalb?«, fragte der junge Knecht, ein Knabe von nicht einmal sechzehn Jahren, der vor Ekel ganz grün im Gesicht war.

»Man soll ihn nicht erkennen. Das ist es«, flüsterte Bero. »Wer mag er nur sein? Und wer, in Wodans Namen, hat ihn so zugerichtet? Da muss sich noch irgendwo ein Dämon herumtreiben. Wie auch immer, wir bringen ihn jetzt ins Tal und legen ihn auf den Hof des Liudolf. Alle sollen herbeiströmen, auch die Hilgerschen, und sehen, dass ich ihn überwältigt habe, ihn, der ihre Söhne getötet hat. Auch wenn nicht mehr viel von ihm zu erkennen ist. Welch eine Schande …«

XXXVII

Ansgar hatte zwei Tage lang geschlafen. Inga befürchtete bereits, dass sie die Tropfen zu stark dosiert hatte, welche ihn in diesen seligen Zustand harmloser Ruhe versetzt hatten. Doch nun war er wieder erwacht und schlürfte eine dünne Haferschleimsuppe.

»Warum bin ich hier?«, fragte er schließlich, und seine Stimme klang wie immer – ganz so wie die des alten Ansgar, der, den Inga noch gut in Erinnerung hatte.

»Du bist bei mir. Bei Inga. Auf dem Hilgerhof ging es dir nicht gut.«

»Ich muss zurück.«

»Warum?«

»Ich muss ihn umbringen.«

»Wen? Doch nicht etwa meinen Bruder Bero?«

»Hatho. Ich muss ihn finden.«

»Hatho?«

»Ahhhh!« Wieder griff sich Ansgar an den Kopf. Wie ein Wilder begann er gegen den eigenen Schädel zu schlagen. Mit beiden Fäusten hämmerte er sich immer und immer wieder gegen die Schläfen. Inga versuchte ihn davon abzuhalten, aber er war zu stark. Irgendwann sank er in sich zusammen und entschwand wieder in sein Reich der Träume.

Hatho, dachte Inga.

Sie musste unbedingt mit Bero reden.

»Da bist du! Ich wollte mich soeben aufmachen, dich zu finden.«

Bero war ohne Rücksicht auf den mürrischen Wirt einfach in die Taverne gestürmt, hatte seine Schwester umarmt und gerufen: »Alles ist gut!«

»Was soll dieser Tumult? Was bist du für einer, Roter? Wenn du dich so sehr freust, musst du auch etwas bestellen. Herumschreien alleine ist hier untersagt. Saufen und herumschreien, das darfst du«, schimpfte Ottmar.

»Dann bring mir einen Becher Met. Nein, drei Becher. Auch du, Wirt, darfst mitfeiern, denn ich bin der neue Herr vom Hilgerhof.«

»Psst«, zischte Inga. »Du vergisst dich, Bero. Denke dran, wer da hinten in der Ecke liegt, und außerdem soll auch der dicke Ottmar nicht alles wissen. Wir sind hier weit weg von zu Hause, aber so weit, dass keine Kunde von Huxori bis in unsere Heimat dringen könnte, ist es auch nicht.«

»Du hast Recht, Schwester. Aber um den da hinten muss ich mir keine Sorgen machen, oder etwa doch? Ist er erneut licht geworden?«

»Ja, das ist er.« Inga setzte sich mit dem Bruder außer Hörweite des Ottmar, der noch immer irgendetwas Böses vor sich hinbrummelte.

»Er sagte, er müsse Hatho töten.«

»Hatho?«

»Ja. Hatho ist der Weiße.«

»Das kann nicht sein. Hatho, der Schmied?«

»Wer sonst?«

»Es gibt sicherlich noch andere Hathos. Der Weiße jedenfalls ist tot. Von meiner Hand!« Bero blickte stolz.

»Und Gisela ist nun deine Braut?«

»Ja. Ich musste dem Ulrich drohen, aber dann hat er sich erweichen lassen. Ihm sei es lieber, einen vertrauten Feind im

Hause zu haben, als eine solch undurchschaubare Meute wie das Gottespack, welches sich hier in der Gegend häuslich einzunisten versuche.«

»Und nun? Dein Glück wird nur von kurzer Dauer sein. Denk daran, dass Ansgar männliche Erben hat, die Jahr um Jahr heranwachsen. Ihr Recht ist stärker. Du wirst nur ein Meier sein, mehr nicht.«

»Das wird sich regeln lassen.«

»Dem stehen vier im Wege. Ada und ihre drei Söhne. Ich hingegen denke an eine Lösung, bei der nur eine im Wege steht.«

»Und das wäre?«

»Gisela. Sagtest du nicht selbst, dass Ada Eindruck auf dich gemacht hat?«

»Was führst du im Schilde, Schwester?«

»Ich werde dich begleiten und mit Ada reden. Alles hat sich nun zusammengefügt, Bero. Alles.«

Und dann ging sie zu Ansgar, flößte dem Schlafenden einige Tropfen ein, packte einen eisernen Ring mit Schlüsseln in ihr Reisesäckchen, nahm einen großen versiegelten Krug aus einem Regal und verabschiedete sich von Ottmar mit den Worten:

»Guter Wirt, mein Bruder hier hat mir soeben mitgeteilt, dass in seinem Ort ein altes kräuterkundiges Weib verstorben ist. Sie hat zahllose Heilmittel hinterlassen. Es wäre doch dumm von mir, wenn ich mich nicht sofort aufmachte und mich daran bediente! Sicherlich gibt es auch Salben und Tinkturen gegen dein wundes Bein, und auch von den Tropfen, die deine Mutter so selig und lieb werden lassen, benötigen wir Nachschub. Am Abend bin ich zurück.«

»Geh doch, loses Weib. Treibst dich eh nur rum. Und wer weiß, ob der Rote tatsächlich dein Bruder ist, du feiles Stück.«

Inga ignorierte die Beschimpfungen und trat mit ihrem Bruder hinaus an die frische, reine Frühlingsluft.

»Du? Hier? Wir dachten, du seiest tot!«

Gisela wusste nicht, wie sie reagieren sollte, als plötzlich die verhasste Witwe ihres Bruders, aber auch Schwester ihres künftigen Gatten auf dem Hofe der Hilgerschen auftauchte.

»Blass siehst du aus, Gisela, geht es dir nicht gut? Du müsstest doch strahlen vor Glück, jetzt, wo du einen jungen Bräutigam hast und bald Herrin des Hofes sein wirst.« Inga gab sich betont freundlich.

»Übel ist mir, schon seit vielen Tagen. Als würden mich zahlreiche kleine Gnome von innen in den Bauch zwicken, ihn immer wieder zusammenziehen und dann aufblasen. Ich weiß nicht, was es ist. Es will nichts mehr aus mir herauskommen, selbst wenn ich mir die Seele aus dem Leibe drücke.«

»Da gibt es Heilmittel, Gisela. Zahlreiche sogar. Geh nur zur Gunda, sie wird dir helfen.«

»Das werde ich tun. Besser, ich frage die krumme Zaunreiterin. Würde ich etwas von dir annehmen, wüsste ich bereits, wo ich ende«, antwortete Gisela zickig. »Und weshalb bist du hier?«

»Den alten Ulrich will ich besuchen. Ich möchte sehen, wie es ihm geht. Hab ihn nach all den Jahren in mein Herz geschlossen und ihm einen ganzen Krug wohl durchgorenen Brennnesselweines mitgebracht.«

»Gut geht es ihm. Schau nur nach. Der greise Bock wird uns noch alle überleben.«

Gisela marschierte weiter in Richtung des Ziegenstalles, während Inga auf den Haupteingang des so vertrauten Langhauses zusteuerte. Doch sie betrat das Haus nicht. Denn dort, hinter dem Misthaufen auf der Nordseite des Gebäudes, hatte sie die Person entdeckt, deretwegen sie tatsächlich den weiten Weg hierher auf sich genommen hatte: Ada.

Sie war gerade dabei, einen Eimer mit Schmutzwasser zu leeren, als Inga sie ansprach.

»Wollen wir miteinander sprechen, Ada?«

Ada sah die Schwägerin erstaunt an. Sie war blasser noch als Gisela, zudem entsetzlich mager. Ihre dunklen Haare hingen in fettigen Strähnen ungekämmt auf ihren schmalen, knochigen Schultern. Inga fühlte Mitleid in sich aufkommen. Ja, die Frau tat ihr leid – sie tat ihr leid, obwohl Inga sicher war, nun alles über Ada, Tochter des Hatho, zu wissen.

»Worüber willst du sprechen, Inga?«

Inga griff in den ledernen Beutel, den sie sich umgehängt hatte, und holte die mächtigen Schlüssel hervor. Sie hielt sie in die Luft und schwenkte sie ein wenig hin und her, sodass sie ein klirrendes Geräusch machten. Ada war starr vor Schreck.

»Wo hast du die gefunden?«

»Da, wo du sie verloren hast. Vor der Höhle der Wanda. Die Höhle, in der dein Vater bis zu seinem Tode hauste.«

Adas Gesichtsausdruck veränderte sich schlagartig. Kein Schreck, keine Furcht war mehr in ihren Zügen zu erkennen. Plötzlich war sie so kühl und überlegen, wie Inga sie stets gekannt hatte.

»Du weißt also Bescheid.«

»So ist es.«

»Und was wirst du nun mit deinem Wissen anstellen?«

»Darüber will ich mit dir reden.«

Ada blickte sich verstohlen um.

»Zur achten Stunde in der alten Schmiede.«

»Zur achten Stunde in der alten Schmiede«, wiederholte Inga, dann ging sie zurück zur Türe des Langhauses, um dem alten Ulrich einen Besuch abzustatten.

Die Schmiede existierte nahezu nicht mehr. Das Dach war bereits vollkommen eingestürzt, die Wände teilweise verbrannt, und der Boden war zu einem Paradies aus Unkräutern verschiedenster Art geworden. Dennoch konnte Inga Reste ihrer alten Einrichtung wiederfinden: ihre Holzbank, ihren Tisch; ja, selbst ihr Lager war noch da. Alles jedoch in einem erbärmlichen und wenig einladenden Zustand.

Sie setzte sich auf die Holzbank und wartete.

Es war ein schöner Tag. Ein warmer, trockener Frühlingstag. Inga schloss die Augen und begann zu träumen. Sie würde nach ihrer Zusammenkunft mit Ada ohnehin auf den heiligen Berg gehen, um Agius aufzusuchen. Es war demnach kein Umweg, sondern sogar die kürzeste Strecke, wenn sie an der Kapelle vorbei nach Huxori zurückwanderte. Dann würde sie ihn sehen. Einen Vorwand dazu gab es. Er war verletzt und lag gewiss noch darnieder. Der Weiße musste ihm gehörig eines über den Schädel gegeben haben. Das war Grund genug für Inga, bei ihm vorbeizuschauen und ihm kühlende Umschläge zu machen. Vielleicht würde Melchior die beiden für einen Moment alleine lassen. Ein kleiner Moment würde genügen …

»Da bin ich.« Inga hatte gar nicht bemerkt, dass Ada sich bereits genähert hatte. Schnell verdrängte sie ihre Tagträume und griff wieder in ihren Beutel.

»Hier sind deine Schlüssel. Setz dich doch zu mir.«

Beide saßen sie nun nebeneinander auf der Holzbank und schwiegen eine Weile. Es war eine eigentümliche Stille. Eigentümlich, aber nicht unangenehm.

»Warum hat dein Vater das getan?«, fragte Inga schließlich.

Ada schien nicht überrascht. Sie wirkte, als habe sie diese Frage erwartet, und antwortete ruhig:

»Niemand weiß von der wahren Geschichte meiner Familie.«

»Erzähl sie mir, Ada.«

Die Frauen schauten sich nicht an, beide blickten sie nach vorn, die Augen fix auf ein Loch in der Hauswand gerichtet, durch welches man einen Kastanienbaum erkennen konnte, der in voller Blüte stand.

»Meine Eltern waren gute Leute. Fleißig und ehrbar. Mein Vater arbeitete hart. Er war ein tüchtiger Schmied und machte der Tradition seiner Vorväter alle Ehre. Dann aber unterstellte man ihm diese schreckliche Tat. Ihm und meinen Brüdern.«

»Du meinst die schmähliche Grabschändung der Billinge?«

»So ist es. Warum sollte er so etwas getan haben? Nie konnte man auch nur eine der Kostbarkeiten der toten Edlen bei ihm finden. Niemand hatte ihn je in der Nähe der Gräber gesehen. Dennoch hielten sie ein Thinggericht über ihn. Trafen sich, alle Edlen und Freien des Gaus, obgleich eine solche Zusammenkunft längst verboten war. Morde kümmern sie nicht. Ja, man darf ein Kind erschlagen, ohne dass man gerichtet wird, aber sobald es um die längst Verstorbenen geht, kennen sie kein Erbarmen.«

»Sie hatten Angst, Ada. Angst, dass ihre Ahnen wegen der Schändung ihrer Grabruhe zu Wiedergängern würden.«

»Das weiß ich doch. Aber er war es nicht. Er war es nicht! Niemand wollte ihm glauben. Nicht einmal sein bester Freund Hilger. Der Mann, dem er einst das Leben gerettet hatte.«

»Im Kampf gegen die Franken«, ergänzte Inga.

»Richtig. In dem Kampf, in dem dein Großvater die beiden verraten hatte.«

»Es geht hier um deine Familie, Ada, nicht um die meine«, wies Inga die Schwägerin zurecht.

»Mein Vater und meine Brüder wurden geächtet und als Vogelfreie in den Wald getrieben.«

»Damit erging es ihnen noch gut. Die Billinge hätten das Recht gehabt, sie sofort zu töten.«

»Sie wurden getötet. Jedoch nicht unmittelbar von den edlen Billingen«, fuhr Ada fort. »Niemand anders als Hilger wusste, wo sich mein Vater und meine Brüder aufhielten. Nur er. Mein Vater hatte ihm vertraut und ihm seinen Unterschlupf genannt. Hilger hatte versprochen, ihm Essen und Kleidung zu bringen.«

»Und dann?«

»Du kennst das fruchtbare Land links des Baches, nicht weit von hier, die beiden großen Felder, auf denen so herrlich der Flachs gedeiht.«

»Natürlich kenne ich sie.«

»Das war einst das Land der Edelleute, seit einigen Jahren gehört es den Hilgerschen. Wieso ging es plötzlich in ihren Besitz über, Inga? Kannst du es mir erklären?«

»Hilger hat es ihnen abgekauft.«

»Nein. Sie haben es ihm geschenkt. Oder besser gesagt: Es war ein blutiger Tauschhandel.«

»Du willst mir sagen, die Edlen haben Hilger mit dem Land für einen Dienst entlohnt, den er ihnen geleistet hat?«

»So ist es. Für einen äußerst unangenehmen Dienst. Er und seine Söhne, Rothger, Ansgar und der damals noch blutjunge Gernot, sie haben meinen Vater und meine Brüder aufgesucht.«

»Und dann?«

»Sie haben sie erschlagen. Mit ihren Kurzschwertern haben sie auf die Wehrlosen eingeschlagen.«

Inga nickte, auch das erschien ihr durchaus glaubhaft. Dennoch sagte sie: »Sie waren Geächtete, Ada, und damit vogelfrei. Jeder hätte sie erschlagen dürfen.«

»Das sagst du? Du, deren wehrloser Großvater ebenfalls und durch dieselbe Hand getötet wurde? Einen Verräter darf man wie einen Vogelfreien ungestraft erschlagen, Inga. Aber einen Freund?«

»Dein Vater muss demnach dem Gemetzel entkommen sein.« Inga ignorierte die Anspielung Adas. »Man erzählte sich jedoch immer, alle drei seien tot.«

»Ich weiß nicht, woher sie die dritte Leiche nahmen. Vielleicht war es ein unglücklicher Landstreicher, der zufällig ihren Weg kreuzte, aber mein Vater war es nicht. Sie zündeten die Toten an und verschwanden. Der flinke Trenk aus der Siedlung auf dem Berge hat sie dann gefunden. Verkokelt waren sie, unkenntlich. Er verbreitete die Nachricht unter den Leuten. Man sagte, die gerechte Strafe habe die drei Grabschänder ereilt. Aber wer sie tatsächlich getötet hatte, danach fragte niemand.«

»Und du hast es immer gewusst? All die Jahre? Und du konntest dennoch in dem Hause leben? Du konntest einem der Mörder deiner Brüder gar Kinder schenken?«

»Ich habe es nicht gewusst. Erst als mein Vater vor wenigen Jahren wieder aufgetaucht ist, hat er mir die ganze Wahrheit erzählt. Er war durch das halbe Land der Engern gestreift, hatte in den Wäldern gehaust. Aber schließlich hatte es ihn doch wieder hierher getrieben. Er war verraten worden, von seinem besten Freunde verraten. Und nicht nur das. Dieser hatte auch noch seine beiden Söhne getötet und versucht, auch ihm das Leben zu nehmen. Der alte Hilger, ein Mann der Ehre, ein Mann, der den Verrat als die größte aller Sünden ansah. Dein Großvater ist durch seine Hand gestorben, weil er ein Verräter war. Doch der größere Verräter war Hilger selbst. Zwei fruchtbare Felder waren ihm mehr wert als das Leben seines treuesten Freundes.«

»Und dann habt ihr gemeinsam diese schrecklichen Rachepläne geschmiedet?«, fragte Inga weiter. Sie glaubte Ada jedes Wort.

»Ja.«

»Dass der Verdacht auf mich und meine Sippe fällt, war eure Absicht?«

»Anfangs schon. Allein zu unserem Schutze. Es bestand kein

Groll gegen euch. Aber dann ist meinem Vater sein Rachefeldzug entglitten. Er wusste schließlich nicht mehr, was er tat. Ansgar hätte weiterleben müssen, denn so ist nun alles hinfällig.«

»Lass es mich erraten, Ada: Das Ende eures Planes war, die Sippe der Hilgerschen auszulöschen und zu beerben.«

»Einer meiner Söhne, Enkel des Hatho und der Gesa, meiner armen Mutter, die sich aus Gram das Leben nahm, soll Herr des Hilgerhofes sein.« Ada sprach diese Worte fast feierlich.

»Und darum mussten alle anderen Erben sterben. Rothger, Gernot, Heinrich. Ansgar aber, als der Vater deines Erben, hätte weiterleben dürfen. Als Narr jedoch, ist das richtig?«

»So lange, bis Friedrich ein Mann ist.«

»Was ist mit Uta, mit Berta und Liudolf?«

Ada blickte Inga kurz an und lächelte ihr dabei bitter zu.

»Uta trug den Erben des Rothger in ihrem Bauch. Berta hast allein du auf dem Gewissen, Inga. Und der Tod Liudolfs war ein reiner Glücksfall. Es war Glück, eine Fügung der Natur. Er hätte uns tatsächlich gefährlich werden können.«

Inga wurde mit einem Mal blass. Ganz plötzlich verlor sie ihre Fassung. Tränen schossen bei diesen Worten der Schwägerin in ihre Augen. Sie hatte es geahnt, aber niemals wahrhaben wollen. Doch jetzt musste sie Gewissheit haben.

»Auch ich habe vier Mal einen Erben des Rothger in mir getragen«, sagte sie mit erstickter Stimme.

»Ich weiß, Inga, und es tut mir leid. Du musst wissen, dass es mir nicht schwergefallen ist, deinen Mann zu töten. Er war ein Widerling. Gernot und Heinrich erweckten Mitgefühl in mir, und auch Uta kostete mich Überwindung, nicht ihretwegen, sie war ein Miststück – nein, ihres Kindes wegen. Ansgar dieses Gift einzuflößen, machte mir sogar Freude. Aber dir deine Kinder genommen zu haben, das bereue ich mehr als alles andere. Es tut mir jetzt noch weh, wenn ich daran denke. Du hast dich so auf sie gefreut, und du warst die einzige im Hause, die ich jemals wirklich gemocht habe. Glaube mir bitte, dass ich aufrichtig zu dir spreche.« Ada versuchte Inga bei diesen Worten in die Augen zu blicken, konnte es aber nicht.

»Du warst es also.«

»Ja. Ich war es.«

»Mutterkorn, Wacholder, Mägdebaum und Fingerhut – welche Zutat braucht man noch, um ein solches Gift herzustellen, Ada?« Inga hatte sich erhoben und schrie die Schwägerin an.

»Ich weiß es nicht. Ich habe es nicht gemacht. Eine fahrende Frau hat es mir verkauft.« Ada blieb ruhig, ihre Augen jedoch verrieten den Schmerz, den sie offenbar verspürte.

»Und dann hast du es im Grubenhaus versteckt, so wie die ausgerissenen Haare der Uta.«

»Sie hat es nicht trinken wollen, die Schlange. Ist mir auf die Schliche gekommen. Da musste ich handeln. Ich habe sie einfach gepackt und zum Brunnen gezerrt. Du hast das Fläschchen gefunden?«

»Nicht ich, sondern die Zwillinge. Du wolltest Uta also genauso vergiften wie mich?«

»Ich wollte nicht sie, sondern nur ihre Frucht töten. Doch sie hat mich erwischt, ich konnte nicht anders. Sie musste in den Brunnen.«

»Warum so spät? Warum erst, als die Kinder fast ausgetragen waren? Wieso nur so grausam, wenn es doch hatte sein müssen?« Inga war außer sich.

»Weil ich feige war. Ich traute mich nicht, hoffte die ganze Zeit, Mutter Natur würde mir zu Hilfe eilen, so wie sie es doch so häufig tut. Es ist nicht einfach, so etwas Böses zu vollbringen. Aber auch du hast es getan, Inga. Vergiss das nicht. Auch du hast es getan. Grausamer und blutiger noch als ich. Mit einer rostigen Eisenstange hast du Bertas Kind geholt.«

»Ich weiß nicht, Ada, ob du mein Mitleid weiterhin verdienst.« Inga setzte sich wieder, ihre Stimme klang hart.

»Du hattest tatsächlich Mitleid mit mir?«

»Ja, das hatte ich. Mit dir und deinen Kindern. Doch du hast mir meine Kleinen genommen. Du darfst nicht erwarten, dass ich unter diesen Umständen mein Wissen verheimlichen werde.«

Ada blieb trotz dieser Drohung ruhig und sagte nur: »*Du* hast mir meinen Mann genommen.«

»Das wiegt deine Tat nicht auf.«

»Das ist wahr.« Zitternd griff Ada nach Ingas Hand. »Ich bin dir noch immer dankbar, dass du mein kleines Mädchen gerettet hast. Sie darf weiterleben, weil du für sie da warst. Und sie ist ein solch liebenswertes und kluges Kind.«

Auch Ada hatte plötzlich Tränen in den Augen. Diese kühle, zurückgezogene Frau – Inga hatte sie nie zuvor weinen sehen. Trotz ihrer Wut und ihrer Trauer konnte Inga sie nicht hassen. Sie konnte nicht, und sie wusste nicht, wie sie nun handeln sollte. Sollte sie ihren Plan weiter verfolgen, oder sollte sie ihrerseits Rache nehmen? Es lag allein in ihrer Hand.

Wieder verging eine Zeit des Schweigens, in der beide Frauen weinend nebeneinander saßen und auf die blühende Kastanie schauten.

»Gisela ist im Moment sehr unwohl. Hat auch das einen Grund?«, fragte schließlich Inga, sich die Tränen abwischend.

»Gunda hat mir dieses Mittel gegeben. Ich war bei ihr und beklagte mich über Durchfall. Es ist ein Gebräu aus Himbeerblättern und sonstigen Zutaten.« Auch Ada hatte ihre Tränen hinuntergeschluckt und sprach wieder gefasst und abgeklärt.

»Das habe ich geahnt. Vollkommen harmlos. Es wird nicht zu dem führen, was du dir wünschst, Ada. Selbst wenn du ihr einen ganzen Bottich davon verabreichst.«

»Was muss ich ihr stattdessen geben?«

»Das wäre wahrlich ein schmerzhafter Tod, Ada«, antwortete Inga. »Sie ist ein ekelhaftes Weibsstück, aber so sollte niemand sterben. Man könnte ihren Ruf schädigen, das würde ausreichen, um sie zu enterben.«

»Sie kann alles zunichtemachen. Stell dir nur vor, was aus uns wird, wenn sie Erbin des Hofes wird. Selbst mit deinem Bruder an ihrer Seite würde sie allen das Leben unerträglich gestalten. Meine Kinder wären verloren.«

»Dich hat das Leben der Kinder anderer auch nicht bekümmert, Ada. Dennoch will auch ich nicht mehr, dass Bero Gisela zur Frau nimmt.«

»Sondern wen?«

»Dich.«

»Mich? Wie kannst du so etwas sagen, nach all dem, was ich dir angetan habe?«

»Es ist nicht deinetwegen, glaube mir. Am liebsten würde ich dir eigenhändig den Hals umdrehen, Ada. Doch das kann ich nicht. Dankbar müsste ich dir sogar für deinen misslungenen Rachefeldzug sein. Denn du und dein Vater, ihr habt durch eure Taten meiner Familie einen ungeheuren Dienst erwiesen. Es wäre nun ein Leichtes für sie, die mächtigste Sippe der Gegend zu werden. Doch dem stehst allein du im Wege, du und leider auch deine Kinder. Solange ihr da seid, nützt Bero eine Verbindung mit Gisela nichts.«

Ada wurde stutzig. Was redete Inga da?

»Heißt das, wenn ich ihn heirate, würde uns nichts geschehen?«

»Das ist es, was ich von dir verlange, Ada. Denn ich möchte deine Kinder nicht für das bestrafen, was du getan hast. Ich will keine weiteren Toten.«

»Du vergisst, dass ich einen Mann habe. Vielleicht lebt er

noch. Niemand weiß, wo er ist. Täglich rechne ich damit, dass er vor mir steht und mich erschlägt.«

»Das wird nicht geschehen. Du kannst beruhigt sein.«

»Ist er etwa tot?«

»Nein. Er ist bei mir. Bero hat ihn zu mir gebracht. Er kommt hin und wieder ein wenig zu Verstand. Ich glaube jedoch, dass das Gift, welches du ihm verabreicht hast, einen dauerhaften Schaden angerichtet hat. Er wird nie wieder sein, wie er war. Nie wieder, da bin ich mir sicher.«

»Bei dir ist er? Wo ist das?«

»Das tut nichts zur Sache. Ihm wird nichts geschehen. Aber wir können die Menschen wissen lassen, dass der Waldmann auch ihn auf dem Gewissen hat. Eine seiner letzten grausamen Taten.«

Ada fragte müde: »Und das tust du alles nur für deine Familie?«

»Irgendwann will auch ich hierher zurückkehren. Es würde mir gefallen, zusammen mit der alten Gunda der Heilkunst nachzugehen. Ich bin es leid, angefeindet zu werden und in Ungewissheit zu leben. Wie viel lieber wäre es mir, Frieden mit meiner Familie zu finden, und welch eine Genugtuung würde es sein, *sie* zufrieden und auch mächtig zu sehen.« Inga seufzte und sprach dann weiter: »Wenn die Leute glauben, dass Ansgar verstorben ist, und Bero einen triftigen Grund findet, sein Verlöbnis mit Gisela zu lösen, dann steht einer Heirat zwischen dir und meinem Bruder nichts im Wege. Lediglich Ulrich muss sein Einverständnis geben. Und das wird er. Jedoch glaube ich, dass er ahnt, wie alles war. Er weiß von deinem Vater, er weiß, dass du es warst, die sich ständig als weiße Frau aus dem Haus geschlichen hat. Er ist nicht der altersschwache Greis, für den man ihn hält. Aber er wird schweigen, da bin ich mir sicher. Solange er seinen Brennnesselwein trinken kann, in der Sonne sitzen darf und man hin und wieder seinen Geschichten lauscht, ist er zufrieden und wird schweigen wie ein Grab.«

»Und auch du wirst niemandem erzählen, dass der Waldmann mein Vater war?«, bat Ada die Schwägerin. Hoffnung keimte in ihr auf.

»Nicht, solange ich dir vertrauen kann. Dein Vater ist nun tot, und ich hoffe, dass es allein sein von Rachegelüsten umnebelter Geist war, der auch dich in diesen Wahnsinn getrieben hat. Hoffentlich bist du nun befreit davon. Tief in deinem Innern musst auch du ihn verabscheut haben, Ada, sonst wärest du nicht imstande gewesen, seiner Leiche so etwas anzutun.«

Ada blickte zu Boden und sagte leise: »Er selbst hätte es von mir verlangt. Ich konnte ihn nicht fortschleppen, er war zu schwer. Wie hätte ich ihn durch die dichten Dornen zu einem geeigneten Platz zerren sollen, an dem man ihn hätte verscharren können? Ich habe es versucht, aber es ging nicht. Mir zerreißt es das Herz, wenn ich mir vorstelle, was sie in der Siedlung mit seinem Leichnam angestellt haben. Das, Inga, ist schlimmer als die Tatsache, dass ich seinen Kopf genommen und angemessen bestattet habe.«

Inga nickte nur, dann schlug sie vor: »Ich werde mit Gunda sprechen. Sie soll eine Legende über den Waldmann verbreiten. Eine schaurige Geschichte, die alles erklärt, ohne dass der Verdacht auf deine oder meine Familie fällt.«

»Man wird solch ein Märchen kaum glauben. Nicht, wenn plötzlich ein Meinradscher und eine Tochter des Hatho die neuen Herren des Hilgerhofes sind.« Ada war skeptisch.

»Gibt es eine andere Möglichkeit?«, fragte Inga. »Es war alles ein böser Fluch. Auf dich ist bislang ohnehin nicht der geringste Verdacht gefallen. Und was meinen Bruder betrifft, so wird ein jeder verstehen, dass den Hilgerschen ihr Erbfeind dennoch lieber ist, als dass sie ihre Freiheit einbüßen, indem sie ihr Gut der Kirche verschreiben. Bero ist der einzige verbliebene heiratsfähige Freie der Gegend. Mir fällt kein anderer Bräutigam für dich ein. Wenn du Bero heiratest, wird das niemandem seltsam erscheinen, niemandem außer Gisela und Ansgar.«

»Lass *sie* meine Sorge sein, Inga.«

Inga schaute Ada aus zusammengekniffenen Augen an. Sie ahnte Schlimmes, aber schließlich sagte sie nur: »Ich werde mich im Gegenzug um Ansgar kümmern. Und eine Sache noch: Sollte meinem Bruder in den nächsten Jahren etwas zustoßen, werde ich dafür sorgen, dass alle alles erfahren. Hast du das verstanden, Ada? Du hast nun dein Ziel erreicht, deine Kinder werden eines Tages erben – allerdings erst dann, wenn mein Bruder als Greis eines gewöhnlichen Todes stirbt.«

»Wird dein Bruder sich darauf einlassen?«

»Ich habe bereits alles mit ihm besprochen.«

»Du bist abgefeimter, als ich dachte, Inga.«

»Jeder kann sich in jedem täuschen. Aber eines bin ich gewiss nicht, Ada: eine Mörderin.«

Ada nickte betroffen. Sie wagte es nicht, Inga in die Augen zu schauen, gab ihr nur die Hand und sagte leise: »Sag deinem Bruder, dass ich ihn treffen will, hier an diesem Ort. Gleich morgen in der Früh.«

Und damit steckte sie sich die Schlüssel an den Gürtel ihres Kleides und ging schnellen Schrittes davon. Inga schaute ihr nach. Ihr Herz raste, sie ließ die Schultern nach vorne sinken und blieb erschöpft auf der Bank sitzen. Ihre Hände legte sie auf den Bauch und begann leise zu schluchzen.

Irgendwann – sie wusste nicht, wie lange sie so gesessen hatte – raffte sie sich auf, ging zum Bach, wusch sich das verweinte Gesicht mit dem kalten, klaren Wasser und machte sich dann auf den Weg zur Kapelle.

Furchtbare Ahnungen hatten ihre Bestätigung gefunden. Seit

einer Weile schon – seitdem die Zwillinge das eigentümliche Gebräu im Spinnhäuschen gefunden hatten – waren ihr derlei Gedanken durch den Kopf gegangen. Seither musste sie immer und immer wieder daran denken, dass ihr Versagen, dem Herrn des Hilgerhofes einen Erben zu schenken, nicht dem Schicksal, sondern der Hand eines bösen Menschen anzulasten war. Doch an Ada hatte Inga dabei niemals gedacht. Bis sie den Schlüssel im Wald gefunden hatte. Und nun hatte sie es aus deren eigenem Mund erfahren.

War es wirklich richtig, dieser Frau nicht zu zürnen? Sie gar für ihre schrecklichen Taten zu entlohnen? Ada war bereits eine gestrafte Frau, und so sehr Inga sie zu verabscheuen versuchte, sie konnte es nicht. Sie empfand nicht Wut, sondern Mitleid. Ja, sie hasste sich selbst für diese seltsame Verbundenheit, welche sie nach wie vor zu ihrer Schwägerin verspürte, und es behagte ihr ganz und gar nicht, sich vorstellen zu müssen, dass Ada für ihre Taten schändlich bestraft würde.

So schmerzlich es auch war, das Vergangene musste ruhen. Wozu weitere Rachegelüste schüren? Inga war es müde, sie wollte Frieden, nichts als Frieden. Und vielleicht auch ein bisschen Liebe.

Sie atmete drei Mal tief ein und setzte dann ihren Weg fort. Nichts wünschte sie sich in diesem Moment sehnlicher, als ihn zu sehen.

»Noch immer ist er nicht richtig bei Besinnung?«

»Nein, Inga, auch ich bin in großer Sorge.«

Inga und Melchior stapften hinunter ins Tal. Dort lag Bruder Agius nach wie vor bei Gunda. Der Schlag auf Stirn und Nase, den er von dem alten Schmied Hatho erhalten hatte, musste ihm mehr zugesetzt haben, als sowohl Melchior wie auch Gunda angenommen hatten. Ein Transport des Kranken hinauf in seine Behausung neben der Kirche, welche im Übrigen noch nicht gänzlich wieder hergerichtet war, war demnach nicht in Frage gekommen. Und so hatte Inga auf dem heiligen Berg lediglich Bruder Melchior angetroffen, ein Wiedersehen, über welches sie sich trotz der widrigen Umstände sehr freute.

Knarrend öffneten sie die Tür zu der windschiefen Behausung der alten Frau, die sich in greisen Jahren nun noch der Kräuterkunde verschrieben hatte. Inga wurde herzlich willkommen geheißen, und auch sie freute sich, ihre liebe Freundin Gunda zwar nach wie vor krumm, aber dennoch gesund anzutreffen. Ja, Gunda wirkte gesünder als je zuvor, ihre Wangen waren rosig, und ihre alten Augen strahlten.

»Du kommst wieder zurück, liebe Inga. Alles ist gut. Dein Bruder hat ihn gefunden, den Schlächter der Hilgerschen.« Und mit diesen Worten ergriff sie Ingas Hände und schaute ihr tief in die Augen. »Weißt du, wer es war?«

Inga neigte den Kopf leicht zur Seite und blickte Gunda scharf an.

»Höre, mein Kind, ich bin mittlerweile das älteste Menschlein in dieser Gegend, abgesehen vom alten Ulrich, versteht sich. Die jungen Leute können sich an niemanden erinnern, der hier vor vielen Jahren einmal gelebt hat und vielleicht zurückgekehrt sein könnte, obwohl man ihn für tot hielt.«

»Und so soll es auch bleiben, nicht wahr, Gunda?«

»Ich mag die sture Ada sehr«, sagte die Greisin nur und führte Inga zum Lager des Mönches, der mit einem enormen Verband um die Stirn und einer mächtig geschwollenen Nase schlafend auf einem Strohsack lag.

»Hat er Fieber?«, fragte Inga.

»Nein, aber er behält nichts bei sich.«

»Wir können da gar nichts machen, Gunda. Nur warten. Hoffentlich ist sein Schädel nicht gebrochen. Die Nase jedoch hat ohne Zweifel gelitten.«

»So schön wie zuvor wird er nie wieder sein. Er ist aber auch nur ein Gottesmann und muss den Frauen nicht gefallen.« Mit diesen Worten stieß Gunda Inga ihren spitzen Ellbogen in die Seite.

»Wie oft ist er wach?«, fragte Inga errötend.

»Schon häufiger als gestern. Spricht ganz gewöhnlich, kein wirres Zeug. Ich habe nicht den Eindruck, dass der Waldmann ihm den Verstand aus dem Kopf geprügelt hat. Er hat übrigens auch nach dir gefragt, Inga.«

Gunda lachte ein wenig keck, hielt sich dann die faltige Hand vor den Mund und schielte verstohlen zu Melchior hinüber. Der jedoch war damit beschäftigt, zahllosen Krempel von seiner Insektariumstruhe zu räumen, welche Gunda für ihn aufbewahrte, indem sie sie als nützliche Ablage für allerlei Dinge gebrauchte.

Inga nutzte die Tatsache, dass Melchior abgelenkt war, und strich zärtlich über den nicht verbundenen Teil von Agius' Gesicht. Sanft zwickte sie ihm dabei in die Wange, sodass er tatsächlich die Augen aufschlug.

»Du?«, fragte er.

»Ich habe von deinem Kampf gehört.«

»Er ist tot, sagte mir die Kräuterfrau.«

»Mein Bruder hat ihn getötet, um euer beider Leben zu retten. Ihr werdet es eurem Abt sagen müssen.« Inga sprach diese Worte nicht ohne Hintergedanken.

Agius schmunzelte.

»Zunächst hätte ich gerne ein Kraut gegen Kopfweh.«

»Ich bringe dir eines, Mönch«, sagte Gunda und schlich in eine der nahen Ecken ihres winzigen Hauses, aus welcher sie eine Tinktur in einem winzigen Tonbehältnis holte und Agius unter die lädierte Nase hielt.

»Nur schnuppern, das genügt schon. Nur schnuppern, Mönch.«

»Hast du das alles aus meiner Schmiede, Gunda?«, fragte Inga.

»So ist es, Kind. Sie haben viel zerstört, als sie wütend auf dich waren. Aber das, was heil geblieben ist, habe ich aufgelesen und hierher getragen. Es hat schon vielen Menschen gute Dienste erwiesen, den besten Dienst jedoch mir. Ich bin nun anerkannt, Inga. Ja, anerkannt. Dennoch würde ich mich freuen, wenn du zurückkehrst.«

»Dem steht nun nichts mehr im Wege«, sagte auch der leidende Agius leise.

»Ich muss noch eine Sache erledigen, dann bin ich wieder zurück. Eine Sache noch«, fügte Inga hastig hinzu und verabschiedete sich alsdann von Agius und auch von Melchior, welcher jedoch kaum eine Reaktion zeigte, weil er sich mit strahlenden Augen seinen getrockneten Krabbeltieren widmete. Als Inga hinausging, folgte ihr Gunda.

»Du weißt also, wer der Weiße war«, flüsterte Inga ihr vor der Türe zu.

»Sofort habe ich ihn an den Händen erkannt. Dazu brauchte er keinen Kopf. Sie hat ihn ihm abgeschnitten, nicht wahr? Seine eigene Tochter.«

»Gunda, du überraschst mich immer wieder.«

»Inga, ich habe so viel gehört und erfahren in meinem langen Leben, dass ich eines mit Gewissheit sagen kann: Der Mensch allein ist die ungewöhnlichste Gestalt auf Erden und zu allen Taten, ob gut oder böse, fähig. Niemals jedoch hätte ich gedacht, dass Hatho damals am Leben geblieben ist.«

»Niemand darf erfahren, dass er es war. Ich will nicht, dass Ada und ihren Kindern etwas zustößt.«

»Ich werde schweigen wie ein Grab.«

»Besser wäre es, Gunda, wenn du nicht schweigst, sondern ein neues Märchen erfindest. Eine deiner sagenhaften Erzählungen. Wer könnte dieser Mann gewesen sein? Warum hat er es getan? Dir fällt sicherlich etwas ein.«

»Da mach dir mal keine Sorgen, Ingakind. Im Erfinden solcher Märchen bin ich schon immer gut gewesen. Denke doch nur an die Geschichte von den Zwergen und dem geheimnisvollen Schlüssel zum Reich der Hel. Das wurde mir auch von vielen geglaubt. Eine Zeitlang wenigstens.«

Dann drückte die Alte Inga fest an sich, nahm danach das Gesicht der jungen Frau in beide Hände, blickte sie lächelnd an, kniff ein Auge zu und verschwand wieder in der kleinen Tür ihres nicht viel größeren Grubenhauses.

XXXVIII

Die Weser war hoch im Norden, dort, wo sie ins große Meer mündete, bis weit in den Frühling hinein zugefroren gewesen. Zudem machten seit einigen Jahren die Nordmänner, auch Wikinger genannt, den Handeltreibenden – und nicht nur diesen – das Leben schwer, sodass Inga lange Zeit befürchtet hatte, die friesischen Kaufleute würden gar nicht mehr im Flecken Huxori erscheinen. Doch an einem recht diesigen, nebligen Morgen, der einen Tag voller Sonnenschein versprach, legten plötzlich zwei mit Säcken, Kisten und Fässern voll beladene Holzkähne an.

Die Karawanenhändler, die mit Eseln, Pferden und Ochsenkarren aus dem Westen und dem Süden des Reiches anreisten, waren bereits seit mehr als sieben Tagen zugegen, und das Haus des Ottmar war zum Bersten voll mit hervorragend zahlenden Gästen.

Sie alle hatten auf die Friesen gewartet, und sie alle hatten bereits zu zweifeln begonnen, ob diese überhaupt noch auftauchen würden. Man hatte sogar schon damit begonnen, nach anderen Handelsrouten zu forschen, kühne Pläne geschmiedet, gemeinsam weiter ins Land der Slawen zu reisen, denn auf die Friesen würde bald ganz und gar kein Verlass mehr sein.

Diese Gespräche hatten Inga sehr betrübt, brachten sie doch ihren Plan durcheinander. Dennoch hatte sie beschlossen, zu warten und zu hoffen, dass die Schiffe an einem der nächsten Tage eintrafen. Und dieser Tag war nun endlich gekommen.

Alle strömten aus, hin zu der Furt, an der die Kähne angelegt hatten, und bald war die Taverne für ein paar Stunden leer. Gleich würden sie wieder zurückströmen, würden sich an die schmutzigen Tische des Ottmar setzen, sein warmes Bier trinken und dabei ihre Geschäfte abwickeln. Aber bis das so weit war, hätte Inga nun endlich einmal Zeit, die notwendigen Vorbereitungen zu treffen.

Ansgar war ruhig. Er saß auf einem Schemel im dunkelsten Bereich des Hauses und schnitzte an einer Holzfigur. Das tat er nun schon seit einigen Wochen. Ein ganzes Heer kleiner, hölzerner Krieger hatte er bereits erschaffen, und das Gute an dieser Arbeit war, dass er dabei nicht nur friedlich war, sondern auch schwieg. Mit gutmütiger Miene ging er seiner Beschäftigung nach, und Inga musste hin und wieder rührselig lächeln, wenn sie ihn beobachtete, denn irgendwie tat er ihr leid. Es musste ein wahres Teufelsgebräu gewesen sein, welches Ada dem Armen verabreicht hatte, ein Gemisch, welches noch aus den Tagen der Seherin Wanda stammte. Ada hatte Inga bei einem ihrer letzten Besuche – dem Begräbnis der armen Gisela, die einem schrecklichen Darmleiden erlegen war – angeboten, ein weiteres Tonfläschchen mit diesem Gift an sich zu nehmen, um Ansgar weiterhin ruhigzustellen, doch Inga wollte sich lieber auf ihre eigene Mixtur verlassen. Die war harmlos, aber dennoch effektiv und hatte aus dem Wüterich Ansgar bald einen sanften Riesen gemacht. Es waren vornehmlich die Kopfschmerzen gewesen, die ihn zeitweise unberechenbar hatten werden lassen, doch dieses Leiden war nun vergangen, weil das alte Gift sich offenbar restlos aus seinem Körper entfernt hatte. Sein Verstand jedoch war nicht zurückgekehrt. Dennoch konnte er allen Geschäften des täglichen Lebens selbstständig nachgehen, ja, er war sogar geschickt genug, um handwerkliche Tätigkeiten zu Ingas vollkommener Zufriedenheit zu erledigen. Man musste ihm jedoch einen Auftrag dazu geben, allein und aus freiem Willen nahm er nichts in die Hand.

Inga ging in den Hof hinaus, dorthin, wo sich die leeren Fässer stapelten. Dort war eines, welches sie schon seit geraumer Zeit zu dem von ihr verfolgten Zwecke auserkoren hatte. Sie begutachtete es ein weiteres Mal und überlegte erneut, wie eine zarte Frau wie sie diese Aufgabe ganz ohne fremde Hilfe bewältigen sollte. Besser wäre es, sie holte Bero her, doch der Weg in ihre alte Heimat war zu weit. Ottmar würde sie bei der vielen Arbeit, die momentan anstand, nicht ziehen lassen, und gerade jetzt galt es, keinerlei Verdacht zu erregen. Zudem war Bero im Moment damit beschäftigt, seine Heirat mit Ada vorzubereiten.

Ja, alles hatte tatsächlich genau den Lauf genommen, den Inga sich gewünscht hatte. Nur der Tod Giselas hätte nicht sein müssen. Doch darüber wollte sie nicht weiter nachdenken, denn das war nicht ihre Sache gewesen. Ihre Sache war es nun, den letzten fehlenden Schritt zu vollziehen, und dann würde es für sie kein Hindernis mehr geben, um zurückzukehren. Zurückzukehren auch zu ihm, der nun wieder dort war, dort in der Kapelle, wo sie ihn nach dem Begräbnis der Gisela getroffen hatte. Einen viel zu kurzen, aber wunderschönen Kuss hatten sie ausgetauscht, seine Hände waren unter ihr Kleid gewandert, und die ihren waren gerade dabei gewesen, unter seiner Kutte zu verschwinden, als leider ein Besucher die Kirche betrat. Es war erneut dieser garstige Kapuzenmönch gewesen, dieser hässliche Schrat, bei dem Inga sich nicht gewundert hätte, wenn man von ihm erzählen würde, dass er ein böser Gnom war, der unter den Wurzeln der Bäume lebte und des Nachts in die Häuser schlich, um Neugeborene zu stehlen. Agius hatte Inga beim Auftauchen dieses Gastes grob, ja sehr grob, zu verstehen gegeben, dass sie verschwinden solle, und seitdem hatte sie ihn nicht wiedergesehen. Sie hoffte nun, dass er sich bald für dieses Verhalten entschuldigte und dass er, sobald sie zusammen mit der alten Gunda in einem kleinen Häuschen lebte, hin und wieder den Weg zu ihr fand. Welch ein friedliches, erfülltes Leben könnte das sein. Ja, diese Aussicht gefiel Inga, sie gefiel ihr ungemein. Sie würde Kräuter mischen, mit Gunda plaudern, ihre Familie besuchen und einen Mann lieben dürfen. Das war mehr, als sie sich seit dem Tode Rothgers je von ihrem Leben hatte versprechen dürfen – nein, mehr sogar, als sie sich seit dem Auftauchen der Friedelfrau Uta hatte erhoffen können.

Sie musste Ansgar also alleine in dieses Fass hieven, selbiges zum Ufer rollen, heimlich auf eines der Schiffe bringen und warten, bis dieses ablegte, gen Norden, ohne dass einer der Friesen ahnte, welch eigentümliche Fracht sich auf dem Boot verborgen hielt. Irgendwann würde man ihn sicherlich finden, doch dann war es hoffentlich zu spät umzukehren. Und so stark und gutmütig wie er war, fand man gewiss eine Tätigkeit für ihn in dem Handelsstützpunkt der Friesen. Dort, wohin es auch den armen Gernot gezogen hätte, wäre nicht seinem Leben vorzeitig und gewaltsam ein Ende gesetzt worden.

Zwei Nächte noch, dann – so hatte sie leicht in Erfahrung bringen können – würden die Friesen wieder aufbrechen. Und bei einem der Friesen handelte es sich sogar um den Kaufmann, mit welchem Inga bereits zwei Mal erfolgreich Geschäfte gemacht hatte. Dummerweise nächtigte dieser nicht in der Taverne, sondern auf seinem eigenen Boot. Damit war Inga zwar der Gefahr entgangen, dass er sie hätte wiedererkennen können, was sicherlich nicht bedrohlich, aber dennoch unnötig gewesen wäre. Anderseits jedoch konnte sie somit das Fass gewiss nicht so einfach auf seinen Kahn schmuggeln. Und er war es doch, den sie auserkoren hatte, sich um Ansgar zu kümmern, denn ihm traute sie nicht zu, dass er einen blinden Passagier bei dessen Entdeckung einfach über Bord werfen würde.

Zu Ingas Glück zechte der Friese in der Nacht vor der Abfahrt mit einigen Händlern aus dem äußersten Süden des Reiches so lange, dass allesamt gegen Morgen mehr tot als lebendig unter den Bänken der Taverne lagen und dort auch eine Weile liegenblieben. Das war der richtige Augenblick für Inga. Zwei Stunden hatte sie noch, dann würde die Sonne aufgehen, aber zwei Stunden mussten in jedem Fall ausreichen, um ihr Vorhaben zu vollbringen. Leise schlich sie sich in den Hof, um das Fass zu holen. Ansgar schlief bereits, sie hatte ihm vorsorglich einen starken Schlaftrunk verabreicht, der ihn sicherlich nicht vor Mittag erwachen ließ. Hoffentlich wäre der Friese zügig wieder auf den Beinen, damit der Kahn schon weit genug fort war, wenn der ungebetene Mitreisende sich in seinem Fass zu rühren begann.

Plötzlich durchfuhr Inga ein Schreck. Ihr Fass war fort. Das konnte doch nicht wahr sein. Ottmar konnte es doch nicht weggenommen haben! Er bewegte sich selbst kaum, geschweige denn, dass er ein solch schweres Ding bewegt hätte. Wo war es nur?

In der Dunkelheit konnte Inga so gut wie nichts ausmachen. Verzweifelt stapfte sie über den Hof, trat immer wieder in Schlamm und sonstigen Unrat der zahlreichen Gäste, doch das war ihr gleich, sie musste dieses verfluchte Fass finden.

Da – da war es. Vor dem Stall. Eine halbe Ewigkeit schien vergangen zu sein, aber jetzt hatte sie es gefunden. Einige der Gäste mussten es fortgerollt und als Stehtisch benutzt haben, denn neben und auf dem Fass lagen und standen noch allerlei Krüge sowie zahlreiche Scherben. Mühsam kippte Inga das Ding um und rollte es durch den widerlichen Schlamm in Richtung der Hintertür.

Als sie endlich an Ansgars Lager angekommen war, klebte allerlei an dem hölzernen Bottich, vor allem schmutziges Stroh, welches sich wie ein zotteliger Pelz rundherum gelegt hatte. Jetzt würde sie das Ding auch noch in der Weser waschen müssen, bevor sie es auf das Schiff verfrachtete. Gut, dass noch genügend Zeit blieb.

Inga war so sehr damit beschäftigt gewesen, sich um das Behältnis zu sorgen, in welches sie nun den armen Ansgar heben müsste, dass es ihr erst jetzt auffiel: Er war gar nicht mehr da.

Oh Schreck! Jetzt war auch noch Ansgar fort.

Zunächst suchte sie alle Lager ab, drehte die Schlafenden teilweise sogar um, um in ihre friedlich schnarchenden Gesichter zu blicken, dann schaute sie unter Tische und Bänke, in alle Ecken, in den Hof, in den Stall. Schließlich lief sie vor die Türe, durchkämmte alle Gassen, blickte in die Höfe der großen und der kleinen Häuser, lief hinunter zum Fluss. Doch sie fand ihn nicht.

Und dann ging bereits die Sonne auf.

Resigniert marschierte Inga zurück zur Taverne. Den Kopf gesenkt, die Haare kraus, die nackten Füße bis zu den Knöcheln voller Schmutz.

»Na, da hat wohl jemand auch die ganze Nacht gesoffen.«

Es war der Friese, der plötzlich vor ihr stand. Bei ihm seine Männer. Allesamt sahen sie aus wie das blühende Leben. Aber das war auch nur der erste Eindruck. Denn plötzlich verdrehten sich die Augen des Kaufmanns, und er wäre sicherlich hintenübergefallen und liegengeblieben, hätte nicht einer seiner Männer ihn mühsam, weil selbst vollkommen trunken, gehalten. Wankend stolperten sie hinunter zur Weser.

Jetzt werden sie gleich ablegen, und ich habe meine Möglichkeit verpasst, dachte Inga. Wenn ich diesen dummen Ansgar finde, bleibt mir nur noch der Ausweg, ihn auf den Rücken eines Karawanenesels zu binden, um ihn loszuwerden. Aber das bliebe nicht einmal bis zum nahen Waldrand am Hellweg unerkannt. Inga war verzweifelt.

Traurig ging sie zurück ins Haus, wusch sich, kämmte sich und begann den verbliebenen Gästen ein Frühstück zu kochen. Müde und lustlos rührte sie im Kessel, während Ottmar in der Nähe auf seinem Hocker saß, ihr dabei zuschaute und unablässig über alles und jeden, eingeschlossen Inga, lamentierte. Als endlich allesamt gezahlt und aus dem Gasthof verschwunden waren, ging auch Inga hinunter zur Weser. Sie mischte sich nicht unter das Volk, welches sich, teils neugierig, teils letzte Geschäfte machend, unten an der Anlegestelle versammelt hatte. Sie schlurfte lustlos den Pfad in Richtung des Klosters entlang, um sich schließlich auf einem großen Stein direkt am Ufer des Flusses niederzulassen und benommen kleine Kiesel ins Wasser zu werfen.

Er würde wieder auftauchen. Gewiss sogar noch im Laufe des Tages. Aber dann war es zu spät. Und auch für sie wäre es zu spät. Solange er da war, konnte sie nicht wieder zurück. Fand man heraus, dass er noch lebte, würde das vollkommene Chaos in der Siedlung ausbrechen. Beros, Adas und Ingas Plan würde hinfällig, denn Ansgar kannte die Wahrheit. Er war zwar ein Holzkopf geworden, aber in seinen lichten Momenten hatte er durchaus gezeigt, dass er genau wusste, wer hinter all den Taten steckte, die seine Familie hatte erleiden müssen. Er musste weg, weit weg – und jetzt blieb Inga nur noch eine einzige Möglichkeit. Besser war es, ihn sofort zu finden, bevor er noch ein Unglück anrichtete.

Nicht, dass er auf die Idee kam, in die Siedlung zurückzukehren.

Oh nein!

Inga schlug sich mit der Hand gegen den Kopf. Wie konnte sie nur so dumm sein! Natürlich war er auf dem Weg zu seinem Heimathof. Wo sonst konnte er sein? Und sicherlich war er bereits angekommen, es waren ja schon mehr als fünf Stunden seit seinem Verschwinden vergangen.

Vielleicht hatte er einen erneuten hellen Moment gehabt in dieser Nacht? Ja, wahrscheinlich hatte er sich dümmer gestellt, als er tatsächlich war, und nun war er sicherlich längst dabei, Ada zu erwürgen und Bero zu erschlagen. Nichts anderes führte er im Schilde.

In Ingas Kopf pochte es, bunte Punkte schwirrten vor ihren Augen. Sie hatte sich doch so sehr gefreut. Voller Erwartung hatte sie diesen letzten Moment herbeigesehnt, ihre Rettung – und nun war alles vorüber, und sehr wahrscheinlich ging es nun auch ihr ans Leben.

In diesem Moment fuhr der Friesenkahn an ihr vorüber, er fuhr die Weser flussabwärts in den Norden hinauf. Nur schemenhaft konnte Inga auf dem Boot die Umrisse des Händlers und seiner Männer erkennen. Mehr schlecht als recht hielten sie sich aufrecht. Rudern musste zum Glück kaum einer, man ließ sich treiben. Alle machten einen wenig gesunden Eindruck. Zu tief hatten sie gestern in ihre Trinkgefäße geschaut. Einem einzigen jedoch schien es gutzugehen.

Ausgesprochen gut. Ja, der Mann winkte ihr sogar zu.

Müde hob Inga die Hand und winkte lustlos zurück.

»In den Norden reise ich, gute Frau«, rief eine tiefe, ihr seltsam bekannte Stimme. »In den Norden. Dort werde ich meinen Bruder finden.«

Mit einem Mal durchfuhr es Inga wie ein Blitz. Das Blut strömte zurück in ihre Adern, die bunten Punkte vor ihren Augen verschwanden, und mit vor Erstaunen geöffnetem Mund stand sie am Weserufer und starrte auf das Friesenboot.

Da war er. Da war er tatsächlich auf dem Kahn der friesischen Händler, und er winkte!

Er winkte ihr zu und rief, verabschiedete sich von ihr, ohne sie zu erkennen. Und die betrunkenen Friesen hatten den zusätzlichen Bootsmann bislang noch nicht einmal bemerkt.

Mit einem seligen, wie festgewachsenen Lächeln auf dem Gesicht stapfte Inga zurück zur Taverne, packte schweigend ihre Siebensachen und sagte dem darüber äußerst wütenden Ottmar und dessen siecher Mutter Lebewohl.

Epilog

Zwei Jahre später, im Jahre 829

»Gute Gunda, ich komme, um mich zu verabschieden.«

Bruder Melchior betrat betrübten Blickes das Grubenhäuschen der alten Frau. Etliche Male war er in den letzten beiden Jahren hier gewesen, zahlreiche Geheimnisse teilte er mit dem spätberufenen Kräuterweiblein, welches sich noch immer beharrlich gegen die frohe Botschaft zur Wehr setzte. Doch das störte den Mönch nicht, er mochte sie dennoch, mochte sie vielleicht gerade wegen ihres heidnischen Starrsinns. Und aus diesem Grund sprachen sie niemals über den einen und auch nicht über die anderen Götter. Sie redeten vielmehr über Heilkunde, über Insekten, über die Leute im Tal und auf den umliegenden Höfen, und sie redeten über Inga und Agius.

»Verabschieden? Ach was. Ich habe hier ein wunderbares Gebräu, lieber Melchior. Ein wunderbares Gebräu, etwas scharf, aber wirkungsvoll. Koste und rate, was es sein könnte.«

Gunda schien die Worte des Mönches vollkommen zu ignorieren, stattdessen hielt sie ihm eine Schale mit einem grünen Saft unter die Nase. Er roch tatsächlich scharf, so scharf, dass Melchior wenig Lust verspürte, sich damit Gaumen und Rachen zu verbrennen. Der Anstand gebot ihm jedoch, das Gefäß entgegenzunehmen, er nippte nur leicht daran, gab sich Mühe, nicht das Gesicht zu verziehen, und keuchte schließlich: »Pfefferminze.«

»Wenn es nur das wäre, lieber Melchior. Aber nein, es ist

mehr. Das Zeug würde sogar den mächtigen Thor von den Füßen holen. Und der Herr Jesus, der würde es sicherlich erst gar nicht probieren wollen.« Gunda zwinkerte ihm zu.

»Vorsicht, Vorsicht, gute Gunda. Übe dich nicht unwissentlich in Blasphemie.«

Melchior hatte sich bereits wieder erholt, er hüstelte noch ein wenig, stellte das teuflische Gebräu zur Seite und wiederholte seine anfänglichen Worte: »Ich bin gekommen, um mich zu verabschieden. Mein Bruder Jonathan und ich, wir werden ins Kloster zurückberufen.«

»An die Weser etwa?«, fragte Gunda, nun doch erstaunt.

»So ist es. Unser Vater Abt ist beim Kaiser Ludwig in Ungnade gefallen, eine lange Geschichte mit Auswirkungen auch auf die Führung unseres Hauses. Wir ziehen uns wieder zurück hinter die Mauern. Die Zeit, so heißt es nun, sei noch nicht reif für Experimente, keine kleinen Kirchen mehr im Umland, keine wilden Mönche auf heidnischen Bergen. Später vielleicht. Jedoch nicht jetzt, nicht während meines bescheidenen Lebensalters. Ich hoffe jedoch, dir hin und wieder einen kleinen Besuch abstatten zu dürfen, gute Gunda.«

Die Alte schaute ihn schweigend an. Sie versuchte zu verstehen.

»Wilde Mönche«, wiederholte sie. »Meinen sie damit etwa Agius? Wissen sie, dass er verschwunden ist und mit wem er verschwunden ist?«

»Nein, nein, keine Sorge, das waren meine eigenen Worte. Sie hingegen halten ihn für mausetot. Ich habe ihnen sein Grab gezeigt.«

»Du bist ein wahrer Lügenbold, Melchior.«

»Die Not, gute Gunda, die Not. Was tut man nicht alles für einen lieben Freund?« Melchior blickte verlegen zu Boden, das schlechte Gewissen plagte ihn durchaus.

»Ich mache mir viele Gedanken über sie«, flüsterte Gunda und huschte ein wenig näher an Melchior heran. »Wo sie wohl untergekommen sind? Ob sie als Frau und Mann zusammenleben? Und wie nur können sie ihr Tagwerk bestreiten? Von Luft und Liebe allein lässt es sich nicht leben.«

»Agius wird sich zu helfen wissen, er ist klug. Und dass Inga vom Hilgerhof eine findige Person ist, das hat sie zur Genüge unter Beweis gestellt. Ich …«, jetzt kam Melchior der alten Frau näher, um ihr ins Ohr zu flüstern: »Ich wähne sie im Süden des Frankenreiches, in der alten Heimat des Agius. Dort ist es warm, es regnet kaum, nur stürmen tut es ab und an. Dort wächst köstlicher Wein und duftender Lavendel. Ein Paradies.«

»Lavendel, das klingt hübsch – ist das ein Kraut?«, flüsterte Gunda zurück.

»Ein herrliches Kraut, und tausende anderer Kräuter gibt es dort.«

»Dann wird es Inga dort sicherlich gut haben. Was denkst du, mein lieber Melchior?«

»Wie Adam und Eva im Garten Eden. Wollen wir nur hoffen, dass die Schlange auf sich warten lässt.«

»Was für eine Schlange?«

»Das ist eine Bibelgeschichte, Gunda. Du magst sie sicherlich nicht hören.«

Doch Gunda zog Melchior am Arm zu sich auf die Holzbank: »Erzähl sie schon, deine Geschichte. Erzähle!«

ANHANG

Dichtung und Wahrheit

Das frühe Mittelalter ist eine Zeit, so fern und auch so fremd, dass ich es als sinnvoll erachte, einige Anmerkungen zu diesem Roman zu verfassen, die Aufschluss darüber geben, was in dieser Geschichte Dichtung ist und was tatsächlich der Wahrheit entspricht.

Meine Geschichte beginnt im Jahre 825 und trägt sich im erst kürzlich befriedeten und noch nicht vollständig christianisierten Sachsen zu, genauer genommen im Weserbergland, nahe der heutigen Stadt Höxter. Die mehr als dreißig Jahre dauernden Sachsenkriege (772–803) Karls des Großen sind vorüber, sie haben den Menschen dieser Region nicht nur eine neue Religion gebracht, sondern ein ganz neues Herrschaftssystem, verbunden mit anderen politischen, anderen wirtschaftlichen und vor allem anderen gesellschaftlichen Strukturen; immense Veränderungen, die ihre Zeit brauchen, um den Menschen in Fleisch und Blut überzugehen.

Vor allem der neue christliche Glaube – zum Teil gewaltsam eingeführt – findet auch Jahrzehnte nach den Massentaufen nicht den Anklang, den sich der Kaiser und die immer mächtiger werdende Reichskirche wünschten. Anders als der sächsische Adel, ist die übrige Bevölkerung, bestehend aus Frilingen (freie Bauern), Laten (Hörige) und Sklaven, noch zu sehr geprägt von alten Göttervorstellungen, dem Glauben an Naturgewalten sowie an gute und böse Geister. Missionare werden geschickt, Klöster entstehen, um das Christentum endlich fest in den Köpfen der Sachsen zu verankern. Zum bedeutendsten Kloster dieser Region wird das 823 von Kaiser Ludwig dem Frommen gegründete Kloster Corvey, in damaligen Quellen Corbeia Nova genannt.

Für die Mönche dieser Benediktinerabtei, die nach einem gescheiterten ersten Versuch vom nahen Solling an die Weser verlegt wird, muss es einem Kulturschock gleichgekommen sein, als sie aus ihrem Mutterkloster Corbie im heutigen Frankreich in das wilde und kalte Heidenland entsandt wurden. Dennoch avancierte Corvey nur wenige Jahre nach seiner Gründung zu einem der reichsten und einflussreichsten Klöster nördlich der Alpen. Dies nicht zuletzt dank Adalhard und Wala, die sehr wahrscheinlich auch das Amt der ersten Äbte des Klosters bekleideten. Die beiden Brüder waren bereits Berater Karls des Großen gewesen und gewannen, nach anfänglichen Unstimmigkeiten, noch größeren Einfluss auf dessen Nachfolger und Sohn, Ludwig den Frommen. Bei ihnen handelt es sich um tatsächliche historische Gestalten, während die Mönche Agius und Melchior sowie der Hofkaplan Taddäus und der Prior Wulfram meiner Fantasie entsprungen sind.

Ebenfalls fiktiv sind auch Inga, Ansgar, Ada und alle anderen guten und bösen Helden dieses Romans. Dennoch kann ich behaupten, dass sie in ihrem Denken und Handeln allesamt Kinder ihrer Zeit und des sie umgebenden gesellschaftlichen Umfeldes sind – zumindest nach meinem besten Wissen und Gewissen. Liudolf hingegen, das Oberhaupt der Sippe, welche die Talsiedlung bewohnt, ist angelehnt an eine historische Figur, die für das Jahr 823 im Schenkungsregister des Klosters Corvey erwähnt wird. Hier ist von einem Mann namens Ovo die Rede, die Kurzform von Liudolf, ein sächsischer Adeliger oder Freier, welcher dem Kloster nur wenige Jahre nach dessen Gründung

Land vermachte. Nach ihm ist sehr wahrscheinlich mein Heimatdorf Ovenhausen benannt. Weiteres weiß man nicht über diesen Mann, und sicherlich war er anders als die Gestalt in diesem Roman – vielleicht heldenhafter, vielleicht auch nicht.

Ebenfalls nicht Produkt meiner Fantasie sind die Landschaft, die Täler, die Berge und die Wälder. All das sind real existierende Erinnerungsorte aus meiner Kindheit, und es entspricht auch der Wahrheit, dass es an der Stelle, an der ich den Hilgerhof angesiedelt habe, tatsächlich eine mittelalterliche Siedlung gegeben hat. Eine Siedlung namens Hiltwerksen, in der Nähe des Dorfes Ovenhausen gelegen, welche von dort aus über einen Hohlweg zu erreichen war. Diesen Hohlweg kann man noch immer gehen, er führt jedoch in einen Wald, denn die Siedlung wurde bereits im 14. Jahrhundert aufgegeben und ist längst verschwunden. Angeblich jedoch soll man dort im Wald noch immer einen unglaublich tiefen Brunnen finden, in dem der Teufel haust. Ich habe vergeblich danach gesucht, was mich jedoch nicht davon abgehalten hat, diesem Brunnen einen Platz im Roman einzuräumen.

Erwähnenswert bleibt natürlich auch die Geschichte der Kapelle auf dem heiligen Berg. Auf diesem bewaldeten Hügel steht noch immer ein kleines Gotteshaus. Ursprünglich wurde es im Jahre 1078 von Mönchen des Klosters Corvey errichtet, im Dreißigjährigen Krieg zerstört und danach wieder aufgebaut. Dennoch sprechen Quellen davon, dass es am gleichen Ort bereits um 800 ein erstes Gotteshaus gegeben habe, eine Kirche, gestiftet von niemand Geringerem als Karl dem Großen, geweiht gar von Papst Leo III. Hier soll eine Tochter Karls, Salvia mit Namen, als Einsiedlerin gelebt haben. Ob dies Wahrheit oder Legende ist, lässt sich nicht mehr klären. Dennoch hat diese Information meine Fantasie beflügelt und mich dazu bewogen, die fiktive »Mission« des Agius und des Melchior guten Gewissens ins frühe 9. Jahrhundert zu verlegen, auch wenn die tatsächliche Kapelle erst mehr als 200 Jahre später erbaut wurde.

Denn dieser Berg schien bekannt zu sein: Er soll bereits lange vor Ankunft des Christentums als heilig gegolten und eine Pilgerstätte für die heidnischen Bewohner der umliegenden Siedlungen dargestellt haben. Man vermutet dort eine alte germanische Thingstätte oder gar einen heidnischen Opferplatz. Und tatsächlich umgibt diesen Ort auch heute noch etwas seltsam Mystisches, von dem sich selbst der realistischste und rationalste Besucher nicht gänzlich freimachen kann.

Ich hoffe, mit diesem kleinen Ausflug – den ich noch unendlich erweitern könnte – ein wenig Licht ins Dunkel einer fesselnden Zeit gebracht zu haben.